ALEXANDRA BRACKEN

Blut und Feuer

GOLDMANN
Lesen erleben

Buch

Ruby ist kein Mädchen wie jedes andere. Als sie zehn Jahre alt war, erlangte sie Fähigkeiten, die ihr das Leben in ihrer Familie unmöglich machten. Sie kann plötzlich Gedanken lesen und manipulieren. Allerdings wusste sie damals noch nicht damit umzugehen und verlor so nicht nur ihre Eltern, sondern auch ihre Freunde. Jetzt kämpft sie gegen die Regierung, die es sich zur Aufgabe gemacht hat, alle Kinder mit besonderen Kräften gefangen zu nehmen und letztlich zu töten. Nach einem letzten schweren Angriff auf Los Angeles entscheiden sich Ruby und die anderen Überlebenden, sich in den Norden zurückzuziehen, zu sammeln und zu überlegen, wie sie weitermachen sollen. Allerdings macht ein Gefangener ihnen das Leben besonders schwer. Clancy Gray, der Sohn des Präsidenten, ist der Einzige, der ähnliche Begabungen hat wie Ruby. Und nur Ruby ist ihm gewachsen. Ist sie nur einen Moment unachtsam, könnte er in der ganzen Gruppe Unheil anrichten, jeden gegen den anderen aufhetzen. Und das, obwohl es sowieso schon Unruhe unter ihnen gibt. Denn nicht alle scheinen dasselbe Ziel zu verfolgen …

Weitere Informationen zu Alexandra Bracken
sowie zu lieferbaren Titeln der Autorin
finden Sie am Ende des Buches.

Alexandra Bracken

Blut und Feuer

Die Überlebenden

Roman

Band 3

Aus dem amerikanischen Englisch
von Ariane Böckler

GOLDMANN

Die Originalausgabe erschien 2014 unter dem Titel
»In the Afterlight« bei Hyperion,
an imprint of Disney Book Group, New York.

1. Auflage
Deutsche Erstveröffentlichung März 2016

Umschlaggestaltung: UNO Werbeagentur, München
Umschlagmotiv: Getty Images /Jordan Siemens; FinePic®, München
Redaktion: Marie-Luise Bezzenberger
NG · Herstellung: Str.
Satz: DTP Service Apel, Hannover
Druck und Bindung: CPI books GmbH, Leck
Printed in Germany
ISBN: 978-3-442-47910-8
www.goldmann-verlag.de

Für Merrilee, Emily
und die unzähligen anderen auf der ganzen Welt,
die keine Mühe gescheut haben,
um euch diese Serie in die Hände zu legen,
mit all meiner Liebe und Dankbarkeit.

Als wir jung waren,
wurden unsere Herzen von Feuer berührt.

Oliver Wendell Holmes jr.

Prolog

Schwarz ist die Farbe, die keine Farbe ist.

Schwarz ist die Farbe eines stillen, leeren Kinderzimmers. Schwarz ist die erdrückendste Stunde der Nacht – die Stunde, die dich in deinem schmalen Stockbett gefangen hält und dich wieder einmal in Albträumen ersticken lässt. Schwarz ist die Uniform, die sich über den breiten Schultern eines zornigen jungen Mannes spannt. Schwarz ist der Schlamm, das lidlose Auge, das jeden deiner Atemzüge beobachtet. Das leise Vibrieren des Zauns, der hoch aufragt und den Himmel zerreißt.

Schwarz ist eine Straße. Ein vergessener Nachthimmel, von verblichenen Sternen durchsetzt.

Ein glänzend neuer Gewehrlauf, der auf dein Herz zielt.

Die Farbe von Chubs' Haaren, Liams Blutergüssen, Zus Augen.

Schwarz ist ein Zukunftsversprechen, zerstört durch Lügen und Hass.

Verrat.

Ich sehe es auf der Skala eines kaputten Kompasses, fühle es in der lähmenden Umklammerung der Trauer.

Ich renne, aber es ist mein Schatten. Der mich jagt, verschlingt, verseucht. Es ist der Knopf, den man niemals hätte drücken, die Tür, die man niemals hätte öffnen dürfen, das trockene Blut, das man niemals wegwaschen konnte. Die verkohlten Überreste eines Hauses. Das im Wald versteckte Auto, auf Abruf. Es ist der Rauch.

Es ist das Feuer.

Der Funke.

Schwarz ist die Farbe der Erinnerung.

Es ist unsere Farbe.

Die einzige, die sie verwenden werden, um unsere Geschichte zu erzählen.

1. Kapitel

Die Schatten wurden länger, je weiter ich mich vom Stadtzentrum entfernte. Ich ging Richtung Westen – der sinkenden Sonne entgegen, die den letzten Rest des Tages aufflammen ließ. Das hasste ich am Winter – die Nachmittage wurden jeden Tag ein bisschen früher vom Abend verdrängt. Über den smogverhangenen Himmel von Los Angeles zogen sich violette und aschgraue Streifen.

Unter normalen Umständen wäre ich dankbar für den zusätzlichen Schutz der Abenddämmerung gewesen, während ich durch das schachbrettartig angelegte Straßennetz zu unserem derzeitigen Quartier zurückwanderte. Doch die Trümmer des Angriffs, die Errichtung von Militärstationen und Haftlagern und die überall im Weg stehenden herrenlosen Autos, die durch den elektromagnetischen Impuls unbrauchbar gemacht worden waren, hatten die Stadt so dramatisch verändert, dass man schon nach einem einzigen Kilometer in diesem Chaos vollkommen die Orientierung verlieren konnte. Ohne die übliche diesig schimmernde Lichtemission der Stadt mussten wir uns an den fernen Scheinwerfern der Militärkolonnen orientieren, wenn wir nachts unterwegs waren.

Rasch spähte ich in alle Richtungen und tastete meine Jackentasche ab, um mich zu vergewissern, dass Taschenlampe und Dienstpistole noch da waren; beide stammten von einer gewissen Private Morales und sollten nur im absoluten Notfall zum Einsatz kommen. Ich würde mich auf meinem Weg durch die Dunkelheit von niemandem erwischen lassen, ich musste zurück zum Quartier.

Eine Stunde zuvor hatte Private Morales das Pech gehabt, mir über den Weg zu laufen, als sie nach ihrem Patrouillengang allein auf dem Freeway unterwegs war. Ich hatte schon seit dem Morgengrauen hinter einem umgekippten Auto auf der Lauer gelegen und die grell erleuchtete Hochstraße beobachtet. Stündlich hatte ich die winzigen uniformierten Gestalten gezählt, die sich über den Streckenabschnitt in meiner Nähe bewegten und sich zwischen den Trucks und Humvee-Geländewagen hindurchschlängelten, die Stoßstange an Stoßstange standen und eine zusätzliche Barriere bildeten. Meine Muskeln verkrampften sich, aber ich widerstand dem Drang, woanders abzuwarten.

Meine Hartnäckigkeit sollte sich bezahlt machen. Eine Soldatin hatte ausgereicht, um mich nicht nur mit den Hilfsmitteln auszustatten, die ich für den sicheren Rückweg zum Quartier benötigte, sondern auch mit dem Wissen, wie wir endlich – *endlich* – aus dieser verdammten Stadt rauskommen konnten.

Ich sah mich zweimal um, bevor ich über den Ziegelhaufen kletterte, der einmal die Fassade einer Bankfiliale gewesen war, und schnappte nach Luft, als ich mir die Hand an etwas Scharfkantigem aufriss. Verärgert trat ich danach – es war ein blechernes C aus dem Banklogo – und bereute es augenblicklich. Das Scheppern hallte von den umstehenden Gebäuden wider und übertönte fast die leisen Stimmen und die schlurfenden Schritte.

Ich warf mich in die Überreste des Gebäudes und ging hinter der nächstbesten stabilen Wand in Deckung.

»Gesichert!«

»Gesichert …«

Als ich mich umdrehte, sah ich die Soldatenkolonne auf der anderen Straßenseite entlangmarschieren. Ich zählte die Helme – zwölf –, während sie ausschwärmten, um die zersplitterten Glastüren der umliegenden Bürohäuser und Läden zu inspizieren. *Deckung?* Schnell sah ich mich um, verschaffte mir einen Überblick über das umgestürzte, angekohlte Mobiliar, während ich instinktiv auf einen der dunklen Holzschreibtische zuhuschte und darunterkroch. Das Geräusch der auf dem losen Schutt scharrenden Schritte übertönte meine keuchenden Atemzüge.

Ich blieb, wo ich war. Den beißenden Rauch-, Asche- und Benzingestank in der Nase, horchte ich auf die Stimmen, bis sie nach und nach verklangen. Furcht krallte sich um meinen Magen, als ich mich unter dem Tisch hervorwagte und zum Eingang huschte. Ich konnte noch sehen, wie sich die Patrouille einen Weg durch die von Trümmern blockierte Straße suchte, doch ich konnte nicht mehr warten, nicht einmal ein paar Minuten.

Als ich die Erinnerungen der Soldatin durchforstet und mir die Informationen zusammengereimt hatte, die ich brauchte, fühlte es sich an, als wäre mir ein schwerer Stein endlich vom Herzen gefallen. Sie hatte mir die Lücken in den Verteidigungslinien des Freeways so deutlich gezeigt, als hätte sie mir eine Landkarte gereicht, auf der sie mit Leuchtstift markiert waren. Danach ging es nur noch darum, mich aus ihren Erinnerungen zu löschen.

Die Agenten der Children's League wären garantiert sauer gewesen, dass es geklappt hatte. Nichts von dem, was sie selbst versucht hatten, war von Erfolg gekrönt gewesen, und gleichzeitig war die Ausbeute ihrer Lebensmittelraubzüge immer kleiner geworden. Cole hatte sie wieder und wieder gedrängt, es mich versuchen zu lassen, aber die anderen Agenten stimmten nur unter der Bedingung zu, dass ich alleine ging – um keine weiteren Gefangennahmen zu riskieren. Wir hatten schon zwei Agenten verloren, die bei ihren Ausflügen in die Stadt unvorsichtig gewesen waren.

Ich war nicht unvorsichtig, aber allmählich war ich kurz vor dem Verzweifeln. Wir mussten handeln, sonst würde uns das Militär in unseren Verstecken aushungern.

US-Army und Nationalgarde hatten eine Art Barriere um die Innenstadt von Los Angeles errichtet, indem sie sich des ausgeklügelten Freeway-Systems bedienten. Die gewundenen Asphaltmonster bildeten einen engen Ring um das Stadtzentrum und schnitten uns von der Außenwelt ab. Freeway 101 befand sich im Norden und Osten, I-10 im Süden und 110 im Westen. Möglicherweise hätten wir fliehen können, wenn wir es gleich versucht hätten, nachdem wir aus den Trümmern des Hauptquartiers entkommen waren, aber … da war dieses Wort, das Chubs immer benutzte: Kriegsneurose. Er fand es erstaunlich, dass wir überhaupt in der Lage waren, uns von der Stelle zu rühren.

Ich hätte Druck machen sollen. Ich hätte die anderen zum Abhauen zwingen sollen, statt zusammenzuklappen. Das hätte ich tun sollen – wenn ich nicht an sein Gesicht gedacht hätte, dort unten im Dunkeln gefangen. Ich presste mir die Hände vor die Augen, kämpfte gegen die Übelkeit und die stechenden Schmerzen in meinem Schädel an. *Denk an etwas anderes. Irgendetwas.* Diese Kopfschmerzen waren unerträglich; viel schlimmer als die, die ich bekam, wenn ich versucht hatte, meine Fähigkeiten zu kontrollieren.

Ich durfte nicht stehen bleiben, ich verdrängte das schlaffe Gefühl in meinen Beinen und zwang mich zu einem leichten Trab. Dabei spürte ich den Schmerz der Erschöpfung in der

Kehle, die Schwere meiner Augenlider, doch das Adrenalin ließ mich weiterlaufen, selbst als ein Teil von mir zusammenklappen wollte. Ich konnte mich nicht mehr erinnern, wann ich das letzte Mal tief genug geschlafen hatte, um dem zur Realität gewordenen Albtraum um uns herum zu entfliehen.

Die Straße wies unzählige Risse auf, und überall lag Schutt herum, den die Armee noch nicht entfernt hatte. Hier und da kam ich an bunten Farbklecksen vorbei – ein roter Damenpumps, eine Handtasche, ein Fahrrad –, alles verlassen und vergessen. Einige Gegenstände waren aus nahegelegenen Fenstern geschleudert worden; durch die Hitze der Explosionen waren sie schwarz verkohlt. Diese sinnlose Zerstörung machte mich krank.

Als ich über die nächste Kreuzung joggte, schaute ich in die Olive Street. Das schimmernde Lichtfeld des Pershing Square drei Querstraßen weiter zog meinen Blick auf sich. Der ehemalige Park war zu einem Internierungslager umfunktioniert worden, übereilt zusammengeschustert, während die Trümmer der Stadt noch schwelten. Die armen Leute hinter dem Zaun hatten in den umliegenden Gebäuden gearbeitet, als Präsident Gray seinen Angriff gegen die Children's League und die Federal Coalition startete, eine kleine Gruppe früherer Politiker, die sich gegen ihn verbündet hatten. Vermutlich handelte es sich um einen Vergeltungsschlag, da eine oder beide Gruppen beim letzten Attentatsversuch auf den Präsidenten die Finger im Spiel gehabt hatten. Auf der Suche nach Cate und den anderen hatten wir die Lager im Auge behalten und mit angesehen, wie die Zahl der Insassen zunahm, als mehr und mehr Zivilisten aufgegriffen und gegen ihren Willen festgehalten wurden.

Aber keine Cate weit und breit. Wenn sie und die anderen Agenten, die das Hauptquartier vor dem Angriff verlassen hatten, es nicht aus der Stadt herausgeschafft hatten, hielten sie sich so gut versteckt, dass *wir* sie nicht finden konnten – nicht einmal durch unsere Notfall-Kontaktverfahren.

Schon wieder ein kleiner Militärkonvoi – durch Reifengebrumm und das Knistern der Funkgeräte wurde ich rechtzeitig gewarnt. Ich verkniff mir ein frustriertes Schnauben und ging hinter einem ausgeschlachteten SUV in Deckung, bis die Soldaten an mir vorbeimarschiert waren. Dann klopfte ich mir den Staub ab, den sie mit ihren schweren Stiefeln aufgewirbelt hatten, und rannte weiter.

Wir – die League oder das, was davon übrig geblieben war – wechselten alle paar Tage unser Versteck, blieben nie lange in einem Gebäude. Wenn wir uns nach draußen wagten, um nach Lebensmitteln und Wasser zu suchen oder die Lager zu beobachten, reichte der leiseste Verdacht, jemand könne uns gefolgt sein, und wir suchten uns eine andere Bleibe. Das war clever, keine Frage, doch ich verlor langsam den Überblick, wo wir uns wann aufgehalten hatten.

Die Stille wirkte jetzt, wo ich den östlichen Teil der Stadt erreicht hatte, noch bedrückender und zerrte mehr an den Nerven als die Schüsse und Maschinengewehrsalven, die beim Pershing Square die Luft erfüllt hatten. Ich fasste die Taschenlampe fester, brachte es jedoch nicht über mich, sie aus der Tasche zu ziehen, selbst als ich gegen eine Steinmauer stolperte und mir den Ellbogen aufschürfte. Ich blickte zum Himmel hinauf. Neumond. Natürlich.

Ein unbehagliches Gefühl, dasselbe, das seit Wochen auf meiner Schulter hockte und mir düstere Prophezeiungen ins Ohr flüsterte, verwandelte sich in ein glühend heißes Messer in meiner Brust – drang langsam tiefer ein und zerriss alles in seiner Nähe. Ich räusperte mich und versuchte, die vergiftete Luft aus der Lunge zu bekommen. An der nächsten Kreuzung zwang ich mich, stehen zu bleiben, und duckte mich in die Nische eines ehemaligen Bankautomaten.

Luft holen, befahl ich mir. *Ganz tief.* Dann schüttelte ich Arme und Hände aus, doch das Gefühl der Schwere blieb. Ich schloss die Augen und lauschte auf das Knattern eines in der Ferne dahinrasenden Hubschraubers. Ein Instinkt – beharrlich und drängend – veranlasste mich, rechts in die Bay Street einzubiegen, statt weiter auf der Alameda bis zur Kreuzung mit der Seventh Street zu laufen. Das wäre der direktere Weg zu unserem derzeitigen Quartier an der Ecke Jesse Street/Santa Fe Avenue gewesen, die schnellste Möglichkeit, die anderen zu informieren, einen Plan zu schmieden und *abzuhauen*.

Doch falls mich jemand beobachtete oder verfolgte, würde ich ihn auf der Seventh Street abhängen können. Meine Füße übernahmen das Kommando und drängten mich nach Osten, auf den Los Angeles River zu.

Nach anderthalb Blocks bemerkte ich die Schatten, die die Mateo Street entlang zur Seventh Street hinaufschlichen. Ich blieb aus vollem Lauf abrupt stehen – meine Hände schnellten vor, um mich an einem Briefkasten festzuhalten, bevor ich mitten auf der Straße hinschlug.

Ich keuchte auf. *Zu knapp.* So etwas passierte, wenn ich mir nicht die Zeit nahm, langsamer zu werden und mich zu vergewissern, dass die Straße frei war. Ich spürte den Widerhall meines rasenden Pulses im Kopf und rieb mir die Schläfen. Etwas Warmes und Klebriges schmierte über meine Stirn, doch ich kümmerte mich nicht weiter darum.

Tief geduckt schlich ich weiter und versuchte herauszufinden, in welche Richtung die Truppen sich bewegten. Sie waren schon viel zu nah an unserem Quartier – wenn ich kehrtmachte, konnte ich vielleicht vor ihnen am Lagerhaus sein und die anderen warnen.

Aber sie waren einfach … stehen geblieben.

An der Kreuzung hatten sie die eingedrückte Fassade eines Baumarktes angesteuert und waren durch das zersplitterte Fenster ins Gebäude gestapft. Ich hörte ein Auflachen, Stimmen – und das Blut stockte mir in den Adern.

Das waren keine Soldaten.

Ich huschte die Straße hinauf bis zu dem Geschäft, tastete mich an dem Gebäude entlang und ging kurz vor den Fenstern in die Hocke.

»… wo hast du die gefunden?«

»Scheiße, Mann!«

Noch mehr Gelächter.

»Oh Gott. Hätte nie gedacht, dass mich der Anblick von ein paar Bagels je so verdammt glücklich machen würde …«

Ich spähte über das Sims. Drinnen hockten drei unserer Agenten – Ferguson, Gates und Sen –, und vor ihnen lag ein kleiner Stapel Lebensmittel. Gates, ein ehemaliger Navy-SEAL, machte sich so ungeduldig an einer Chipstüte zu schaffen, dass er sie fast mittendurch gerissen hätte.

Die haben was zu essen. Ich konnte es nicht glauben. *Die sitzen hier und essen.* Was ich sah, machte mich so fassungslos, dass ich mir schrittweise klarmachen musste, was das bedeutete.

Sie bringen die Lebensmittel nicht für uns andere zurück ins Quartier.

War das immer so, wenn eine Gruppe loszog? Die Agenten bestanden immer so hartnäckig darauf, selbst auf Nahrungssuche zu gehen; aus Furcht, eins von den Kids würde den derzeitigen Schlupfwinkel der Gruppe sofort verraten, wenn sie geschnappt würden, hatte ich angenommen. Aber war das hier der wahre Grund? Damit sie sich als Erste den Bauch vollschlagen konnten, wenn sie etwas Essbares fanden?

Eisiger Zorn verwandelte meine Hände in Klauen. Meine eingerissenen Fingernägel bohrten sich in die Handflächen; der stechende Schmerz verstärkte das Grummeln in meinem Bauch.

»Gott, ist das lecker«, sagte Sen. Sie war eine wahre Kampfmaschine – groß, mit Muskelpaketen unter straffer, ledriger Haut. Ihr Gesichtsausdruck wirkte immer so … als ob sie wüsste, wo sämtliche Leichen begraben waren, weil sie sie eigenhändig dort verscharrt hatte. Wenn sie sich herabließ, mit einem von uns zu sprechen, schnauzte sie uns an, dass wir die Klappe halten sollten.

Während der darauffolgenden Stille hockte ich wartend da, und meine Wut loderte mit jedem Moment heller.

»Machen wir uns lieber auf den Rückweg«, meinte Ferguson und schickte sich an aufzustehen.

»Die kommen schon klar. Selbst wenn Stewart eher zurück ist als wir, Reynolds sorgt schon dafür, dass er das Maul hält.«

»Ich mach mir eher Sorgen wegen …«

»Die Klette?«, warf Gates lachend ein. »Die kommt bestimmt als Letzte. Wenn sie's überhaupt zurückschafft.«

Meine Brauen schnellten empor. *Klette*. Ich. Das war neu. Man hatte mir schon viel schlimmere Namen gegeben; mich ärgerte nur die Unterstellung, dass ich es nicht durch die Stadt und zurückschaffen könnte, ohne geschnappt zu werden.

»Die ist viel mehr wert als die anderen«, widersprach Ferguson. »Es geht nur darum …«

»Es geht um gar nichts. Sie gehorcht uns nicht, und das macht sie zu einem Risikofaktor.«

Risikofaktor. Unwillkürlich presste ich die Faust gegen die Lippen, um die Galle zurückzuhalten. Ich wusste, was die League mit »Risikofaktoren« machte. Ich wusste auch, was *ich* mit einem Agenten machen würde, der das versuchte.

Sen stützte die Hände auf den Boden und lehnte sich zurück. »Der Plan bleibt jedenfalls unverändert.«

»Gut.« Gates zerknüllte die Chipstüte, die er gerade leergefressen hatte. »Wie viel von dem Zeug nehmen wir mit zurück? Ich könnte noch einen Bagel vertragen ...«

Eine Packung Salzstangen und eine Tüte Hot-Dog-Brötchen. Das brachten sie mit, für siebzehn Kids und eine Handvoll Agenten, die zum Babysitten zurückbleiben mussten, während die anderen Lebensmittel und Informationen beschaffen gingen.

Als sie sich erhoben, presste ich mich gegen die Mauer und wartete, bis sie durchs Fenster gestiegen waren und die Kreuzung inspiziert hatten. Die Hände noch immer zu Fäusten geballt, stand ich schließlich auf und nahm die Verfolgung auf, wobei ich einen guten halben Block Abstand hielt, bis endlich das Lagerhaus in Sichtweite kam.

Bevor sie die letzte Straße überquerten, hielt Sen ein Feuerzeug in die Höhe, eine Flamme, die der Wachposten auf dem Dach sehen konnte. Als Antwort ertönte ein leiser Pfiff – das Zeichen heraufzukommen.

Ich rannte los und holte sie ein, bevor Sen den anderen die Feuerleiter hinauffolgen konnte.

»Agentin Sen!«, flüsterte ich eindringlich.

Ihr Kopf fuhr herum, eine Hand an der Leiter, die andere zuckte zum Pistolenhalfter an ihrem Kampfanzug. Ich brauchte einen Moment, um zu bemerken, dass ich die ganze Zeit den Revolver in meiner Jackentasche umklammert hatte.

»Was ist?«, zischte sie und bedeutete Gates und Ferguson weiterzuklettern.

Bist wohl nicht sehr erfreut, mich zu sehen, was?

»Ich muss Ihnen was sagen ... Es geht um ...« Ich hoffte, dass sie das Beben meiner Stimme für Angst hielt und nicht für Zorn, der kurz davor war zu explodieren. »Ich traue Cole nicht genug dafür.«

Das weckte ihr Interesse. In der Dunkelheit sah ich ihre Zähne aufblitzen.

»Was ist denn?«, fragte sie.

Diesmal lächelte ich. Und als ich mich in ihren Verstand bohrte, kümmerte es mich nicht, ob ich ihn dabei in Stücke riss. Heftig fetzte ich durch Erinnerungen an Stockbetten, Ausbildung, das Hauptquartier, Agenten, schleuderte die Bilder schneller beiseite, als sie sich in meinem Verstand manifestieren konnten. Ich spürte, wie sie unter der Wucht meines Angriffs zuckte und zitterte.

Ich wusste sofort Bescheid, als ich gefunden hatte, wonach ich suchte. Sie hatte es sich so lebhaft vorgestellt, alles mit so hinterlistiger Effizienz geplant, dass sogar ich sie unterschätzt hatte. Alles an der Vorstellung hatte einen unnatürlichen Schimmer an sich, wie warmes Wachs. Autos purzelten in die Szenerie, Gesichter, die ich als die der Kinder dort oben wiedererkannte, waren halb von Knebeln verdeckt. Staubige Militärkluft. Schwarze Uniformen. Einen Tausch.

Als ich wieder auftauchte, schnappte ich nach Luft, bekam den Sauerstoff nicht tief genug in die Lunge. Gerade noch rechtzeitig fiel mir ein, ihr Gedächtnis zu manipulieren und die Erinnerung an die letzten Minuten durch eine falsche zu ersetzen. Ich wartete nicht, bis sie sich erholt hatte, sondern drängte mich an ihr vorbei zur Leiter.

Cole – meine Gedanken überschlugen sich, Schwarz waberte vor meinen Augen. *Ich muss es Cole sagen.*

Und ich musste weg von dieser Agentin, bevor ich der beängstigend realen Versuchung nachgab, ihr hier und jetzt eine Kugel zu verpassen.

Denn es hatte ihr nicht genügt, uns Lebensmittel vorzuenthalten und zu drohen, uns zurückzulassen, wenn wir nicht leiser waren, nicht schneller spurten, nicht mit ihr und den anderen *mithalten konnten*. Sie wollte uns ein für alle Mal loswerden – uns der einzigen Gruppe übergeben, die sie für fähig hielt, uns unter Kontrolle zu halten.

Und die Belohnung, die wir ihr einbringen würden, sollte ihren nächsten Schlag finanzieren.

2. Kapitel

Als ich die zweite Etage des Lagerhauses erreichte, brannte meine Lunge, und in meinem Kopf herrschte ein Gewirr aus schwarzen Gedanken und Furcht. Die Feuerleiter klapperte, als Sen sich anschickte, hinter mir herzuklettern, und ich konnte gar nicht schnell genug durchs Fenster kriechen – weg von ihr. Nachdem ich die dunkle Kampfjacke beiseitegeschoben hatte, die sie davor aufgehängt hatten, damit der Schein der schwachen Innenbeleuchtung uns nicht verriet, schwang ich mich über das Sims und sprang hinein.

Hastig schaute ich von einem flackernden Kerzenlicht zum anderen. Anscheinend kauerten sämtliche Kids in der äußersten Ecke des Raums, als wären sie von Gates und Ferguson dorthin gescheucht worden, bevor sie was zu essen kriegten.

Wo steckt Cole?, dachte ich und fuhr mir mit der Hand durchs Haar. *Verdammt*. Ich brauchte ihn. Er musste Bescheid wissen – wir mussten uns etwas ausdenken.

»Ein bisschen Dankbarkeit könntet ihr schon zeigen«, höhnte Gates.

Es war, als hätten seine Worte in dem stillen Raum eine dicke Staubschicht aufgewirbelt. Augenblicklich murmelten die Jugendlichen leise hastige Dankesworte, bevor sie sich wieder zusammenkauerten, die Augen entweder auf den Boden oder aufeinander gerichtet. Jetzt erkannte ich, was ich mir selbst nie hatte eingestehen wollen. All die Monate und Jahre, die wir mit den Agenten trainiert und gekämpft hatten … All das zählte nichts, sobald sie uns plötzlich als Schecks betrachteten, die man bei nächster Gelegenheit einlösen konnte.

Ich entdeckte die drei Gesichter, nach denen ich gesucht hatte. Vida war von ihrer Suche zurückgekehrt; in ihrer tiefbraunen Haut klaffte eine hässliche Schnittwunde, die Chubs gerade notdürftig versorgte. Neben ihm stand ein schwarzer Rucksack. Ich biss mir auf die Lippe, um meine Erleichterung zu verbergen. Darin befanden sich die Forschungsunterlagen, die ich gerettet hatte, bevor Clancy sie verbrennen konnte – die Seiten mit Kurven und Tabellen und medizinischem Fachchinesisch, die seine Mutter auf der Suche nach einem Heilmittel gegen IAAN zusammengetragen hatte.

»Großmütterchen, ich schwör's, wenn du nicht mit dem Scheißgetue aufhörst …«, zischte Vida.

»Lass mich das doch wenigstens desinfizieren!«, protestierte er.

Liam saß mit dem Rücken zur Wand da, die Hände auf den angezogenen Knien. Er beobachtete Gates mit jenem harten Gesichtsausdruck, der seit dem Angriff immer auf seinen Zügen lag. Als die Lebensmittel bei ihm ankamen, nahm er nichts davon, sondern reichte sie an Chubs weiter.

Die Agenten würden auch sie ausliefern. Wenn ich sie nun heute Abend nicht gesehen hätte, wenn ich nicht stehen geblieben wäre und gehört hätte, was Sen und die anderen gesagt hatten? Sie wollten uns überrumpeln, den Deal in den nächsten Tagen im Voraus abschließen. Dann wäre mir keine Zeit geblieben, irgendetwas zu unternehmen. Wieso bildete ich mir ein, sie alle schützen zu können? Ich konnte doch nicht mal einen Einzigen beschützen, nicht wenn es am meisten drauf ankam. *Jude …*

Sen rempelte gegen meine Schulter, als sie hinter mir hereingestürmt kam. Ich spürte es kaum.

Ich war nicht unter der Erde, das wusste ich, aber das spielte keine Rolle – jetzt, in diesem Augenblick, befand ich mich in einem Tunnel, zwängte mich blind durch die eingestürzten Mauern, die uns zu erdrücken drohten. Gehetzt von fernen Schreien, blicklosen Augen und dem Getöse zerberstenden Betons. Herabfallende Erde, die alles unter sich begrub. Das Gesicht, das vor meinen geschlossenen Augen schwebte, hatte Sommersprossen, die braunen Augen waren weit aufgerissen, als er sein Leben zu Ende gehen sah. Ich sah all diese Dinge, und nichts hielt sie auf. Keine schöne Erinnerung war stark genug, meine Vorstellung davon auszulöschen, wie es gewesen sein musste. Wie Jude für immer ins Dunkle geglitten war.

Ich spürte, wie ich mich von allem löste. Jeder einzelne Nerv meines Körpers flammte auf, alles in meinem Inneren raste. Der Druck in mir wuchs, bis ich glaubte, davon zerquetscht zu werden, und der Gedanke, dass alle um mich herum es mit ansehen würden, machte alles noch zehnmal schlimmer.

Die Berührung an meiner Taille war so sanft, dass ich sie zuerst gar nicht wahrnahm, gleichzeitig jedoch beharrlich genug, mich zur Tür umzudrehen – sogar stark genug, mich aufrecht zu halten, als meine Knie beim ersten Schritt nachgaben.

Im Vergleich zu dem immer kleiner werdenden Raum war der Flur mindestens zehn Grad kälter. Still genug und dunkel genug, dass meine Haut sich nicht mehr anfühlte, als schlüge sie durch das Feuer in meinen Adern Blasen. Ich ging nur ein paar Schritte den Flur hinunter, bis ich mich gerade außer Sichtweite der Tür befand, bevor ich behutsam hingesetzt wurde, sodass mein Kopf zwischen meinen Knien steckte. Vertraute Hände streiften mir die Jacke von den Schultern, hoben mir das Haar vom schweißnassen Nacken.

»Alles okay, Schätzchen«, hörte ich Liam sagen. Ich spürte etwas Kühles im Nacken – eine Wasserflasche vielleicht. »Atme einfach mal tief durch.«

»Ich – ich kann nicht«, keuchte ich.

»Natürlich kannst du«, erwiderte er mit ruhiger Stimme.

»Ich muss …« Hektisch griff ich mir an den Hals, um die Schnur wegzureißen, die um meine Luftröhre geschlungen war. Liam nahm meine Hände und zog sie an seine Brust.

»Du musst jetzt erst mal gar nichts«, sagte er sanft. »Es ist alles okay.«

Ist es nicht, du hast ja keine Ahnung, wollte ich sagen, doch ein stechender Schmerz fuhr in meine rechte Schläfe und wurde von Sekunde zu Sekunde heftiger.

Liam zu berühren half tatsächlich. Ich zwang mich, meinen Atem dem Heben und Senken seiner Brust anzupassen. Nach und nach entwirrte die kalte Luft das chaotische Gedankenkarussell, das den Schmerz in meinem Schädel ausgelöst hatte. Der unerträgliche Druck lockerte sich ein wenig, sodass ich mich aufrichten und an die Wand lehnen konnte.

Liam hockte noch immer vor mir. Seine blauen Augen suchten in meinem Gesicht. Die Falten auf seiner Stirn glätteten sich, während er leise aufseufzte. Dann griff er nach der Wasserflasche und befeuchtete das Halstuch, das er aus seiner Tasche gezogen hatte. Langsam und liebevoll wischte er mir Blut und Schmutz von Händen und Gesicht. »Besser?«

Ich nickte und trank einen Schluck aus der Flasche.

»Was ist denn passiert?«, fragte er. »Ist alles okay?«

»Ich hab nur …« Ich konnte es ihm nicht sagen. Seit Tagen zerbrachen er und Chubs sich den Kopf, wie wir den anderen entwischen konnten, wenn der Moment gekommen war, die Stadt zu verlassen. Der wenige Hass, den er im Herzen trug, richtete sich einzig und allein gegen die Agenten. Wenn er Bescheid wüsste, würde er noch heute Abend von hier abhauen wollen. Oder – noch schlimmer – er könnte die Agenten vielleicht versehentlich warnen. Liam hatte seine Gefühle nie so gut verbergen können wie Cole. Sie würden es ihm vom Gesicht ablesen und ihn augenblicklich ausschalten, bevor er die anderen aufwiegeln konnte. »Ich … ich hab einfach die Nerven verloren.«

»Passiert dir das öfter?« Liam saß im Schneidersitz vor mir.

Oh Gott. Über diese Attacken wollte ich auch nicht sprechen. Ich konnte nicht, nicht einmal mit ihm. Dann würde ich über Jude reden müssen, darüber, was passiert war, über all das, was wir nicht mehr hatten besprechen können, bevor alles zusammengebrochen war. Gott sei Dank schien er ein Gespür dafür zu haben.

»Du warst den ganzen Tag weg«, sagte er. »Ich habe mir langsam Sorgen gemacht.«

»Es hat eine Weile gedauert, jemanden zu finden, der mir etwas nützen konnte«, erklärte ich. »Ich bin nicht einfach leichtsinnig durch die Gegend gelaufen.«

»Das habe ich auch nicht behauptet. Ich wünschte nur, du hättest mir gesagt, dass du loswolltest.«

»Ich wusste nicht, dass ich dazu verpflichtet bin.«

»Bist du auch nicht. Ich bin doch nicht dein Aufpasser. Ich hatte Angst um dich, okay?«

Ich sagte nichts. So standen die Dinge jetzt zwischen uns. Wir waren zusammen, aber nicht auf die Art und Weise, die zählte – so wie noch vor ein paar Monaten. Nachdem ich sein Vertrauen so gemein missbraucht hatte, war ich mir nicht sicher, ob es jemals wieder so sein könnte. Hinzu kam, dass ich merkte, wie ich wieder in die einzige Verhaltensweise verfiel, die ich kannte, um mit Problemen fertigzuwerden: Ich kämpfte mit den Gedanken in meinem Kopf, hielt sie dort gefangen, damit ich niemanden damit anstecken konnte. Sorgfältig hatte ich diese unsichtbare Mauer zwischen uns errichtet, Stein für Stein, selbst während ich ihn umarmte, seine Hand hielt, ihn küsste.

Es war so egoistisch, das wusste ich, auch nur das anzunehmen, wenn ich nicht bereit war, alles mit ihm zu teilen … aber ich brauchte ihn hier. Ich brauchte seine Gegenwart, wollte ihn hinter mir spüren und an meiner Seite. Ich musste sein Gesicht sehen, seine Stimme hören und wissen, dass er in Sicherheit war und dass ich ihn beschützen konnte. Nur so konnte ich jeden einzelnen Tag durchstehen. Aber bei Liam war es so gut wie unmöglich, sich abzuschotten oder etwas vor ihm geheim zu halten. Er redete gern. Noch nie war mir jemand begegnet, dessen Gefühle so tief gingen wie seine. Seit Tagen hatte er versucht, solche Gespräche mit mir zu führen. *Du bist nicht verantwortlich für das, was Jude geschehen ist. Für das, was in dem sicheren Haus geschehen ist …*

»Jetzt mal im Ernst, Ruby. Was ist passiert?«, fragte er und hielt meine Handgelenke locker umfasst.

»Entschuldige«, flüsterte ich, denn was hätte ich sonst sagen sollen? »Es tut mir leid. Ich wollte nicht so … Ich wollte dich nicht so anfahren. Nichts ist los. Ich hätte dir Bescheid sagen sollen, aber ich musste schnell weg.« *Und ich wusste genau, dass du gesagt hättest, es sei zu gefährlich, und ich wollte nicht mit dir streiten.* »Aber ich habe, was wir brauchen. Ich weiß, wie ich uns hier rausholen kann.«

Liam presste die Lippen zusammen und sah mir prüfend ins Gesicht. Er schien mit der Antwort ganz und gar nicht zufrieden zu sein, dennoch ließ er das Thema nur zu bereitwillig fallen, um ein anderes anzusprechen. »Heißt das jetzt, dass wir endlich darüber reden können, was als Nächstes kommt?«

»Cole wird uns nicht gehen lassen.« *Vor allem dich nicht.*

»Wir könnten nach meinen Eltern suchen …«

»Ist es nicht genauso gefährlich, ziellos in der Gegend rumzufahren und nach deiner Mom und Harry zu suchen, wie bei den anderen zu bleiben?«, fragte ich. »Das hier ist unser Kampf … das, was wir die ganze Zeit wollten, schon vergessen? Cole hat mit mir abgemacht, dass wir uns von jetzt an darauf konzentrieren, den Kids zu helfen – die Lager zu befreien.«

Das hatte er zumindest gewollt, als wir in East River waren. Liam hatte damals das Ruder in der Hand gehabt und uns alle überzeugen wollen, die Kinder und Jugendlichen aus den Rehabilitationsprogrammen herauszuholen. Vielleicht war es dumm von mir zu hoffen, dass das, was dort geschehen war, sich nicht auf seinen Traum auswirken würde. Doch tatsächlich wanderte sein Blick zu der Tür am anderen Ende des Flurs, durch die nur Cole und ich treten durften, zu dem Ungeheuer, das dahinter lauerte.

»Cole sagt das jetzt, und die Agenten machen vielleicht ausnahmsweise mal auf friedlich«, sagte Liam. »Aber wie lange wird's dauern, bis sie wieder zu ihrer alten Tagesordnung übergehen?«

Ich gab mir Mühe, nicht zusammenzuzucken. *Eher, als du denkst.* »Das hier ist nicht mehr die League.«

»Genau. Das hier könnte noch schlimmer sein.«

»Nicht wenn wir hier sind, um das zu verhindern«, erwiderte ich. »Können wir nicht wenigstens ein Weilchen abwarten? Schauen, was passiert? Wenn alles den Bach runtergeht, können wir abhauen, versprochen. Und auch wenn … Ich muss wissen, ob Cate und die anderen es geschafft haben. Wenn ja, warten sie bestimmt auf uns. Sie hat doch den USB-Stick mit den IAAN-Forschungsergebnissen der Leda Corp. Wenn wir die mit dem Heilverfahren kombinieren, helfen wir nicht nur uns selbst, sondern auch *jedem* Kind, das nach uns kommt.«

Er schüttelte den Kopf. »Ich will nicht, dass du denkst, es wäre alles umsonst gewesen, aber was ist, wenn auf den Papieren, die du aus dem Feuer gerettet hast, gar nichts Nützliches draufsteht? Das Geschreibsel sagt uns bislang so wenig, dass wir die Blätter auch sofort schreddern können, ohne dass es irgendwelche Auswirkungen auf unser Leben hätte. Ich will nicht, dass wir uns … einfach an die Vorstellung klammern, dass die sich irgendwann mal als brauchbar erweisen könnten.«

Objektiv betrachtet wusste ich, dass er recht hatte – aber seine Worte ließen so viel Zorn und Ablehnung in mir aufflammen, dass ich ihn fast weggestoßen hätte. Im Moment hatte ich kein Bedürfnis nach Realität. Ich brauchte die Hoffnung, dass ich die angesengten Seiten betrachten und einen tieferen Sinn hinter den vertrauten Worten erkennen könnte: *Projekt Snowfall. IAAN. Der Professor.*

Wenn ich das letzte bisschen Hoffnung aufgab, hieß dies, dass jener flüchtige Augenblick, als wir Clancy überwältigt hatten, kein kleiner Sieg gewesen war. Sondern dass er am Ende doch gewonnen hatte. Er hatte die Zerstörung des Hauptquartiers überlebt, und die Information, die er uns mit aller Gewalt vorenthalten wollte, würde nutzlos sein.

Wir brauchten diese Hoffnung. *Ich* brauchte sie. Jäh sah ich die Gesichter meiner Familie vor mir, die Sonne im Rücken. Genauso schnell, wie das Bild aufgetaucht war, war es wieder verschwunden und wurde durch ein anderes ersetzt. Sam, deren Wangen in den Schatten von Baracke 27 immer hohler wurden, während sie verblasste wie ein Geist. Daraus wurde eine endlose Parade all ihrer Gesichter – die Gesichter derer, die ich hinter dem Elektrozaun in Thurmond zurückgelassen hatte.

Ich grub die Finger in meine Oberschenkel, krallte die Nägel in den Jeansstoff, bis er zu zerreißen drohte. Ich konnte es vor mir selbst verleugnen, soviel ich wollte, doch die grausame Wahrheit war, dass mir entscheidende Informationen fehlten. Und die einzige Person, die darüber verfügte, war diejenige, die wir dank Clancy niemals finden würden: seine Mutter Lillian Gray.

»Ich gebe ja nicht auf«, sagte Liam mit grimmiger Entschlossenheit. »Wenn das hier nicht hinhaut, finden wir etwas anderes.«

Ich strich mit dem Finger über seine Wange und spürte seine rauen Bartstoppeln. Er seufzte, ließ mich aber gewähren.

»Ich will nicht streiten«, sagte ich leise. »Ich will nie mit dir streiten.«

»Dann lass es doch. So einfach ist das, Schätzchen.« Er lehnte die Stirn gegen meine. »Aber wir müssen so was gemeinsam entscheiden. Die wichtigen Sachen. Versprich mir das.«

»Versprochen«, flüsterte ich. »Aber wir gehen zur Ranch. Wir müssen.«

Bevor das Hauptquartier errichtet wurde, hatte die League von Nordkalifornien aus agiert, von einem Stützpunkt aus, der den liebevollen Codenamen »Die Ranch« bekommen hatte. Dieser Stützpunkt war mittlerweile strengstens gesichert, was auch angemessen war, da er als letzte Zuflucht galt, in die wir uns im Notfall zurückziehen konnten. Nur die ranghohen Agenten – einschließlich Cole – waren damals schon dabei gewesen und wussten, wo er zu finden war.

Wenn Cate es aus der Stadt geschafft hatte, würde sie dort warten. Ich sah sie vor mir, wie sie in einem leeren Flur auf und ab ging, als rechne sie damit, uns jeden Moment durch die Tür kommen zu sehen. Sie würde nicht gegen das Protokoll verstoßen. Mittlerweile musste sie vor Sorge außer sich sein.

Plötzlich stahl sich eine Erkenntnis in meinen Kopf, die alle hoffnungsvollen Gedanken verscheuchte. *Ich werde es ihr sagen müssen.*

Oh Gott, wieso hatte ich nicht daran gedacht? Sie wusste es nicht – konnte es nicht wissen. *Sie hat mir vertraut. Sie hat mich gebeten, auf ihn aufzupassen.* Sie hatte keine Ahnung, dass Jude …

Ich schloss die Augen, konzentrierte mich darauf, wie Liams Hand sanft über meinen Rücken strich.

»… was zum *Teufel* soll das?« Sens Stimme peitschte durch den Flur und klatschte gegen unseren Kokon der Zweisamkeit. »Stewart, du hast ja schon jede Menge dämliche Scheiße gebaut – wirklich jede Menge, aber das hier ist … Das ist …«

»Ein Geniestreich?«, sagte Cole, und ich konnte das Grinsen in seiner Stimme hören. »Gern geschehen.«

Bevor Liam mir einen genervten Blick zuwerfen konnte, war ich schon auf den Beinen.

»Komm«, sagte ich. »Irgendetwas ist da im Busch.«

»Ja, ja«, erwiderte Liam, legte mir die Hand ins Kreuz und lotste mich zurück in den Raum. »Bei dem ist doch ständig irgendwas im Busch.«

Die Agenten hatten sich am Fenster so dicht zusammengedrängt, dass ich nur Coles schwarze Strickmütze hinter ihren Köpfen ausmachen konnte. Ich schaute zu den anderen Kids hinüber, von denen die meisten aufgestanden waren, um zu sehen, was vor sich ging.

»Roo?«

Der Klang meines Spitznamens ließ mich aufschrecken, und mein Magen krampfte sich zusammen. Ich drehte mich in die Richtung, aus der ich Nicos Stimme gehört hatte.

»Ja?«

»Ist alles …« Er sah die Agenten an. »Ist alles okay?«

»Was denkst du denn?«, blaffte ich ihn an, und mein Tonfall

ließ ihn zusammenschrecken, was mich irgendwie noch wütender machte. Ich hatte keinerlei Mitleid mehr mit ihm. Jämmerlicher, furchtsamer, verräterischer Nico.

Die Grünen wussten nicht, was sie mit sich anfangen sollten, als ihnen klar wurde, dass nichts von der Elektronik zu retten war, und die beiden Gelben, die uns noch geblieben waren, konnten die Geräte auch nicht wieder zum Laufen bringen. Nico schlief fast die ganze Zeit und richtete nur ab und zu ein paar Worte an Vida und mich.

Mein Mitleid mit ihm, weil Clancy ihn so übel manipuliert hatte, war mit der Erkenntnis verflogen, dass wir, wenn Nico den Mund gehalten und Clancy nichts von Projekt Snowfall erzählt sowie ihm den Aufenthaltsort seiner Mutter verraten hätte – wenn er nicht so dumm gewesen wäre, den Sohn des Präsidenten zu bitten, uns aufzuspüren –, niemals in diese Situation geraten wären. Jude wäre noch am Leben, und wir säßen nicht in diesem Höllenloch namens Los Angeles fest.

»Ruby …«, setzte Liam missbilligend an. Es war mir egal. Ich war nicht hier, um den Jungen zu trösten.

Ich hob warnend die Hand, als Chubs und Vida sich einen Weg durch die zwischen uns stehenden Agenten suchten und sich zu uns gesellten. »Alles in Ordnung? Bist du verletzt?«, fragte Chubs besorgt.

»Sie liegt im Sterben, Großmütterchen. Sie verblutet vor deinen Füßen.« Vida verdrehte die Augen. »Hast du gekriegt, was du wolltest?«

»Ja …«

»Entschuldige bitte, dass ich mir Sorgen um meine *Freundin* mache«, fauchte Chubs wütend zurück. »Natürlich ist das für eine Psychopathin eine völlig abwegige Vorstellung.«

»Diese Psychopathin schläft nur einen Meter neben dir«, erinnerte Vida ihn mit süßlicher Stimme.

»Wow, haben wir nette Freunde«, murmelte Liam. Ich hatte mich schon aus der Unterhaltung ausgeklinkt. Cole schaute herüber und zog fragend die Brauen hoch. Ich nickte, und er blickte nach unten – auf die Frau, die neben ihm stand.

Sie war mittleren Alters, und ihre bräunliche Haut war faltig und schlaff vor Erschöpfung. Der Saum ihres einstmals vermutlich teuren dunkelblauen Kleides war ausgerissen, und aus ihrem Haarknoten hatten sich ein paar Strähnen gelöst, grau vom Zementstaub oder vom Alter. Große, dunkle Augen blickten sich im Raum um und hielten beim Anblick der Kinder inne.

»Wisst ihr, wer das ist?«, fragte Cole.

»Eine Zivilistin, die uns jetzt alle identifizieren und dem Militär melden kann«, gab Sen zurück.

»Mein Name ist Anabel Cruz«, verkündete die Frau, erstaunlich würdevoll für jemanden, der auf abgebrochenen hohen Absätzen durch die Gegend humpelte.

»Mann, ihr Idioten«, stieß Cole beim Anblick unserer ratlosen Gesichter hervor. »Eine kalifornische Senatorin? Die internationale Kontaktperson der Federal Coalition? Sie hat Kontakte zu anderen Nationen geknüpft und Verhandlungen wegen möglicher Unterstützung geführt.«

Sen schien nicht beeindruckt zu sein. Sie stemmte die Hände in die Hüften und sah Cole herausfordernd an. »Hast du ihre Identität überprüft? Wenn sie in der Federal Coalition war, wieso ist sie dann nicht in einem von den Lagern?«

»Das würde ich gern selbst erklären«, sagte Senatorin Cruz mit blitzenden Augen. »Als der Angriff losging, war ich bei einem Treffen mit Amplify, außerhalb unserer Zentrale.«

»Diese Untergrund-Presseorganisation?«, fragte Gates.

Liam warf mir einen verwirrten Blick zu. Ich erklärte es ihm leise und mit möglichst wenigen Worten. Die Gruppe existierte seit zwei Jahren, oder vielleicht auch drei. Ich nahm an, dass es sich in erster Linie um eine Vereinigung von Reportern und Redakteuren handelte, die auf Grays schwarzer Liste gelandet waren, weil sie über »gefährliche« Themen wie Unruhen und Proteste berichtet hatten und untertauchen mussten.

Er öffnete den Mund, und ein seltsames Glitzern trat in seine Augen.

»Nun ja …« Cole sah die anderen Agenten an. »Ich nehme an, das spricht für ihren gesunden Menschenverstand, aber …«

»Wie bitte?« Die Senatorin verschränkte die Arme vor der Brust.

»Er meint, dass Amplify keine gute Erfolgsbilanz vorweisen kann, was die Wirkung ihrer Berichte angeht. Ab und an bringen sie eine gute Story, bevor Gray sie wieder zum Schweigen bringt«, erklärte Sen und musterte die Frau erneut. »Online, in den sozialen Medien, die noch nicht blockiert worden sind, ein paar schnelle Hauruck-Pamphlete. Ihre Reichweite ist zu klein. Die erreichen gar nichts.«

In diesem einen Punkt waren sich Cole und Sen offensichtlich einig.

»Der Reporter hat mit ihr in der Stadt festgesessen«, erklärte Cole den anderen. »Ich war auf Streife und hab gehört, wie das Militär in der Nähe ein Gebäude gestürmt hat. Sie waren hinter *ihm* her, nicht hinter ihr. Haben ihn an Ort und Stelle erschossen, und mit ihr hätten sie wohl dasselbe gemacht, wenn sie sich nicht ausgewiesen hätte.«

»Also bist du reingestürmt und hast die Lage gerettet.« Sen verdrehte die Augen. Der Hass, den ich für diese Frau empfand, verdrängte nach und nach meine Vernunft. Ohne es zu wollen, trat ich einen weiteren Schritt vor. »Und das Einzige, was du geschafft hast, ist, noch ein Maul anzuschleppen, das wir stopfen müssen.«

»Apropos …« Cole ließ seinen prallen Rucksack von den Schultern gleiten und warf ihn einer der Grünen zu. »Hab einen Laden gefunden, wo noch ein bisschen was Anständiges im Kühlschrank war. Ist nicht viel, aber besser als der Mist, den wir sonst essen.«

Das Mädchen machte ein Gesicht, als hätte er ihr soeben eine Geburtstagstorte überreicht, die er persönlich gebacken und verziert hatte. Chubs war so schnell an ihrer Seite und öffnete den Reißverschluss, ich war fast sicher, dass er sich teleportiert hatte. Die anderen folgten ihm, dankten Cole und wollten ihm einen ganzen Apfel geben.

»Ich brauche nichts, aber danke.« Als er sich wieder an Sen wandte, war sein Lächeln noch da, und angesichts ihres verächtlichen Blicks wurde es sogar noch ein bisschen breiter. Doch ich konnte etwas Gefährliches in seiner heiteren Gelassenheit erkennen, daran, wie er den Kopf nach rechts neigte. Wie ein Streichholz, das darauf wartete, an einer rauen Fläche gerieben zu werden.

»Ich bin ja ein bisschen überrascht, Sen. Ich hätte erwartet, du wärst begeistert, jemanden wie sie im Team zu haben. Wenn wir hier rauskommen, wird sie uns unglaublich nützlich sein und uns helfen, uns und das, was wir tun, mit dem Rest der Welt kurzzuschließen«, bemerkte er schließlich ganz locker. »Wir schlagen ein neues Kapitel auf, nicht wahr?«

Na ja. Sen hatte kein Interesse daran, uns mit der Welt kurzzuschließen. Sie wollte sie lieber rund um uns herum niederbrennen. Dennoch hatte eine verborgene Frage in seinen Worten gelegen – eine Herausforderung. Je länger das so weiterging, desto mehr Agenten scharrten unbehaglich mit den Füßen und warfen sich verstohlene Blicke zu. Ein paar von den Grünen, die Schnelldenker, erfassten mehr vom tieferen Sinn dieser Unterhaltung als die anderen, für die die spürbare

Anspannung nichts weiter war als eine Folge des üblichen Frusts.

Er weiß es, schoss es mir plötzlich durch den Kopf. Cole mochte vielleicht nicht sämtliche Details kennen, doch er musste geahnt haben, dass sie ihr Wort nicht halten würden, uns bei der Befreiung der Lager zu helfen. Er wollte ihr eine Falle stellen, wollte sie dazu bringen, es vor den Kids zuzugeben.

»Ich bin gern bereit, meine Ideen mit euch zu diskutieren«, erklärte Senatorin Cruz. »Vorausgesetzt, wir finden einen Weg aus der Stadt.«

Alle im Raum sahen mich an. »Ja – es ist genau so, wie wir dachten. Sie haben nicht genug Leute, um die Straßen zu überwachen *und* die vielen Kilometer Freeway zu sichern. Auf einigen Streckenabschnitten stehen nachts nur leere Wagen und Scheinwerfer.« Ich ging zu der Straßenkarte von Los Angeles hinüber, die wir in einem verlassenen Auto gefunden und an die Wand geheftet hatten. Dort deutete ich auf die drei Punkte, die ich im Kopf der Soldatin gesehen hatte, und war stolz darauf, wie fest meine Stimme klang, während schattenhafte Bilder sich in meine Gedanken stahlen. PSFs. Die rot gestickten Psi-Symbole. Kabelbinder. Knebel. Geld. Waffen. Ich konnte keinen der Agenten ansehen. Jetzt, wo ich wusste, was sie wirklich wollten, wie sie es mir vergelten würden, dass ich ihre Ärsche aus dieser Stadt rausschaffte. Eine leise Stimme in meinem Hinterkopf flüsterte: *Lüg sie an.* Die Stimme wollte, dass ich ein paar entscheidende Details wegließ. Sollten sie der Gefahr ruhig nahe genug kommen, um ein paar Kratzer abzukriegen.

»Hier«, sagte Cole und reichte mir einen Stift. »Markier die Stellen.«

Gates murmelte einige unverständliche Worte, und ich drehte mich zu ihm um, verschränkte die Arme vor der Brust und sah ihm unverwandt in die Augen. Sofort schaute er weg und überspielte seine Unsicherheit, indem er sich Mund und Nase am Ärmel abwischte. Dieser Funken Angst, den ich in seinem Gesicht entdeckte, stärkte mein Selbstvertrauen mehr als Coles Hand, die er mir beruhigend auf den Kopf legte, während er sich über meine Schulter beugte, um meine Markierungen auf der Karte zu studieren.

»Es gibt bestimmt noch mehr«, sagte ich. »Aber das hier sind die Einzigen, die ich gesehen habe.«

Cole ließ den Blick durch den Raum schweifen und kalkulierte stumm, wie groß die Gruppen sein würden, wenn wir nur drei potenzielle Fluchtwege aus der Stadt hätten. Siebzehn Kinder und Jugendliche. Vierundzwanzig Agenten waren noch übrig, zwanzig weniger als die Gruppe, die gekommen war, um das Hauptquartier zu befreien. Fünf waren beim ersten Angriff ums Leben gekommen, und die übrigen waren desertiert. Sieben Fünfer- und eine Sechsergruppe. Das war machbar.

»Es muss schnell gehen und zeitlich genau abgestimmt sein«, sagte Sen. »Es könnte sein, dass wir Hunderte von Kilometern weit müssen, bevor wir ein Gebiet erreichen, das nicht von dem EMP betroffen worden ist. Und alles zu Fuß.«

»Das hatten sie auf der Karte markiert, die ich gesehen habe«, sagte ich, zog erneut die Kappe vom Stift und zeichnete die Gegend auf der Karte ein. Zwischen Beverly Hills im Westen, Monterey Park im Osten, Glendale im Norden und Compton im Süden. Insgesamt kein sonderlich großes Gebiet. Zumindest viel kleiner, als ich erwartet hatte.

»Wir teilen heute Abend die Teams ein und machen uns in ein paar Stunden auf den Weg – so gegen drei oder vier Uhr?«

»Wir müssen doch unsere Strategie besprechen«, protestierte Gates. »Und Proviant auftreiben.«

»Nein, vor allem müssen wir raus aus dieser verfluchten

Stadt«, widersprach Cole. »Und zwar so schnell wie möglich. Die anderen warten auf der Ranch auf uns.«

Ich packte ihn am Handgelenk und deutete mit den Augen zur Tür hinüber.

Er nickte mir kurz zu, bevor er sich wieder auf den Raum konzentrierte. »Am besten, ihr legt euch alle gleich aufs Ohr, in ein paar Stunden machen wir uns nämlich vom Acker. Ja, genau, Blair«, sagte er zu einer der jüngeren Grünen, die erschrocken nach Luft schnappte. »Das will ich hören. Begeisterung! Ein Tapetenwechsel steht an.«

»So was kannst du doch nicht einfach beschließen, ohne dass wir anderen mitreden können«, fuhr Sen dazwischen. »Das hast du doch nicht zu entscheiden.«

»Weißt du was?«, erwiderte Cole. »Ich glaube, das habe ich gerade getan. Hat jemand ein Problem damit?«

Niemand sagte ein Wort. Die Kinder schüttelten die Köpfe, und die Agenten bildeten eine Mauer aus grimmigen, angespannten Gesichtern. Doch alle blieben stumm.

»Was ist mit den Leuten in den Straflagern?«, fragte Senatorin Cruz und trat ein paar Schritte vor, um die Landkarte zu studieren. »Sollen wir die einfach ihrem Schicksal überlassen? Da fände ich es besser, hierzubleiben und …«

»… sich festnehmen und vor Gericht stellen zu lassen?«, schnitt Cole ihr das Wort ab. »Sie haben gesagt, Sie wären mitten in einer großen Verhandlung mit politischen Führern aus aller Welt. Warum sollten Sie diese Diskussion vertagen wollen, wo doch das Ergebnis dazu beitragen könnte, *allen* zu helfen? Es sei denn, Sie hätten gelogen?«

»Ich habe nicht gelogen«, konterte sie mit funkelnden Augen. »Diese Leute sind meine Freunde und Kollegen. Wir haben unser Leben aufs Spiel gesetzt, um dieses Land wieder auf den richtigen Weg zu bringen.«

»Die Menschen werden erfahren, was hier passiert ist«, versprach Cole. »Sie werden nicht lange auf sich gestellt sein. Dafür werde ich sorgen, und Sie werden mir dabei helfen.«

Das Gespräch nahm eine andere Richtung, drehte sich um strategische Dinge, um die Einteilung der Gruppen und um Landstraßen in Richtung Norden.

»Alles klar?«, fragte Cole die Kindergrüppchen, während er auf die Tür zustrebte. Er warf mir einen schnellen Blick zu, bevor er fortfuhr: »Hat jeder genug zu essen gekriegt?«

Ein Chor von Bejahungen folgte. Sie logen natürlich. Ich fragte mich, ob sie dachten, die Wahrheit würde ihn enttäuschen, oder er würde dann gleich wieder aufbrechen und weitersuchen. Auch ohne die Fähigkeit, mit seinem Charme einer Katze das Fell abschwatzen zu können, hätte Cole sie für sich gewonnen, weil er sich so verhielt, als seien sie ihm wichtig.

»Ich habe unser Mau-Mau-Turnier nicht vergessen«, fügte er hinzu. »Ich mach euch fertig, Sean. Wart's nur ab.«

»Träum schön weiter, Alter. Wir werden ja sehen, ob du mithalten kannst.«

Cole tat, als hätte ihn ein Schuss mitten ins Herz getroffen. »Ihr Grünschnäbel! Ich könnte euch zeigen, wie man gewinnt …«

»Du meinst wohl, wie man betrügt?«, rief Liam herüber. Chubs und Vida hatten mit ihm beim Fenster Position bezogen, wo sie leise auf Nico und einen anderen Grünen einredeten. Ich schaute auf ihre Füße. *Wo war der Rucksack?*

»Deshalb hat *er* immer verloren«, ließ Cole die anderen augenzwinkernd wissen.

Die Agenten hatten sich ans andere Ende des Raums verzogen, um näher bei der Landkarte zu sein und wohl ihre eigenen Pläne zu schmieden. Was auch immer Senatorin Cruz ihnen erklären wollte, sie ignorierten sie.

Wo ist der Rucksack? Ich ging zurück und machte einen Bogen um die Kids, die mir den Weg versperrten, starrte suchend auf den Boden – und entdeckte ihn an Fergusons Schulter. Meine Körpertemperatur schnellte um ein paar Grad in die Höhe. Und plötzlich wurde mir klar, dass ich sie zwingen würde müssen – jeden Einzelnen von ihnen –, mir die Forschungsergebnisse auszuhändigen.

Cole hatte die Tür zum Flur erreicht und nickte mir zu. Ich wartete noch einen Moment, bevor ich ihm folgte. Falls die Agenten etwas bemerkt hatten, so schien es sie nicht zu kümmern. Ich hatte ihnen doch alles gegeben, was sie brauchten, um ihren Plan durchzuziehen, nicht wahr?

Im Flur war es immer noch fast zehn Grad kühler. Sobald ich den schwachen Lichtschimmer hinter mir gelassen hatte, der durch die offene Tür gefallen war, konnte ich kaum die Hand vor Augen sehen. Eine Sekunde lang wünschte ich mir, ich hätte die gestohlene Taschenlampe mitgenommen, doch das Gespräch, das mir bevorstand, passte besser in die Dunkelheit. Von der Innenausstattung des Gebäudes war nichts übrig als nackter Beton und bunt gestrichene Rohre; es war wie ein Grab – selbst die Luft war schal und abgestanden.

Ich zählte hundert Schritte und war mir sicher, bald am Ende des Flurs angekommen zu sein, als aus dem Dunkel eine Hand nach mir griff und mich packte. Ich wurde in einen kleinen, engen Raum gezerrt – ein Wandschrank? Mit noch immer rasend pochendem Herzen hörte ich, wie die Tür hinter mir zugezogen wurde.

»Na, Zuckerschnecke …«, begann Cole. »Ganz schön hektischer Abend, was?«

Während der letzten zwei Wochen hatte ich mich nur zusammenreißen können, indem ich jedes beängstigende Gefühl, das in mir hochzukommen drohte, energisch unterdrückte.

Doch jetzt war ich dermaßen erschüttert, dass es nur eine Frage der Zeit war, bis ich explodierte. Aber warum musste das ausgerechnet jetzt passieren und mit einem keuchenden Heulkrampf einhergehen? Ich bekam kein Wort heraus.

»Zuckerschnecke – du lieber Gott.« Cole legte mir beruhigend eine Hand auf die Schulter und schnippte gleichzeitig mit den Fingern der anderen. Kleine Flämmchen flackerten aus seinen Fingerspitzen und füllten den engen Raum mit Licht.

»Ich war auf dem Rückweg …«, stammelte ich. »Ich habe Sen und die anderen reden hören … Sie wollen nicht … Wir werden nicht zur Ranch fahren. Ich habe in ihren Kopf geschaut und … Sie wollen … Sie wollen …«

»Erzähl mal von Anfang an«, unterbrach mich Cole. »Lass dir Zeit. Erzähl mir alles, was du die Agenten hast sagen hören. Alles, was du gesehen hast.«

Ich wiederholte es, Wort für Wort. Ich erzählte ihm, dass sie in jedem Auto jeweils einen oder zwei von uns mitnehmen wollten, um uns dann eine oder zwei Stunden hinter der Stadtgrenze zu überwältigen. Fleisch und Knochen für Blutgeld. Die Waffen, die sie kaufen wollten, die Sprengstoffanschläge, die sie planten. Sie wollten sich Gray vornehmen, und zwar dort, wo er ihrer Ansicht nach dumm genug war, sich aufzuhalten: im wieder aufgebauten Washington, D. C.

Coles Miene war völlig ausdruckslos, auf eine Weise verschlossen, wie Liam es niemals zustande brachte. Hätte ich nicht das leichte Zucken seiner Hand gesehen, hätte ich gar nicht bemerkt, wie zornig er war, bis er etwas sagte. Zunächst jedoch blieb er lange stumm. Ich fühlte, wie mir ein Schweißtropfen über das Gesicht rann, und hätte am liebsten die Tür aufgemacht, um die kühle Luft hereinzulassen.

»Ich regle das«, erklärte er schließlich.

»*Wir* regeln das. Aber du musst dich entscheiden«, korrigierte ich. »Jetzt gleich. Du kannst nicht weiter neutral bleiben und dich mit beiden Seiten gut stellen. Entscheide dich, ob du auf unserer Seite bist oder auf ihrer.«

»Natürlich bin ich auf eurer Seite«, konterte er scharf, offensichtlich wütend, dass ich ihm etwas anderes unterstellt hatte. »Du weißt, ich … Das betrifft mich doch auch. Ich habe dir damals in Los Angeles was versprochen, weißt du noch? Willst du behaupten, dass ich ein Lügner bin?«

»Nein … ich meinte nur …« Ich holte tief Luft. »Du sagst den anderen nicht, was du bist. Du willst es nicht mal *Liam* sagen. Seit dem Abend damals hast du dir die Forschungsunterlagen kein einziges Mal angeschaut.«

»Ach was, na ja, vielleicht möchte ich ja auch einfach nicht auf die Tatsache aufmerksam machen, dass ich ein persönliches Interesse daran habe, gewisse ganz tolle Freak- beziehungsweise Psi-Fähigkeiten loszuwerden?« Er ließ die Flammen kurz erlöschen und dann erneut auflodern, um seine Worte zu unterstreichen. »Ich kann kein Interesse an irgendetwas zeigen, ohne dass die anderen Agenten sich fragen, *warum*, oder ohne dass sie noch schärfer darauf sind, nur weil ich mich dafür interessiere. Das ist ein Spiel, das ich schon seit Jahren spielen muss.«

»Das hier ist kein Spiel, nichts von alldem ist ein Spiel«, widersprach ich. »Jetzt werden sie die Forschungsergebnisse nicht mehr rausrücken.«

»Das ist mir durchaus bewusst, und ich habe Vorsichtsmaßnahmen getroffen. Deren Namen lauten Blair und Sara.«

Die beiden Mädchen waren Grüne. Und hatten ein fotografisches Gedächtnis.

»Du hast sie die Unterlagen auswendig lernen lassen?«

»Vorher habe ich sie getestet. Habe beide ein Diagramm und eine Tabelle reproduzieren lassen, und sie haben haargenaue Kopien gezeichnet. Ich denke, wir sollten den Rucksack den Agenten überlassen – so können wir ihnen besser unterjubeln, was wir vorhaben«, meinte er. Ich stand kerzengerade da und schaute an seinem Kopf vorbei. Das ersparte mir zwar nicht den Klang seines gewinnenden Südstaatenakzents, aber wenigstens sein Lächeln, die unschlagbare Charmeoffensive der Stewart-Brüder. »Ich habe eine Idee, aber ich ahne auch, dass sie dir nicht gefallen wird.«

»Tolle Art, sie mir schmackhaft zu machen.«

»Ich mein's jetzt ernst, Zuckerschnecke. Das muss unter uns beiden bleiben, verstehst du? Sonst funktioniert es nicht. Versprich es mir. Es ist die einzige Möglichkeit, die auszuschalten, bevor sie uns ausschalten.«

Cole streckte mir seine Hand entgegen, aber ich zögerte, bevor ich sie ergriff. Ich hielt sie lange genug fest, um zu spüren, wie seine eigene, natürliche Hitze die Luft um uns herum erwärmte.

Clancy hatte einmal gesagt, dass es bei Leuten mit Psi-Fähigkeiten eine natürliche Hierarchie geben müsste; dass diejenigen mit den größten Kräften die anderen führen sollten, einfach weil es niemanden gab, der ihre Macht in Frage stellen konnte. Und jetzt, als ich Coles Hand hielt, erkannte ich, dass es wirklich so war, wenn auch aus einem anderen Grund. Wir waren diejenigen, die mit den uns gegebenen Fähigkeiten das gesamte Spektrum dessen sahen, was richtig und falsch war. Wir waren gefürchtet und gehasst worden, und wir hatten uns selbst gefürchtet und gehasst. Keiner von uns wollte das, was wir hatten; wir würden niemals versuchen, unsere Macht länger zu behalten als unbedingt nötig oder unsere Stellung zu missbrauchen. Grundsätzlich mussten diejenigen mit der größten Macht in der ersten Reihe stehen, und sei es nur, weil wir dann die beste Chance hatten, die anderen zu beschützen.

Ich drückte seine Hand. Ein Hauch von Erleichterung und Dankbarkeit glitt über seine Züge, bevor er wieder seine übliche arrogant-lässige Miene aufsetzte.

»Und was ist dann unser nächster Schritt?«, fragte ich. »Wie sollen wir ohne ausgebildete Truppen irgendetwas ausrichten? Wo sollen wir hingehen?«

»*Wir* gehen zur Ranch«, erklärte Cole. »*Die* fahren mit den übrigen Agenten zum Hauptquartier in Kansas. Sie können uns in die Wüste schicken, aber die verdammte Ranch kriegen sie nicht. Die gehört *uns*.«

»Und wie willst du das schaffen?«, fragte ich.

»Zuckerschnecke, die Frage lautet eher: Wie lange brauchst du, um sie zu überzeugen, dass die Ranch … na ja, heruntergekommen ist … dass es da nichts Brauchbares mehr gibt … dass man sie nicht verteidigen kann?«

Die Erkenntnis ließ mein Inneres gefrieren. »Ich soll sie also manipulieren. Es sind doch über ein Dutzend …«

»Und du hast drei Stunden Zeit, bevor wir aufbrechen«, sagte Cole und ließ seine Flammen abermals erlöschen. »Also schlage ich vor, du beeilst dich ein bisschen.«

3. Kapitel

Bei den hastigen Vorbereitungen für unseren Aufbruch bekam jeder unterschiedliche Aufgaben zugeteilt. Einige wurden losgeschickt, um die Wachen abzulösen; andere packten die Ausrüstungsgegenstände zusammen, die wir im Laufe der Zeit gesammelt hatten; wieder andere wie Liam und Chubs verteilten die letzten spärlichen Essensreste an die verschiedenen Teams. Ich huschte wie ein unerwarteter Windhauch zwischen den Agenten umher und streifte sanft ihre Gedanken. Cole und ich hatten beschlossen, in welcher Reihenfolge ich vorgehen sollte, damit die Planänderung möglichst natürlich wirkte. Was bedeutete, dass ich mit Agentin Sen anfing.

Ich stellte mich hinter sie, Rücken an Rücken, als sie die Landkarte studierte und die Listen ergänzte, auf denen stand, wer mit wem fahren sollte. Da ich ihren Verstand schon einmal geknackt hatte, ging es diesmal wie geschmiert.

Bei jedem Agenten wurde ich langsamer, musste mich durch düstere Gewalt- und Trainingsszenen und Träume kämpfen. Ich hatte sechs Monate mit diesen Leuten verbracht, doch jetzt brauchte ich nicht einmal zwei Stunden, um die Tragweite ihres Hasses zu begreifen – auf Gray, auf uns, auf alles, was ihnen im Weg stand. Der gemeinsame schmerzhafte Verlust hatte sie ein schwarzes Loch erzeugen lassen, in das sie sich gegenseitig hineinzogen.

Als ich fertig war, fühlte ich mich wie ein Fels, der einen Erdrutsch überstanden hatte. Stark genug, um drei Türen weiterzugehen und mir Clancy Gray vorzunehmen.

Ich stupste ihn mit dem Fuß in die Seite – vielleicht ein wenig fester als nötig. »Wach auf.«

Er stöhnte und sah mich mit trüben Augen an, als ich ihm mit der Taschenlampe direkt ins Gesicht leuchtete. »Wenn dieses Gespräch mir nicht freie Hände, einen Spiegel, den qualvollen Tod eines der beiden Stewart-Brüder und saubere Klamotten einbringt, habe ich kein Interesse.«

Ich hakte den Fuß hinter seinen Arm und rollte ihn auf den Rücken. Durch die verfilzten Haarsträhnen, die ihm ins Gesicht hingen, funkelte er mich böse an. Der Schleim aus der Kanalisation, die er als Fluchtweg aus dem Hauptquartier benutzt hatte, war nicht mehr schwarz, sondern grau und krustig und bröckelte beim geringsten Zucken von seiner Haut ab.

»Nichts zu essen?«, schnaubte er. »Hunger als Foltermethode ist so … primitiv.«

»Das hier ist keine Folter«, sagte ich und verdrehte die Augen. Wenigstens nicht im traditionellen Sinn. Ich wusste nicht, ob es Clancy so unrecht war, dass wir ihn von den anderen fernhielten, sozusagen in Einzelhaft. Ich glaube, am meisten störte es ihn, dass er vom Informationsfluss abgeschnitten war und nur ab und zu durch die Wand ein paar Gesprächsfetzen aufschnappen konnte. Das war die Hölle für Clancy Gray. Das und die dreckigen Sachen, die ihm am Körper klebten. Ich hielt die Jogginghose und das T-Shirt hoch und ließ ihm beides ins Gesicht fallen. »Ich schneide deine Hände und Füße los und gebe dir einen Lappen und einen Eimer Wasser, damit du dich waschen kannst, und dann kommst du leise mit und tust genau, was ich sage.« Mit dem kleinen Messer, das Cole mir gegeben hatte, durchtrennte ich den Kabelbinder um seine Fußgelenke und ignorierte die tief eingegrabenen Striemen in seiner Haut.

»Was ist denn los?«, fragte er und setzte sich auf. »Was habt ihr vor?«

»Wir ziehen um.«

»Wohin?«, fragte Clancy und rieb sich die Handgelenke, nachdem ich sie ebenfalls befreit hatte. »Ich habe gehört, es gibt ein paar Straßen weiter einen alten Fleischkühlraum. Das wäre eine Verbesserung.«

Ich drehte mich um, als er sich auszog, und warf ihm über die Schulter den Lappen zu. Dann blickte ich zu Boden und hörte, wie er sich abschrubbte.

»Natürlich wär's zu viel verlangt, um warmes Wasser zu bitten«, maulte er. »Ich kriege ja nicht mal eine Decke …«

Er erstarrte. Ich hörte den Lappen auf die Bodenkacheln klatschen und drehte mich um, wobei ich den Blick nicht tiefer senkte als bis zu seinen Schultern. Er fixierte mich und grübelte offensichtlich über etwas nach. »Was ist wirklich los?«

»Wir ziehen um«, wiederholte ich und kämpfte gegen das übliche Ekelgefühl an. Er bekam keine Informationen. Er bekam gar nichts, außer dem bisschen, das er nicht mal verdient hatte. Als ich keine weiteren Erklärungen abgab, spürte ich ein leichtes Kitzeln ganz hinten in meinem Kopf, wie sein Verstand ganz beiläufig den meinen anstupste, als klopfe er an, um hereingelassen zu werden. Ich machte dicht und stellte mir vor, wie eine Tür vor seiner Nase zuknallte. Er zuckte unter der Wucht zusammen.

»Ihr wollt mich eintauschen – ausliefern«, sagte er mit gepresster Stimme. »Deshalb soll ich mich waschen.«

Wäre seine Vermutung den Plänen der Agenten für uns nicht so nah gekommen, hätte ich ihn mit dieser Möglichkeit gequält. So jedoch brachte ich das nicht fertig. »Das würde dir gefallen, was? Ein paar von den PSFs deinem Willen zu unterwerfen, einen Fluchtplan zu entwickeln …«

»Wow, offensichtlich bist du doch noch in der Lage, Sätze zu bilden, die mehr als drei Wörter enthalten«, spottete Clancy, während er das saubere Shirt überstreifte und in die Jogginghose schlüpfte. Er sah blasser aus, als ich ihn in Erinnerung hatte, genauso dünn und schattenhaft wie wir alle. »Wieso bist du immer noch so wütend? Sag bloß nicht, es ist immer noch wegen diesem blöden Bengel.«

Ich weiß nicht mehr, was geschah, nachdem ich ihm den ersten Kinnhaken verpasst hatte, doch als ich wieder zu mir kam, spürte ich starke Arme um meine Taille. Ich schlug immer noch wild um mich und versuchte mich zu befreien.

»Hey – *hey*! Ganz ruhig!« Cole ließ mich los und schob mich weg von sich und von Clancy. »Das hast du doch nicht nötig. Reiß dich zusammen!«

Ich presste die Faust gegen die Brust und schnappte nach Luft. Clancy hielt sich immer noch die Hände über den Kopf, als Cole ihn hochzog und ihm erneut die Hände auf dem Rücken fesselte. Er zerrte ihm einen alten Kopfkissenbezug über den Kopf und knotete ihn zu, damit er an Ort und Stelle blieb.

Das Gesicht von tiefen Zornesfalten entstellt schleifte er mich wortlos zur Tür. »Konzentrier dich«, zischte er. »Wir werden stundenlang unterwegs sein, und er ist die ganze Zeit bei uns im Auto. Wenn er irgendetwas versucht, musst du ihn kaltstellen können.«

Ich starrte Clancy an und sah zu, wie er den Kopf in unsere Richtung drehte. Wer konnte sagen, ob er nicht genau in diesem Moment versuchte, irgendetwas mit Cole anzustellen? Er hatte schon viel mehr Leute unter weitaus schwierigeren Umständen manipuliert – das hier wäre ein Klacks für ihn. Ich hatte angenommen, dass es ausreichte, ihn von den anderen zu trennen, um sie vor ihm zu schützen, aber wenn das nun nicht zutraf?

»Dann machen wir also eine kleine Spritztour?«, rief er uns zu.

Rasch suchte ich in Coles Gesicht nach einem Hinweis auf Clancys Einfluss und schluckte meine aufkommende Panik herunter. Sein Blick war scharf, nicht glasig und seine Miene keineswegs ausdruckslos. Tatsächlich grinste er breit.

»Gibt es keine Möglichkeit, ihn unschädlich zu machen?«, fragte ich leise. »Das wäre sicherer. Für uns alle.«

»Nur mit Gewalt«, zischte Cole. »Und ich will lieber nicht riskieren, ihm ein Schädel-Hirn-Trauma zu verpassen.« Dann fuhr er lauter fort: »Wir stecken ihn in den Kofferraum. Gefesselt, geknebelt, hilflos. So wie ich ihn am liebsten habe.«

Clancy reckte den Kopf in unsere Richtung. Und hätte ich ihn nicht so gut gekannt, ich hätte schwören können, dass ein Hauch Verzweiflung in seiner Stimme mitschwang. »Oh, das muss aber nicht sein …«

»Du sitzt nicht mit uns hinten«, sagte Cole. »Das ist zu gefährlich. Was ist, wenn dich jemand sieht oder wenn du versuchst abzuhauen?«

Clancy schnaubte höhnisch. »Und mir die Projekt-Snowfall-Unterlagen durch die Lappen gehen zu lassen, bevor ich sie vernichten kann?«

Cole warf mir einen vielsagenden Blick zu und biss sich grinsend auf die Zunge. Ein unerwarteter Vorteil, sie den Grünen gezeigt zu haben – Clancy ahnte nicht, dass wir Vorsichtsmaßnahmen getroffen und gewissermaßen eine Sicherungskopie gemacht hatten.

»Ah, das klingt doch vernünftig, oder, Zuckerschnecke?«

Ich zog ihn weiter in den Flur und schloss die Tür hinter uns. »Vielleicht ist es wirklich keine gute Idee, ihn mitzunehmen. Wenn er auf der Ranch freikommt, könnte er alles kaputtmachen.« Ich ballte die Hände zu Fäusten und versuchte, die Abscheu zu verdrängen, die Erinnerung daran, wie blöd ich gewesen war zu glauben, ich hätte Clancy unter Kontrolle.

Manche Menschen kamen auf die Welt, ohne sich jemals für das zu interessieren, was um sie herum vor sich ging – sie waren so darauf konzentriert, was *sie* wollten, was *sie* brauchten. Niemand anderes war für sie wichtig. Sie kannten weder Anteilnahme noch Mitleid oder Schuldgefühle. Manche Menschen wurden als Monster geboren. Das wusste ich jetzt.

»Hey«, flüsterte Cole. »Glaubst du, ich würde ihm nicht auch am liebsten das Licht ausblasen?«

»Er hat mehr Gesichter als ein Wald Bäume«, warnte ich ihn. »Wenn ihm irgendetwas keinen direkten Nutzen bringt, spielt er nicht mit. Und wenn er sich *bedroht* fühlt …«

»Er ist dir nicht gewachsen, Zuckerschnecke.«

»Schön wär's.« Ich schüttelte den Kopf.

»Am besten, wir konzentrieren uns auf das, was er für uns tun kann, wenn wir ihn irgendwohin schaffen können, wo er mit uns zusammenarbeiten will«, sagte Cole. »Die Informationen, die Einblicke in die Denkweise seines Vaters, nicht zu vergessen sein Wert als potenzielle Austauschgeisel.«

»Er ist zu unberechenbar.« Selbst wenn wir ihn an seinen Vater auslieferten, bestand immer noch die Möglichkeit, dass er entkam und noch mehr Unheil anrichtete. War es besser, ihn mitzunehmen, wenn auch nur, damit wir ihn im Auge behalten konnten?

»Du vergisst immer, dass wir unterm Strich dasselbe wollen wie er«, sagte Cole und kämpfte offensichtlich gegen den Drang an, die Augen zu verdrehen. »Wir alle wollen seinen Vater aus dem Amt jagen.«

»Nein«, widersprach ich und schaute kurz zu der auf dem Boden knienden Gestalt zurück. »Er will seinen Vater vernichten. Das ist etwas anderes. Die einzige Frage ist, ob du bereit bist zu riskieren, Teil des Fallouts zu werden, wenn er herausfindet, wie er das anstellen soll.«

Eine Sekunde zu spät ging mir auf, dass ich dadurch, dass Clancys Handgelenke erneut gefesselt waren, gezwungen war, ihn zu füttern. Er funkelte mich böse an und spuckte nach mir wie eine wütende Katze, der man die Krallen schneiden will. Ich bekam eine Gänsehaut. Alles in allem eine äußerst unangenehme Erfahrung für alle Beteiligten.

Bei meiner Rückkehr in den Aufenthaltsraum begrüßte mich Liam mit einem mitfühlenden Blick, warf mir eine Tüte Kartoffelchips zu und klopfte auf den Platz neben sich. Die Hälfte der Anwesenden wirkte aufgrund der extrem frühen Stunde ganz benommen; die andere Hälfte lief nervös im Kreis herum. Draußen hatte der Wind aufgefrischt; er pfiff heulend um die Ecken des Lagerhauses, fegte durch die Ritzen des schadhaften Dachs und sorgte für einen gruseligen Soundtrack, der zu diesem Morgen passte.

»Okay, ich fasse mich kurz«, begann Cole. »Wir bilden jetzt Teams und verteilen uns auf die drei Schwachstellen in dem Verteidigungsring. Wenn die Stelle, zu der ihr geschickt werdet, irgendwie gefährdet ist – durch Soldaten, finstere Gestalten oder was auch immer –, dann fahrt ihr zur nächsten.«

Neben ihm warf Sen einen selbstgefälligen Blick auf die am Boden sitzenden Kids. Ich hätte selbst fast gegrinst und spürte, wie mir das Gefühl von Kontrolle einen kleinen Kick gab. *Euch wären wir los,* dachte ich.

»Sobald ihr euren Befehl erhalten habt«, fuhr Cole fort, »vergewissert euch auf der Karte, wo euer Auto steht, und seht euch Routen an, die daneben aufgelistet sind. Team A besteht aus mir, Ruby, Liam, Vida, Nico, unserem Gast und dem Typen mit dem spießigen Businesshemd.«

Liam riss genervt die Hände hoch.

Chubs zuckte nur die Achseln. »Besser als Großmütterchen. Und Chubs – fürs Protokoll.«

»Nicht Nico«, meldete ich mich zu Wort. Ich bezweifelte, dass man in Clancys Gegenwart auf seinen gesunden Menschenverstand würde zählen können, und ich konnte nicht garantieren, dass ich ihn nach einem weiteren Fehler ungeschoren davonkommen lassen würde.

Ich sah, wie Nico zurücktrat und sich in die hintere Reihe der Gruppe verzog. Liam drückte meine Hand, doch ich weigerte mich, aufzuschauen und mich seinem enttäuschten Blick zu stellen. Er verstand das nicht.

»Na schön«, sagte Cole. »Du gehst mit Team D, Nico.«

»Bin ich der Gast?« Ich hatte gar nicht bemerkt, dass Senatorin Cruz sich im Raum befand, bevor sie sich zu Wort meldete.

»Sie sind in Team C. Unser weniger willkommener Gast ist in Team A.«

Er musste sie über Clancys Gegenwart informiert haben, denn ihre einzige Reaktion bestand in einem leisen »Oh, ich verstehe«.

Cole erläuterte die verschiedenen Routen, auf denen die Teams in Richtung Norden fahren sollten. Alle Strecken führten über Landstraßen, was längere Fahrtzeiten und mehr Benzinverschwendung zur Folge hatte, die Reise jedoch sicherer machte. Danach folgte ein kurzer Moment der Stille, als ob alle einen Augenblick brauchten, um seine Worte zu verdauen.

Cole deutete auf mich. »Geh ihn holen.«

»Sobald eure Gruppe vollzählig ist«, fuhr er fort, als ich hinausging, »macht, dass ihr so schnell wie möglich hier verschwindet. Viel Glück, und passt auf euch auf. Wir sehen uns im Norden.«

Sobald ich das Zimmer betrat, rappelte Clancy sich mit gefesselten Händen und dem Kissenbezug über dem Kopf hoch. »Fahren wir *jetzt* los? Wie spät ist es?«

Ich zog ihm kurz die Kapuze vom Kopf. »Wenn du irgendjemandem zu nahe kommst …«

»… bin ich tot. Mein Gott, du bist genauso nervig wie damals meine Nanny. Ich hab *verstanden*«, blaffte Clancy. Er stieß mich mit seinen zusammengeschnürten Händen an. »Das hier ist doch mindestens genauso verdächtig wie die Kapuze. Wenn irgendwas passiert, sollte ich vielleicht lieber die Hände frei haben …«

»Es wird nichts passieren«, erwiderte ich, packte seinen Arm und zog ihn in den Flur hinaus und dann gleich wieder zurück ins Zimmer, damit wir nicht von den Teams niedergetrampelt wurden, die zu den unterschiedlichen Ausgängen des Gebäudes rannten.

»Bist du startklar?«, rief Cole mir vom Fenster her zu, als ich Clancy in den Aufenthaltsraum zerrte. Anabel Cruz stand noch immer zwischen den beiden Agenten, die für sie verantwortlich waren. Bei Clancys Anblick erstarrte sie. Er grinste höhnisch und musterte sie von oben bis unten.

»Das reicht«, befahl ich. »Lass sie in Ruhe, oder ich schmeiße dich aus dem Fenster.«

»Diese ehrenvolle Aufgabe nehme ich dir gern ab«, sagte Liam und half mir als Nächste aufs Fenstersims. Er sah sich kurz nach Sen um und warf mir einen fragenden Blick zu, als sie die Schulterriemen des Rucksacks festzog, in dem die Forschungsergebnisse waren.

Ich legte ihm beruhigend die Hand auf den Arm, dann wandte ich mich wieder Clancy zu und half ihm, über das Sims zu klettern, doch er blieb mit dem Fuß an irgendetwas hängen und landete kopfüber auf dem Podest der Feuerleiter.

»Wie ich sehe, bekomme ich keinen würdevollen Abgang«,

knurrte er, während er sich aufrichtete und ungeschickt versuchte, sich mit den gefesselten Händen das Hemd herunterzuziehen.

Ich beugte mich über die Stufen und schaute Cole nach. Er befand sich bereits wieder auf festem Boden, das Gewehr in der Hand, und fixierte die umliegenden Fenster mit derselben konzentrierten Wachsamkeit, die ich bei Liam so oft beobachtet hatte. Der Wind zerzauste ihm das Haar, blähte seine Jacke und schob mich einen Schritt vorwärts.

»Was die Stewarts angeht, ist er wahrscheinlich die bessere Wahl. Sieht gut aus. Schurkentyp. Wohl eher dein Geschmack«, mutmaßte Clancy, der meinem Blick gefolgt war.

Ganz offensichtlich wusste er nicht das Geringste über meinen Geschmack.

Ich gestattete mir nicht, mich nach Vida, Chubs und Liam umzublicken, bis auch wir alle auf der Straße standen und uns mit dem Rücken an das Gebäude pressten.

»Irgendwas zu sehen?«, fragte ich Cole.

Er schüttelte den Kopf. »Alles klar.«

Wir gingen einen Block in östlicher Richtung und dann weiter an den Bahnschienen am Ufer des Los Angeles River entlang. Unser Schlupfloch befand sich etwa dreizehn Blocks nördlich, doch es würde ein dunkler, angespannter, schweigsamer Marsch werden. Schon jetzt überkam mich ein beklemmendes Gefühl, als ich mich umblickte, allerdings war es zu dunkel, um die Kids sehen zu können, die hinter uns herzottelten. Cole hatte ihnen eingeschärft, zehn Minuten zu warten, bevor sie uns durch die Lücke in den Verteidigungslinien folgten, für den unwahrscheinlichen Fall, dass irgendetwas schiefging und sie Zeit zum Wegrennen brauchten.

Schön für sie.

Ich schaute nach vorn und hielt Clancys Arm fest umklammert. Seine Haut fühlte sich unerträglich heiß an. Der Morgen lag kalt über der Stadt, und die Sonne war nicht da, um die Kühle wegzubrennen, doch es schien, als beträfe ihn das alles nicht. Als könne ihn nichts berühren.

Unvermittelt riss Cole die Hand hoch und bedeutete uns mit einem zischenden Atemholen, stehen zu bleiben. Neugierig spähte Clancy über meine Schulter, um zu sehen, was los war.

»Ah«, sagte er und trat wieder zurück. »Na, dann viel Glück.«

Unser Weg führte unter dem Freeway 101 entlang, wo dieser eine Brücke über dem Los Angeles River und den Bahnschienen bildete. In den Erinnerungen der Soldatin hatte ich gesehen, dass die Armee die Schienen mit umgekippten Güterwaggons und Scheinwerfern blockiert hatte. Auf dem Freeway waren zwei Humvee-Geländewagen und weitere Scheinwerfer gewesen, die auf uns gerichtet waren. Und da waren sie – ich zählte sie, während wir uns vorsichtig und lautlos näherten. Eigentlich sah ich gar kein Problem. Nicht bevor die erste von drei schattenhaften Gestalten am Rand der Hochstraße auftauchte. Sie hielten die Arme vors Gesicht, was darauf schließen ließ, dass sie Ferngläser benutzten.

Cole ließ sich bäuchlings auf die Schienen fallen. Ich riss Clancy neben mir zu Boden. »Was ist los …?«, wollte Chubs wissen, aber irgendwer – Vida – hielt ihm den Mund zu.

Scheiße, Scheiße, Scheiße, Scheiße. Furcht kroch in mir hoch. Wie hatte ich mich so irren können?

Es war immer noch stockfinster, aber wir waren dem Lichtkegel der Flutlichtanlage bereits gefährlich nahe. Leise fluchend gab Cole uns ein Zeichen umzukehren. Vida holte eine Pistole hervor und robbte auf dem Bauch rückwärts. Sie packte Chubs am Kragen und zog ihn mit sich.

Der Wind fuhr von hinten unter meine Jacke, und die kalte Luft streifte meine nackte Haut. Links von uns rappelten die dünnen, blechartigen Metallplatten neben den Schienen so laut, als würden sie jeden Augenblick explodieren. *Langsam*, ermahnte ich mich. *Keine Panik. Ganz langsam*. Hastige Bewegungen oder laute Geräusche würden nur die Aufmerksamkeit der Soldaten erregen …

Ein Knacken ertönte, als würde ein Knochen brechen, als sich plötzlich eine ganze Sektion der Wandverschalung löste und von einer Windböe direkt auf uns zugefegt wurde. Ich duckte mich, hielt mir die freie Hand über den Kopf und rechnete mir bereits aus, wie schnell wir aufstehen und wegrennen mussten, wenn die Platte auf die Schienen krachte und dort herumzupoltern begann.

Doch einen hämmernden Herzschlag lang … zwei … drei … blieb bis auf das Heulen des Windes und meinen keuchenden Atem alles still. Ich hob den Kopf, sah, wie das Entsetzen in Coles Gesicht sich in Erleichterung verwandelte, und drehte mich suchend um.

Liam hatte der abgerissenen Wellblechverschalung die Hand entgegengestreckt. Sie war erstarrt, als sie auf ihrer gefährlichen Flugbahn zum ersten Mal den Boden berührt hatte, und neigte sich noch immer in unsere Richtung. Das rostige Metallstück stand senkrecht und bebte wie ein überanstrengter Muskelstrang, regte sich ansonsten jedoch nicht. Liams Gesicht war eine versteinerte Maske der Konzentration. Ich hatte ihn mit seinen Fähigkeiten schon viel schwerere Dinge anheben und werfen sehen, doch die Kraft des Windes, der wir ausgesetzt waren, stellte eine große Herausforderung dar.

Chubs rückte näher, aber Liam sagte leise: »Ich hab sie.«

Cole schnippte leise mit den Fingern und deutete zum Freeway hinauf. Die Gestalten, die wir dort gesehen hatten, die Soldaten, hatten sich erneut in Bewegung gesetzt. Die Scheinwerfer, die auf uns gerichtet waren, gingen aus, gerade als ein weiterer Militärlaster neben den beiden hielt, die bereits dort standen. Ich brauchte einen Augenblick, um zu verstehen, was da vor sich ging.

Die sind hier, um die Wagen und die Scheinwerfer auszutauschen. Nicht um zu patrouillieren, nicht als Wachen.

Einer der Humvees sprang an, fuhr in einer weiten Kurve über die leeren Fahrspuren des Freeways und sauste in westlicher Richtung davon. Ich behielt die immer kleiner werdenden Rücklichter im Blick, ehe ich zu den Scheinwerfern hinaufschaute. Nichts regte sich. Sie waren weg.

Offensichtlich war Cole zu demselben Schluss gekommen, denn er stand langsam auf und gab uns ein Zeichen, seinem Beispiel zu folgen. Liam ächzte ein letztes Mal, hob das Blech mithilfe seiner Kräfte hoch über unsere Köpfe und schleuderte es in das trockene Zementbett des Los Angeles River. Dann ließ er sich von seinem Bruder aufhelfen, stieß ihn jedoch gleich darauf weg.

»Für eine sportliche Null hast du überraschend flott reagiert.«

»Das heißt wohl *Danke* in einer Sprache, die ich nicht spreche«, erwiderte Liam und spähte mit zusammengebissenen Zähnen nach vorn. »Können wir weiter?«

Cole starrte ihn noch einen Moment lang an, seine Miene war nicht zu deuten. »In Ordnung. Auf geht's!«

Als wir zu Fuß Glendale erreichten, war die Sonne aufgegangen. Obwohl sich das Gebiet außerhalb der Militärsperre befand, lag es nah genug an der Schadenszone, dass hier eine entweder offizielle oder panikbedingte Evakuierung stattgefunden hatte. Um uns herum war kein Mensch zu sehen. Cole war vorausgegangen, um zur Sicherheit noch einmal die nahegelegenen Straßen zu überprüfen, doch da war dieses Gefühl, so ein unnatürliches Vibrieren auf meiner Haut, das mir keine Ruhe ließ. Wachsam ließ ich den Blick über jede Straßenecke wandern, über die nahegelegenen Dächer und selbst über die zerstörte Skyline von Los Angeles, suchte nach der Ursache. Was als drohende, unbehagliche Gewitterwolke begonnen hatte, bekam allmählich deutlichere Umrisse. Ich hatte Angst, dass es erst dann eindeutig Gestalt annehmen würde, wenn es bereits wie Messer auf uns herabregnete.

Asche und Ruß waren vor ein paar Tagen vom Regen in trübe Pfützen gespült worden. Ich schüttelte den Kopf. Alles wirkte irgendwie … sonderbar. Die Häuser wiesen keine äußeren Spuren der Zerstörung auf und waren blassgrau statt bedrohlich schwarz wie die Häuser im Zentrum. Vorsichtig stieg ich über eine Betonschwelle, die einen Parkhafen markierte. Das Gebäude dahinter erwies sich als ein verrammelter Supermarkt.

»Da.« Cole deutete auf das Gelände hinter dem kleinen Einkaufszentrum. Ein Parkplatz. Sämtliche Straßenlaternen waren an und flackerten.

»Gott sei Dank«, sagte Chubs, als wir von einem Parkplatz zum anderen gingen. Er starrte zu den Laternen hinauf, als hätte er so etwas noch nie gesehen.

Liam steuerte bereits auf eine dunkelblaue Limousine zu und zog einen verbogenen Drahtbügel aus dem schwarzen Rucksack, der über seine Schulter hing. Er hatte das Schloss so schnell geknackt, dass Cole es erst mitbekam, als Liam sich über den Fahrersitz beugte, ein paar Drähte aus dem Armaturenbrett zog und versuchte, den Wagen kurzzuschließen.

»Was denn?«, rief Chubs. »Kein Minivan?«

»Sachte, sachte –«, meinte Cole, als der Motor endlich zum Leben erwachte. Er zerrte Liam aus dem Auto und würgte den Motor ab. »Herrgott noch mal, wer zum Teufel hat dir das beigebracht?«

»Na, wer wohl?«, blaffte Liam und riss seinen Arm aus Coles Umklammerung.

»Harry?« Cole lachte ungläubig. »Kriegt man nicht den Heiligenschein entzogen, wenn man einem leicht zu beeindruckenden Jugendlichen zeigt, wie man Autos klaut?«

Liams Blick hätte den Lack der Limousine wegätzen können. »Bist du fertig?«

»Nein, ich wollte nur …« Cole hatte einen wunden Punkt getroffen, ging mir auf, und er merkte es gar nicht. »Harry. Fähnleinführer Harry Stewart hat dir das beigebracht. Warum?«

»Weil er darauf vertraut hat, dass ich es nur im äußersten Notfall tun würde.« Liam bedachte ihn mit einem bitteren Lächeln. »Wieso, hat er's dir etwa nicht beigebracht?«

Coles Blick war sogar noch kälter als Liams Worte. Die Finger seiner rechten Hand zuckten leicht, bevor er sie in die hintere Jeanstasche schieben konnte.

»Oh Gott, bei den Stewarts ist ja selbst ein Familiendrama sterbenslangweilig«, brummte Clancy mürrisch. »Ich dachte, wir wären in Eile?«

»Sind wir auch.« Ich wandte mich an Liam. »Hat der Wagen noch Benzin im Tank?«

Er nickte. »Etwa hundertfünfzig Kilometer müsste er noch schaffen.«

»Toll«, sagte Cole. »Aber den nehmen wir nicht. Da drüben steht ein brauner Geländewagen, der ist genau das Richtige für dich.«

Liam warf einen Blick auf den Wagen und schüttelte den Kopf. »Der schluckt zu viel Sprit. Außerdem sind die Dinger kopflastig und überschlagen sich bei einem Unfall …«

Sein Bruder brachte ihn mit einer so herablassenden Handbewegung zum Schweigen, dass ich richtig sauer wurde. »Du planst doch wohl keinen Unfall? Also halt verdammt noch mal die Klappe, und tu, was ich dir sage …«

»Du kannst mich nicht zwingen …«

»Oh doch! *Ich* habe hier das Kommando, ob es dir gefällt oder nicht. *Ich* bin derjenige, der draußen im Feld war. *Ich* bin derjenige, der uns hier rausbringt. Und *ich* sage dir jetzt, dass du dir einen SUV aussuchst, für den Fall, dass wir querfeldein fahren müssen.«

Liam trat einen Schritt vor. »Wenn wir querfeldein fahren müssen, sind wir sowieso am Ende. Ich hätte lieber ein Auto, das nicht so viel Sprit schluckt.« Er sah mich an, bat stumm um Unterstützung. Ich biss mir auf die Lippe und schüttelte den Kopf. Nicht dieser Streit. Das war es nicht wert. Cole kam mit raschen Schritten von einem roten Pick-up-Truck auf uns zu, und nichts würde ihn von seiner Entscheidung abbringen.

Vor all den Monaten, als wir nur zu viert in einem Minivan auf Nebenstraßen unterwegs gewesen waren und wie Leichenfledderer anderen Autos Benzin abgezapft hatten, hatten wir nach zwei einfachen Prinzipien gehandelt: Sei schnell und lass dich nicht erwischen. Unsere Entscheidungen trafen wir hauptsächlich aus dem Bauch heraus, und ich hätte nie abgestritten, dass einige davon mehr als fragwürdig waren, doch nur so hatten wir gelernt zu überleben – nur so kamen wir Psi-Freaks über die Runden, entgingen den Lagern und den Skiptracern. Und als ich Cole jetzt betrachtete und sah, wie sich seine Miene gereizt verdüsterte, war mir klarer als je zuvor, dass er so gut wie nichts darüber wusste, wie das Leben seines Bruders ausgesehen hatte, nachdem Liam aus dem Trainingsprogramm der League geflohen war. Technisch gesehen war Cole einer von uns, aber abgesehen davon, dass er die grausame Behandlung der Kinder in Ledas Psi-Forschungsprogramm mit angesehen hatte, war er nie gezwungen gewesen, sich an unsere Realität anzupassen.

Sie hatten sich schon vorhin über die Fahrerei gestritten, wodurch wir jetzt ein wenig Zeit sparten. Ich warf einen letzten Blick auf die drei Gestalten, die in den Geländewagen kletterten, den Cole ausgewählt hatte, bevor ich Clancy zu dem roten Pick-up zog, auf den Cole deutete. Es kam mir seltsam vor, dass wir uns nicht alle in ein Fahrzeug quetschten, doch ich verstand Coles Begründung sofort, auch wenn Liam es nicht tat. Es war derselbe Grund, aus dem ich in den vergangenen zwei Wochen praktisch allein das Vergnügen gehabt hatte, Clancys Babysitter zu spielen, ihn zu füttern und sein verwundetes Ego zu ertragen. Wenn ich fuhr, hätte der andere Orangene weniger Chancen, den Wagen unter seine Kontrolle zu bringen, weil ich ihn abblocken konnte. Wenn einer der anderen fuhr, wäre es nur eine Frage der Zeit, bis Clancy in seine Gedanken schlüpfte und die Führung übernahm. Ich sah das klar und deutlich vor mir, als hätte er mir die Szene in den Kopf gepflanzt.

Eigentlich hätte ich Cole lieber auch in dem anderen Auto gesehen, doch das stand nicht zur Debatte. Dass es denkbar war, dass Clancy sich seines Verstandes bemächtigte und ihm befahl, mit der Pistole oder dem Messer auf mich loszugehen, war ihm anscheinend nicht in den Sinn gekommen.

Der Tank war halb voll, und der Motor lief bereits. Cole hatte Clancys Kabelbinder durchgeschnitten und neue angebracht, damit er die Hände in den Schoß legen und angeschnallt werden konnte, während seine Füße an das Gestänge unter seinem Sitz gefesselt wurden. Dann zog Cole ihm den Kissenbezug wieder über den Kopf.

Ich musste nur tief Luft holen und den Hebel aus der Parkposition lösen. Ein letztes Mal schaute ich auf das Skelett der Stadt im Rückspiegel und fasste das Lenkrad fester.

Endlich verließen wir diesen schrecklichen Ort und das, was wir dort begraben hatten.

Zwanzig Minuten später wurde jedoch Folgendes deutlich: Der Pick-up hatte keine intakte Klimaanlage, der Körpergeruch seines früheren Besitzers war von den Kunstledersitzen absorbiert worden, und, jawohl, mein Fenster war kaputt.

Rechts von mir hatte Clancy sich nach vorn gebeugt. Entweder er schlief, oder er versuchte den Kissenbezug an seinen Oberschenkeln abzustreifen. Cole, der neben ihm saß, behielt die Seitenstraßen im Blick. Das helle Nachmittagslicht ließ die dunklen Schatten unter seinen Augen noch deutlicher hervortreten. Jetzt, wo er still dasaß und nicht herumhastete oder Befehle brüllte, schien sein Körper endlich dem Schmerz und der Erschöpfung ihren Tribut zu zollen. Er ließ die Schultern kreisen und schnitt eine Grimasse.

Cole hatte mir auf der Karte gezeigt, wo wir hinwollten – in eine kleine Stadt namens Lodi, etwas südlich von Sacramento. Hätten wir den Freeway nehmen können, wären wir geradewegs die Küste hinaufgefahren und höchstens fünf Stunden unterwegs gewesen. Noch schneller wäre es gegangen, wenn Fluglinien und Züge noch verkehrt hätten und wenn Gray keine Schiffe eingesetzt hätte, um die Pazifikküste zu überwachen.

Ich schaute mich nach dem hinter uns fahrenden Geländewagen um. Liam musste darauf gewartet haben, denn er hob die Hand und winkte mir aufmunternd zu. Neben ihm redete Chubs unermüdlich und wild gestikulierend auf ihn ein. Dieser Anblick war vertraut und beruhigend genug, um die bedrohliche Fremdheit der Stadt um uns herum zu verdrängen.

Burbank war früher einmal eine Stadt voller Leben gewesen. In den letzten paar Jahren hatte sie noch an Bedeutung gewonnen. Viele Medienkonzerne hatten hier ihre Studios oder Geschäftszentralen, und viele waren aus den umliegenden Städten hierhergezogen, entweder aufgrund von Fusionen oder zwecks vertraglich geregelter gemeinsamer Equipmentnutzung. Beim Anblick der stillen, leeren Straßen fragte ich mich, ob Gray die Stadt schon hatte räumen lassen.

Wo zum Teufel waren die denn alle? Es war, als führe man durch die schlimmste der heruntergewirtschafteten Städte im Osten des Landes. Halb rechnete ich damit, ein vom Wind aufgewirbeltes Zeitungsblatt zu erblicken, das wie eine Steppenhexe durch die leeren Straßen trieb. Ich spürte, wie mein Puls schneller wurde; jener seltsame Schatten, den ich in Los Angeles gespürt hatte, war zurück und grollte wie Donner in meinem Kopf.

»Das gefällt mir nicht«, knurrte Cole, als würde er meine Gedanken lesen. »Nimm die Nächste rechts …«

Hätte ich nicht in den Rückspiegel geschaut, um Liam ein Zeichen zu geben, hätte ich es gar nicht bemerkt. Eben war der Geländewagen noch da, und im nächsten Augenblick war er verschwunden – das Geräusch, das der Militärlaster machte, als er in den Ford Explorer krachte, fühlte sich an, als hätte mir jemand einen Baseballschläger gegen den Hinterkopf geknallt. Ich riss das Steuer herum, als der andere Wagen sich überschlug und Glas und Plastikteile in alle Richtungen geschleudert wurden, bevor er an der Bordsteinkante wieder auf die Räder krachte.

Unwillkürlich trat ich das Bremspedal durch, und unser Pick-up geriet ins Schleudern. Clancy schnappte nach Luft, als der Gurt über seiner Brust blockierte. Er versuchte, sich am Armaturenbrett abzustützen.

»Was war das?«, fauchte er. »Was zum Teufel …?«

Aber es war Cole, um den ich mich hätte sorgen sollen.

Während ich noch mit meinem Gurt kämpfte, verwandelte sich sein schockstarres Gesicht. Der Laut, der aus seiner Kehle drang, war zu rau, zu erstickt, um ein Schrei zu sein. Er klang überhaupt nicht menschlich.

Cole stieß die Beifahrertür auf, rannte jedoch nicht auf das Militärfahrzeug oder die beiden Soldaten zu, die mit gezogenen Waffen auf den braunen Geländewagen zugingen. Cole trat einen Schritt vor, als ich aus dem Pick-up sprang. Ohne jede Vorwarnung, außer dass er die rechte Hand neben dem Körper zur Faust ballte, verwandelte sich der Humvee in einen Feuerball.

Die Druckwelle der Explosion ließ mich rückwärts gegen den Pick-up taumeln. Sie zertrümmerte die Fensterscheiben der umliegenden Gebäude und die Heckscheibe unseres Pick-ups. Die beiden Soldaten wurden auf die Straße geschleudert. Cole schritt auf sie zu, beängstigend gefasst. Er hatte seine Pistole aus dem Halfter gezogen und zielte mit der üblichen Präzision. Ein Schuss zerfetzte das Gesicht des jungen Soldaten, der dem Geländewagen am nächsten war. Den anderen packte er am Kragen, riss ihm den Helm herunter und bearbeitete sein Gesicht gnadenlos mit den Fäusten. Ich konnte nicht hinschauen, wollte nicht hinschauen – mein Herz hämmerte wild in meinem Brustkorb, als ich zu dem Geländewagen hinüberstürmte. Die Splitter der getönten Fenster knirschten unter meinen Füßen. Die Fahrertür hatte bei dem Aufprall am meisten abbekommen, aber dort bewegte sich etwas – Liams weit aufgerissene Augen starrten mir durch die Überreste der Windschutzscheibe entgegen.

»Alles okay?«, rief ich und zuckte beim Knall eines letzten Schusses zusammen.

Liam saß kerzengerade auf dem Fahrersitz und hielt das Lenkrad krampfhaft umklammert. Aus seinem Gesicht war alle Farbe gewichen, abgesehen von dem roten Mal auf der linken Wange und der lila verfärbten, rasch anschwellenden Nase. Der Airbag lag schlaff auf seinem Schoß.

»Oh mein Gott«, keuchte ich. »Leute …«

Chubs war schon zu Vida auf den Rücksitz gekrochen. Mit zusammengekniffenen Augen untersuchte er die Platzwunde an ihrer Schläfe. Seine dunkle Haut war aschfahl.

Das brennende Fahrzeug entzog der Luft den Sauerstoff und ließ eine Hitzewelle nach der anderen gegen meinen Rücken branden. Um das Getöse des Infernos zu übertönen, musste ich durch den Rauch schreien, an dem ich bereits fast würgte.

»Alles okay?«, rief ich zu den beiden nach hinten. Vida reckte den Daumen hoch und schluckte heftig, als wäre sie sich nicht sicher, ob sie schon wieder sprechen konnte. »Liam?«

Mit zitternden Händen zerrte ich am Griff der Fahrertür, die gewaltige Delle knarrte protestierend. Bei all dem Adrenalin in meinem Blut war es ein Wunder, dass ich das Ding nicht abriss. »Liam? Kannst du mich hören, Liam?«

Langsam erwachte er aus seiner Starre und drehte sich zu mir um. »Ich hab doch gesagt, das Ding überschlägt sich.«

Ich hätte vor Erleichterung fast aufgeschluchzt und beugte mich durchs Fenster, um ihn zu küssen. »Das stimmt.«

»Ich hab's ihm gesagt.«

»Ja, das stimmt. Ich hab's gehört«, sagte ich leise und beruhigend, während ich seinen Sicherheitsgurt löste. »Bist du verletzt? Meinst du, du hast dir was gebrochen?«

»Schulter. Tut weh.« Er kniff die Augen zusammen und kämpfte gegen den Schmerz an. »Chubs? Die anderen …«

»Uns fehlt nichts«, rief Chubs mit überraschend fester, wenn auch irgendwie gepresster Stimme. Als er sich zu uns umdrehte, sah ich, dass ihm Blut aus der Nase lief. »Ich glaube, er hat sich die Schulter ausgekugelt. Hast du irgendwo meine Brille gesehen, Ruby? Ist runtergefallen, als der Airbag aufgegangen ist.«

»Was ist denn passiert?«, fragte Vida und deutete auf das Feuer. »Wie ist das …«

»'ne Kugel hat den Tank getroffen – Glückstreffer«, sagte Cole hinter mir. Sie waren entweder zu durcheinander oder zu verängstigt, um darüber nachzudenken, wie unwahrscheinlich das war.

Cole schob mich beiseite und nahm sich den Türgriff vor. Nach kurzem Zögern schlüpfte ich zur Beifahrerseite hinüber, zwang die störrische Tür auf und kniete mich hin. Ich tastete auf der Fußmatte herum, bis ich auf Chubs' Brille stieß. Oder auf das, was von ihr übrig war.

»Hast du sie gefunden?«, fragte er. »Was ist denn?«

Ich zeigte Vida das ramponierte Gestell und die gesprungenen Gläser. In einem seltenen Anflug von Mitgefühl klopfte sie ihm auf die Schulter und sagte: »Ja, sie hat sie gefunden, Großmütterchen.«

Endlich ging auch die Fahrertür auf, mit dem Kreischen von Metall auf Metall. Liam drehte sich herum und versuchte, seinen linken Fuß unter dem demolierten Armaturenbrett hervorzuziehen. Dabei hielt er sich die ganze Zeit die Schulter.

»Verdammt noch mal, du blöder Bengel!« Coles Gefühle brodelten ganz dicht unter der Oberfläche. Seine rechte Hand zuckte, als er ins Auto langte, um seinem Bruder zu helfen. »Verdammt – wie schwer ist es eigentlich, unter meinem Kommando nicht draufzugehen?«

»Ich tu mein Bestes«, knurrte Liam mit zusammengebissenen Zähnen. »Herrgott noch mal, tut das weh.«

»Gib mir mal deinen Arm«, sagte Cole, »das wird jetzt richtig fies, aber …«

»Willst du es machen?«, fragte Chubs. »Pass auf, dass du in der richtigen Stellung …«

Ich weiß nicht, was schlimmer war: das Geräusch, mit dem Liams Schultergelenk wieder einschnappte, oder sein Aufheulen, das darauf folgte.

»Wir müssen *weiter*«, drängte Vida und öffnete die hintere Tür mit einem Tritt. »Die Scheißkarre hier ist im Eimer – wir müssen hinten auf den Pick-up. Wenn wir hier rumstehen und uns gegenseitig bemitleiden, werden wir abgeknallt, und zwar in Nullkommanichts.«

»Brille?«, rief Chubs und streckte die Hand dorthin, wo er mich wohl vermutete. Vida nahm seine Hand und hakte sie bei sich unter, bevor sie das verbogene Drahtgestell entgegennahm. Ich stoppte sie kurz, um mich zu vergewissern, dass sie wirklich halbwegs heil war. Verbeult und lädiert, aber ohne blutende Wunden. Was für ein verdammtes Wunder …

Clancy. Ich wirbelte zu dem Pick-up herum, das Herz wie gelähmt, bis ich durch die Heckscheibe seine dunkle Gestalt ausmachte. Scheiße. So würde er uns entwischen. Chaos. Unachtsamkeit. Ich war in Panik geraten – mein Verstand hatte vor Angst ausgesetzt, und ich war einfach losgerannt. Ich hatte nicht mal die Zündschlüssel abgezogen. Hätte Cole ihm nicht die Beine gefesselt, hätte er sich aus dem Staub gemacht.

Gib dir mehr Mühe, dachte ich und presste die Fingernägel in die Handflächen. *Du musst dir mehr Mühe geben*. Das Adrenalin verflog nur langsam; ich konnte nicht aufhören zu zittern, nicht ganz.

»Weißt du was, Großmütterchen«, Vidas Stimme lenkte meine Aufmerksamkeit wieder auf die beiden. »Eben hast du tatsächlich nicht verkackt.«

»Ich kann dein Gesicht nicht erkennen, deshalb weiß ich nicht, wie ernst du das meinst …«, antwortete Chubs.

Ich zog die Rucksackriemen über die Schultern und trabte um den Wagen herum zu Cole hinüber, der den humpelnden Liam an den Leichen der beiden Soldaten vorbei zum Pick-up lotste. Ich brachte es nicht über mich, sie anzusehen oder zu überprüfen, was Cole in seinem Zorn angerichtet hatte. Liam hielt seinen schmerzenden Arm vor der Brust umklammert. Ich legte ihm die Hand ins Kreuz, um ihm Halt zu geben – doch in Wahrheit wollte ich mich vergewissern, dass es ihm einigermaßen gut ging. Dass er am Leben war.

Liam sah mich an und sagte: »Küss mich noch mal.«

Ich hauchte ihm einen sanften Kuss auf den Mundwinkel, über dem eine kleine weiße Narbe war. Als er mein Gesicht sah, setzte er hinzu: »Hab mein ganzes Leben wie einen Film vor mir ablaufen sehen. Da fehlen noch jede Menge Küsse.«

Cole schnaubte verächtlich, aber sein ganzer Körper war noch immer angespannt vor Wut, die er nicht loslassen durfte. »Wow, Junge. So soft kenne ich dich gar nicht.«

Wir hoben Liam auf die Ladefläche und legten ihn neben Chubs, der die Überreste seiner Brille umklammerte.

»Oh verdammt«, sagte Liam, als er sie sah. »Tut mir leid, Kumpel.«

»Die war vom *Optiker*«, sagte er leise und traurig. »Passend für meine Sehstärke.«

Cole zerrte die grellblaue Plane unter seinem Bruder hervor und breitete sie über sie.

»Was machst du denn da?«, fragte Vida und versuchte, sich aufzusetzen.

»Bleib liegen, und bleib unter der Plane. Wir fahren so weit wie möglich von hier weg und wechseln die Wagen. Vielleicht haben sie das hier schon gemeldet.«

»Ich möchte gern zu Protokoll geben, dass das hier echt scheiße läuft«, bemerkte sie.

»Zur Kenntnis genommen«, erwiderte er und schlug die Klappe der Ladefläche zu.

Ich setzte mich wieder hinters Steuer und spürte die Vibrationen des laufenden Motors. Clancy war endlich seine Kapuze losgeworden, und obwohl ich ihn nicht anschaute, spürte ich, wie er mich aus dem Augenwinkel beobachtete. Zum ersten Mal seit vielen Wochen war seine mürrische Gereiztheit verschwunden, und er … lächelte. Jetzt glitt sein Blick zu Cole hinüber, der die Beifahrertür so heftig zuknallte, dass der ganze Wagen schwankte. Auf dem Schoß hielt er einen Lederbeutel und eine Pistole, die er einem der Soldaten abgenommen haben musste. Beides rutschte hin und her, weil seine Hand immer noch krampfhaft zuckte, bis er sie unter seinen Oberschenkel schob. Der Anblick erinnerte mich an *Mason. Rot. Feuer.* Ich grub in den Tiefen meines Unterbewusstseins, bis ich erkannte, nach welchem Muster die losen Fäden miteinander verwoben waren.

Die Roten in Thurmond hatten sich merkwürdig bewegt; sie torkelten, wenn andere normale Schritte machten, stießen ruckartig um sich, wenn andere winkten. Aber ich hatte einfach angenommen, diese seltsamen Zuckungen wären auf die Fesseln zurückzuführen, die die PSFs ihnen angelegt hatten.

Mason jedoch … Die Kids in Nashville hatten ihn Twitch genannt. Twitch – weil sein ganzer Körper in einem sonderbaren Rhythmus zuckte und sich verkrampfte. Ich dachte … Ich wusste nicht, ob ich mich je gefragt hatte, warum das so war; ich war einfach davon ausgegangen, dass es etwas damit zu tun hatte, wie er ausgebildet worden war. Wie die Regierung seinen Verstand gebrochen hatte, um ihn zum perfekten Soldaten zu machen.

Sie alle, alle Roten – sie alle mussten so einen ähnlichen Tic haben. Und wenn ich es erkennen konnte, nachdem ich nur ein paar Roten begegnet war, wie konnte dann jemand, der dort gewesen war – um die Ausbildung anzuleiten und mitzuerleben –, die Anzeichen übersehen?

»Clancy …«, begann ich.

»Das ist echt der Hammer!«, sagte er und lachte bellend auf.

Cole erstarrte, seine Miene versteinerte. Der Zorn, der in seinen Augen loderte, verblasste, wurde diffus. Ich kannte diesen Blick.

Ich versuchte, in Clancys Verstand vorzudringen, doch es war, als renne ich gegen eine Mauer. Ich wurde zurückgeworfen, und ein Stich schoss durch meinen Schädel und wurde zu einem pochenden Schmerz. Mir blieb keine Zeit, die Verbindung so zu unterbrechen, bevor etwas geschah – bevor er Cole in seine kleine Actionfigur verwandelte. Ich riss den Arm hoch und rammte ihm den Ellbogen gegen die Schläfe, wie ich es von Ausbilder Johnson gelernt hatte. Clancy verdrehte die Augen, und sein Oberkörper sackte nach vorn, sodass er mit der Stirn auf dem Armaturenbrett aufschlug.

Die Reifen drehten durch, als ich aufs Gaspedal trat, um dem Signalfeuer zu entkommen, das Cole entzündet hatte. Es würde nicht lange dauern, bis Hubschrauber und Spähtrupps den Rauch entdeckten. Ich brauchte nicht darüber nachzudenken, was es bedeutete, dass Clancy Bescheid wusste, ich musste uns nur so schnell wie möglich von hier wegbringen.

Mit noch immer pochenden Schläfen und rasendem Puls sah ich, wie Cole sich verwirrt die Stirn rieb. »Was zum Teufel …« Mit jeder Wiederholung wurden die Worte lauter, bis er sie brüllte. *»Was zum Teufel?«*

Ich roch Rauch – sah, wie heftig er zitterte. »Cole, hör mir zu – du musst dich beruhigen, okay? Ganz ruhig, es ist alles in Ordnung …«

Er wühlte in der Ledertasche herum, die auf seinem Schoß

lag, und zog hastig eine Ampulle mit einer klaren Flüssigkeit und eine Spritze heraus. Ich versuchte, ihn und die Straße gleichzeitig im Auge zu behalten, konnte jedoch nicht verhindern, dass er die Nadel in Clancys Nacken rammte.

»Cole!«

»Damit pennt der kleine Scheißer, bis ich nicht mehr das Bedürfnis hab, ihm das Hirn rauszuprügeln«, knurrte er. »*Scheiße*. Das war ganz anders als damals, als du's im Hauptquartier gemacht hast – *Scheiße*!« Er steckte die Spritze wieder in die Tasche, die er im Fußraum verstaute. Seine Hand zitterte nicht mehr, aber seine Anspannung war nicht zu übersehen. Ich hatte das Gefühl, neben jemandem zu sitzen, der sich nicht entscheiden konnte, ob er die Zündschnur anstecken sollte oder nicht.

Er drehte sich wieder zum Fenster und sah zu, wie die Gebäude vorbeirauschten. Aber in der Scheibe sah ich sein Spiegelbild, das all das ausdrückte, was er nicht sagen konnte. Er hatte sich nicht unter Kontrolle gehabt, als der Humvee Feuer gefangen hatte – nicht einmal ansatzweise.

»Was hat er dir gezeigt?«

»Mich selbst.«

»Wie meinst du das?«

Cole lehnte die Stirn an die Fensterscheibe und schloss die Augen. »Es war in einem Lager der Roten. Irgendwo. Was sie diesen armen Kids angetan haben, um sie auszubilden. Ich hab gesehen, wie andere uns sehen müssen, wenn du verstehst, was ich meine … Es war einfach … Es war, als würde ich von Rauch erstickt. Ihre Gesichter waren total leer, aber eine Sekunde lang hatte ich Scheißangst. Es war, als wäre ich wirklich dort. Sie hatten mich geschnappt, und ich war als Nächster dran.«

»Es tut mir leid«, sagte ich mit gepresster Stimme. »Ich hab zu spät gemerkt, was los war. Ich hätte …«

»Es war mein Fehler, dass er's kapiert hat«, widersprach Cole scharf. »Gib dir nicht die Schuld daran, Zuckerschnecke, du kannst nichts dafür. Du hast mir gesagt, dass er mit Projekt Jamboree zu tun gehabt hat. Ich hätte selbst aufpassen müssen, anstatt mich wie ein Monster aufzuführen, es ist nur … *verdammt!*« Er hieb mit der Faust gegen die Tür. »Ich hab überhaupt nicht nachgedacht. Ich hab einfach – es hat gewonnen. Einen Augenblick lang hat es gewonnen.«

Seine Worte schlossen sich wie eine Faust um mein Herz. Ich kannte das Gefühl. Es spielte keine Rolle, wie groß deine Macht war, wie nützlich deine Fähigkeiten waren. Sie hatten ihren eigenen Willen. Wenn man sie nicht ständig im Griff hatte, fanden sie eine Möglichkeit, einem zu entwischen.

»Diese Kids, vor allem die Grünen und die Blauen, denen fällt alles so leicht, nicht wahr?«, sagte Cole leise. »Die können ihre Gabe leichter kontrollieren, leichter verbergen. Sie versaut ihnen nicht das Leben so wie uns. Wir müssen immer konzentriert sein, sonst machen wir Fehler. Und wir dürfen keine Fehler machen.«

Liam und Chubs und Vida und all die anderen hatten nie verstanden, welche Mühe es machte, meine Kräfte unter Kontrolle zu halten, damit sie nicht die Macht über mich übernahmen. Wenn ich den Griff, mit dem ich sie an der Leine hielt, nur eine Sekunde lang lockerte, reichte das möglicherweise aus, um jemanden zu verletzen. Um mich selbst zu verletzen.

»Es kommt mir vor, als wäre ich ständig kurz davor, und ich kann nicht … Ich kann nicht eingreifen, nicht ohne so verfluchte Angst zu haben, dass ich alles vernichte. Ich will nicht mehr alles Gute kaputtmachen, das mir begegnet. Und lange konnte ich es überhaupt nicht kontrollieren.«

»Und du glaubst, ich kann das? Herrgott noch mal. Für mich fühlt es sich immer wieder an, als würden meine Kräfte mich bei lebendigem Leibe kochen, unter der Haut. Es brodelt und brodelt und brodelt, bis ich den Druck schließlich ablasse. Schon als Kind ist es so gewesen.« Cole lachte freudlos. »Es war nicht … Es war nicht wie eine Stimme oder so was, die mir etwas zugeflüstert hat. Es war ein Zwang. Als würde ich ständig zu nah am Feuer stehen und müsste nur ein einziges Mal die Hand da reinstecken, um zu spüren, wie heiß es wirklich war. Nachts konnte ich nicht schlafen. Ich war ganz sicher, dass es daran lag, dass mein Vater in Wahrheit der Teufel war. Wirklich und wahrhaftig der Fürst der Finsternis in Person.«

»Harry?«, fragte ich verwirrt.

»Nein, mein leiblicher Vater. Harry ist …«

»Stimmt. Hatte ich vergessen.«

»Spricht Lee viel von ihm?« Er wartete nicht auf meine Bestätigung. »Ja, ja, unser richtiger Vater … Dieser Kerl … dumm wie Dosenbier, hinterhältig wie eine Schlange. Keine gute Kombination. Ich male mir immer noch aus, wie ich mal bei ihm vorbeischaue, in die alte Bruchbude einbreche und seine ganze Welt in Brand setze.«

»Liam hat ihn nur ein einziges Mal erwähnt«, sagte ich und bemühte mich mit aller Kraft, meine Neugierde zu zügeln. Dies war der einzige Teil seines Lebens, den Liam nicht mit mir teilen wollte, und so schrecklich es auch war, verstärkte es doch meinen Drang, noch mehr in jener Wunde herumzubohren. »Als er mal einen Wutanfall hatte.«

»Gut. Hoffentlich bedeutet das, dass er sich kaum noch daran erinnert. Dieser Typ war … Er war ein Monster. Er war der Teufel in Person, wenn er wütend wurde. Einer von uns musste ihm wohl nachschlagen. Ich hab mich oft gefragt, ob die Fähigkeiten, die wir haben, von irgendetwas abhängen, das wir von Natur aus in uns tragen. Ich denke, dieses Feuer – das ist seine Wut. Das ist der Zorn meines Vaters.«

Ich wusste, es würde nicht helfen – zumindest hatte ich persönlich Beschwichtigungsversuche immer als wenig hilfreich empfunden –, aber ich musste es einfach sagen. Ich musste es ihm einhämmern. »Du *bist* kein Monster.«

»Speien Monster nicht Feuer? Brennen sie nicht ganze Länder und Königreiche nieder?« Cole lächelte schief. »Du bezeichnest dich doch auch so, stimmt's? Egal wie oft andere dir erzählen, dass es nicht stimmt, du hast den Beweis gesehen. Du kannst dir selbst nicht trauen.«

Ich lehnte mich zurück und fragte mich zum allerersten Mal, ob er sich nicht genauso verzweifelt ein Heilmittel wünschte wie wir anderen.

»Für dich geht es hier nicht um die Lager … oder?«, fragte ich. »Es geht um das Heilmittel.«

Er schluckte. »Richtig. Kannst mich gern für ein Arschloch halten.«

»Wieso? Weil du nicht mehr so leiden willst?«, fragte ich. »Weil du normal sein willst?«

»Was ist denn ›normal‹?«, fragte Cole. »Es kann sich doch garantiert keiner von uns daran erinnern, wie sich das anfühlt.«

»Na schön«, erwiderte ich gepresst, »dann eben weil du dir ein Leben ohne all diesen Scheiß wünschst. Ich wünsche mir das Heilmittel mehr als meinen nächsten Atemzug. Früher war das nicht so. Ich habe mir verboten, an die Zukunft zu denken. Und jetzt ist es wie ein Zwang. Ich wünsche mir diese Freiheit so sehr, aber je mehr ich mich anstrenge, sie zu erreichen, desto unerreichbarer ist sie.«

Cole rieb sich das Gesicht und nickte. »Ich unterschätze das manchmal … Man vergisst das leicht, weil du funktionierst, und jedes Mal wenn du niedergetrampelt wirst, schaffst du es, dich wieder hochzurappeln. Aber in letzter Zeit wird das immer schwieriger, stimmt's?«

»Ja.« Zum ersten Mal gab ich es zu. Das Wort klang so hohl, wie ich mich fühlte.

»Ich fürchte nicht, dass ich nicht wieder hochkomme. Nein, ich habe Angst, dass ich eines Tages einfach … explodiere. In Flammen aufgehe. Alle auslösche, die ich liebe, weil ich nicht aufhören kann, ständig so verdammt wütend zu sein.« Er hielt sich die Hand vors Gesicht, wartete darauf, dass sie wieder zuckte. Als das nicht geschah, schaute er auf Clancy hinunter. »Sie halten sie in so weißen Räumen gefangen. Die ganze Zeit brennt Licht, und man hört Stimmen. Stimmen, die nicht aufhören zu reden, die ihnen ununterbrochen Scheiße einreden wie: *Du bist verkehrt, gib zu, dass du verkehrt bist, damit wir dich in Ordnung bringen können*. Sie tun den Kids *weh – richtig* weh, immer wieder. Es war … Ich konnte es kaum mit ansehen, obwohl ich ja gar nicht derjenige war, der geschlagen wurde. War das … real? Kann er so was erfinden?«

Meine Finger schlossen sich fester ums Lenkrad. »Er kann dir jedes x-beliebige Bild in den Verstand projizieren, aber ich glaube, die Wahrheit ist schrecklich genug, die braucht er nicht noch auszuschmücken.«

»Ich weiß nicht, was mich wütender macht – das, was sie den anderen antun, oder dass sie herausgefunden haben, wie sie das Feuer in ihnen in Schach halten können. Verdammt, Zuckerschnecke. Wie zum Teufel …?« Er schüttelte den Kopf, als wollte er seine Gedanken ordnen. »Wenn er's einem von den anderen erzählt, wenn er's *Liam* erzählt, was soll ich dann machen? Dann wagt sich doch keins von den Kids mehr in meine Nähe.«

»Das wird er nicht tun«, versprach ich. »Wie viel hast du noch von dem Zeug?«

Er öffnete den Reißverschluss der Tasche. »Noch drei Ampullen.«

»Dann pennt er eben so lange, bis wir auf der Ranch ankommen und ihn wegsperren können«, entschied ich. »Wir isolieren ihn, und ich bin die Einzige, die mit ihm Kontakt hat.«

»Ihn umzubringen wäre einfacher.« Seine Worte klangen weder hitzig noch zornig, und vielleicht wirkten sie deshalb so entwaffnend. Einfach nur kalter, skrupelloser Pragmatismus. Es war erschreckend, wie schnell der Schalter umgelegt werden konnte.

»Geht nicht«, erinnerte ich ihn und brachte eines seiner eigenen Argumente vor. »Er weiß als Einziger, wo seine Mutter ist. Du kannst ihm nichts tun, nicht bevor wir rausfinden, wo sie sich aufhält. Ich brauche das Heilmittel. Was immer es ist, ich brauche es. Ich hasse ihn mehr als alles andere auf der Welt, aber ich hasse es noch mehr, so zu leben. Ich hasse die Vorstellung, dass es ewig so bleibt.«

Cole blickte wieder aus dem Fenster und sah zu, wie die Gebäude an uns vorüberzogen. »Dann müssen wir beide eine Möglichkeit finden, unseren Monstern immer einen Schritt voraus zu sein.«

Ich nickte. Meine Kehle war wie zugeschnürt vor Verlangen loszuheulen und vor Verblüffung, endlich jemanden zu haben, der mich verstand – der nicht nur mit allem und jedem um ihn herum zu kämpfen hatte, sondern auch mit sich selbst.

»Bist du sicher, dass das hier kein Albtraum ist?«, fragte er leise. »Aus dem wir gleich aufwachen?«

Ich starrte auf die Straße, sah, wie der Staub aus der Wüste sie mit einem blassgoldenen Schleier bedeckte, während sich über uns graue Wolken ballten.

»Ja«, antwortete ich nach einer Weile.

Weil Träumende nämlich immer aufwachen und ihre Ungeheuer hinter sich lassen.

4. Kapitel

Der Regen begann mit einem dumpfen Donnergrollen kurz vor Mojave, einer kleinen Stadt am Fuße der nahen Berge mit ihren schroffen Hängen. In der Ferne, über den zerklüfteten Gipfeln, konnte ich erstes Grün erahnen.

»Da, der Days Inn«, sagte Cole und deutete auf den kleinen zweigeschossigen Gebäudekomplex an der Ecke. »Fahr auf den Parkplatz. Wir müssen ihnen ein anderes Auto besorgen und unseres austauschen.«

Die Stadt war schon seit einiger Zeit ohne Leben, das sah man daran, dass Geschäfts- und Wohnhäuser nicht instand gehalten waren. An diesen Anblick hatte ich mich im Lauf des vergangenen Jahres gewöhnt, sodass ich leere Spielplätze, überwucherte Friedhöfe oder mit Brettern vernagelte Eigenheime gar nicht mehr unheimlich fand. Nicht einmal Kalifornien, das unter der Federal Coalition unabhängig vom Rest der Nation verwaltet worden war, war von der wirtschaftlichen Krise verschont geblieben, die im ganzen Land herrschte.

»Hier könnten doch Menschen wohnen«, meinte ich. »Sie könnten das Gebiet zu ihrem Territorium erklärt haben und …«

»Sieh dir mal die Autos hier an«, unterbrach mich Cole. »Wie dreckig die sind. Die stehen hier schon eine ganze Weile. Im Hotel und auf dem Gelände scheint sich nichts zu bewegen. Oder hast du etwas gesehen? Park hier. Hier neben dem grauen Toyota.«

Ich stellte den Motor ab und vergewisserte mich, dass Clancy noch immer bewusstlos und mit Kabelbindern fixiert war. Cole machte sich auf die Suche nach einem fahrtüchtigen Auto mit möglichst vollem Tank, während ich zur Ladefläche eilte und die Plane löste. Die drei setzten sich alle gleichzeitig auf und blinzelten in das trübe Licht.

Kühler Regen lief mir über Gesicht und Hals, als ich den anderen von der Ladefläche half. Die Luft war schwer von jenem seltsamen, wundervollen, unbeschreiblichen Geruch, den nur Gewitter in der Wüste an sich haben.

»Hey«, sagte ich und umfasste Liams Arme, um ihn beim Heruntersteigen zu stützen. »Alles in Ordnung?«

Liam nickte und drückte meine Schulter.

»Chubs – warte … Verdammt, Alter …« Ohne seine Brille sah der Junge überhaupt nichts. Chubs trat in ein Schlagloch und schlug lang hin, bevor Liam an seiner Seite war. Nachdem er seinem Freund mit dem gesunden Arm wieder auf die Beine geholfen hatte, führte er Chubs zum Parkplatzrand und verschwand mit ihm um die Ecke. Angesichts der fehlenden Erklärung und ihrer eiligen Schritte, konnte ich mir denken, was die beiden vorhatten.

»War's vorne genauso gemütlich wie hinten?«, erkundigte sich Vida und sprang neben mir zu Boden. Sie streckte sich und ließ ihre Gelenke knacken.

»An die Kehle sind wir uns nicht gegangen«, erwiderte ich. »War's schrecklich da hinten?«

»Nö«, sagte Vida achselzuckend. »Ein bisschen unbequem und kalt manchmal. Irgendwo bist du mal ganz schön schnell in die Kurve gefahren, und Großmütterchen hat mich aus Versehen begrapscht. Er versinkt vor Scham im Erdboden, wenn ich ihn daran erinnere. Das werde ich ausreizen bis zum Anschlag.«

»Muss das sein?«, fragte ich vorwurfsvoll.

»Mir doch egal. Er war noch genervter, als wir angefangen haben, ein Spiel zu spielen, wer sich den fiesesten Spitznamen für ihn ausdenken kann.«

»Lass mich raten, du hast gewonnen.«

»Na ja, eigentlich der Boyscout. Ich meine, also echt. Chubby Chubby Choo Choo. Das kann nicht mal ich toppen. Ich hab mir vor Lachen fast in die Hose gemacht.«

Ich nahm mir vor, Chubs zum Trost ganz fest zu drücken, bevor wir uns wieder auf den Weg machten.

Als ich mich nach den beiden Jungs umschaute, fiel mir ein Farbklecks auf. Ich trat einen Schritt auf die zwei kleinen Betonhäuser zu, die in einem merkwürdigen Winkel zur Straßenecke standen. Die rissige Mauer, die die Häuser vom Parkplatz abschirmte, wurde von hässlichen Graffiti verunziert.

»Was ist denn?«, fragte Vida. »Was machst du denn für ein Gesicht?«

Die meisten Bilder hatten nichts mit Kunst zu tun, und ein Großteil davon war nicht einmal gesprayt worden. Ich wischte mir über das regennasse Gesicht und strich mein Haar zurück. Ein paar Namen waren mit Filzschreiber gekritzelt worden – Henry, Jayden, Piper und Lizzy, alle mit großen, geschwungenen Buchstaben, unter einem großen schwarzen Kreis, in dessen Innerem eine Art Mondsichel abgebildet war. Vida folgte mir, als ich hinüberging, um mir das Ganze genauer anzuschauen.

Während ich die Mauer inspizierte, war mir vage bewusst, dass sich hinter uns Schritte näherten. Einer der Schriftzüge, mit blauer Farbe gesprayt, war so frisch, dass die Buchstaben – die aussahen wie K, L, Z und H – noch tropften. Ich berührte sie und wunderte mich nicht, dass meine Finger danach klebten.

»Oh. Wow.« Liam lachte überrascht auf und trat neben mich, um besser sehen zu können.

»Was ›Oh wow‹?«, fragte Chubs.

»Das ist ein Straßencode. Weißt du noch? In East River?«

Chubs runzelte die Stirn; er sah genauso verwirrt aus, wie mir zumute war. Liam hatte sich kopfüber ins Lagerleben gestürzt und sich mit allen und jedem angefreundet, während ich mich hauptsächlich an Clancy gehalten hatte und Chubs meist für sich geblieben war.

»Na ja«, fuhr Liam unbeirrt fort, »sie hatten da so ein System entwickelt, um unterwegs in Sicherheit zu sein. Wir haben es genutzt, um den Rückweg zu markieren, wenn wir was zu essen besorgt haben, und das ist allen beigebracht worden, die allein rausdurften.«

Er legte die Hand auf die Mondsichel. »An das Zeichen hier kann ich mich erinnern. Das bedeutet, dass es hier sicher ist. Zum Schlafen. Zum Ausruhen. Und so weiter.«

»Und die Namen? Sind das die von denen, die hier vorbeigekommen sind?«, wollte Vida wissen.

»Ja. Sie sollen ihre Initialen hinschreiben, für den Fall, dass sie sich aufteilen müssen. Oder sie wollten eine Spur für eine andere Gruppe hinterlassen«, erklärte Liam.

Der Regen war noch heftiger geworden; er hielt inne, um sich das Gesicht abzuwischen. »Es gibt noch andere Zeichen, wo man etwas zu essen findet, ein Haus mit freundlichen Menschen, die einem vielleicht weiterhelfen, und all so was.«

»Und Clancy hat sich das ausgedacht?«, fragte ich.

»Erstaunlich, nicht wahr?«, sagte Liam. »Ich wusste gar nicht, dass er imstande ist, auch nur zwei Sekunden lang an irgendjemand anderen als an sich selbst zu denken, ohne sich vor Ekel das Leben zu nehmen.«

»Huh.« Chubs hielt eins seiner zerbrochenen Brillengläser

hoch und spähte hindurch wie durch eine Lupe. »Kids aus Virginia haben es tatsächlich bis hierher geschafft«, bemerkte er, ohne auf Vidas hämisches Gekicher einzugehen.

Wir haben es doch auch geschafft, hätte ich fast gesagt. Aber bei uns waren die Umstände … anders gewesen, um es milde auszudrücken.

»Ich wette …« Liam nahm meinen Arm und führte mich von den anderen weg zu der Ecke, wo der Zaun des Hauses an den Parkplatzzaun grenzte. Schräg gegenüber, auf der anderen Straßenseite, war eine Kirche. Auf ihrer Frontseite prangten zwei umgedrehte Vs, mit kräftigen schwarzen Pinselstrichen gemalt, eines über dem anderen wie Pfeile, von einem Kreis eingerahmt. »Das ist ein Wegweiser; der zeigt, welche Straße sie gehen sollen.«

»Wow«, sagte ich. »Die Dinger sehe ich schon die ganze Zeit, seit wir aus Los Angeles weg sind. Ich hatte keine Ahnung – ich dachte, die hätten irgendwas mit Straßenbau zu tun.«

»Komischerweise kenne ich so was von früher – von damals, als wir durch …« Er zögerte. »Durch Harrisonburg gefahren sind?«

Ich schaute verwirrt zu ihm auf. Doch es dauerte nicht lange, bis mir ein Licht aufging, und sein fragender Tonfall traf mich wie der stechende Schmerz einer wiederholten Verletzung.

»Da sind wir doch durchgefahren … zusammen, oder? Hab ich das etwa falsch in Erinnerung?«

Was mir fast noch mehr zu schaffen machte als sein verzweifelter Gesichtsausdruck, war die Tatsache, dass keinerlei Vorwurf in seiner Stimme mitschwang. Ich wusste, dass das, was ich mit seinem Gedächtnis angestellt hatte, zum größten Teil wieder rückgängig gemacht worden war. Aber es gab immer noch Überschneidungen zwischen dem, was wirklich passiert war, und der Geschichte, die ich in seinem Gedächtnis verankert hatte. Ich hatte gehört, wie er Chubs ein paarmal um eine Erklärung gebeten hatte, aber dies war das erste Mal, dass ich so direkt damit konfrontiert wurde. Meine Brust schmerzte. Am liebsten wäre ich im nächsten Gully verschwunden.

»Nein«, brachte ich mit Mühe heraus. »Du irrst dich nicht. Wir sind durch Harrisonburg gefahren, und dann waren wir in diesem Wal-Mart.«

Ich drehte mich wieder zu dem Hotel um, doch er hielt mich am Handgelenk fest. Ich wappnete mich für das, was er mir zu sagen hatte.

Doch er blieb stumm und schaute zu Boden, streichelte mit dem Daumen über die weiche Haut auf der Innenseite meines Handgelenks.

»Ich erinnere mich an das andere Hotel«, sagte Liam schließlich. »Es hat fast genauso ausgesehen wie dieses hier, aber die Türen waren nicht rot.« Er rieb sich den Nacken und lächelte wehmütig. »Ich hab mich wie ein Idiot aufgeführt, wollte dir ein Paar Socken schenken.«

Unwillkürlich musste ich lächeln. »Ja. Und weißt du noch, wie du mir *Come on baby, light my fire* von den Doors vorgesungen hast?«

»Ich hätte dir wahrscheinlich eine komplette Gesang- und Tanznummer geboten, wenn du nicht angefangen hättest zu lachen«, sagte er. »Ich hab mir so sehr gewünscht, dich lächeln zu sehen.«

Mein Herz schmerzte jetzt auf völlig andere Weise. Ich stellte mich auf die Zehenspitzen und drückte ihm einen zärtlichen Kuss auf die Wange. Vom Parkplatz her ertönte ein schriller Pfiff. Cole winkte uns zu einer weißen Limousine. Liam verdrehte die Augen, ging jedoch zur Fahrerseite hinüber. Cole schüttelte den Kopf und deutete auf Vida.

»Sie fährt. Keine Widerrede, deine Schulter braucht Ruhe. Später könnt ihr tauschen«, sagte Cole, bevor Liam aufbegehren konnte.

»Du bist so ein *Arsch*! Mir geht's *gut* …«

»Nennt man so was Bruderliebe?«, überlegte Chubs laut.

»Hey, mir soll's recht sein«, sagte Vida. »Vielleicht können wir dann endlich mal schneller fahren als sechzig Stundenkilometer. Bis nachher – und seht zu, dass ihr uns nicht schon wieder direkt in eine Militärpatrouille führt, okay?«

»Fahr vorsichtig«, rief ich ihr sinnloserweise nach.

»Bist du so weit, Zuckerschnecke?«, fragte Cole. Statt zu dem roten Pick-up zurückzukehren, zeigte er mir einen blauen. »Ich hab uns einen neuen fahrbaren Untersatz besorgt. Wahrscheinlich hat den Roten längst jemand gemeldet. Der kleine Prinz sitzt schon drin, sicher verpackt und angeschnallt«, erklärte er und ging zur Beifahrertür.

»Willst du nicht fahren?«, fragte ich.

»Warum? Brauchst du eine Pause, oder hältst du noch ein paar Stunden durch? Ich würde gern ein paar Minuten die Augen zumachen. Wenn's dunkel wird, können wir tauschen.«

Es erschreckte mich ein wenig, wie schnell Cole einnickte, sobald wir losgefahren waren. Gerade hatte er mich noch angewiesen, rechts abzubiegen und die Scheibenwischer einzuschalten, und im nächsten Moment war er bereits im Land der Träume.

Ich würde schon klarkommen. Der Truck war neu genug, um einen elektronischen Kompass zu haben, und ich musste nichts weiter tun, als nach Norden zu fahren, bis die ersten Hinweisschilder nach Lodi oder Stockton auftauchten.

Doch die einzigen Schilder, die ich gegenwärtig sah, waren die Graffiti-Zeichen an den Fassaden. Auf Mauern. Auf Markisen. Auf Ladenfenstern. Sobald ich bewusst danach Ausschau hielt, entdeckte ich sie überall. Wieder und wieder lenkten sie meinen Blick auf sich, forderten meine Aufmerksamkeit.

Als ich in der Ferne die nächsten Zeichen erspähte, kam mir ein waghalsiger Gedanke. Ich zögerte, warf einen Seitenblick auf Cole und überlegte, wie wütend er wohl sein würde. Wir fuhren direkt auf die Straßenzeichen zu, und wenn ich jetzt nicht abbog, würde ich ihre Spur womöglich verlieren …

Spielt das eine Rolle? Du kennst diese Kids doch gar nicht …

Es spielte eine Rolle. Weil ich wusste, wie es war, wenn man auf der Straße zu überleben versuchte, und wenn sie Hilfe brauchten, wollte ich, dass sie sie von uns bekamen.

Als ich zum ersten Mal rechts abbog, veränderten sich die Pfeile plötzlich. Sie führten weg von den beiden Highways, die uns über die Berge zur Oak Creek Road geführt hätten, was in einem anderen Leben die landschaftlich schönere Strecke gewesen wäre. Eine weitere Rechtskurve auf die Tehachapi Willow Springs Road, die Umgehungsstraße von Tehachapi. Alle Schilder, die auf die nahe Stadt hinwiesen, waren mit einem X markiert, in dessen Mitte ein kleiner Kreis war. Das Symbol erinnerte mich so sehr an einen Totenschädel mit gekreuzten Knochen, dass ich es nicht ignorieren mochte.

Als ich an einem Freibad vorbeifuhr, wurde ich langsam schläfrig. Mehr als einmal ertappte ich mich dabei, wie mir die Augen zufielen, und schreckte hoch. *Schluss damit*, dachte ich, *bleib wach, bleib wach*. Cole musste sich nach den zwei höllischen Wochen in Los Angeles und auf der Flucht endlich regenerieren. Ich würde das hinkriegen; ich konnte wenigstens so lange wach bleiben, wie das Benzin reichte.

Mit jeder Minute schwand das Nachmittagslicht, hinter den Sturmwolken versank die Wintersonne noch früher. Im graublauen Dämmerlicht schien die steinerne Hinweistafel der Freizeitanlage zu leuchten, und dadurch wirkten die dort angebrachten Zeichen besonders dunkel. Die Initialen, die ich erblickte, lieferten meinem Gehirn etwas, womit es sich beschäftigen konnte, während ich die Straße im Auge behielt.

PGJR … Paul, George, John und Ringo … Papagei, Giraffe, Jaguar, Ratte … Pistole, Glock, Jericho, Revolver …

HBFB … Hazel, Bigwig, Fiver, Blackberry … Honig, Brötchen, Frischkäse, Bratkartoffeln … Harrisonburg, Bedford, Fairfax, Bristol …

Unter dieser Zeile mit Initialen war noch eine, ganz verblasst. Ich fuhr langsamer und spähte durch den Regen. Der Schauer hatte sie fast weggewaschen, aber ich konnte noch die Buchstaben KLZH ausmachen.

Kia … Lexus … Z-irgendwas … Honda … Okay, das ergab nicht viel Sinn. *Kansas, Led Zeppelin, ZZ Top, The Hollies.* Verdammt, das Z war schwierig – Zebras, Zoo, Zange, Zettel und Zu. Und das war's. Mehr hatte mein Hirn nicht zu bieten.

Ich grinste und musste gleichzeitig gähnen. *K-irgendwas, Liam, Zu, Hina.* Oh – Kylie, Kylie aus East River, das passte. *Kylie, Lucy, Zu und Hina …*

Die Luft rauschte jetzt lauter aus dem Gebläse als zuvor, wo mein Verstand vollkommen still war. Das Geräusch erfüllte meine Ohren, bis mein Herz so laut hämmerte, dass ich es hören konnte.

Kylie, Lucy, Zu und Hina. Mein Verstand sang die Namen wieder und wieder, bis ich fast wahnsinnig wurde. Aufhören. Ich versuchte, weiterzumachen, versuchte es mit *Känguru, Löwe, Zebra, Hyäne*, doch ich konnte das seltsame prickelnde Gefühl in meinem Blut nicht ausblenden.

Wenn wirklich irgendwelche Kids diese Zeichen hinterlassen hatten, konnten wir nicht weit hinter ihnen sein. Und wenn sie wussten, wie sie dem Code folgen konnten, dann waren sie … Sie mussten aus East River sein, richtig? Ich hatte nur eine Gruppe East River tatsächlich verlassen sehen, und das war Zus Gruppe gewesen.

Hör auf, ermahnte ich mich und sog die Luft ein, die aus dem Gebläse strömte. Ich stellte die Heizung höher, um das Frösteln zu vertreiben. Es gab doch noch andere mit denselben Initialen, jede Menge andere. Und ganz gleich, wer das andere Mädchen gewesen war, wenn es sich um Zus Gruppe handelte, dann hätte dort ein T für Talon stehen müssen, den Jungen, der sich ihnen angeschlossen hatte. Ich versuchte, ihre Gesichter heraufzubeschwören, aber Kylie, Lucy, Talon und Hina blieben verschwommen. Seltsamerweise konnte ich mich an ihr Haar erinnern, an den Klang ihrer Stimmen und die Art, wie sie ihre schwarzen Bandanas getragen hatten, aber nicht daran, wie sie aussahen. Ich hatte so vieles aus unserer Zeit in East River verdrängt, um mich gegen den Schmerz zu wappnen, dass es mir vorkam, als wäre das alles jemand anderem widerfahren.

Aber Zu – bei Zu erinnerte ich mich an jedes Detail, von ihren Stachelhaaren am Morgen bis zu jeder einzelnen Sommersprosse auf ihrer Nase.

Aus dem Augenwinkel bemerkte ich ein weiteres Codezeichen – sogar zwei, auf einem Schild, das die Entfernung zur nächsten Stadt anzeigte. Eines war eine Mondsichel in einem Kreis, das andere bestand aus Pfeilen, die nach rechts deuteten, also nach Osten, nicht weiter geradeaus wie die übrigen.

Ich schaltete die Scheinwerfer ein und ließ sie die Baumgruppen am Straßenrand erleuchten. Schon schickte ich mich an, rechts ranzufahren, während ich wünschte, es gäbe eine andere Möglichkeit, es Liam und Chubs zu erklären, überlegte es mir dann jedoch anders.

Die letzten paar Tage waren für Liam ohnehin schwer genug gewesen. Ihm dies in Aussicht zu stellen, nur um es dann wieder zu zerstören, schien einfach zu grausam. Chubs konnte die Enttäuschung ertragen, aber Liam … Ich wollte nicht sehen, wie er in sich zusammenfiel, wenn sich das Ganze als Trugschluss entpuppte. Ich hatte ihn schon so oft im Stich gelassen, auf so viele Arten; ich brachte es nicht über mich, noch eine weitere Enttäuschung hinzuzufügen.

Doch dann erhob sich diese kleine Stimme über alle anderen Gedanken und flüsterte: *Und wenn es wirklich Zu ist?*

Kylie, Lucy, Zu und Hina. KLZH.

Das war gefährlich – ich gestattete mir zu glauben, dass sich das Leben manchmal auf fast magische Weise zum Guten wenden konnte. Dass alles viel besser und leichter werden konnte, als man jemals zu träumen gewagt hatte.

Die Farbe – war sie nicht noch frisch genug gewesen, um im Dauerregen zu zerlaufen? Sie konnten nicht allzu weit vor uns sein.

Tu dir das nicht an, dachte ich. Wir befanden uns weiter nördlich als dort, wo Liam das Haus von Zus Onkel vermutete. Und die Initialen waren nicht vollständig, Talons T fehlte. Vielleicht war es Erschöpfung oder Verzweiflung oder eine Art Sehnsucht nach einem Beweis dafür, dass das Leben manchmal auch gut sein konnte. Was immer es war, ich konnte es nicht ignorieren.

Wie groß war das Risiko, diese Spur weiter zu verfolgen, nur um zu sehen, was uns an ihrem Ende erwartete? Und wenn dies hier die einzige Chance war, sie zu finden, die wir jemals haben würden?

Jude hätte es getan. Mit ihm hätte es nicht mal eine Diskussion gegeben.

Es kam mir immer noch ein wenig verrückt vor, als ich rechts abbog, und den anderen ging es offensichtlich genauso. Vida hupte fragend. Es war ein matschiger, ungepflasterter Forstweg. Der Pick-up sank in den Schlamm, folgte Reifenspuren, die ein anderes Auto hinterlassen hatte. Die dichtstehenden Bäume am Wegesrand waren knorrig und miteinander verschlungen, und ich musste schnell genug fahren, um mich hindurchzukämpfen, wobei Zweige und Blätter abgerissen wurden.

Es waren diese Geräusche, nicht das fragende Hupen des anderen Autos vorhin, die Cole aus seinem zweistündigen Tiefschlaf aufschrecken ließen. Benommen rieb er sich das Gesicht und versuchte, wieder zu sich zu kommen.

»Wieso hast du mich nicht geweckt?«, knurrte er und starrte entgeistert auf den Kompass. »Moment mal … Wo zum Henker sind wir? Wieso fahren wir nach Osten statt nach Norden?«

»Ich hab da so eine Ahnung«, sagte ich.

»Ja, ja. Und ich habe eine Nervensäge an der Backe – und rate mal, wer das ist!«, sagte er und starrte mich über Clancys vornübergebeugte Gestalt hinweg grimmig an. »Was soll das hier werden?«

»Ich glaube …« Die Baumreihen hörten plötzlich auf, und ich sah, dass die Straße, auf der wir gefahren waren, gar keine richtige Straße war, sondern eine lange, geschwungene Auffahrt zu einem einstmals prachtvollem Gebirgschalet. Es war ein gewaltiges Gebäude, zweigeschossig und mit Doppelgarage. Die Fassade bestand aus Steinen und Holz, als sollte es sich trotz des klotzigen Eindrucks in die Landschaft einfügen.

»Ich warte immer noch auf eine Antwort«, sagte Cole, als ich den Wagen in den Park steuerte.

»Ich glaube, hier könnten sich ein paar Kinder verstecken«, erwiderte ich. »Ich will mich nur kurz umschauen – ich verspreche dir, ich beeile mich.«

Cole biss die Zähne zusammen, und ich fragte mich, was ihn

schließlich dazu bewog, zu nicken und zu sagen: »Na schön, aber nimm Vida mit. Du hast zwei Minuten.«

Die anderen hatten ihre Wagentüren geöffnet, doch nur Liam war in den Regen hinausgetreten. »Was ist denn los?«, rief er.

»Ich brauche mal kurz Vida«, antwortete ich. »Nein, nur sie. Ist nur eine schnelle … Aktion.«

Chubs stöhnte. »Was denn für eine Aktion? Eine lebensgefährliche Super-Ruby-Mission?«

Ich schloss die Tür, um weiteren Fragen zu entgehen. Bei Vidas hoffnungsvollem Blick, als sie auf mich zukam, krümmte ich mich unwillkürlich.

»Geht es um … geht's um Cate?«

Ihr ganzes Gesicht strahlte vor Hoffnung, die Mandelaugen leuchteten, die vollen Lippen waren leicht geöffnet, als sei sie sich nicht sicher, ob sie lächeln sollte. Oh Gott – wenn Cate es *nicht* geschafft hatte, wenn sie *nicht* auf uns wartete, dann würde ich wahrscheinlich nicht in der Lage sein, Vida wieder aufzubauen.

»Ich glaube, hier könnten sich ein paar Kids versteckt halten.«

»Cool«, meinte sie. »Wie willst du vorgehen?«

Die Haustür und die unteren Fenster waren mit Brettern vernagelt – genau wie die Seiten- und Hintertüren. Vidas anfängliche Begeisterung schwand schnell dahin, als wir im Dunkeln durch den Matsch und das hohe Gras stapften und das Haus ein zweites Mal umrundeten. Keine Leiter, mit der man ins Obergeschoss hätte gelangen können. Kein Licht im Haus und keinerlei Geräusche. Als wir uns der Garage näherten, ließ mich das schattenhafte Symbol auf dem Tor erstarren. Es war eine grob gearbeitete Mondsichel, aus irgendeinem Metall ausgestanzt. Jemand hatte sie mit einem Nagel ans Tor gehämmert.

Ein sicherer Ort. Ich holte tief Luft und umfasste den kühlen Garagentorgriff. Vida hielt sich im Hintergrund und richtete ihre Pistole auf …

Gar nichts.

Keine Autos, keine Taschen, keine auf dem Boden kauernden Kids. Abgesehen von ein paar Gartengeräten und Mülleimern war hier nur Gerümpel. Überall lagen bunte Verpackungsfolien herum. Vida stocherte mit dem Fuß im Müll und verteilte ihn. Als sich meine Augen an die Dunkelheit gewöhnt hatten, konnte ich weitere Anzeichen dafür ausmachen, dass sich zumindest eine Person kürzlich hier aufgehalten hatte. Ein kleiner Stapel Decken und eine zurückgelassene Reisetasche.

»Komm schon«, sagte sie. »Wenn hier jemand war, hat er sich bestimmt schon vor Tagen vom Acker gemacht.«

»Auf dem Weg hierher waren Spuren im Schlamm«, sagte ich und fragte mich, ob meine Worte sicherer klangen als meine Gedanken. Dann strebte ich auf die Tür zu, die ins Haus führte, hielt jedoch inne, als ich das Vorhängeschloss sah, das daran hing.

Cole drückte auf die Hupe, und das war die Ohrfeige, die ich brauchte. *Du führst dich auf wie eine Verrückte,* dachte ich. *Reiß dich zusammen. Es gibt wichtigere Dinge …*

Nein, gab es nicht. Denn tatsächlich wäre ich auch zu Fuß hierhergekommen. Ich wäre den ganzen Weg von Los Angeles zu Fuß gegangen, allein, im Dunkeln, durch den strömenden Regen, wenn das bedeutet hätte, Zu wiederzufinden. Ich wünschte mir das so sehr – zu wissen, dass sie in Sicherheit war und gesund und dass ich sie nicht im Stich gelassen hatte wie alle anderen.

Selbst der Teil von mir, der die Enttäuschung erwartet hatte, fühlte sich jämmerlich, klein und dumm, als ich Vida zurück zum Auto folgte. Jetzt war ich froh über den Regen; alles war mir recht, um die Tatsache zu verbergen, dass ein einziges falsches Wort, ein einziger verirrter Gedanke mich zum Weinen bringen würde.

Vida stemmte die Hände in die Hüften und inspizierte die dunkle Baumreihe, die das Haus wie eine hohe Hecke umschloss. »Hier könnte man sich gut ein paar Tage lang ausruhen. Ich habe die Zeichen auch gesehen, weißt du? Und ich glaube, wenn du nicht hergekommen wärst, um nachzuschauen, dann hättest du dir für alle Ewigkeiten Vorwürfe gemacht.«

»Tut mir leid, dass ich euch hierhergeschleppt habe«, murmelte ich. Vida winkte ab und ging weiter zum Auto. Liam hatte seine Tür offen gelassen, und die Innenbeleuchtung zeigte mir zwei besorgte Gesichter.

Plötzlich blieb Vida stehen, bückte sich und hob etwas vom Rand der Auffahrt auf – etwas Weißes, Schlammverschmiertes. »Hey, Bubu«, rief sie und warf es mir zu. Meine Finger zitterten und waren glitschig vom Regen, doch irgendwie schaffte ich es, das Ding zu fangen.

Es war ein kleiner Schuh, offensichtlich Kindergröße. Der weiße Baumwollstoff war fast schwarz von Matsch und Dreck, aber die Schnürsenkel waren noch immer rosa, als könne der Schmutz ihnen nichts anhaben. Ich inspizierte den Schuh und strich über die geschwungenen Stickereien an den Rändern.

Cole gab mir deutlich zu verstehen, dass meine eigenmächtige Kursänderung vorbei war. Er hatte meinen Platz hinter dem Steuer eingenommen und öffnete gerade das Seitenfenster, als ich den Schuh wieder zu Boden warf und sagte: »Ich weiß, ich weiß.«

Mein ganzer Körper bebte, so heftig schlugen meine Zähne aufeinander. Cole hatte Mitleid mit mir und drehte das Heizungsgebläse in meine Richtung, doch er sagte kein Wort, und ich fing ebenfalls kein Gespräch an.

Dieser Schuh … Mein Gott, dieser Schuh mit den geringelten rosa Schnürsenkeln …

Vida wendete den Wagen und fuhr los, in Richtung Hauptstraße. Cole folgte ihr und fummelte am Radio herum, während die Scheinwerfer Bäume und Blattwerk beleuchteten. Blitzschnell schoss irgendein kleines Tier davon und brachte sich in Sicherheit.

»Also schön«, sagte Cole. »Hast du eine Ahnung, wo wir hier sind? Hast du einen Ortsnamen gesehen, Zuckerschnecke?«

Meine Gedanken konzentrierten sich auf den Schuh, kreisten um die Stickereien und um die Frage, wieso er sich trotz Regen und Kälte so warm angefühlt hatte. Und um diese Schnürsenkel, diese pinkfarbenen Senkel, wie etwas aus einer …

Ich schnappte so laut nach Luft, dass Cole auf die Bremse trat. »Was ist? Was ist denn los?«

Doch ich löste schon hastig meinen Sicherheitsgurt, riss die Tür auf, sprang hinaus in den Regen und rannte zurück zum Haus.

Ich kannte diese Schnürsenkel. Ihretwegen hatte ich die Schuhe ausgesucht. Ich hatte sie auf einem Wühltisch im Wal-Mart entdeckt und sofort gewusst, dass sie sie toll finden würde, ich wusste …

Der laute Knall eines Schusses, der von den Bergen widerhallte, war das Einzige, was mich aufhalten konnte. Mein eigener Schwung ließ mich nicht gleich zum Stehen kommen; ich schlitterte mit hochgerissenen Armen durch den Matsch. Beide Wagen hatten angehalten; Cole versuchte, Liam und Vida mit der offenen Fahrertür den Weg zu versperren, damit sie nicht an ihm vorbeistürmten. Alles, was wir an Schusswaffen hatten, war auf die Bäume gerichtet.

Vorsichtig trat ich einen kleinen Schritt vorwärts. Ich dachte nicht an Skiptracer oder an PSFs oder an die Nationalgarde, nicht einmal an die Besitzer des Hauses. Ich dachte daran, wie furchterregend es für ein Kind sein musste, das sich in diesen Wäldern versteckte, nicht zu wissen, wer sich an einem der wenigen als sicher geltenden Orte herumtrieb.

Sie hatten mich noch nicht erschossen. Das war doch wenigstens ein gutes Zeichen.

»*Zu …?*«, überschrie ich das Prasseln des Regens. »Suzume? Zu?«

Der Wald schien einen tiefen Seufzer auszustoßen, ehe sich wieder die Stille der Nacht über ihn senkte. Wenn sich jemand hier in der Nähe aufhielt, dann nicht sie. Sie wäre zu mir gekommen.

Sie wäre doch gekommen, oder?

Verzweiflung stach mir ins Herz, als ich langsam zurückwich. »Okay«, sagte ich. »Okay, es tut mir leid – lasst uns fahren.«

Ich warf einen Blick über die Schulter und sah, wie Cole sein Gewehr sinken ließ. Liam zwängte sich an der Tür vorbei und trat neben ihn. Zögernd streckte er die Hand in meine Richtung, bevor er sie wieder sinken ließ. Er trat einen weiteren Schritt vor, nur um gleich wieder stehen zu bleiben. In seinen weit aufgerissenen Augen spiegelte sich völlige Verblüffung.

Und als ich mich zum Wald umdrehte, war sie das Einzige, was ich sah.

Ein verschwommener Schemen aus Weiß, Pink und Schwarz kam aus dem Schutz der Bäume hervorgeschossen, fort von den bleichen Armen, die versuchten, ihr Hemd zu packen und sie zurückzuhalten. Schlaksige Beine glitschten und schlitterten durch den Matsch, sausten so schnell auf uns zu, dass ich kaum Zeit hatte, die Arme auszubreiten.

Zu warf sich mir mit einer Wucht entgegen, die die Welt aus

den Angeln hätte heben können. Ich taumelte zurück, riss sie mit, schloss sie halb lachend, halb schluchzend in die Arme. Sie vergrub ihr Gesicht in meinem Haar und brach förmlich zusammen. Jeder Muskel ihres Körpers erschlaffte, als wollte sie mit mir verschmelzen.

Das Gefühl reiner, vollkommener Freude durchfuhr mich wie ein Blitz, sang ein liebliches Lied in meinem Kopf und wärmte mich bis in die Zehenspitzen. Ich war so erfüllt von dem Gefühl, dass es eine Weile dauerte, bis ich merkte, wie heftig sie zitterte, wie kalt ihre Haut sich anfühlte. Sie weinte, leise, japsende Schluchzer, die keine Glückseligkeit ausdrückten. Ich schob sie ein Stück von mir weg, um ihr Gesicht sehen zu können, worauf sie meine Arme noch fester umklammerte und den Kopf schüttelte.

»Ich glaube, das ist deiner, oder?«, sagte ich und hielt ihren Schuh hoch. Sie ließ es zu, dass ich ihr den Schlamm vom Fuß wischte, bevor sie den Schuh anzog und zuschnürte. Sie musste ihn verloren haben, als sie auf die Bäume zurannte. Sie hatte uns kommen hören und war in Panik geraten.

»Zu?« Liam kam so schnell auf uns zugelaufen, dass er im Schlamm ausglitt und neben uns auf dem Boden landete. »Zu?«

Kaum hatte sie den Kopf in seine Richtung gedreht, wich die Erleichterung in seinem Blick angstvoller Besorgnis. Als sie die Arme nach ihm ausstreckte, ergriff er ihre Hände und suchte nach Blutergüssen oder Schnittwunden, nach irgendetwas, das erklärte, warum sie sich an uns klammerte, als wären wir aus dem Reich der Toten zurückgekehrt und könnten uns jeden Augenblick in Luft auflösen.

»Ist es Zu?«, rief Chubs verzweifelt und stolperte auf uns zu. »Ich kann nichts sehen …«

»Hier … Bleib locker …« Vida führte ihn um die offene Wagentür herum. Er tastete nach seiner Brusttasche und zog eins seiner Brillengläser heraus.

»Hey, was macht denn ein Mädchen wie du an einem Ort wie diesem?«, fragte Liam, während sie ihm mit ihren kleinen Händen übers nasse Haar strich und seine Wangen umfasste.

Chubs ließ sich auf die Knie fallen und bespritzte uns alle mit Schlamm. Er streckte die Arme in die Richtung aus, in der er sie vermutete. »Du bist doch nicht allein, oder? Du weißt doch, was passiert, wenn du allein losziehst, es gibt nämlich …«

Zu riss ihn zu Boden. Sein Rücken klatschte in den Matsch, und ihm blieb die Luft weg.

»Schon gut … schon gut«, murmelte er und drückte sie behutsam an sich. »Du bist ja eiskalt. Wir brauchen eine Decke, bevor sie noch mehr auskühlt …«

Zu hielt ihm den Mund zu, woraufhin Liam schallend loslachte. Das Lächeln, das sie ihm daraufhin schenkte, war zittrig und klein, aber dennoch vorhanden. Der Anblick brachte mich fast zum Weinen.

Ich musterte sie, versuchte dieses neue Bild mit dem in Einklang zu bringen, das ich sicher in meiner Erinnerung aufbewahrt hatte. Ihr Haar war nachgewachsen und wellte sich um ihre Ohren. Alles andere an ihr hatte sich ebenfalls verändert. Sie war größer, aber dünner. Furchtbar dünn. Ihre Wangen waren eingefallen. Und trotz der Dunkelheit sah ich, dass es bei den anderen, die nach und nach aus dem Wald gestolpert kamen, genauso war. Sie taumelten auf uns zu, blinzelten im Licht der Autoscheinwerfer.

Ich zählte insgesamt zwölf, von unterschiedlicher Größe und Gestalt, aber alles Kinder. Alles Kinder und Jugendliche.

Kylie und Zus Cousine Hina kamen als Nächste zwischen den Bäumen hervor. Bei Lucys Anblick erinnerte ich mich sofort daran, wie oft sie mir bei der Essensausgabe in East River meine Ration gereicht hatte. Ich musste an Lagerfeuerrauch denken, an Kiefern, Sonnenuntergänge, die sich in den nahegelegenen Seen spiegelten. Und diese drei – eigentlich alle Kinder – starrten uns an, als wären sie von unserem Anblick geblendet.

»Es tut mir leid«, sagte Kylie. »Ich wusste nicht, dass ihr es wart, sonst hätte ich nicht geschossen. Wir dachten nur … Die Skiptracer und die Soldaten und alles …«

Hinter mir hörte ich, wie Cole einen tiefen Seufzer von sich gab.

»Dann müssen wir uns wohl noch ein Auto besorgen, was?«, bemerkte er.

5. Kapitel

Obwohl ich immer darauf gehofft hatte, sie wiederzusehen, hatte ich vielleicht doch nie darüber nachgedacht, was dann mit Zu passieren würde. Doch sowie Liam sie erblickte, war klar, dass das sein einziger Gedanke war.

»Ich dachte, ihr wärt bei ihrem Onkel«, sagte ich zu Kylie. »Was ist passiert? Warum seid ihr weggegangen?«

»Er war nicht da. Wir wären trotzdem geblieben, aber es … es hat einen Zwischenfall gegeben, kurz nachdem wir angekommen sind«, erklärte Kylie im Gehen. Die Bäume öffneten sich auf eine kleine Lichtung, umgeben von Dunkelheit. Als sie unsere Autos gehört hatten, hatten sie die Feuer gelöscht, doch der Rauchgeruch hing nach wie vor in der Luft.

»Was für einen Zwischenfall?«, fragte Liam.

»Einen schlimmen. Da war so ein Typ, einer von den Guten, wie sich rausgestellt hat. Er … Ach, vergiss es, ist doch egal.« Kylie schüttelte ihren dunklen Lockenkopf und strich sich das zerrissene Hemd glatt. »Seitdem ziehen wir von Stadt zu Stadt. Als ich den Straßencode gesehen habe, bin ich ihm gefolgt, ich habe gehofft, dass wir ein paar andere finden, aber die anderen haben es ja auch nicht leicht.«

Beim Anblick der völlig durchnässten provisorischen Zelte, die sie mithilfe von Bettlaken gebaut hatten, und der alten Konservendosen und Eimer, die sie ins Freie gestellt hatten, um Regenwasser aufzufangen, machte ich große Augen.

»Ihr seid doch mit einem Auto gekommen, stimmt's?«, fragte Liam. »Wo habt ihr es versteckt?«

»Hinter dem Schuppen, an der Rückseite des Hauses.« Kylie versuchte vergeblich, ihr Hemd auszuwringen. Die anderen Umstehenden hatten sich hastig vorgestellt. Ich kannte keinen von ihnen. Lucy hatte kurz erklärt, dass zwei von ihnen, Tommy und Pat, East River ein paar Monate vor unserer Ankunft verlassen hatten. Die anderen drei Mitglieder ihrer Horde hatten sich abgesetzt, als es ihnen zu mühsam wurde, und sie hatten seither nichts mehr von ihnen gehört. Die anderen zehn Teenager, alle um die fünfzehn Jahre alt, waren Einzelkämpfer, die sie unterwegs aufgelesen hatten.

Tommy war ebenso lang und dünn wie der Baum neben ihm und hatte seinen dichten kupferroten Haarschopf fast ganz unter einem Beanie versteckt. Pat war etwa einen Kopf kleiner und sprach so hastig und ruckartig, dass es fast unmöglich war, ihm zu folgen.

»Also …«, begann Cole und musterte die traurige Lagerszenerie um uns herum. »Ihr habt euch echt Mühe gegeben.«

»Ich wüsste nur gern …« Lucy trat vor uns hin, wobei ihr der blonde Zopf über die Schulter schwang. Sie steckte in einem übergroßen 49ers-Sweatshirt und schwarzen Leggins, die an den Knien aufgerissen waren. »Wie kommt ihr eigentlich hierher? Wann seid ihr aus East River weggegangen?«

Oh, verdammt – sie konnten es natürlich nicht wissen. Sie konnten nichts davon erfahren haben. Ich sah zu Liam hinüber, doch er blickte auf Zus Hand hinunter, die sich an seine klammerte.

»Plaudern könnt ihr später«, sagte Cole. »Packt alles zusammen, was ihr mitnehmen wollt.«

»Wie jetzt?«, wandte Liam ein. »Moment – sie wissen doch gar nicht, worauf sie sich einlassen.«

Cole verdrehte die Augen, dann wandte er sich zu den anderen Kids um und klatschte in die Hände. »Dann will ich's mal kurz erklären. Wir haben zu einer Gruppierung namens Children's League gehört. Dann hat der Präsident beschlossen, uns, die Federal Coalition und ganz Los Angeles plattzumachen. Jetzt fahren wir nach Norden, um uns dort niederzulassen und uns neue, lustige Möglichkeiten auszudenken, ihm in den Hintern zu treten. Gibt's irgendwelche Fragen?«

Tommy hob die Hand. »Die haben Los Angeles plattgemacht? Ganz wörtlich?«

»Ich glaube, wir sprechen nicht mehr in Metaphern«, entgegnete Cole. »L. A. ist ein brennender Schutthaufen. Ihr könnt gern da einparken, aber das Militär hat die Kontrolle über die Grenzen und die Freeways, und wahrscheinlich haben sie das, was es da an Benzin und Lebensmitteln noch gibt, streng rationiert. Was bedeutet, dass das Leben verdammt viel schwerer wird, wenn ihr keinen sicheren Zufluchtsort findet.«

Ich glaube, die Kids waren zu schockiert, um zu weinen. Sie wechselten nur fassungslose Blicke und hatten eindeutig Schwierigkeiten, das zu verdauen.

Hunger ist da auch nicht gerade förderlich, dachte ich und sah, wie der Regen das weite Sweatshirt an Kylies kantigen Hüftknochen kleben ließ.

»Und wo wir hinfahren würden, das wäre ein sicherer Ort?«, fragte Pat.

»Sag ihnen die Wahrheit«, fuhr Liam barsch dazwischen. »Vielleicht ist es ein geschützter, sicherer Ort, aber wir werden immer Zielscheiben auf dem Rücken haben. Du hast doch noch nie irgendwas aus reiner Herzensgüte getan, Cole, also wo ist der Haken? Wenn sie mitkommen, müssen sie kämpfen? Müssen für ihr Essen und ihre Betten arbeiten?«

»Na ja, realistisch betrachtet werden wir wohl alle in Schlafsäcken pennen«, meinte Cole, dessen Gereiztheit in jedem Wort mitschwang. »Aber Haken ist da keiner dabei. Wenn sie ausgebildet werden wollen, bilden wir sie aus. Wenn sie kämpfen wollen, sollen sie. Aber ich habe das Gefühl, dass ihnen genauso viel daran liegt wie uns, herauszufinden, was IAAN verursacht hat, und mehr über dieses sogenannte Heilverfahren zu erfahren. Und *außerdem* habe ich das Gefühl, dass sie es schwer hätten, eine andere Gruppe zu finden, die bereit ist, ihnen zu helfen, zu ihren Eltern zurückzukommen.«

»Red ihnen doch nicht ein, das hier wäre …«

»Das hier wäre was?«, fragte ich leise und zog ihn beiseite. »Eine Überlebenschance für sie? Liam … ich verstehe ja, kämpfen ist gefährlich, aber so zu leben doch auch, oder etwa nicht? Krank und halb verhungert und ständig auf der Flucht? Sie müssen ja nicht für immer auf der Ranch bleiben. Wir können sie wegbringen, sobald wir ein sicheres System finden, falls es das ist, was sie wollen.«

Er machte ein gequältes Gesicht. Wenn er schon mit der Vorstellung zu kämpfen gehabt hatte, dass ich bei der League festsaß, wie groß waren dann die Chancen, dass er dies jemals für Zu akzeptieren würde? Sosehr er sich auch die Befreiung der Lager und ein echtes Heilmittel wünschte, er würde instinktiv immer den Weg einschlagen, der den ihm am nächsten stehenden Menschen die größte Sicherheit garantierte.

»Wenn das alles vorbei ist«, sagte ich und schaute zu Cole hinüber, der den anderen Kids half, die eifrig ihre Sachen packten, »können wir gehen, wohin wir wollen. Ist es das nicht wert? Nur wenn wir Zu jetzt mitnehmen, können wir ihre Sicherheit garantieren. Wir können uns um sie kümmern.«

Wir hätten sie überhaupt nicht gehen lassen sollen.

Liam stieß hörbar den Atem aus. »Hey, Zu, was hältst du davon, mit uns einen kleinen Krieg vom Zaun zu brechen?«

Zu sah erst ihn und dann mich an, die Augenbrauen nachdenklich zusammengezogen. Dann zuckte sie die Achseln, als wollte sie sagen: *Gebongt. Hab grad eh nichts Besseres zu tun.*

»Okay«, stieß Liam mit einem Seufzer hervor, und ich spürte, wie die Anspannung aus meinem Körper wich. Einen Arm um meine Schulter gelegt und die andere Hand in der von Zu begleitete er uns durch die Bäume, zurück dorthin, wo die anderen warteten. Das Vertraute daran gab mir Sicherheit – als wäre ich endlich wieder mit der Erde verbunden. »Okay.«

Wieder bei den Autos angelangt trafen wir dort auf Chubs und Vida, die an dem Pick-up lehnten. Doch während Chubs auf den Fußballen wippte und Zu mit unzähligen Fragen bombardierte, auf die er nie eine Antwort bekäme, warf Vida einen einzigen Blick auf sie, verschränkte die Arme und kam auf uns zu.

»Hey, Vi, das ist …«

Sie blieb nicht stehen, weder um mich zu Ende anzuhören noch um Zus ausgestreckte Hand zu schütteln. Mit blitzenden Augen funkelte Vida mich an, und der Vorwurf darin war ebenso stumm wie unbegründet. Mit verkrampftem Kiefer rang sie offenbar darum, ihren Hass nicht offen herausbrechen zu lassen. »Können wir jetzt aus diesem miesen Loch verschwinden?«

Und sofort war das Gefühl der Sicherheit verschwunden. Stattdessen machte sich ein widerwärtiges Unbehagen breit und riss meine Aufmerksamkeit in zwei Teile. Die eine Hälfte von mir wäre ihr gern in den Wald gefolgt, während die andere, die lautere, forderndere, genau da bleiben wollte, wo ich war, erfüllt von der Liebe zu den drei Menschen um mich herum. Mein Herz schwoll an, als Zu erneut die Arme um Chubs' schmale Taille schlang und er ihr auf seine gewohnte verlegene Art den Kopf tätschelte.

Liam hatte kehrtgemacht und war Vida in die Dunkelheit gefolgt. Als er sich zu mir umwandte, konnte ich die Frage von seiner Miene ablesen; meine eigene Ratlosigkeit spiegelte sich darin.

Doch ich hatte keine Ahnung, warum Vida wütend war.

Erst lange nach Mitternacht erreichten wir Lodi, und der Mond begann bereits seinen Abstieg zum westlichen Horizont. Ich hatte insgesamt etwa vier Stunden geschlafen – mit Unterbrechungen –, fühlte mich aber überhaupt nicht ausgeruhter. Wir hielten uns an Landstraßen, auf denen wir in gemächlichem Tempo Kaliforniens Mittelachse hinauffuhren, was die ohnehin lange Fahrt noch um vier Stunden verlängert hatte – mit der Stunde, die wir brauchten, um ein drittes Auto und genug Benzin für alle Fahrzeuge zu finden, waren es schließlich zehn Stunden. Irgendwie schienen wir in einer Wirklichkeit gefangen zu sein, in der sich die Zeit gleichzeitig ausdehnte und zusammenzog; Minuten flogen vorüber, und zwar in Unmengen. Immer wieder wallten Beklommenheit und Furcht in mir auf, und ich ertappte mich bei stummen, verzweifelten Stoßgebeten, dass wir Cate und die anderen finden würden. Der Tag war bereits zu gut gelaufen, und ich wusste, ich musste mich davor hüten, auf ein Muster zu hoffen. Das Leben hatte die lästige Angewohnheit, mich aufzuheben, um mich dann wieder zu Boden zu stoßen.

Die Stadt war ländlicher, als ich erwartet hatte, zumindest an den Rändern. Es gab mehrere brach liegende Felder, die vielleicht einmal Weingärten gewesen waren, doch im Schatten einer Reihe langer silbriger Lagerhäuser war alles verkommen und abgestorben.

»Da.« Cole hob die Hand vom Lenkrad und zeigte mit dem Finger. Es erstaunte mich, dass er die Gebäude unterscheiden konnte; für mich sahen sie alle gleich aus, noch dazu im Dunkeln.

»Sind sie da?«

»Das werden wir gleich wissen.«

Der Himmel hatte einen blassen Lavendelton angenommen, als wir in der Stadt angelangt und mit unserem kleinen Konvoi wie auf einer Parade durch die leeren Straßen gefahren waren. Coles Stimmung schlug erneut um, wurde leichter und froher, als der Wagen langsamer wurde und auf den Parkplatz eines Gebrauchtwagenhändlers einbog. Er lenkte das Auto in eine der freien überdachten Lücken – zwischen den alten Van eines Schädlingsbekämpfers und den Lieferwagen einer Elektrofirma.

Das ist kein Gebrauchtwagenhändler, dachte ich. *Jedenfalls nicht mehr.*

»Okay, Zuckerschnecke.« Cole holte tief Luft, blickte zur Wagendecke hinauf und murmelte etwas Unverständliches. »Bist du bereit?«

»Was machen wir mit ihm?« Mit einem Nicken deutete ich auf Clancys schlaffe Gestalt.

»Lass ihn erst mal hier. Ich habe ihm gerade noch eine Dosis verpasst. Ich hole ihn, wenn wir uns vergewissert haben, dass alles sicher ist.«

Das kam mir nicht besonders clever vor, aber ich war so müde, dass ich trotzdem nickte, weil ich zum Streiten zu ausgelaugt war. Außerdem atmete der Junge nach wie vor leise und regelmäßig, auch wenn er vornüberhing und man ihn von draußen nicht sehen konnte. Diesmal war ich diejenige, die nachsah, ob seine Hände und Füße noch fest fixiert waren. Das war anscheinend der letzte klare Gedanke, den ich zu fassen vermochte.

Beim Aussteigen schmerzte mein ganzer Körper vor Erschöpfung. Ich spürte sie in der Kehle und in der wässrigen Konsistenz meiner Augen. Liam kam sofort auf mich zu und warf einen fragenden Blick zu dem Pick-up hinüber. Ich winkte ab und schmiegte mich an den Arm, den er um mich legte. Dann versuchte ich, die Kids durchzuzählen, begann immer wieder mit Zu und Hina, doch irgendwie kam ich nicht über zehn hinaus, ohne mich zu verheddern, und musste immer wieder von vorn anfangen. Mich auf eine Sache zu konzentrieren, nämlich auf Chubs' Stimme, die Vida mit Fragen nach all den unscharfen Silhouetten um ihn herum bombardierte, half mir, wach zu bleiben, doch mein Gehirn brauchte immer noch viel zu lange, um zu verarbeiten, warum wir vor einer Art Bar standen und uns um deren Eingang scharten.

Liam folgte meinem Blick. »Sie hat kein Wort zu Zu gesagt«, sagte er leise. »Ich weiß, sie ist kein Kuscheltier, aber ist das normal? Wenn das nämlich so weitergeht, kriege ich irgendwann ein Problem damit.«

Ich blickte abermals zu Vida hinüber. »Es dauert eine Weile, bis sie auftaut. Ich rede mit ihr.«

Cole spähte durch ein Fenster, ohne auf das unbeleuchtete OPEN-Schild zu achten. Dann stieß er geräuschvoll den Atem aus und probierte die Tür von Smiley's Pub. Abgesperrt.

»Ist das eine Bar?«, wisperte Chubs hinter mir. »Dürfen wir denn da rein? Wir sind doch nicht einundzwanzig.«

»Ach, Großmütterchen«, seufzte Vida. »Was soll ich dazu sagen?«

Ich schaute durchs Fenster. Drinnen war viel helles Holz, leere Regale hinter dem Bartresen und Stühle und Sitzbänke aus rotem Vinyl. Alte Tourneeposter von Classic-Rock-Bands hingen zwischen Fotos von Frauen, die sich in Bikinis auf Sportwagen räkelten.

»Müssen wir die Tür aufbrechen?«, fragte ich Cole.

»Nö. Ich wollte nur sehen, ob sie den Laden noch immer als Tarnung benutzen. Der Eingang zur Ranch ist hinter der Bar.«

Einen Moment lang begriff ich nicht ganz und dachte, er meine hinter dem Tresen im Lokal. Doch stattdessen trat er vom Bürgersteig herunter und zeigte mit dem Kinn zu der engen Gasse zwischen Smiley's Pub und dem leerstehenden Geschäft daneben. Wir folgten ihm um Mülltonnen und aufgestapelte leere Kisten herum, bis wir an einer Hintertür anlangten. Cole ging direkt darauf zu und gab sechs Ziffern in das elektronische Keypad ein, das dort angebracht war. Es blinkte und piepte, dann sprang die Tür auf und gab den Blick auf einen typischen Lagerraum frei. Die Wände waren von Regalen gesäumt, von denen die meisten leer waren.

»Es geht ganz schön weit runter«, erklärte Cole über die Schulter. »Hat irgendwer Höhenangst? Angst vor der Dunkelheit? Nein, natürlich nicht. Ihr seid Profis. Aber seid vorsichtig, okay?«

Ganz schön weit runter. Oh Gott – schon wieder ein unterirdischer Tunnel? Und zwar ein langer, würde ich wetten, ausgehend davon, dass wir so weit vom Hauptgebäude der Ranch entfernt waren, dass ich es von Smiley's aus nicht hatte sehen können. In Los Angeles hatten wir einen ähnlichen Zugang zum Hauptquartier eingerichtet. Der Eingang war in einem Parkhaus gewesen, in dem man mit einem Aufzug zu etwas gelangte, das wir die Röhre nannten. Dieser Tunnel, mit seinem Abwassergestank und seinen schleimig-schmierigen Wänden, war derart höllisch gewesen, dass man schon fast damit rechnete, am anderen Ende vom Teufel empfangen zu werden.

Um durch die Falltür zu steigen, die zum Tunnel der Ranch führte, mussten wir uns alle in den kleinen Schlafraum hinter der Kneipe quetschen und das Bett und den Teppich über der Klappe wegschieben. Ein kalter, dumpfer Luftschwall quoll uns entgegen, als Cole sie schließlich mit dem Fuß aufhebelte.

»Cool«, sagten Tommy und Pat wie aus einem Mund und beugten sich vor, um in den trübe erleuchteten Schacht hinabzuspähen. Kylie schnitt Lucy eine Grimasse, wagte sich aber nach Cole als Dritte hinunter. Die meisten der Teenager folgten, zu müde, um zu hinterfragen, was hier vorging oder wohin man sie brachte. Für die kleineren Kinder war es schlimmer. Zu und Hina waren Sinnbilder der völligen Erschöpfung. Sie wankten, als hätten sie sich in der Kneipe ein paar hinter die Binde gegossen, und konnten den Blick nicht auf Liam konzentrieren, der ihnen auf die Leiter hinabhalf. Gemeinsam mussten wir Vida helfen, einen halb blinden, unfassbar missmutigen Chubs nach unten zu bugsieren. Dann war Liam an der Reihe.

Ich wusste, dass es irrational war, wie die Furcht sich von hinten an mich heranschlich und mir ein Messer an den Hals presste. Ich wusste, dass wir nicht bedroht wurden, dass die Kids längst auf dem Weg nach unten waren und ihnen nichts fehlte und dass ich diesen Weg gehen musste, wenn ich die Ranch erreichen wollte. All das wusste ich. Doch ich konnte mich trotzdem nicht vom Fleck rühren.

Liam bemerkte meinen Gesichtsausdruck und setzte ein beruhigendes Lächeln auf. Trotz all der unausgesprochenen Worte zwischen uns konnte er mir jede meiner Ängste vom Gesicht ablesen. Seine eine Hand fuhr mir durchs Haar und legte sich um meine Wange, als er mir einen Kuss auf die Schläfe drückte.

»Ein anderer Tunnel, ein anderes Ziel, ein anderes Ende«, versprach er. »Okay?«

Ich schluckte und rang mir ein Nicken ab, während er sich anschickte, die Leiter hinabzusteigen. Sobald sein heller Haarschopf verschwunden war, spürte ich, wie sich meine Haut um die Knochen herum zusammenzog und mein Magen Purzelbäume schlug. *Ein anderes Ende.* Ich drehte und wendete die Wörter in meinem Kopf. *Ein Ende.*

Das hier war erst der Anfang.

Ich streckte mich, strich mir den Pferdeschwanz nach hinten und tat den ersten Schritt. Dann den zweiten. Den dritten. Ich versuchte, nicht daran zu denken, wie die Finsternis um mich herum emporzuwallen, mich zu verschlucken schien. Gerade als ich sicher war, ewig weiter hinabsteigen zu müssen, fand mein Fuß festen Boden.

Der Rest des Morgens verlief in einer seltsamen, fast surrealen Stimmung. Der Tunnel wurde von mehreren Lichterketten erleuchtet – manche blinkten, manche waren bereits ausgefallen –, die jedoch immer nur einen kleinen Teil des Wegs erhellten. Alles bestand aus hartem, unnachgiebigem Beton. Die niedrige Decke und die engen Wände vervielfachten jeden Laut und trugen Geflüster und Seufzen wie Geisterstimmen durch die Dunkelheit. Ich tat einen flachen Atemzug nach dem anderen und spürte, wie das Blut gemächlich hinter meinen Augen zu pochen begann. Dies hier war eigentlich der Vorläufer des Hauptquartiers in Los Angeles – in viel kleinerem Rahmen, und wenn Coles Aussagen stimmten, auch teilweise über der Erde. Aber immer noch ähnlich genug, um mich erschauern zu lassen.

Mein Verstand spielte mit den Bildern und Geräuschen um mich herum Fangen und filterte alles durch eine milchige Linse. Fast hatte ich das Gefühl, ich sähe alles durch die Erinnerungen von jemand anderem. Der Geruch nach Schweiß und feuchten Kleidern. Ein erstickter Schmerzenslaut von Vida. Chubs' bedrückte, hoffnungslose Miene, als er ins Dunkel starrte. Zu, die schlafend auf Liams Rücken hing, die Arme um seinen Hals geschlungen. Wir marschierten so lange, dass ich zwischendurch vergaß, wo wir hingingen.

Vor uns stieg Cole eine halbe Treppe hinauf und schlug gegen etwas Metallisches – ein großes, rostiges Quadrat, das eine Tür sein musste. Auf der Tunnelseite gab es keinen Türgriff. Die Tür musste von der anderen Seite geöffnet werden.

»Und wenn niemand da ist?«, hörte ich Chubs fragen. Meinem Herzen zuliebe tat ich so, als hätte ich es nicht gehört.

Cole hämmerte noch eine Weile mit der Faust dagegen, ehe die Kinder direkt hinter ihm sich um ihn drängten und ihn mit aller Kraft unterstützten.

Es ist niemand hier, dachte ich. *Sie haben es nicht geschafft.*

Ich bekam keine Luft. Es gab keinen Weg zurück – der Tunnel war so eng, dass die Kinder hinter mir den Rückweg blockierten. Ich spürte, wie Liam mir den Arm um die Schultern legte, doch das Gewicht ließ meinen Brustkorb noch enger werden. Ich stolperte über meine eigenen Füße rückwärts, als plötzlich ein lautes Knarren ertönte und sich helles Licht in den Tunnel ergoss.

Cate?

Ich hielt mir eine Hand vor die Augen und versuchte, die Gestalt zu erkennen, als Cole auf einmal zu singen begann: »Hello, Dolly!«

»Oh mein Gott!« In ihrer Stimme schwang irgendein ganz schwacher Akzent mit – vielleicht New York? New Jersey. »Schnell, kommt rein – mein Gott! Wir dachten schon … Wir hatten schon Angst, wir müssten losziehen und euch suchen.«

Liam führte uns die Stufen hinauf ins Licht. Ich hatte gar nicht gemerkt, wie kalt mir war, bis eine sanfte Wärmewelle uns umfing. Ich trat durch die Tür und blinzelte unter dem grellen Licht der Leuchtröhren an der Decke.

Dolly gab ein übertriebenes Seufzen von sich, während sie

an unserer Reihe entlangging und schließlich vor Liam und mir stehen blieb. Sie blickte zwischen ihm und Cole hin und her. »Oh Mann, es gibt noch einen von euch? Wie hat die Welt das so lange überstanden?«

»Reine Glückssache«, antwortete Cole. »Sind alle da?«

Dolly zögerte sichtbar. »Na ja … nicht ganz.«

»Cate?« Das Wort kam in einem Aufwallen unverhohlener Hoffnung aus Vidas Mund.

»Conner geht's gut. Sie hat sich wahnsinnige Sorgen um alle gemacht.«

Liams Arm fasste mich fester, und er schaute zu Boden. Seine Miene zeigte so deutlich, wie aufrichtig er sich für mich freute, während ich mich an ihn schmiegte, dass mein leises Lächeln fast ein Reflex war. Es wunderte mich allerdings, dass das erste Gefühl, das in die Lücke floss, die die Furcht in mir hinterlassen hatte, weder Freude noch Erleichterung war. Die folgten lediglich auf einen plötzlichen scharfen Schmerz, der von meiner Mitte ausstrahlte. *Sie weiß es nicht.* Cate hatte überlebt, hatte es trotz unvorstellbarer Schwierigkeiten hierhergeschafft und auf uns gewartet. Das Einzige, was Dolly ihr berichten würde, wäre, dass wir hier waren; von Jude konnte sie nichts wissen. Ich würde es mir lange genug verkneifen müssen, die Arme um sie zu schlingen und zu weinen, um es ihr zu sagen. *Sie weiß von nichts.*

Doch jetzt würde sie es erfahren.

»Was meinst du mit ›nicht ganz‹?«, fragte Cole und sah sich um. »Zehn von euch sind doch hergekommen, um das Haus aufzumachen, oder? Und Conner hat ihr Dutzend …«

Dolly trat von einem Bein aufs andere. Eine Antwort wurde ihr durch das Geräusch nackter Füße erspart, die über die Fliesen patschten. Mein Herz schnellte mir in die Kehle hinauf, als ein blasser Blondschopf um die Ecke geschossen kam. Cate.

Vida stürzte auf sie zu, rammte durch den Haufen Kids, der sich zwischen ihnen drängte, und riss sie beinahe alle beide um.

»Es tut mir leid, es tut mir ja so leid«, beteuerte Cate. »Wir waren knapp außerhalb der Angriffszone und konnten durch all die Barrikaden nicht wieder rein …«

Sie blickte an Vidas Schulter vorbei, dorthin, wo ich stand, und lächelte erleichtert, als ihr Blick meinen fand. *Oh Gott, oh mein Gott, sie weiß es doch nicht* – ich brachte die Worte nicht über die Lippen, konnte mich nicht rühren. Hitze wallte unter meiner Haut auf, der Schweiß ließ Schuld und Scham und Wut und Trauer aus jeder Pore dringen. Und dann sah sie keinen mehr an, sondern starrte auf die leere Stelle auf meiner anderen Seite. Sie schaute den ganzen Flur entlang, ihre Augen zuckten von einer Person zur anderen, während sie Vida immer fester an sich drückte. Sie suchte nach ihm.

Schließlich brauchte ich gar nichts zu sagen. Sie musste es gewusst haben, in dem Moment, als sie mein Gesicht gesehen hatte.

Liams Hand fand meine und schloss sich um meine Finger, als er mich wegzog, dicht zu sich heran. Ich presste das Gesicht an seine unversehrte Schulter und hörte sein Herz gegen mein Ohr pochen, versuchte, langsamer zu atmen und die aufwallenden Tränen zu stoppen.

»Wie wär's …« Dolly legte Tommy eine Hand auf die Schulter. »Was haltet ihr davon, wenn ich euch zeige, wo die Toiletten sind und wo ihr schlafen könnt? Alle Zimmer sind offen. Sucht euch einfach eins aus. Um Decken und Bettwäsche können wir uns erst morgen kümmern, tut mir leid.«

»Was ist aus dem Bettzeug geworden?«, fragte Cole leise.

»Sie haben's mitgenommen.« Dolly zog eine Schulter hoch und schaute zu den Kids hinüber und dann wieder zu ihm zurück, bis Cole schließlich keine Fragen mehr stellte.

Sie führte uns einen anderen hell erleuchteten Flur entlang, wo die Deckenbeleuchtung die Haut eines jeden fahl wirken und Schmutz und Staub umso deutlicher hervortreten ließ. An die Wand geklebte Bilder flatterten, sobald jemand an ihnen vorüberging. Scharfer Bleichegeruch. Ein großer Raum, etwa so groß wie eine Schulturnhalle, weit offen und übersät von Schlafsäcken und provisorischen Betten.

Ruhe, dachte ich. *Endlich kann ich mich ausruhen.*

»Hey, Zuckerschnecke«, sagte Cole. »Kannst du mal mitkommen? Ich möchte Cate Bericht erstatten, damit sie Bescheid weiß.«

Liam schlang den Arm fester um mich, und fast hätte ich Nein gesagt – ich glaubte nicht, dass ich Cates Gegenwart ertragen könnte, bis meine Batterien wieder aufgeladen waren. Doch er und ich steckten gemeinsam in dieser Sache drin. Und ich wollte wissen, wo die anderen Agenten waren.

»Ich komme gleich«, sagte ich zu Liam. »Such uns ein gutes Zimmer aus.«

»In Ordnung …«, begann er unsicher, folgte jedoch den anderen nach unten, nachdem er sich noch ein letztes Mal umgesehen hatte.

Cole bedeutete mir, ihm in den Raum gleich links von der Tunnelöffnung zu folgen, doch ich blieb noch einen Moment lang stehen, um mich umzublicken. Und ich war … nicht beeindruckt.

Das Hauptquartier in Los Angeles hatte provisorisch gewirkt, als hätte jemand ein tiefes Loch gegraben, etwas Beton hineingegossen und das Ganze dann mit bunt zusammengewürfelten Fliesen, Tischen und Stühlen eingerichtet. Die Strom- und Wasserleitungen lagen über Putz, und wir hatten nicht immer heißes Wasser. Die Ranch jedoch sah aus, als hätte man sie vergessen. Obwohl die Agenten seit mindestens einer Woche hier waren, war der Boden mit grauen Staub- und Schmutzwolken bedeckt. Türknäufe hingen schlaff und schief herab. Die Farbe blätterte von der Wand, und an manchen Türen war das Holz gesplittert. Die Glühbirnen waren entweder defekt oder fehlten ganz, sodass manche Flurabschnitte im Dunkeln lagen. Die Deckenpaneele zerfielen allmählich zu Staub; ganze Stücke der Deckenverkleidung waren heruntergefallen und einfach mit den Füßen zur Seite geschoben worden. Es schien, als wäre es ihnen egal. Eine Welle der Angst durchfuhr mich, als ich das alles sah. So ging man mit einem Unterschlupf um, wo man keinesfalls bleiben wollte. Den man sich nicht zu eigen machen wollte.

»… ist Schwachsinn! Das ist so ein verdammter Schwachsinn!« Vidas Stimme rief mich in den Raum, den die anderen bereits betreten hatten. Ich ging hinein, schloss die Tür fest hinter mir und wäre beinahe gegen eine Wand aus Aktenschränken geprallt. Der Raum war gerade groß genug für einen Schreibtisch, drei Stühle und ein paar gerahmte Landkarten der Vereinigten Staaten.

Das muss Albans Büro gewesen sein, dachte ich, *als er noch hier war.* Es war nicht annähernd so vollgemüllt wie sein Büro im Hauptquartier, aber gewisse Details wie die schlaff an der Wand hängende US-Flagge stammten eindeutig von ihm.

»Sobald sie aus Los Angeles raus waren, hat Sen die Ranch kontaktiert und gesagt, sie seien auf dem Weg nach Kansas«, erklärte mir Cole, der neben Cate am Schreibtisch lehnte. Sie hatte den Kopf gesenkt und die Arme fest über der Brust verschränkt und war mit den Gedanken eindeutig woanders. Vida tigerte mit in die Hüften gestemmten Händen in dem winzigen freien Raum auf und ab.

»Und sie sind alle abgezogen«, schloss ich. *Verdammt.* Cole war sich sicher gewesen, dass die Agenten, die mit Cate das

Hauptquartier verlassen hatten, um nach Fahrzeugen für uns zu suchen, Cate zumindest treu genug ergeben waren, um dazubleiben und uns zu helfen.

»Und sie haben so ziemlich alles mitgenommen, was nicht niet- und nagelfest war, einschließlich den größten Teil der Lebensmittel«, sagte Cole. Seine Ruhe erstaunte mich. »Cate und Dolly wollten uns suchen gehen – offenbar hast du ihnen das mit Kansas wirklich verkauft. Wir werden bei null anfangen müssen, wenn wir das Quartier hier wieder aufbauen wollen, aber es ist machbar.«

Cates Kopf schoss hoch. »Was meinst du mit ›verkauft‹?«

»Du hast es *gewusst*«, fauchte Vida mit beißender Schärfe. »Du hast sie weggeschickt?«

Ich hob die Hände und gestattete mir nicht, den Rücken gegen die Tür zu pressen, um so weit wie möglich von diesen wütenden Blicken wegzukommen. »Ja. Ich habe sie dazu gebracht, nach Kansas zu fahren, damit wir uns allein absetzen konnten, irgendwohin außerhalb des Bundesstaats. Ich hätte allerdings dafür sorgen sollen, dass sie keinen Kontakt zu den Agenten hier aufnehmen, bevor wir hier eintreffen.«

»Und was *zum Teufel* sollte das?«, schäumte Vida.

»Ganz meine Meinung«, sagte Cate und musterte Cole kalt. »Erklär mir genau, was ihr damit erreichen wolltet.«

»Hm, na ja, vielleicht wollten wir all diesen Kids das Leben retten?«, schoss Cole zurück und stemmte die Hände auf die Knie. »Willst du wissen, was deine Freundin Sen geplant hatte? Die wollten die Kids auf die verschiedenen Fahrzeuge aufteilen und sie gerade weit genug aus Los Angeles rausfahren, dass sie sich sicher fühlen, und dann wollten sie sie ausliefern und die Belohnung kassieren.«

Falls das überhaupt möglich war, wurde Cate noch blasser. Vida hörte endlich auf, auf und ab zu tigern.

»Das kannst du doch gar nicht wissen …«, begann Cate.

»Ich hab's in ihren Gedanken gesehen«, sagte ich und ließ all die Bitterkeit in meine Worte einfließen, die ich in meinem Inneren spürte. »Sie hatte alles ganz genau geplant. Sie wollten das Geld, um auf dem Schwarzmarkt Waffen und Sprengstoff zu kaufen. Damit wollen sie dann in Washington, D. C., zuschlagen – die haben keinerlei Interesse daran, uns bei der Befreiung der Lager zu helfen.«

»Unser Plan ist genauso aufgegangen, wie wir es uns gedacht hatten«, sagte Cole. »Fast genauso. Krieg jetzt bloß nicht die Krise, Conner. Niemandem ist was passiert. Es war ein sauberer Schnitt. Dass die anderen Agenten abgehauen sind, beweist ja gerade, dass uns unser Instinkt nicht getrogen hat. Niemand will den Kids helfen. So haben wir wenigstens die Ranch, und sie wissen auch nicht, was unsere Pläne sind. Wenn sie angehalten oder von Präsident Grays Freunden aufgegriffen werden, geben sie denen falsche Infos über uns. Das hier ist die richtige Operationsbasis für *uns*, nicht für sie. Es ist ruhig, wir haben Strom und Wasser und jetzt auch reichlich Platz zum Arbeiten.«

»Ja, und jetzt schau mal, was wir *nicht* haben!«, explodierte Cate schließlich. Ihr bleiches Gesicht lief rot an, und sie konnte ihren bebenden Zorn kaum zügeln. »Ihr habt ausgebildete Profis weggeschickt – Leute, die die Attacken auf die Lager hätten durchführen können, die ihr geplant habt, Leute, die all die Kids hätten beschützen können! Wir hätten uns bemühen müssen, sie auf unsere Seite zu ziehen, anstatt sie zu manipulieren, sodass sie glauben, es sei ihre Idee gewesen zu gehen. Und wie könnt ihr es *wagen*, so eine Entscheidung zu treffen, ohne mich zu fragen? Ich kann nicht …« Sie schüttelte den Kopf, und ihr Blick bohrte sich so brennend in meine Augen, dass ich wegschauen musste. »Ruby, was ist *los?*«

»Krieg dich wieder ein, Conner«, sagte Cole scharf. »Der Plan ist, die Kids als Kämpfer auszubilden. Ihnen zu mehr Macht zu verhelfen.«

»Dir selbst zu mehr Macht zu verhelfen!«, korrigierte Cate in schneidendem Tonfall. Wenn Vida nicht im Raum gewesen wäre, weiß ich nicht, was Cole daraufhin gesagt oder getan hätte. Er ballte die Fäuste. »Ich versteh schon, Cole«, fuhr Cate fort. »Ehrlich. Aber es war nicht richtig. Sie haben die Computerserver mitgenommen. Ich habe einen einzigen Laptop, und das auch nur, weil ich ihn gestern Abend zum Arbeiten mit in mein Zimmer genommen und ihn versteckt habe, als sie angefangen haben, vom Weggehen zu reden. Sie werden uns aus dem System aussperren. Und was machen wir dann? Ihr habt diese Brücke verbrannt, ohne uns eine neue zu verschaffen.«

Die League hatte den größeren Teil des letzten Jahrzehnts damit verbracht, ein Informationsnetzwerk über alles aufzubauen: die Aufenthaltsorte ehemaliger Politiker, Zugriff auf die Datenbanken der Skiptracer und der PSFs, Baupläne, Lagepläne von Geheimgefängnissen. Ich hatte darauf gesetzt, Zugang dazu zu haben, um es für sämtliche Angriffe auf die Lager zu nutzen. Wir brauchten zumindest die wenigen bekannten Satellitenfotos, die je von einigen der Lager gemacht worden waren.

»Die Grünen kommen ins Netzwerk der League, das ist gar keine Frage«, sagte Cole. »Sie haben es ja schließlich aufgebaut. Und ich habe dafür gesorgt, dass wir die Forschungsergebnisse zu dem Heilmittel kopieren können. Ich will nur wissen, wo der USB-Stick mit den Informationen ist, die ich der Leda Corp geklaut habe. Mit der Studie, was IAAN verursacht hat.«

Mit verkrampftem Unterkiefer wandte Cate sich ab. Ihr Kehlkopf hüpfte, als sie schluckte und gerade lange genug schwieg, dass mich ein kaltes Grauen überkam. »Im Müll. Wir waren noch nicht weit genug aus der Stadt raus, als der elektromagnetische Impuls ausgelöst wurde. Er hat alles gelöscht … Es tut mir leid. Ich wünschte …« Sie schüttelte den Kopf und verstummte.

Ich ließ mich schwer auf einen Stuhl fallen und hatte mehr und mehr das Gefühl, als führe ich in entgegengesetzter Richtung zu allen anderen durch einen langen Tunnel. Coles sarkastisches »Na, *prima*« hörte ich kaum. Bekam kaum mit, dass Cate aufgestanden war und um mich herum auf die Tür zuging.

»Wo willst du denn hin?«, fragte Cole. »Lass die Kids doch noch ein bisschen schlafen.«

»Ich gehe nicht zu den Kids«, erklärte sie barsch. »Ich fahre den anderen Agenten nach, um den Schlamassel auszubügeln, den du uns eingebrockt hast. Damit sie zurückkommen und wir gemeinsam hieran arbeiten können.«

Die Kälte in ihrer Stimme durchdrang mich bis auf die Knochen. So hatte ich sie noch nie gesehen, oder zumindest war die volle Wucht ihres Ärgers noch nie auf mich gerichtet gewesen. Aber ich war auch wütend – stinkwütend. Sie hatte uns sitzen lassen, sie war nicht da gewesen, als ich sie gebraucht hätte, und dabei hatte ich mein Bestes getan mitzuhelfen, dass alle am Leben blieben.

»Du willst, dass sie zurückkommen?«, fragte ich. »Wer? Die, die dich, ohne mit der Wimper zu zucken, sitzen lassen haben, um Terroristen spielen zu gehen, oder die, die uns den PSFs übergeben wollten?«

Cate konnte mich nicht ansehen. »Das war bestimmt ein Missverständnis …«

»Da hast du recht«, sagte ich. »Ich habe missverstanden, wie sehr du verdrängst, wer diese Agenten wirklich sind …«

»Ruby!«, fauchte Vida. »Halt verdammt noch mal …«

»Ich weiß nicht, wie oft sie es dir noch beweisen müssen, aber den Agenten hat die League, der du beigetreten bist, nie etwas bedeutet – die League, der tatsächlich etwas an den Kids lag, die noch immer in den Lagern sitzen – die immer noch Tag für Tag an etwas sterben, wofür wir demnächst ein Heilmittel finden können. Wir brauchen die nicht! Wir brauchen uns von denen nicht versauen zu lassen, wofür wir uns hier einsetzen! *Wach auf*!«

»Ich habe kein Interesse daran, Kids loszuschicken und sie Soldaten spielen zu lassen«, erwiderte Cate.

»Früher hattest du doch auch kein Problem damit«, sagte ich bitter.

»Ihr wurdet von ausgebildeten Agenten beaufsichtigt, die die Teams geleitet haben …«

»Genau. Du meinst die Agenten, die dann eine Kehrtwende hingelegt und uns einen nach dem anderen umgelegt haben? Was ist mit Rob? Der, der versucht hat, mich und Vida durch ein und denselben ›Unfall‹ umzubringen? Weißt du überhaupt, dass er uns verfolgt hat? Er hat uns *gejagt*. Er hat mir einen Knebel verpasst!«

Vida stand mit aschgrauem Gesicht wie erstarrt da. Der Instinkt, Cate vor jedem Angriff zu schützen, lag eindeutig mit dem Anteil von ihr im Krieg, der die Wahrheit kannte. Cole streckte den Arm aus, um mir eine Hand auf die Schulter zu legen, doch ich wich ihm aus und wartete darauf, dass Cate mich ansah. Wartete auf eine Antwort.

»Dolly und ich fahren gleich morgen früh los«, sagte sie leise. »Die anderen Agenten sind erst vor ein paar Stunden aufgebrochen. Wir können sie noch einholen.«

Es war, als hätte sie mir eine Ohrfeige verpasst. »Gut. Dann geht.«

»Viel Glück«, fügte Cole mit nur einem Hauch Ironie hinzu.

Cates helle Augen huschten noch ein letztes Mal über mich hinweg, ehe sie hinausging, geräuschvoll die Tür aufriss und sie heftig hinter sich zuknallte. Vida folgte ihr auf dem Fuß. Ich ertrug es nicht, ich wollte ihnen nachgehen.

Cole packte meinen Arm und zog mich zurück. »Lass die sich erst mal beruhigen. Sie sind einfach sauer, aber es musste ja so kommen.«

»Wirklich?« Die Frage entschlüpfte mir, ehe ich sie aufhalten konnte, während Zweifel durch die Risse in meinem Herzen tröpfelte.

Von der Tunneltür her war erneut ein lautes Knarren zu vernehmen. Das Geräusch ließ mich hochfahren, und wir stürzten beide in den Flur hinaus. Ich war mir so sicher, dass ich Cate in die Finsternis stürmen sehen würde, wild entschlossen, ihr Versprechen wahr zu machen, dass mich der Anblick der schmutzigen, erschöpften Gesichter der acht Kids, die vor mir standen, traf wie ein Schlag auf die Brust.

Eines sah verstörter aus als das andere. Senatorin Cruz war die Letzte und wehrte die Hände ab, die sich ihr entgegenreckten, um ihr die letzten Stufen hinaufzuhelfen. Sie sah sich um und wich dabei dem prüfenden Blick von Dolly aus, die zu meiner Linken aufgetaucht war.

»Ihr habt's in Rekordzeit geschafft!«, rief Cole und klopfte einem nach dem anderen auf den Rücken, was ihm Lächeln und erleichterte Umarmungen einbrachte. »Habt ihr irgendwelche Probleme gehabt?«

»Nein, wir waren uns nur nicht ganz im Klaren über deine Anweisungen, wie man von der Kneipe aus zur Basis runterkommt, aber als wir uns den Laden angeschaut haben, haben wir's ausgeknobelt.« Zach, der hochgewachsene, braun gebrannte Anführer eines der Blauen-Teams der League, wirkte so unerschütterlich wie immer. Er fuhr sich mit der Hand durch das dunkle Haar und sah sich um.

Wenn Zach entspannt und selbstsicher wirkte, so war Nico ans andere Ende des Spektrums abgedriftet. Er sah klein und verängstigt aus, und das schwarze Haar stand ihm in alle Himmelsrichtungen vom Kopf ab, als hätte er es sich den ganzen Tag unentwegt verzweifelt gerauft. Er verschränkte die Arme, umfasste seine Ellbogen und atmete tief durch. Bis er Cate sah. Sie drängte sich zwischen den anderen Agenten hindurch auf ihn zu, doch statt sich in ihre Arme zu werfen, wie Vida es getan hatte, schlug er die Hände vors Gesicht und begann zu weinen.

Das war das einzige Wort, um die Laute zu beschreiben, die aus seiner Kehle drangen. Sie übertönten das aufgeregte Geplapper, erstickten jede Frage im Keim und saugten das Gelächter auf, bis es nur noch ein Flüstern war. Mein Inneres verkrampfte sich, bis ich schließlich wegsehen und meine Ohren mit statischem Rauschen füllen musste. Keins der anderen Kids ging zu ihm, nur Senatorin Cruz, deren Miene deutlich zeigte, was sie deswegen von uns hielt. Sie hatte die Arme um ihn geschlungen, bevor Cate ihn erreichte.

Ich wandte mich zu Dolly um und fragte, wo die Duschen und die Schlafräume waren, dankbar für einen Vorwand, um von Nicos schrecklichem Weinen wegzukommen, von Cates Enttäuschung, von der unwissenden Begeisterung der anderen für einen Ort, den man derart ausgeweidet hatte, dass er fast unbewohnbar war.

Soweit ich sehen konnte, verteilte sich die Ranch auf zwei Korridore, die parallel zueinander verliefen und an den Enden durch Doppeltüren verbunden waren. Das Untergeschoss war genauso aufgeteilt wie das obere: zwei schmale Korridore, die von einer Reihe geschlossener Türen gesäumt waren. In dem

Flur, zu dem das Treppenhaus führte, gab es kaum mehr als ein paar Zimmer mit Stockbetten, eine Küche und eine Waschküche. Eine der Türen stand offen, und ich schaute hinein, auf die vier Stockbetten.

Die Stimmen im nächsten Raum waren gedämpft, doch ich erkannte Chubs typisches »*Was?*«, als es aus ihm herausbrach. Ich ging die letzten Schritte bis zur Tür, packte den Türgriff und fragte mich, warum sie sie überhaupt zugemacht hatten.

»… sie es uns nicht einfach sagen konnte?«, schimpfte Vida. »Unfassbar beschissen. Wenn unsere Leben in Gefahr waren, hätte sie nicht mit Cole rummachen sollen. Wir hätten die Ersten sein müssen, denen sie es sagt!«

Ich lehnte mich gegen die Tür und presste die Stirn dagegen, während ich lauschte.

»Sie und Cole sind schon eine ganze Zeit lang richtig dicke miteinander«, sagte Chubs. »Wundert mich nicht, dass sie so was abgezogen haben.«

»Aber das ist doch total unlogisch …« Liam senkte die Stimme so weit, dass ich ihn nicht mehr verstehen konnte, doch ich hatte bereits den Rückzug angetreten. Von dem Zorn in ihren Stimmen rauschte mir das Blut in den Ohren.

Ich tappte den Flur entlang zu dem Wäscheschrank, den Dolly erwähnt hatte. Sämtliche Handtücher waren weg, doch in einer Tasche mit Straßenkleidung, die die Agenten übersehen hatten, als sie das Haus ausgeräumt hatten, fand ich ein weiches schwarzes Oversize-Shirt. Das nahm ich mit zum Badezimmer, dankbar, dass ich hinterher nicht wieder in meine schmutzigen Klamotten steigen musste.

Der Morgen bekam etwas Unwirkliches, als ich mich auszog und in eine der Duschkabinen trat, noch ehe das Wasser warm geworden war. Es prasselte aus dem rostigen Duschkopf auf mich herab, klatschte mit eisiger Kälte auf meine

Haut, kühlte mich augenblicklich ab und linderte das Prickeln meiner Kopfhaut. Sie hatten in jeder Duschkabine Seifen- und Shampoospender angebracht; riesige Behälter, die bereits halb leer waren. Ich zog die Schultern hoch und ließ den Blick auf das Wasser sinken, das unter meinen Füßen tief hinab in den Abfluss gurgelte. Ich atmete. Die Schmutzflecken auf meinen Rippen und an meinen Beinen, die sich nicht abwaschen ließen, entpuppten sich als Blutergüsse. Ich atmete. Ich atmete.

Ich atmete einfach nur.

6. Kapitel

Ich weiß nicht, ob ich tatsächlich schlief oder nur immer wieder in Bewusstlosigkeit versank und wieder auftauchte. Flach auf dem Rücken, die Hände über dem Bauch gefaltet, horchte ich auf die Geräusche der erwachenden Ranch. Stimmen riefen im Flur wie bei einem Frage- und Antwortspiel, fragten nach der Wäsche, die jemand in die Maschine gestopft hatte, beschwerten sich über den Mangel an heißem Wasser in den Duschen, lachten – ich schloss die Augen, als ich Vida nach mir rufen hörte.

Steh auf, befahl ich mir. *Du musst dich damit auseinandersetzen.*

Ich schwang die Beine über die Bettkante, rieb mir das Gesicht und versuchte, mein Haar möglichst glatt zu einem Pferdeschwanz zurückzustreichen. Bis ich Licht gemacht und die Tür geöffnet hatte, war Vida bereits am anderen Ende des Flurs angelangt, machte aber kehrt, als ich aus dem Zimmer kam.

»Was ist los?«, fragte ich.

»Ach? Bist du fertig mit deinem Schönheitsschlaf, Bubu?«, höhnte sie. »Sie haben auf dich gewartet – sie haben eine Stunde auf dich gewartet, aber du bist nicht aufgetaucht! Wie jetzt? Bist du dir sogar zu scheißgut dafür, Auf Wiedersehen zu sagen?«

In meinem Magen ballte sich etwas Kaltes. »Cate und Dolly sind schon weg?«

Nach allem, was in den letzten Monaten geschehen war, staunte ich, wie tief mich das traf. Sie hatten nicht gewartet, um sich zu verabschieden, waren nicht lange genug geblieben, um sich alles ausführlich von uns erklären zu lassen. Cate wollte alles, was wir dadurch erreicht hatten, dass wir die Agenten zum Weggehen bewegt hatten, zunichtemachen, indem sie sie bat zurückzukommen. Sie würde uns alles vermasseln.

»Es ist fast drei Uhr nachmittags«, erklärte Vida.

Ungläubig starrte ich sie an. Allmählich löste sich das Eis in ihrer Miene ein wenig. Sie schüttelte den Kopf und murmelte etwas; ich tat, als höre ich es nicht. »Du hast die ganze Zeit geschlafen? Du musst kaputter gewesen sein, als ich dachte.«

»Hör mal«, setzte ich an, »wegen vorhin …«

Sie hob die Hand. »Schon kapiert. Ich habe nur eine Frage – hast du mir Sens Plan verschwiegen, weil du dachtest, ich ramme dem Miststück ein Messer in die Nieren?«

»Das könnte eine Rolle gespielt haben«, räumte ich ein.

»Dann kennst du mich nicht so gut, wie du denkst«, sagte sie. »Ich hätte nämlich aufs Herz gezielt. Aber … okay.«

»Wo sind denn die anderen?«, wollte ich wissen.

»Großmütterchen liegt irgendwo rum und schmollt«, antwortete Vida. »Und Boyscout geht in der Küche allen auf die Nerven.«

»Was? Warum denn?« Als sie nur die Achseln zuckte, fragte ich weiter: »Und Zu?«

Sofort verschloss sich ihre Miene wieder. Als sie endlich antwortete, hätte mir ihre Stimme das Fleisch von den Knochen schälen können. »Sehe ich aus, als würde es mich einen Scheiß kümmern, wo die ist?«

»Vida«, sagte ich, »mal im Ernst …«

Was immer sie hatte, Vida wollte nicht darüber reden. Sie

hatte bereits den Rückzug angetreten und ging auf die Treppe zu.

»Wir müssen doch darüber reden«, sagte ich und setzte ihr nach. Der Blick, den sie mir zuwarf, ließ mich innehalten. Das war der Gesichtsausdruck von jemandem, der in Ruhe gelassen werden wollte.

»Übrigens, falls es dich interessieren sollte«, sagte Vida. »Als Cate in den Tunnel gestiegen ist, hat sie etwas zu mir gesagt: Richte Ruby aus, wenn man mit dem Feuer spielt, verbrennt man sich. Sagt dir das irgendwas?«

»Nein«, antwortete ich schließlich. »Überhaupt nichts.«

Vida hatte teilweise recht gehabt. Liam war tatsächlich in der Küche – oder vielmehr in der Speisekammer hinter den Herden und Spülbecken, in der finsteren Ecke. Er hatte die Tür weit offen gelassen, wohl um ein bisschen mehr Licht hereinzulassen, als die kleine Taschenlampe spendete, die er zwischen den Zähnen hielt, und kritzelte etwas in ein kleines Notizbuch. Ich griff hinüber, um den Lichtschalter zu betätigen, und wollte schon einen Witz darüber machen, dass er den wohl übersehen hatte, aber … nichts. Ich probierte es noch zweimal, um sicherzugehen.

Liam nahm die Taschenlampe aus dem Mund und lächelte. Sogleich schienen die letzten Stunden sich zu einer trüben Pfütze aufzulösen, die ich einfach umgehen konnte.

»Hast du gewusst, dass wir hier sechsunddreißig neue Glühbirnen brauchen? Warum in aller Welt mussten sie auch die Glühbirnen mitnehmen?«, fragte Liam.

»Sechsunddreißig ist sehr exakt«, sagte ich mit leichtem Lachen. »Ist das eine Schätzung?«

Er sah mich verständnislos an. »Nein, ich hab sie gezählt. Ich bin vorhin mit Kylie und Zu alles abgegangen. Wir bräuchten eigentlich auch noch fünf neue Türschlösser, literweise Waschmittel und etwa zwei Dutzend Handtücher. Und das hier …« Liam zeigte auf die spärlich bestückten Regale vor ihm. »Das ist jämmerlich. Ich habe keine Ahnung, wo sie so viele Dosen mit Roten Beten aufgetrieben haben, aber, großer *Gott*. Was soll man denn damit anfangen?«

»Na ja, es gibt gebratene Rote Bete, Rote-Bete-Suppe, süßsaure Rote Bete …«

»Iiih.« Er hielt sich die Ohren zu und schüttelte sich. »Dann würde ich mich schon lieber an die eingekochten Tomaten halten.«

»Ist es wirklich so schlimm?«, fragte ich und trat zu ihm in die Speisekammer. Ich hätte nicht zu fragen brauchen – es war so schlimm. Eigentlich sogar schlimmer. Abgesehen von ein paar Brotlaiben und etwas Aufschnitt im Kühlschrank hatten wir hauptsächlich Gemüsekonserven und Junkfood wie Salzbrezeln und Kartoffelchips.

Ich lehnte mich an ihn und schloss die Augen, während Liam versuchte, Nudeln, Suppendosen und Haferflocken ausfindig zu machen. Seine Brust war warm an meinem Rücken, und es gefiel mir, dass ich jedes Wort, das durch ihn hindurchrollte, wie ein Lebewesen spüren konnte. Er zog mich sanft an den Haaren. »Ich langweile dich, was?«

»Nein, entschuldige, ich habe zugehört«, sagte ich. »Du hast von Lucy gesprochen?«

»Ja. Sie war eines der Mädchen, die in East River die Essensvorräte überwacht haben. Eigentlich müsste sie wissen, wie man die Vorräte einsetzt und was wir noch besorgen müssen.«

Okay. Wir würden also ein Team zusammenstellen müssen, das auf Lebensmittelsuche ging, obwohl wir ohnehin schon so wenige waren. Ich konnte mir nicht vorstellen, dass Cole das genehmigen würde, es sei denn, die Lage war absolut verzweifelt. Und ich konnte mir überhaupt nicht vorstellen, dass er zustimmen würde, wenn Liam dazuzählte.

»Du bist müde«, sagte er und fuhr mit dem Daumen unter meinem Auge entlang. »Wohin bist du überhaupt verschwunden? Ich wollte eigentlich wach bleiben, bis du kommst, aber ich bin sofort eingeschlafen, kaum dass ich mich hingelegt hatte.«

»Ich hab geduscht und war dann zu müde rauszufinden, in welchem Zimmer ihr wart«, sagte ich, denn wie hätte ich zugeben können, dass ich absichtlich den Raum gemieden hatte, den sie sich ausgesucht hatten? Ich wollte mich nicht mit den Fragen herumschlagen, nicht solange mein Kopf ebenso schwer war wie mein Herz. Nach der Auseinandersetzung mit Cate hatte ich einfach keinerlei Kampfgeist mehr in mir gehabt. »Ich hab mich in das erstbeste freie Bett gelegt und versucht zu schlafen.«

Er griff nach einer kleinen Dose mit Obst und riss den Deckel auf, ehe ich ihn daran hindern konnte. Dann drückte er sie mir in die Hand und setzte seine sorgfältige Bestandsaufnahme fort, während ich mir den Inhalt der Dose in den Mund kippte. Ich sah jedes nur denkbare Gespräch über seine Miene wandern, jede Frage, die er stellen wollte, und verspürte mit jeder stummen Sekunde, die verstrich, ein Prickeln der Angst.

»Ich will das eigentlich gar nicht fragen, aber … du wolltest uns das von den Agenten und was du schließlich getan hast, schon noch sagen, oder? Du hättest es uns nicht einfach selbst erraten lassen, wenn nur Autos mit Kids aufgetaucht wären?«

»Ich hätte es euch sagen sollen, sobald wir die Stadt verlassen hatten«, sagte ich. »Ich … hab bei all dem, was passiert ist, einfach nicht mehr daran gedacht.«

»Du hättest es uns auch vor dem Aufbruch sagen können«, wandte er sanft ein.

»Es musste doch schnell gehen«, entgegnete ich. »Und wenn sich auch nur einer anmerken lassen hätte, dass wir wussten, was los ist, dann hätten die Agenten gewusst, was ich vorhatte. Wir mussten improvisieren.«

»Du und Cole.«

»Er kennt die anderen Agenten besser als wir alle. Ich hab sein Wissen gebraucht, damit es echt klingt.« *Und wenn ich es dir gesagt hätte, hättest du versucht, uns zum Weggehen zu zwingen.*

Manchmal – oder eigentlich meistens – konnte ich mir kaum noch vorstellen, dass einer von uns je ein separates Leben geführt hatte, bevor sie miteinander verschmolzen waren. Inzwischen waren sie so eng miteinander verknüpft, dass es ein inneres Bedürfnis war, ihm alles zu sagen und seine Gedanken über alles zu hören, um zu wissen, ob sie meinen entsprachen. Ich hatte ihm schon früher gelegentlich etwas verheimlicht, was ich war, was ich meinen Eltern angetan hatte, aber irgendwie … Es war nicht direkt so, dass es sich schlimmer anfühlte, sondern da war eher dieses nagende, hartnäckige Gefühl, dass irgendetwas nicht mehr so ineinandergriff wie zuvor. Ich hatte irgendein natürliches Muster in unseren Leben durchbrochen. Unwillkürlich biss ich mir auf die Lippe und sah, wie sich seine Brauen genau so zusammenzogen wie die von Cole, wenn er sich konzentrierte.

»Deshalb hattest du auch die Panikattacke, oder? Du hattest es gerade erst rausgefunden …« Liam rieb sich mit dem Handrücken über die Stirn. »Verdammt. Und wie ist jetzt der Plan?«

»Wir treffen uns alle beim Abendessen und besprechen, wie wir ein paar von den Lagern befreien können.«

»Abendessen vielleicht nicht, wenn das hier alles ist, was wir haben …«, begann er. »Aber ich denke mir was aus. Es wird schon alles werden.«

Liam legte mir einen Arm um die Schultern und zog mich

an sich. Ich presste das Gesicht gegen seine Schulter und stieß stockend den Atem aus, ehe ich die Arme um seine Taille schlang.

Das hier war richtig. Ihm so nahe zu sein war *richtig*. Zum ersten Mal an diesem Tag überschlugen sich meine Gedanken nicht mehr. Hier im Dunkeln, wo mein Puls angesichts von Liams Nähe flatterte, schien alles andere weit weg zu sein. Er küsste mich aufs Haar, auf die Wange, und ich dachte: *Ich darf das nicht verlieren, ich darf das nicht auch noch verlieren …* Ich konnte ihm nicht alles sagen, nicht wenn ich wollte, dass ihm das, was wir bewerkstelligen wollten, nützte. Nicht wenn ich ihn beschützen wollte. Aber wir konnten doch das hier haben, oder nicht?

»Vertraust du darauf, dass ich dich beschützen kann?«, fragte ich. Ich wusste, dass es sich bestimmt anhörte, als hätte ich die Frage aus heiterem Himmel gestellt, doch auf einmal erschien mir das lebenswichtig. Ich sah ihm an, wie sehr es ihn verletzt hatte, dass ich ihm das von den Agenten nicht erzählt hatte.

»Schätzchen, wenn ich die Wahl zwischen dir und hundert von Grays besten Leuten hätte, würde ich jederzeit dich wählen.«

Ich überraschte ihn, indem ich mich auf die Zehenspitzen stellte und ihn mitten auf den Mund küsste.

Meine Finger krallten sich noch immer in den Stoff seines T-Shirts, als ich mich von ihm löste. Meine Stimme klang leise und rau in meinen Ohren. Ich musste um die Worte ringen und war so verlegen, dass ich nicht wusste, ob ich die richtigen finden würde. »Ich will …«

Der benommene Ausdruck verschwand aus seinem Gesicht, während er mich ansah und wartete.

Ich will … Ich spürte, wie ich rot anlief, doch ich wusste nicht, ob das aus Verlegenheit geschah oder wegen der Bilder, die mir durch den Kopf gingen. Noch nie hatte ich mich so unbeholfen und angespannt gefühlt. Ich hatte ihn früher schon geküsst, richtig geküsst, doch das hatte sich jedes Mal angefühlt, als sei es aus Stress oder Zorn geschehen, und war regelmäßig von den Forderungen der Welt um uns herum unterbrochen worden. Dies war im Grunde das erste Mal, dass ich Gelegenheit hatte, über ihn nachzudenken, über ihn als Ganzes, und ihn gründlich zu studieren. Wie sich seine Hände anfühlten. Das Kratzen seiner Bartstoppeln. Die kleinen, atemlosen Laute, die er ganz hinten in der Kehle machte.

Wir standen in einer *Speisekammer*, und draußen in der Küche werkelten Kinder und Jugendliche herum. Der rationale Teil von mir kannte die Grenzen dieses Augenblicks, aber nächstes Mal, wenn wir woanders waren und wieder einen Augenblick für uns hatten – was dann? Ich spürte, wie mich ein kleiner Schauer überlief, zu gleichen Teilen von Panik und Sehnsucht ausgelöst. Ich würde nicht wissen, was ich tun sollte. Wie ich es nicht vermasseln sollte.

Liam legte seine Hände über meine und lehnte sich gegen die Regale. Erleichterung überkam mich, als ich sein Lächeln sah. Er verstand. Natürlich verstand er. Von dem Augenblick an, als ich ihn kennengelernt hatte, hatte er mich besser gekannt als ich mich selbst.

Als er etwas sagte, klang seine Stimme sanft, doch seine Miene drückte etwas ganz anderes aus. Sein Blick war schelmisch und hungrig zugleich. Tief unten in meinem Bauch machte etwas einen behäbigen Satz, als ich begriff, dass ich der Grund dafür war. »Also, Schätzchen, ich hatte da gerade so eine Idee.«

»Ja?«, murmelte ich, abgelenkt davon, wie er mir mit dem Daumen über die Unterlippe fuhr.

»Allerdings. Und zwar, dass du siebzehn bist und ich achtzehn und wir verdammt noch mal das Recht haben zu knutschen wie Teenager. Wie ganz normale, fröhliche, verrückte Jugendliche.« Er hakte zwei Finger in den Bund seiner Jeans und zog mich enger an sich. Ich liebte seine Stimme, wenn sie so tief klang wie jetzt. Sein Akzent wurde dann breiter und warm wie die Sommerluft in den Minuten vor einem Gewitter. Es war die volle Stewart-Charmeattacke, und ich war völlig machtlos dagegen. »Möchtest du die Regeln hören?«

Mein Herz hämmerte, als ich nickte. Seine Hand glitt über meine Hüfte nach oben, unter mein Shirt, bis sie warm und vollkommen in meinem Kreuz liegen blieb. Ich schloss die Augen, als seine Lippen zart über meine streiften. Seine Berührung machte mich mutig. Sie schob die Unsicherheit weg, bis sie mich nicht mehr erreichte.

»Erstens: Du denkst nicht zu viel darüber nach. Zweitens: Du sagst, wenn du aufhören willst. Drittens: Du tust, was sich für dich gut anfühlt. Viertens …«

»… du hörst auf zu reden«, sagte ich, während ich blind hinter mich griff, um die Tür zuzumachen, »und küsst mich?«

Er lachte immer noch, als er meinem Wunsch nachkam, und dann musste ich auch lachen, wegen meiner über die Stränge schlagenden Nerven, weil seine Freude ansteckend war und weil diese dämliche erste Regel überhaupt keine Rolle spielte. Der einzige Gedanke in meinem Kopf war Liam. Er war die hundert ungebändigten Gefühle, die in meinem Brustkorb explodierten. Er küsste mich inniger und drängte meine Lippen für seine auseinander; ich ahmte die Liebkosungen seiner Zunge nach und erhielt zur Belohnung ein kleines, anerkennendes Knurren.

Normal. Fröhlich. Verrückt. Nach ihm.

Eine halbe Stunde später, nachdem ich ihn mehrmals im Flur nach mir rufen gehört hatte, kam Cole schließlich in die Küche geschlendert und fing an, in dem großen, ramponierten Kühlschrank herumzuwühlen. Mir blieb ein kurzer Moment, um mich von Liam zu lösen und mich zu sammeln, ehe ich zu Cole hinausging.

»Raubtierfütterung«, sagte Cole und füllte einen Pappbecher mit Wasser. »Oder hast du ihn vergessen?«

Auf einen Schlag verschwand das schwerelose, wundervolle Glücksgefühl unter meinen Füßen, und ich landete unsanft wieder in der Wirklichkeit.

»Ich vergesse Clancy nie.« Der Ärger ließ meine Worte barsch klingen. »Sollte ich ihn nicht dir überlassen?«

»Nein«, rief Liam aus der Speisekammer.

Cole grinste. »Von den Drogen, die wir ihm verpasst haben, wird er tierische Kopfschmerzen haben. Er fing gerade erst an, wieder zu sich zu kommen, als ich ihn in seinem kleinen Käfig untergebracht habe. Sah aus, als wäre er stocksauer.«

»Na gut. Bringen wir's hinter uns.«

Anstatt wieder nach oben zu gehen, führte mich Cole den Flur in der unteren Etage hinunter, an mehreren Schlafräumen vorbei, ehe wir zu einer Tür mit der Aufschrift AKTENLAGER kamen. Er zückte einen kleinen Schlüsselring und reichte ihn mir. Das Schloss klemmte ein bisschen, als ich den Schlüssel hineinschob. Hastig sah ich mich um, um mich zu vergewissern, dass niemand zusah, und rüttelte am Türknauf, um sicherzugehen, dass die Tür zubleiben würde. Wir huschten hinein. Cole hob den Arm und zog an der Schnur, die die nackte Glühbirne an der Decke aufleuchten ließ.

Drinnen standen einfache, funktionale Metallregale voller Kartons und Papierstapel – angeblich archivierte Unterlagen über verschiedene Einsätze, wenn man die Lüge glaubte, die auf dem Türschild stand. Auf den ersten Blick wirkte es durchaus überzeugend. Ich ließ den Blick über die Bibliothek aus Aktendeckeln und Ordnern schweifen, die in Reih und Glied auf dem Regal standen, während Cole zu den beiden an der gegenüberliegenden Wand ging.

»Das hier«, sagte er. »Mit der roten Lagerbox. Zieh mal dran.« Ich griff über die Aktenbox hinweg. Der Staub auf dem Deckel war kürzlich aufgewühlt worden, von Händen, die sich nach dem verborgenen Riegel an der hinteren Stützstrebe des Regals gestreckt hatten. Ich hakte die Finger darum und zog. Mit einem lauten Klicken schwang das ganze Bücherregal auf mich zu. Die Lichter in dem dahinterliegenden Flur gingen automatisch an und überfluteten den kleinen Lagerraum mit blendendem weißem Licht.

Es war nicht weit bis zur nächsten verschlossenen Tür, den kahlen Flur hinab. Hier musste ich den Schlüssel einstecken und einen Zugangscode eintippen – 4-0-0-4-0-0-4 –, ehe die Tür mit einem Zischen aufsprang.

»Ich bleibe hier«, sagte Cole leise. »Gib mir ein Zeichen, wenn du mich brauchst.«

Ein weiterer Teil der Abmachung – er wollte, dass jemand mich im Auge behielt, wenn ich dem kleinen Dreckskerl etwas zu essen brachte. Meine Wahl war auf ihn, Cate oder Vida gefallen, doch ich hatte auch Chubs auf die Liste gesetzt, weil er stets immun gegen Clancys Einfluss gewesen war.

Ich trat in den zweiten Flur und ließ Cole die Tür hinter mir schließen und verriegeln.

In dem Flur gab es zwei Arrestzellen, beide etwa drei Meter lang und anderthalb Meter breit. In jeder gab es eine Pritsche, ein Plastikklo und einen Wassereimer zum Waschen und Zähneputzen. Was Zellen betraf, waren diese hier auf jeden Fall besser als die feuchten, modrigen Löcher im Verhörblock des Hauptquartiers. Und auch besser beleuchtet – nahezu blendend hell, mit ihren grellweiß gestrichenen Wänden und den nackten Leuchtstoffröhren an der Decke. Natürlich entsprachen sie wohl kaum Clancy Grays gewohntem Lebensstandard, doch wie er da ausgestreckt auf der Pritsche lag, den einen Arm über den Augen, schien er es ganz gemütlich zu haben. Cole musste ihn abgespritzt und ihm saubere Sachen angezogen haben, ehe er ihn hier hereingeschafft hatte. Das war mehr, als er verdient hatte.

Er regte sich nicht, als ich auf die Tür zuging. Die Metallklappe darin hatte ein zweites Schloss; ich nahm an, dass mein Schlüssel dort hineinpassen würde, und ich behielt recht. Die Klappe quietschte beim Öffnen, doch noch immer kam keine Reaktion von unserem Gefangenen. Ich ließ die Tüte mit dem Essen hineinfallen, stellte das Glas Wasser auf das kleine Bord auf der anderen Seite und schloss dann alles sorgfältig wieder ab. Clancy wartete, bis ich mich zum Gehen gewandt hatte, bevor er etwas sagte.

»Läuft der Einzug schlecht?« Seine Stimme klang neugierig, und er drehte sich um, um mich anzusehen. »Deine Gedanken sind so laut, dass ich sie durch die Scheibe hören kann.«

Es war irrational, aber einen Moment lang fürchtete ich, er meinte das wörtlich. Aber ich spürte ihn doch, wenn er versuchte, in meinem Kopf herumzustöbern. Da war jedes Mal so ein Prickeln, das mir über Schädel und Nacken lief.

Clancy zog das Essen mit dem Fuß zu seiner Pritsche heran und verzog das Gesicht, als er sein Sandwich aufklappte. »Wie, gibt's westlich von Texas kein Steak mehr? Was soll denn das für Fleisch sein?«

Ich verdrehte die Augen, bis ich begriff, dass er das tatsächlich ernst meinte. »Mortadella.«

Er schnupperte daran und verzog angewidert den Mund, ehe er das Ganze wieder in die Plastikfolie wickelte. »Da hungere ich lieber.«

»Wie du willst.«

»Auf jeden Fall«, erklärte Clancy und ignorierte meine Antwort, »bin ich enttäuscht von deiner mangelnden Selbstgefälligkeit. Ich hätte gedacht, du würdest hier hereinstürmen und prahlen, wie froh du bist, wieder mit deinem kleinen USB-Stick vereint zu sein. Was hat dir denn dermaßen die Laune verhagelt?«

»Das, was ich vor mir sehe.«

Er lachte leichthin. »Ich habe überschätzt, wie viel du in den ersten Stunden herausfinden würdest. Funktioniert der Stick überhaupt noch, oder ist er von dem EMP gelöscht worden? Und wie geht's den druckfrischen Forschungsergebnissen, die du aus dem Feuer gerettet hast? Wahrscheinlich hast du noch nicht mal rausgekriegt, was sie mit Thurmond machen, oder?«

Eine unsichtbare Hand schien sich um meine Kehle zu legen und zwang mich, mich vorzubeugen. *Thurmond?* Was geschah in Thurmond, dass er meine verständnislose Miene so verdammt schadenfroh betrachtete?

Sag's nicht, befahl ich mir, während ich gegen die Panik ankämpfte, die bei diesem einen Wort in mir aufwallte. *Zeig keine Reaktion.*

Clancy riss ein Stück von dem Sandwichbrot ab und stopfte es sich in den Mund. Als ich keine Antworten verlangte, verzogen sich seine Mundwinkel zu einem höhnischen Grinsen.

»Wenn du's wissen willst, musst du selbst nachsehen.« Er tippte sich an die Schläfe – eine Herausforderung oder eine Einladung?

»Ich weiß, dass du wütend bist«, begann er, »weil das in Los Angeles alles so gelaufen ist …«

Thurmond, dachte ich. Das Wort war ansteckend – genau wie er gehofft hatte. *Er sitzt seit Wochen bei uns fest, es ist völlig ausgeschlossen, dass er neue Informationen haben könnte* – es sei denn, das war überhaupt keine neue Information, sondern nur eine Trumpfkarte, die er im Ärmel gehabt hatte, während er auf den passenden Moment wartete, um sie auszuspielen.

Ich brauchte ein paar Sekunden zu lange für meine Antwort. »*Wütend* trifft es nicht mal ansatzweise.«

Er nickte. »Aber eines Tages … eines Tages, in ein paar Monaten oder sogar Jahren, wirst du vielleicht erkennen, dass die Zerstörung dieser Forschungsergebnisse eine selbstlose Handlung war, keine egoistische.«

»Selbstlos?« Ich fuhr zu der Glaswand herum und schnitt mir damit die Rückzugsmöglichkeit zur Tür ab. »Kindern die Chance zu nehmen, zu überleben und der Verwandlung zu entgehen? Ihnen die einzige echte Chance zu rauben, wieder mit ihren Familien vereint zu werden und nach Hause zurück zu können, ist *selbstlos*?«

»Ist es das, was du willst? Ich dachte, Thurmond rechtzeitig zu befreien hätte oberste Priorität«, sagte Clancy und inspizierte eine der Trauben. »Sind das Biotrauben?«

Ich machte kehrt und legte die Strecke zwischen seiner Zelle und der Tür so schnell zurück, wie ich es, ohne zu rennen, vermochte.

»Ruby – hör mir zu. Das Heilmittel ist eine weitere Methode, uns zu kontrollieren, uns die Entscheidungen aus den Händen zu nehmen. Was ist denn passiert, als du die Forschungsergebnisse hierhergebracht hast? Haben sie dir auch nur erlaubt, sie zu sehen? Weißt du, wo sie jetzt sind?«

Ich ballte die Hände zu Fäusten.

»Es ist kein Zauberpflaster, das alle Wunden heilt. Es wird das Stigma nicht auslöschen, das wir in ihren Augen tragen. Wenn das Verfahren keine Nebenwirkungen hat, werden sie ständig auf der Lauer liegen, uns beobachten und hoffen, dass wir keinen Rückfall kriegen.« Er zog die Beine hoch und kreuzte sie vor sich auf der Pritsche. Schweigend sah ich zu, wie er mit den Fingern auf seine Knie trommelte. »Sag mir, hat das Wissen, dass es ein Heilmittel gibt, etwas daran geändert, wie die Agenten hier dich behandeln?«

Schweigen senkte sich zwischen uns herab. Er lächelte. »Was die hier durchziehen wollen, dreht sich überhaupt nicht um euch. Vielleicht haben sie euch Märchen erzählt, damit ihr mitmacht, damit ihr ihnen euer Vertrauen schenkt, aber sie werden ihre Versprechen nicht halten. Nicht einmal Stewart.«

»Der Einzige, dem ich nicht vertrauen darf, bist du.«

»Was immer du zu erreichen versuchst, indem du hierbleibst«, sagte er leise, »bring auf jeden Fall so viele Kids wie möglich auf deine Seite. Die werden dir folgen und dir vertrauen, nicht die Erwachsenen. Du kannst von Glück sagen, wenn du für die jemals etwas anderes bist als eine nützliche Waffe.«

»Weil es ja so einfach ist, überall im Land versteckte Kids zu finden?«

»Ich kann dir helfen, die Horden zu finden, die durch die Gegend ziehen. Du kannst sie trainieren, ihnen beibringen, sich zu verteidigen. Wir steuern auf den Showdown zu, und wenn du sie nicht findest, werden sie in diesem Krieg zu Kollateralschäden.«

Ich biss die Zähne zusammen, doch er sprach weiter, bevor ich etwas entgegnen konnte. »Vergiss die Erwachsenen, Ruby. Sorg dafür, dass du bei den Kids an vorderster Front stehst. Mach, dass sie dich lieben, dann gehört dir ihre Loyalität für immer.«

»*Machen,* dass sie mich lieben«, sagte ich, und mein Zorn wallte erneut auf.

»Nicht alles an East River war Schwindel«, sagte er kühl.

Aber alles, was wichtig gewesen war – jede Erinnerung, die ich daran hatte –, wurde von der schleichenden schwarzen Berührung seines Verstandes überschattet. Allein der Gedanke daran, wie er mich über das Lagerfeuer hinweg gemustert hatte … wie er jede einzelne meiner geistigen Verteidigungslinien überrannt hatte … wie die Kinder, die kleinen, ihn mit absoluter Bewunderung angehimmelt hatten. Ein Schauer lief mir über den Rücken. Der Raum war zu eng und zu kalt geworden, um länger hier stehen zu bleiben und mir all den Bockmist anzuhören, den er von sich geben wollte.

Ich wandte mich zur Tür, schloss sie auf und vergewisserte mich, dass ich das Licht wieder ausgemacht hatte. Trotzdem wehte Clancys Stimme weiter durch die Finsternis zu mir herüber. Er verbreitete sich durch die Luft wie ein Virus, ließ es klingen, als wäre er überall gleichzeitig.

»Wenn du bereit bist, Verantwortung zu übernehmen und wirklich etwas zu tun, sag mir Bescheid. Ich bin hier und warte.«

Nach dem letzten Blick zu urteilen, den ich auf sein Gesicht geworfen hatte, war das auch genau der Ort, an dem er sein wollte.

7. Kapitel

Cole sagte kein Wort zu mir, bis wir wieder draußen im Flur standen und mehrere Türen zwischen uns und dem Sohn des Präsidenten lagen. Selbst dann wirkte er noch abwesend, die blassen Brauen gefurcht und die Arme vor der Brust verschränkt.

»Hast du gehört, was er gesagt hat?«, fragte ich.

Er nickte. »Durch das kleine Gitter unter dem Beobachtungsfenster.«

»Hast du vor dem Angriff irgendwas Geheimdienstliches über Thurmond gehört?«, fragte ich. »Gab's im HQ irgendwelche Gerüchte?«

»Ich hatte gehofft, du hättest eine Ahnung, wovon er da geredet hat«, sagte Cole, während wir den Flur entlanggingen. »Ich werde dem mal nachgehen.«

Eigentlich wollte ich zum Abendessen in den großen früheren Aufenthaltsraum gehen, gleich rechts vom Treppenhaus, aber Cole wollte sich offenbar in Albans früheres Büro verdrücken. Ich erwischte ihn gerade noch am Handgelenk, als er an mir vorbeikam. »Wann machen wir einen Plan für die Lager?«

»Heute nicht«, antwortete er. »Wir erwarten noch zwei Wagen, und ich will erst versuchen, ein paar alte Versorgungskontakte anzurufen. Diese Anlage auszustatten muss Priorität haben. Niemand wird uns glauben, dass wir überhaupt etwas bewirken können, wenn wir's nicht mal schaffen, den Kids saubere Klamotten und ein paar warme Mahlzeiten zu verschaffen. Ich habe ein paar von den Grünen gebeten, sich zu überlegen, wie sie einen Angriff auf ein Lager inszenieren würden. In der Zwischenzeit kannst du mal Pause machen. Wir kriegen noch früh genug zu tun.«

Ich erwiderte sein Winken, als er durch die Tür trat, die die beiden Korridore verband, und folgte dem Duft von Spaghettisoße in den Aufenthaltsraum. Jemand hatte Klapptische und Stühle in ordentlichen Reihen aufgestellt und ein kleines Radio auf den abgeschabten Billardtisch gestellt, den die Agenten großzügigerweise zurückgelassen hatten. Daneben standen zwei große Töpfe mit Besteck und ein beängstigend kleiner Stapel Pappteller.

Ich hatte ein paar Stunden gebraucht, um mitzubekommen, dass die Ranch allmählich wieder auf die Beine kam und sogar einigermaßen … sauber wirkte. Durch die stillen Flure im Untergeschoss dröhnten die Geräusche von Waschmaschinen und Trocknern, die anscheinend zu jeder Tages- und Nachtzeit liefen. Endlich bemerkte ich, dass die Bodenfliesen mittlerweile eher weiß als gelb waren. Und als ich mir im Badezimmer das Gesicht wusch, hatte ich danach keine Rostflecken auf der Haut. Ich roch Bleiche. Waschmittel. Es war beinahe … wohnlich.

An der Tür hingen zwei Zettel, und ich blieb stehen, um sie zu lesen. Ich erkannte Liams Handschrift sofort, doch ich brauchte einen Moment, um zu begreifen, was für Diagramme das waren und warum an jedem Blatt ein Bleistiftstummel mit einer Schnur befestigt war. Es waren Listen, auf die man sich eintragen sollte: Wäsche, Putzen, Organisieren, Essenmachen. Unter jedem dieser Stichworte standen Namen. Jeder musste mit anpacken, doch man konnte sich die Arbeit aussuchen. Das war Liams Stil.

Liam, Chubs, Vida und Zu saßen an ihrem Tisch und hatten die Köpfe zusammengesteckt. Vida sah mich als Erste. Sie verstummte sofort, richtete sich auf und griff ganz beiläufig nach ihrer Gabel. Ich schaufelte mir Pasta auf den Teller und ging auf sie zu.

»Wie sieht's aus?«, fragte ich, während ich mich auf den freien Stuhl setzte und Liam in die Seite stupste. »Ich habe die Arbeitslisten gesehen – du hättest mir davon erzählen sollen, dann hätte ich mich für etwas eintragen können.«

Liam sah von seinem Notizbuch auf. Als er die Hand wegzog, sah ich Zahlenreihen – Gleichungen, die er anscheinend zu lösen versuchte. »Ist schon in Ordnung. Du hast was anderes zu tun.«

Etwas anderes, wozu leider nicht zählte, mich mit ihm allein in der Speisekammer herumzudrücken.

»Was ist das?«, fragte ich und beugte mich vor, um zu sehen, was er da machte.

Er schenkte mir ein wehmütiges Lächeln. »Ich versuche auszurechnen, wann genau uns die Lebensmittel ausgehen. Ich habe mich in der Umgebung umgesehen und glaube, es gibt ein paar Orte, wo wir unter minimalem Kontakt zur Bevölkerung unsere Vorräte aufstocken könnten.«

»Cole hat gesagt, er kümmert sich darum«, sagte ich.

Liam schnaubte.

Irgendetwas daran ärgerte mich. »Im Moment ist es zu gefährlich, die Ranch zu verlassen. Er wird sich schon darum kümmern.«

Zu wandte sich mit besorgter Miene zu mir um. Ich zeigte auf ihren Teller mit Pasta, doch sie rührte das Essen nicht an.

»*Wir* könnten gehen«, drängte Liam. »Du, ich und Vi. Mann, ich wette, Kylie würde auch mitkommen. Das wäre wie in alten Zeiten.«

Zu fasste über den Tisch, packte seinen Unterarm und drückte ihn auf den Tisch nieder. Dazu schüttelte sie unablässig mit weit aufgerissenen Augen den Kopf. Er durfte nicht weggehen. Sie würde ihn nicht gehen lassen. Und insgeheim war ich froh, dass sie es war, die es ihm verbot, weil ich nämlich ganz ihrer Meinung war. Ich wollte ihn hier haben, wo er außer Gefahr war.

»Das habe ich schon hundertmal gemacht«, belehrte er sie sanft. »Warum regst du dich so auf?«

Sie ließ seinen Arm los und wich auf eine Art zurück, die ganz untypisch für sie war. Ich wollte sie schon fragen, was los war, als ich von einem genervten Aufstöhnen unterbrochen wurde.

»Ach, vergiss es. Ich hab auch überhaupt keinen Hunger«, fauchte Chubs und schob seinen Teller weg. Auf seinem Hemd war mehr Soße, als sich noch auf seinem Teller befand. Es ist schwer, eine Gabel mit glitschigen Nudeln zum Mund zu befördern, wenn bei der Hand-Auge-Koordination das mit dem Auge entfällt.

Als Vida sich dadurch wider Erwarten nicht zu einer flapsigen Bemerkung hinreißen ließ, schielte ich rasch zu ihr hinüber. Der Raum schwirrte von angeregtem Geplauder und gelegentlichem Gelächter. Was Vidas Schweigen nur umso beunruhigender machte.

»Du hättest die Brillengläser nicht wegwerfen sollen. So kaputt waren die doch gar nicht.«

»Was hätte ich denn tun sollen?«, fauchte Chubs. »Mir die Dinger aufs Gesicht kleben? Sie mir ständig vor die Augen halten wie ein Vergrößerungsglas?«

»Wär das nicht besser gewesen, als zu schmollen und wie blindlings gegen alles Mögliche zu laufen?«, fragte ich. Vorhin hatte er die Brille vor lauter Frust kurz entschlossen in eine

Mülltonne geworfen. Ich hatte sie herausgefischt und sie ihm in den Schlafraum gelegt, für den Moment, wo er sich beruhigte und wieder rational zu denken anfing. »Wir können Cole ja sagen, er soll eine Brille auf unsere Einkaufsliste setzen«, meinte ich.

»Es ist eine Brille vom Optiker«, entgegnete Chubs schroff. »Ich habe die genauen Daten nicht, selbst wenn ich mir eine machen lassen könnte. Eine Lesebrille ist nicht stark genug, und außerdem kriege ich davon Kopfschmerzen, wenn ich sie zu lange trage …«

Vida schob irgendetwas über den Tisch, ohne von ihrem Teller Pasta aufzusehen. Chubs dachte bestimmt, es sei irgendein Werkzeug, sonst wüsste ich nicht, warum er sich die Brille nicht auf der Stelle schnappte.

Das Gestell hatte ungefähr die gleiche Größe und Form wie sein altes. Die Gläser standen über und passten bei weitem nicht perfekt, aber zumindest hielten sie. Ich klappte die Bügel auf und setzte ihm die Brille auf die Nase. Chubs zuckte vor Verblüffung zurück und betastete sie ungläubig.

»Warte mal – was … das … das ist ja …«

»Dreh nicht gleich ab«, knurrte Vida und stach gelassen die Gabel in ihre Spaghetti. »Dolly hatte 'ne zweite Lesebrille übrig und hat mir geholfen, die Gläser gegen deine auszutauschen. Das Teil sieht genauso dämlich aus wie das andere, aber wenigstens kannst du sehen, oder?«

Chubs und ich starrten sie fassungslos an.

»Vi …«, begann ich.

»Was?« Bei dem Wort wurde ihre Stimme etwas höher, es klang wie ein Blaffen. Allerdings eher unsicher als wütend. »Ich hatte es satt, seinen Blindenhund zu spielen. Ich bin mir vorgekommen wie ein Arschloch, weil ich jedes Mal lachen musste, wenn er gestolpert ist oder irgendwo gegengelaufen ist – und ich habe keine Lust, mir ständig wie ein Arschloch vorzukommen, okay?«

»Es ist so schwer, gegen unsere Natur anzukämpfen …«, begann Chubs.

»Er meint Danke«, fiel ich ihm ins Wort. »Das war wirklich nett, Vi.«

»Schon gut.« Mein Gott, war ihr das peinlich. Ich aß einen Bissen, um mein Grinsen zu verbergen. »Ich hab ja jetzt nicht die hungernden Kinder Afrikas gerettet oder so. Wenn diese Brille auch wieder kaputtgeht, ist er am Arsch.«

»Moment, *was*?« Liams erschrockene Stimme unterbrach jäh unser Gespräch. Er zog den Zettel zu sich heran, auf den Zu mehrere Sätze gekritzelt hatte. »Bist du sicher? Ich meine, ganz sicher? Warum hast du mir das nicht schon früher gesagt?«

Zu streckte die Hand aus und nahm ihm das Blatt wieder ab. Er war zu ungeduldig, um sie die Worte zu Ende schreiben zu lassen, also lehnte er sich schräg über die Tischplatte und las mit.

Ich dachte, du würdest weggehen, um sie zu suchen. Tut mir leid.

»Oh Mann«, sagte er und legte ihr die Hand auf den Kopf. »Das hätte ich doch nie getan. Niemals. Es braucht dir nicht leidzutun, ich versteh's ja. Aber bist du dir sicher? Das kommt mir vor wie ein solcher Zufall …«

Jäh verstummte er und sah aus, als würde ihm von dem, was sie als Nächstes schrieb, flau im Magen. »Das klingt ganz nach ihr … Aber wie ist das passiert? Was hast du in Arizona gemacht?«

Chubs wedelte mit der Hand vor dem Gesicht seines Freundes herum. »Dürfen wir auch erfahren, worum es geht?«

»Zu …« Liam presste die Faust an die Halsbasis und rieb kurz hin und her. »Anscheinend ist Zu auf dem Weg nach Kalifornien meiner Mom über den Weg gelaufen … Ich versuche schon die ganze Zeit rauszufinden, wo sie sich versteckt haben.«

Zu war noch immer sehr blass; sie musterte Liam genau, als glaube sie ihm nicht recht. Ich lehnte mich zurück, und meine aufflackernde Besorgnis wuchs zu einer lodernden Flamme an. Früher hatten wir es immer als oberste Priorität betrachtet, dass wir vier zusammenblieben. Wir trennten uns nur selten, und selbst dann wurde niemand jemals wirklich allein gelassen. Ich verstand die Gefühlsaufwallung, die es mit sich brachte, wieder vereint zu sein und die verlorene Zeit aufholen zu wollen. Doch die Verzweiflung, die ich in Zu sah, die Art, wie sie uns ständig zu beobachten schien, um sich zu vergewissern, dass wir noch da waren, stach mir ins Herz, als zerrisse es in kleine Stücke.

Was war ihr zugestoßen? Zu bekam es normalerweise nicht so leicht mit der Angst zu tun und war auch kein besonders furchtsamer Mensch – zumindest früher nicht. Jemand hatte ihr das angetan, hatte auch den letzten Nerv entblößt. Hatte sie weit aufgerissen und verletzlich gemacht.

»Weil ihnen Grays Schoßhündchen die Hölle heißgemacht haben, nachdem du Schwachkopf aus dem Lager ausgebrochen bist?«, fragte Vida mit ihrer gewohnten Zurückhaltung.

»Warum Arizona?«, wollte ich wissen. »Aber vielleicht ist es ja ganz egal, und das eine ist so gut wie das andere?«

Zu kritzelte hektisch etwas auf den Zettel und schaute nur auf, um uns einen genervten Blick zuzuwerfen, als wir uns um sie drängten. Liam hob die Hand. »Wann immer es Ihnen genehm ist, Ma'am.«

Als sie fertig war, stand dort ganz und gar nicht das, was ich erwartet hatte. Und danach zu urteilen, wie Liams Gesicht auch noch den letzten Rest Farbe verlor, war es auch nicht das, was er erwartet hatte.

Sie verstecken Kinder in ihrem Haus – sie beschützen sie. Sie hat den Namen benutzt, den du mir gesagt hast, Della Goodkind, aber ich wusste sowieso, dass sie es war, weil sie genauso aussieht und so redet wie du. Ich habe ihr gesagt, dass du in Sicherheit bist.

»Oh Gott«, brummte Chubs, als ich ihm das Blatt hinschob. »Warum wundert mich das nicht? Eure ganze Familie ist doch vom Irrenbaum gefallen und hat auf dem Weg nach unten jeden verdammten Ast erwischt.«

Zu klopfte ihm vorwurfsvoll mit dem Stift auf die Nasenspitze, ehe sie mit ihrer großen, geschwungenen Handschrift weiterschrieb. *Es waren nur ein paar Minuten, aber sie war wirklich nett.*

Liam war wie ein verhungerndes Kind, das über irgendjemandes Picknickkorb stolpert. »Hat sie sonst noch was gesagt? War Harry bei ihr? Du hast gesagt, sie hat Kindern geholfen, aber hat sie dich auch gefragt, ob du bleiben willst? Oder eines von den anderen Mädchen? Ist Talon bei ihr geblieben?«

»Welche Frage möchtest du als erste beantwortet haben?«, erkundigte sich Chubs. »Du hast nämlich gerade ungefähr zehn Stück in zwei Sekunden untergebracht, glaube ich.«

Zu drückte sich gegen ihre Stuhllehne. Der Stift rollte vom Tisch auf ihren Schoß, während ihr Blick zu ihren Fingern wanderte, mit denen sie ihren Hemdsaum aufrollte.

»Kylie hat gesagt, Talon hätte es nicht bis nach Kalifornien geschafft«, sagte ich bedächtig. »Hat ihm jemand was getan? Ist er …?

»Ist der Typ draufgegangen?« Vidas Stimme war hart wie Stahl. »Oh, sorry. Soll ich auch so tun wie die anderen und dich wie ein Kleinkind behandeln? Muss ich deinetwegen alles in Zuckerwatte packen? Oder bist du schon ein großes Mädchen?«

Liam lief vor Zorn rot an. »Das reicht …«

»Du hast ja keine Ahnung, was du redest!«, knurrte Chubs.

»Das ist nicht fair …«, setzte ich an.

Die Einzige, die das alles nicht zu stören schien – die so gut wie gar keine Emotionen zeigte –, war Zu. Sie starrte Vida einen Moment lang durchdringend an und erwiderte ihren harten Blick. Dann wandte sie sich ihrem Zettel zu und begann rasch zu schreiben. Liam und Chubs grollten schweigend in Vidas Richtung.

Zu hielt das Blatt erneut in die Höhe und neigte es diesmal so, dass selbst Vida die Worte darauf lesen konnte. *Wir sind von Skiptracern abgefangen worden, und er ist dabei umgekommen. Ein Freund hat mir geholfen, nach Kalifornien zu kommen, als ich von den anderen getrennt wurde.*

Ich stieß einen leisen Seufzer aus und schloss die Augen, rang verzweifelt darum, mir das nicht vorzustellen. Mein Gott … Talon. Niemand hatte das verdient.

»Ein Freund?«, hakte Chubs nach. »Ein Kind?«

Sie schüttelte den Kopf, gab aber keine weiteren Erklärungen ab.

»Ein Erwachsener? Ein Erwachsener hat dich gefahren?« Liam rieb sich mit beiden Händen das Gesicht. »Oh mein Gott, ich kriege schon die Panik, wenn ich mir das nur vorstelle. Wir hätten uns nie trennen dürfen. Niemals. Niemals. Oh mein Gott. Hattest du denn keine Angst, dass er dich verpfeift?«

Zu war so still, so bleich, dass ich mich fragte, ob sie noch atmete. Sie blickte zur Decke und blinzelte hastig, als kämpfte sie gegen aufwallende Tränen an.

»Sie kann Menschen gut einschätzen«, sagte ich und legte ihr den Arm um die Schultern. Immer noch so klein. Zarte Vogelknochen, durch Hunger und Stress noch spitzer geworden.

»Und wie genau bist du zu dieser Schlussfolgerung gekommen?«, wollte Chubs wissen und schob seine Brille hoch. »Dadurch, dass sie dich in den Van gelassen hat, statt dich auszusperren?«

»Genau«, sagte Liam. »Irgendwie erinnere ich mich dunkel daran, dass es jemanden gab, der sie raussetzen wollte.«

»Ja«, sagte ich. »Besten Dank auch. Mich auf irgendeiner abgelegenen Straße auszusetzen …«

»Entschuldige bitte, dass ich versuche, auf die Gruppe aufzupassen!«, schnaubte Chubs.

Zu begann erneut, etwas aufzuschreiben, doch Vida schnappte ihr das Blatt weg und riss es entzwei. »Wenn du etwas zu sagen hast, dann *sag* es, verflucht noch mal.«

Ihr Stuhl fuhr kreischend über den Boden, als sie vom Tisch wegrückte und ihren Teller wegriss. Daran, wie steif sie den Hals hielt und die Schultern straffte, erkannte ich, wie schwer es ihr fiel, sich zu beherrschen. Eine seltsame Sekunde lang konnte ich nur an die alten Zeichentrickfilme denken, die früher immer am Wochenende liefen und in denen ein Funke sich die Zündschnur entlang auf eine Dynamitstange zuschlängelt.

Ich hätte wissen müssen, dass es keinen Sinn hatte, ihr zu folgen.

»Vi«, rief ich und musste rennen, um sie einzuholen. Sie marschierte den Flur entlang, nichts als feste Muskeln und wilde Entschlossenheit, auf die Treppe zum Untergeschoss zu. Wo wollte sie denn hin? »Vida!«

Ich packte sie am Arm, doch sie schüttelte mich ab – so unsanft, dass ich gegen die Wand prallte. Ein heftiger Schmerz schoss mir durch die Schulter, doch ich gab nicht auf. Ihre Oberlippe war zu einem Fauchen hochgezogen, doch sowie sie begriff, was sie getan hatte, verlor es den größten Teil seiner Hässlichkeit.

»Du solltest dich lieber vom Acker machen«, sagte sie zu

mir, und zum ersten Mal wurde mir klar, dass sie wahrscheinlich auch nicht wusste, wohin sie wollte. Sie wollte einfach nur weg, weg aus diesem Raum. Weg von uns.

»Nicht so«, sagte ich. »Was ist denn los? Sag doch was.«

Vida wandte sich um und marschierte erneut los, nur um plötzlich herumzufahren. Ich hatte die Situation missverstanden – böse missverstanden.

»Guter Gott, du kannst nicht einfach mal was gut sein lassen, oder?«, fauchte sie. »Du kannst nicht einfach mal andere ihren Scheiß selbst durchackern lassen. Echt witzig, wenn man sieht, dass du nicht mal mit deinem eigenen Mist klarkommst.«

»Ich werde versuchen, mir weniger Gedanken um andere zu machen«, sagte ich. Zach kam durch den Flur auf uns zu, schaute aber angestrengt woandershin als in die Ecke, in die wir uns zurückgezogen hatten. Ich drehte ihm im selben Moment den Rücken zu wie Vida. Sie wartete, bis seine Schritte verklungen waren, ehe sie geräuschvoll den Atem ausstieß.

»Weißt du, ich dachte wirklich, du und ich …« Ihr versagte die Stimme. Sie rang sich ein bemühtes Lachen ab. »Vergiss es. Was kümmert es dich überhaupt?«

»Gerade hast du mir vorgeworfen, dass ich mich zu viel um andere kümmere, und jetzt kümmere ich mich nicht genug?«, sagte ich. »Was denn jetzt?«

»Beides – keins von beidem! Herrgott, was spielt das für eine Rolle?«, fauchte sie und fuhr sich mit beiden Händen durch ihr kurzes Haar. Die Spitzen waren nach wie vor gebleicht, nur noch ein winziger Hauch Blau hing darin. »Ich freue mich für dich, freue mich ja so tierisch für dich, dass du dieses wunderschöne Wiedersehen mit deinen *wahren* Freunden feiern kannst. Du kannst mit denen zusammen sein und darüber quatschen, wie toll es war, als ihr nur zu viert wart. Ihr könnt über eure dämlichen Insiderwitze lachen. Aber was ich wirklich nicht ertrage – wovon mir echt übel wird – ist, wie du …«

»Wie ich *was*?« Es kostete mich Mühe, leise zu sprechen. »Was noch? Spuck's aus. Komm schon. Es gibt doch garantiert noch was, was dich ankotzt, wenn du Streit mit einem Mädchen anfängst, das eindeutig durch die Hölle gegangen ist. Ich kann dir nicht helfen, wenn du mir nicht sagst, was los ist!«

Der Funken traf auf die Dynamitstange, doch die Detonation war nicht das, was ich erwartet hatte. Vidas Gesicht zerfiel, und sie sog mit kurzen, abgehackten Atemzügen Luft in die Lunge. »Du hast ihn einfach ersetzt – in deinem Kopf hast du Jude einfach gegen dieses kleine Mädchen ausgetauscht, als wäre er gar nichts, als würden wir dir nichts bedeuten! Ich hab's kapiert, okay? Aber tu … tu bloß nicht so, als würden wir dich groß kümmern, wo wir dir doch in Wirklichkeit scheißegal sind!«

Sie weinte, weinte richtig, und ich war so perplex, dass ich einfach nur dastand. Hastig wich sie vor mir zurück; Wut und Demütigung gingen in Wellen von ihr aus, während sie sich tiefer in die Ecke drückte.

Du hast ihn einfach ersetzt.

Als würden wir dir nichts bedeuten.

Glaubte sie das wirklich? Ein tiefer, hallender Schmerz durchfuhr mich. Dass mir nie … dass mir nie etwas an ihnen gelegen hätte? Dass ich nicht an ihnen hing? Ich hatte mich ihnen gegenüber anfangs kalt verhalten, das wusste ich, aber doch nur, um mich zu schützen. Menschen an mich heranzulassen, die Mauern um mein Herz einzureißen – ich konnte es nicht riskieren, mich bei der League so verletzlich zu zeigen, nicht wenn es um mein Überleben ging.

In Thurmond war es unerlässlich erschienen, jedes Gefühl zu begraben, ob gut oder schlecht – jede heftige Emotion zurückzudrängen, ehe sie mir entwischte und jemand in Schwarz es bemerkte. Wenn man sich dort ruhig verhielt, war man weitgehend unsichtbar, wenn man sich nicht provozieren und bestrafen ließ, wurde man in Ruhe gelassen. Auf diese Strategie hatte ich bei der League zurückgegriffen, hatte von einem Moment zum anderen funktioniert, von einem Einsatz zum anderen, von einer Lektion zur anderen, hatte jedes aufkommende Gefühl abgewürgt, um nicht in Wut darüber zu geraten, wie unfair das alles war, wie beängstigend und wie niederschmetternd. Damit niemand auch nur eine Sekunde lang meine Loyalität ihren Zielen gegenüber in Frage stellen würde. Lange Zeit war dies die einzige Möglichkeit gewesen, um mich vor der Welt und allen darin abzuschotten.

Aber Jude … Jude war durchgedrungen; entweder hatte er nicht mitbekommen, was ich tat, oder er hatte es trotzdem versucht.

Gab sie mir die Schuld an all dem? Wenn sie die Anführerin gewesen wäre, wäre das dann trotzdem passiert? Wären wir alle … Ich schloss die Augen und versuchte, die Bilder auszublenden, die mein Gehirn überfluteten. Jude am Boden. Jude, der an seinem eigenen Blut erstickte. Judes gebrochenes Rückgrat, seine verdrehten Beine. Der Blick seiner Augen, als würde er mich anflehen, ihm zu helfen – ihn zu töten und sein Leiden zu beenden.

Dieser verdammte Albtraum. Chubs hatte mir wieder und wieder erklärt, dass es schnell gegangen sei … dass sein … Warum war es so schwer, das Wort »Tod« auszusprechen? Er war *gestorben*, nicht dahingegangen. Jude war nirgends hingegangen. Er war nicht entschlafen. Er war gestorben. Sein Leben war vorbei. Er würde nie mehr ein Wort sagen; er hatte ein Ende gefunden, so wie alle Geschichten irgendwann endeten. Er war nicht an einem besseren Ort. Er war nicht bei mir.

Jude war mit all seinen Hoffnungen unter Zement und Schutt und Asche begraben.

»Großer Gott«, wütete Vida mit rauer Stimme, »du kannst es nicht mal abstreiten, nicht mal jetzt, oder? Lass mich einfach in Ruhe – hau ab, bevor ich …«

»Glaubst du, ich weiß nicht, dass es meine Schuld war? Dass ich, wenn ich ihn in meiner Nähe behalten hätte … wenn ich ihn überhaupt nicht hätte mitkommen lassen …«, erwiderte ich leise. »Ich stelle mir vor, wie es für ihn war, wie er am Ende unter all dem Schutt erstickt sein muss. Ich frage mich, wie viel Schmerzen er wohl gehabt hat und ob Chubs mir jedes Mal etwas vorlügt, wenn er schwört, dass es zu schnell gegangen sein muss, als dass er überhaupt etwas hätte spüren können. Immer wieder denke ich daran, die ganze Zeit. Er muss solche Angst gehabt haben – es war doch so finster da unten, weißt du? Und er ist einfach zurückgeblieben. Glaubst du, er hat das begriffen? Dass er auf uns gewartet hat, und …« Ich wusste, dass ich faselte, aber ich konnte mich nicht bremsen. »… Er hätte überhaupt nicht draußen sein sollen … Er war erst fünfzehn, er war doch erst fünfzehn …«

Vida drückte sich gegen die Wand und ließ sich daran hinuntergleiten. Sie schluchzte jetzt hemmungslos, beide Hände vors Gesicht gedrückt. »Es war meine Schuld, warum siehst du das verdammt noch mal nicht ein? Ich war hinten, du warst doch gar nicht in seiner Nähe! Ich hätte ihn hören müssen, ich hätte dafür sorgen sollen, dass er vor mir geht, aber ich hatte solche verfluchte Angst, dass ich überhaupt nicht mehr denken konnte!«

»Nein … Vi, nein.« Ich hockte mich vor sie. »Es war doch so laut da unten …«

Es war ganz und gar nicht ihre Schuld gewesen. Bei der Vorstellung, dass jemand vorbeikommen und sie so aufgelöst sehen könnte, wallte ein heftiger Anflug von Beschützerinstinkt in mir auf. Wenn sie sich schließlich wieder fasste, würde sie sich noch viel mehr hierfür schämen. Ich setzte mich vor sie und versuchte, sie vor den Blicken aller abzuschirmen, die durch den Flur kommen mochten. Als ich sie berührte, wehrte sie mich nicht ab.

»Du und Cate, ihr nehmt nicht mal seinen Namen in den Mund«, stieß sie hervor. »Ich will über ihn reden, aber du versuchst, ihn in eine Kiste zu packen und sie wegzustellen.«

»Ich weiß, du denkst, mir ist das egal.« In meiner Brust herrschte unerträgliche Enge. »Aber es ist einfach … Wenn ich so was nicht in mir drinlasse, habe ich das Gefühl, als würde ich mich auflösen. Aber ihr, ihr alle … Das Einzige, was ich immer wollte, war, uns alle zusammenzuhalten, alle zu beschützen, und das schaffe ich nicht.«

»Du meinst die anderen.« Vida zog die Knie bis zur Brust hoch. »Schon kapiert. Die sind deine Leute.«

»Und du nicht?«, fragte ich. »Es gibt doch keine Rangordnung, an wem mir am meisten liegt. Ich könnte auch keine aufstellen, nicht mal, wenn ich müsste.«

»Tja, wenn das Haus in Flammen stünde, wen würdest du zuerst retten?«

»Vida!«

Sie verdrehte die Augen und wischte sich das Gesicht. »Ach, reg dich ab, Bubu. War doch nur ein Witz. Aber garantiert nicht mich. Ich kann mich um meinen eigenen Mist kümmern.«

»Ich weiß«, sagte ich. »Ich weiß nicht, wen ich zuerst retten würde, aber wenn ich jemanden wählen müsste, der mich dabei unterstützt, wäre es keine Frage.«

Sie zuckte die Achseln und schwieg einen Augenblick. »Der Gedanke, da wieder reinzugehen, in den Raum da, macht mich

… Ich weiß, ich höre mich wahrscheinlich an, als wäre ich auf Crack, aber ich komme immer wieder in irgendein Zimmer und halte nach ihm Ausschau, als wäre er da. Es ist wie ein Schlag gegen die Kehle, wenn ich mich dabei ertappe.«

»Mir geht's genauso«, sagte ich. »Ständig warte ich darauf, dass er um die Ecke kommt.«

»Das ist so ein dämliches, beschissenes Gefühl«, sagte sie, »auf dieses kleine Mädchen eifersüchtig zu sein, und auf dich und auf euch alle. Darauf, dass ihr alle zusammen sein könnt, wo es doch für uns nie wieder so sein wird. Du kannst Nico ja nicht mal anschauen – mein Gott, Ruby, was braucht es denn noch, damit du aufhörst, ihn zu bestrafen? Wann hörst du dir seine Entschuldigungen endlich mal an?«

»Wenn ich es schaffe, sie zu glauben.«

Sie warf mir einen harten Blick zu. »Jude war sein einziger Freund. Nichts, was du ihm antun könntest, ist schlimmer als das, was er sich selbst antut. Cate wird ihn da nicht wieder rausholen können. Es ist schlimmer als damals, als sie ihn ins HQ gebracht haben, als er aus diesem Forschungsprogramm kam, wo sie alle möglichen beschissenen Experimente mit ihm gemacht haben.«

Ich holte tief Luft. »Es tut mir leid, dass du es Cate allein erzählen musstest …«

»Nein«, widersprach sie und hielt einen Finger in die Höhe. »Es sollte dir lieber leidtun, dass du zu feige gewesen bist, richtig mit ihr darüber zu reden. Ich verstehe das nicht – ich kapier einfach nicht, warum jeder, den ich mag, völlig im Eimer ist, und keiner von euch versucht auch nur, den anderen zu helfen, weil es zu wehtut, es direkt anzugehen. Jude hätte das nie zugelassen. Niemals. Er war der Beste von uns.«

Es war verblüffend, wie genau Jude uns alle durchschaut hatte, wie tief er ergründet hatte, wer wir waren und was wir wollten. Es gab Menschen, die anscheinend dazu da waren, als Verbindungspunkte zu dienen. Sie öffneten uns für einander und für uns selbst. Was hatte er noch zu mir gesagt? Er wolle nicht nur, dass wir die Gesichter der anderen kannten, sondern auch ihre Schatten?

»Das stimmt.« Es würde nie wieder jemanden wie ihn geben. Es gab den Verlust, den ich empfand, und den Verlust, den der Rest der Welt nie erfahren würde. Beide lasteten mir wie Steine auf der Brust.

»Ich hab's nicht so mit dieser Umarmerei und all dem Scheiß«, warnte mich Vida. »Aber wenn du mal so reden willst … Ich bin da. Okay?«

»Okay.« Ich weiß nicht, warum mir ausgerechnet dieser Moment fast den Rest gab, nachdem jeder Moment davor genauso schlimm gewesen war. Ich lehnte Kopf und Schulter gegen die Wand. Vielleicht weil ich wusste, wie stolz er auf uns gewesen wäre, dass wir so weit gekommen waren und so viel gesagt hatten.

»Bitte rede mit Nico«, sagte Vida. »Lass mich nicht betteln. Behandle ihn nicht, als wäre er gar kein Mensch.«

»Ich glaube, ich hasse ihn«, flüsterte ich.

»Er hat einen Fehler gemacht. Wie wir alle.«

Ich stützte mich mit den Händen ab und spürte die kalten Fliesen unter den Fingern.

»Haben die irgendwas mit ihr gemacht?«, fragte Vida auf einmal und streckte den Arm aus, um mich zurückzuhalten. Obwohl sie die Frage nicht gerade flüsterte, wies die Tatsache, dass sie immerhin nicht direkt in Zus Gegenwart fragte, doch auf eine gewisse neu entdeckte Sensibilität hin. »In ihrem Kopf rumgemacht oder so?«

Oder nicht.

»Nein«, antwortete ich ruhig und sah zu, wie sich Liam neben Zu hockte und ihr übers Haar strich. »Sie will eben nicht reden, also zwingen wir sie nicht. Es ist ihre Entscheidung.«

Vida nickte, während sie meine Antwort verarbeitete. »Dann muss sie 'ne Menge Scheiß mit angesehen haben. Richtig krassen Scheiß.«

»Hör auf, sie zu bedrängen, okay? Man hat ihr sonst jede Wahlmöglichkeit genommen; sie soll wenigstens wählen dürfen, was sie sagen will und wann sie es sagt.«

Ich wandte mich um, als ich leise Schritte auf uns zutappen hörte. Zu blieb stehen, die Hände in den Taschen, bis Vida sie zu uns herwinkte. Sie wartete, bis Zu sie ansah, ehe sie zu sprechen begann. »'tschuldige, Z. Ich hätte nicht so fies zu dir sein dürfen. Alles wieder cool?«

Das Gesicht des kleinen Mädchens entspannte sich. Sie streckte ihr die Hand hin, doch Vida versetzte ihr stattdessen einen kleinen Stups mit der Faust.

»Na gut«, sagte ich und hievte meinen steifen Körper vom Boden hoch. »Sollen wir zurückgehen? Die Jungs fragen sich wahrscheinlich schon, wo wir sind.«

»Sollen sie doch«, knurrte Vida. »Wir müssen uns eben auf den neuesten Stand bringen.«

8. Kapitel

Der Flur wurde von einem vertrauten Rotton überschwemmt, der irgendwie gespenstisch leuchtete. Das Rot wurde immer greller und pulsierte, als ich weiterging und die gerahmten Fotos betrachtete, die an den sonst nackten Wänden hingen. Es waren Gesichter darunter, die ich kannte: der junge Agent, der umgekommen war, als er aus der Haft geflohen war, nachdem ein Einsatz schiefgegangen war. Die Frau, die gefasst worden war, als sie gerade eine Kontaktperson treffen wollte. In einen dunklen Lieferwagen gestoßen und nie wieder aufgetaucht.

Ich fuhr mit der Hand unter den Fotos entlang und zählte sie erst in Zweier-, dann in Dreiergruppen. Tot. So erinnerte die League an die Leben derer, die sie geopfert hatte, die Leichname, die nie ein Grab bekommen würden. So viele – so viele Männer und Frauen, die gestorben waren, ehe ich zur League gekommen war. Beinahe acht Jahre des Todes.

Meine Finger stockten unter dem ernsten Gesicht von Blake Johnson. Er sah … klein aus. Jung. Vielleicht lag das daran, dass er von älteren Gesichtern umgeben war, oder vielleicht war die Aufnahme auch gemacht worden, als die League ihn gerade frisch aufgenommen hatte. Das musste es sein. Er hatte wesentlich erwachsener gewirkt, als er zu dem Einsatz aufgebrochen war, der ihn getötet hatte, oder? Warum bestand ein so großer Unterschied zwischen dem Gesicht eines Vierzehnjährigen und dem eines Sechzehnjährigen?

Etwas Warmes, Nasses traf auf meine Zehen. Ein schmales Band schwarzer Flüssigkeit, wie Tinte, sammelte sich dort und benetzte meine Haut. Befleckte sie. Das winzige Rinnsal war das Produkt von vier einzelnen Bächen, die sich den gefliesten Flur entlangschlängelten. Ich stieß mit der Hand gegen das nächste Bild, und ein heftiger, schneidender Schmerz durchzuckte meine Hand und ließ mich schließlich aufsehen. Die letzten zwölf Bilder waren kaputt, die Rahmen mit etwas zusammengenagelt, was aussah wie verbogene Metallstücke und Glasscherben.

Das rote Licht wurde heller, dann dunkler und dann wieder heller. Immer wieder. Ich hob die Hand, um meine Augen zu schützen, doch es war nur ein AUSGANG-Schild. Als es das nächste Mal aufleuchtete, sah ich, dass die schwarze Tinte eine Quelle hatte, eine immer größer werdende Pfütze. Und ich erkannte, dass es gar keine schwarze Tinte war.

Die Gestalt lag mit dem Gesicht nach unten da, Arme und Beine in einem sonderbaren Winkel verdreht. Es war ... Es war ein Junge mit dünnen Gliedmaßen. Große Hände, große Füße, als wäre er noch nicht ganz hineingewachsen. »Welpentatzen« hatte Cate das mal genannt. Das Licht verblasste erneut über ihm, während ich auf ihn zustürzte, und wurde dann wieder hell genug, um mich erkennen zu lassen, dass es Jude war.

Das Blut war überall, strömte ihm übers Gesicht, über die Hände und das gebrochene Rückgrat. Ich schrie, schrie, schrie, denn seine Augen standen offen, sein Mund war dicht über der Blutlache, doch seine Lippen bewegten sich. Er zitterte, und sein Körper krampfte in seinen letzten, unkontrollierten Zuckungen ...

Zwei Hände packten mich an den Oberarmen, zerrten mich aus diesem Flur und in einen anderen. Nein – *oh Gott* – er brauchte Hilfe, ich musste ihm helfen ...

Mein Gehirn erwachte schlagartig, so schnell, dass ich dachte, mir würde schlecht werden. Um mich drehte sich alles, und meine Beine gaben nach, doch irgendjemand hielt mich fest. Meine Zähne schlugen heftig aufeinander, während ich in die Realität zurückgeschüttelt wurde.

»Ganz ruhig – ganz ruhig!« Ein Südstaatenakzent – Liam? Nein, Cole. Sein besorgtes Gesicht tauchte vor mir auf. Das Licht über mir war von reinem, regungslosem Weiß, wobei noch mehr Licht aus den kleinen Fenstern an beiden Enden des Flurs kam. Ich konzentrierte mich auf die Glasscheibe hinter seinem Kopf, wo ich Hantelbänke, Trainingsgeräte und Matten sah. *Der Fitnessraum.* Coles Gesicht war schweißbedeckt, seine Haut war gerötet, weil er gerade trainiert hatte. Aber ich war doch gar nicht hierher gegangen. Ich war ihn nicht holen gekommen. Ich war nicht losgegangen …

Cole zog mich in den Fitnessraum. Die Klimaanlage lief auf Hochtouren und kühlte die Schweißflecken auf meinem Rücken und unter meinen Armen augenblicklich. Er setzte mich auf einer der Bänke ab und verschwand kurz, ehe er mit einem kleinen Handtuch und einem Pappbecher Wasser wiederkehrte.

Mir war nicht bewusst gewesen, dass ich zitterte, bis ich zu trinken versuchte. Cole nahm meinen linken Arm und drückte mir das Handtuch in die Hand. Ich blickte nach unten und sah verblüfft frisches Blut über mein Handgelenk laufen, bis in die Ellenbeuge. Auch meine Jeans und mein Shirt waren blutbefleckt.

Ich sprang auf oder versuchte es zumindest. Mein Denken verengte sich auf das Bild von Jude, darauf, wie das rote Licht sein Blut hatte schwarz erscheinen lassen. Doch das hier – das hier war nicht sein Blut, oder? Wir waren nicht im Hauptquartier. Wir waren nicht in Los Angeles.

Wir hatten Jude in Los Angeles zurückgelassen.

»Weißt du, wo du bist?«, fragte Cole und ging vor mir in die Hocke. Er wartete, bis ich genickt hatte, bevor er weitersprach. »Entschuldige, dass ich dich so geweckt habe, ich weiß, das soll man nicht, aber ich hab dich vorbeigehen sehen, und dann hast du angefangen zu schreien. Ich wusste gar nicht, dass du so brüllen kannst.«

Ich hörte ihn kaum. »Ich bin … geschlafwandelt?«

»Scheint so«, sagte er nicht unfreundlich. »Woran hast du dir denn die Hand aufgeschnitten?«

Ich zuckte die Achseln; mir tat der Hals weh. »Wie spät ist es?«

»Etwa fünf Uhr morgens.« Die Linien um Coles Mund waren wesentlich ausgeprägter. Jetzt, wo die Röte aus seinem Gesicht schwand, kehrten die Schatten zurück – unter den Augen, unter seinen hohen Wangenknochen und in den frischen Bartstoppeln an seinem Kinn. »Du hast dir nur fünf Stunden Schlaf gegönnt.«

»Mehr als du«, bemerkte ich.

»Nun ja, ich habe beschlossen, vor meinen Albträumen davonzurennen, statt kopfüber in sie hineinzuspringen.« Das Display an dem Laufband, das er benutzt hatte, blinkte immer noch und schaltete dann auf Standby. »Zu viel Adrenalin. Zu viele Gedanken, die in meinem Schädel herumspuken. Überschüssige Energie.«

Ich kehrte endgültig in die Gegenwart zurück, als meine Ohren die leise Stimme eines Nachrichtensprechers auffingen, die aus dem an die Wand geschraubten Fernseher tönte. Der Geruch des Raumes stieg mir in die Nase: nach Plastik, Schweiß und Metall, der den Blutgestank endlich verdrängte.

Cole musterte mich einen Moment lang mit einem Blick, als erkenne er etwas in mir, von dem ich selbst nicht unbedingt wusste. Im Gegensatz zu Cate, zu Liam und zu Chubs – und im Gegensatz zu Jude – ließ er das, was geschehen war, einfach so stehen. Er fragte mich nicht aus, wie ich mich fühlte oder was ich gesehen hatte, und das war genau das, was ich wollte. Es ein für alle Mal hinter mir zurückzulassen.

Er zog mir das Handtuch von der Hand und inspizierte den Schnitt.

»Sieht ziemlich oberflächlich aus«, erklärte er und erhob sich. »Beginnt schon zu heilen. Aber brennt wahrscheinlich eine Zeitlang wie verrückt.« Als er mit mir fertig war, hob er das Hemd, um sich den Schweiß vom Gesicht zu wischen, wobei er mir einen Blick auf straffe Haut bot, um den ich nicht gebeten hatte.

Ich wandte mich ab. »Bist du jeden Morgen hier?«

»Bisher an jedem der zwei Tage, die wir hier sind«, sagte er belustigt. »Ich will meinen Hintern wieder fit kriegen. Ist schon eine Weile her, dass ich trainiert habe. Und es hilft auch, um …« Er machte eine vage Geste. »Um Dampf abzulassen.«

»Mir fehlt das«, hörte ich mich selbst sagen. »Mich stark zu fühlen. Ich habe das Gefühl, dass wir wissen, wo wir hinwollen. Du und ich. Aber ich werde einfach das Gefühl nicht los, dass ich mich einfach nur im Kreis drehe und darauf warte anzukommen. Und verflucht noch mal – die Forschungsunterlagen über die Ursache von IAAN –, ich komme einfach nicht darüber hinweg, was für eine gottverdammte Verschwendung es ist, dass wir nach allem, was passiert ist, nicht einmal *das* haben dürfen. Früher habe ich meine Sachen geregelt gekriegt. Ich bin nicht …« Ich hob die Hand. »Offenbar ist das heute nicht mehr der Fall.«

»Ja, und was willst du dagegen tun?« Cole verschränkte die Arme. »Du hast das Problem erkannt, aber wie willst du es beheben? Hör auf, ständig an den USB-Stick zu denken, an die Krankheitsursache. Verschwende deine Energie nicht mit Reue oder Selbstmitleid. Wenn uns dieser Weg verschlossen ist, konzentrieren wir uns eben darauf, das Heilmittel zu finden. Also, sag mir noch mal: Was willst du unternehmen?«

»Trainieren«, sagte ich. »Wir müssen alle Kids trainieren. Sie müssen kämpfen können.«

»Du trainierst überhaupt niemanden, ehe du selbst in Form bist.«

»War das ein Angebot?«

Ein träges Lächeln machte sich auf seiner Miene breit. »Warum? Glaubst du, dein Monster kann mit meinem mithalten?«

Ich glaubte, mein Monster könnte seins in die Tasche stecken. Es zusammenfalten und einen Knoten reinmachen.

»Es gibt keine simple Lösung, falls du das glaubst«, sagte Cole und nickte mit dem Kopf zu dem Laufband hin. »Ich werde stark, und ich werde schnell; wenn ich also die Monster nicht abwehren kann, kann ich sie zumindest eine Zeitlang aus meinem Kopf vertreiben. Wann hast du das letzte Mal ernsthaft trainiert?«

»Vor …« Großer Gott, wann war das letzte Mal gewesen? Eine Woche bevor ich aufgebrochen war, um Liam zu suchen? Das Training im Hauptquartier war anfangs brutal gewesen, eine richtige Plackerei mit schwachen, schlaffen Gliedern. Ich hatte Blasen an Füßen und Händen gehabt, und die zahllosen Blutergüsse ließen mich aussehen, als hätte ich einen mittelschweren Autounfall hinter mir. Der Schmerz war aufgeflammt, hatte an mir gezerrt und mich verdreht, als forme er meinen Körper nach seinen eigenen Maßstäben neu.

Die meisten Kids waren lange genug dabei gewesen, um ihre Körper für Einsätze zu stählen und zugleich ihre Psi-Kräfte zu schärfen. Das bedeutete alle zwei Tage Gewichtheben und Kardio, und zur Abwechslung zwischendurch Selbstverteidigung, Kickboxen und Training mit Waffen. Wenn man so hart arbeitet, konzentriert man sich auf jede Bewegung, die der eigene Körper vollzieht, und versucht, jeden Muskel so zu trainieren, dass er scharf ist wie ein Messer. Damit entkommt man ein Weilchen seinem eigenen Kopf.

Es hatte ein Zeitfenster gegeben, wo für mich alles gepasst hatte – ich war stark gewesen, mental und physisch, und hoch motiviert, in jedem Einsatz zu bestehen. Und auf der Suche nach Liam hatte ich diesen Teil von mir selbst irgendwie verloren. Ich hatte den Zweifel wieder zugelassen, die Unsicherheit. Ich hatte die Kontrolle über mich verloren.

»Ich will härter angetrieben werden, als die Ausbilder es mit uns gemacht haben«, sagte ich. »Ich kann nicht immer wieder aus den Fugen gehen und erwarten, dass alle um mich herum mich wieder zusammensetzen. Ich will mich um alle kümmern.«

Cole hob die Hände. »Verstehe.«

»Nein, tust du nicht«, sagte ich, angewidert von dem verzweifelten Unterton in meiner Stimme. »Es ist, als stünde ich jedes Mal wieder in diesem Tunnel, wenn ich um eine Ecke biege, und die Wände stürzen ein, und es fühlt sich an, als …«

»Nein.« Cole stand auf. »Wir sitzen hier nicht rum und halten uns an den Händen und verarbeiten das alles in Cate-Conner-Manier – Kunsttherapie mit Fingerfarben.« Mit zwei großen Schritten durchquerte er den Raum und wühlte in einer blauen Plastiktonne, bis er ein Paar alte, abgenutzte Boxhandschuhe gefunden hatte. Die warf er mir hin.

Cole verschränkte die Arme, nahm aber keineswegs eine entspanntere Körperhaltung ein. Ohne an meine Verletzung zu denken, streifte ich die Handschuhe über und wurde mit einem zustimmenden Nicken belohnt, das mich ganz tief im Innern wärmte. Wenn er bereit war, war ich es auch.

Dann holte er ein Paar Boxhandschuhe für sich selbst aus der Tonne. Auf der anderen Seite des Raums war eine Fläche mit schwarzen Matten ausgelegt; dort ging ich hin. Plastik, Schweiß, Gummi – es war ein vertrauter Geruch. Ich holte tief Luft, ging in Positur und ließ mein Gewicht so weit einsinken, wie es die Matten zuließen.

»Nur damit du's weißt«, erklärte Cole und schlug die behandschuhten Fäuste aneinander, während er sich umdrehte, »stark werden heißt Schläge einstecken. Viele Schläge. Wenn du durchblicken lässt, dass es dir zu viel wird, oder wenn du deinen Arsch nicht hochkriegst, ist das hier beendet.«

»Gut«, sagte ich. »Solange du dich nicht zurückhältst, weil du glaubst, ich pack's nicht.«

Er schnaubte. »Und, Zuckerschnecke? Eins noch. Erzähl niemandem, was wir machen. Weder Conner noch Vida noch Lee. Keinem.«

Wen juckte es schon, wenn wir zusammen trainierten?

»Mal sehen, ob du mich zuerst triffst«, reizte ich ihn, doch seine Augen waren noch immer ernst, verdüstert von etwas, was ich nicht verstand. »Ist dir das peinlich oder so?«

»Sagen wir einfach, ich bezweifle, dass sie diese Art, mit all dem umzugehen, gutheißen würden«, sagte er und schob einen Fuß nach hinten, während er sich die Fäuste schützend vors Gesicht hielt. Seine Stimme war so leise, dass ich sie kaum hörte. »Sie brennen nicht, stimmt's? Nicht wie wir.«

Seine Faust schoss vor und streifte mich an der Schläfe. Ich stolperte rückwärts, blieb aber auf den Beinen. Wut – auf mich selbst, weil ich nicht aufgepasst hatte, auf den brennenden Schmerz – durchflutete mich. Seine Lippen verzogen sich zu einem Lächeln, als ich einen Arm auf ihn zuschnellen ließ, und er hielt inne, korrigierte meine Bewegung und zwang mich, sie wieder und wieder zu wiederholen, bis ich den Hieb genau so platzierte, wie er es haben wollte. Cole boxte mir scherzhaft gegen die Schulter und grinste immer noch, als er mit dem Fuß zutrat und ich ihn mit meinem abfing. Er sprang zurück und setzte einen weiteren Treffer in meine Körpermitte.

Minuten flogen vorüber, und ich schien mich mit ihnen zu bewegen. Meine Muskeln erinnerten sich daran, wie man kämpfte, auch wenn mein Herz sich ausgeklinkt hatte. Euphorie wallte heiß in mir auf, als ich einem Schlag auswich und einen Treffer in seinem Magen landete. Halb lachend, halb vor Schmerz japsend stieß er den Atem aus. Als ihm wieder einfiel, dass er mich eigentlich unterrichten sollte, lagen wir bereits beide rücklings auf den Matten und rangen nach Luft.

Nein, dachte ich und strich mir das schweißnasse Haar aus den Augen. *Nicht wie wir.*

Stunden später waren meine Muskeln wie Gelee, der Albtraum hatte sich aus meinem Kopf verflüchtigt, und wir versammelten uns im Aufenthaltsraum, um mit der offiziellen Planung der Angriffe auf die Lager zu beginnen.

Ich musterte unsere Gruppe, einschließlich der Kids aus einem letzten, gerade erst eingetroffenen Auto, das vorgefahren war, als ich nach dem Training unter der Dusche stand. Die vier kämpften alle tapfer gegen ihre Erschöpfung an und erklärten gerade, dass sie durch etliche Pannen aufgehalten worden seien, als Cole hinter mir hereingeschlendert kam und mich mit einem sanften Schubs auf die am Boden sitzenden Kids zuschob. Verwirrt wich ich etwas zurück, doch er lächelte aufmunternd. »Es ist genau das, was wir besprochen haben, schon vergessen? Gib ihnen mal eine kurze Zusammenfassung.«

»Solltest du nicht …«

»Nein, das musst du machen.« Erneut schubste er mich auf die anderen zu und achtete nicht auf Chubs' misstrauische Miene. »Na los, schnapp sie dir, Zuckerschnecke.«

Mach, dass sie dich lieben ... Ich schüttelte den Kopf und ignorierte das Schnurren von Clancys Stimme in meinem Ohr. Zu rutschte ein Stück zurück und bedeutete Hina und Tommy, es ihr nachzutun, um den Kreis größer zu machen.

»Dann können wir ja ...«, begann ich, nur um mitten im Satz zu verstummen. Auf einmal ging es gar nicht mehr um die Gesichter, die da waren, sondern um diejenigen, die nicht da waren. Ich wandte mich zu Chubs um, der an einem Loch in seiner Jeans zupfte, der Inbegriff erzwungener Lässigkeit. »Wo ist Liam? Und Kylie ... und James?«

»Wahrscheinlich auf der Toilette«, presste er mit unnatürlich hoher Stimme hervor. Plötzlich konnte mich niemand mehr ansehen. Nicht einmal Zu.

Das hast du nicht getan, Liam, dachte ich, während ich gegen die aufwallende Panik ankämpfte. *Sag bitte, dass du nicht losgegangen bist, um Lebensmittel zu besorgen, ohne auch nur eine Pistole mitzunehmen.*

»Sie sind weggegangen«, flüsterte ein leises Stimmchen. Ich sah mich um, konnte aber nicht feststellen, von wem es stammte.

»Wer ist weggegangen?«, hakte Cole ein, der nur den letzten Teil mitbekommen hatte. »Einer von ...«

Ich sah es ihm an, als er registrierte, wer fehlte. Er erstarrte, doch seine Miene blieb völlig kontrolliert und ausdruckslos. Es war der Blick von jemandem, der kurz davor ist, einen anderen ruhig und gezielt zu erstechen.

»Warum sind sie gegangen?«, fragte ich.

»Damit wir heute etwas zu essen haben!«, fauchte Chubs.

»Und wo sind sie hingefahren?« Ich musste mich zwingen,

nicht zu schreien, nicht die Arme auszustrecken und ihn so fest zu schütteln, wie ich nur konnte.

»In den übernächsten Ort«, sagte Lucy. »Sie haben versprochen, dass sie in einer Stunde wieder da sind.«

»Soso«, knurrte Cole. »Na ja. Wenn sie sich abmurksen lassen, steigt wenigstens der IQ hier drinnen. Geht *nicht*« – damit wandte er sich an die gesamte Gruppe – »nach draußen, ehe ihr das nötige Training dafür absolviert habt und ehe wir Waffen haben. Ich kümmere mich um alles, und wir passen alle aufeinander auf, aber ihr müsst auf das hören, was ich euch sage, sonst wird es nicht funktionieren. Einverstanden, Leute?«

Mehrere nickende Köpfe. Mehrere zustimmende Geräusche.

»Okay«, sagte ich. *Verdammt, Liam. Was hast du dir dabei gedacht?* »In Ordnung.« Ich zwang mich, meine Gedanken wieder in die richtige Spur zu bringen. »Das Erste, was ihr wissen müsst, ist, dass der USB-Stick, den Cole der Leda Corp geklaut hat und auf dem die Forschungsergebnisse über das gespeichert waren, was IAAN ausgelöst hat, von dem elektromagnetischen Impuls gelöscht worden ist.«

Bestimmt hatte Vida das Chubs und Zu bereits mitgeteilt, weil sie nicht annähernd so erschüttert aussahen wie die anderen. Beim Anblick ihrer Gesichter durchzuckte mich eine schmerzhafte Hoffnungslosigkeit. Wieder kämpfte ich mich darüber hinweg, wohl wissend, dass Coles Augen auf meinen Rücken gerichtet waren.

»Und es gibt keine Möglichkeit, den Inhalt wiederherzustellen?«, fragte Tommy.

»Nein«, sagte Nico. »Wir haben alles versucht. Die Dateien sind weg.«

»Aber wir haben noch die Forschungsergebnisse über das *Heilmittel*«, warf ich rasch ein. Die Grünen hatten sie kopiert und sie auf unseren einzigen Laptop hochgeladen. Alle fünfzehn nicht entzifferbaren Seiten. »Damit können wir arbeiten. Aber in der Zwischenzeit, finde ich, sollten wir uns damit befassen, die Lager zu befreien. Das ist das einzig Richtige und unsere stärkste Strategie, um Gray dafür zur Rechenschaft zu ziehen, was mit uns passiert ist. Aber ich – wir …«, ich zeigte mit dem Daumen auf Cole, »wir können das unmöglich allein schaffen. Deshalb muss ich euch fragen: Seid ihr dabei? Es ist okay, wenn ihr Angst habt oder nicht bei den Einsätzen mitmachen wollt. Es ist wirklich okay und kein Grund, sich zu schämen. Hier gibt es so viel zu tun, dass ihr trotzdem ein Teil von all dem sein werdet. Oder wir finden eine Möglichkeit, dass ihr wieder nach Hause zu euren Eltern zurückkehren könnt, wenn die Lage ein bisschen sicherer geworden ist.«

Ich wartete, bis sie nickten oder ihre Zustimmung geäußert hatten. »Also, am besten ist es, uns einen potenziellen Plan für einen Angriff auf ein Lager zu überlegen. Können wir uns vielleicht in kleinere Gruppen aufteilen, immer etwa vier oder fünf Leute, und darüber nachdenken, wie wir so etwas durchziehen könnten? Es spielt keine Rolle, wenn es verrückt klingt oder wenn wir die Mittel, die wir dazu brauchen, momentan nicht zur Verfügung haben. Seid einfach kreativ, und darauf bauen wir dann auf.«

Ich wartete, bis sie sich aufgeteilt hatten, und war stolz darauf, wie sie die alten Teams aus der League mit den Neuankömmlingen vermischten, die wir zusammen mit Zu aufgesammelt hatten. Cole schlug mir auf die Schulter und grinste beifällig, ehe er begann, seine Runden zu drehen. Ich erwiderte sein Lächeln und fühlte mich leicht genug, um bis zu den Deckenbalken hochzuspringen.

Und dann, mit einem Schlag, war das Gefühl verschwunden. Eine schweigende, drückende Gegenwart senkte sich von hinten über mich wie ein Schatten. Ich brauchte mich nicht umzudrehen, um zu wissen, dass es Chubs war. Verdruss machte sich in mir breit, je länger er mich mit diesem lastenden Schweigen strafte. Ich wandte mich um und beobachtete Vida, die wie eine Königin inmitten einer Gruppe aus Tommy, Pat und zwei anderen Kids aus der League thronte. Sie huldigten ihr gute drei Minuten lang mit Lob und Staunen und Bewunderung, ehe sie sich dazu herabließ, etwas zu den Vorschlägen der anderen beizutragen.

»Wann fängst du eigentlich an, uns früher in so was einzuweihen?«, fragte Chubs schließlich. »Anscheinend überfällst du uns gern einfach so, weil du weißt, dass wir mit irgendwas nicht einverstanden sein werden.«

Ich stieß den angehaltenen Atem durch die Nase aus und erwiderte seinen harten Blick mit einem ebensolchen. »Das klingt, als wäre hier das eigentliche Problem, dass du's mir nicht zutraust, ohne dich gute Entscheidungen zu treffen.«

Cole hatte mich gewarnt, dass das passieren würde – er hatte mir erklärt, dass zu viele Stimmen bei meinen Entscheidungen mitmischten und ich mir deshalb niemals ganz sicher war. Die anderen hatten zwar immer wieder erklärt, dass sie mir vertrauten und an mich glaubten, doch das war eindeutig nicht der Fall.

»Warum hast du Liam weggehen lassen?«, wollte ich wissen. »Er war nicht einmal bewaffnet.«

Chubs warf die Hände in die Luft. »Sie sind Blaue, verdammt noch mal! Oh Gott, Ruby, du musst … Hör zu, vergiss es, es ist nicht …«

»Ich muss was?«

Chubs musterte mich aus schmalen Augen, was ich auf gleiche Weise erwiderte.

»Okay, pass auf«, sagte er mit einem tiefen Atemzug. »Wie

immer du das definieren willst, was zwischen dir und Lee ist – es geht mich nichts an. Ehrlich gesagt ist es ganz schön stressig, bei dem Eiertanz mitzukommen, den ihr umeinander aufführt. Es geht mich aber sehr wohl etwas an, wenn jemand aus meinem engsten Freundeskreis den anderen so behandelt, wie du ihn in letzter Zeit behandelst.«

»Was meinst du damit?«

»Ihn auf Abstand zu halten. Du bist … da, aber doch nicht da, weißt du?«, sagte er. »Selbst wenn du mit uns zusammen bist, bist du nicht wirklich da. Du schweifst ab, umgehst Themen, hältst etwas zurück. Und manchmal … verschwindest du einfach. Gibt's sonst noch etwas, was du uns verschweigst?«

»Du hast dir solche Mühe gegeben, alles auseinanderzunehmen, was ich tue, aber du scheinst keine Ahnung zu haben, was das eigentlich ist. Ich verschwinde?«, sagte ich. »Versuch's mal mit *Training,* um dafür zu sorgen, dass ich mich nicht lächerlich mache, wenn ich die Kids auf Vordermann bringen will. Versuch's mal mit *Planen*, um dafür zu sorgen, dass niemand verletzt wird oder umkommt. Versuch's mal mit Clancy bändigen, weil das nämlich niemand anders kann.«

Meine Stimme war zu einem wütenden Flüstern herabgesunken, dessen Wucht ihn offensichtlich umgehauen hatte. Er griff nach meiner Schulter, und seine Miene wurde weich, während meine sich verhärtete. Es war mir zuwider, wie er mich betrachtete.

»Ich will doch nur, dass du mit uns redest«, sagte er. »Ich weiß, dass es nicht mehr so sein kann wie früher, aber das fehlt mir. Mir fehlt …« Chubs schüttelte den Kopf. »Ich wollte dich nicht so anblaffen.«

»Tja, hast du aber«, entgegnete ich seufzend.

»Weil du es mal von irgendjemandem hören musstest«, entgegnete Chubs. »Aus meiner Perspektive hast du dich mit dem

Arschloch-Bruder eingelassen – okay, deine Sache. Aber vergiss nicht, wer praktisch vom ersten Moment an für diese Lagerattacken plädiert hat, seit wir in East River angekommen waren. Weißt du nicht mehr? Liam dachte, er hätte alles ausgeknobelt und war so richtig typisch Lee, weil er sich an die Arbeit gemacht und sich eingesetzt hat und bei den Kids um ihn rum eine Wirkung gesehen hat. Du musst ihn etwas *tun* lassen, Ruby. Was ich wissen will – bist du sauer, weil Liam ohne deine Erlaubnis weggegangen ist?«

Ich schüttelte ungläubig den Kopf, meine Gedanken waren so verworren wie meine Gefühle. »Weil es gefährlich ist! Weil er gefasst oder getötet werden könnte! Und ich kann nicht …« Die Worte blieben mir im Hals stecken, und ich war verblüfft über die Flut aus Emotionen, die mich überspülte. Hilflosigkeit, Ärger, und vor allem Furcht. »Ich kann nicht noch jemanden verlieren …«

Chubs stieß lange den Atem aus, schloss mich in die Arme und tätschelte mich auf seine gewohnt unbeholfene, aber liebevolle Art. Ich presste die Hände gegen seinen Rücken und drückte ihn fester an mich, dachte an den Freudenschwall, den ich empfunden hatte, als ich ihn nach Monaten endlich wiedergesehen und endlich gewusst hatte, dass er überlebt hatte. Die Beschaffenheit dieser Erinnerung hatte sich verändert, wie ein verblassender Sonnenstrahl. Nichts von dem, was er sagte, war vorwurfsvoll oder gehässig gemeint; er wollte nur, dass wir in Sicherheit waren und zusammenblieben, doch er dachte nicht allzu weit in die Zukunft. Chubs' ganzes Denken war auf unseren kleinen Kreis ausgerichtet, doch das konnte ich mir nicht leisten, nicht mehr. Ich musste gegen diesen Instinkt ankämpfen und an alle denken.

»Er ist nur ein einzelner Mensch, das weiß ich, aber er ist *unser* Mensch«, sagte er, als hätte er meine Gedanken gelesen.

»Und offen gestanden finde ich, wir sollten uns auf Zu konzentrieren. Wir müssen versuchen, die ganze Geschichte aus ihr rauszukriegen, was mit diesem Typen passiert ist, mit dem sie unterwegs war. Ich glaube nicht, dass wir einfach abwarten können, bis sie bereit ist, darüber zu sprechen.«

Ich nickte, lehnte mich an die Wand und beobachtete Zu, die zwischen Hina und Lucy saß. Sie schaute zu Boden, hatte die Hände ordentlich im Schoß gefaltet und die Beine untergeschlagen.

»Es war doch kein Fehler, die Kids hierherzubringen, oder?«, fragte ich. »Die Jüngeren? Ich werde sie nicht kämpfen lasen, aber ich werde das Gefühl nicht los, dass diese Geschichte sie auf eine Art und Weise in Mitleidenschaft ziehen wird, die ich noch nicht absehen kann.«

»Wir können sie nicht davor schützen, nicht wenn wir wirklich wollen, dass sie eine Wahl haben. Darum geht es doch im Grunde, oder? Ihnen und dem nächsten Schwung Kinder die Chance auf ein besseres Leben zu geben, als wir es hatten. Sich nicht mehr verstecken zu müssen.«

Ja – genau das war es. Die Freiheit, die Hand in Hand damit einherging, über unser Leben entscheiden zu dürfen, wenn unsere Kräfte verschwunden waren. Die Freiheit, zu leben, wo wir wollten und mit wem wir wollten und nicht vor jedem vorübergehenden Schatten Angst zu haben. Dass die Kids nicht mit der Angst heranwachsen mussten, eines Tages nicht mehr aus dem Schlaf aufzuwachen oder an einem ansonsten völlig normalen Tag einfach zu verlöschen wie eine Glühbirne.

Ich wusste genauso gut wie Cole, dass wir nur mit Gewalt erfolgreich aus dieser Sache herauskommen würden. Mit einem echten Kampf. Doch der Preis … Wieder sah ich mich um, sah ihre lebhaften Mienen und nahm ihr gedämpftes Geplauder und Gelächter in mich auf, während ich versuchte, den

Griff der Angst um meine Rippen zu lockern. Ich konnte nicht beides haben, oder? Ich konnte meine Schlacht nicht schlagen, ohne einzusehen, dass die verdammt hohe Wahrscheinlichkeit bestand, dass nicht alle diese Kids lange genug leben würden, um vom Sieg zu profitieren.

»Ich wünsche mir das so sehr, Ruby. Ich will nach Hause, zu meinen Eltern, und am helllichten Tag in unserem Viertel herumlaufen. Ich will zur Schule gehen, studieren, damit sie mir nicht alles Mögliche verweigern können, weil ich nicht gebildet bin, selbst wenn sie mir meine Fähigkeiten zum Vorwurf machen. Das genügt mir. Ich weiß, es wird nicht leicht sein, und ich weiß, ich werde von Glück sagen können, wenn ich überlebe, aber das ist es wert, wenn ich einfach nur das haben darf.« Chubs schwieg einen Augenblick und sprach dann ruhig weiter. »Alles wird es wert sein, und wir werden es auch erleben.«

»Damit gehörst du aber nicht unbedingt zum Realismus-Team.«

Sein Grinsen war so breit wie meins. »Pfeif aufs Realismus–Team – ich wechsele zum Klarsicht-Team.«

Eine Stunde später erschienen Liam und die anderen am Eingang zum Tunnel, jeder mit einem großen Pappkarton oder einer Plastikwanne. Ihre Stimmen hallten durch den langen Gang und sprudelten vor Freude. Sie wussten nicht, was sie am anderen Ende des Flurs erwartete.

Liam tauchte als Erster auf, Gesicht und Hände von einer feinen Staubschicht bedeckt, das Haar von dem heulenden Sturm draußen hoffnungslos zerwühlt. Sein Anblick, zerzaust und lachend und so glücklich, ließ mich völlig vergessen, warum ich so wütend gewesen war.

Er hatte allerdings nicht dieselbe Wirkung auf seinen Bruder.

Cole war aufgestanden und lehnte die Schulter rechts vom Eingang an die Wand. Er hatte kein Wort gesagt, doch sein Atmen war im Lauf der letzten Stunde rauer geworden. Selbst mit verschränkten Armen konnte er nicht verbergen, dass sich die Finger an seiner rechten Hand alle paar Minuten krampfhaft krümmten. Er war nur einen Funken vom Explodieren entfernt, das sah ich klar und deutlich.

Trotzdem sprang ich nicht schnell genug auf.

Liam blieb eine halbe Sekunde der Freude, als er mich dort sitzen sah, dann hatte Cole ihn. Sein Arm schoss vor, packte ihn vorn am Hemd und wirbelte ihn herum, knallte ihn gegen die Wand. Der Karton in Liams Händen krachte zu Boden, sodass die Dosen und Tüten darin in alle Richtungen davonschlitterten. Eine knallrote Schachtel Frühstücksflocken rutschte auf mich zu und blieb direkt vor meinen Füßen liegen.

»*Herrgott* noch mal«, stieß Liam mit erstickter Stimme hervor, doch Cole schleppte ihn bereits davon, in Albans ehemaliges Büro. Ich bekam die Tür gerade noch zu fassen, ehe sie mir vor der Nase zugeknallt wurde. Liam wurde regelrecht gegen den großen, abgenutzten Schreibtisch geschleudert.

»Was hast *du* denn für ein Problem, verdammt noch mal?«, keuchte Liam, immer noch außer Atem. Cole war ein paar Zentimeter größer als sein Bruder, doch Liams Wut schien sein Rückgrat zu strecken und die Differenz auszugleichen. Nie hatten sie sich ähnlicher gesehen als in diesem Moment, wo sie kurz davor waren, sich gegenseitig die Köpfe abzureißen.

»Was ich für ein Problem habe? Vielleicht, zu erfahren, dass einer von uns losgegangen ist, um sich und noch zwei andere umbringen zu lassen! Bist du wirklich so blöd?« Cole baute sich drohend vor ihm auf und hieb wütend mit der Hand durch die Luft. »Ich hoffe, es hat sich gelohnt. Ich hoffe, du fühlst dich gut dabei, mal wieder den Helden gespielt zu haben, du hast nämlich gerade die ganze Operation gefährdet! Jemand hätte dich hierher verfolgen können – womöglich überwacht jemand gerade in diesem Moment das Gebäude!«

Liams Temperament ging schließlich mit ihm durch. Er schubste Cole gegen das leere Bücherregal hinter ihm und hielt ihn dort fest, den Arm über seiner Brust. »Den Helden spielen? Du meinst das, was du die ganze Zeit gemacht hast? Rumlaufen und Befehle blaffen, als hättest du *irgendein* Recht dazu, diese Kids anzuführen? Als wüsstest du, was sie fühlen oder was sie mitgemacht haben?«

Cole lachte verächtlich auf, und einen Moment lang dachte ich, er würde seinem Bruder sein Geheimnis verraten, und sei es nur, um es Liam mit gleicher Münze zurückzuzahlen. Um die schockierte und entsetzte Reaktion hervorzurufen, vor der er sich schon so lange fürchtete.

»Ich hab's doch geschafft«, zischte Liam. »Wir sind nicht verfolgt worden, kein Mensch hat uns gesehen. Ich hab das schon zigmal gemacht, unter unendlich viel schlimmeren Umständen, und ich hab's jedes Mal hingekriegt – was ich dir auch *gesagt* hätte, wenn du mich behandelt hättest, als könnte ich noch was anderes als auf meinen Händen sitzen und darauf warten, dass sich jemand um mich kümmert!«

Er hatte recht. Von allen hier hatte er am meisten Erfahrung mit solchen Einsätzen. Das Sicherheitsteam in East River hatte Medikamente und Kleidung für alle besorgt, indem sie an einem Highway in der Nähe Lastwagen aufgelauert und sich deren Ladungen geschnappt hatten.

»Warum tust du so, als wäre dir das wirklich wichtig?«, presste Liam mit frustriertem Unterton hervor. »Jahrelang ignorierst du meine Existenz, läufst rum und denkst …«

»Du hast keine Ahnung, was ich denke«, fauchte Cole und

stieß ihn schließlich von sich weg. »Willst du's wissen? Wirklich? Ich sag's dir. *Ich hab mich gefragt, wie ich Mom beibringen soll, dass noch eines von ihren Kindern tot ist*!«

Diese Worte schienen den letzten Rest Luft aus dem Raum zu saugen. Liams Gesicht verlor alle Farbe, und sein verkniffener Unterkiefer wurde vollkommen schlaff.

»Du hast mich gezwungen, es ihr zu sagen, weißt du noch? Du konntest nicht aufhören zu weinen, du konntest nicht mal Claires Zimmer verlassen. Ich musste runtergehen und sie aufhalten, weil sie schon dabei war, Claires Brot zu schmieren und ihr Lunchpaket für die Schule zu machen.«

Ich presste die Hand auf den Mund; das Bild war zu schmerzhaft, um es in mein Gehirn vordringen zu lassen. Liam taumelte zurück und stolperte blind gegen den Schreibtisch. Mit einer Hand erwischte er die Tischkante und konnte sich gerade noch aufrecht halten. Ich sah sein gequältes Gesicht nur einen Augenblick lang, dann verschwand es wieder hinter seinen Händen. »Entschuldige – mein Gott, es tut mir leid, ich hatte nicht daran gedacht … Ich wollte einfach nur irgendwas *tun* …«

Nachdem ich schon so viele Facetten seines Zorns gesehen hatte, erstaunte es mich, dass Cole seine Stimme und sein Gesicht so beängstigend kalt werden lassen konnte. »Du bist nur hier, weil ich nicht weiß, wo sich Mom und Harry versteckt halten und ich dich nicht sofort zu ihnen schicken kann – *was*?«

Liam war schon immer leicht zu durchschauen gewesen; jeder Gedanke, der ihm durch den Kopf ging, zeigte sich irgendwann auf seinem Gesicht. Sogar für ein vor Angst völlig verstörtes Mädchen war es kinderleicht gewesen, daran zu glauben, dass er meinte, was er sagte. Dass er, wenn er einem etwas anbot, dies nur in der reinen Absicht tat, es einem zu schenken, ohne Haken, ohne Gegenleistung, ohne Verpflichtung. Ich hatte mich immer gefragt, wie schmerzhaft es wohl wäre, ein Herz zu haben, das so tief empfand, dass nicht einmal die geheimsten Dinge völlig verborgen werden konnten.

Ich wünschte einfach nur inständig, er hätte nicht aufgeblickt, als seine Eltern erwähnt wurden. Denn sowie Cole sein Gesicht sah, wusste er Bescheid. Und ich auch.

Liam hat es Cole nicht gesagt, dachte ich, außerstande, es zu begreifen. Liam und Cole hatten beide gewusst, dass ihre Mutter und ihr Stiefvater falsche Namen angenommen hatten, Della und Jim Goodkind, als sie ihr Zuhause in North Carolina verlassen hatten und in den Untergrund gegangen waren, doch jede Suche, sowohl online als auch in Telefonbüchern, hatte stets in einer Sackgasse geendet. Cole hätte es als Erster erfahren müssen, nachdem Zu uns berichtet hatte, dass sie die Mutter der beiden getroffen hatte. Liam hätte sofort vom Tisch aufstehen und seinen Bruder suchen müssen …

»Du weißt es!« Diesmal schlug Cole tatsächlich zu, und seine eisige Maske zerbrach, als er Liams Kinn traf. »Du hast mir verflucht noch mal ins Gesicht gelogen! *Wo sind sie?*«

»Hört auf!«, schrie ich. »Hört auf, alle beide!«

Liam taumelte auf Cole zu. Ich sah, wie er ausholte, sah das Glitzern in Coles Augen und sprang vor, warf mich zwischen sie, als Liam zuschlug, und konnte den Hieb gerade eben noch abfangen, ehe er in Coles Magengrube landete. Einen Augenblick lang schien er sich dagegen zu wehren, schien den Schwinger immer noch anbringen zu wollen – und dann kam er wieder zu sich, kam zurück in die Gegenwart. Ich sah es; die Qual und der Zorn lösten sich mit einem scharfen Atemzug und einem entsetzten Blick. Ich musste sein Hemd packen, um ihn daran zu hindern, seinem Fluchtinstinkt nachzugeben. Die andere Hand streckte ich Cole entgegen, um ihn zu bremsen.

»Oh mein Gott«, stieß Liam heiser hervor. »Warum hast du … Das war so bescheuert …«

Ich öffnete die Faust und ließ die Hand auf seinen Rücken gleiten, während ich dicht neben ihn trat. Er atmete immer noch schwer, rang darum, seine Emotionen nicht erneut überkochen zu lassen. Ich hätte wissen müssen, wie schnell Scham in ihm aufsteigen würde. Er war kein Kämpfer, nicht von Natur aus. Verdammt noch mal – der Gedanke, jemanden zu verletzen, den er gernhatte, würde weit mehr Schaden anrichten, als es Coles Faust je vermocht hätte.

»Liam sollte Quartiermeister werden«, sagte ich.

Cole verschränkte die Arme. »Das ist …«

»Eine super Idee«, schnitt ich ihm das Wort ab. »Danke. Er weiß, wo eure Eltern sind, und wird es dir jetzt gern erzählen.«

»Als Gegenleistung?« Cole sah seinen Bruder zweifelnd an. »Weißt du überhaupt, was ein Quartiermeister ist?«

»Natürlich«, antwortete Liam mit zusammengebissenen Zähnen. »Du würdest das natürlich lieber vergessen, aber ich hab ein paar Monate lang zur League gehört.«

»Nicht als Gegenleistung«, wandte ich ein. »Sondern einfach, weil er es von allen hier am besten machen wird. Quartiermeister ist eine Rolle, die ausgefüllt werden muss, und zwar schnell. Weil ihr Brüder seid und euch liebt und die Fähigkeiten des anderen respektieren und eure Energie auf den Kampf fokussieren sollt, der vor uns liegt, nicht aufeinander. Oder irre ich mich da?«

»Zuckerschnecke, jetzt merkt man, dass du ein Einzelkind bist. Die Freuden des Geschwisterdaseins haben sich noch nie gut mit Logik vertragen.«

Es war eine Riesenaufgabe, unsere Vorräte zu sichten und die Verantwortung dafür zu übernehmen, neue zu besorgen. Ich hätte die Entscheidung noch einmal überdacht, wenn ich nicht mit eigenen Augen gesehen hätte, dass Liam das schaffen konnte.

»Cole«, sagte ich leise, worauf Liam sich erneut anspannte. »Er macht das doch längst.«

»Die Frage ist nicht, ob er es kann oder nicht, sondern ob er es verdient hat«, schoss Cole zurück. »Er hat gegen die klare Anweisung verstoßen, das Gelände nicht zu verlassen, und er hat ohne Erlaubnis gehandelt.«

»Ach, richtig, ich hab ja ganz vergessen, dass du dich selbst zum Anführer gewählt hast«, bemerkte Liam, und ich zuckte unter der Gehässigkeit in seiner Stimme zusammen. »Schön, dass wir darüber abstimmen durften. Was war denn – hattest du Angst, jemand würde fragen, wieso du für den Job qualifiziert bist? Was du über uns und unser Leben weißt? Oder war das eine von den Entscheidungen, die ihr zwei getroffen und vor uns anderen geheim gehalten habt, in der Hoffnung, wir würden alle nur nicken und hinter euch hertappen wie kleine Mäuse?«

Ich trat von ihm weg, mehr von seinem Ton verletzt als von seinen Worten. Cole reagierte genau umgekehrt – er kam näher und baute sich direkt vor seinem Bruder auf. Man musste Liam zugutehalten, dass er nicht zurückzuckte. Doch dann legte Cole nach. »Qualifiziert? Wie wär's damit, nicht hundertfünf Kinder und Jugendliche durch einen naiv geplanten und miserabel ausgeführten Fluchtversuch draufgehen zu lassen, aus einem Lager, das im Grunde gar nicht so schlimm war?«

»Das war völlig daneben«, fuhr ich Cole an und spürte, wie die Wut in mir aufwallte. »Die Tatsache, dass du *irgendein* Lager als ›gar nicht so schlimm‹ bezeichnest, beweist, dass du keine Ahnung hast, wovon du redest. Ihr beide …«

»Du willst mich bestrafen«, unterbrach Liam mich und schob mich weg; ich hatte mich zwischen sie gedrängt. Zornesröte arbeitete sich von seinem Hals zum Gesicht vor. Sowohl sein Körper als auch seine Stimme zitterten. »Gut. Sag, wie. Wenn du hier den starken Mann markieren willst, dann nur zu. Ich hab genug davon, dass du meine Zeit vergeudest.«

Ich warf Cole einen warnenden Blick zu, doch er antwortete bereits: »Putz die Waschräume. Mit Bleiche.«

Ich hatte Cole mittlerweile schon unzählige Male spöttisch grinsen sehen, bei Liam jedoch war mir das fremd. Dieser aufreizende, herablassende Blick. »Ist schon erledigt.«

»Mach das verstopfte Abwasserrohr sauber.«

»Schon erledigt.«

»Wäsche. Einen Monat lang. Allein.«

»Du hast die Agenten doch sämtliche Laken und Handtücher klauen lassen«, erwiderte Liam. »Falls du das vergessen haben solltest.«

Cole stieß geräuschvoll die Luft durch die Nase aus und kniff die Augen zusammen. Offenbar war ihm etwas aufgegangen, denn sein Mund verzog sich zu einem schmallippigen Lächeln. »Dann kannst du die Garage ausmisten und aufräumen.«

Verwirrt fuhr ich zu ihm herum. »Die was?«

Er sagte nichts weiter, sondern schritt lediglich zur Tür und hielt sie auf. Ich bemerkte, wie Liam aus dem Augenwinkel meine Reaktion beobachtete, während er als Erster hinausging, doch das Einzige, was ich sah, als wir Cole nach unten folgten, war sein Rücken. Er blieb die ganze Zeit zwei Schritte vor mir und wandte sich kein einziges Mal nach mir um. Das beklommene Gefühl in meinem Innern wurde zu Verständnislosigkeit, als wir durch die Küche marschierten. Ich sah mein blasses Gesicht in den verchromten Oberflächen, als wir an Spülbecken, Herd und Backofen und schließlich an der Speisekammer vorbeikamen, bis wir an der metallenen Regalwand anlangten, in der Töpfe, Pfannen und Backbleche aufbewahrt wurden.

Die Muskeln in Coles Armen wölbten sich, als er die Regale

von der Wand wegzog. Das Metall knirschte über das Linoleum, doch sobald die Regale weg waren, konnte ich sehen, was sich dahinter verbarg.

»Echt jetzt?«, sagte ich genervt. »Noch eine Geheimtür?«

Endlich sah Liam mich an und zog die Brauen hoch. »Es gibt noch mehr?«

»Sie ist nicht *geheim*«, widersprach Cole und trat in den dunklen Korridor. Er tastete an der Wand entlang, bis das Licht anging und ein weiterer feuchter Betontunnel sichtbar wurde. »Wir haben diesen Teil nicht mehr benutzt und ihn einfach … leer stehen lassen. Ich denke, das wird unser Notausgang. Es ist wichtig, dass die anderen wissen, wo er ist.«

»Und wofür wurde die Garage früher benutzt?«, fragte ich, mehr um die Stille zu füllen als aus echtem Interesse. Ich ging zwischen den beiden und beobachtete Coles kräftige, gezielte Schritte, sah, wie sich seine breiten Schultern unter dem Hemd bewegten. In Gedanken jedoch war ich bei Liam, dabei, wie die hilflose Wut regelrecht von ihm aufzusteigen schien und alles um uns herum durchtränkte. Er trottete jetzt hinter mir her, und ich spürte seinen Blick, so deutlich, als hätte er die Hand ausgestreckt und mich am Zopf gezogen. Unsere schleppenden Schritte und unsere Atemzüge hallten um uns herum, irgendwie noch verstärkt durch das beklemmende Gefühl, dass die beiden nur eine giftige Bemerkung entfernt davon waren, sich gegenseitig zusammenzuschlagen.

»Wir haben sie dafür benutzt, Einsätze zu simulieren, das ist ein Grund, warum sie aufgeräumt werden muss – jeder Schlag gegen ein Lager muss durchgeplant und choreografiert werden«, erklärte Cole. »Dann wurde sie eine Art Lagerraum für all das Zeug, das wir im Lauf der Jahre angesammelt haben.«

»Fantastisch«, murmelte Liam. »Dann ist hier wohl nichts wirklich Nützliches zu finden?«

Cole zuckte die Achseln. »Das wirst du wohl rausfinden, kleiner Bruder.«

Liam schnaubte nur.

Ich streckte die Hand nach hinten und verlangsamte meine Schritte, konnte auf einmal den Gedanken nicht verdrängen, dass ich es war, auf die er am wütendsten war. Dass Liam das Gefühl hatte, ich hätte mich dort oben nicht genug für ihn eingesetzt, und dass die Tatsache, dass ich ihm nichts von meinem und Coles Plan gesagt hatte, ihn tiefer verletzt hatte, als ich dachte. Ich fasste nach seiner Hand, verlangte nach der Sicherheit seiner Berührung, wollte ihn trösten, mich entschuldigen, einfach nur … da sein und mit ihm zusammen sein. Ich hatte mich nicht einmal erkundigt, ob ihm auch nichts fehlte. Im Moment war er mental angeschlagen, aber ich hatte nicht nach blauen Flecken, Beulen oder Schürfwunden gesucht.

Und … nichts. Meine Hand hing in der kalten Luft. Nichts. Mein Gott, er war wirklich wütend, womöglich kochte er vor Wut. Ein schmerzhafter Knoten bildete sich in meiner Brust, und ich zog die Hand wieder an meinen Körper, in einem letzten Versuch, mich vor dem schmerzlichen Gefühl der Zurückweisung zu schützen.

Liam ergriff meine Finger, doch statt sie mit seinen zu verschränken, drückte er einen Kuss darauf und trat rasch die letzten zwei Schritte zwischen uns vor, damit wir nebeneinandergehen konnten. Er legte mir den Arm um die Schultern und wich nicht zurück, als ich mich enger an ihn drängte. Ich fuhr ihm mit einer Hand über den Rücken, auf und ab, immer wieder, bis ich spürte, wie sich seine angespannten Muskeln lockerten. Als er zu mir herabblickte, war sein Gesichtsausdruck so viel freundlicher geworden, dass ich den plötzlichen Drang verspürte, mich auf die Zehenspitzen zu stellen und ihm einen kurzen, sanften Kuss auf den Unterkiefer zu drücken. Also tat ich es. Er senkte den Kopf und versuchte, sein kleines, erfreutes Lächeln zu verbergen. Zum ersten Mal, seit er durch den Tunnel hereingekommen war, spürte ich, wie ich mich entspannte.

Mit uns ist alles okay, dachte ich. *Das hier ist okay.*

Insgesamt brauchte man etwa fünf Minuten von einer Tür zur anderen. Am anderen Ende des Flurs erwartete uns eine Treppe, und ich begriff verwundert, dass wir wieder in den oberirdisch gelegenen Bereich der Ranch hinaufstiegen. Die Tür, die uns am oberen Ende der Treppe erwartete, sah aus, als wäre sie aus massivem Metall geschmiedet, und obwohl sie nicht verschlossen war, musste Cole die Schulter dagegenrammen, um sie aus ihrem Rahmen zu lösen. Die Wucht seines Stoßes ließ ihn durch die Türöffnung stolpern.

Das spöttische Grinsen auf Liams Miene verschwand, sobald wir eintraten.

Es war offensichtlich, dass wir uns in einem der umstehenden Lagerhäuser befanden – in einem der vielen gleichförmigen, langen weißen Gebäude, die es in diesem Teil von Lodi massenhaft zu geben schien. Anscheinend hatte es in etwa die gleiche Grundfläche wie die Ranch, aber nur eine Ebene und war entschieden weniger bewohnbar – nichts als Beton und Metallstreben. Oben an der Wand waren Fenster, verstaubt und mit Verdunkelungstüchern verhüllt. Die von den Metallstreben hängenden Lampen gingen flackernd an und beleuchteten die Berge von Gerümpel um uns herum.

Soweit ich es beurteilen konnte, gab es hier weder Wände noch Büroräume, geschweige denn eine Heizung oder Isolation; das Ganze war nichts als eine unfertige Garage. Tatsächlich standen auch ein paar Autos hier drin – oder vielmehr deren ausgeweidete Karosserien, allesamt aufgebockt. Liam trat auf das nächste zu und bückte sich, um den Motor und die Getriebeteile zu inspizieren, die darunter auf dem Boden lagen. Sämtliche Reifen und Radkappen stapelten sich anscheinend am Tor der Laderampe, das mit Metallketten und Schlössern mehrfach gesichert war. Zum größten Teil jedoch bestand das Gerümpel aus einer bizarren Mischung: kaputte Bettgestelle, Schlafsäcke, Tüten voller Schrauben und Nägel. Ich trat an einen der Müllsäcke heran und machte ihn auf, hatte halb Angst davor, was ich darin finden würde. Doch es waren nur zerknitterte alte Klamotten, die sie wahrscheinlich bei einer Sammelstelle für Kleiderspenden geklaut hatten.

Es roch ein bisschen säuerlich, vermischt mit Auspuffgasen und Öl. Staub wallte dick und schwer auf, ich musste ihn mir vom Gesicht wischen, um atmen zu können. Die League schien die Sachen nach keinerlei System geordnet oder gestapelt zu haben. Ich spürte, wie der erste Anflug von Verdruss in mir aufwallte, wandte mich um und sah Cole quer durch das Gebäude marschieren.

Liam stand mit in die Hüften gestemmten Händen da, in seinen Augen war ein Leuchten, das ich nicht verstand. Jetzt, wo der erste Schreck überwunden war, schien er nicht im Mindesten eingeschüchtert zu sein. Der Schock war Eifer gewichen. Anscheinend sah er etwas, was ich nicht sah – irgendein Potenzial.

Ich sah in erster Linie rot.

»Das ist eine Wahnsinnsarbeit!«, rief ich seinem Bruder nach. »*Cole!* Das schafft er nicht allein!«

»Natürlich nicht«, brüllte Cole zurück. »Er kann sich ein paar von den Jüngeren dazuholen, die nicht trainieren müssen. Seinen Busenfreund – den, der immer aussieht, als wäre er stinksauer.«

Ich folgte ihm. »Das werden sie nicht über Nacht für dich erledigen können – wir müssten *alle* mithelfen!«

Das Scheppern von Metall auf Beton veranlasste mich, mich umzudrehen. Liam war von dem Auto zu einem Haufen Fahrräder hinübergegangen, die ineinander verhakt waren wie eine Dornenhecke. Er wühlte sich durch Rahmen, Speichen und Reifen, versuchte, an etwas heranzukommen, was er darunter ausgemacht hatte. Rasch stieg ich über eine umgekippte Stehlampe hinweg, um ihm zu helfen. Ich sah etwas Silbernes blitzen, dann stießen meine Finger gegen einen Reifen. Liam stieß ein atemloses Lachen aus und arbeitete jetzt doppelt so schnell, sein Lächeln war ansteckend.

»Was ist das?«, fragte ich, als wir es herausgezogen hatten. »Ein Crossbike?«

Er war ganz aus dem Häuschen vor Freude, strich mit den Händen ehrfürchtig über den schlanken Rahmen und wischte Schmutz und Staub weg. »Oh Mann«, keuchte er. »Eine richtige Schönheit, nicht wahr?«

»Wenn du's so siehst ...«, meinte ich.

Das Ding sah aus wie eine Kreuzung aus einer Geländemaschine und einem normalen Motorrad. Offenbar lag ich nicht so weit daneben, denn Liam erklärte es mir mit raschen Worten. »Das ist eine Straßen-Enduro. Damit kann man abseits der Straßen fahren wie mit einer Geländemaschine, aber siehst du hier? Rückspiegel und Tacho, für den Straßenverkehr. Sieht aus, als wär's eine ... ja, eine Suzuki. *Wow.* Ich flippe aus ...«

»Ich weiß«, lachte ich. »Ich seh's. Glaubst du, das Ding läuft noch?«

Liam inspizierte das Motorrad mit ehrfurchtsvollen Händen und betastete es von oben bis unten. »Scheint in ganz anständigem Zustand zu sein. Wurde ziemlich schlecht behandelt, könnte sich aber leicht wieder hinkriegen lassen.« Er blickte auf und sah mein Gesicht. »Was denn?«

»Kannst du überhaupt fahren?«

»Ob ich fahren kann?«, fragte Liam spöttisch und beugte sich über den Sitz des Motorrads, sodass sein Gesicht nur Zentimeter von meinem entfernt war. Seine hellblauen Augen waren wie elektrisiert vor Begeisterung, sie sandten einen Stromstoß durch mich hindurch, der den Rest der Welt in leisem, friedlichem statischen Rauschen vergehen ließ. Dieses letzte Stückchen Distanz muss für ihn ebenso unerträglich gewesen sein wie für mich, denn seine Finger senkten sich dorthin, wo meine Hände auf dem verschrammten Ledersitz lagen. Ich spürte, wie sich seine Berührung über meine Haut ausbreitete wie Sonnenschein am späten Nachmittag. Seine Lippen streiften meine Wange, und ich fühlte seinen Atem warm an meinem Ohr, als er mit leiser, einschmeichelnder Stimme sagte: »Ich kann nicht nur fahren, Süße, ich kann dir auch ein paar Tipps geben …«

»Hey, ihr Hell's Angels!«, blaffte Cole. »Ich hab euch nicht hierhergeholt, damit ihr euch was Schönes aussucht! Schiebt eure Ärsche mal hier rüber!«

Liams Miene verdüsterte sich, als er sich von mir löste, die überschäumende Freude erlosch wie die Flamme einer mit einem einzigen Atemstoß ausgeblasenen Kerze. Bestimmt sah ich genauso enttäuscht aus, wie ich mich fühlte, und stieß einen kleinen, verdrossenen Laut aus, woraufhin er gleich wieder lächelte und mir zärtlich eine lose Haarsträhne hinters Ohr strich. Es war ein weicheres, verhalteneres Lächeln als zuvor, aber eines, das nur für mich gedacht war und das mich bis in die Knochen wärmte.

Nachdem er sich vergewissert hatte, dass der Ständer der Enduro halten würde, wischte er sich die Finger an seinem Hemd ab. Ich nahm die Hand, die er mir hinhielt, und drückte sie. Mit einem letzten Blick auf seinen Fund gingen wir hinüber zu Cole, der vor einem hoch aufragenden Stapel Paletten stand. Wir waren direkt hinter ihm, als mir endlich klar wurde, was wir hier vor uns hatten.

Solche Kartons hatte ich schon einmal gesehen, ich erkannte den Aufdruck: 10 24-STUNDEN-RATIONEN, NATO-FREIGABE.

»Was soll das sein?«, fragte Liam.

»Humanitäre Notrationen«, sagte ich, indem ich Cole zuvorkam. Bei dem Anblick fühlte ich mich hohl. »Weißt du, aus welchem Land die stammen?«

»Du hast so was schon mal gesehen?«, fragte Cole mit hochgezogenen Brauen. »Die Regierung hält das Zeug unter Verschluss. Sie haben auch nichts davon zum HQ gebracht.«

»Das war in …« Ich ließ Liams Hand los und trat näher an die Kartons heran, damit ich sein Gesicht nicht sehen musste. »Das war, als wir in Nashville waren. Das Militär hatte Lebensmittel und Medikamente in einem alten Flugzeughangar gelagert.«

Der Raubzug war in meiner Erinnerung wie eine nächtliche Flut. Immer wieder schwappte er aus den finstersten Ecken meines Gehirns hoch, um mich kalt zu erwischen, mich fertigzumachen. Liam, der mit bleichem Gesicht nach Luft rang. Das Messer in meinem Rücken. Judes stille Tapferkeit, als er sich vor uns alle stellte und einen Stromstoß gegen die Soldaten losließ. Wie ich die anderen aus dem Blick verloren hatte. Rob. Der Gewehrlauf. Blut auf einer gesplitterten Windschutzscheibe.

Ich wandte den Kisten und Paletten den Rücken zu, zwang mich aber, ganz still zu stehen, bis sich die drückende Last von meiner Brust hob und ich wieder atmen konnte. Es wurde immer schwerer, ihr zu entkommen.

»Okay«, sagte Liam schließlich, »aber wo kommt *das* Zeug hier her? Und wie alt ist es?«

»Ein paar Jahre, aber das meiste davon ist unbegrenzt haltbar. Ewig. Ich hab einfach vergessen, dass es hier liegt, bis ich im Büro eine Inventarliste gesehen habe.« Cole zog ein kleines Messer aus seiner Gesäßtasche und klappte die Klinge aus. Dann schlitzte er den Karton auf, sodass die roten, einzeln verpackten Essenspäckchen herauskullerten. Auf jedem war die Abbildung eines Mannes zu sehen, der sich Essen in den Mund steckt, und eine chinesische Flagge. »Wir haben Gerüchte gehört, dass die Regierung versucht, Hilfsgüter zu verstecken, die andere Länder aus der Luft abwerfen – all dieser ›Wir sind Amerika, wir schaffen es allein, alle anderen haben uns im Stich gelassen‹-Schwachsinn. Diese Ladung hier ist irgendwo in Nevada gelandet.«

»Und ihr habt das Zeug nie verwendet?«, fragte ich.

»Brauchten wir nicht«, sagte Cole. »Wir hatten Lebensmittelquellen. Alban wollte es als Beweis dafür haben, wie Gray gegen die Öffentlichkeit arbeitet, aber es ist nie was daraus geworden. Dieses Gebäude ist voll halb ausgegorener Ideen und abgerissener Gedankenketten.«

Er schloss die Augen und rieb sich mit dem Handrücken die Stirn. Ich sah, wie sich seine grimmige Miene schmerzlich zu verziehen schien, ehe er sich an Liam wandte. »Wenn du den Laden hier in Ordnung bringen kannst, dann okay, betrachte dich als Quartiermeister. Dann kannst du dir überlegen, wie du Vorräte ranschaffen willst.«

»Vorräte heißt Essen, Putzmittel und alles mögliche andere«, erklärte Liam. »Wenn du denkst, ich hätte eine Möglichkeit, Waffen zu besorgen …«

»Schon klar, Bruderherz«, unterbrach ihn Cole. »Wir werden die Verbindungen von Senatorin Cruz nutzen müssen, um uns Benzin, Waffen und die Berge an nötiger Munition zu besorgen.«

»Und was glaubst du, wie viel genau das sein muss?«, fragte Liam erregt. »Wir schlagen was? Eine oder zwei große Schlachten? Jedenfalls führen wir keinen ganzen verdammten Krieg.«

»Zerbrich du dir mal dein hübsches kleines Köpfchen über Frühstück, Mittagessen und Abendbrot«, schoss Cole zurück. »Überlass das Nachdenken den großen Jungs.«

Ich warf ihm einen vernichtenden Blick zu, den er ignorierte, ehe er sich bückte, um eines der Päckchen mit einer täglichen Notration vom Boden aufzuheben. Er warf es von einer Hand in die andere und runzelte nachdenklich die Stirn. »Aber das ist keine Lösung für das größere Problem, das wir momentan haben. Für die Pläne, die aus diesem Raum kommen, brauchen wir sehr viel mehr Leute. Mindestens zwei Dutzend Kids mehr für einen Angriff auf ein Lager. Wenn ihr irgendwelche schlauen Ideen habt, wie man die auftreibt, bin ich ganz Ohr.«

Eine Art matte Resignation schlich sich in meine Gedanken und übertönte die meisten meiner Vorbehalte. Ich muss geseufzt haben, denn beide Stewarts wandten sich zu mir um, identische Abbilder des Interesses.

»Ehrlich gesagt«, sagte ich, wobei meine Stimme die beklommene Gewissheit verriet, die mich erfüllte, »ich glaube, ich habe eine.«

9. Kapitel

Da die Kids mit Planen beschäftigt waren, war es nicht weiter schwer, unbemerkt nach unten zu huschen. Ich brauchte mich nicht ständig umzusehen, um mich zu vergewissern, dass mich niemand beobachtete, als ich die Tür zu dem alten Aktenlager aufschloss und hineinging.

Es war die Hast, mit der meine Hand nach oben schoss, um nach der herabbaumelnden Schnur der Deckenlampe zu greifen, die Art und Weise, wie mich die Dunkelheit förmlich zu umhüllen schien, die mich innehalten ließ. Mein Atem klang rau, und ich hatte ein ganz komisches Gefühl – mein Körper glitt in die Panik ab, während sich mein Verstand ganz zurückgezogen hatte und sich kühl und unbeteiligt auf Distanz hielt. Mein Herz raste, schlug einen Takt, der zu schnell war, zu heftig. Geräusche, die gar nicht da waren, füllten meine Ohren, während sich die Welt unter mir aufrollte. War das nicht gerade das Wesen der Dunkelheit, dass sich durch das Wegfallen einer Sinnesempfindung die anderen verstärkten? Die Finsternis ließ kleine Angstattacken länger anhalten und neue Gestalt annehmen, um ihren Anforderungen zu genügen, um einen wie gelähmt dort festzuhalten. Kein Wunder, dass Jude solche Angst vor dem Dunkeln gehabt hatte.

In einem so kleinen Raum war es leicht, sich einzubilden, dass es keinen Ausweg gab. Der rationale Teil von mir wusste, dass es keinen Grund gab, sich zu fürchten. Es gab zwei

Türen, zwei Ausgänge, doch der einzige Weg durch die Dunkelheit war, sich hineinfallen zu lassen und einfach weiterzugehen. Das konnte ich mir tausendmal sagen, doch jedes Mal empfand ich den Schock erneut, durch und durch – denn in der Dunkelheit gingen Dinge verloren. Sie fraß alles Gute auf.

Das hier ist nicht Los Angeles. Ich wehrte mich gegen die Erinnerung an Staub und Rauch.

Das hier ist nicht der Tunnel. Ich wehrte mich gegen Judes Gesicht und seine flehende Stimme.

Das hier ist die Gegenwart. Ich wehrte und wehrte und wehrte mich.

Ich blieb stehen, solange ich es aushielt, ehe ich an der Schnur zog. Das blassgelbe Licht durchflutete die Luft um mich herum und brachte die Staubwolken zum Vorschein, die von den leeren Regalen aufstiegen. Aufstiegen, herabsanken, sich drehten. Darauf konzentrierte ich mich, bis ich wieder ruhig atmete und es nichts mehr zu fürchten gab außer dem Monster auf der anderen Seite der Tür.

Ganz gleich, wie lange ich brauchte, um mich erneut zu konzentrieren und zu wappnen; es war gut genutzte Zeit. Mit zerfahrenen, unsystematischen Gedanken hineinzugehen wäre, als würde ich den Raum betreten und Clancy Gray eine geladene Waffe in die Hand drücken. Und diesmal hatte ich Cole nicht an meiner Seite.

Wieder lag er flach auf dem Rücken und warf etwas in die Luft – eine zusammengeknüllte Sandwichverpackung aus Plastik. Fangen, werfen, fangen, werfen, fangen, und dabei pfiff er die ganze Zeit ein fröhliches kleines Liedchen. Als er das Türschloss klicken hörte, fing er das Knäuel ein letztes Mal und schielte mit gerecktem Hals zu mir herüber.

»Ich habe eine Theorie, die ich gern bestätigt sehen würde«, sagte er. »Die Agenten, die hier waren, sind weg, stimmt's?«

»Sie sind noch da«, log ich.

»Dann ist es aber seltsam, dass ich sie nicht mehr gehört habe. Nur die Kids.« Zur Erklärung zeigte er auf den Belüftungsschacht über ihm. »Sie müssen schon weg gewesen sein, bevor ihr angekommen seid. Und die anderen – wie, haben die euch im Stich gelassen? Sind einfach nicht aufgetaucht?«

Mein Schweigen musste Bestätigung genug sein.

»Das sind ja fantastische Neuigkeiten.« Seine Stimme klang so ehrlich, so erfreut. »Ohne die seid ihr besser dran. Ist immer noch geplant, die Lager anzugreifen? Hast du die Information zu Thurmond gefunden?«

Da war es wieder. Immer wieder legte er die gleiche kleine Bombe und wartete darauf, dass ich sie aufhob, mir den Kopf darüber zerbrach. Ich verschränkte die Arme, um zu verbergen, dass meine Hände heftig zitterten. *Was ist mit Thurmond? Was ist los?*

»Clancy. Willst du wirklich so tun, als wären wir im selben Team?«

»Bin ich nicht im Grunde das Maskottchen?«, fragte er, wobei sich sein Mund zur Nachahmung eines Lächelns verzog. »Versuch, mich nicht zu beleidigen, wenn du hier reinkommst und willst, dass ich dir einen Gefallen tue. Bild dir nicht ein, ich wüsste nicht, dass du mich brauchst, um noch mehr Kids für eure süße kleine Brigade aufzutreiben. Wenn du die Information willst, musst du sie dir schon selbst besorgen.«

Mein Geduldsfaden war binnen zwei Minuten auf die Dicke von Zahnseide geschrumpft. Clancy Gray genoss es, andere Menschen zur Weißglut zu bringen und dann zuzusehen, wie sie sich selbst zerfleischten, also würde ich ihm den Gefallen nicht tun. »Wo hast du die Dateien gelassen? In Colorado? In Virginia?«

»Keine Dateien, und näher dran, als du denkst«, erwiderte

er mit hochgezogenen Brauen. »Komm schon, stell dich nicht dumm. Du weißt genau, was ich meine.«

Allerdings wusste ich das.

»Du bist echt krank im Kopf«, sagte ich. »Du wirst mich doch nur abblocken. Geht's dir dann besser mit dem Ganzen hier? Wenn du zuschaust, wie ich mich blamiere?«

»In Colorado konntest du ja offenbar ohne weiteres in mein Gedächtnis einbrechen. Und in diesem Rattenloch in Los Angeles, das ihr HQ genannt habt. Warum jetzt kein Selbstvertrauen?«, höhnte er. Ich kannte ihn besser, als er glaubte. *Mir ist langweilig,* das war es, was er in Wirklichkeit sagte. *Unterhalt mich.*

»Es wundert mich, dass du noch Selbstvertrauen hast«, sagte ich, »wenn man bedenkt, was alles in Los Angeles passiert ist. Ich hab's wirklich genossen, all die schönen Erinnerungen an dich und deine Mom zu sehen. Du warst eine ziemliche Heulsuse, was?«

Seine Brauen zogen sich abschätzend zusammen. Einen Moment lang wünschte ich, ich hätte Lillian Gray nicht erwähnt. Es war zu früh, um ihm zu signalisieren, dass ich an ihr interessiert war, zu früh, um auch nur anzudeuten, dass sie für mich eine Rolle spielte. Ich brauchte eine Strategie, wenn ich herausfinden wollte, wo sie war und was genau ihr Sohn ihr angetan hatte.

Ich behielt einen neutralen Gesichtsausdruck und atmete ganz ruhig. *Das hast du doch schon mal gemacht, Ruby.* Es war immer einfacher, in jemandes Kopf einzudringen, wenn ich mir schon einmal einen Weg dort hinein gebahnt hatte. Aber beide Male hatte ich ihn überrumpeln müssen, um es zu schaffen – ich war in beiden Fällen so verflucht wütend gewesen, dass ich, wenn ich nicht mental, sondern physisch vorgestoßen wäre, eine Steinmauer hätte einreißen können.

Er blinzelte, und ich ließ die unsichtbaren Hände in meinem Hinterkopf aufgehen. Als sich seine dichten, dunklen Wimpern wieder hoben und sein Blick meinem begegnete, waren ihre Nägel zu Krallen geworden, die nur darauf warteten zuzupacken …

Clancys Blockade fühlte sich an, als wäre ich geradewegs gegen die Glaswand zwischen uns geprallt. Ich krümmte mich, bemühte mich mit aller Kraft, nicht die Hand zu heben und das Schmerzzentrum genau zwischen den Augen zu reiben. Ein dumpfer Kopfschmerz loderte zu durchdringender Pein empor.

»Du bist außer Übung«, stellte er erstaunt fest. »Das war ja fast jämmerlich. Wann hast du's das letzte Mal versucht?«

Halt's Maul, dachte ich und kämpfte mit meinem verletzten Stolz.

Sollen wir lieber auf diese Art reden? Seine Stimme sickerte in meinen Verstand, und seine Lippen zuckten nicht einmal. Das hatte er schon einmal mit mir gemacht, in East River, als freundschaftliche Herausforderung – das Gefühl war genau dasselbe. Es fühlte sich an, als säßen tausend Motten unter meiner Haut, die mit den Flügeln schlugen und sich aneinanderrieben, bis mich der Drang packte, sie mit Gewalt herauszukratzen.

Ich war tatsächlich außer Übung, doch es gab einen Unterschied zwischen geschwächt und erledigt. Clancy musste sein Selbstvertrauen permanent mit Erfolgserlebnissen wie diesem untermauern, um das Gewicht seines Egos zu stützen. Ich hatte auf seine typische Selbstgefälligkeit gezählt, seine mangelnde Bereitschaft zu akzeptieren, dass er vielleicht doch nicht der Mächtigste im Raum war. *Komm schon, du Arschloch …*

Ich wollte, dass er wirklich glaubte, wenn auch nur einen Augenblick lang, dass meine Kräfte nicht nur einem Muskel glichen, den ich wochenlang nicht trainiert hatte – ich wollte, dass er mich für einen hoffnungslosen Fall hielt.

Ich schüttelte den Kopf und zwang mich, eine hoffentlich völlig frustrierte, niedergeschlagene Miene aufzusetzen. Dabei war ich ihm gegenüber im Vorteil, weil er davon ausging, dass er meinem Stolz den Todesstoß versetzen würde. Ich konnte es ihm vom Gesicht ablesen: Er glaubte, er würde mich dadurch quälen, dass er mich zwang, meine Fähigkeiten einzusetzen, und er genoss diesen Kampf, weidete sich an dem Anblick, wie ich mich abmühte und scheiterte.

Das war wohl eine Art, sich stark zu fühlen, während man hinter acht Zentimeter dickem Panzerglas festsaß.

Meine Fähigkeiten schnurrten in meinem Schädel geradezu vor Vorfreude. Es kostete Kraft, von der ich gar nicht gewusst hatte, dass ich sie besaß, nicht zu lachen, diesen Ausdruck von hilfloser Wut zu behalten. Ich brauchte nur einen einzigen Moment, Clancy musste nur ganz kurz aus dem Gleichgewicht geraten. Nur einen Augenblick, aber es war, als warte man auf die Gelegenheit, einem Kerl eine zu verpassen, der hinter einer Betonmauer stand. Doch wie unfair die Chancen auch verteilt waren, wie bei jedem Faustkampf gab es Tricks. Schmutzige Tricks.

Ich war mir für so etwas nicht zu gut. Ganz und gar nicht.

»Entschuldige, ich konnte einfach nicht widerstehen. Noch mal?« Clancy verschränkte die Arme und starrte mich durch die Glasscheibe finster an. »Meine einzige Bitte ist allerdings, dass du wenigstens so tust, als würdest du dich anstrengen.«

Als er erneut lächelte, lächelte ich zurück.

Diesmal schleuderte ich ihm meine Kräfte entgegen wie eine Faust, zielte auf den weißen Vorhang, den er erneut aufzog, um seine Gedanken zu verbergen. Dabei bremste ich meine Attacke und ließ ihn den Vorhang vorziehen, um mich aus seinem Kopf zurückzudrängen. Seine Macht streifte meine wie das sanfte Streicheln von Fingerknöcheln über eine Wange.

Ich streckte die Hand aus und schloss seine Zellentür auf, hielt sie mit dem Fuß offen. Clancy fuhr verblüfft zurück, und das große weiße Nichts, das alles verbarg, was sich hinter seinen Augen abspielte, hob sich gerade genug, dass ich in die gewundenen Gänge seines Verstandes schlüpfen konnte. Auf einmal waren die Farben so lebhaft wie Edelsteine – makellos smaragdgrüne Rasenflächen, ein Haus an einem saphirblauen Meer, ein fließendes amethystfarbenes Abendkleid –, und Kamerablitze, als fielen Sonnenstrahlen auf die Oberfläche eines Diamanten, ließen die Welt in Streifen reinen Lichts aufgehen.

Ich ging schneller zu Werke, als ich es je für möglich gehalten hätte, blätterte rasch jede Erinnerung durch, ehe ich rückwärts zurücktrat, die Zellentür wieder schloss und das schwere Schloss einrasten ließ. Der Sieg war kurzlebig. Clancys Erinnerungen und Gedanken waren immer wie Gewitterwolken durch meinen Kopf gebraust – raumgreifend, prallvoll mit Finsternis und stets kurz vorm Bersten. Nun waren sie extrem hell und frisch – und still, als sähe ich einen Stapel Fotos durch und versuche nicht, die gewundenen, endlosen Pfade zu verfolgen, auf die mich jede Erinnerung schickte. Ich merkte, wie ich dahinglitt, von einem festen Griff getragen. Jemand anders saß am Steuer.

Die Zelle, der Gefängnistrakt – all das wurde mit einem unsanften Ruck aus meinem Blickfeld gerissen. Eine Schicht der Realität war verschwunden, einfach so. Und an ihre Stelle war eine vertraute Szene getreten.

Clancy kehrte mir den Rücken zu, während ich auf ihn zuging und der Raum um uns feste Formen annahm. Überall dunkles Holz. Regale voller Bücher und Akten. In einer Ecke erschien ein Fernseher und erwachte mit einem Aufleuchten geräuschloser Farbe zum Leben. Ein Schreibtisch tauchte vor Clancy auf, der mit in der Luft schwebenden Händen dasaß, bis der Laptop unter seinen tippenden Fingern erschienen war und von der Schreibtischplatte ordentliche weiße Papierstapel in die Höhe wuchsen.

Er musste das Fenster offen gelassen haben. Der weiße Vorhang, der sein Bett vom Rest des Büroraums abteilte, flatterte hinter meinem Rücken, und die Erinnerung war deutlich genug, um die Geräusche der Kids unten an der Feuerstelle an meine Ohren dringen zu lassen. Eine leichte Brise wehte den feuchten, erdigen Geruch der nahen Bäume herein.

Ich erschauerte. Wir waren in East River.

Die Erinnerung war jetzt in Bewegung und schleuderte mich unsanft vorwärts, allerdings nur mit halbem Tempo. Ich trat hinter den arbeitenden Clancy, der seine Aufmerksamkeit zwischen dem Gesicht seines Vaters auf dem Fernseher und dem Laptop vor ihm teilte.

Ich sog scharf den Atem ein, und obwohl der rationale Teil meines Gehirns wusste, dass nichts hiervon real war – ich war nicht hier, und Clancy war im Grunde auch nicht hier –, konnte ich mich nicht dazu überwinden, ihn zu berühren, nicht einmal, mich über seine Schulter zu beugen.

Wie macht er das? Das hier war keine Erinnerung – es war etwas völlig anderes. Es war, als beträte man eine Bühne, nachdem das Stück bereits begonnen hatte. Ich hatte die Barriere überschritten, die mich eine Beobachterin hatte bleiben lassen, keine Teilnehmerin.

Er holte tief Luft, knöpfte mit einer Hand seinen Hemdkragen auf und tippte eine Internetadresse ein … Ein Passwort …

Der Clancy, der vor mir saß, sank tief in seinen Stuhl und legte den Kopf so weit in den Nacken, dass er nach oben blickte, fast so, als würde er mich direkt ansehen …

»Hast du das?«, fragte er.

Ich schoss aus seinem Kopf heraus und kappte die Verbindung, ehe er … ehe er, ich weiß nicht … mich einschließen konnte? War das überhaupt möglich? Konnte er …

Die Lampen im Flur gingen knisternd wieder an und brannten mir mit plötzlichem grellen Schein in die Augen. Ich wusste, dass mein Verstand noch hinterherhinkte, noch in dieser anfänglichen Panik verfangen war, denn das Einzige, was ich roch, war Kiefernholz … der Rauch des fernen Lagerfeuers.

Er war wieder zum Bett zurückgekehrt und hob seinen provisorischen Ball auf. Und es war so sonderbar – nachdem die Erinnerung verschwunden war und ich wieder das Gefühl hatte, festen Boden unter den Füßen zu haben, war ich nicht etwa verängstigt oder auch nur sauer, dass es ihm gelungen war, mir am Schluss doch die Kontrolle zu entreißen. Ich war … neugierig. Ich hatte noch nie erlebt, dass er mich auf diese Weise durch eine Erinnerung geführt hatte – in East River hatte er mir Erinnerungen gezeigt, die er zusammengeschustert hatte, doch das hier war so … *anders.* Ich hatte keine Ahnung gehabt, dass das für uns überhaupt möglich war. Der pochende Schmerz hinter meinen Augen war verschwunden, und zum ersten Mal hatte mich der Sprung in seinen Kopf weder erschöpft noch orientierungslos gemacht. Ich empfand immer noch jenes anfängliche Hochgefühl, seine Barriere durchbrochen zu haben, nur eine Sekunde lang.

»Bis morgen, Ruby«, sagte Clancy und warf den Folienball erneut in die Luft. Und als ich hinausging, eindeutig entlassen, machte sich ein befremdliches Gefühl von Leichtigkeit in meiner Brust breit, funkelte und bebte und glühte. Offenbar hatte ich das Monster zu lange zurückgehalten. Es musste herausgelassen werden, sich die Beine vertreten, sich daran erinnern, wie gut sich die Kontrolle anfühlte.

Ich wusste jetzt wieder, wie gut es sich anfühlte, die Kontrolle zu haben.

Ich glaube, ich hatte es vielleicht sogar genossen.

Es gab noch einen einzigen Laptop im Hauptquartier, und obwohl eine Menge Grüne scharf darauf waren, diktierte ihnen ihr unausgesprochener Ehrenkodex offenbar, dass derjenige, dem Cate das Gerät anvertraut hatte, das Besitzrecht daran hatte. Oder es zumindest als Erster benutzen durfte.

Und so konnte man Nico den ganzen Tag über an dem Tisch in der Mitte des ansonsten leeren Computerraums arbeiten sehen. Manchmal scharte sich eine kleine Gruppe Kids um ihn herum, die ihm über die Schulter spähten, auf den Bildschirm zeigten und etwas für ihn eingaben, wenn er sich auch nur einmal kurz zurücklehnte.

»Im Vergleich zu denen wirken Geier wie flauschige gelbe Küken«, sagte Cole, während wir draußen standen und ihnen durch die große Glasscheibe zusahen. »Was meinst du, wenn er tot umfiele, würden sie den Leichnam dann einfach nur vom Stuhl schubsen und ihn als Fußbank benutzen?«

Ich schnaubte. »Sie langweilen sich. Wenn wir ihnen nicht bald etwas zu tun geben, montieren sie noch die elektronischen Türschlösser ab und versuchen, daraus Smartphones zu bauen.«

»Na ja, eigentlich hätte ja Conner sie hüten sollen. Du und ich haben jedenfalls garantiert nicht die Geduld für …« Eine Grüne quietschte begeistert auf, als Nico ihr den Laptop überließ. »… das hier.«

Irgendwie war ich durch den Tag gekommen, ohne in Gedanken immer wieder zu Cate zurückzukehren. Und zu ihrem Gesichtsausdruck, als sie begriffen hatte, was Cole und ich getan hatten.

»Hat sie sich schon gemeldet?«, fragte ich.

Cole verlagerte das Gewicht auf die Fersen, während sich eine Falte zwischen seinen Brauen bildete. »Nö.«

»Sie hätte auf uns hören sollen.« Ich begriff erst, dass ich die Worte laut ausgesprochen hatte, als mir Cole tröstend die Hand auf den Kopf legte.

»Merk dir meine Worte, Zuckerschnecke. Conner kommt morgen mit eingezogenem Schwanz zurückgekrochen, wenn die sie abblitzen lassen. Das wird ihr guttun. Jeder muss gelegentlich mal von der Realität eins auf die Schnauze kriegen. Das hält einen wach.«

Doch genau das war es ja. Ich wollte nicht, dass sie so plattgemacht wurde. Die Wurzeln meiner Wut reichten nicht tief. Es hatte mir wehgetan, dass sie gegangen war; ich besaß nicht genug Stolz, um so zu tun, als wäre es nicht so. Doch ich verstand ihre Entscheidung, ihr ständiges instinktives Bedürfnis, Brüche zu kitten und scharfe Kanten zu glätten. Cate konnte nicht begreifen, dass die anderen uns ohne weiteres sitzen lassen, benutzen und verletzen würden, weil sie dies selbst niemals in Betracht gezogen hätte.

Dass das unser erstes und einziges Gespräch gewesen war, seit wir auf der Ranch eingetroffen waren – das brachte mich allmählich um. Ich hatte sie in Los Angeles so grauenhaft im Stich gelassen und noch den letzten Fetzen Vertrauen zerstört, den sie in meine Fähigkeit gesetzt hatte, unser Team zu beschützen. Ich hätte mich zwingen sollen, etwas zu ihr zu sagen, ehe sie ging, irgendein kleines Gespräch, um den Weg zurück zu ihr anzutreten. Vielleicht war es jetzt zu spät, und ich hatte meine Chance verpasst, unser Verhältnis wieder in Ordnung zu bringen.

Dieser eine vergiftete Gedanke gab mir das Gefühl, als wäre mein Innerstes nach außen gekehrt und über den Boden geschleift worden. Ich wusste einfach nicht, was ich sagen sollte, wie eine Entschuldigung jemals genug sein könnte, damit sie mir verzieh. Wie verpackt man das Gewicht, das einem die Brust zu zerquetschen droht, in ein paar mickrige Worte? *Es tut mir leid, es tut mir leid, es tut mir leid, es tut mir leid …*

Es tut mir leid war nicht genug. Nicht genug dafür, dass ich ihn verloren hatte. Es hallte hohl in dem leeren Raum wider, den er zurückgelassen hatte. *Es tut mir leid* glich nicht all das wieder aus, was er hätte sein können und auch gewesen wäre.

Cole winkte Erica zu, einer der Grünen, die hergeschaut hatte. Sie lief tiefrosa an und duckte sich hinter Nico. Das geisterhafte blaue Licht des Bildschirms verlieh ihm das Aussehen eines halb gefrorenen Leichnams. Die Linien auf seinem Gesicht wirkten tiefer, schärfer, je länger er sich konzentrierte.

»Ich glaube, es ist keine gute Idee, ihn an Clancys Server ranzulassen«, sagte ich leise. »Sein Urteilsvermögen ist eingeschränkt, wenn es um Clancy geht.«

»Deine Bedenken sind registriert worden, Zuckerschnecke. Aber hierbei ist er unser Mann. Ich bin bereit, auf ihn zu setzen – Nico hat am meisten zu beweisen. Er wird dich oder Cate nicht noch mal enttäuschen, nicht wenn er es irgendwie verhindern kann.«

»Das mit dem *Wenn er es irgendwie verhindern kann* ist genau das Problem.«

»Ach, komm. Du durftest auch für Lee eintreten. Ich tue dasselbe für Nico, und du musst mal Kompromisse machen.«

»Liam hat keine vertraulichen Informationen über die Organisation an den Sohn des Feindes weitergegeben. An dieselbe Person, die dann nicht nur uns und ihn verraten hat, sondern womöglich auch noch unsere einzige Chance für ein Heilmittel zerstört hat.« Ich wandte der Szene vor mir den Rücken zu und lehnte mich gegen die Scheibe.

»Stimmt, aber wenn er Clancy nicht miteinbezogen hätte und wenn du nicht überlistet worden wärst zurückzukommen, wüssten wir gar nicht, dass es ein Heilmittel gibt.«

Ich starrte ihn an und war einen Moment lang sprachlos.

»So hast du das noch nie gesehen, was?« Cole zuckte die Achseln. »So ein Verlust … Das reißt ein Loch in dir auf, ein verfluchtes schwarzes Loch im Mittelpunkt deiner Welt. Das saugt deine Gedanken ein, ehe du dazu kommst, sie dir genauer anzuschauen, und es will ständig mehr. Es tut nicht weniger weh, wenn du das, was du verloren hast, gegen das abwägst, was du gewonnen hast, stimmt's?«

Ich schüttelte den Kopf. Kurz darauf stieß ich mich von der Wand ab und hielt ihm das Blatt hin, auf dem ich die Serverdaten und das Passwort notiert hatte, die ich in Clancys Kopf gesehen hatte. Cole nahm es wortlos entgegen und betrachtete mein Gekritzel.

»Hey, Ruby«, sagte er leise. »Die Sache ist die … Was sie einem über Vergebung nicht erzählen, ist Folgendes – man macht es nicht dem anderen, sondern sich selbst zuliebe.«

»Bei wem hast du denn das geklaut?«, fragte ich.

»Das kommt eben dabei raus, wenn man eine gewisse Lebenserfahrung hat.«

Ich verdrehte die Augen. »Oh, klar …«

Mein Verstand konnte den Gedanken nicht zu Ende denken. Er war da und dann wieder weg, genau wie die Schatten, die durch seine Augen zogen. Ebenso schnell waren sie wieder verschwunden – Coles Blick schnellte vom Fußboden zu mir empor, und das Lächeln, das er sich abrang, war schmerzlich anzuschauen. Nach einer Weile zuckte er die Achseln, hob die Arme und verschränkte sie vor der Brust. Er wollte mich nötigen, etwas zu erwidern, und je länger ich das verweigerte, desto schwerer wurde es für ihn, dazustehen, stillzustehen.

Ich erkannte den Moment, als die Verletzlichkeit in ihm an die Oberfläche stieg. Die Ungewissheit dieses Augenblicks ließ ihn jung aussehen, wie einen kleinen Jungen, der darauf wartet, dass er bestraft wird.

»Wem hast du verzeihen müssen?«, fragte ich. Es ging mich nichts an, das wusste ich, aber seine Reaktion hatte meine Brust ausgehöhlt. Ich wollte es wissen; ich wollte, dass er es mir sagte, um etwas von der Last von ihm zu nehmen, wenn auch nur für einen Augenblick.

»Es ist nicht – hör zu, es spielt keine Rolle, aber – denk mal darüber nach, ja?« Er suchte nach Worten und fuhr sich immer wieder durch das kurze Haar. Es gab so viele mögliche Antworten auf meine Frage: seinen Eltern, dafür, dass sie sein wahres Wesen nicht erkannten. Liam, dafür, dass er ihm das Leben schwer machte. Den restlichen Mitgliedern der League, dafür, dass sie ihm den Rücken gekehrt hatten. Ich wusste von alledem, und dass er es nicht sagen, mich nicht einmal ansehen wollte, verriet mir, dass es etwas und jemand anderes sein musste. Es musste noch viel schlimmer sein, als ich es mir vorgestellt hatte.

Cole hatte mittlerweile so viel Übung darin, den Charmepanzer anzulegen, den er stets trug, dass ich mich genug hatte ablenken lassen, um die Anzeichen echten inneren Aufruhrs zu übersehen. Er vertraute niemandem die Wahrheit darüber an, wie tief der Schmerz wirklich ging, oder? Vielleicht würde er sich mir mit der Zeit öffnen, und ich konnte für ihn das sein, was Liam und die anderen für mich gewesen waren. Sie hatten nicht zugelassen, dass der Griff von Thurmond, von dem, was ich war, mich in eine kleine, einsame Existenz zurückzwang.

»In Ordnung«, sagte ich, nahm ihm den Zettel wieder ab und schob ihn in den Computerraum. »Komm schon.«

Nico musste aufblicken und dann noch einmal hinschauen, bis sein Verstand akzeptierte, dass ich es war, die vor ihm stand.

»Kannst du die Dateien von diesem Server runterladen?«, fragte ich.

Er starrte mich so lange an, dass ich fast angefangen hätte, unruhig herumzuzappeln.

»Ja, klar, kein Problem«, murmelte er und nahm das Blatt.

Die Grünen waren von seinem Stuhl zurückgewichen, um uns Platz zu machen, drängten aber neugierig wieder herbei, als Nico eine Serie Bildschirmfenster öffnete. Der seltsame Code, aus dem die Computersprache bestand, begann über den Bildschirm zu laufen.

»Hey, Leute«, rief Cole in seinem kumpelhaftesten Tonfall. »Kann vielleicht einer von euch die Senatorin aus ihrem Quartier holen und sie zu uns schicken? Und ihr anderen wärt meine absoluten Helden, wenn ihr der armen Lucy helfen würdet, ein Abendessen zusammenzuschustern.«

Sie waren zu schlau, um nicht zu kapieren, dass sie weggeschickt wurden, doch keinem schien es etwas auszumachen. Auf dem Bildschirm ging ein Fenster auf, und mehrere Ordner erschienen.

»Was sollte das denn?«, fragte ich, als der letzte Grüne hinausgehuscht war und die Tür hinter sich geschlossen hatte. Cole zeigte wortlos auf Nico, der so still auf seinem Stuhl saß, dass nicht einmal klar war, ob er atmete. Seine Schultern sanken herab und fielen nach vorn, als wolle er sich nur noch zusammenfalten wie ein altes Stück Papier und verschwinden.

»Nico, mein Alter«, sagte Cole im gleichen beiläufigen Tonfall. »Meinst du, du könntest …«

»Ich geh nicht.« Ich musste die Ohren spitzen, um ihn zu verstehen.

»Vielleicht könntest du …«

»Ich geh nicht«, erklärte Nico fest und klickte auf den ersten Ordner. Erst als der übergeordnete Ordner aufging, sah ich seinen Namen: THURMOND.

Darin waren etwa fünfzig Dateien – eine Mischung aus Videos, Fotos und eingescannten Dokumenten. Nico navigierte über den Bildschirm und stieß dabei geräuschvoll den Atem aus. Der Cursor blieb über einer der Bilddateien stehen.

Irgendwie wusste ich, noch bevor er sie öffnete, welches Gesicht auf dem Bildschirm erscheinen würde. Er hatte immer jünger gewirkt, als er war, doch das Bild von Nico als kleinem Jungen, als Kind, traf mich mit der Zartheit eines Stachels. Sein dunkles Haar war zu schwarzem Flaum abrasiert worden; sein normalerweise brauner Teint hatte die Farbe von Zement und bildete einen scharfen Kontrast zu seinen dunklen, ausdruckslosen Augen und den Narben, die auf seiner Kopfhaut verheilten.

Oh Gott, dachte ich, während mich eine Welle der Übelkeit überkam. *Oh Gott …*

Der inzwischen siebzehnjährige Nico starrte das Kind an, als wäre es ein Fremder. Dies war die Hölle, aus der er sich hatte befreien müssen, und er lief nicht vor ihr davon. Er kehrte ihr nicht einmal den Rücken. Allmählicher, widerwilliger Respekt stieg in mir auf, als ich sah, wie er die Zähne zusammenbiss, während ich das Gefühl hatte, als bräuchte ich nur noch ein falsches Bild, um zusammenzuklappen.

Thurmond. Das da war Nico in Thurmond. Anfangs war das Lager dazu da gewesen, die Ursache von IAAN zu erforschen, doch im Lauf der Jahre hatte man es erweitert. Ehe ich jemals einen Fuß dorthin gesetzt hatte, hatte die Leda Corp diesen Teil der Forschung übernommen und die ursprünglichen Versuchspersonen – Kinder – in ihre Einrichtung in Philadelphia verlegt. Cole war in geheimer Mission bei Leda tätig gewesen und hatte versucht, wertvolle Informationen über die Versuche aufzutreiben, die sie an den Kids vorgenommen hatten. Und es war Cole gewesen, der es schließlich geschafft hatte, Nico herauszuholen, indem er Alban insgeheim übermittelt hatte, wie das zu bewerkstelligen war. Nachdem Clancy aus Thurmond herausgekommen war und alle anderen Kids dort zurückgelassen hatte.

»Alles okay?« Cole zog sich einen Stuhl heran und setzte sich neben Nico. Nach einer Weile tat ich es ihm auf der anderen Seite nach. »Du brauchst dir das nicht anzuschauen«, fügte Cole hinzu. »Ruby und ich können die Dateien durchgehen.«

»Das hier sind … *seine*, stimmt's?«

Cole und ich wechselten einen Blick. Er nickte.

»Wenn er die Dateien zu dem Versuchsprogramm von Thurmond hat«, sagte Nico, »könnte er hier auch Informationen über die Ursache von IAAN gespeichert haben. Oder zumindest das, was sie ausgeschlossen haben. Das hier ist …« Nico holte schaudernd Luft und atmete wieder aus, ehe er das Foto wegklickte und schließlich den Ordner schloss und zu der Liste zurückkehrte. »Es ist gut. Wenn wir etwas herausholen können, ist es gut.«

Senatorin Cruz steckte den Kopf herein. Cole winkte sie herbei, bot ihr seinen Platz an und erklärte ihr rasch, was wir uns da ansahen.

»Mein Gott«, hauchte sie und beugte sich vor, während Nico den Ordner namens FEDERAL COALITION öffnete. Ihr Unbehagen wuchs exponentiell, als er das Dokument mit ihrem Namen anklickte. Es waren Hunderte, buchstäblich Hunderte von Profilen in den Ordnern gespeichert: PSFs, Männer und Frauen aus Präsident Grays engstem Umfeld, Agenten der Children's League, Alban und Jugendliche – unter anderem ich selbst, Liam und Chubs. Bei Letzteren hatte er eindeutig die Originaldaten aus den Netzwerken der PSFs und der Skiptracer kopiert und sie um einen eigenen Abschnitt erweitert: *Beobachtungen.*

Seine Beobachtungen über mich: *Unentschlossen, wenn es um Entscheidungen geht, die nur sie selbst betreffen. Selbstsicherer im Umgang mit anderen, die ihr nahestehen, entwickelt manchmal übertriebenen Beschützerinstinkt. Keine echten Laster – steht nicht auf Süßigkeiten, mag ältere Musik (Bezug zu Erinnerungen an Vater). Gibt sich der unrealistischen Hoffnung hin, ihre Großmutter wiederzufinden. Verzweifelter Wunsch nach Nähe und Vertrautheit macht sie empfänglich für Freundschaftsangebote. Manchmal offen für körperliche Attraktivität. Leichtgläubig, nicht rachsüchtig, verzeiht zu leicht …*

Mein Kiefer verkrampfte sich vor Wut und Scham über diese alles andere als schmeichelhafte Einschätzung. Verzeiht zu leicht? Das würden wir ja sehen.

»Hier, das ist er. HORDEN«, sagte ich. »Mach den mal auf.«

»Horden?«, fragte Senatorin Cruz.

»So hat Clancy die Gruppen genannt, die East River verlassen haben – den sicheren Hafen … das hat er zumindest behauptet. Wenn eine Gruppe gegangen ist, hat er ihnen Vorräte mitgegeben.« Und den Straßencode, damit sie untereinander sichere Routen bekanntgeben konnten. Mehr als einmal hatte ich mich gefragt, wie viele dieser »Horden« East River verlassen hatten, ehe wir dort eingetroffen waren, und nun hatte ich meine Antwort: zwölf, meist als Gruppen von fünf oder sechs.

Das Raster war nach Gruppen in Spalten aufgeteilt, wobei unter jeder Kopfzeile Zeitangaben und Orte aufgelistet waren. Ich ließ Nico hinunterscrollen, bis er die Eintragungen über Zus Gruppe fand. Darunter fanden sich zwei Updates: eines in Colorado, eines in Kalifornien. Das letzte Update war einen Monat her.

Er hat gewusst, wo sie war. Oder zumindest, dass sie es bis in den Westen geschafft hatte. Ich krallte die Hände hinter dem Rücken ineinander, um nicht dem Drang nachzugeben, mit der Faust auf den Bildschirm einzudreschen. Er hatte es gewusst, die ganze Zeit, während ich die Hoffnung aufgegeben hatte, sie je wiederzufinden.

»Woher hatte er diese Updates?«, fragte Cole. »Das hier ist Gold wert, aber nur wenn die Angaben stimmen.«

»Er hat mal gesagt …«, begann Nico. Ich spürte mehr, als dass ich es sah, wie er ganz kurz zu mir herüberschielte. Mit leiser Stimme fuhr er fort: »Es gab eine Nummer, da konnten sie anrufen und Statusmeldungen hinterlassen. Oder um Hilfe bitten. Er hat gesagt, manchmal hat er einer Gruppe dabei geholfen, eine andere zu finden, wenn sie Angst hatten, nur zu so wenigen unterwegs zu sein. Er wusste alles.«

Das bezweifelte ich nicht. Hier waren so viele Informationen zu finden, dass wir die nächsten Tage damit verbringen würden, sie zu durchforsten. Unser erster flüchtiger Blick hatte absolut nichts über Lillian zutage gefördert, was ich allerdings auch nicht erwartet hatte.

»Kannst du noch mal den Thurmond-Ordner aufmachen?«, fragte ich. Aus dem Augenwinkel sah ich, wie sich Senatorin Cruz eine Hand auf den Mund presste und sich anschickte, von ihrem Stuhl aufzustehen.

»Die Lager … Sind sie alle so?«, fragte sie.

»Man könnte auch faule Äpfel miteinander vergleichen«, sagte Cole, und ich wusste, dass er ihre Reaktion genauso beobachtete wie ich. »Sie sind alle schlecht, aber im Vergleich zu manchen sehen die anderen richtig appetitlich aus.«

»Welche Datei ist die jüngste in dem Ordner?«, fragte ich Nico. »Kannst du das rausfinden?«

»Ja, die hier …«

»Der Evakuierungsplan bei Feueralarm?«, sagte Senatorin Cruz. Wir hatten das Dokument bereits durchgeschaut, hatten die Lagepläne gesehen, auf denen markiert war, in welcher Reihenfolge die PSFs und die Lageraufseher im Notfall die Baracke räumen würden. Der Inhalt der anderen Dateien drehte sich um das PSF-Personal und die Forschung, die in der sogenannten Krankenstation betrieben wurde. Natürlich kam Clancy darin nirgends vor. Wenn es je Beweise gegeben hatte, hätte er einen Weg gefunden, sie zu vernichten, damit niemand ihn je so machtlos sah.

»Clancy hat immer wieder Hinweise fallen lassen, dass da irgendetwas läuft …«

»Und du bist dir sicher, dass er dich nicht nur provozieren wollte?« Senatorin Cruz tätschelte mir die Schulter. »Sein Vater spielt dieses Spiel sehr gern mit anderen Leuten.«

Nico wollte die Datei gerade schließen, als Cole scharf den Atem einsog und sagte: »Warte. Scroll noch mal nach oben.«

Seine Augen wurden schmal, während er sich mit der Hand das unrasierte Kinn rieb. Mein Blick zuckte zwischen ihm und dem Bildschirm hin und her, ich versuchte zu sehen, was er sah.

»Verdammt«, stieß Cole leise hervor.

Etwas Schweres ließ meinen Magen absacken. »Was?«

»In diesem Szenario bringen sie Kids aus dem Lager *raus*, aber wenn es brennen würde, warum versammeln sie sie dann nicht im inneren Ring, bis das Feuer unter Kontrolle ist? Oder warum bringen sie sie nicht an den Rand des Lagers? Es ist doch anderthalb Kilometer breit, oder? Und warum gibt es nur für einen einzigen Fall einen Evakuierungsplan? Was passiert, wenn das Feuer in der Kantine ausbricht oder in der Werkstatt? Wir sind einfach davon ausgegangen, dass das ein Notfallplan ist, wegen einem Haufen Pfeilen und Ziffern, aber nichts, was hier steht, weist darauf hin, dass es tatsächlich so ist.«

»Wenn das kein Notfallplan ist, was ist es dann?«, fragte ich.

»Ich glaube, es *war* mal ein Evakuierungsplan, für den Fall, dass auffliegt, wo das Lager ist, oder dass Gray getötet oder gestürzt wird. Aber schaut mal ...«

Ich beugte mich vor. Er zeigte auf einen kleinen Text ganz oben auf der Seite. Das Wort GEÄNDERT stand neben dem Datum vom 10. Dezember des Vorjahres. Das durchgestrichene Datum daneben lag fast fünf Jahre zurück.

Cole schnappte sich die Maus und scrollte wieder nach unten. »Sie haben dem Plan den Arbeitsnamen ›Cardinal‹ gegeben. Und hier – ich dachte erst, die Nummern neben jeder Baracke bezögen sich darauf, wie viele Minuten die PSFs bräuchten, um dort hinzukommen, aber drei-null-eins könnte doch auch der 1. März sein, oder?«

»Warte ...«, sagte ich, »warte mal, und was heißt das dann?«

»Das heißt, sie evakuieren das Lager nicht«, sagte Nico zaghaft, »sondern sie bringen die Kids nach und nach weg, vier Baracken pro Tag.«

»Liege ich falsch in der Annahme, dass sie die Jugendlichen nur wegbringen würden, wenn sie das Lager schließen?«, fragte Senatorin Cruz.

»Es gab noch eine andere Datei mit dem Namen Cardinal«, sagte Cole. »Ja, die da, die Liste der kleinen Lager.«

»Und die Versetzungsliste für die PSFs«, sagte ich. »Oh mein Gott.«

Ich presste die Hände vors Gesicht und zwang mich weiterzuatmen. Der Raum schrumpfte um mich herum, wurde um meine Schultern immer enger, während die Möglichkeit sich zu Realität verfestigte. *Sie machen das Lager dicht.*

»Schätzchen, ist alles okay?«, fragte Senatorin Cruz. »Ich verstehe nicht ganz – ist das denn nicht gut? Nach dem, was ihr mir über die Bedingungen in dem Lager erzählt habt …«

»Wenn man es so sieht, ist es ein Segen«, meinte Cole. »Aber das Lager zu schließen bedeutet wahrscheinlich auch, dass sämtliche dort vorhandenen Unterlagen geschreddert oder weggebracht werden, ganz zu schweigen davon, dass das Lager dann nicht mehr als Beweis für die Grausamkeit des Rehaprogramms dienen kann. Das Lager ist … ein mächtiges Symbol. Es ist das älteste, das größte, und, ich würde sagen, es setzt wirklich die Maßstäbe für Misshandlungen.«

»Die Kinder voneinander zu trennen … Die Baracken …« Meine Kehle war trocken. Die meisten waren fast zehn Jahre lang zusammen gewesen. Sie waren wie eine Familie füreinander. Und selbst das wollten sie ihnen wegnehmen?

»Na schön, damit wäre schon mal ein Lager aus dem Rennen.« Senatorin Cruz lehnte sich zurück und faltete die Hände im Schoß. »Welches sind die anderen potenziellen Ziele für einen großen Angriff?«

»Es gibt keine anderen Ziele«, sagte Cole. »Wir sind nach wie vor auf Thurmond aus. Das ist unser Endspiel.«

Ich blickte auf. Der Schock musste in meiner Miene zu sehen gewesen sein, denn auf Coles Gesicht machte sich Verwirrung breit. »Echt jetzt, Zuckerschnecke? Ich hab's heute Vormittag doch bestimmt schon zehnmal gesagt. *Thurmond, koste es, was es wolle.* Warum schaust du mich so an?«

Ich ging rückwärts meinen Tag durch und versuchte mich zu erinnern. Das musste nach dem Training gewesen sein … oder bevor Liam und die anderen zurückgekommen waren? Der ganze Morgen hatte einen seltsamen Schimmer an sich, als verschleiere die Erschöpfung meine Erinnerungen wie Dampf einen Spiegel.

Als hätte er meinen Gedankengang nachvollzogen, sagte Cole: »Verdammt noch mal, Kleine. Du brauchst mehr Schlaf.«

»Sind fünf Wochen genug, um so was durchzuziehen?« Senatorin Cruz machte ein beklommenes Gesicht.

»Das kriegen wir hin«, erwiderte Cole schlicht.

»Ihr habt die anderen aufgefordert, Vorschläge für eine Mission zu erarbeiten, richtig?«, fragte Senatorin Cruz. »Ich möchte euch ja nicht kränken, aber wie in aller Welt sollen diese Kinder einen erfolgreichen militärischen Einsatz planen und dann durchführen?«

»Wir sind ausgebildet worden«, erklärte ich. »Und zwar genau dafür. Zumindest diejenigen von uns, die bei der League waren. Wir brauchen Zeit, um mit den anderen zu arbeiten – um mehr herzuholen und sicherzustellen, dass sie auch unter Druck noch funktionieren können.«

Cole griff nach dem kleinen Stapel Blätter, die er von den Gruppen eingesammelt hatte, und reichte sie ihr. »Ich bin von einigen der Ideen beeindruckt. Da sind eine Menge gute Einfälle dabei. Die Grünen stellen mit manchem hiervon wirklich die Besten der League in den Schatten – mit statistisch hochgerechneten Erfolgsaussichten habe ich bestimmt nicht gerechnet, und auch nicht mit …« Er blinzelte auf das Blatt in seiner Hand. »Mann, ich weiß nicht mal, was das Wort hier bedeutet. Auf jeden Fall müssen wir zuerst einen Probedurchlauf mit einem kleineren Lager veranstalten und uns vergewissern, dass der Plan funktioniert, bevor wir Thurmond angreifen.«

Die Senatorin setzte sich auf. »Irgendein Lager?«

»Vorzugsweise eins an dieser Küste, aber ja, sicher. Wir versuchen, ein kleineres Lager mit einem ähnlichen Aufbau wie Thurmond zu finden, einen möglichst realitätsnahen Einsatz durchzuziehen.«

»In Nevada?«

Cole lehnte sich gegen den Schreibtisch, und seine Augen leuchteten erfreut auf. »Denken Sie an Oasis?«

Oasis? Die League hatte in einem der Korridore eine Landkarte der Vereinigten Staaten aufgehängt, auf der sämtliche bekannten Lager mit Reißnägeln markiert waren, große und kleine. Ich schloss die Augen und versuchte, mir den pastellfarbenen Flickenteppich der Bundesstaaten vor Augen zu führen, von Osten nach Westen. Oasis lag … in der nordöstlichen Ecke des Staates Nevada. Weit ab vom Schuss.

Nico wandte den Blick nicht vom Bildschirm des Laptops ab. »Das ist das Lager mit den Kindern von der Federal Coalition.«

Senatorin Cruz nickte, schluckte schwer und rieb sich mit einer Hand den Hals. Sie starrte auf irgendetwas hinter uns, vielleicht auf die Wanduhr. »Meine Tochter Rosa ist eines davon. Ich habe sie bei ihrer Großmutter versteckt, aber … Gray war fest entschlossen. Er hat extra Männer angeheuert, um unsere Kinder zu suchen. Um an uns allen ein Exempel zu statuieren. Ich weiß von mindestens zehn anderen Mitarbeitern der Federal Coalition, die glauben, dass ihre Kinder dorthin gebracht worden sind. Oder vielmehr, ich wusste von zehn anderen. *Mein Gott.* Besteht die Chance, dass irgendjemand von den Leuten in den Internierungslagern noch am Leben ist? Werden sie ihre Kinder je wiedersehen?«

»Klar«, sagte Cole, doch er klang nicht recht überzeugt. »Es gibt immer eine Chance, nicht wahr? Aber unabhängig davon, ob ihre Eltern noch leben, bei uns gibt es einen Platz für sie. Eine Chance zu kämpfen, wenn sie wollen. In Los Angeles gibt's ja weiß Gott nichts mehr für sie.«

Nico schob seinen Stuhl zurück und erhob sich, umklammerte mit den Händen seine Ellbogen. Er schaute sich hektisch um, zeichnete mit dem Blick einen Zickzackkurs durch den Raum und versuchte, irgendetwas anderes anzusehen als uns. »Ich gehe … Ich gehe jetzt … duschen …«

Er hätte nicht schneller verschwinden können, wenn der Raum in Flammen gestanden hätte. Ich fragte mich, ob er überhaupt den Schmerz spürte, als er mit der Hüfte gegen einen der Schreibtische stieß, abprallte und ins Stolpern kam.

Ich setzte an, ihm nach draußen zu folgen, überlegte es mir dann jedoch anders. Cole zog die Brauen hoch und warf mir einen fragenden Seitenblick zu. Ich schüttelte den Kopf. *Nein.* Ich würde Nico nicht nachlaufen. Ich konnte ein schlechtes Gewissen haben, weil ich ihn gezwungen hatte, ein paar Minuten jene Zeit in seinem Leben nachzuempfinden, doch ich würde ihn nicht trösten oder ihn vor seinen entsetzlichen Erinnerungen aus Los Angeles zu bewahren suchen. Wie konnte ich, wenn ein Teil von mir froh darüber war, dass er ebenso darunter litt wie ich?

Du hast die Bomben nicht auf die Stadt geworfen, dachte ich.

Aber er auch nicht. Nico hatte den Angriff des Militärs nicht geplant; er war nicht dafür verantwortlich gewesen, dass die Agenten Alban in einem blutigen mitternächtlichen Putsch gestürzt hatten, der die League für immer auseinanderbrechen ließ; er hatte auch nicht …

Ich presste den Handballen gegen die Stirn; ich wollte jetzt nicht darüber nachdenken. Es war, als drückte man an einer schmerzhaft geschwollenen Blase herum, die noch nicht aufgegangen war. Ich musste mich auf Thurmond konzentrieren, auf die Tatsache, dass uns offenbar weniger als zwei Monate blieben, um nicht nur Vorräte anzusammeln, sondern auch noch mehr Kids zu finden, sie auszubilden, Transportmittel zu besorgen, nach Nevada zu fahren, wieder aus Nevada zurückzukommen – die Aussichtslosigkeit des Unterfangens überwältigte mich. Ein Berg, der immer höher und höher in den Himmel wuchs, je näher ich ihm kam.

»Wir setzen uns heute Abend mit allen zusammen und tüfteln den Plan aus«, sagte Cole. »Wir definieren ein klares Ziel, auf das wir hinarbeiten, und konzentrieren sämtliche Energie darauf. In der Zwischenzeit ...«

»Ja, ja, natürlich. Ich nehme Kontakt zu den Kanadiern auf und schaue, inwieweit sie bereit sind, uns bei der Beschaffung von Munition und Benzin zu helfen.« Senatorin Cruz strich mir tröstend über den Arm und drückte mir dann die Hand. Ich spürte es kaum.

»Sie sind die Königin meines Herzens, Senatorin«, erklärte Cole und schenkte ihr ein umwerfendes Lächeln.

»Oasis«, erinnerte sie ihn und strebte auf die Tür zu.

»Wir treffen uns um Punkt sieben hier«, sagte Cole. »Dann habe ich einen Plan für Sie.«

Sie hielt inne und wandte sich noch einmal zu ihm um. Es dauerte kaum einen Wimpernschlag, doch mir blieb der Moment, in dem sie sich erlaubte zu hoffen, nicht verborgen. »Danke.«

Ich wartete, bis sie gegangen war, bevor ich meinen Kopf auf einem der freien Schreibtische ablegte. Die Augen zu schließen half nicht gegen meine Kopfschmerzen. Der glasige Film vor meinen Gedanken wurde sogar noch dichter, als ich meine Erinnerungen an Thurmond hervorholte. Ruckartig setzte ich mich auf, plötzlich überflutet von Bildern von Männern in schwarzen Uniformen, die das Lager niederrissen, bevor ich es tun konnte, und jedes letzte Beweisstück vernichteten, ehe die Welt sehen konnte, was dort wirklich geschehen war.

»... davon? Ruby?« Cole winkte mir von ein paar Computern weiter zu, auf seinem Gesicht lag ein merkwürdiger Ausdruck. »Alles okay?«

»Ja.« Ich rieb mir die gereizten Augen. »Warum?«

»Du hast gerade … vor dich hin gestarrt, aber nicht …«

Ich war wenigstens wieder wach und zog mich langsam aus den zähen, unförmigen Gedankengebilden hervor, in die ich abgetaucht war. »Es geht schon«, unterbrach ich ihn. »Also, die Pläne, die die anderen gemacht haben? Hast du sie gelesen?«

»Ja«, sagte er, setzte sich auf Nicos Platz vor dem Laptop und klickte herum. »Sie sind nicht schlecht, aber irgendwie erinnere ich mich an einen besseren.«

»Was für einen?«

»An *deinen*«, sagte er mit Nachdruck. »Du hast einen kompletten Plan für einen Angriff auf Thurmond ausgearbeitet, schon vergessen? Und ihn hinter Conners Rücken Alban gegeben.«

Das stimmte, oder? Momentan hätte vor drei Monaten für mich auch vor drei Jahren gewesen sein können. Als sie meinen Plan pervertiert hatten, indem sie auf seiner Grundlage Kids mit Sprengstoff präparieren und in die Lager hatten schicken wollen, hatte ich mich gefühlt, als hätte man mir unterhalb der Knie die Beine abgehackt. Sie hatten einen Traum zu einem Albtraum gemacht.

»Das mit Thurmond … Es ist einfach zum Kotzen. Ich weiß, das ist ein beschissenes Wort, um zu beschreiben, wie schrecklich es ist, aber es ist schlicht und einfach zum Kotzen, und wir müssen jetzt härter und schneller arbeiten. Wir haben bis Anfang März Zeit, alles auf die Reihe zu kriegen. Es würde helfen, wenn wir einen voll ausgearbeiteten Plan hätten, damit wir gleich loslegen können – und zwar den, an dem du monatelang getüftelt hast.«

Cole griff nach einem kleinen Notizbuch, das er in den Ordner mit den handgeschriebenen Entwürfen der anderen Kids gesteckt hatte, und warf es mir zu. »Hier. Schreib es auf – alles, was du von deinen ursprünglichen Ideen noch im Kopf hast. Ich kümmere mich darum, für das Meeting heute Abend aus allen Einfällen etwas Realistisches zu basteln.«

Ich nahm mir einen Stift aus einer Schreibtischschublade vorn im Computerraum und setzte mich hin. Die ersten Worte kamen nur stockend, und die Schnörkel und Unregelmäßigkeiten meiner grässlichen Handschrift waren mir peinlich. Doch je länger ich schrieb, desto leichter wurde es – langsam kamen die Worte zurück, als wollten sie nicht recht glauben, dass es diesmal anders ausgehen würde. Dass es sich lohnte, noch einmal zu hoffen.

Das hier ist anders. Ein Jugendlicher betritt vor dem Angriff mit einer winzigen Brillenkamera das Lager, sodass Bilder vom Inneren des Lagers ins Hauptquartier übertragen und die Einsatzstrategie angepasst werden kann. *Cole hat geschworen, dass das geht.* Wir fahren mit ihren eigenen Fahrzeugen da hinein, überrumpeln die PSFs und Lageraufseher und schalten sie aus, ohne sie zu töten. *Wenn du selbst nicht daran glauben kannst, können die anderen es auch nicht.* Wir lassen einen Lageraufseher unter meinem Einfluss frei, damit er Status-Updates durchgeben kann, bis wir wieder weg sind.

Es wurden zehn ganze Blätter, auf Vorder- und Rückseite beschrieben, und meine Handschrift wurde immer unleserlicher, während allmählich Vorfreude durch meine Adern zu sprudeln begann und ich jeden dieser Augenblicke klar und deutlich vor mir sah. Am Ende hatte ich einen Krampf in der Hand, doch mein Kopf war klar. Ich fühlte mich besser. Zumindest war ich ruhig, und das war ja wenigstens etwas.

Ich erhob mich und wandte mich zu Cole um, der noch immer am Laptop saß. Immer wieder hörte ich Stimmen und andere Geräusche aus seiner Richtung kommen, und der Teil meines Gehirns, der nicht durch meine Arbeit abgelenkt war, wusste, dass er sich die Videos anschaute, die wir heruntergeladen hatten. Das Weinen, das leise Flehen, die Fragen, auf die nie Antworten erfolgten. Das waren die Dinge, die ich in Thurmond zu meinem Selbstschutz auszublenden gelernt hatte. Ich weiß nicht, was es mit mir gemacht hätte, wenn ich jede Nacht Albträume gehabt hätte.

Das Licht des Bildschirms flackerte über Coles Gesicht und fiel auf die Wand hinter ihm. Gebannt von seiner beklommenen Miene blieb ich an meinem Schreibtisch stehen. Schließlich trat ich ein paar Schritte zurück, bis ich in den Fenstern gespiegelt sah, was er gerade betrachtete. Feuer loderte über den Bildschirm. Cole glühte orange, rot und golden, während das Licht aus dem Film ihn mit tödlicher Farbe überzog. Und auf einen Schlag war mein kleines Scheibchen Frieden dahin, weggespült von schlagartigem, kaltem Begreifen. Meine Nackenhaare stellten sich auf.

Das Video zeigte gerade in Nahaufnahme das Gesicht eines Jungen, kaum älter als dreizehn, der an eine Art Metallpfosten geschnallt war. Er atmete schwer und wehrte sich gegen die Fesseln, die ihm die Arme an den Leib schnürten. Kleine Elektroden zogen sich über seinen rasierten Schädel und umgaben seinen Kopf mit einem Kabelgewirr. Ekel stieg in mir auf, während mir die Galle im Hals brannte. Ich presste eine Hand vors Gesicht und musste all meinen Mut zusammenraffen, um mir die schreckliche Wahrheit anzusehen.

Cole warf mir einen raschen Blick zu, als ich hinter ihn trat, und wandte sich dann wieder dem Bildschirm zu. Mehr an Einladung würde ich nicht bekommen. Er startete das Video noch einmal von vorn, und es war noch schlimmer zu hören, wie die gequälten Laute und Schreie des Roten sich mit den ruhigen, trockenen Bemerkungen vermischten, die der Wissenschaftler in die Kamera sprach.

»Sie haben den Jungen darauf getestet, welche emotionalen Reaktionen seine Kräfte auslösen«, sagte Cole und starrte das letzte Standbild an, eine Nahaufnahme des Jungen, dem Schweiß und Tränen übers Gesicht strömten. »Sie wollten verfolgen, wie sein Verstand das verarbeitet.«

»Ruby«, sagte er und wandte sich um, sodass ich ihn im Profil sah, »nach dem heutigen Abend … Wenn wir unsere Einsatzstrategie haben … dann will ich, dass du alles tust, was in deiner Macht steht, um Lillian Gray zu finden. *Alles.* Verstehst du?«

»Ja.« Ich konnte endlich wieder sprechen, während er das Video von Neuem ablaufen ließ. »Ich verstehe.«

10. Kapitel

Erneut wie betäubt, verließ ich den Computerraum und ging immer weiter, den Kopf randvoll mit den Bildern all dieser Kinder. Verbrennungen. Chirurgische Eingriffe. Blutproben. Fragen. So viele Varianten von *Was passiert hier?* und *Warum tut ihr das?*

Auch wenn mein Verstand außer Gefecht war, wusste zumindest mein Körper, wohin er wollte. Dieser ganze Tag war verstrichen wie ein Jahr unter Wasser. Ich wollte einfach nur ein bisschen schlafen und später versuchen aufzutauchen.

Die anderen hatten sich einen der freien Schlafräume in der unteren Etage geschnappt – ich hatte mein eigenes knarrendes Bett und alles. Ehrlich gesagt hätte ich mich aber auch irgendwo in einer Ecke auf den kalten Fliesen zusammengerollt, wenn ich nur ein Weilchen die Augen zumachen konnte.

Jemand hatte eindeutig dieselbe Idee gehabt. Das Deckenlicht war aus, doch auf der wackeligen kleinen Kommode an der anderen Wand brannte eine kleinere Tischlampe. Mir war nicht klar gewesen, wie sehr ich mich danach sehnte, ihn zu sehen, bis ich ihn vor mir hatte, und sofort leuchtete ein kleines Licht in mir auf. Liam lag auf dem Bauch in einem der unteren Stockbetten, das Gesicht abgewandt und die Hände unter das zusammengelegte Sweatshirt geschoben, das er als Kissen benutzte. Seine Haare und sein Rücken waren noch feucht, offenbar hatte er kurz zuvor geduscht.

»Hey«, sagte ich und ging auf ihn zu. Eine Art kleiner Test, um seine Stimmung auszuloten. Wenn er allein sein wollte, würde ich mich umdrehen und wieder gehen, ohne auch nur eine Sekunde zu zögern. Stattdessen entspannten sich erst seine Schultern und dann der Rest seines Körpers sichtlich. Ich stützte das Knie auf den Rand der nackten Matratze. Wie automatisch hakte er den Arm darum.

»Selber hey«, murmelte Liam. Er klang nicht verschlafen, aber erschöpft. »Zeit zum Abendessen?«

»Noch nicht. Wie sieht die Garage aus?«

»Es wird langsam. Inzwischen kann man schon den halben Fußboden sehen. Das ist doch ein Fortschritt, oder?«, sagte er, wobei er endlich den Kopf hob und sich zu mir herumrollte. »Geschenk für dich.«

Ich folgte seinem Blick zur Kommode, wo links von der Lampe ein durchsichtiges Quadrat aus Plastik lag. Ich griff danach und musste lachen. Es war eine CD-Hülle – *Pet Sounds* von den Beach Boys. Ich klappte sie auf und lächelte über das Booklet und die CD darin.

»Als würde unser Song uns überallhin folgen«, sagte er.

Er meinte »Wouldn't It Be Nice«, das erste Stück auf dem Album. Ich lächelte. »Unser Song?«

»Wouldn't it be nice if we were older …« Seine sanfte Stimme ging in ein Summen über. »Ich dachte mir, du könntest ein bisschen angenehme Hintergrundmusik gebrauchen, um zu übertönen, wie du und Cole euch gegenseitig verdrescht, falls das jetzt jeden Morgen so geht.«

Die Wärme in meiner Mitte verpuffte. Ich klappte die Hülle zu und drückte sie an die Brust. »Woher weißt du das?«

»Ihr zwei wart die Einzigen, die mit frischen blauen Flecken zum Frühstück gekommen sind. Ist nicht so schwer, zwei und zwei zusammenzuzählen.« Endlich blickte er zu mir auf. »Bitte … bitte sei vorsichtig. Die Vorstellung, dass er dich schlägt, dich herumschubst … da krieg ich echt *Mordgelüste.*«

»Es ist doch nur Training. Ich muss üben.«

»Und Vida konntest du nicht fragen?«

Ich merkte, wie sich meine Stacheln aufstellten. »Willst du … mir irgendwas unterstellen?«

Ich wollte es ihm nicht erklären. Eigentlich sollte ich es ihm nicht erklären müssen. Es hatte nichts mit ihm zu tun. Ich rückte von ihm ab, doch er streckte die Hand aus und griff nach meiner.

»Nein, verdammt noch mal, natürlich nicht. Tut mir leid. Das ist nicht der Grund.« Er schloss die Augen und seufzte. »Die habe ich in dem Auto gefunden, das sie ausgeschlachtet haben, im Handschuhfach. Ich habe sie mitgenommen, weil ich an dich denken musste.«

Ich legte die CD wieder auf die Kommode.

»Entschuldige. Ich bin heute irgendwie neben der Spur«, sagte er und richtete erneut die blauen Augen auf mich. Ich spürte, wie der Frust seine Klauen aus meiner Magengrube nahm. »Und ich weiß auch, dass du selbst auf dich aufpassen kannst, aber es macht mich trotzdem wahnsinnig, wenn ich daran denke. Wahrscheinlich bin ich einfach bloß ein Heuchler, wenn man bedenkt, dass ich dir heute Morgen beinahe eine verpasst hätte.«

Er hatte den ganzen Tag Gerümpel umhergeschleppt und versucht, das Zeug irgendwie zu ordnen – und das, nachdem ihm sein Bruder eine Standpauke gehalten hatte. Es war mehr als verständlich, dass er sauer auf mich war.

Ich setzte mich auf die Bettkante. »Du hast mir doch nichts getan. Hey – das meine ich ernst. Nicht einmal ansatzweise. Ich wäre nicht dazwischengegangen, wenn ich nicht gewusst hätte, dass ich dich abwehren kann.« Ich nahm seine Hand, klappte den Daumen auf die Handfläche und legte die anderen vier Finger darüber. »Außerdem hattest du deine Faust so – und auf die Art kann man sich leicht den Daumen brechen.«

Ich presste die Lippen auf seine Knöchel, um zu zeigen, dass ich nur scherzte. Endlich – *endlich* – wurde ich mit einem Lächeln belohnt.

Sein weiches Baumwollhemd war am Rücken etwas hochgerutscht, sodass ein Streifen Haut sichtbar wurde. Ich wollte ihn dort berühren, also tat ich es, schob das Hemd ein wenig höher, während ich sanft seinen Rücken streichelte.

»Fühlt sich schön an«, flüsterte er. »Bleibst du hier? Ich will eine Zeitlang niemanden sehen außer dich.«

Er rutschte an die Wand, eine stumme Aufforderung, mich neben ihn in die schmale Koje zu legen. Es fühlte sich jetzt so gut und so einfach an; ich wusste genau, wie wir zusammenpassten, als wären wir nach ein und demselben Schnittmuster ausgeschnitten worden.

»Alles okay?«, fragte ich, während sich meine Finger an der Vorderseite seines Hemds zu schaffen machten. Liam schlang mir den Arm um die Taille und zog mich enger an sich. Alles, was aus der Wäschekammer kam, roch nach Waschmittel und Bleiche, auch sein Hemd, doch darunter war dieser Duft nach warmer Haut und Immergrün und Minzzahnpasta. Das war Liam.

Der Duft wirkte auf mich wie eine Droge. Ich holte immer wieder tief Atem, um mich zu sammeln.

»Bin einfach nur todmüde, Schätzchen.«

Das Schweigen, das darauf folgte, war die erste echte Ruhephase seit Monaten. Es war das matte, gedämpfte Licht, das regelmäßige Heben und Senken seiner Brust an meiner Wange, seine Wärme an meinem Körper. All diese Dinge verschworen sich gegen mich; eben war ich wach, und Liams Finger strichen mir sachte das Haar aus dem Gesicht, und gleich darauf sank ich in einen trägen, süßen Schlummer.

Sein zarter Kuss holte mich wieder daraus hervor.

»Zeit zum Abendessen«, sagte er, und auch seine Stimme klang schläfrig und rau. »Sie haben gerade im Flur gerufen.«

Doch keiner von uns regte sich.

»Was hast du heute gemacht?«, fragte er nach einer Weile. »Ich hab nicht mal gefragt …«

»Bist du sicher, dass du das wissen willst?«

Er lehnte sich zurück und musterte mich eingehender.

»Ich habe Clancys private Datensammlung geknackt. Neben einer Liste mit den verschiedenen Horden und ihren letzten bekannten Aufenthaltsorten war's im Grunde ein digitales Albtraumalbum.«

»Wie bist du da rangekommen?«

Jetzt war es an mir, ihn mit einem Blick zu fixieren. »Auf die übliche Art.«

Aufmerksam beobachtete ich seine Reaktion und fühlte bereits, wie sich die Worte zwischen uns niederließen und den Abstand vergrößerten. Sie waren eine unwillkommene Erinnerung. *Das ist es, was ich tue. Das ist es, was ich bin.*

Er nahm es gelassen auf. »Stand da irgendetwas über das Heilmittel drin?«

»Ein bisschen was über die Versuche, die sie in Thurmond gemacht haben, um die Ursache zu finden. Aber … anscheinend wollen sie Thurmond Ende März schließen.«

»Oh, verdammt«, sagte er. »Das tut mir leid.«

»Cole will trotzdem einen Angriff planen.«

»Na ja … zwei Monate sind wohl besser als zwei Wochen«, sagte er. »Wir lassen uns schon was einfallen. Aber darf ich dich etwas fragen, und kriege ich eine ehrliche Antwort?«

Das ärgerte mich ein wenig.

»Diese Quartiermeister-Nummer, die du da vorgeschlagen hast – also dass ich für die Vorräte verantwortlich sein soll … Ist das ein Trostpreis?«

»Wie meinst du das?«

»Ist das eine Methode, mich hierzubehalten? Mich rauszuhalten, meine ich. Wenn die Geschichte mit den Lagern anläuft, soll ich dann hier Däumchen drehen und hoffen, dass alle heil zurückkommen?«

»Du meinst, genau das, was wir alle tun, während du Lebensmittel besorgst?«, fragte ich. »Nein. Und was das angeht, Cole ist nur in Panik geraten, weil du ihm nicht gesagt hast, wo du hingehst. Für mich war's dasselbe – du warst einfach weg. Ich weiß, du kannst kämpfen, wenn es sein muss, aber ich weiß nicht, ob ihm das auch klar ist.«

»Er hat keine Ahnung, was ich durchgemacht habe … was ich alles machen musste. Er tut so, als wüsste ich nicht mal, wie man mit einer Pistole umgeht.« Seine Hände knüllten die Rückseite meines T-Shirts zusammen. »Aber ich weiß es. Harry hat's mir gezeigt, bevor ich von zu Hause weggegangen bin. Ich will bloß nicht schießen, wenn ich nicht unbedingt muss.«

»So soll es ja auch sein«, versicherte ich ihm. »Manchmal kann ich gar nicht glauben, dass uns das passiert ist, und ich frage mich, seit wann es so natürlich ist, nach einer Pistole zu greifen und so zu tun, als sei das gar nichts weiter. Ich muss den anderen beibringen, wie man schießt, und ich habe keine Ahnung, wie ich das anfangen soll. Ich weiß nicht, wie ich ihnen begreiflich machen soll, wie absurd und schrecklich es ist, dass sie das überhaupt lernen müssen.«

»Vielleicht muss es ja gar nicht so ablaufen«, sagte er ruhig, »vielleicht müssen wir gar nicht da reinstürmen und um uns ballern.«

Wahrscheinlich wäre ich nicht erstaunter gewesen, wenn er

vorgeschlagen hätte, wir sollten einfach ganz oben anfangen und Gray ermorden. Ich hatte meine Befreiungsstrategie auf dem Plan aufgebaut, den er und die anderen in East River ersonnen hatten. Und beide beinhalteten ein beträchtliches Maß an Gewalt.

»Nein, es muss ein richtiger Kampf sein«, sagte ich. »Die müssen uns ernst nehmen. Das Problem ist nur … Ich zerbreche mir den Kopf darüber, wie die Kids das aufnehmen werden. Was passieren wird, wenn sie sich in der Position finden, dass sie abdrücken und töten müssen. Wir können sie trainieren, die Nerven zu behalten, und wir können ihnen Ziele geben, an denen sie üben können, aber es kommt mir vor, als würden wir sie zwingen, Gift zu trinken, das sie nie wieder loswerden. Ich weiß, es ist ein Opfer, und sie werden diejenigen sein, die es freiwillig bringen, aber ich mache mir Sorgen darum, was sie das kosten wird. Ich habe Angst davor, was wir sein werden, wenn alles vorbei ist.«

Schau dir nur an, was es aus uns gemacht hat. Zus weinendes Gesicht in jener Nacht kam mir wieder in den Sinn, nur um von der Erinnerung an Chubs' Geständnis, was nötig war, um ein Skiptracer zu werden, verdrängt zu werden. Wie er angeschossen worden war; Liams zerschundenes Gesicht – all diese Bilder waren nun in meinem Gehirn miteinander verknüpft. Sie würden nie verblassen, nicht einmal wenn das alles vorüber war.

»Ich glaube, sie verstehen mehr, als du glaubst«, sagte er, während er mit einem Finger meine Ohrmuschel nachzeichnete. »Die Kids, die nicht bei der League sind, sind da draußen auf der Flucht – und das seit *Jahren.* Niemand hier ist unschuldig. Sie wollen das ebenso sehr wie wir. Wir finden eine Möglichkeit, sie so weit wie möglich von jeglicher Gefahr fernzuhalten. Wir kümmern uns um sie.«

»Genügt das?«

»Bestimmt.« Liams Kuss war unerträglich zart. »Das hat mir gefehlt. Dass wir miteinander reden, meine ich.«

Bei diesen Worten, begleitet von seinem zufriedenen Tonfall, durchzuckte mich Schuldbewusstsein wie ein Pfeil.

»Alles andere kommt mir verrückt vor«, sagte Liam und ließ eine Hand durch mein offenes Haar gleiten. »Lass uns einfach hierbleiben, du und ich, und eine Weile niemand anderen hereinlassen, okay?«

Das war die Gefahr bei ihm. Im Handumdrehen konnte er mir jede Last von den Schultern nehmen und sie beiseitestellen. Er wurde zur Antwort auf jeden Zweifel und auf jede offene Frage. Meine Welt fokussierte sich neu und konzentrierte sich auf ihn – schön und vollkommen, wie er war. Ich musste nicht daran denken, was ich getan hatte, oder daran, was uns in fünf Minuten passieren würde.

Vielleicht würde er mir nie verzeihen, nicht ganz, doch es war keine Berechnung dabei. Wenn ich ihm schon nicht jedes Geheimnis offenbaren, meinem Herzen nicht restlos Luft machen konnte, dann konnte ich ihm zumindest auf diese Art nahe sein. Er wollte Trost, und ich auch.

Ich nickte und fuhr mit den Lippen ganz zart hinter seinem Ohr entlang. Er reagierte sofort – ein Schauer durchfuhr ihn, und das spornte mich an, ihm diese Reaktion wieder und wieder zu entlocken. Als er sich auf mich rollte, drehte ich mich etwas, um meine Beine um seine zu schlingen. Er drückte sich an mich und suchte meinen Mund, und der Druck zwischen uns ließ mich erstarren.

Liam bog sich zurück, stützte sich rechts und links von meinem Kopf auf die Ellbogen und zog die Brauen zusammen, während er mein Gesicht studierte. Ich merkte, wie mir das Blut ins Gesicht stieg und sich über Hals und Brust ausbreitete. Es war nicht das erste Mal, dass ich spürte, wie sehr er mich begehrte, doch hier, in diesem Raum, auf diesem Bett, fühlte es sich mehr an wie eine Entscheidung, die getroffen werden musste. Eine Entscheidung, zu der ich noch nicht bereit war.

»Es braucht nicht mehr zu sein als das jetzt«, sagte er leise. »Du brauchst nicht zu denken, dass es mehr werden muss. Es ist so schon ziemlich super.« Er fuhr mit dem Finger über meine Rippen und am unteren Rand meines BHs entlang, ehe er sich wieder ausschließlich auf meine Lippen konzentrierte. »Aber wenn … wenn ich wieder losgehe, dann besorge ich nächstes Mal …« Die Worte überschlugen sich, verknoteten sich ineinander, doch ich begriff, was er meinte, und das ließ eine kleine, wachsende Spirale des Glücks in mir aufsteigen. Er wollte das so sehr, dass er bereits vorausgedacht hatte; er würde die notwendigen Vorsichtsmaßnahmen treffen. »In ein paar Tagen, Wochen oder Jahren … Wenn du so weit bist, bin ich es auch. Okay?«

Ich überlegte, ob er wohl fühlen konnte, wie rasch er nur mit ein paar Worten meinen Herzschlag beschleunigt hatte. Ich war ihm nahe genug, um den Puls unten an seinem Hals zu sehen, wenn ihn seine zitternden Hände nicht längst verraten hätten.

Ich schlang ihm die Arme um die Taille und zog ihn erneut zu mir herab.

»Was mache ich bloß mit dir?«, fragte ich, nur halb im Scherz.

Sein angedeutetes Lächeln wurde breiter, während er sein Gesicht auf meines senkte. »Oh, du könntest das eine oder andere ausprobieren …«

»Was denn zum Beispiel?«, neckte ich ihn und wich zurück, während sein Gesicht näher kam. Er gab ein kleines, ungeduldiges Geräusch von sich. »Sachen, die uns Stress machen könnten?«

»Du *bist* Stress«, sagte er. »Und wie …«

Ich zog ihn zu mir herab und brachte sein Lachen zum Schweigen, noch ehe es richtig ausbrach. Mein Kuss wurde unter seiner Berührung lockerer und langsamer, auf wunderbare Weise träge. Zum ersten Mal in meinem Leben hatte ich das Gefühl, wirklich Zeit zu haben. Wir konnten uns dieses gemächliche Tempo leisten. Einander erforschen.

»Können wir jeden Abend nicht zum Essen gehen?«, fragte ich, als seine Lippen sich von meinen lösten und sich auf meinen Hals zubewegten.

»Okay«, flüsterte er. »Ist mir recht.«

Ich fühlte mich weder schüchtern noch ungeschickt, als meine Hände abermals unter sein Hemd schlüpften und begannen, es hochzuschieben, es ihm auszuziehen. Ich hörte ihn meinen Namen flüstern, und es klang atemlos und rau und wirkte wie eine Droge. Ich wollte das wieder hören. Immer wieder und wieder und wieder und wieder …

Zaghaft klopfte es an der Tür.

Liam machte sich schwer atmend von mir los. Es war kaum zu unterscheiden, was wilder aussah – seine Haare oder sein Blick.

Sei ganz still, dachte ich, *dann gehen sie wieder weg …*

Es schien zu funktionieren. Ich stieß einen leisen Seufzer aus, als Liam sich wieder auf mich herabsinken ließ und den Rest des Zimmers mit seinen breiten Schultern verdeckte.

Dann ging die Tür einen Spalt weit auf.

Liam schoss so schnell in die Höhe, dass er mit dem Kopf gegen das obere Bett knallte und halb fallend, halb stolpernd zu Boden ging. Kalte Luft traf auf meine Haut, und ich schaute nach unten und sah, dass auch mein Hemd irgendwann auf mysteriöse Weise verschwunden war, nur um am anderen Ende der dünnen Matratze wieder aufzutauchen.

»Moment!«, blaffte Liam. »Komme gleich!«

Ich zerrte mir das Hemd wieder über den Kopf, während er sich bückte, um seines vom Fußboden aufzuheben. Dabei fiel ihm ein kleiner, zusammengefalteter Zettel aus der Gesäßtasche und flatterte zu Boden. Liam stürzte zur Tür und packte den Knauf, um zu verhindern, dass sie ganz geöffnet würde. Dann trat er mitten in die Türöffnung, damit derjenige, der da draußen stand, weder hereinschauen noch hereinkommen konnte.

»Hey, entschuldige bitte«, ertönte ein schüchternes Stimmchen, »aber der Duschkopf spielt verrückt. Meinst du, du könntest das reparieren?«

Liams ganze Körperhaltung entspannte sich sichtlich. »Jetzt passt es wirklich gerade gar nicht …«

»Das ganze Badezimmer steht schon unter Wasser, und es tut mir echt leid, ich wollte das nicht …«

»Schon gut«, sagte Liam und sah sich kurz nach mir um. Sein Gesicht war ein Abbild des Bedauerns. Er hielt einen Finger hoch und bedeutete mir abzuwarten.

Sowie sich die Tür hinter ihm geschlossen hatte, machte ich mich daran, sein Bett in Ordnung zu bringen, indem ich die Decke wieder zusammenfaltete, die einer von uns oder wir beide heruntergestoßen hatten. Dabei stieß ich mit der Ferse gegen etwas Warmes – etwas anderes als die kalten Fliesen.

Ich bückte mich und hob den Zettel auf, der Liam aus der Tasche gefallen war. Er war mehrfach zu einem kleinen Quadrat zusammengefaltet worden, war jedoch beim Herunterfallen aufgeklappt. Mein Blick folgte den akkuraten Buchstaben bereits, ehe ich einen Gedanken darauf verschwendete, dass das nicht in Ordnung war.

Dein Name ist Liam Stewart. Du bist 18 Jahre alt. Deine Eltern heißen Harry und Grace Stewart. Cole ist dein Bruder, und Claire war deine Schwester. Du warst in einem Lager namens Caledonia, bist aber ausgebrochen. East River ist abgebrannt. Du warst heimatlos. Du bist aus freiem Willen in Lodi, weil du bei Chubs, Zu und Ruby bleiben willst. Du willst hier sein und ihnen beistehen. Geh nicht weg, *auch nicht, wenn sie dich dazu auffordern.* GEH NICHT WEG! *Ruby kann dir deine Erinnerungen nehmen, aber was du empfindest, ist die Wahrheit. Du liebst sie, du liebst sie, du liebst sie.*

Ich las die Worte noch einmal und dann ein drittes Mal und versuchte mir einen Reim darauf zu machen. Da mir die Worte an sich bekannt waren, begriff ich, dass ich Sätze las, doch mein Verstand verweigerte sich. Er klinkte sich aus, ehe mein Herz die Verbindung herstellen konnte.

Ruby kann dir deine Erinnerungen nehmen …

Es war ein Brief an ihn selbst – an ein zukünftiges Selbst, eines, von dem er sich offenbar sicher war, dass es erneut meinem Einfluss zum Opfer fallen könnte. Das hier war ein Spickzettel. Ein Sicherheitsnetz, weil mein Wort offenbar nicht reichte. Ich konnte ihm wieder und wieder schwören, dass ich sein Gedächtnis nie wieder anrühren würde, doch das bedeutete nichts. Ich hatte es einmal getan. Das Vertrauen zwischen uns war bereits zerstört.

Mir wurde kalt bis ins Mark. Der Schock – von seiner warmen Berührung auf das hier gestoßen zu werden – war einfach zu viel. Ich war die Asche, die beiseitegefegt wurde, nachdem das Feuer gelöscht worden war. *Du bist so dumm, so dumm, so dumm. Er vertraut dir nicht, egal, was er sagt.*

»Stopp.« Die Welt riss mich aus dem freien Fall, in den ich geraten war, und schlagartig legte sich das Gefühl zu fallen, zu sinken. Ich sprach das Wort erneut aus, presste mein Herz wieder aus meiner Kehle hinab und brachte mein Gedankenkarussell zum Stehen. Dann sagte ich es noch einmal und noch einmal, bis meine Stimme wieder wie meine eigene klang und nicht mehr wie ein trockenes Rasseln.

Ich ging im Zimmer auf und ab und versuchte, den Strom der Gedanken zu bremsen, der durch meinen Kopf rauschte. Schnelle Schritte kamen den Flur herunter, nackte Füße tappten über die Fliesen. Ich geriet in Panik und konnte den Zettel gerade noch in die CD-Hülle schieben, ehe Liam wieder hereingefegt kam.

An manchen Stellen war er patschnass – die linke Schulter, die ganze rechte Körperseite, hinten am Sweatshirt, die Hose unterhalb der Knie –, und sein Gesichtsausdruck war die resignierte Miene eines Menschen, der gegen seinen Willen zum Heiligen stilisiert wird.

Ich setzte ein Lächeln auf und hielt den Atem an, in der Hoffnung, das würde verhindern, dass ich losheulte. Schon der Anblick seines Gesichts genügte, um das Band zu lösen, das ich um meinen Schmerz geschlungen hatte.

»Soooo«, sagte er und wischte sich die nassen Haare aus dem Gesicht, »offenbar muss ich aufhören, den Leuten zu erzählen, dass ich ein bisschen klempnern kann. *Ein bisschen* heißt nämlich, dass ich weiß, wohin man den Knopf drehen muss, damit das Wasser läuft oder zu laufen aufhört. Was ist denn – sehe ich dermaßen jämmerlich aus?«

»Nein – nein, überhaupt nicht«, versicherte ich ihm.

»Was ist denn los?«, fragte er und machte einen Schritt auf mich zu. »Deine Stimme klingt …«

»Ich hab nur gerade gesehen, dass es schon fast sieben ist«, sagte ich. »Cole will, dass wir nach oben kommen, um den Plan für die Lager durchzusprechen. Wir müssen – wir müssen los.«

Er runzelte die Stirn, trat jedoch von der Tür weg, um sie mir aufzuhalten. Als ich hindurchging, fasste er mich an der Schulter und drehte mich zu sich herum. Ein Wassertropfen rann ihm aus den Haaren gemächlich übers Gesicht und zeichnete eine feuchte Spur auf seine Wange, über das Kinn und schließlich seinen Hals, während er heftig schluckte. Ich brachte es nicht über mich, ihm in die Augen zu sehen, während er mich unverwandt betrachtete, zuckte aber zumindest nicht zusammen, als er sich vorneigte und mir einen zärtlichen Kuss auf die Wange drückte.

Die anderen kamen gerade erst ganz nach und nach in den Computerraum und gesellten sich dort zu den Grünen, die die ursprünglich ordentlich aufgereihten Tische an die Wände schoben. Nico hatte sich erneut den Laptop gesichert und saß ganz hinten an der Wand, mit dem Rücken zu uns. Alle anderen blickten auf das alte, von unzähligen Filzstiften gezeichnete Whiteboard und die mit Klebestreifen daneben befestigte Karte der Vereinigten Staaten am anderen Ende des Raums.

Chubs stand vor der Landkarte und steckte kleine rote Pins hinein, während Vida etwas – Ortsnamen? – von einer gedruckten Liste ablas.

»Nicht schlecht, das mit dem Gehirnvoodoo, Bubu«, sagte sie, als sie uns sah. »Dir wird verziehen, dass du deinen Hintern nicht runtergeschleppt hast, um uns zu helfen, den ganzen Scheiß in der Garage aufzuräumen.«

Chubs schaute kurz über die Schulter, die eine Hand immer noch über die Karte gespreizt. »Wenn wir ein paar von diesen Gruppen zu fassen kriegen wollen, haben wir vier gute Möglichkeiten. Mindestens zehn Kids halten sich allein in Wyoming auf.«

»Wenn sie noch nicht weitergezogen sind«, gab Liam zu bedenken.

»Wer ist jetzt hier der Schwarzseher?«, schoss Chubs zurück.

Was immer Liam noch sagen wollte, wurde dadurch abgewürgt, dass sein Bruder wie ein Energietornado in den Raum geschossen kam, eine sichtlich erfreute Senatorin Cruz an seiner Seite. Der seltene glückliche Ausdruck auf ihren Zügen ließ sie zehn Jahre jünger aussehen. Sie lächelte, als sie meinen Blick auffing, und nickte mir kurz aufmunternd zu.

Dann hatte sie es also geschafft. Sie hatte es geschafft, Ausrüstung für uns zu besorgen.

Zu, Hina und Kylie erschienen als Letzte in der Tür und suchten sich vorsichtig einen Weg durch das Feld aus am Boden sitzenden Jugendlichen, um sich neben uns niederzulassen.

»Okay«, sagte Cole und klatschte in die Hände. »Also. Ich danke euch allen für eure klugen Pläne und eure Ideen. Ich habe mir alles angesehen und denke, wir haben eine Strategie, die funktionieren wird.«

Er ging nach hinten zu dem Whiteboard, griff nach einem Marker und zog damit in der Mitte der Tafel eine senkrechte blaue Linie. Über die eine Spalte schrieb er THURMOND. Über die andere OASIS.

Ohne weiteres Vorgeplänkel legte er los. »Wir führen zwei Angriffe durch. Erstens: Oasis in Nevada. Das wird der Testlauf für unsere große Attacke auf Thurmond in fünf Wochen. Abgesehen davon, dass wir die armen Schweine da drin befreien, dient Oasis auch als Gelegenheit, die Schwachstellen in unserer Strategie auszumerzen.«

Ich schlug die Beine übereinander, stützte die Ellbogen auf die Knie und faltete die Hände. Irgendetwas in meinem Kopf rutschte angesichts der Vertrautheit dieser Situation an seinen angestammten Platz – zu einem bevorstehenden Einsatz gebrieft zu werden. Die anderen League-Kids, Vida eingeschlossen, schienen es ähnlich zu empfinden und genossen den Moment, während alle anderen unsicher auf Distanz gingen.

»Ein oder zwei Freiwillige werden vor dem eigentlichen Angriff nach Oasis eingeschleust.« Er wandte sich der Traube aus Grünen zu, die beieinandersaßen. »Wir wollen jemandem eine kleine Kamera ins Brillengestell montieren, die dann Bilder zu uns raussenden kann. Wir müssen einen Eindruck vom Grundriss der Anlage bekommen, um unser Timing exakt abzustimmen.«

»Warum eine Brille?«, fragte Senatorin Cruz. »Werden ihnen Brillen nicht abgenommen, wenn sie ins Lager kommen?«

»Nein, Brillen gelten als unverzichtbar«, meldete ich mich zu Wort. »Das ist vermutlich das Einzige, was einem nicht abgenommen wird.«

Falls Liam registrierte, dass dies aus seinem ursprünglichen Plan aus East River stammte, so ließ er es sich nicht anmerken. Er saß mit ausgestreckten Beinen da und hatte die Hände hinter sich aufgestützt, während er seinen Bruder argwöhnisch beobachtete.

»Das Problem ist, diejenigen, die als Freiwillige da reingehen, dürfen vorher noch nie in einem Lager gewesen sein. Die Politik der PSFs schreibt nämlich vor, dass Kinder in das Lager überstellt werden, in dem sie ursprünglich aufgenommen wurden, und Oasis ist relativ neu. Es besteht absolut kein Druck, sich zu beteiligen. Wie gesagt, das ist alles rein freiwillig.«

Zu blickte zwischen Liam und Chubs hin und her, doch es war Vida, die ihr in stummer Beschwichtigung ein widerspenstiges Haarbüschel glattstrich.

»Bei Thurmond spielt das keine Rolle, wir haben nämlich drei Leute, die in Thurmond waren und mit der Anlage bestens vertraut sind. Der andere Unterschied zwischen dem hier und dem großen Angriff ist, was wir mit denen machen, die wir befreien. Unseren Informationen zufolge – oder vielmehr dem zufolge, was Clancy uns hat wissen lassen – sitzen in Oasis etwa fünfzig Kinder und Jugendliche, die ich gern alle zu uns holen würde. Je nachdem, wie bereit sie sind zu kämpfen, können wir sie bitten, uns bei dem Angriff auf Thurmond zu helfen, oder wir können sie nach und nach wieder zu ihren Eltern bringen, immer ein paar auf einmal.«

»Wollen wir immer noch versuchen, die Horden einzusammeln?«, fragte Chubs und zeigte mit dem Daumen auf die Karte.

Cole nickte. »Wir schicken Wagen los, sobald wir genug Material haben. Wir brauchen so viele Leute wie möglich, wenn wir das selbst durchziehen wollen.«

Rasch ging er die anderen Teile des Plans durch; sie waren bestenfalls skizzenhaft, solange wir noch keine konkreten Bilder vom Inneren des Lagers hatten. Es würde ein kleines Team sein, höchstens zehn von uns, bewaffnet, aber mit dem Befehl, Schusswechsel tunlichst zu vermeiden. Bei nur fünfzig Kids würden dort wahrscheinlich höchstens zwölf PSFs und ein oder zwei Lageraufseher sein. Wir würden uns als Militärkonvoi ausgeben, der den wöchentlichen Nachschub brachte. Ich wäre natürlich ganz vorne, weil ich einen der Lageraufseher beeinflussen müsste. Er oder sie würde dann weiterhin melden, dass im Lager alles in Ordnung sei, während wir die Kids in den Fahrzeugen des Lagers – ob nun Geländewagen, Trucks oder ein Bus – aus dem Lager schaffen würden.

Alle schwiegen, während sie das verarbeiteten, bis Liam schließlich sagte: »Fünfzig Kids, das ist verdammt noch mal was anderes als dreitausend.«

»Besser, das Ganze erst mal in kleinerem Maßstab durchzuexerzieren«, sagte Cole und lächelte, allerdings irgendwie ohne zu lächeln.

»Okay, das mag ja sein, aber abgesehen davon, dass wir dabei etwas lernen und eine kleine Gruppe retten, was soll das Ganze bringen?«

Cole stemmte die Hände in die Hüften und zog eine Braue hoch. »Das reicht dir nicht? Ehrlich?«

»Nein, ich meine …« Liam fuhr sich erregt mit der Hand durchs Haar. »Der Plan ist gut, aber könnte er nicht auch noch zu was anderem dienen? Veröffentlichen wir Fotos oder Filmmaterial, damit die Leute sehen können, wie die Bedingungen dort drinnen sind?«

Ein paar Kids murmelten zustimmend, unter anderem Lucy. »Die Idee finde ich super«, sagte sie. »Die Leute sollten die Gelegenheit bekommen zu sehen, wie es wirklich ist.«

»Habt ihr die Mittel, so was zu tun, ohne dass Gray die Quelle ortet und alles hier in die Luft jagt?«

Liams Miene war noch immer verhärtet, doch ich spürte, wie er unter Coles Blick zurückwich.

»Wessen Plan war das?«, wollte Chubs wissen. »Ich habe sie alle durchgelesen und erkenne das nicht …«

Cole spannte kurz den Kiefer an. »Es ist eine Kombination aus mehreren Plänen. Ich habe die besten Elemente aus allen rausgesucht.«

Offen gestanden war es genau der Plan, den ich ihm gegeben hatte, und das wusste er auch. Ich schaute nach vorn und war nicht gewillt, mich abzuwenden, als ich spürte, wie Chubs' Blick auf mich fiel. Es gab keinen Grund, das Feuer noch mehr anzufachen, indem ich die anderen darauf hinwies.

»Senatorin?« Cole bedeutete ihr, nach vorn zu kommen.

»Ja, also«, begann sie. »Ich konnte meinen Kontakten in Kanada ein Versprechen abringen, uns Material zu liefern. Lebensmittel, Benzin, Technologie und eine begrenzte Menge Schusswaffen. Das Problem ist nur, sie lehnen es ab, die Sachen über die Grenze nach Kalifornien zu bringen. Sie wollen sie mit dem Boot nach Gold Beach in Oregon bringen. Ist das machbar?«

Liam kam Cole mit seiner Antwort zuvor. »Ich brauche nur eine Landkarte und einen fahrbaren Untersatz, und das finde ich ja beides hier.«

»Und mindestens drei Leute zur Verstärkung«, ergänzte Cole. »Kylie, Zach und Vida.«

»Und ich …« Die Worte hatten gerade meinen Mund verlassen, als am anderen Ende des Raums ein Krachen ertönte. Ich wandte mich um und sah Nico rückwärts stolpern und über den Stuhl fallen, auf dem er gesessen hatte. Er presste sich beide Hände auf den Mund, während seine Knie unter ihm nachgaben. Das Geräusch, das er ausstieß, war ein hoher, schmerzvoller Klagelaut.

Ich schoss hoch und eilte zu ihm hinüber, packte ihn an den Armen, um ihm Halt zu geben, damit er aufhörte, sich hin und her zu wiegen. »Was ist denn? Was ist los?«

Mittlerweile hatten sich Cole und die anderen um den Laptop gedrängt und verstellten mir die Sicht auf das, was auf dem Bildschirm zu sehen war.

»Cate«, schrie Nico, »*Cate.* Ruby, sie haben sie geschnappt – sie haben *Cate.*«

Erschrockene Laute flatterten um mich herum wie verschreckte Vögel. Ich ließ Nico los und schob mich durch die Schar der Kids nach vorn, die sich aneinanderdrängten, um eine Gasse für mich zu bilden. Vida hielt den Laptop umklammert, hatte ihn bereits vom Tisch gehoben, und nur weil Chubs sie gerade noch rechtzeitig an den Armen packte, konnte sie ihn nicht auf die Tischplatte knallen.

»Du *Drecksack*!«, fauchte sie Cole an. »Das ist deine Schuld, du Arschloch! Verdammt noch mal … *verdammt* …« Chubs schlang beide Arme um ihren Oberkörper und drückte ihr die Arme an den Leib, während sie mit den Füßen ausschlug, ohne darauf zu achten, wen sie traf. Sie warf sich hin und her und versuchte, sich durch Kopfstöße loszumachen, schaffte es aber lediglich, ihm die Brille vom Gesicht zu schlagen. Zu sauste herbei und hob sie auf, ehe sie zertrampelt werden konnte.

Das Video auf dem Bildschirm lief auf der Homepage eines Nachrichtenkanals, unscharf und verwackelt, als wäre es aus weiter Ferne aufgenommen worden. Eine lange Reihe Männer und Frauen mit schwarzen Kapuzen und gefesselten Händen und Füßen lagen am Rand des Highways neben qualmenden Fahrzeugwracks. Dann wurden sie einer nach dem anderen auf die Ladefläche eines Militärlasters verfrachtet, überwacht von Soldaten, die mit in der Spätnachmittagssonne glitzernden Sturmgewehren bewaffnet waren. Die Schlagzeile, die unter den Bildern durchlief, lautete: *Agenten der Children's League in Colorado gefasst.*

Mein Kopf pochte schmerzhaft, als ich es mir ein weiteres Mal ansah, nach ihr Ausschau hielt, bemüht zu sehen, was Vida und Nico so sicher sein ließ. Fast alle Gefangenen trugen schwarze Jogginganzüge oder Kampfmonturen, dieselben Sachen, in denen sie die Ranch verlassen hatten. Manche von ihnen waren leicht zu erkennen. Sen mit ihrem langen Zopf. Ausbilder Johnsons beeindruckende Körpergröße.

Vielleicht hatte sie die anderen Agenten nicht rechtzeitig erreicht, um zu versuchen, sie zur Umkehr zu bewegen … Vielleicht war sie ja diejenige, die das Video aufgenommen hatte, und war bereits unversehrt auf dem Rückweg zu uns … Vielleicht war sie …

Cole stoppte das Video bei einer Einstellung, die die Gefangenen in einer Reihe vor dem Laster zeigte, und deutete auf eine kleinere Gestalt am Ende. Ich beugte mich vor und hielt das Gesicht dicht vor den Bildschirm. Als er den Finger wegnahm, sah ich weißblonde Strähnen unter der Kapuze hervorschauen. Die Gefangene stand ruhig da, trotz des unbequemen Winkels, in dem ihre Arme gefesselt waren. Die Soldaten schubsten und stießen die anderen Agenten und schikanierten sie noch auf dem Weg in die Gefangenschaft. Cole ließ das Video weiterlaufen, und sie trat mit gesenktem Kopf nach vorn und wehrte sich nicht einmal gegen die Hände der Soldaten, die sie auf den Laster hoben.

Nein.

Ich spürte einen schmerzhaften Riss durch meine Mitte. Gestalten und Gesichter um mich herum verschwammen, während ich zurückwich und die Arme um den Körper schlang. Das Blut pulsierte durch meine Adern, sodass sich meine Beine leicht und mein Kopf noch leichter anfühlte. Ich konnte das Gefühl nicht bändigen, konnte meine vibrierenden Nerven nicht lange genug unter Kontrolle bekommen, um einen vollständigen, zusammenhängenden Gedanken zu denken. *Cate.*

Sie war weggegangen.

Ich hatte sie gehen lassen.

Sie werden sie umbringen, sie werden sie als Verräterin hinrichten, ich habe sie gehen lassen, und jetzt haben sie sie – sie haben Cate … Ich hörte Nico weinen und spürte, wie sich auch hinter meinen Augen der Druck aufbaute, ein Schmerz, der sich allmählich über mein ganzes Gesicht ausbreitete.

»Was bedeutet dieses AMP-Wasserzeichen?«, fragte Liam. »Da in der oberen rechten Ecke von dem Video?«

»Das ist die Abkürzung von Amplify«, antwortete Senatorin Cruz. »Das ist eine Untergrund-Nachrichtenagentur. Gray ist bestimmt fuchsteufelswild. Sie haben belegt, dass er die

League bei den Angriffen auf Los Angeles nicht restlos ausgelöscht hat, wie er es versprochen hat.«

»Sammeln die Informationen? Und wie verbreiten sie sie?«, hakte Liam nach. »Haben Sie irgendwelche Kontakte zu denen?«

»Ja, schon, aber …«

»Aber das spielt keine Rolle, Lee«, fiel ihr Cole ins Wort.

»Schaut euch das doch mal an«, sagte Liam und deutete auf den Laptop. »Sie haben das Video bei einem großen Nachrichtensender untergebracht. Sie haben die dazu überredet, es zu senden, obwohl sie wussten, dass Gray auch ihnen Ärger machen könnte. *Darauf* sollten wir uns konzentrieren, nicht aufs Kämpfen.« Die Kids nickten und tuschelten. »Wir brauchen keine Gewehre, wir müssen Information unter die Leute bringen – Informationen darüber, wo die Lager sind, und über die Bedingungen dort. Amplify könnte uns helfen, dass sich das alles herumspricht, und dann wollen die Eltern sicher etwas unternehmen, um den Kids selbst zu helfen. Sie werden zu den Lagern fahren, Protestaktionen organisieren …«

»Liam!«, blaffte Cole. »Pass mal auf, was hier wirklich wichtig ist. Nachrichtenorganisationen sind nicht vertrauenswürdig, ganz egal, wie sehr sie auf *Untergrund* machen. Die verkaufen dich im Handumdrehen, wenn sie dafür ihren Namen unter eine heiße Story setzen können. Willst du wissen, warum ich keinen Kontakt zu denen aufnehmen werde? Weil ich nicht das Leben von allen hier aufs Spiel setzen will, indem ich versehentlich oder absichtlich unseren Aufenthaltsort verrate. Wir schaffen das selbst. Keine Diskussionen.«

Liam gab nicht klein bei, während ihm die Zornesröte ins Gesicht stieg. Cole baute sich bedrohlich vor ihm auf; er sah so wütend aus, wie ich ihn noch nie gesehen hatte.

»Wir müssen sie verfolgen«, erklärte Vida. »Wo ist der nächste Gefängnisbunker von da aus, wo sie festgenommen worden sind? Fliegen sie sie in den Osten? Sie müssen sie am Leben lassen, schließlich wollen sie sie ja vernehmen, oder? Wir können uns umhören, einen Einsatz organisieren …«

»Das geht nicht, Vida, das weißt du ganz genau«, entgegnete Cole und lehnte sich mit verschränkten Armen an den Schreibtisch. Dennoch sah ich, wie seine Hand leicht zuckte und wie er die Arme enger an den Körper presste, um es zu verbergen. Wut und Mitgefühl malten sich auf seinem Gesicht. Seine Worte klangen in meinen Ohren nicht schlüssig, nicht in Verbindung mit seiner Miene.

»Was zum Teufel …«

»Hey – *hey*! Glaubst du etwa, ich möchte mich nicht auf die Suche nach meiner Freundin machen? Glaubst du, ich will, dass sie das durchmachen muss? Niemand hat das verdient, am allerwenigsten Cate. Es ist zu spät, um einzugreifen. Du hast recht, wahrscheinlich werden sie sie zum Verhör irgendwohin bringen, aber wenn sie erst einmal in einem unterirdischen Gefängnis stecken, sind sie weg. Dann sind sie verschwunden. Wir werden sie nie …« Er schluckte schwer. »Wir werden keinen von ihnen lebend wiedersehen.«

Vida schrie in hilfloser Wut auf. »Dich haben wir auch rausgehauen! Wir haben dich aus so einem Gefängnis rausgeholt …«

»Mit einem voll bewaffneten, gut ausgebildeten Einsatztrupp«, sagte Cole, »und sogar da hat es Opfer gegeben. Selbst wenn wir rausfinden, wohin sie sie gebracht haben, glaubst du im Ernst, Cate könnte damit leben, dass einer von euch bei dem Versuch verletzt wird, sie rauszuholen? Deshalb hatten wir bei der League ja diese Regel. Wenn du gefasst wirst, können wir dich nicht holen kommen.«

»Ja, es sei denn, es geht um *dich*«, zischte sie.

Weil Alban dachte, Cole wäre vielleicht noch im Besitz des

USB-Sticks von Leda, der mittlerweile wertlos war. Wegen dem, was er in Wirklichkeit war. Ich sah ihn an und drängte ihn innerlich dazu, es ihnen einfach zu *sagen,* damit sie es begriffen.

»Andauernd brüstest du dich mit diesen waghalsigen Wahnsinnsmissionen, bei denen du mitgemacht hast«, fuhr sie fort, wobei ihre Stimme einen flehenden Unterton annahm. Vida sackte zusammen, ihre zornige Energie war so schnell verflogen, dass Chubs sie aufrecht halten musste. »Warum nicht dieser Einsatz? Warum?«

»Weil dieser Einsatz nicht waghalsig wäre, sondern selbstmörderisch«, erwiderte Cole. »Und die schnellste und beste Methode, sie und die anderen vielleicht zu befreien, ist, unseren Plan durchzuziehen. Gray zu stürzen.«

»Sprich mit Harry«, sagte Liam. »Er hat Kontakte zu verschiedenen Militäreinheiten. Er kann einen Ansprechpartner empfehlen.«

Cole sah aus, als wollte er widersprechen, als stieße ihn die Vorstellung ab, seinen Stiefvater um Hilfe zu bitten, doch er hielt den Mund. »Das größere Problem, das wir momentan haben, ist die Entscheidung, ob wir hierbleiben oder weggehen sollen. Jeder von ihnen könnte unseren Standort verraten.«

»Du hast gesagt, dein Plan sei gewesen, sie glauben zu machen, dass wir auch weggehen«, sagte Chubs. »Dass wir überhaupt nicht hierherkommen würden.«

»Genau.« Cole zögerte. »Aber Conner wusste, dass wir hierbleiben.«

»Mann, leck *mich doch*!«, brüllte Vida und machte sich aus Chubs' Klammergriff los. »Fick dich, Stewart! Du glaubst, sie würde uns verraten?«

»Nachdem ich deren Verhörmethoden aus erster Hand erleben durfte, Schätzchen«, sagte Cole mit giftigem Unterton,

»würde ich sagen, dass das leider im Bereich des Möglichen liegt.«

»Das tut sie nicht.« Die anderen wandten sich zu mir um, und ich fragte mich, ob ich ebenso erhitzt und aufgebracht aussah, wie mir zumute war. »Cate würde lieber sterben, als ihnen das zu sagen.« Und genau das war das Problem, nicht wahr? Sie würde sich umbringen lassen. Sie würde sich selbst opfern, ehe sie zuließ, dass sie uns etwas zuleide taten. Ein Schrei brodelte in meiner Brust empor, während Liam herübergriff und den Arm um mich zu legen versuchte. Ich schüttelte ihn ab und wich vor seiner Berührung zurück; ich wollte jetzt niemandem nahe sein. Der Raum erstickte mich, wurde kleiner und kleiner, während sich immer mehr Leute umdrehten und mich anstarrten.

Ich muss hier raus. Sofort. Auf der Stelle, ehe das schwarze Anschwellen in meinem Sichtfeld alles überwältigte. Ich bekam keine Luft mehr, nicht mit so vielen Leuten um mich herum.

Die Luft im Flur war wenigstens kühl. Ich wollte laufen, einfach laufen, doch ich konnte nicht den Tunnel nach draußen nehmen, und ich konnte auch nicht wie eine Wahnsinnige endlos durch die unterirdischen Flure geistern. Ohne nachzudenken, ohne mich zu erinnern, wie ich dorthin gekommen war, war ich oben, stieß die Doppeltür zwischen den beiden Fluren auf und stand im Fitnessraum.

Ich stieg auf das nächste Laufband, stellte das Tempo hoch ein und rannte los, wobei mir das Blut so laut in den Ohren rauschte, dass es das elektronische Piepen übertönte. Die einzelnen Levels sausten vorbei, und ich hielt den Finger weiter auf der Schneller-Taste, bis ich das Gefühl hatte zu fliegen. Meine Füße trommelten im Takt des rasenden Tempos meines Herzens auf das Laufband. *Sie ist tot, sie ist tot, sie ist tot, genau wie Jude, du hast gesagt, sie soll gehen, du hast sie weggeschickt, sie werden sie umbringen …*

Ich vergaß die Zeit, ich vergaß meinen Kopf, ich vergaß alles und rannte.

Meine Arme pumpten auf und ab, als könnten sie mich vorwärtsziehen, als meine Beine den Dienst zu versagen drohten. Die Klimaanlage jagte mir kalte Schauer über den Rücken und kühlte den Schweiß, der mir vom Gesicht tropfte. Ich bekam nur in langen, keuchenden Zügen Luft, wobei jeder Atemzug wie ein Schluchzen hinein- und wieder hinausfauchte.

Etwas Schwarzes huschte durch mein Blickfeld, eine Bewegung vor meinen Augen. Ich kippte nach vorn, als das Laufband unter mir anhielt, und konnte mich gerade noch an den Geländern festhalten. Sowie meine Beine sich nicht mehr bewegten, schienen sie sich unter mir aufzulösen. Weder konnte ich meine Knöchel belasten noch die Knie durchdrücken.

Zu meiner Rechten hörte ich Geräusche, ein Murmeln, aus dem Worte wurden, Worte, die schließlich eine Bedeutung bekamen. Ich legte mich auf den Rücken, bedeckte das Gesicht mit den Händen und atmete schwer, bis jemand meine Hände wegzog. Ein Gesicht tauchte verschwommen vor mir auf. Blondes Haar, kantiges Kinn, blaue Augen – *Liam.*

»Okay, ganz ruhig. Komm schon, Zuckerschnecke, das reicht.«

Cole. Er packte mich an den Armen und zog mich hoch, zerrte mich nach vorn, sodass ich auf dem Rand des Geräts saß. Der Schweiß brannte mir in den Augen und schmeckte salzig auf meinen Lippen.

»Ich habe ihr gesagt, sie soll gehen«, stieß ich heiser hervor. »Es ist meine Schuld.«

»Es ist nicht deine Schuld«, sagte er leise und strich das Haar zur Seite, das mir an der Stirn klebte. »Es war ihre Entscheidung wegzugehen. Sie hat getan, was sie für richtig hielt, genau wie du und ich.«

»Ich kann sie nicht auch noch verlieren«, sagte ich.

»Ich weiß«, sagte er. »Sie schafft es schon. Du hast recht, sie verrät uns nicht. Natürlich nicht. Conner ist schlau, sie findet eine Möglichkeit, zu überleben und zu ihren Kids zurückzukehren. So ist sie einfach.«

Sie und Jude, und wen noch? Wen würde ich noch alles verlieren müssen, ehe das alles vorbei war?

»Das Hauptquartier in Kansas ist wahrscheinlich schon an der Geschichte dran«, sagte er. »Wir haben nicht die Mittel, an sie ranzukommen, aber die schon. Da geht's um eine Menge Agenten, noch dazu um gute. Ich sehe mal, ob ich rausfinden kann, ob die was planen.«

Er drehte uns ein wenig nach rechts und richtete mein Blickfeld mehr zur Tür aus, wo mindestens zehn Kids uns mit unterschiedlich stark verängstigten Gesichtern zusahen. Ich versuchte, einen Schritt zu machen, doch jetzt, wo meine Muskeln zur Ruhe gekommen waren, war es, als hätten sie sich völlig verkrampft.

»Du musst aufstehen und gehen, Zuckerschnecke«, sagte er leise, indem er den anderen den Rücken zuwandte. »Du musst hier rausmarschieren. Nicht nur ihnen zuliebe, sondern auch dir selbst zuliebe. Komm schon. Du musst auf deinen eigenen zwei Beinen hier rausgehen.«

Also tat ich es. Bei jedem Schritt schrien meine Füße vor Schmerz auf, wo sie gegen die Ränder meiner Turnschuhe rieben. Ich blickte nach unten und sah, wie sich leuchtend rote Flecken auf den weißen Baumwollsocken ausbreiteten.

Ich behielt eine Hand auf Coles Schulter und versuchte zu verbergen, wie sehr ich mich auf ihn stützte, als wir nach links in den Flur abbogen, statt nach rechts zur Treppe zu gehen, nach unten, wo die Schlafräume waren. Ich besaß nicht genug Energie, um zu protestieren, als er die Tür zu Cates altem Zimmer öffnete und da Licht anmachte.

Ich hielt mich so lange aufrecht, bis das schmale Bett in Reichweite war, doch dann hatten meine Knie genug. Ich beugte mich vor und versuchte, die Schnürsenkel aufzumachen, doch meine Hände zitterten dermaßen, dass Cole die Knoten für mich lösen musste. Beim Anblick meiner Socken schnalzte er mit der Zunge, sagte jedoch nichts, als ich sie auszog.

»Ich hab's versaut, oder?«, fragte ich. »Die anderen vertrauen mir nicht mehr.«

Cole schüttelte den Kopf. »Das Einzige, was sie gesehen haben, war jemand, der darunter leidet, dass er einen geliebten Menschen verloren hat. Nichts passiert, würde ich sagen. Sei ein bisschen gnädig mit dir, ehe du dich selbst fertigmachst. Pass auf dich auf, damit du mir helfen kannst, mich um sie zu kümmern, okay? Das ist der Deal, und damit fangen wir heute Abend an, sofort – und zwar damit, dass du hierbleibst und mindestens sieben Stunden schläfst.«

»Aber Clancy …«

»Ich kann dem kleinen Prinzen auch mal sein Essen bringen«, erklärte er. »Glaubst du im Ernst, du würdest jetzt mit ihm fertig, wenn er versucht, sich mit dir anzulegen?«

»Nimm jemanden mit«, sagte ich. »Und lass ihn hinter der Tür zuschauen, damit Clancy nicht irgendwas probiert.«

»Ich frage Vida.«

»Chubs wäre besser.«

»Alles klar.«

Ich streckte die Beine auf dem Bett aus, als er sich erhob, zu müde, um zu streiten, zu müde, um mehr zu tun, als ihm nachzusehen. Gerade als er das Licht ausmachte, sagte ich: »Morgen. Morgen finde ich Lillian Gray. Ich kümmere mich darum.« Um alle. Und wenn das hier vorüber war, würde ich diejenige sein, die Cate suchen ging. Ich würde sie retten, so wie sie mich gerettet hatte.

»Tapferes Mädchen. Daran habe ich keinen Zweifel.« Er blieb in der Tür stehen und drehte sich noch einmal um. »Hier wartet jemand auf dich. Soll ich sie reinlassen?«

Ich nickte.

Es war Zu. Cole schloss die Tür hinter sich, und ich konnte vor dem matten Lichtschein, der unter der Tür hindurch ins Zimmer drang, die Umrisse ihrer dunklen Gestalt ausmachen. Sie zog das dünne Laken über mich und drückte mir einen Kuss auf die Stirn.

Und das – nicht das Video, nicht die Vorstellung, was sie mit der gefangenen Cate anstellen würden –, dieser zarte Kuss war es, der die Tränen an die Oberfläche brachte.

»Es tut mir leid«, flüsterte ich. »Ich wollte nicht, dass du dir Sorgen machst. Sie hat sich um mich gekümmert … Und ich habe sie nie so gut behandelt, wie ich es hätte tun sollen, und jetzt ist sie weg und weiß nicht, dass es mir leidtut. Vielleicht bringen sie sie um …«

Ich spürte ihre Hand auf meiner, den beruhigenden Druck. *Ich weiß, ich weiß.* Mit der anderen Hand strich sie mir das Haar aus dem Gesicht.

»Du hast auch jemanden verloren«, sagte ich, und meine Stimme klang rau in meinen Ohren. »Den Typen, der dir geholfen hat, nach Kalifornien zu kommen. Erzählst du mir von ihm? Nicht was mit ihm passiert ist, nicht, wenn du nicht darüber reden willst, aber wie er war, als Mensch. Wäre das okay?«

Meine Augen hatten sich inzwischen weit genug an die Dunkelheit angepasst, um sie nicken zu sehen, auch wenn ich ihr Gesicht nicht erkennen konnte.

»Wie hieß er?«

Zu griff nach dem kleinen Notizbuch, das sie seit Wochen mit sich herumschleppte. Ich schloss die Augen, lauschte dem leisen Kratzen ihres Stifts auf dem Papier und öffnete sie erst wieder, als Zu mir damit auf die Schulter tippte. Sie griff herüber und machte die Lampe auf der Kommode an, damit ich es lesen konnte: GABE.

In der Sekunde, ehe sie das Licht wieder ausmachte, sah ich Tränen in ihren Wimpern glitzern. Ihr Gesichtsausdruck traf mich mitten ins Herz. Ich hätte alles getan, alles, um ihr die Last dieses Schmerzes abzunehmen, bevor er sie in den Staub drückte. Doch ich wusste ja Bescheid: Es gab keine echte Linderung. Man musste einfach zulassen, dass die Leute um einen herum einem als Stütze dienten und einem etwas abnahmen, wenn es zu viel und zu schwer erschien, um es allein zu tragen.

Ich rutschte auf der schmalen Matratze zur Seite, damit Zu neben mich krabbeln konnte. Sie bestand nur aus Ellbogen und Knien. Sie wuchs, schoss in die Höhe wie alle anderen, die diese seltsame, zweideutige Grenze überschritten und zu Teenagern wurden. Zu Beinaheerwachsenen.

Doch wie sie weinte, wie sie die Arme um mich schlang und ihr warmes, nasses Gesicht an meinem Hals vergrub – das war kindlich. Das war ein Kind, das bereits ein hartes Leben gelebt hatte und von dem verlangt wurde, noch mehr auf sich zu nehmen.

»Ich weiß«, sagte ich leise. »Ich weiß.«

Die Dunkelheit kam und stürzte auf mich ein wie eine kalte Welle. Ich schloss die Augen und genoss die simple Tatsache, dass mein Gehirn wie ein leeres Blatt war, befreit von sämtlichen Gedanken. Stunden später jedoch, egal, wie sehr ich mich auch zur Ruhe zwang, wurde ich dieses Gefühl in den Beinen nicht los – das Gefühl, dass sie noch immer weiterliefen.

11. Kapitel

Als ich am nächsten Morgen aufwachte, war ich in Streitlaune. Muskeln, von denen ich gar nicht gewusst hatte, dass ich sie besaß, schmerzten, und meine Füße schrien laut um Hilfe, als ich die Turnschuhe wieder anzog. Das Einzige, was der Schlaf zustande gebracht hatte, war, meine erstickende Traurigkeit in puren, unnachgiebigen Zorn zu verwandeln. Ich hatte Energie ohne Ende. Rasch ging ich hinaus und machte die Tür so leise wie möglich hinter mir zu, um Zu nicht zu wecken.

Die Uhr im Flur zeigte 4:45 Uhr. Es würde noch eine Stunde dauern, ehe jemand von den anderen auf den Beinen war und sein Tagwerk begann. Jede Menge Zeit, um die Blitze abzutrainieren, die durch meinen Körper zuckten, und wieder einen Zustand der Gelassenheit herzustellen.

Das Licht im Fitnessraum brannte bereits, und mein Körper spannte sich erwartungsvoll, als ich sah, wer mit schnellen, sicheren Schritten auf dem Laufband rannte. Cole musste mich aus dem Augenwinkel erspäht haben, doch er lief weiter und ignorierte mich, bis ich direkt neben dem surrenden Laufband stand.

»Bin nicht in Stimmung, Zuckerschnecke.« Seine Stimme klang ausdruckslos, ein warnender Unterton lag darin.

»Jammerschade«, sagte ich und ging zwei Paar Handschuhe holen. »Ich schon.«

Ich wartete auf ihn. Die Handschuhe an den Händen, machte ich Dehnübungen, um mich aufzuwärmen. Nach gut fünf Minuten stieß Cole schließlich ein Schnauben aus und drückte die Stopp-Taste. Er hob die Handschuhe auf; sein Gesicht war vom Laufen gerötet, und seine Augen leuchteten merkwürdig. Mir blieb eine halbe Sekunde Zeit, Kampfstellung einzunehmen, ehe sein Knie auf meinen Bauch zuzuckte. Ich sprang zurück, wurde jedoch von einem zweiten vorhersehbaren Schlag aufs Brustbein erwischt. Das trieb zumindest die Gedanken aus meinem Kopf, zusammen mit dem letzten Rest Luft aus meiner Lunge. Es war ein Ablenkungsmanöver – einen Herzschlag später hatte er mich gepackt und presste mich an seine Brust.

Ich wand mich unter seinem Arm heraus und versuchte, den Schwung zu nutzen, um ihn auf den Rücken zu werfen. Als ob das je hätte klappen können. Das Beste, was ich hinkriegte, war, ihm kräftig auf den Spann zu treten. Doch er wich nicht zurück, nicht so, wie er es normalerweise getan hätte. Ich spürte, wie die Temperatur im Raum dramatisch anstieg, und dann …

Er zuckte zurück und ließ mich mit einem angewiderten Laut zu Boden fallen. *Nein.* Das Wort schoss mir durch den Kopf, während er mir den Rücken zukehrte und sich anschickte, die Handschuhe auszuziehen. Das Sparring mochte als eine Methode begonnen haben, um etwas von der Hitze freizusetzen, die mich von innen heraus verbrannte, doch mein Kopf hatte sich auf eine Art und Weise in den Rausch des Boxens vertieft, wie ich es nicht erwartet hatte. Ich brauchte mehr. Ich musste die schwarzen Gedanken an Cate und Jude loswerden und daran, was am Ende von alldem auf uns wartete. Und dazu musste ich sie herausschwitzen und herausbluten.

Ich senkte den Kopf und ging auf ihn los. In dem Spiegel vor ihm sah ich, wie sich seine Miene verdüsterte, kurz bevor er dagegen prallte. Diesmal funktionierte das mit dem Schwung, sodass wir beide am Rand der Matte landeten. Ohne ein einziges Wort zerrte Cole mich am Hals auf die Matte, und dann zeigte er mir, wie sauer er wirklich war.

Meine Versuche, ihn wegzurollen oder wegzutreten, fruchteten nicht. Er hatte mich unter sich eingeklemmt, lag mit seinem gesamten Gewicht auf meinem Brustkorb. Seine eine Hand hielt meine über dem Kopf fest, und der andere Arm legte sich über meinen Hals, übte genau die richtige Menge Druck aus, um mir die Sauerstoffzufuhr abzuschneiden.

Dann verringerte er den Druck auf meine Luftröhre, allerdings nicht sehr. Ich schlug unter ihm um mich und stieß mit den Knien aus, versuchte, ihn im Kreuz zu treffen. Seine Haut schien sich fest über seinen Schädel zu spannen, und sein Gesicht war vor Wut verzerrt.

Ich schnappte nach Luft, doch er ließ nicht los – mein Verstand löste sich von meinem Körper und schwebte in den schwarzen Pfuhl, der sich in meinen Augen zu bilden begann.

»Cole …«, keuchte ich. »Hör auf …«

Er hörte mich nicht. Wohin auch immer er innerlich abgetaucht war, ich würde ihn nicht erreichen können. Und ich wusste, der einzige Weg hier heraus führte *hinein.*

Ich stieß in seine Gedanken vor, als setzte ich eine gerade Rechte. Ich hätte zuschlagen und gleich wieder einen Rückzieher machen, es ihn einfach nur spüren lassen sollen wie einen elektrischen Schlag. Doch seine Gedanken hatten Haken; sie fingen meinen Verstand ein, zerrten ihn hinab, ertränkten mich in der Szene, die um mich herum Gestalt annahm. Licht wirbelte um mich und bog sich zu Schatten, die zu einer kleinen, mit dunklem Holz getäfelten Küche wurden. Mattes, warmes Licht drang durch die Vorhänge, die das Fenster über der Spüle bedeckten. Ich roch angebranntes Essen. Die grauen Schleier, die mich umwehten, waren Rauch, der aus der geschlossenen Ofentür quoll. Töpfe und Pfannen erschienen plötzlich einer nach dem anderen auf dem Herd. Das leise Blubbern kam von der braunen Soße, die über den Rand der Kasserolle gebrodelt war.

Eine Frau in einem schlichten blauen Kleid erschien vor mir. Von meinem Blickwinkel, von dicht über dem Boden aus, konnte ich nichts weiter sehen als ihr langes blondes Haar und die Hände, die mich zurückschoben, zurück, zurück, zurück. Wut wallte in mir auf, und ich sah mehr, als dass ich es fühlte, wie meine eigenen Arme sich nach oben streckten und versuchten, nach etwas zu greifen – nach …

Der Mann erschien als Letzter, er stand vor der Frau. Sein Gesicht war im Schatten, doch es hatte etwas Vertrautes – die Form der Nase und des Kinns –, ich kannte dieses Gesicht, ich hatte zwei jüngere Versionen davon gesehen. Er war tiefrot angelaufen und brüllte, brüllte, dunstete Schweiß und Zorn aus, vernebelte damit den Raum und machte alles träge und schwer. Mein Blick wanderte an ihm herab und erfasste sein dunkles, zerknittertes Polohemd, das zappelnde Kleinkind, das er wie einen Sack im einen Arm hielt und das allmählich dunkelrosa anlief, während es sich schreiend loszumachen versuchte und sich nach meinen Armen streckte. Das Haar des Kleinen war heller und lockte sich an den Enden. Der erste Laut, der den gedämpften Lärm der Erinnerung durchdrang, war sein durchdringender Angstschrei, als der Mann das dampfende Bügeleisen vom Brett nahm und es dicht an sein Gesicht hielt, als wollte er dem Baby die Spitze gegen die Wange drücken.

Die Frau vor mir fiel auf die Knie und flehte. »Lass ihn runter, bitte, ich bring es wieder in Ordnung, ich mach es wieder gut, es kommt alles in Ordnung, weißt du denn nicht, dass ich dich liebe? Ich lasse niemanden mehr ins Haus, ich verspreche es. Aber … Bitte gib ihn mir, bitte gib ihn mir …«

Das Bügeleisen wurde wieder auf das Bügelbrett gestellt, wo es das Hemd versengte, das darauf wartete, geglättet zu werden. Die Miene des Mannes veränderte sich, und ein widerlicher Ausdruck des Triumphs zeigte sich darauf, als er sich den schluchzenden kleinen Jungen unter den anderen Arm klemmte. Er streckte eine Hand aus, um die Frau zu berühren, ihr Gesicht zu streicheln. Dabei war er so auf ihren gesenkten Kopf fixiert, dass er die Pfanne nicht sah, die sie aus einem Regal genommen hatte, nicht, bis sie sich aufrichtete und sie in hohem Bogen auf sein Gesicht zuschnellen ließ.

Das Baby fiel zu Boden, und ich hastete zu ihm, während sämtliche Geräusche, Gurgeln und Schmerz und Metall, das auf Fleisch und Knochen traf, von seinem hysterischen Weinen übertönt wurde. Vorsichtig drehte ich seinen weichen Körper um und hob ihn auf. Er hatte eine Wunde im Mundwinkel, wo sich einer seiner Milchzähne in die zarte Haut gebohrt hatte. Es blutete heftig, doch der Kleine wurde ruhiger und verstummte dann ganz, sah mir mit diesen großen Augen, die in Tränen schwammen, ins Gesicht. Sein Daumen glitt in seinen Mund, während ich versuchte, das Blut abzuwischen. Er fing erst wieder an zu weinen, als er sah, dass die Frau, seine Mutter, auch weinte und sie nach ihm griff, um ihn auf den Arm zu nehmen und an ihre Brust zu drücken.

Dann packte sie meine Hand und zerrte mich weg von dem auf dem Boden liegenden Mann und dem Blut auf dem Schwarz-Weiß-Muster der Fliesen. Er zuckte und hustete, und wir eilten nur noch schneller auf die Tür zu. Sie riss ihre Tasche von der Arbeitsfläche und kehrte dann noch einmal um, um ihre Schlüssel zu holen, nachdem sie bemerkt hatte, dass sie herausgefallen waren.

Die Tür führte zu einer Garage, und das Licht, das den vollgestellten, dunklen Raum überflutete, löste die Erinnerung ein für alle Mal auf.

Ich tauchte genau in dem Moment wieder auf, als sich das Gewicht von meinem Brustkorb löste. Ich atmete, hustete, verschluckte mich an der Luftflut, die in meine Kehle drang. Dann drehte ich mich auf die Seite und rollte mich schutzsuchend so klein wie möglich zusammen. Es dauerte mehrere qualvolle Minuten, bis die Angst ihre Klauen von mir löste.

Das leise, keuchende Schluchzen, das ich vernahm, stammte nicht von mir. Ich stützte mich auf einen Ellbogen und sah mich um.

Cole saß am Rand der Matte, mit dem Rücken zu mir und über seine Knie gebeugt, und rang nach Atem. Der Spiegel vor ihm war ein Spinnennetz aus blutbefleckten Sprüngen. Ich zwang mich, die Füße unter den Körper zu ziehen, und richtete mich mit zitternden Beinen auf, ehe ich einen stockenden Schritt auf ihn zumachte, und dann einen zweiten. Er presste sich die rechte Hand auf die Brust und achtete nicht darauf, dass sie sein Hemd vollblutete. Ich ging zum Handtuchregal, holte ein kleines Handtuch und zog seine Hand an mich, damit ich das Blut abwischen konnte. Seine Haut war heiß, beinahe brennend heiß, und er hörte nicht auf zu zittern.

»Scheiße«, stieß er hervor. »Tut mir leid … Das sollten wir lieber nicht mehr machen. *Scheiße.*«

»Okay«, sagte ich leise und blieb trotzdem.

Ich stand im Badezimmer, noch feucht von der Dusche, als ich Chubs' Stimme durch den Flur tönen hörte. Rasch warf ich einen Blick in den Spiegel, um sicherzugehen, dass mein Kapuzensweatshirt die schlimmsten neuen Quetschungen an meinem Hals bedeckte, dann schoss ich hinaus und rief ihm nach.

Erkennbar erleichtert fuhr er herum. »Da bist du ja. Du hast die anderen verpasst, sie mussten los. Anscheinend fährt man acht Stunden bis Gold Beach, und diese Idioten wollen es an einem Tag schaffen.«

»Haben sie einen Truck für die ganzen Sachen gefunden?«, fragte ich.

»Ja, wie du selbst hättest erfahren können, wenn du zum Frühstück erschienen wärst – äh, entschuldige, so war das nicht gemeint. Ich bin gestern Abend nicht mehr dazu gekommen, es dir zu sagen, aber das mit Agentin Conner tut mir leid. Ich würde dir ja gern sagen, dass alles gut wird, aber ich habe Angst, dass du mir dann eine knallst.«

Es war das erste matte Lächeln, das mir an diesem Tag gelang. »War Vi einverstanden mitzufahren?«

Er stieß einen langen Seufzer aus und sackte ein wenig in sich zusammen. »Sie hat gestern Abend nach dir gesucht, um noch ein paar Ideen mit dir zu besprechen, aber es ist wohl besser, dass sie dich nicht gefunden hat. Sie hatte eine Million Vorschläge, wie ihr beide euch davonschleichen und Agentin Conner suchen könntet.«

Da war es wieder, das mittlerweile alltägliche Gefühl, das größte Arschloch der Welt zu sein. Ich hatte gestern Abend nicht einmal versucht, mit ihr darüber zu reden. Ich hatte ihr versprochen, dass wir über so etwas sprechen, so etwas gemeinsam verarbeiten würden, und was hatte ich getan? Ich war allein davongerannt, um den Kopf durchs Laufen klarzukriegen.

»Wollen wir eigentlich immer noch mit Clancy reden?«, fragte er.

»Moment mal … Woher weißt du …?« Ich konnte mich nicht erinnern, ihm das erzählt zu haben, allerdings hatte ich ihn eben genau deswegen angesprochen.

»Wir haben gestern Nachmittag darüber geredet, als du dich gerade ein bisschen aufs Ohr legen wolltest«, sagte er.

Ich sah ihn mit einem Blick an, der ihm verraten haben musste, wie leer sich mein Kopf anfühlte. »Ja?«

»Ja, ehrlich. Mindestens zehn Minuten lang. Du hast genickt. Das ist normalerweise ein Zeichen dafür, dass du, na ja, dass du begriffen hast und einverstanden bist.«

»Oh … Du hast recht. Tut mir leid.«

»Du bist total erschöpft«, sagte er und stupste mir mit dem Zeigefinger gegen die Stirn. »Beeinträchtigtes Urteilsvermögen und Vergesslichkeit sind beides Symptome dafür.«

Ich nickte, das musste ich zugeben. »Könntest du gleich mitkommen? Ich hab das Gefühl, das könnte eine Weile dauern.«

»Und mir die Gelegenheit entgehen lassen, wieder einen ganzen Tag lang schmutziges, unbrauchbares Gerümpel herumzuwuchten? Nur zu.«

Cole hatte nicht daran gedacht, Clancys Mahlzeiten für heute vorzubereiten, oder vielleicht hatte er auch keine Zeit dafür gehabt. Ich hörte zu, wie Chubs sich über Vida und Vidas loses Mundwerk sowie über Vidas »leichtsinnigen Umgang mit Schusswaffen« beschwerte, der uns noch alle umbringen würde, während ich mich zwang, Clancys Wasserflasche nicht auszuleeren und sie mit Bleiche zu füllen.

Die Speisekammer war vor einer Woche noch gähnend leer gewesen, doch die humanitären Notrationen hatten sie aufgefüllt, sodass sie wieder wie ein brauchbares Vorratslager aussah. Ich musterte das außen an der Tür hängende Klemmbrett und spürte, wie sich beim Anblick von Liams akkuraten Notizen, was wir verbraucht hatten und was für den Rest der Woche auf unserem Speiseplan stand, ein leises Lächeln auf meine Lippen stahl. Ganz unten auf dem Blatt waren Lebensmittelallergien aufgelistet. Selbstverständlich hatte Liam an so etwas gedacht und sich ein Bein ausgerissen, um für die zwei Kids, die das brauchten, Mandelmilch und glutenfreie Nudeln aufzutreiben.

»Bist du so weit?«, fragte Chubs, als wir schließlich in dem Aktenlager standen. Ich gab den Code ein und trat mit ihm in den kurzen Flur, der zu den Zellen führte. Die Tür am anderen Ende hatte ein kleines Fenster, durch das er uns beobachten konnte.

»Du musst die ganze Zeit hierbleiben«, sagte ich. »Du darfst nicht reinkommen. Ich weiß, du glaubst, er kann dir nichts tun, aber ich möchte diese Theorie lieber nicht auf die Probe stellen.«

»Mann, nein, ich komm auf keinen Fall rein. Wenn er deinen Kopf übernimmt, sperre ich euch beide da drin ein und hole Hilfe.« Er warf mir einen scharfen Blick zu. »Das darf nicht passieren. Pass ja auf, dass du mich nicht in diese Lage bringst.«

Ich nickte. »Eins noch. Ganz egal, was geschieht, ich will nicht, dass du Liam irgendwelche Einzelheiten darüber erzählst, was ich vorhabe. Ob's nun gut oder schlecht ausgeht. Versprich es mir.«

»Was genau hast du denn vor? Willst du deinen Körper benutzen, um ihn zum Reden zu bringen, anstatt deinen – wow, ich kriege nicht mal den Satz zu Ende; mein Gehirn versucht schon, ihn gleich zu zensieren.«

Meine Finger schlossen sich fester um die Tüte mit dem Essen. »*Nichts* dergleichen. Es wäre mir nur lieber, wenn das ihm nicht als Gedächtnisstütze dafür dient, wie weit ich gehen kann.«

»Ruby …«

Ich drängte mich an ihm vorbei, trat durch die Tür und schloss sie energisch hinter mir. Dann sah ich mich noch einmal um und begegnete durch die Glasscheibe seinem Blick. Er trat zurück und verschwand aus meinem Blickfeld.

»Du nimmst dir also die Zeit, dich aus deinem strengen Tagesplan des Rumsitzens und Nichtstuns auszuklinken, um mir einen Besuch abzustatten? Ich fühle mich geehrt.« Clancy saß auf seiner Pritsche und las, den Rücken an die Wand gelehnt. Decke und Kissen lagen ordentlich neben ihm. Beides hatte Cole ihm auf seine Bitte hin genehmigt, in der dummen, vergeblichen Hoffnung, dass er dadurch ein wenig gesprächiger würde. Als ich die Türklappe öffnete, um die braune Tüte mit seiner Essensration hineinzuwerfen, blätterte Clancy um, markierte die Seite und legte das Buch auf das Kissen.

Genauso gut hätte er mir das Exemplar von *Unten am Fluss* ins Gesicht schleudern können.

»Oh«, sagte er in aller Unschuld. »Hast du das gelesen? Stewart hat es mir mitgebracht, weil ich so ein braver Junge war. Ich hatte auf *Krieg und Frieden* gehofft, aber in der Not frisst der Teufel Fliegen und so weiter.«

Es war eine alte Ausgabe – der Einband war zerknittert, und am Buchrücken klebten uralte Büchereietiketten. Die Seiten waren vergilbt und hatten sich verbogen. Doch ich hatte das Gefühl, dass es, wenn ich es mir unter die Nase hielte, diesen Geruch verströmen würde – diesen unbeschreiblichen Duft, der sich auch durch noch so viel Putzen niemals aus Bibliotheken und Buchhandlungen vertreiben ließ. Ein paar andere Bücher lagen ordentlich gestapelt unter Clancys Pritsche – abgenutzte Exemplare von *Wer die Nachtigall stört, Söhne und Liebhaber* und ein Buch namens *In einem andern Land.* Und dann war da noch ein blaues Buch – *Tiffanys Tischmanieren für Teenager* –, das in Fetzen gerissen und in der ganzen Zelle verstreut worden war. Typisch Cole. Ich fragte mich, wen er sich gestern Abend als Aufpasser ausgesucht hatte.

»Was hast du ihm dafür gegeben?«

»Ein paar kleine Informationen, die er unbedingt haben wollte.« Clancy schaute in die Tüte, während er zu seiner Pritsche zurückschlenderte. Dann strich er sich das dunkle Haar aus der Stirn und griff erneut nach dem Buch. »Es liegt nur an der allgemeinen Dummheit hier, dass noch niemand dahintergekommen ist, was er ist. Dabei zeigt er es doch so deutlich. Wird dermaßen weinerlich, wenn er nach ihnen fragt …«

»Warum gerade dieses Buch?«, unterbrach ich ihn, wohl wissend, dass Chubs lauschte. Mein Verstand sprang von einer Erinnerung zur nächsten, während ich fieberhaft überlegte, wann ich ihm erzählt hatte, dass ich das Buch toll fand. Bei dem Anblick, wie er es hielt, es gegen die Brust presste, wäre ich am liebsten in die Zelle gestürmt und hätte es ihm aus den Händen gerissen, ehe er es auch noch besudelte.

»Mir ist eingefallen, dass du es in East River mal erwähnt hast«, sagte er und erriet die unausgesprochenen Fragen. »Du hast gesagt, es sei dein Lieblingsbuch.«

»Komisch, ich kann mich nicht erinnern, dass jemals die Rede davon gewesen wäre.«

Clancy erwiderte mein schmallippiges Lächeln. »Dann muss es wohl eine unserer privateren Unterhaltungen gewesen sein.«

Private Unterhaltungen? So rechtfertigte er also all die invasiven Lektionen, wenn ich nicht aufgepasst und ihn in meinen Kopf eingelassen hatte – alles unter dem Vorwand, dass er versuchte, mich zu »lehren«, meine Kräfte zu kontrollieren.

»*›… dein Volk kann die Welt nicht regieren, da ich es nicht so haben will. Die ganze Welt wird dein Feind sein, Fürst mit tausendfachen Feinden‹*«, las er, »*›und wann immer sie dich fangen, werden sie dich töten. Aber zuerst müssen sie dich fangen, Gräber, Lauscher, Läufer, Fürst der schnellen Warnung. Sei schlau und voller Lis-*

ten, und dein Volk wird niemals vernichtet werden.‹« Er schlug das Buch zu und lehnte sich an die Wand. »Hätte nie gedacht, dass ich eine Geschichte über Kaninchen mal faszinierend finde, aber selbst die haben offenbar ihren Reiz.«

»Kapierst du überhaupt, was du gerade gelesen hast?«, fragte ich, erneut von Wut gepackt. In der Geschichte wurden diese Zeilen von Lord Frith gesprochen, dem Gott der Kaninchen. Er richtete sie an El-ahrairah, einen Fürsten aus seinem Stamm, der die Bevölkerung seines Baus außer Kontrolle hatte geraten lassen, allzu stolz auf dessen Stärke. Als Vergeltung für seine Arroganz machte Lord Frith die anderen Tiere des Waldes zu Feinden der Kaninchen und zu Raubtieren. Doch im gleichen Atemzug stattete er die Kaninchen mit den Eigenschaften und Fähigkeiten aus, die sie brauchten, um eine faire Überlebenschance zu haben.

Typisch für Clancy, dass er sich im Geiste selbst als den Helden dieser Geschichte sah.

»Allerdings, obwohl ich meinen Standpunkt ja eher durch folgendes Zitat ausgedrückt sehe: *Ein Kaninchen, das nicht weiß, wann ein Geschenk ihm Sicherheit verliehen hat, ist ärmer als eine Schnecke, obgleich es vielleicht anderer Meinung ist.*«

Ich schüttelte den Kopf. »Hör auf. Hör einfach auf. Das ist unterirdisch, sogar für dich.«

»Oh, glaub mir, das ist noch nicht mal annähernd so tief, wie ich zu sinken bereit bin, um dir begreiflich zu machen, was ich dir die ganze Zeit sagen will.«

»Es geht nicht darum, dass ich es nicht verstehe, sondern darum, dass ich anderer Meinung bin.«

»Ich weiß«, sagte er. »Mann, und wie ich das weiß. So oft habe ich mir gewünscht, du könntest – du hättest dich in Thurmond nicht so kaputtmachen lassen. Du bist so unbarmherzig mit dir selbst, und du kannst nicht einmal zwischen der Wahrheit und der verzerrten Version davon unterscheiden, die sie dir eingetrichtert haben.«

Ich hatte diese Sprüche so satt; wenn ich nicht mit einem konkreten Anliegen hergekommen wäre, wäre ich gegangen, noch bevor er damit hätte anfangen können. Doch das war eben der Eintrittspreis. Ich musste mir seine schwachsinnigen Ausreden dafür anhören, warum er jeden in seiner Umgebung so rücksichtsvoll behandelte wie das Gras unter seinen Füßen.

»Kein einziges Mal, seit ich dich kenne, hast du das, was wir können, als Gabe bezeichnet. Du schimpfst und fletschst die Zähne, wenn das Wort ›begabt‹ auch nur in deine Richtung geflüstert wird. Du hast eine Sturheit in dir, die ich einfach nicht begreife, egal, wie viel ich darüber nachdenke. Ich kann mir gar nicht vorstellen, wie ermüdend es für dich sein muss, deine – wie nennst du das? – *Fähigkeiten* einzusetzen. Du bestrafst dich selbst, wenn es dir nicht gelingt, sie unter Kontrolle zu halten, und du bestrafst dich selbst, wenn es dir gelingt. Was ich mit am faszinierendsten an dir finde, ist, dass du irgendwie imstande bist, deine Begabung gedanklich von dir abzuspalten – als wäre sie etwas völlig Unabhängiges, das du zwingen kannst, sich zu unterwerfen.«

Er erhob sich und kam mit über der Brust verschränkten Armen auf mich zu, imitierte meine Haltung. Über uns sprang die Klimaanlage an und stieß zischend einen Hauch frostiger Luft aus. Die Kälte strich mit ihren eisigen Fingern über meine nackten Arme, meinen Hals und meine Wangen. Es war eine Liebkosung. Einen Augenblick lang war ich überzeugt, irgendwo anders zu stehen, während mir der Duft von Nadelbäumen und Gewürzen in die Nase stieg.

»Lass das.« Ich hatte keine Ahnung, wie er das machte, aber ich war nicht mehr dieselbe Ruby, die ich in East River gewesen war. Ich war nicht blind für seine Tricks; genauso kroch er immer wieder in meinen Kopf – indem er mich aus der Fassung brachte.

Seine Brauen hoben sich. »Ich mach doch überhaupt nichts.«

Ich gab einen angewiderten Laut von mir und wandte mich demonstrativ zum Gehen, um zu sehen, wie wichtig es ihm war, dass ich blieb. Wie schwer es werden würde, meinen kleinen Plan umzusetzen.

»Fragst du dich nie, warum es für die Blauen so einfach ist zu kontrollieren, was sie tun?«, rief er. »Jedes Mal wenn sie etwas von der Stelle bewegen, ist es ein natürlicher Ausdruck ihres Willens – etwas, das sie mit Absicht tun. Die Grünen stellen ihre Kräfte auch nie ab, ihre Begabung liegt nämlich wie ein Netz über ihrem Geist; sie sehen das als die Tätigkeit ihres Verstandes und als nichts weiter.«

Während jemand wie Zu, eine Gelbe, oder ich oder Cole unbedingt wissen mussten, dass wir unsere Fähigkeiten abstellen konnten, und zwar komplett, sonst würden wir alles und jeden um uns herum zerstören. Wir benutzten unseren Verstand wie eine Waffe, die wir fest in den Händen hielten, bemühten uns, sie wieder ins Halfter zu stecken, ohne uns dabei selbst zu verletzen.

»Es muss die reinste Folter für dich sein, dauernd mit diesen drei Blauen zusammen zu sein, dir von ihnen erzählen zu lassen, alles wird gut, und du kannst kontrollieren, was du tust – und dann zuzusehen, wie sie einen Finger heben, und es funktioniert. Du hast sechs Jahre in Thurmond verbracht, so verängstigt, dass du nicht gewagt hast, falsch zu atmen, weil sie dann womöglich genauer hingeschaut hätten. Du weißt, was sie tun werden, wenn sie dich jemals kriegen und dich in dieses Lager zurückverfrachten. Sie werden dich lange genug dort behalten, um ihre Tests zu machen und zu bestätigen, was sie längst wissen. Du hast ja gesehen, wie schnell und lautlos sie die Roten, Orangenen und Gelben aussortiert haben. Die Roten sind im Projekt Jamboree gelandet, die Gelben in einem von den neuen Lagern, die speziell dafür gebaut worden sind, ihre Kräfte unter Kontrolle zu halten. Aber was ist aus den Orangenen geworden? Wo sind die abgeblieben?«

Mir schnürte es die Kehle zu. Das Wenige, was ich noch an Tapferkeit besaß, rann ebenso schnell aus mir heraus, wie das altvertraute Grauen hereinströmte.

»Soll ich es dir sagen?«, fragte er leise und lehnte sich mit der Schulter gegen die Scheibe.

Mein atemloses »Ja« erstaunte mich selbst.

»Manche sind ins Forschungsprogramm der Leda Corp gekommen, wo sie auch Nico und mich hingeschafft haben, nachdem sie das Programm in Thurmond dichtgemacht hatten«, erklärte Clancy. »Und wenn man einigen der PSFs glauben kann, die damals dort stationiert waren, dann sind die anderen drei Kilometer nördlich vom Lager begraben, ein paar Hundert Meter von den Bahngleisen entfernt.«

»Warum?« *Warum sie umbringen, warum ihre Leben vergeuden, warum so handeln, als wären sie Tiere, die eingeschläfert werden müssen, warum … warum sie …*

»Weil sie nicht kontrollierbar waren. Punkt. Das war die sauberste und die simpelste Lösung. Und weil sie auch wussten, dass sie, wenn die anderen Kids jemals aus dem Lager freikämen, das ganz einfach mit der Behauptung erklären könnten, IAAN sei die Ursache gewesen, sie seien von einer nicht-existenten zweiten Welle der Krankheit befallen worden. Unsere Gabe manifestiert sich in so wenigen Kids, dass das nicht allzu viele Warnsignale auslösen würde, vielleicht auch überhaupt keine.«

Die Geburtenrate war mittlerweile so niedrig – wenige Menschen wollten das Risiko eingehen, ein Kind an IAAN zu verlieren –, dass es unmöglich schien, das abzuschätzen.

Seine dunklen Augen wanderten zu mir herüber. »Ich habe die Befehle gesehen – die Erklärungen, wie man es ›human‹ erledigt, damit der Betreffende nur ein ganz geringes Maß an Schmerz verspürt. Ich konnte nie einen von ihnen rechtzeitig erreichen, um jemanden zu retten.«

»Du rettest niemanden«, entgegnete ich bitter. »Du hilfst nur dir selbst.«

»Hör zu!«, fauchte er und schlug mit der offenen Hand gegen die Scheibe. »Du *bist* deine Fähigkeiten, und sie sind du. Ich kann es dir nicht deutlicher sagen. Weißt du, warum ich dieses Heilmittel hasse? Das ist die Aussage, dass das, was wir sind, grundsätzlich falsch ist. Es ist eine Strafe für etwas, was nicht unsere Schuld ist – alles nur, weil sie ihre Angst vor dem, was wir können, genauso wenig beherrschen können wie ihren Ärger darüber, dass es Menschen gibt, die stärker und mächtiger sind als sie. Sie wollen dich deiner selbst berauben – der Fähigkeit, dein gutes Recht zu schützen und durchzusetzen, die Entscheidungen über dein Leben selbst zu treffen. Über deinen eigenen Körper. Merk dir meine Worte: Letztlich wirst du keine Wahl haben. Sie werden für dich entscheiden.«

»Das Heilmittel ist keine *Strafe*, wenn es den Kindern das Leben rettet, die nach uns geboren werden. Sie sollen nie erleben müssen, was wir durchgemacht haben. Hast du jemals an die gedacht, bevor du versucht hast, die Forschungsergebnisse zu verbrennen?«

»Natürlich! Aber dieses Heilmittel, von dem du da andauernd redest? Das ist kein Heil*mittel*, sondern ein schmerzhaftes, invasives Verfahren, das nur denen hilft, die die Verwandlung schon hinter sich haben. Denen, die ohnehin nie überlebt hätten, hilft es kein verdammtes bisschen.«

»Versuch's noch mal«, sagte ich. »Ich hab inzwischen viel mehr Übung darin, deine Ammenmärchen zu durchschauen.«

Zornig fuhr er sich mit der Hand durch das dunkle Haar. »Du musst deine Energie darauf konzentrieren, die Ursache zu finden – es ist kein Virus, das hat Leda schon herausgefunden. Es muss irgendwas in der Umwelt sein, etwas, das vergiftet war …«

Ob er es jetzt begriff oder nicht, er war schnurstracks in die Falle getappt, genau wie ich gehofft hatte. Es war wichtig, dass er über das Heilmittel sprach und nachdachte; das würde ganz von selbst zu Gedanken an seine Mutter führen – was er ihr angetan hatte und wo wir sie finden konnten.

»Jetzt ist nicht der Moment, dich zu ändern, damit du in die Welt passt«, sagte Clancy, die Stimme rau von den Gedanken, die unter seiner Haut tobten. »Du solltest die Welt ändern, damit sie dich akzeptiert. Damit sie dich so existieren lässt, wie du bist, ohne aufgeschnitten und beschädigt zu werden.«

Das war es – ich spürte die Öffnung in dem Gespräch, als hätte sich die Luft um uns herum geteilt. Er hatte es schon immer verstanden, von mir zu kriegen, was er wollte, indem er in schmerzhaften Erinnerungen herumbohrte, bis ich zu fertig oder zu weich war, um seinen Vorstößen zu widerstehen. Ich wusste, dass er die Beherrschung verlieren konnte – ich hatte das zu viele Male miterlebt, um es für ein seltenes Vorkommnis zu halten –, doch ich wollte keine Wut. Ich wollte Qual, Qual, wie ich sie auf Nicos Gesicht gesehen hatte, als er das Foto von sich selbst als kleinem Jungen angeklickt hatte. Sobald er wieder an sich heranließ, was sie ihm damals angetan hatten, würde Clancy in meinen Händen so formbar sein wie feuchter Sand.

»Wenn alles, was du sagst, wahr ist – dass das Heilmittel grausam ist und uns verändern wird –, dann beweise es.«

Das ließ ihn stutzen. »Wie denn?«

»Zeig's mir. Beweis mir, dass es so schrecklich ist, wie du

behauptest. Angesichts deiner fantastischen Bilanz, wenn's darum geht, die Wahrheit zu sagen, habe ich absolut keinen Grund, dich beim Wort zu nehmen.«

Seine hoffnungsvolle Miene wurde missmutig. »Jahrelange Forschung genügt dir nicht? Ich habe dir bereits alles gegeben, was ich hatte.«

»Ja, über Thurmond. Über das Forschungsprogramm der Leda Corp. Aber nicht darüber.«

»Ah.« Clancy begann, auf und ab zu gehen, und strich mit den Fingern über die Glasscheibe zwischen uns. »Du willst es also mit eigenen Augen sehen? Wenn du meinen Worten nicht glaubst, wie kannst du dann meinen Erinnerungen trauen? Selbst die lassen sich fälschen, wie du ja selbst weißt.«

»Ich erkenne den Unterschied«, sagte ich und begriff mit jähem Schrecken, dass das tatsächlich stimmte.

Die Erinnerung von neulich. Die, die er benutzt hatte, um mir zu zeigen, wie man sich in seinen Server einloggen und all die Dateien abrufen konnte. Das hatte sich anders angefühlt, weil es anders gewesen war; es war reine Fantasie seinerseits gewesen. Deshalb war ich imstande gewesen, da hineinzusteigen und als ich selbst mit dem zu interagieren, was dort geschah, statt nur nachzuerleben, was der Person, die ich ausforschte, passiert war. Das ganze Erlebnis war anders beschaffen gewesen.

»Du hast es also rausgefunden. Gut gemacht.« Clancy klang erfreut. »Gedächtnis und Fantasie sind zwei verschiedene Bestien, die vom Verstand unterschiedlich behandelt und verarbeitet werden. Jedes Mal wenn du die Erinnerungen von jemandem ausgetauscht, jemandem einen Gedanken in den Kopf gepflanzt hast – da war dir nicht klar, dass du mehrere verschiedene Dinge auf einmal getan hast, oder?«

Hatte ich das gewusst? Bis jetzt hatte ich alles, was ich tun konnte, einfach hingenommen, hatte getan, was mir natürlich erschien. Vielleicht war es ja sinnlos, weil ich all das und den Schrecken, den es für mich barg, eines Tages hoffentlich loswerden würde, aber … sollte ich mich nicht wenigstens mehr anstrengen, genau zu begreifen, was ich tat und wie?

Ich prüfte seine Abwehr, indem ich meine Gedanken gegen seine streifen ließ. Doch er hatte mich erwartet, und in dem Moment, wo ich versuchte, seinen Verstand mit meinem zu berühren, war es, als hätte er die Hand ausgestreckt, um mich dort hineinzugeleiten. Ich wurde durch die durchscheinenden Schichten besudelter Erinnerungen gezogen und erhaschte hier ein Gesicht, dort ein Geräusch. Clancy besaß einen sehr geordneten Verstand. Es war, als liefe man einen gewundenen Korridor voller Fenster entlang, von denen jedes einen verlockenden Blick ins Innere bot. Oder als schlendere man auf der Suche nach dem richtigen Buch an den Regalen einer Bibliothek entlang und würfe im Vorbeigehen einen kurzen Blick auf die Titel.

Die Bilder begannen zu verschwimmen und verliefen dann wie Tinte auf nassem Papier. Die Farben verwandelten und vermischten sich, bevor sie schließlich mit der Wucht eines Schlags gegen die Brust erstarrten. Ich wurde in eine so solide Erinnerung katapultiert, dass ich förmlich fühlte, wie der kalte Metalltisch in meine bereits starre Haut schnitt. Ich blinzelte mehrmals, um den Lichtkreis um mein Sichtfeld zu vertreiben, und spürte, wie ich mich aufzurichten versuchte, nur um von den schwarzen Gurten um meine Handgelenke und Fußknöchel wieder niedergerissen zu werden. Ich war nicht von Stoffschichten bedeckt, nicht einmal von einer Decke – nichts als Drähte und Elektroden, die aus meinem Kopf und meiner Brust herausquollen wie aus einem aufgeplatzten Kokon.

Die Männer und Frauen in Weiß schwärmten um den Tisch

herum, auf dem ich lag, und ihre Stimmen schwirrten durch meinen Kopf. Sie zupften Drähte von meinem Kopf, ersetzten sie durch neue, fassten mich überall an – wirklich überall – und schoben grob meine Augenlider hoch, um mit einem grellen Licht hineinzuleuchten. Ich hörte ihre leisen Scherze und gemurmelten Kommentare und sah die Umrisse ihrer grinsenden Münder hinter ihren Mundschutzmasken.

Er hatte mir eine solche Erinnerung schon einmal gezeigt, damals, als wir in East River waren. Es war grauenhaft gewesen, vor allem als ich begriff, dass das Ganze in der Krankenstation stattfand, die ich auf den ersten Blick erkannte. Doch die simple Wahrheit war, je stärker die Erinnerung war – je stärker die damit verbundenen Gefühle waren –, desto klarer wurde alles. Inzwischen wusste ich, wenn ich innerhalb einer Erinnerung etwas hörte, etwas roch oder etwas empfand, dann geschah das deshalb, weil sich das Geschehene so tief in den Verstand des anderen eingebrannt hatte, dass es eine Narbe hinterlassen hatte.

Dies hier war keine Erinnerung an die Forschung nach einem Heilmittel – die hatte seine Mutter geleitet, weit weg von ihm. Das hier war das, was sie in *Thurmond* gemacht hatten, ehe er es geschafft hatte, dort rauszukommen. Sie studierten ihn wie ein seltenes Tier, so wie sie den Roten studiert hatten. Nico.

Eine Plastikmaske senkte sich auf mein Gesicht, und widerlich süße Luft flutete in meine Lunge. Das Übermaß an Sinneseindrücken verflachte bei der ersten Berührung der Drogen.

Er hatte mir einmal erklärt, dass sie die Kinder während der Versuche zwar sedierten, sie aber bei Bewusstsein hielten, damit die Geräte ihre normalen Gehirnfunktionen besser überwachen und messen konnten, wie die Psi-Fähigkeiten darin arbeiteten. Das Kreischen der Geräte hallte von den blauen Fliesen von Thurmond wider, es hörte sich an, als wären sie überall, kämen immer näher und warteten darauf, an die Reihe zu kommen. Meine trockene, schwere Zunge hinderte mich am Schlucken, Speichel tropfte über aufgesprungene, geschwollene Lippen in den Knebel, den sie mir um den Kopf geschnallt hatten.

Der Feuerstoß kam ohne Vorwarnung, zuckte im Zickzack meine Wirbelsäule entlang, ein reißendes Gefühl, bei dem es mir vor Schmerz den Atem verschlug. Es war … Es war wie ein Elektroschock, nur etwa tausendmal so stark. Ich hatte mich nicht mehr unter Kontrolle, als mein Körper mehrmals hintereinander krampfte und wieder erschlaffte, krampfte und erschlaffte.

»Versuchen Sie's noch mal, diesmal …« Ein stämmiger Wissenschaftler stieß einen angewiderten Schrei aus und sprang vom Tisch zurück. Der Geruch von Bleiche wurde von dem Gestank nach Pisse, Blut und verbranntem Fleisch abgelöst. Ich hätte auch noch den Inhalt meines Magens ausgekotzt, wenn etwas darin gewesen wäre. In diesem Moment hätte ich alles dafür gegeben, an meinem eigenen Erbrochenen zu ersticken und einfach zu sterben. Die Erniedrigung fraß sich durch mich hindurch, als einer der Forscher eine Pflegerin herbeiwinkte, die mich säubern sollte, damit sie von Neuem beginnen konnten.

Ich bringe euch um … Ich bringe euch um, alle … Die Worte verklangen, als mein Gehirn von einer knisternden Schicht reinem, brennendem Weiß überzogen wurde.

Mein Blick löste sich von der U-förmigen Leuchtröhre über mir, ehe deren Schein den gesamten Raum erfüllte und mich blind machte. Wieder war ich von weißen Kitteln und Klemmbrettern umringt, vom Klappern von metallenen Instrumenten auf metallenen Tabletts, dem gottverdammten *Piep, Piep,*

Piep eines Herzmonitors, der keine Ruhe geben wollte. Die Frau vor mir trat zur Seite und schaltete etwas ein – Musik, die Beatles, sie sangen *I want to hold your hand, I want to hold your hand,* die fröhlichen Stimmen perfekt im Takt mit der heiteren Melodie. Einer der Forscher begann mitzusingen, ziemlich falsch, als ein weiterer weißglühender Blitzschlag durch meinen Schädel fuhr.

Als ich wieder klar sehen konnte und die schwarzen Ränder allmählich verschwanden, schmerzte mein Körper zwar nach wie vor, doch es war dunkel um mich herum, herrlich dunkel, und unter mir war Stoff, kein Stahl. *Geschafft.*

»… wird einen guten Fortschrittsbericht abgeben …«

»… sorgfältig abgestimmte Behandlung … in guten Händen … Behandlung … schlägt an …«

Der stämmige Arzt mit der Halbglatze schüttelte einem Mann im Sakko die Hand. Welche Farbe hatte das Sakko? *Nicht-blau … nicht-blau …* Panik stieg in mir auf und packte mein Gehirn, während es nach dem richtigen Wort suchte. Der Mann in dem Sakko zog den Mundschutz herunter. *Ich sehe Bart. Ich sehe Nase. Alles vertraut. Kopf tut weh – kein Name, nur Gesicht. Gesicht neben Vater. Telefon. Melden. Mich bei ihm melden. Hilfe. Hilfe. Hilfe.*

Heb Hand hoch … heb Hand hoch … Versuch es. Nicht weggehen, nicht ohne … ohne mich. Wörter zerbrachen und zerbröselten in meinem Kopf, hinterließen Laute. Buchstaben. *Zunge unbeweglich. Arme unbeweglich. Schmerzen … brennen, alles brennt …*

Eine kleine Gestalt erschien, und die Pritsche neben meiner knarrte. Er kam jetzt zu mir herüber. Es war sicher. *Nico. Nico, Hilfe.*

Ein kalter Lappen auf meinem Gesicht, wäscht. Meine Hände. Meinen Hals. *Vorsichtig. Vorsichtig, Nico.* Schmerzender Kopf, zarte Berührungen, zarte Fingerspitzen. *Schön.* Ich wurde angehoben, Arme in Ärmel gesteckt, Hemd über den Kopf gezogen. Wurde festgehalten. *Warmes Herz*. Dunkle, brennende Augen. *Sicher. »Alles okay. Ich bin da.«* Becher an den Lippen. *Wasser.* Metall an den Lippen – *Nicht-Gabel … Nicht-Gabel … was ist … Löffel. Löffel. Süß. Essen.*

Nico. Ni-co-las.

Weinen.

Warmer Nico.

Weinen …

12. Kapitel

Ich riss mich aus der Erinnerung heraus, stieß mich von ihr ab. Das Aussteigen war schlimmer als das Einsteigen. Ich vermochte nicht zu sagen, in welche Richtung ich mich bewegte, konnte nicht navigieren. Vorwärts hieß, diesen grauenhaften Moment noch einmal zu sehen, Nicos rasierten Schädel und seinen abgezehrten Körper, seinen herzzerreißenden Gesichtsausdruck. Ich wollte das nicht noch einmal sehen, doch ich konnte der simplen Wahrheit nicht entkommen. Also wandte ich mich in die Gegenrichtung, nur um festzustellen, dass es war, als stapfte ich rückwärts über ein Feld voller Stacheldraht. Ganz egal, auf welchem Weg ich mich aus der Erinnerung herauszulösen versuchte, ich wurde zerrissen, ich hatte Schmerzen.

Als ich zu mir kam, sicher wieder in meinem eigenen Kopf, lag ich auf den Knien, die Stirn gegen die Glasscheibe gelehnt, und schnappte nach Luft.

»Hat dir das gereicht?«, zischte Clancy. Seine Haut hatte einen feuchtkalten Schimmer angenommen, und er zitterte, schlotterte beinahe. »Bist du jetzt zufrieden?«

Ich weiß nicht, wie ich es schaffte. Wirklich nicht. Ich koppelte meinen Verstand ganz einfach von allem ab, was ich gesehen hatte, und tilgte jeden Hauch von Emotion aus meiner Stimme. »Nein.«

Er fuhr herum.

»Ich wusste schon, wie die Versuche in Thurmond abgelaufen sind.« *Oh Gott – oh mein Gott.* Ich hatte das Gefühl, mich gleich wieder übergeben zu müssen. Was sie seinem Verstand angetan hatten, wenn auch nur vorübergehend … »Du wolltest mir doch beweisen, dass das Heilmittel an sich grausam ist.«

»Sie hat das Heilmittel *anhand* dieser Forschungen entwickelt! Anhand der Schockbehandlungen! Glaubst du, ich weiß nicht, was du wirklich vorhast?«, fragte er. »Glaubst du, ich wäre dumm genug, um dir das Heilverfahren zu zeigen oder wo meine Mutter ist …«

Er weiß es. Er weiß, wo sie ist.

Er stakste zu seiner Pritsche hinüber. Noch immer waren wir hinlänglich miteinander verbunden, dass mich der Groll, der ihn durchströmte, einen Moment lang fassungslos machte. Er musste damit aufhören, ich wollte, dass er aufhörte – und so hielt ich inne und griff tief in seinen Verstand hinein, ließ mich von meiner Entschlusskraft an seinen Erinnerungen vorbei und in den Teil seines Geistes führen, der von Hitze und Tatendrang sprühte.

Er erstarrte: Muskeln, Gliedmaßen und Gesicht versteinerten. Clancy regte sich erst wieder, als ich es tat, und dann auch nur als Spiegel meines Handelns. Es war, als zupfte man an Saiten: Jede Berührung mit diesem Teil seines Verstandes löste eine andere Reaktion in ihm aus. Ich stellte ihn auf wie eine Actionfigur und achtete nicht auf den Druck seines Verstandes, der mich abzuwehren suchte.

Das ist es – das ist es, was er fühlt, wenn er mit einem von uns spielt. Aufgekratzt, ganz berauscht von all den Möglichkeiten.

Ich war nicht dort, wo ich hätte sein müssen – jedenfalls nicht wirklich. Irgendwie musste ich mich wieder in seine Erinnerungen zurückmanövrieren, nur wusste ich nicht, wie ich mich aus diesem Teil seines Verstandes befreien sollte. Es war dunkel und beengend …

Spiegel. Das Wort sprang mir ins Ohr. Clancys Stimme, selbstsicher, zwang mich zuzuhören … Er wusste, dass ich aus eigener Kraft hier nicht herauskam, und er hatte bestimmt Angst davor, was für Schaden ich in seinem Innern anrichten konnte, wenn er mir zu helfen versuchte. *Spiegeldenken.*

Ich verstand.

Meine eigenen Gedanken verlagerten sich; ich kniff die Augen zu, ballte die Hände an den Seiten und zwang die Erinnerung daran an die Oberfläche, wie ich den Raum betrat. Dann riss ich mich von der Dunkelheit los; es fühlte sich an, als würde ich an den Haaren herausgezerrt. Erneut stand ich in dem Flur und sah zu, wie die Fenster zu seinen Erinnerungen eines nach dem anderen zugeschlagen wurden. Mir blieb nur eine Sekunde, nur eine einzige, ehe er sich wieder fing …

»Lillian«, sagte ich, »Mutter …«

Der Trick funktionierte wie immer. Das Hören der Worte lenkte seine Gedanken um und förderte die Erinnerung zutage, an die er zuletzt gedacht hatte – genau die, die er schützen wollte.

Ich wusste, wonach ich suchte, da ich bereits früher einen kurzen Blick auf die Erinnerung erhascht hatte. Beim ersten Auftauchen der schönen Frau, das Gesicht von blondem Haar umrahmt, ein Flehen auf den Lippen, tauchte ich hinein, rücksichtsloser als je zuvor. Lillian Grays Labor nahm um mich herum Form an – die Dinge rückten an ihren Platz wie in einem Puzzle. Sie hatte versucht, ihren Sohn zu überlisten, um ihn zu sich zu holen und das Verfahren an ihm durchzuführen. Sie hatte ihren Aufenthaltsort in Georgia durchsickern lassen, wohl wissend, dass er sie finden konnte – und er fand sie auch.

Ich zerrte heftiger an dem Bild, zwang es, schneller vorbeizugleiten. Sie hielt die Hände in die Höhe, besänftigend, während die Worte *Beruhige dich, es wird alles gut* aus ihr herauspurzelten. Ich erinnerte mich an die Blutspritzer am Revers ihres weißen Kittels und daran, wie sie am Ende vom Boden aus gefleht hatte: *Clancy, nein, bitte, Clancy,* während er alles um sie herum in Brand steckte und ihre Geräte zerstörte.

Was ich nicht gesehen hatte, war, wie er mit beiden Händen ihren Hals packte. Ich konnte ihren rasenden Puls unter meinen Händen spüren, beim leisesten Druck. Oh Gott – er würde sie …

Doch stattdessen wanderten meine Hände nach oben und umfassten ihr Gesicht. Es gab keine Worte, um zu beschreiben, was ich als Nächstes sah – ich las Gedanken in Gedanken, eine Explosion von Erinnerungen im Innern einer Erinnerung. Die Hitze in meinem Rücken war unerträglich, doch ich arbeitete weiter, hielt sie fest, verdrehte, verbog und zerbrach jeden Gedanken, den sie hatte.

Ein Schuss ließ die Verbindung abbrechen, Schmerz jagte durch meine rechte Schulter. Ich wandte mich von dem leeren Gesicht der Frau ab und ließ sie zu Boden sacken, während zwei dunkle Gestalten durch die Tür stürmten. Das Glas um sie herum fing das flackernde Licht des Feuers auf. Die seltsame, betörende Schönheit dieses Bildes war das Letzte, woran ich mich erinnerte, ehe ich losrannte.

Ich wurde derart unsanft aus seinem Kopf geschleudert, dass ich rücklings hinfiel und mit dem Kopf gegen die Wand hinter mir knallte. Clancy saß auf dem Boden, so weit von mir entfernt, wie es nur ging. Er hatte das Gesicht zur Wand gedreht, während sein ganzer Körper nach Atem rang. Die Pritsche lag auf der Seite, eine Barriere zwischen uns.

»Raus!«, zischte er. *»Hau ab!«*

Diesmal floh ich. Meine Hände kämpften mit dem ersten Schloss, während Clancy ununterbrochen diese zwei Worte brüllte. Die Tür öffnete sich von der anderen Seite, ich stieß mit der Person dort zusammen und mühte mich ab, mich aus ihrem Griff zu befreien, während die Tür hinter mir mit einem Tritt zugeknallt wurde.

»Ich bin's, ich bin's doch nur …« Chubs zerrte mich den kurzen Flur entlang in das Aktenlager. Ich klammerte mich an seinen Arm; mein Verstand war ein Chaos aus Gedanken und Gefühlen, die gar nicht meine eigenen waren.

Meine Beine gaben nach, ehe wir im Flur waren. Er rammte den Schlüssel ins Schloss und drehte ihn um, wobei er nur kurz innehielt, um daran zu rütteln und sich so zu vergewissern, dass alles gesichert war.

»Ruby?«, fragte er, während sich sein Gesicht in zwei, drei, vier aufspaltete … Mit raschen Schritten hielten wir auf das Ende des Flurs zu, wobei ich mich die ganze Zeit auf ihn stützte und unter der Anstrengung zitterte, mich aufrecht zu halten. Er stieß die Tür zu einem der Schlafräume auf und zog mich hinein.

Ich ließ mich an der Wand hinuntergleiten und versuchte mit jedem Ausatmen, den Klang von Clancys Stimme aus mir zu vertreiben. Chubs ging vor mir in die Hocke und beobachtete mich genau. Wie viel von alldem hatte er gehört? Wie viel von dem, was er gesehen hatte, hatte er verstanden?

Du hast Clancy mit seinen eigenen Waffen geschlagen. Ich hätte mir nie eine Chance ausgerechnet, das mit meinen Fähigkeiten zustande zu bringen. Um ihn auszumanövrieren, hatte ich es geschafft, er zu werden. Und trotz all meiner Versprechungen, alles zu tun, um etwas über Lillian zu erfahren, hätte ich mir irgendwie niemals … *das* vorgestellt. Dass ich dazu imstande wäre.

Denk nicht darüber nach. Ich hatte bekommen, was ich gewollt hatte. Ich hatte die Bestätigung, die ich brauchte.

»Sie ist immer noch bei der League«, sagte ich, bevor er mir die Frage stellen konnte, die ich ihm vom Gesicht ablas. »Sie sind schließlich doch gekommen und haben sie mitgenommen.«

»Die First Lady? Dann hat er sie also definitiv nicht umgebracht?«

Ich schüttelte den Kopf. »Er hat etwas viel Schlimmeres getan.«

Als ich mich auf die Suche nach ihm machte, war Cole schon fort. Senatorin Cruz erzählte es mir, als ich ihr im Flur in der oberen Etage begegnete.

»Er wollte sich mit einem Freund treffen, der noch Kontakt mit der League hat, um herauszufinden, ob sie Informationen über die festgenommenen Agenten haben«, sagte sie. »Er hat mich gebeten, dir auszurichten, du sollst dir keine Sorgen machen, und dass er heute Abend wieder da wäre.«

Natürlich hatte er kein Handy mitgenommen – es gab keine Möglichkeit, ihn zu erreichen, um zu erfahren, ob er von diesem »Freund« irgendetwas über Lillian Grays Aufenthaltsort erfahren konnte. Wenn sie noch bei der League war, wo hielten sie sie dann fest? Sie hatte ihre Forschung in der Nähe des Hauptquartiers in Georgia betrieben und nur ein paar Agenten zu ihrem Schutz bei sich gehabt. Ob sie sie zusammen mit den anderen zum Hauptquartier in Kansas mitgenommen hatten, als sie den anderen Standort dichtgemacht hatten?

Ich ging am Fitnessraum vorbei und blieb wie angewurzelt stehen, als ich sah, wie Zu, Tommy, Pat und eine Reihe anderer Kids an den Geräten herumfuhrwerkten.

»Entschuldige«, sagte Pat und trat von der Hantelbank weg.

»Wir hatten nur … irgendwie Langeweile. Aber wir wollten etwas tun. Weil, wir gehen nämlich mit, weißt du – ich und Tommy.«

»Mitgehen?«, wiederholte ich.

Tommy trat neben ihn, und sein leuchtend rotes Haar schimmerte unter der Deckenbeleuchtung. »Wir haben uns freiwillig gemeldet. Für Oasis. Tut mir leid, wir haben abgestimmt, nachdem du, ähm, gegangen warst.«

Ah. Ich musterte die beiden. Als Tommy sich unter meinem kritischen Blick unbehaglich wand, stieß ihn Pat in die Seite, damit er aufhörte, woraufhin er das Kinn noch höher reckte. Ich schmunzelte.

»Wollt ihr ein bisschen Selbstverteidigung lernen?«, fragte ich.

Sie hätten nicht begeisterter reagieren können, wenn ich ihnen Süßigkeiten angeboten hätte. Die anderen Kids ließen die Geräten stehen und sausten zu den Matten hinüber, wo ich sie anwies, sich in einer Reihe aufzustellen. Ich machte Stretching-Übungen mit ihnen, zeigte ihnen, wie man sich aus verschiedenen Haltegriffen befreite, und demonstrierte mehrmals, wie man jemanden mit einem Schulterwurf aufs Kreuz legte, wenn man kein Blauer war. Als wir nach ein paar Stunden fertig waren, vermochte ich nicht zu sagen, wer glücklicher darüber war, wie der Tag verlaufen war, sie oder ich.

Schließlich verkündete Cole mit drei Schlägen gegen die Tunneltür seine Rückkehr. Ich kam aus Albans früherem Büro gestürmt, wo ich die alten Einsatzakten liegen ließ, in denen ich gerade gelesen hatte, und schloss auf. Mit einem verhaltenen, unsicheren Lächeln kam Cole die Treppe herauf.

»Die anderen sind auch wieder da«, erklärte er. »Ich hab ihnen gesagt, sie sollen alles an die Laderampe der Garage bringen. Kannst du die Kids zusammentrommeln, damit sie helfen, die Sachen reinzuschleppen? Ich gehe schon vor und schneide die Kette durch, damit wir das verdammte Tor aufkriegen …«

»Cole«, sagte ich scharf, als er Anstalten machte zu gehen.

Er kam schlurfend zum Stehen und wandte den Kopf ein wenig in meine Richtung. »Tut mir leid, Zuckerschnecke. Sie suchen nach den Agenten, aber sie wissen auch nichts. Liam muss hinter meinem Rücken Harry kontaktiert haben, der hat sich nämlich heute Morgen bei mir gemeldet und gesagt, er würde sich umhören. Er war früher bei den Special Forces und hat immer noch ein paar Kumpels in verschiedenen Militär- und Regierungsabteilungen.«

Der Name seines Stiefvaters ließ Erinnerungen aufblitzen, die ich in Coles Geist gesehen hatte, und der Schmerz regte sich in mir. Der Mann aus seiner Erinnerung, sein leiblicher Vater, wie er so auf ihre Mutter herablächelte …

»Okay«, sagte ich ruhig. »Danke, dass du's versucht hast.«

Er stieß stockend den Atem aus und zuckte widerwillig die Achseln. »Alles okay?«

»Ja«, sagte ich. »Lass mich die anderen holen. Wir treffen uns dann unten.«

Kalte Nachtluft füllte das Lagerhaus mit einem frischen, sauberen Duft, der bis zu uns in den Tunnel reichte. Die Tür am anderen Ende stand bereits offen, wartete auf uns. Doch kaum war ich hindurchgetreten, blieb ich wie angewurzelt stehen.

Der ganze Raum sah aus, als hätten sie ihn stundenlang mit Hochdruckreinigern bearbeitet. Zwar hatten sie das Gerümpel nicht aus dem Gebäude entfernen können, da es womöglich unerwünschte Aufmerksamkeit erregt hätte, doch irgendwie hatten sie alles aufeinandergestapelt und die vier Wände als Rahmen eines Puzzles verwendet. Sie hatten sämtliche Regale in Reih und Glied aufgestellt, hatten aus den kaputten Stockbetten ein paar neue Regale gezimmert und mithilfe der vorgefundenen Werkzeuge eine Werkbank gebaut. Die Hebebühne und die Karosserie befanden sich nach wie vor in der Mitte des weiten Raums, doch es sah aus, als würden sie sogar diese alte Mühle wieder herrichten. Zumindest hatte jemand das Ding mit Reifen ausgestattet.

Zwei große Geländewagen und ein weißer Lieferwagen waren die Laderampe hinaufgefahren und parkten nun hier drinnen. Ich eilte zu Liam und Vida hinüber, die mit ihren Kräften Kisten von den Ladeflächen hoben und zur Seite stellten.

Liam blickte auf, als ich herüberkam, ein vertrautes Lächeln lag auf seinem Gesicht. Er winkte das Grüppchen, das hinter mir hereinkam, zu sich. »Wir sortieren das Ganze erst mal grob. Computer und Elektronik da drüben hin …«

Von einem der Grünen ertönte ein seliges Seufzen, woraufhin Liam leise auflachte.

»Lebensmittel und Wasser kommen hierher. Es müssten ein paar Säcke mit Klamotten und Bettzeug dabei sein – nein, nein, lasst das Zeug in dem weißen Van in Ruhe«, rief er und rannte hinüber, um die Wagentür zu schließen. »Das ist … Um die Sachen da kümmert sich Cole.«

Das hieß wohl Waffen für unser Arsenal.

Vida hatte ihr … Pokerface aufgesetzt. Sie verzog nicht einmal genervt das Gesicht, als Chubs sie mit einer endlosen Reihe Fragen bombardierte. Ich wusste nicht, ob sie überhaupt merkte, was sie tat, so deutlich sah man ihr die betäubte Distanzierung an.

Zu trat neben mich und blickte mich aus ihren dunklen Augen fragend an. Ich wollte ihr sagen, dass sie sich darüber nicht den Kopf zerbrechen solle, dass ich allmählich erkannt hätte, dass man umso stärker sein musste, je schwerer einem das

Herz wurde, um es weiter mit sich herumzutragen. Doch in Wirklichkeit wollte ich eigentlich nur eines: eine Faust ins Gesicht riskieren und Vida umarmen. Also versuchte ich es.

Und sie ließ es zu.

Ihre Arme blieben neben ihrem Körper hängen, von meinem festen Griff dort gehalten. Langsam hob sie die Hände und presste sie gegen meinen Rücken. Ich roch Staub und das Salz von Meerwasser auf ihrer Haut, vermischt mit den Auspuffgasen der Autos, und wünschte verzweifelt, ich hätte mich an ihrer Stelle freiwillig gemeldet, damit sie den Tag zur Erholung gehabt hätte.

»Wir holen sie verflucht noch mal zurück«, sagte Vida heftig. »Ich fackele Gray die Hütte überm Kopf ab. Wenn sie nicht heil und unversehrt ist, reiße ich ihm das Herz aus dem Leib und fresse es auf.«

Ich nickte.

»Du solltest kein rohes Fleisch essen«, bemerkte Chubs irgendwo neben uns. »Das kann Krankheitskeime enthalten …«

Wir drehten uns beide langsam zu ihm um. Er stellte die Computerkiste, die er in den Händen hielt, behutsam auf den Boden und verzog sich.

»Die Kanadier haben geliefert, nicht wahr?« Senatorin Cruz betrachtete die ausgeladenen Kisten und wanderte zwischen den Stapeln umher.

»Was wollen die wohl für das alles haben?«, fragte einer der Jugendlichen.

»Keine Sorge«, erwiderte Senatorin Cruz. »Die Zahlungen haben noch lange Zeit. Das hier ist eine sogenannte Gefälligkeit. Oh – haben sie kein Benzin geliefert?«

»Sie haben einen Treibstofftank geschickt«, berichtete Liam. »Wir haben ihn hinter der Bar versteckt, weil er nicht durch das Tor an der Laderampe gepasst hat. Außerdem war mir, äh, nicht übermäßig wohl dabei, eine Tonne hoch entzündliches Material hier zu haben.«

»Verständlich«, meinte Senatorin Cruz mit leisem Lachen.

»Sie scheinen wirklich sehr engagiert zu sein. Wir haben einen Abholplatz eingerichtet, damit sie Sachen dorthin bringen können, wenn sie mal wieder Gelegenheit dazu haben. Sie haben mir das hier gegeben …« Er zog ein schmales silbernes Telefon aus der Tasche. »Um Kontakt aufzunehmen, wenn die Lieferung bereitsteht.«

»Sprühfarbe?«, fragte Chubs. »Hast du daran gedacht?«

»Wofür denn?«, wollte ich wissen.

»Wenn wir die Autos losschicken, um die Horden einzusammeln«, erklärte Liam und gestikulierte mit den Händen, »markieren sie die sicheren Straßen, die sie benutzt haben, mit dem Straßencode. So kommen wir heil wieder zurück, *und* es besteht sogar die Chance, dass andere Kids, von denen wir gar nichts wissen, die Markierungen sehen und der Route folgen.«

Sein Lächeln war schon immer ansteckend gewesen. Ich biss mir auf die Lippe; er sah mich an, als wäre ich das Beste, was er je gesehen hatte.

Ruby kann dir deine Erinnerungen nehmen …

»Super Idee«, sagte ich und schaute weg.

»Ja …« Er verstummte. »Danke.«

Die Kids waren sofort bereit, die Ladung in die Ranch zu schleppen. Cole stand an die Hecktür des weißen Vans gelehnt da und sah zu, wie alles hineingetragen wurde.

»Wartet«, sagte ich und erwischte Chubs und Liam gerade noch hinten am Hemd, ehe sie Zu und Hina zum Tunnel folgen konnten. »Wir müssen etwas besprechen.«

Cole und Vida mussten den beklommenen Unterton in meiner Stimme bemerkt haben und gesellten sich zu uns.

»Ich … habe mich heute mit Clancy befasst«, sagte ich. »Um rauszufinden, wo seine Mutter ist.«

Cole richtete sich auf. »Und?«

»Sie hat in irgendeiner Einrichtung in Georgia gearbeitet und wurde von Agenten des dortigen HQ beschützt. Die scheinen sie noch rechtzeitig rausgeschleust zu haben. Aber ihr Labor ist abgebrannt.«

»Verdammt, Ruby«, sagte Vida leise. »Bist du sicher?«

»Ganz sicher. Und ich bezweifele, dass sie sie aus den Augen gelassen hätten.«

»Du glaubst, sie halten sie in Kansas versteckt«, sagte Cole.

»Das ist doch logisch, oder? Bei der League ist es Usus, die restlichen Kräfte und Ressourcen an einem zentralen, sicheren Ort zu bündeln, wenn die Organisation angegriffen wird. Ich weiß nicht, ob sie es nach dem, was mit Clancy passiert ist, noch riskieren würden, sie an einem Außenposten festzuhalten, und ich glaube auch nicht, dass sie eine Gefangene ist, die sie auf freien Fuß gesetzt hätten …«

»Würden sie sie eintauschen?«, unterbrach mich Vida. »Ein Gefangenenaustausch?«

»Die First Lady?«, erwiderte Cole. »Nicht mal gegen hundert Agenten. Ich begreife nur nicht, warum sie sie nicht schon benutzt haben – sonst schrecken sie ja auch nicht davor zurück, Geiseln zu benutzen, um Forderungen zu stellen.«

»Na ja … Vielleicht wollen sie sie ja nicht vor eine Kamera setzen«, meinte ich.

»Erklär das mal.«

»Clancy hat an ihrem Verstand rumgemacht. Richtig rumgemacht.«

»Gehirnvoodoo?«, fragte Vida. »Wahnsinn. Das war's dann wohl mit Antworten.«

»Du willst sie rausholen.« Liams Stimme war ruhig, und

doch hörte ich den unglücklichen Unterton, das, was unausgesprochen blieb. »Du glaubst, du kannst in Ordnung bringen, was er angerichtet hat.«

Ich nickte.

»Du meinst, du willst einen Rettungstrupp in eine sichere Einrichtung schicken, die von hundert Exsoldaten bewacht wird, die auf Folter und Terror spezialisiert sind … weil du eine Theorie hast«, sagte Cole.

»Wenn sie nicht dort ist, bekommen wir wenigstens Antworten auf die Frage, wo sie ist«, entgegnete ich. »Das wird eine Blitzaktion. Schließlich wissen wir ja, wo das Hauptquartier in Kansas ist. Zwei von uns könnten hinfahren und die Lage peilen. Wenn es zu gefährlich aussieht, ziehen wir uns zurück. Es ist das Risiko wert. Wenn wir sie finden und ich sie wieder hinkriegen kann, kriegen wir Antworten über das Heilmittel. Wenn nicht, dann … haben wir jemanden, den wir gegen Cate austauschen können.«

Vidas Interesse an dem Einsatz schoss schlagartig in die Höhe. »Versprich mir, dass wir sie am Ende gegen Cate austauschen, dann bin ich dabei. Du und ich, wir schaffen das. Schließlich haben wir das schon x-mal gemacht.«

Chubs stöhnte auf und hielt sich die Hand vors Gesicht. »Erzähl uns das nicht. Das macht es noch schlimmer.«

»Ruby kann das nicht machen«, erklärte Cole. »Sie wird hier gebraucht. Um mit dem *Ding* umzugehen.«

Ich öffnete den Mund, um zu protestieren.

»Moment – Moment, Moment, Moment«, kam mir Liam zuvor. »Mal langsam. Vor ein paar Stunden hast du noch Angst gehabt, Agentin Conner könnte den Standort der Ranch verraten, aber was ist, wenn sie denen sagen, wo das HQ in Kansas ist? Was, wenn die da längst ihre Sachen gepackt haben und abgehauen sind?«

»Dann folgen wir ihrer Spur«, sagte Vida. »Aber ich wette hundert Mäuse darauf, dass sich diese selbstgefälligen Arschlöcher viel zu sicher und unbesiegbar fühlen, um Hals über Kopf abzuhauen. Die sind garantiert noch da – hundert Dollar.«

Ich wandte mich an Cole. »Wenn jemand reingeht und ihm Essen bringt, dann nur du. Ich kann mehr oder weniger garantieren, dass er meine Visage eine Zeitlang nicht mehr sehen will.«

Cole schien das zwar interessant zu finden, trotzdem schüttelte er schließlich den Kopf. »Nein, du wirst hier gebraucht. Wenn nicht dafür, dann um den Angriff auf das Lager anzuführen.«

»Es wären ja nur ein paar Tage«, wandte ich ein.

»Nein. Das ist mein Ernst.«

Die anderen traten unbehaglich von einem Bein aufs andere, während Cole und ich uns anstarrten.

»Ich würde mich ja anbieten, aber ich habe den anderen versprochen, die Suche nach den Horden zu organisieren«, sagte Liam und fuhr sich durch das zerzauste Haar. »Ich will selbst nach Olivias Gruppe suchen, ich hab da so eine ungefähre Ahnung, wo sie sein könnten.«

»Ehrlich?«, fragte ich. Olivia, Brett und all die anderen Kids, die wir in Nashville kennengelernt hatten, hatten einige Erfahrung im Kämpfen. Sie wären von unschätzbarem Wert, wenn sie uns beistehen würden.

Chubs zerrte seine Windjacke zurecht und zog erstaunlich entschlossen den Reißverschluss hoch. »Ich gehe mit Vida.«

Einen Moment lang schwiegen alle verblüfft.

»Äh, nein danke«, sagte Vida. »Da wär's sicher hilfreicher, ein Geschirrtuch mitzunehmen.«

»Ich habe immer noch meine Skiptracer-Papiere – ich brauche nur irgendwo anzuhalten und mir einen neuen Ausweis machen zu lassen«, sagte er, mehr zu ihr als zu den anderen.

»Du? Du warst ein Skiptracer?« Cole fing an zu lachen, nur um zu merken, dass keiner mitlachte. »Wow, okay. Warum nicht? Erzähl weiter.«

»Ich kann in ihr Netzwerk und in ihr GPS-System rein, um sicherzustellen, dass wir ihnen nicht in die Arme laufen.« Er fuhr zu Vida herum. »Und du – du kannst mich mal. Vielleicht kannst du dich ja unsichtbar machen und bei denen einbrechen und die Frau rausholen, aber ich kann uns sicher da rein- *und* wieder rausbringen. Ich habe das monatelang gemacht und bin nie jemandem aufgefallen, PSFs eingeschlossen.«

»Wahrscheinlich hat dein hässliches Arschgesicht sie gleich beim ersten Anblick blind gemacht«, murmelte sie.

»Echt jetzt? Arschgesicht-Witze?«, zischte er. »Sag bloß nicht, dein Arsenal an geistreichen Bemerkungen ist erschöpft.«

Liam trat zwischen sie, sodass sie sich nicht mehr sehen konnten. Trotzdem gifteten sie sich immer noch leise an.

»Pass auf, Vida, ich willige ja gern in den Deal ein, den du vorschlägst, aber die Aussichten, das erfolgreich durchzuziehen, sind wirklich nicht gerade toll, Kleine«, sagte Cole. »Ich kann nicht mal ansatzweise vorhersagen, was passiert, wenn sie euch schnappen. Wie würdest du das Ganze überhaupt angehen?«

»Indem ich sage, dass es mich tierisch ankotzt, wie feige alle hier sind, und dass ich bereit bin, ein hohes Risiko einzugehen, wenn die Aussicht besteht, dass es sich richtig lohnt«, erklärte sie spitz. »Wobei der ›Lohn‹ in ihren Augen darin besteht, dass ich bei ihnen einsteigen will.«

»Das klingt offen gestanden recht plausibel«, meinte ich.

Für Vida ging es nicht darum, das Heilmittel zu besorgen; ihr lag einzig und allein daran, dass dies ein gangbarer Weg war, um Cate zurückzubekommen. Ich wünschte, ich hätte ihre Zuversicht. Ich wünschte, ich hätte mir selbst einreden können, dass sie Cate lange genug am Leben lassen würden, aber wozu? Es war leichter, die Betäubung der Gewissheit zu empfinden, als am brennenden Abgrund der Hoffnung entlangzubalancieren.

»Okay, Vida. Einverstanden. Du darfst gehen, solange du Skippy den Skiptracer mitnimmst. Unnötige Risiken sind verboten. Hast du das verstanden?«

Beinahe hätte ich Cole erklärt, dass er und sie »unnötige Risiken« ziemlich genau gegensätzlich definierten, doch ich hielt den Mund. Es behagte mir ganz und gar nicht, die beiden so lange aus den Augen zu lassen, geschweige denn, daran zu denken, was ihnen unterwegs zustoßen konnte. Aber wenn wir schon bereit waren, ein großes Risiko einzugehen, dann wenigstens für etwas wie das hier.

»Du hast's erfasst«, sagte Vida. »Wenn du glaubst, ich lasse mir eine Chance entgehen, Cate zurückzuholen, dann rauchst du wohl das gute Zeug.«

»Schön wär's, Süße.«

Cole, Liam und ich arbeiteten wortlos und schleppten eine Kiste Waffen nach der anderen hinein. Ausnahmsweise war ich dankbar für das beklommene Schweigen, denn egal, wie unerträglich die Spannung war, ein weiterer Streit wäre unendlich viel schlimmer gewesen. Es gab einen Moment, als ich mich gerade vorgebeugt hatte, um nach einem Gewehr zu greifen und es an die richtige Stelle im Waffenschrank zu stellen, und mein Sweatshirt verrutscht war. Liam griff herüber und zog den Stoff weg. Er sagte nichts zu dem blauen Fleck an meinem Hals, sondern strich mir nur den Kragen wieder glatt und wandte sich ab. Als wir fertig waren, verließ er den Raum als

Erster; er verschwand durch die Doppeltür und kehrte vermutlich in die Garage zurück.

Ich folgte dem Weg, den er genommen hatte, nicht ohne kurz in unserem Schlafraum vorbeizuschauen. Die meisten Kids hatten sich für den Abend abgemeldet, doch die Tür zu unserem Zimmer stand offen. Nur Chubs lag dort drinnen und war bei heller Beleuchtung auf seinem Bett eingeschlafen, ein Buch aufgeschlagen auf der Brust. Schmunzelnd griff ich nach dem Lichtschalter, als ich die kleine bunte Schachtel auf Vidas Bett sah.

Ich brauchte nicht einmal eine halbe Minute, um mir auszurechnen, wo sie war. Der Deckel der Schachtel mit dem Haarfärbemittel war achtlos abgerissen worden, was nur eines heißen konnte.

Die Belüftung in den Badezimmern war so schlecht, dass wir die Türen immer etwas offen lassen mussten, damit sich dort drinnen keine spätsommerliche Schwüle entwickelte. Der Dampf stand so dicht im Raum, dass mir schwindlig wurde.

»Ist schon in Ordnung«, sagte Vida gerade, »aber weißt du, Z, das ist eine echt beschissene Art zu leben.«

Ich blieb vor der Tür stehen, eine Hand dagegen gedrückt, beugte mich vor und verfolgte das einseitige Gespräch.

»Ja, aber stört es dich denn nicht?«, fuhr sie fort. »Gibt es denn keine Dinge, die wichtig genug sind, um sie zu sagen – ich weiß, du kannst es aufschreiben, versteh mich nicht falsch, aber wie willst du den ganzen Scheiß je loskriegen, wenn du nicht darüber reden kannst? Ich meine, schau mal, Z, du weißt, ich versteh dich, aber der einzige Mensch, der durch dieses Schweigen verletzt wird, bist du selbst. Gib ihnen nicht diese Macht. Lass dich von ihnen nicht dazu verleiten, nie wieder etwas zu sagen. Es gibt Menschen, die es wert sind, dass man an sie erinnert, dass man sich für sie einsetzt. Du bist wichtig. Du hast es verdient, zu sprechen und dass andere die Klappe halten und dir zuhören. Du bist intelligenter als neunzig Prozent unserer Bevölkerung.«

Ich schloss die Augen und lehnte mich gegen die Wand.

»Ach, Kleine, ich krieg auch manchmal Angst«, fuhr Vida fort. »Ich hab immer ein bisschen Schiss, wenn ich zu einem Einsatz aufbreche. Nicht so, dass ich mir in die Hose mache, aber ich habe Angst, was den anderen passieren könnte, wenn ich Mist baue oder sie nicht gut genug decke. Unsere Freundin Roo verdankt mir etwa fünf Jahre ihres Lebens.« Sie hielt inne und wartete wahrscheinlich, dass Zu etwas aufschrieb. »Die Sache ist die, Angst ist wertlos. Sie hält dich zurück, wenn du dich am dringendsten bewegen musst. Und sie existiert nur in deinem Kopf. Du kannst dich dafür hassen, dass du Angst hast, aber damit lässt du trotzdem immer noch zu, dass sie dein Leben kontrolliert. Hast du nicht die Schnauze voll von diesem ewigen alten Scheiß? Das zieht dich doch bloß immer wieder runter.«

Wieder Schweigen, lange genug, dass ich erneut die Tür aufzog.

»Es treten ständig Menschen in unser Leben und verschwinden wieder daraus«, sagte Vida mit gepresster Stimme. »Vielleicht versprechen sie, dass sie gleich da sind, aber dann siehst du sie womöglich nie wieder. Wir haben hier eine gute Gemeinschaft, und weißt du, warum sie so stark ist? Weil wir sie selbst gewählt haben. Wir haben sie erschaffen. Meine Schwester, die war zwar nicht wie deine Eltern, aber sie hat mich trotzdem im Stich gelassen. Das Miststück hat gemeldet, wo ich war, für eine Belohnung, aber ich lasse sie nicht gewinnen. Ich gönne ihr nicht die Genugtuung, dass ich nie wieder jemandem vertraue. Sie hat sich nicht für mich entschieden, und jetzt entscheide ich mich für eine andere Familie.«

Ich wartete, bis Vida anfing, ein kleines Liedchen zu summen, ehe ich hineinhuschte.

»Hey, was liegt an?« Vida blickte zu mir herüber.

Ausnahmsweise kam der Geruch nach Bleiche einmal nicht von den Putzmitteln, mit denen wir die Duschen schrubbten, sondern von der dicken Creme, die sich Vida in ihr kurzes Haar gekämmt hatte. Sie hatte ein altes, zerschlissenes Handtuch um die Schultern hängen, damit die dickflüssige Mischung nicht auf ihren Sport-BH tropfte. Einen Moment lang sah ich nichts anderes als das Narbengewebe auf ihren Schultern, von den Verbrennungen, die sie sich in Nashville zugezogen hatte, beim Kampf gegen Mason. Plötzlich hatte ich ein flaues Gefühl im Magen.

Zu hockte neben ihr auf dem Tresen mit den Waschbecken und schlenkerte mit den Beinen; ihre kleinen weißen Söckchen wippten hin und her durch die Luft. Sie hielt mir zwei verschiedene Schachteln hin – eine blaue und eine rote – und gestikulierte dann zu Vida hinüber.

»Ich habe Boyscout auf dem Rückweg von Oregon kurz Halt machen lassen«, erklärte Vida, während sie das Handtuch von ihren Schultern nahm und es um Zus wesentlich schmalere schlang. »Bin auch froh darüber. Muss doch meine Kriegsbemalung auflegen, ehe ich morgen in die Schlacht ziehe.«

Ich warf ihr im Spiegel einen Blick zu.

»Schön. Meine sorgfältig geplante, angemessen vorsichtige Erkundungsmission.« Vida zog eine Braue hoch. »Bist du sicher, dass wir beide uns nicht einfach heute Nacht rausschleichen können?«

»Chubs ist nützlich«, erinnerte ich sie. »Bitte versuch, ihn nicht umzubringen.«

»Jaja, mal sehen. Ich sag ja nur, Unfälle passieren nun mal.«

Ehe ich auch nur daran denken konnte, das zu hinterfragen,

tauchte sie mit den behandschuhten Fingern in die Mixtur, die sie in einer Tasse angerührt hatte, und zog damit einen schmalen Streifen durch Zus Haare.

»Äh …« Ich war völlig perplex und überlegte angestrengt, wie Liam – und, schlimmer noch, Chubs – wohl auf diese Entwicklung reagieren würde.

Zu schaute hinter sich in den Spiegel und machte eine ungeduldige Handbewegung, die wohl *Mehr!* bedeuten sollte. Vida schüttelte den Kopf. »Fang damit an, und schau erst mal, ob es dir gefällt. Hast du schon entschieden, welche Farbe?«

»Sie hätte lieber Pink«, sagte ich. Zu fuhr herum und starrte erneut Vida an, die Augen angesichts dieser Möglichkeit weit aufgerissen.

Vida legte den Kopf schief und musterte die beiden Schachteln. »Ich könnte versuchen, noch mal was extra anzurühren und ein bisschen weniger Rot reinzutun. Vielleicht funktioniert's nicht, aber einen Versuch ist es wert.«

Zu nickte eifrig und warf mir ein breites Lächeln zu.

»Charlie Boy bringt mich um«, trällerte Vida und lehnte sich gegen den Waschtisch. »Aber uns ist es schnurzegal, was Jungs denken, stimmt's, Süße?«

Ich musste lachen. »Charlie Boy?«

»Na ja – ich meine, er heißt doch Charles, oder?«, sagte Vida rasch und funkelte mich im Spiegelbild an. »Ist Chubs vielleicht besser?«

»Da ist was dran«, meinte ich. »Tja … dann lasse ich euch mal weitermachen …«

»Wo brennt's denn, Bubu?«, fragte Vida, während sie neben Zu auf den Waschtisch hüpfte. »Bleib doch noch ein bisschen. Irgendwie haben wir dich in letzter Zeit kaum zu Gesicht gekriegt.«

Ich zögerte, mir war klar, dass ich immer noch Liam suchen

musste, aber wie konnte ich Nein sagen, wenn Zu zum ersten Mal seit Tagen wieder ganz die Alte zu sein schien? Wenn ich die Gesichter der beiden auch vermisst hatte?

»Schön«, sagte ich und griff nach der Tasse mit der Farbe. »Dann schauen wir mal, ob wir das perfekte Pink für dich hinkriegen …«

13. Kapitel

Nachdem ich drei Stunden im Dunkeln wach gelegen und Chubs' Schnarcher gezählt hatte, während ich auf Liams Rückkehr wartete, stemmte ich mich schließlich von der steifen Matratze hoch und ging in den Flur hinaus. Ich würde ihn nicht belästigen, aber ich musste einfach … wissen, ob er da war, wo ich ihn vermutete.

Die Musik, die durch den Tunnel kam, der zur Garage führte, war ein ziemlich deutlicher Hinweis, dass ich auf der richtigen Spur war. Die Rolling Stones. Mick Jagger sang von wilden Pferden, und die Verheißung in seiner Stimme ließ mich dicht vor der Tür stehen bleiben.

Ich dachte an die CD, die er mir mitgebracht hatte, an den Zettel, der nach wie vor in der Hülle versteckt war, und fühlte mich hin- und hergerissen zwischen dem Wunsch hineinzugehen und dem, in den Schlafraum zurückzukehren, unter die Decke zu schlüpfen und abzutauchen.

Ein paar Kids hingen in der Garage herum. Ein Mädchen arbeitete an dem Tisch an der Wand gegenüber; ihr Rücken verdeckte, was sie da machte. Die anderen spielten Karten auf einer Decke, die sie auf dem Fußboden ausgebreitet hatten. Es kam mir seltsam vor, dass sie hier unten waren, anstatt die Tische und Stühle oben im Aufenthaltsraum zu nutzen, wo es bestimmt mindestens fünfzehn Grad wärmer war.

Ich trat vor, die Arme um den Leib geschlungen, um mir

wenigstens ein bisschen Wärme zu bewahren. Unter meinen Schuhsohlen klebte es. Ich blickte zu Boden und machte augenblicklich einen Satz. Eine große weiße Mondsichel. Jemand musste sie heute Abend dort hingemalt haben.

Liam hockte mit dem Rücken zu mir da und arbeitete an dem Motorrad, das er gefunden hatte. Dessen graue Dreckschicht war mittlerweile wegpoliert worden, und die silbernen Leisten und schwarzen Metallflächen begannen unter seiner Zuwendung zu glänzen. Die Maschine sah aus, als hätte er sie gerade erst neu gekauft.

Unvermittelt stand er auf, griff nach einem Stück Schaumstoff und machte sich daran, diesen über den Sitz des Motorrads zu ziehen, um die Risse im Leder zu bedecken.

»Sieht super aus hier!« Ich musste schreien, um Mick Jagger zu übertönen. Das Radio stand einen halben Meter neben meinen Füßen, und irgendwie hatte ich das Gefühl, dass ich nicht das Recht hatte, es auszumachen. Man hörte doch so laut Musik, um alles und jeden auszublenden, um Rhythmus und Sound um einen herumströmen zu lassen wie einen Schutzschild.

Erschrocken fuhr Liam herum. Sein weißes Hemd war voller Öl und Dreck, und irgendwie hatte er es auch geschafft, sich einiges davon über Stirn und Wangen zu schmieren, offenbar ohne es zu bemerken. Es haute mich um, wie gut er mir gefiel, wie sehr es mich danach verlangte, auf ihn zuzugehen, sein Gesicht in beide Hände zu nehmen und ihn zu küssen und zu küssen und zu küssen, bis das sorgenfreie Lächeln wieder da war. Sein Anblick ließ mich alles vergessen, was zwischen dem Anfang des Ganzen und jetzt geschehen war. In Gedanken war ich immer noch bei geplatzten Reifen, Socken und den Beach Boys, selbst als er fragte: »Was ist denn?«

»Nichts«, stieß ich hervor. »Ich hab nur … Ich hab mir nur

Sorgen gemacht, als du nicht schlafen gekommen bist. Ich wollte …«

»Dich vergewissern, dass ich nicht abgehauen bin? Echt jetzt?« Er machte Anstalten, sich wieder seinem Motorrad zuzuwenden, hielt aber mitten in der Bewegung inne und presste die Hand auf die Stirn. »Oh, verdammt. Das hab ich wirklich schon mal getan, was? Das war … nicht in Nashville, stimmt's?«

Die kleine Blase zufriedenen Erinnerns platzte um mich herum. »Das war in Oklahoma, im Nationalpark.«

»Richtig. Stimmt. Das ist der letzte verschwommene Teil. Kurz bevor du …« Er fuhr mit der Hand durch die Luft. »Tut mir leid. Wir brauchen hier drinnen eine Uhr.«

Meine Augen wanderten über sein Profil, über seine Kinnlinie, und ich dachte mit niederschmetternder Gewissheit: *Ich bin hier nicht erwünscht.*

»Okay, gut«, sagte ich und zwang eine grässliche Heiterkeit in meine Stimme. »Okay … Ich wollte sowieso … mal wieder gehen …«

Mir tat die Kehle weh, als ich die Worte endlich herausgewürgt hatte, und ich hatte außerdem das Gefühl, dass sie weder Hand noch Fuß hatten. *Dumm, so dumm.* Ich hatte doch Distanz gewollt, oder? Ich hatte nicht über alles mit ihm reden wollen – doch jetzt war es, als hätte ich vergessen, wie ich überhaupt mit ihm reden sollte.

Ich kam gerade mal einen Schritt weit, als die Musik leiser wurde, und er rief: »Ich hab mir überlegt, die Maschine Lovely Rita zu nennen. Was hältst du davon?«

Trotz allem musste ich lächeln. »Nach dem Beatles-Song?«

Er lehnte sich auf den Motorradsitz, die Beine vor sich ausgestreckt und die Arme vor der Brust verschränkt. Ich nahm in Gedanken eine Änderung vor – *das hier* war das Beste, was ich je gesehen hatte. Es war das erste Mal seit Monaten, dass Liam wie Liam aussah, von dem wirren, immer wieder mit den Händen zerwühlten Haar bis zu der Jeans, die ihm tief auf den Hüften saß.

»Passt doch, oder?«, sagte er und schenkte mir ein ganz winziges, süßes Lächeln.

»Ist Rita nicht eine Politesse?«, fragte ich und ging wieder auf ihn zu, während mir das Herz in der Brust hämmerte. Liam sah mich so unverwandt an, dass ich fast über meine unvorsichtigen Füße gestolpert wäre. Die Wärme, die sich in meiner Mitte sammelte, drohte Funken zu sprühen, als seine Arme nach vorn glitten und er die Hände nach mir ausstreckte.

Ich trat in den Kreis seiner Arme und lehnte mich an seine Schulter.

»Doch«, sagte er ruhig. »Aber sie ist *so lovely*.«

Meine Hände glitten seinen Rücken hinauf, und ich stellte erleichtert fest, dass er sich ebenso heiß anfühlte, wie mir war. Ich wollte ihn über die Fahrt nach Oregon ausfragen, danach, wie die Kontaktleute gewesen waren, doch irgendwie schien es zu genügen, sich einfach in den Armen halten zu lassen und zu fühlen, wie er mir mein Haar küsste, meine Wange.

Dann lehnte ich mich zurück und blickte in sein Gesicht hinauf. Eine seiner Hände rutschte in die Gesäßtasche meiner Jeans. Er musterte mich immer noch, als ich die Hand hob und versuchte, ihm mit dem Daumen etwas von dem Schmieröl aus dem Gesicht zu wischen.

»Verdammt«, sagte er und lachte leise, »wie schlimm habe ich mich eingesaut?«

Du bist perfekt. Meine Finger und Augen wanderten abwärts, zu der blassen Narbe an seinem rechten Mundwinkel, und in meinem Hinterkopf fühlte ich, wie die ersten Ansätze von etwas Dunklem und Hartnäckigem heraufdrängten.

»Woher hast du diese Narbe?«, fragte ich. Ich musste es einfach von ihm selbst hören, um bestätigt zu bekommen, was ich in Coles Erinnerungen gesehen hatte. »Das hab ich dich nie gefragt.«

»Und das ist auch gut so«, sagte er, während er nach meiner Hand griff und sie festhielt. »Da steckt keine tolle Story dahinter. Ich hab die Narbe schon ewig. Cole hat gesagt, die hätte ich mir geholt, als er mich mal von seinem Bett geschubst hat.«

Ich schloss die Augen und stieß leise den Atem aus. Und als er mich küsste, ließ ich zu, dass der Kuss die Wahrheit verjagte.

»Cole hat gesagt, du hast Harry angerufen, damit er hilft rauszukriegen, wohin Cate verschleppt wurde«, sagte ich. »Danke … ich danke dir so sehr dafür. Ich weiß, dass du deine Eltern gern da raushalten würdest.«

Liam lachte. »Als ob ich Harry *oder* Mom jemals davon abhalten könnte, sich Ärger einzuhandeln. Zus Geschichte hat das ja ziemlich eindeutig bewiesen.«

»Hast du mit ihnen gesprochen?«

»Ja, ich habe eins von den Prepaidhandys benutzt«, sagte er. »Es war toll, ihre Stimmen zu hören; es ist mir vorgekommen, als wäre unser letztes Gespräch schon eine halbe Ewigkeit her.«

Ich streichelte ihm den Arm. Ich freute mich für ihn – freute mich ehrlich, mehr, als ich je für möglich gehalten hätte. Jedenfalls genug, um den kleinen Stich der Eifersucht in einer Ecke meines noch immer etwas lädierten Herzens zu ignorieren.

»Ich hatte Angst, er würde Harrys Hilfe nicht annehmen«, fuhr Liam fort. »Die beiden sind vom ersten Tag an ständig aneinandergerasselt.«

»Warum denn?«, fragte ich. Wenn Cole, wie ich ja wusste,

seinen leiblichen Vater hasste, warum lehnte er dann Harry so sehr ab?

Liam zuckte die Achseln. »Cole hat sich oft ziemlich aufgeführt, als wir Kinder waren, und nach allem, was mit unserem leiblichen Vater passiert ist, hat Mom es nicht übers Herz gebracht, ihn zur Räson zu bringen, also musste Harry das machen. Und weißt du, er ist zwar ein ganz toller, liebevoller, superwitziger Typ, aber er kann ganz schön streng sein. Er war jahrelang bei der Army.«

»Und Cole hat es nie vertragen, wenn man ihm gesagt hat, was er tun soll«, schloss ich. Außerdem war ich mir sicher, dass er, nachdem die Verwandlung über ihn gekommen war und er furchterregende Fähigkeiten entwickelt hatte, die er nur mit großer Mühe kontrollieren konnte, den größten Teil seiner Kindheit wütend gewesen war und Angst gehabt hatte aufzufliegen. Ich schluckte heftig bei dem Gedanken und konnte nicht sprechen. Wenn er es Liam doch nur sagen würde …

»Ich glaube, er war – keine Ahnung, ob das jetzt einleuchtend klingt, aber ich glaube nicht, dass Cole sich jemals darauf eingelassen hat, Harry zu vertrauen. Er erinnert sich besser daran, wie es war, als unser Vater noch da war, und er hat das Gefühl, Mom beschützen zu müssen, das verstehe ich auch. Aber es ist, als ob er darauf warten würde, dass Harry uns im Stich lässt. Uns wehtut. Und das würde Harry nie tun. Ich glaube, Cole ist nur zur League gegangen, um Harry eins auszuwischen.«

»Wenn sie jetzt zusammenarbeiten, dann hilft das Cole ja vielleicht zu lernen, ihm zu vertrauen?«, meinte ich.

»Genau darauf hofft Harry. Und ich übrigens auch.« Liam drückte mir erneut einen Kuss aufs Haar, ehe er sich losmachte. »Na gut. Ich bin echt geschafft …«

Ich war überhaupt nicht mehr müde, und ich hatte das Gefühl, dass er auch nicht müde war, nicht wirklich. Ich küsste die Narbe an seinem Mundwinkel, fuhr mit den Händen seinen Hals hinauf und vergrub sie in seinem Haar. Seine hellblauen Augen schienen dunkler zu werden, als er sich mir entgegenneigte.

Hinter uns hustete jemand.

Und hustete noch einmal.

Liam sagte kaum hörbar etwas ganz untypisch Vulgäres, als er sich von mir löste, das Gesicht gerötet und der Blick ein bisschen zu wild. »Ja?«

Es war das Mädchen, das an dem Tisch gearbeitet hatte – eine Blaue, die zusammen mit Zus bunt zusammengewürfelter Truppe zu uns gestoßen war. Elizabeth. So hieß sie. Liza.

»Ich bin fertig, aber ich weiß nicht recht … Sieht eher aus wie eine weiße Banane, oder?« Sie hielt uns einen schwarzen Helm hin. Auf einer Seite war etwas aufgemalt, das in meinen Augen wie eine Mondsichel aussah. Liam umfasste meine Taille fester.

»Sieht super aus«, sagte er.

»Tja, *du* weißt, was es sein soll, aber was ist, wenn sie es nicht erkennt?«, gab Liza zu bedenken.

»Sie?«, fragte ich.

»Unsere Kontaktperson«, erklärte Liam rasch. »Ich meine, die von Senatorin Cruz. Wenn ich Nachschub besorgen fahre, wollte sie, dass man mich anhand von irgendetwas identifizieren kann.«

»Aber fährst du denn nicht mit dem Auto oder mit einem Truck?«, fragte ich. »Doch nicht mit dem Motorrad?«

Zögernd richtete er sich auf und trat von der Maschine weg. Ich sah, wie viel Mühe es ihn kostete, sich zu konzentrieren, als er mich abermals anlächelte. »Manchmal auch mit dem

Motorrad, kommt auf die Situation an. Wir werden auch je eine Tür der Trucks bemalen.«

Ich weiß nicht, was es genau war. Sein seltsamer Tonfall, wie Liza mit leichenblassem Gesicht am liebsten davongelaufen wäre, wie eilig er meine Hand nahm und mich zurück zum Tunnel führte. Immer schon hatte sich jeder Gedanke, der ihm durch den Kopf ging, auf Liams Gesicht abgezeichnet, ob gut oder schlecht. Als ich seine gewollt ausdruckslose Miene sah, von der Finsternis im Tunnel halb verborgen, reimte ich mir die Wahrheit zusammen.

Auch er hatte Geheimnisse.

Vida und Chubs brachen am nächsten Morgen auf, lange bevor die Sonne aufging. Liam, Zu und ich waren da, um uns am Eingang des Tunnels von ihnen zu verabschieden. Ob wir nun hatten weiterschlafen wollen oder nicht, die beiden hatten von dem Moment an, als der Alarm an Liams Uhr losgegangen war, so laut miteinander gestritten, dass keiner von uns auch nur die geringste Chance hatte, wieder einzuschlafen. Nico und Cole tauchten ein paar Minuten später auf, beide bleich und von einer Erschöpfung gezeichnet, die nicht vom Aufstehen zu dieser unchristlichen Stunde herrührte, sondern davon, dass sie wach geblieben waren, um nicht zu verschlafen. Es machte mich nervös, dass sie zu keinem von uns Blickkontakt aufnahmen. Als ich Cole fragte, was los sei, antwortete er nur: »Wir reden später darüber.«

Während Vida ein letztes Mal mit Liam und Cole die Landkarte studierte, zog ich Chubs beiseite und ging mit ihm ein kurzes Stück den Flur hinunter. Ich sah ihm an, dass er innerlich um Fassung rang. Chubs wurde so sehr von seinem Kopf geleitet, von Logik, dass er nicht damit umzugehen wusste, wenn starke Emotionen sein akkurates Denkverfahren bedrohten. Ich glaube, er hatte weniger um sich selbst Angst als vielmehr davor, was passieren könnte, während sie weg waren.

»Macht ja keine Dummheiten«, begann er. »Passt auf, dass euch nichts passiert. Achtet darauf, euch angemessene medizinische Behandlung …«

»Ist das nicht der Vortrag, den ich eigentlich dir halten müsste?«, fragte ich.

»Hey, keine Zeit zum Plaudern und Kuscheln«, rief Vida. »Lass uns die Hufe schwingen.«

Chubs hielt einen Finger hoch, um den anderen zu signalisieren, dass wir noch einen Moment brauchten. Vida schnaubte ungeduldig, ehe sie einen ganz anderen Finger in seine Richtung reckte.

»Ich zweifele nicht daran, dass ihr das hinkriegt«, begann ich, »aber wie wollt ihr das durchziehen, ohne dass einer von euch den anderen erwürgt?«

»Na ja, wir sind einander einigermaßen gewachsen«, meinte er ohne jede Ironie. »Sie hat die Muskeln und ich den Grips. Entweder kommen wir beide zurück oder keiner, weil wir uns gegenseitig den Hals umgedreht haben.«

»Das ist nicht witzig«, flüsterte ich.

»Ich muss aber Witze darüber machen, sonst fange ich an zu heulen.« Chubs' Gesicht sah auf einmal genauso abgehärmt aus, wie ich mich fühlte.

»Du musst nicht gehen, wenn du nicht willst«, sagte ich rasch. »Es ist noch nicht zu spät.«

»Nicht? Außerdem muss ich doch meinen Anteil leisten.« Mit einer Lässigkeit, die an ihm unnatürlich wirkte, zuckte er die Achseln. Seine Stimme klang angestrengt, als müsse sie sich an einem Kloß im Hals vorbeidrängen.

»Du und Vida, ihr kommt prima klar«, sagte ich, legte ihm

beide Hände auf die Schultern und zwang ihn, nach unten zu blicken und mir in die Augen zu sehen. »Du hast alles unter Kontrolle. Ihr werdet beide vorsichtig und schnell sein, und ihr kommt heil zurück.«

Chubs drehte sich wieder zu Vida um; sie war die einzige mir bekannte Person, die ungeduldiges Auf-und-ab-Gehen gefährlich aussehen lassen konnte.

»Na ja«, ergänzte er mit einem schicksalsergebenen Blick, »hoffentlich höchstens angeknackst.«

Ungeachtet dessen, was Vida gesagt hatte, wartete sie geduldig, während Chubs sich hinhockte, um mit Zu zu sprechen, und anschließend Liam herzhaft auf den Rücken klopfte. Cole schloss die Tür auf, worauf ein kalter Luftzug hereinwehte, und trat beiseite, als Chubs die ersten Stufen hinunterstieg.

Sosehr ich auch an die beiden glaubte, ich musste gegen den Drang ankämpfen, mich vor den Tunnelausgang zu werfen und ihnen den Weg zu verstellen. Ich presste eine Hand auf meine Brust und kämpfte gegen das Gefühl der Panik an. Zu jedoch hatte keine derartigen Hemmungen. Sie riss sich aus Liams Griff los und schoss an Cole vorbei, der gerade die Tür hinter ihnen schließen wollte. Als wir bei ihnen ankamen, hielt sie bereits ihre Rucksäcke umklammert, grub die Fersen in den nackten Boden und weinte auf diese stumme, herzzerreißende Art. Heftiger, als ich es je erlebt hatte; sie schüttelte den Kopf und bewegte die Lippen in stummem Flehen. Chubs sah uns ratlos an.

Zu war in vieler Hinsicht die Widerstandsfähigste in unserer Gruppe gewesen, diejenige, die am schnellsten wieder aufstand, wenn Schrecken oder Trauer sie umgeworfen hatten. Doch was für Mauern sie auch um sich herum aufgebaut hatte, um ihre Gefühle am Überschwappen zu hindern, sie waren nicht hoch genug, um jetzt die verzweifelte Furcht aufzuhalten. Und das gab mir fast den Rest. Meine Kehle schmerzte vor Verlangen, ebenfalls zu weinen.

Vida setzte ihren Rucksack ab und kniete vor ihr nieder. »Hey, Süße, nicht doch. Es ist genau so, wie wir es besprochen haben, ja?«

Zu presste das Gesicht gegen Chubs' Rucksack.

»Was dir mit diesem Typen passiert ist – dem, der dich nach Kalifornien gefahren hat, das war totale …« – ich sah, wie sie sich innerlich bremste und ihre Wortwahl änderte – »das war eine echt üble Nummer, und es tut mir leid, es tut mir ehrlich leid, dass ihm das passiert ist. Aber ich und Charlie Boy? Wir kommen zurück. Keiner von uns lässt dich hier allein. Wir kümmern uns um unsere Familie, klar?«

Ich hatte nicht gemerkt, dass Liams Hand noch auf meiner Schulter lag, bis sie fester zufasste. Sein Gesicht war aschfahl.

Vidas Worte beruhigten Zu zumindest so weit, dass sie ihren Klammergriff um Chubs lockerte und sich zu Vida umwandte.

»Du kannst mir vertrauen, Z. Ich lass dich nicht hängen. Okay?«

Zu nickte und wischte sich das Gesicht mit dem Ärmel ab. Vida streckte ihr die Faust hin, doch Zu kam ihr zuvor, indem sie der Älteren die knochigen Arme um den Hals schlang. Vida sagte etwas, so leise, dass keiner von uns es verstehen konnte, doch als Zu von ihr abließ, nickte sie; auf ihrem Gesicht lag ein Ausdruck wilder Entschlossenheit. Ohne weitere Vorwarnung drehte sie sich um und umarmte auch Chubs, wobei sie sich umblickte und mit dem Finger auf Vida zeigte, als wollte sie sagen: *Sei nett.*

»Ich hab's dir doch gesagt«, knurrte Vida und erhob sich. »Ich halte meine Versprechen.«

Liam trat vor, um Zu in den Flur zurückzuführen, damit sie

nicht zusehen musste, wie die Tür hinter den beiden geschlossen und verriegelt wurde. Ich sah, wie sie sich hoch aufrichtete, die Fäuste ballte und das Kinn reckte – genau so wie ich es bei Vida gesehen hatte, wenn sie sich auf einen Kampfeinsatz vorbereitet hatte.

»Lass uns was essen gehen, okay?«, sagte Liam und sah sich nach mir um. »Kommst du mit?«

Ich schüttelte den Kopf. »Muss duschen und ein paar Sachen erledigen. Wir sehen uns später.«

Liam winkte und machte sich mit Zu den Flur hinab auf den Weg zur Küche im Untergeschoss.

»Okay, was ist los?«, fragte ich, bevor Cole oder Nico etwas sagen konnten. »Was ist letzte Nacht passiert?«

»Es ist einfacher, wenn wir es dir zeigen.« Cole ging an mir vorbei und schlug denselben Weg ein wie sein Bruder, in Richtung Treppe. Ich folgte ihm schweigend, sah, wie Nico starr zu Boden blickte, und mein Magen krampfte sich zusammen. Es wurde allmählich zu schwer, so zu tun, als sei er mir egal.

Es war das erste Mal, dass ich den Computerraum betrat, seit gestern Abend der Nachschub eingetroffen war. Wo zuvor nur ein einzelner Laptop gewesen war, standen jetzt fünf Desktop-Rechner. Drei weitere silberne Laptops standen auf den Tischen, die nach wie vor an den Wänden standen und die Mitte des Raums fürs Pläneschmieden frei ließen. Neben dem alten Laptop sah ich einen Drucker und einen Scanner stehen. Nico hatte sich wie gewohnt einen Platz in der hintersten Ecke gesucht. Cole schob einen Stapel Blätter mit unentzifferbaren Codes von einem der anderen Stühle und bot ihn mir an.

Nico gab eine Art Passwort ein und öffnete ein Fenster mit einem weiteren Computercode auf dem Bildschirm.

»Irgendwie kommt mir das nicht ›einfacher‹ vor«, bemerkte ich. »Was haben wir da vor uns?«

»Das ist unser Server-Log«, erklärte Nico. »Gestern Abend schien er hinterherzuhinken, also habe ich versucht, dem Problem auf den Grund zu gehen. Das hier …« Er zeigte auf den Monitor. »Das hier heißt, dass jemand eine der dort gespeicherten Dateien verschickt und sie via FTP auf einen anderen verschlüsselten Server übertragen hat.«

»Was für eine Datei?«, fragte ich.

»Eines der Videos von den Tests in Thurmond«, sagte Cole.

»Aber es kommt noch mehr.« Nico scrollte nach oben. »Es gibt Lücken im Activity Log des Servers, und zwar alle an zwei weiteren Tagen zwischen Mitternacht und vier Uhr morgens.«

»Und das liegt nicht daran, dass alle geschlafen haben und niemand an den Computern gearbeitet hat?«

Nico schüttelte den Kopf. »Wir haben die Computer über Nacht laufen lassen, um alles auf entfernte Backupserver zu übertragen, für den Fall, dass unsere ausfallen. Es müsste hohe Aktivitätsausschläge gegeben haben – aber schau mal.«

Die hohen Aktivitätsausschläge waren da, ab elf Uhr abends, doch um zwei Uhr morgens brachen sie plötzlich ab, um vier Stunden später wieder einzusetzen, genau um die Zeit, als Nico oder ein anderer Grüner hereingekommen war, um mit der täglichen Arbeit zu beginnen.

»Und man kann wirklich nicht sagen, wer das war?«, fragte ich, während ich auf den Bildschirm starrte.

»Ein Grüner«, sagte Nico.

»Es *könnte* ein Grüner gewesen sein«, korrigierte Cole.

»Nein«, beharrte Nico. »Es muss ein Grüner gewesen sein. Wie viele Kids wissen, wie man die Serveraktivität löscht?«

»Okay«, sagte ich. Damit hatte er leider recht. »Aber wenn sie sich solche Mühe gegeben haben, die anderen Eingriffe zu vertuschen, hätten sie dann das hier sichtbar gelassen?«

Nico zuckte die Achseln. »Vielleicht wurden sie gestört? Oder sie waren so in Eile, dass sie keine Zeit mehr hatten?«

Cole stellte eine weitere Frage, die im Rauschen des Blutes in meinen Ohren unterging, während ich auf den Monitor starrte und blinzelte, um ihn nicht nur als verschwommenes leuchtendes Rechteck zu sehen.

»... denkst du?« Cole berührte mich an der Schulter. Ich zuckte zusammen.

»Entschuldigung«, sagte ich rasch und wich ihren Blicken aus. »Ich bin müde. Was hast du gerade gefragt?«

»Meine Theorie ist, dass einer der Computer gesponnen hat oder dass es ein Problem mit dem Server gibt«, erklärte Cole. Besorgnis zeigte sich in seinen Augen.

»Ockhams Rasiermesser«, sagte Nico. »Stell möglichst wenige Mutmaßungen an. Die einfachste Lösung ist normalerweise die richtige.«

»Über ein Rasiermesser weiß ich nichts, aber an wen zum Teufel sollen die Kids denn die Daten schicken?«, fragte Cole. »Wer wäre dumm genug, Informationen verkaufen zu wollen und zu riskieren, erwischt und in ein Lager verschleppt zu werden?«

»Könnte es sein, dass jemand aus dem Hauptquartier in Kansas aus der Ferne auf die Dateien zugreift?«, fragte ich Nico.

Er schüttelte den Kopf. »Es ist jemand von hier.«

Verdammt. Ich wechselte einen Blick mit Cole.

»Ich würde gerne glauben, dass es ein einmaliger Vorfall ist«, sagte er, »aber such weiter. Und sag mir Bescheid, wenn sie wieder etwas versuchen, okay?«

Jemand klopfte an eines der Fenster an der Seite des Raums – Kylie, ganz in Schwarz, die Haare zu einem dicken Knoten hochgesteckt. »Ah«, sagte Cole. »Das sind die Gruppen, die heute Morgen aufbrechen, um die Horden in Montana aufzuspüren. Ihr beiden kümmert euch um die Kamerasituation, okay?«

»Moment mal«, sagte ich. »Sie brechen heute Morgen auf? Und woher kommen die Autos?«

»Sie nehmen die Geländewagen, die Lee gestern für die Abholaktion benutzt hat«, erklärte er und reckte sich beim Aufstehen. Ich folgte ihm bis zur Tür und lauschte, als er Anweisungen herunterrasselte, für das Training und welche Waffen zur Schulung am nächsten Tag aus dem Waffenschrank geholt werden sollten, doch als ich an der Tür anlangte, folgte ich ihm nicht in den Flur hinaus.

Ich trat wieder in den Computerraum und erblickte aus dem Augenwinkel das Whiteboard. Irgendjemand, vermutlich Cole, hatte Informationen darauf gekritzelt – Koordinaten, Lagerpopulationen, die Anzahl der dortigen PSFs und alles mögliche Weitere, das die League in ihren Unterlagen gehabt haben mochte. Dazwischen waren Einzelheiten aus Clancys Unterlagen eingestreut – ich sah Angaben über die Lageraufseher, angehängt wie Nachsätze.

Auch die grundlegenden Umrisse des Plans für Oasis waren da. Mein Name stand neben der Anweisung *Den für die Kommunikation zuständigen Lageraufseher beeinflussen.*

»Du musst nicht bleiben«, sagte Nico. »Ich schaffe das allein.«

»Ich weiß.« Ich nahm den Filzstift von der Ablage und fing an, weitere Informationen über Thurmond einzutragen und den Plan hier und dort zu ergänzen, so gut ich konnte.

»Das war deine Strategie«, sagte Nico vor dem Hintergrund des warmen Schnurrens der Geräte um uns herum »Stimmt's? Sah irgendwie nach dir aus.«

»Wie meinst du das?«

»Ein bisschen leichtsinnig. Klug, aber ohne auf die Details zu achten.«

»Ach ja«, sagte ich trocken und drehte mich zu ihm um.

Er wandte mir die ganze Zeit den Rücken zu, die Schultern vor Anspannung völlig verkrampft. Ich hatte mich ihm gegenüber wirklich wie ein Ungeheuer benommen, nicht wahr? Es schien einen Radius von anderthalb Metern um mich herum zu geben, den Nico nicht zu überschreiten wagte. Innerlich wand ich mich bei dem Gedanken daran, wie ich ihn behandelt hatte.

»Wie würdest du es denn machen?« Ich deutete mit dem Kinn auf die Leerstelle unter dem Wort *Thurmond* und versuchte zu ignorieren, wie sie uns beide zu verhöhnen schien.

Er starrte mich an, und eine volle Minute der Verlegenheit verstrich, ehe er einen zögerlichen Schritt näher kam. »Ist doch egal, was ich denke.«

»Du hast gesagt, ich würde nicht auf die Details achten«, sagte ich. »Was hast du damit gemeint?«

Nico blickte zu Boden und scharrte mit den Schuhen über die Fliesen. Ich musste kurz daran denken, wie Vida die Grünen immer Quietscheentchen genannt hatte, weil sie beim Gehen so schlurften. »Der Plan für Oasis ist okay«, sagte er schließlich. »So, wie wir es jetzt vorhaben, ist es einleuchtend. Entsprechend der Größe des Lagers wird's da nur zwei oder drei Lageraufseher geben, und du findest sicher schnell heraus, wer für die Sicherheit zuständig ist und die Status-Updates an ihr Netzwerk schickt. Aber in Thurmond wird das nicht so funktionieren.«

Er rang die Hände und schaffte es noch immer nicht, mich anzusehen. »Da werden, na ja, so etwa zwei Dutzend Lageraufseher im Kontrolltower sein, oder? Das war die Schätzung in ... Clancys Unterlagen. Dessen Position in der Mitte des Lagers bedeutet, dass jeder, der gewaltsam durch das Tor eindringt, sich durch sämtliche Barackenkreise durchkämpfen muss, um die PSFs und Aufseher dort auszuschalten, und bis dahin haben die Lageraufseher Verstärkung angefordert. Selbst wenn du eine Möglichkeit findest, sie alle unschädlich zu machen, wär's trotzdem zu spät. Sie brauchen nur das Weißrauschen einzuschalten, dann sind wir erledigt. Der Generator und der Notstromgenerator sind beide auf dem Lagergelände, und ich habe so ein Gefühl, dass es im Netzwerk des Militärs automatisch Alarm auslösen würde, wenn wir ihnen den Strom kappen.«

Binnen zwei Minuten hatte er es geschafft, mein Selbstvertrauen komplett zerbröseln zu lassen. »Also brauchen wir einen größeren Angriffstrupp. Einen, der schneller vorgehen kann und schneller drin und wieder draußen ist.«

»Liams Idee, die Eltern dazu zu bringen, das Lager zu stürmen, könnte funktionieren«, meinte er. »Aber der Erfolg hängt zur einen Hälfte davon ab, inwieweit wir imstande sind, Zivilisten zur Revolte und zum Aufstand gegen die Lager aufzustacheln, und zur anderen davon, ob die PSFs auf Zivilisten schießen oder sich was anderes ausdenken würden, um sie abzuschrecken.«

»Er hat einen konkreten Plan?«, fragte ich.

»Nicht im Sinne der strengen Definition des Wortes. Ich habe nur gehört, wie ihn jemand gefragt hat, was er tun würde.« Nico zuckte die Achseln. »Seine Option ist auch nicht perfekt.«

»Gibt es eine dritte Option?«, wollte ich wissen.

Schließlich trat Nico mit schleppenden Schritten neben mich. Ich hielt ihm den Marker hin, doch er nahm ihn nicht. »Bist du sicher, dass du das wissen willst?«

»Versuch's mal.«

»Die einzige Möglichkeit, wie man dem Lageraufseher den Zugang zu den Computersystemen abschneiden könnte – gar nicht mal das System selbst unbrauchbar oder kaputtzumachen, sondern sie auszusperren und das System am Laufen zu halten, sodass niemand draußen was merkt –, besteht darin, einen Trojaner in ihr System einzuschleusen und das Ganze von außen zu steuern. Dadurch werden sie so desorientiert sein, dass es das Einsatzteam leichter hat.«

»Können wir so was auf ihren Server hochladen?« Die League hatte uns in begrenztem Rahmen etwas über Technologie gelehrt und darüber, wie Viren funktionierten, das hier jedoch überstieg meinen Horizont.

»Nein, die Programme installieren sich nicht automatisch wie ein Virus. Jemand muss das von Hand installieren«, sagte er. »Und bei all den Sicherheitsvorkehrungen glaube ich nicht, dass einer von denen leichtsinnig irgendeinen E-Mail-Anhang runterladen würde.«

»Also müsste jemand da rein und es vor dem Angriff installieren«, sagte ich. »Aber Thurmond nimmt doch schon seit Jahren keine neuen Kids mehr auf.«

»Sie bringen Flüchtlinge in die Lager zurück, wo sie ursprünglich registriert worden sind«, erklärte Nico ruhig. »Ich hab schon angefangen, den Trojaner zu programmieren. Cole hat gesagt, ich soll …«

Ich hob die Hand, um ihn zu unterbrechen. »Cole hat das bereits genehmigt?«

Er nickte mit großen Augen. »Er hat gesagt, er redet mit dir darüber. Ich kann das Ding in einer Woche fertig haben. Wenn das Programm erst einmal installiert ist, können sie's nicht mehr stoppen.«

Ich spürte, wie vor Grauen der letzte Tropfen Blut aus meinem Kopf wich.

»Nein«, stieß ich entsetzt hervor. *»Ausgeschlossen …«*

»Ich habe mich gemeint«, sagte Nico rasch. »Nicht dich. Ich

könnte den Trojaner auf einem USB-Stick einschleusen, genauso wie wir die Kameras nach Oasis reinschmuggeln. In einem Brillengestell. Hast du's schon gesehen?« Nico ging auf die andere Seite des Computerraums und holte eine Brille mit schwarzem Plastikgestell.

Ich musste mich gegen den Schreibtisch lehnen, um nicht umzukippen. »Nico – *nein.*«

»Das Ding ist schon installiert – hier.« Er ignorierte meine Worte und zeigte auf eine der zwei glänzenden silbernen Schrauben, die aussahen, als hielten sie das Gestell zusammen. »Das hier ist die Kamera, und das hier ist eine Schraube, die für das Gestell unnötig ist. Es musste so echt aussehen wie möglich. Tommy meint, es wäre gut geworden, also kriegt er die hier. Für Thurmond könnte ich vielleicht eines von den dickeren Gestellen nehmen – einen der Bügel auseinandernehmen und ein Stück davon durch einen kleinen USB-Stick ersetzen? Entweder das, oder ich lasse ihn mir unter die Haut einbetten, aber die machen immer noch Leibesvisitationen, oder? Die Wunde wäre zu auffällig.«

»Nico!«, unterbrach ich ihn. »Hör zu! *Nein!* Auf gar keinen Fall gehst du wieder da rein! Selbst wenn sie dich wieder in das Lager bringen, wie kommst du in den Kontrolltower, um den Trojaner hochzuladen? Du bist nicht mehr dort gewesen, seit sie das Lager umstrukturiert haben. Die lassen dich nicht einfach unbeaufsichtigt rumlaufen. Jeder Schritt, den du dort tust, ist bis ins Kleinste choreografiert. Und der Tower ist das am gründlichsten gesicherte Gebäude im ganzen Lager.«

Er hielt inne und überlegte. »Ich müsste die Zeitpläne der PSFs auskundschaften und mir einen Moment suchen, wo ich mich verdrücken kann. Es spielt doch keine Rolle, wenn sie mich am Ende erwischen, nicht wirklich. Es wäre okay … Dann würde ich eben … Es ist doch niemand mehr für mich da, seit Cate weg ist. Und so könnte ich es wiedergutmachen.« Seine Stimme senkte sich zu einem Flüstern. »So könnte ich das mit Jude wiedergutmachen.«

Bei diesen Worten schoss ich in die Höhe, fuhr zu ihm herum und sah ihm ins Gesicht. »Dich mutwillig in Gefahr zu begeben … dein Leben wegzuwerfen … Was würde Jude dazu sagen? Was würde Cate sagen? Ich bin dir in den letzten Wochen keine gute Freundin gewesen, Nico, aber ich schwöre bei Gott – bitte, ich verzeihe dir, ganz ehrlich, ich verstehe, was passiert ist, und es tut mir leid, dass ich dich so behandelt habe. Ich war viel zu sehr in meinem eigenen Kopf gefangen, und es ist mir schwergefallen, die Dinge klar zu sehen. Aber bitte *hör* auf mich …«

»Ist schon okay.« Nicos Stimme klang heiser.

»Es ist nicht okay!« War es auch nicht. Es war nicht einmal ansatzweise okay, wie ich mich verhalten hatte – ihn für alles verantwortlich zu machen und ihn zu hassen, weil ich selbst nicht hätte funktionieren können, wenn ich all meine Energie darauf verwendet hätte, mich selbst zu hassen. Ich überlegte, was Jude in dieser Situation sagen und tun würde. Oder auch Cate, wie sie dem Jungen immer wieder gut zureden musste, weil er sich wahnhaft irgendeine Verschwörung eingebildet hatte.

»Wir können nicht ändern, was in Los Angeles passiert ist. Ich war wütend – ich war so verdammt wütend, dass er einfach … gestorben ist und ich ihn nicht retten konnte. Ich hätte mit dir reden, dir *helfen* sollen, oder zumindest hätte ich versuchen sollen zu begreifen, was du getan hast. Ich habe alle enttäuscht, aber es war leichter, dir die Schuld zu geben. Das hat weniger wehgetan. Aber in Wirklichkeit habe ich gewusst, wozu Clancy fähig ist. Ich hätte versuchen müssen, irgendwie anders zu bestätigen, dass er die Wahrheit gesagt hat. Und weißt du was? Jude hätte sich auf keinen Fall abhalten lassen, selbst wenn ich Nein gesagt hätte.«

»Er war mein bester Freund«, stieß Nico mit erstickter Stimme hervor.

»Ich weiß. Aber … mit Clancy ist es was anderes, oder?«, sagte ich leise. »Wenn man jemanden liebt, gelten keine Regeln. Und so war es mit Clancy, stimmt's? Es ist nicht so, wie du Jude geliebt hast oder wie ich Chubs liebe.«

Ich hatte es in dem Moment gewusst, als ich sein Gesicht in Clancys Erinnerung gesehen hatte. Die gequälte Miene und das verzweifelte Schluchzen waren nur ein Teil davon. Es war die Art gewesen, wie Nico den anderen Jungen in den Armen gehalten hatte, wie er ihn mit jedem Gramm Zärtlichkeit, das in ihm steckte, gefüttert und gesäubert hatte. *Du siehst es in anderen,* dachte ich, *wenn du es in dir selbst erkennst.*

»Du hast ihm vertraut, und er hat deine Worte genommen und sie für seine eigenen Zwecke verdreht«, sagte ich. »Ich war so wütend auf dich, weil du ihm geglaubt hast, weil du ihm all das gegeben hast. Aber ich weiß aus erster Hand, dass Leute imstande sind, für Menschen, die sie lieben, Dinge zu tun, welche sie vorher nie in Betracht gezogen hätten.«

Nico vergrub das Gesicht in den Händen und stieß zitternd den Atem aus.

»Ich wollte nicht alles kaputtmachen«, flüsterte er. »Ich habe ihm vertraut. All die Infos, die ich ihm gegeben habe – er hat geschworen, er benutzt sie, um uns zu helfen, und ich dachte …«

»Du hast gedacht, er würde uns helfen, in sicherem Abstand zu bleiben, nicht wahr?«, schloss ich für ihn. »Ich weiß. Es klingt, als wärst du da womöglich eine Weile in mein Verhaltensmuster reingerutscht.«

»Ich weiß nicht, warum … Ich weiß, dass es falsch war, dass

es böse war, aber er war gut. Als ich ihn kannte, war er gut, und er hat mir geholfen. Und ich habe einfach daraus geschlossen, dass das auch für jeden anderen gilt. Du warst nur dort, weil ich den Ausgang falsch vorhergesagt habe. Ich habe nicht alle seine Verhaltensausreißer einkalkuliert.« Seine Stimme wurde so leise, dass ich mich zu ihm herüberbeugen musste, um ihn zu verstehen. »Er ist nicht immer so gewesen wie jetzt. Sie haben etwas in ihm kaputtgemacht.«

»Tut mir leid«, sagte ich. »Dass ich es dich nicht habe erklären lassen. Dass ich mich so benommen habe und nicht für dich da gewesen bin.«

»Ich muss das wiedergutmachen«, beharrte er mit gebrochener Stimme, »ich muss das alles wieder in Ordnung bringen. Ich muss einfach – ich muss einfach ständig daran denken, wie anders es hätte ausgehen können. Vida meint, wenn du nicht dort gewesen wärst, hätten wir das Heilmittel nicht bekommen, aber wir haben es ja nicht, oder? Es war umsonst.«

Das war ein Schlag in die Magengrube. Mir schossen die Tränen in die Augen, und es fiel mir schwer, sie zurückzudrängen. Der Schmerz in Nico war grenzenlos. Sein Leben bestand aus einer endlosen Kette von Tragödien. Und ich hatte ihn ignoriert, ihn bestraft. Vida hatte sich nicht ernsthaft um ihn bemüht. Cate war weggegangen. Er hatte niemanden, der ihm darüber hinweggeholfen hätte. Wir hatten ihn auf einem dunklen Ozean ausgesetzt, ohne ihm auch nur eine Schwimmweste zu geben.

»Wir können es wiedergutmachen«, sagte ich und fasste ihn bei den Schultern. »Du hast schon so viel getan, aber es ist immer noch so viel übrig. Wir finden einen anderen Weg.«

»Du hast keinen logischen Grund, mir zu vertrauen«, sagte Nico.

»Vielleicht ist dir ja aufgefallen, dass ich noch nie viel auf Logik gegeben habe.«

»Stimmt«, sagte er. »Das ist nicht deine Art. Jude mochte das. Er hat gesagt, du weißt, wann es okay ist, die Regeln zu brechen, um anderen zu helfen. Er hat gesagt, du bist wie ein Superheld, weil du immer versuchst, etwas Gutes zu tun, selbst wenn die Chancen schlecht stehen.«

»Judes Muster war Übertreibung«, sagte ich und hoffte, dass er das Stocken in meiner Stimme nicht bemerkt hatte.

Nico nickte, wobei ihm das pechschwarze Haar ins Gesicht fiel. Ich fand, dass er krank aussah – krank an Körper, Herz und Verstand. Die Blässe seiner normalerweise goldbraunen Haut ließ ihn aussehen, als hätte sein Geist seinen Körper bereits verlassen. »Jude hat nie logische Entscheidungen getroffen, aber er hat sich bemüht.«

Er hat sich bemüht. Er hat sich so sehr bemüht, bei allem, bei jedem.

»Ruby, wie sieht die Zukunft aus?«, wollte Nico wissen. »Ich kann sie mir nicht vorstellen. Ich versuche es andauernd, aber ich kann sie mir nicht ausmalen. Jude hat gesagt, sie sieht aus wie eine offene Landstraße gleich nach einem Wolkenbruch.«

Wieder wandte ich mich zu dem Whiteboard um, ließ den Blick über diese acht Buchstaben schweifen, versuchte, ihnen ihre Macht zu entreißen, aus einem Ort, einem Namen ein schlichtes Wort zu machen. Gewisse Erinnerungen halten einen gefangen; man durchlebt sie immer wieder in tausend winzigen Einzelheiten. Die feuchte, kühle Frühlingsluft, irgendwo zwischen Schneegestöber und leichtem Regen. Das Summen des Elektrozauns. Wie Sam jeden Morgen beim Verlassen der Baracke einen kleinen Seufzer ausgestoßen hatte. Ich erinnerte mich an den Weg zur Fabrik, so wie man nie vergisst, welche Geschichte hinter einer Narbe steckt. Der schwarze Schlamm spritzte über meine Schuhe und verdeckte vorübergehend die Ziffern darauf. 3285. Kein Name.

Man lernte, nach oben zu schauen, den Kopf in den Nacken zu legen, um über den rasiermesserscharfen Stacheldraht hinwegzublicken, der sich in Schlingen über den oberen Rand des Zauns zog. Sonst wäre es zu einfach gewesen zu vergessen, dass sich hinter dem rostigen Metallgehege, in das sie uns Tiere alle geworfen hatten, eine Welt befand.

»Ich sehe sie in Farben«, sagte ich. »Ein tiefes Blau, das zu Gold- und Rottönen verblasst ... wie Feuer am Horizont. Nachleuchten. Es ist ein Himmel, der einen rätseln lässt, ob die Sonne gerade auf- oder untergeht.«

Nico schüttelte den Kopf. »Ich glaube, Judes Vorstellung gefällt mir besser.«

»Mir auch«, sagte ich leise. »Mir auch.«

14. Kapitel

Nachdem ich Nico seiner Arbeit überlassen hatte, lief ich ins Obergeschoss und schaffte es kaum, die Wut, die in mir loderte, unter Verschluss zu halten. Es spielte keine Rolle, nicht einmal eine Sekunde, dass Senatorin Cruz zusammen mit Cole in Albans früherem Büro saß und sie ein ruhiges, ernsthaftes Gespräch führten. Ich schoss wie eine Furie in den Raum.

Senatorin Cruz sprang auf und presste eine Hand auf die Brust. Cole lehnte sich lediglich zurück.

»Er hat es dir gesagt«, stellte Cole mit ausdrucksloser Stimme fest.

»Ja, er hat es mir gesagt!«, fauchte ich. »Wie konntest du zulassen …«

»Mach die Tür zu – *Ruby*!« Cole schlug mit der flachen Hand auf den Tisch und würgte meine Tirade ab, noch ehe sie richtig begonnen hatte. Dass seine Stimme augenblicklich weich wurde und gequält klang, ließ mich innehalten. »Mach die Tür zu.«

Ich versetzte ihr einen Tritt, sodass sie ins Schloss fiel, und verschränkte die Arme.

»Es ist ein *Todesurteil*, diesen Jungen nach Thurmond zu schicken«, erklärte ich. »Er wird nicht damit klarkommen, und selbst wenn, wer kann denn garantieren, dass sie ihn ins Lager bringen und nicht wieder in Ledas Testprogramm?«

»Das Programm, in dem er war, wurde geschlossen, kurz

nachdem ich den USB-Stick rausgeschmuggelt hatte«, erwiderte Cole.

»Und andere gibt's wohl nicht?«, gab ich zurück.

»Dir war's doch recht, Tommy und Pat nach Oasis zu schicken«, erinnerte mich Senatorin Cruz. *Sie wusste ebenfalls Bescheid.*

»*Recht* ist es mir nicht. Es *gefällt* mir nicht. Aber die beiden fungieren lediglich als Späher, und wir holen sie in zwei Tagen wieder raus. Nico wird es nicht schaffen, das Schadprogramm zu installieren, und selbst wenn er es durch irgendein Wunder doch hinkriegt, kommt er danach nicht mehr aus dem Kontrolltower raus.«

»Und was schlägst du dann vor?«, fragte Cole. »Ich bin ganz Ohr.«

Ich dachte daran, wie Zu auf Vidas und Chubs' Abgang reagiert hatte, an den bleichen Schock, der seine eisigen Hände um sie geschlossen hatte. Wenn Nico recht hatte und dies die einzige Möglichkeit war, dann … Ich holte tief Luft und ballte die Hände zu Fäusten. Müsste dann nicht ich es sein? Nico war momentan zu verletzlich. Wieder im Lager zu sein würde ihn zerstören. Aber ich konnte das – wenn es den Menschen half, die ich liebte, wenn es jedem Kind half, das nach uns kam –, dann konnte ich akzeptieren, dass dies die Rolle war, die mir in dem Ganzen zugedacht war.

Sie werden dich umbringen, dachte ich. Clancy hatte bereits bestätigt, was sie mit den anderen Orangenen gemacht hatten. *Du müsstest sie wieder überzeugen – sie glauben machen, du seist eine Grüne.* Ich schüttelte den Kopf und versuchte, meine Gedanken zu ordnen. Letzter Ausweg. Das hier war der Plan des letzten Auswegs.

»Ich finde, wir sollten über Liams Ideen nachdenken«, sagte ich. »Vielleicht sollten wir's auf indirektere Weise versuchen. Die Medien einschalten. Die Eltern aufrütteln. Wenn wir Grays Image beschädigen, den letzten Rest Vertrauen zerstören, das die Menschen noch in ihn haben, können wir seine Regierung so auseinandernehmen. Die internationale Gemeinschaft kann Beweise für Misshandlungen und Unrecht nicht auf Dauer ignorieren. Die anderen werden eingreifen …«

»Ruby, sie ignorieren solche Beweise schon seit Jahren«, erklärte Senatorin Cruz. »Sie haben versucht, dem Land mit Hilfslieferungen beizustehen, und es ist nach hinten losgegangen. Gray hat gedroht, ihre Flugzeuge abzuschießen, wenn sie noch einmal in unseren Luftraum eindringen. Ich habe es wieder und wieder versucht.«

»Wir müssen ihnen eben die richtigen Beweise liefern«, beharrte ich. »Wir können das benutzen, was Lillian Gray über das Heilmittel gesagt hat, und ihr Wissen darüber, was IAAN verursacht hat. Damit können wir beweisen, dass es keine Gefahr für sie darstellt, herzukommen und zu helfen, Gray zu stürzen. Hat es früher nicht Friedenstruppen gegeben?«

»Wir haben eine Abmachung. Oasis gegen Nachschub«, erklärte Senatorin Cruz scharf und wandte sich an Cole. »Wollt ihr die brechen?«

»Nein, ich verspreche Ihnen, das tun wir nicht«, erwiderte er und streckte beschwichtigend die Hände aus. »Es ist doch ganz normal, vor so einem Einsatz kalte Füße zu kriegen. Kann ich kurz allein mit Ruby sprechen?«

Senatorin Cruz erhob sich steif und bedachte mich mit einem missmutigen Blick, als sie den Raum verließ und die Tür fest hinter sich zuzog.

»Rede mit mir, Zuckerschnecke«, sagte Cole. »Sag mir, was dir im Kopf herumgeht.«

»Wir sollten den Plan für Oasis durchziehen, aber ich glaube, unseren Ansatz in Sachen Thurmond müssen wir überdenken. Nico wird die Belastung nicht aushalten, und wir haben keine Garantie, dass er überhaupt da hineinkommt. Wir müssen nicht die League sein – lass uns einen direkten Angriff vermeiden.«

Cole stieß ein humorloses Lachen aus und kippelte mit seinem Stuhl nach hinten. »Weißt du, warum das zur allgemeinen Strategie geworden ist? Es war nämlich nicht immer so. Alban hat jahrelang versucht, die Wahrheit über Gray und die Lebensqualität in den Camps in Umlauf zu bringen. Er hat es mit Propaganda probiert, mit unverbrämter emotionaler Manipulation. Und alles, was an Botschaften durchgedrungen ist, ist einfach verpufft. Es war nicht so, dass es den Leuten egal gewesen wäre. Aber ihre Köpfe waren schon völlig auf Grays Linie, und er hat ihnen immer wieder eingetrichtert, dass ihre Kinder sterben würden, wenn sie sie aus seinen Lagern holen. Damit Liams Vorschlag funktioniert, müsste man die Eltern nicht nur umstimmen, sie müssten auch vor Ort sein. Und wenn du glaubst, die PSFs würden nicht auf Zivilisten schießen, dann täuschst du dich gewaltig, Ruby. Gewaltig.«

»Aber so eine Situation hat es doch noch nie gegeben«, sagte ich. »Das kannst du doch nicht sicher wissen.«

Das Metall schepperte und quietschte, als Cole etwas aus der unteren Schreibtischschublade holte und sie wieder zuknallte. Er stand auf und begann, Blätter auf den leeren Tisch zu klatschen, immer eines nach dem anderen, in ordentlichen Reihen, ein grausiges Echo dessen, was darauf zu sehen war.

Sämtliche Bilder zeigten Kinder in den dünnen, farblich codierten Lageruniformen mit den schwarzen Psi-Identifikationsnummern auf dem Rücken. Manche hatten die Augen offen, die meisten jedoch nicht. Manche Gesichter waren blutverschmiert und geschwollen. Ein paar sahen aus, als schliefen sie nur.

Das Einzige, was sie gemeinsam hatten, war der lange, leere Graben zu ihren Füßen.

»Wo hast du die her?«, flüsterte ich.

»Die hat Amplify vor ein paar Tagen veröffentlicht«, antwortete Cole. »Ich glaube, ich muss dir nicht sagen, dass die Bilder nicht bearbeitet sind, egal, wie sehr sich Grays Kumpel bemühen, es in den Nachrichten so darzustellen.«

Heftig schüttelte ich den Kopf und hatte das Gefühl, ich würde gleich aus meiner Haut herauskriechen. Ich wäre zurückgewichen, wenn genug Platz gewesen wäre. So schienen die Wände über meinem Kopf zusammenzurücken, über mir einzustürzen und mich zu erdrücken.

Ich musste hier raus. Meine Handflächen waren schweißnass, zu glitschig, um die Tür aufzubekommen. Cole packte mich am Arm und zwang mich, mich wieder vor den Schreibtisch zu stellen, zwang mich, auf die Fotos hinabzublicken und sie zu *sehen*, das Blut, die Knochen und die leeren Augen.

»Das sind die Leute, mit denen wir es zu tun haben«, sagte er. »*Das* ist die Realität. Das sind Leute, die nicht zögern werden, jeden zu töten, der sich ihren Befehlen widersetzt. Das hier hat das Abwarten uns gekostet. *Deshalb* müssen wir kämpfen. Revolutionen werden mit Blut gewonnen, nicht mit Worten. Diese Fotos sind schon seit Tagen öffentlich, und was haben sie bewirkt, um die Menschen zu mobilisieren – sie so wütend zu machen, dass sie sich erheben und protestieren? Gar nichts. Ruby, nicht einmal *das hier* ist genug. Sie glauben alle, die sind nicht echt.«

»Lass mich los!« Ich wand mich aus seinem Griff, während der Boden unter mir Wellen zu schlagen schien. Das Gesicht da, ich kannte dieses Gesicht – das Mädchen in Grün …

»Niemand wird sich für uns einsetzen, Ruby – wir müssen selbst kämpfen. Wir müssen dem ein Ende machen. Auf Gewalt mit Gewalt reagieren. Jede Sekunde, die wir vergeuden, indem wir immer wieder Rückzieher machen und immer wieder denselben Schwachsinn diskutieren, ist eine Sekunde, in der wir diese Kids vor so etwas bewahren könnten. Was glaubst du, was das hier ausgelöst hat? Sie wurden erschlagen. Weil sie zu fliehen versucht haben? Weil sie zwischen die Fronten geraten sind? Weil irgendein PSF durchgedreht ist? Spielt das überhaupt eine *Rolle*?«

Oh mein Gott, ich würde mich gleich übergeben müssen. Ich presste die Fäuste gegen die Augen und versuchte, mich daran zu erinnern, wie ich normalerweise atmete. »Diese Bilder sind aus Thurmond ... Das ist *Thurmond*. Das Mädchen da – das Mädchen in Grün ...«

Coles Griff wurde fester. Ich hatte das vage Gefühl, dass er das Einzige war, was mich noch aufrecht hielt.

»Ich kenne sie. Sie heißt ... hieß ... Ashley. Sie war eine von den Älteren in meiner ...«

»In deiner Baracke?«, beendete Cole meinen Satz. »Bist du sicher? Schau lieber noch mal genau hin.«

Ich tat es, doch es änderte nichts. Ich hatte jahrelang mit diesen Mädchen zusammengelebt und kannte ihre Gesichter besser als mein eigenes. Ashley war schon seit über einem Jahr in Thurmond gewesen, als ich kam, und sie kümmerte sich um uns wie eine große Schwester. Sie war nett. Sie war ...

Tot.

»Okay«, sagte Cole leise. »Entschuldige. Ich glaube dir. Es tut mir so leid. Ich hätte dir die Bilder nicht gezeigt, wenn ich das gewusst hätte. Die Quelle, die sie an Amplify verkauft hat, hat nicht gesagt, aus welchem Lager sie stammen.«

Mein Gott – dieser Graben. Die Erkenntnis traf mich wie ein Donnerschlag. Sie schmissen die Kids in diesen Graben? Das war es, was sie bekamen? Nach allem – *das*?

Zu spät.

Das hier war Thurmond. Das hier war *real.* Wir waren nicht schnell genug. Ich hatte es nicht geschafft, sie rechtzeitig zu erreichen. Ein Schwall Galle stieg in mir empor, und ich riss mich von Cole los und fiel auf die Knie. Ich konnte mir gerade noch den Papierkorb unters Gesicht halten, ehe mein gesamter Mageninhalt aus mir herauskam.

Als ich in die Gegenwart zurückkehrte, hielt mir Cole mit einer Hand das Haar nach hinten und rieb mir mit der anderen in großen Kreisen über die Schulterblätter. Ich stützte mich auf den Plastikkübel und gab dem Brennen der Tränen nach.

»Hat die Quelle gesagt, was passiert ist?« Ich wischte mir mit dem Papiertaschentuch, das er mir reichte, den Mund ab. Mir war schwindelig, als würde ich aus der Gegenwart herausrutschen, und kämpfte gegen den Sog an.

»Sie haben eine Erklärung abgegeben, es hieß, einer von den PSFs, die dort stationiert sind, hätte ein Handy eingeschmuggelt und die Bilder gemacht. Ruby … ich glaube … ich will das eigentlich nicht glauben, aber es scheint mir doch ein allzu großer Zufall zu sein, dass das passiert ist und sie das Lager schließen wollen. Da sind über dreitausend Kinder und Jugendliche drin, und die anderen Lager sind klein und überfüllt. Könnte es sein, dass sie die Anzahl der Kids reduzieren wollen, bevor sie umziehen?«

»Sie haben schon früher Kids getötet«, sagte ich. »Die, die zu fliehen versucht haben … Die Orangenen. Rote, die sich nicht kontrollieren ließen. Wenn das einmal passiert ist, passiert es auch wieder. Sie werden es immer wieder tun. Wir sitzen hier rum und warten darauf, dass wir *eine* nützliche Information kriegen, und sie *krepieren*. Da kann's nicht nur um Beweise gehen. Nicht bei Thurmond. Wir müssen die Kids da rausholen, *sofort.*«

Ich sah die Zukunft mit messerscharfer Klarheit vor mir, und es war weder eine Straße noch ein Himmel, so etwas Schönes war es nicht. Es war elektrischer Strom, der durch Maschendraht und Gitterstäbe surrte. Es waren Schlamm und Regen und tausend Tage, die zu einem schwarzen Strom zusammenflossen.

Cole musste es gespürt, es in meiner Miene gesehen haben, denn er lehnte sich zurück und ließ mich endlich los.

»Für den Angriff auf Thurmond brauchen wir richtige Kämpfer«, sagte ich. »Ausgebildete Soldaten, die als Erste da reingehen.«

»Sehe ich auch so«, erwiderte Cole und wandte den Blick ab. »Harry … Harry hat sich erboten, uns zu helfen. Ich wollte eigentlich nicht Ja sagen. Es ist mir zuwider, ihm etwas schuldig zu sein, aber wir haben jetzt keine Zeit mehr zu verlieren. Nico hat recht. Die einzige Möglichkeit, die Verteidigungsmechanismen des Lagers außer Gefecht zu setzen, ist, sie von innen anzugehen. Ich werde mal sehen, ob ich einen von den PSFs bestechen kann – irgendjemand muss doch irgendjemanden da drin kennen …«

»Nein«, sagte ich mit fester Stimme. »Ich muss das machen. Ich muss diejenige sein, die zurückgeht. Ein PSF kann uns verpfeifen, das Geld einstecken und den Lageraufsehern trotzdem von unseren Plänen erzählen. Wenn es denn sein muss, dann mache ich es selbst.«

»Die anderen werden niemals einverstanden sein«, sagte Cole leise, doch er widersprach nicht. Er wollte mich nicht aufhalten.

»Ich weiß«, sagte ich. »Deshalb sagen wir es ihnen auch erst, wenn wir müssen.«

Im Lauf der nächsten Woche schien sich das Gesicht der Ranch zu verändern.

Kylie und der andere Fahrer, die losgezogen waren, um nach anderen Horden zu suchen, kehrten erfolgreich zurück, während sich Liam zweimal auf die Suche nach Olivia machte und unverrichteter Dinge wiederkam. Falls ihn der Verlust an Zeit und Benzin frustrierte, so zeigte er es nicht, und ich fragte mich, ob er den Anlass dazu genutzt hatte, ein paar Stunden lang von alldem wegzukommen, mit Lovely Rita der aufgehenden Sonne entgegenzufahren und bei Sonnenuntergang wieder heimzukommen.

Die Neulinge zeigten sich willig; die fünf Blauen, die zurückgekehrt waren – Isabelle, Maria, Adam, Colin und Gav –, hatten allesamt als Wachen in East River gedient und wussten zumindest theoretisch, wie man Schusswaffen benutzte. Das Problem war nur, dass sie, nachdem sie monatelang in der Wildnis Utahs gehaust hatten und aussahen, als hätten sie einen Meteoriteneinschlag überlebt, nur Befehle von Gav entgegennahmen, der es wiederum nicht besonders schätzte, von irgendjemand anderem Anweisungen entgegenzunehmen, schon gar nicht von einem »erwachsenen Sackgesicht« wie Cole. Gav beschwerte sich über die vollen Schlafräume, das einfache Essen, den Geruch des Shampoos – als wäre er eine Art Experte für blumige Duftnoten. Gav war stämmig, hatte ein gerötetes Gesicht und schien fies genug drauf zu sein, um den Kampf zu suchen, aber wir mussten ihn schon darum bitten.

Die Legende von Gav dem Arschloch endete, als Cole ihn beim Abendessen am Arm hochriss, zum Schießstand zerrte und die Tür hinter ihnen abschloss. Fünf Minuten und einen gedämpften Schuss später kehrte Gav als Teamplayer zurück, und Cole sah deutlich weniger danach aus, als wollte er dem Jungen am liebsten die Haare anzünden.

Die andere Horde war eine Gruppe Grüne, die tagelang um

die Computer herumschlichen, die die Grünen hier anscheinend mittlerweile rund um die Uhr in Beschlag nahmen, und wenn nur, damit die Neuankömmlinge nicht an ihren Einstellungen herumpfuschten. Nur eines der Mädchen, Mila, erbot sich, der Einsatztruppe beizutreten, aber ich musste jeden Vormittag mit ihr üben, bis sie die Bedeutung der einzelnen Handzeichen begriff, damit sie meine Befehle befolgen konnte.

Die dritte Gruppe, die zwei Tage nach der von Mila eintraf, fand *uns*. Und wir kannten sie.

Nico hatte die drei Teenager bemerkt, die sich vor Smiley's Pub umsahen, eindeutig von der Mondsichel angelockt, die wir auf die Tür der geschlossenen Kneipe gemalt hatten. Kylie und Liam waren gerade zur Tunneltür gestürmt, um sie zu begrüßen. Erst als ich ihre Begegnung auf dem Bildschirm verfolgte und sah, wie Liam einem Jungen mit zotteligem dunklen Haar und bräunlicher Haut auf den Rücken klopfte, erkannte ich ihn.

»Freunde von euch?«, fragte Cole, der gerade aus dem Büro trat, als die fünf lachend aus dem Tunnel kamen und sich mit ihren Fragen gegenseitig zu übertönen versuchten.

»Du erinnerst dich doch noch an Mike«, sagte Liam und zeigte auf den Jungen mit der Cubs-Baseballkappe. Er war dünner, als ich ihn in Erinnerung hatte – bestimmt gut fünf Kilo leichter vom Stress und dem Leben auf der Straße –, doch ich erkannte ihn an dem argwöhnischen Blick, den er mir zuwarf. Er bedachte mich mit einem steifen Nicken, ehe er sich umwandte und sich von Lucy ungestüm umarmen ließ.

Cole stieß einen leisen Pfiff aus. »Anscheinend kein Fan von dir.«

»Das beruht auf Gegenseitigkeit«, versicherte ich ihm. Mike hatte mich nicht gemocht und mir nicht vertraut, und er war im Grunde nie bereit gewesen, in Sachen Clancy die Scheuklappen abzulegen.

»Das da drüben sind Ollie und Gonzo – sie sind Brüder«, fuhr Liam fort und zeigte auf die zwei Teenager, die ein bisschen abseitsstanden. Einer von ihnen – Gonzo, glaube ich – hatte ein Behelfsmesser in der Hand, das aus einer Glasscherbe, einem Stock und Stoffstreifen bestand. »Sie haben mit mir Wache gehalten. Habt ihr Hunger? Ich glaube, das Abendessen müsste gleich fertig sein …«

Ich fasste ihn am Arm, ehe er das Grüppchen davonführte. »Du darfst ihnen nichts von Clancy erzählen.«

»Hab ich aber schon«, gestand er mit dünner Stimme. »Und es ist ihnen egal, solange er hinter Schloss und Riegel bleibt.«

»Wenn sie versuchen, ihn zu finden …«

»Das tun sie bestimmt nicht«, versicherte Liam und zog seinen Arm weg. »Sie sind nicht seinetwegen hier.«

Ich wollte ihn gerade fragen, was genau er damit meinte, doch er war schon davongespurtet, um die anderen einzuholen. Zu, die sich ganz in der Nähe im Flur herumgedrückt hatte, stand jetzt neben mir und sah mich fragend an.

»Ich erzähl's dir später«, versprach ich. Wir hatten nämlich keine Zeit. Ich hatte keine Zeit, über Liam nachzudenken, ganz zu schweigen davon, ihn immer wieder in der Garage aufzusuchen, wohin er sich zurückzog.

An dem Morgen, nachdem die Grünen die in den Brillen eingebauten Kameras perfektioniert hatten, zweieinhalb Wochen vor dem 1. März, brachte Kylie Tommy und Pat aus Kalifornien weg. Sie fuhren über Land- und Nebenstraßen bis Elko, Nevada, der Ort, der Oasis am nächsten war und aus etwas mehr bestand als einer Handvoll in der Wüstensonne dörrender Häuser. Die Jungen lungerten die nächsten Tage am Stadtrand herum, ließen sich gelegentlich sehen und verschwanden wieder und machten sich gerade verdächtig genug, dass irgendeine geldgierige Seele sie gegen eine Belohnung meldete. Es gab eine brenzlige Situation, als es aussah, als würden die PSFs, die sie abholten, sie aus Nevada wegbringen und mit ihnen in das Lager in Wyoming fahren, doch in letzter Minute änderten sie ihren Kurs.

Die Brillenkameras zeichneten alles auf. Wir saßen in der ersten Reihe, als die beiden durch die Wüste gekarrt wurden, als sie in Oasis aufgenommen wurden, als sie durch die Gänge mit den vielen Türen marschierten, als sie in ihre Zimmer gebracht wurden, als die PSFs sie ein bisschen grob anfassten, um sich aufzuspielen, wobei sie Tommy eine so heftige Ohrfeige verpassten, dass sie ihm die Brille vom Gesicht schlugen. Wir notierten Essenszeiten, Licht-aus-Zeiten und Wachwechsel und verglichen die Personalverzeichnisse im PSF-Netzwerk mit den Gesichtern, die wir sahen.

Nach einem Tag hatten wir bereits die gesamte Anlage gesehen. Das Lager bestand aus einem zweistöckigen Gebäude, das vor Blicken von außen durch einen hohen Elektrozaun und über dem Freigelände aufgehängte Planen verborgen war, die sowohl die Sonne abhalten als auch die Sicht von oben in den Hof vereiteln sollten.

Wir wussten, dass die wöchentliche Vorratslieferung jeden Freitagmorgen um halb fünf eintraf. Die lauten Motoren und die über Kies und Matsch knirschenden Reifen verkündeten die Ankunft der Laster.

»Die Batterien in den Kameras sind bald leer«, warnte Nico.

»Ist alles runtergeladen und irgendwo gespeichert?«, fragte Liam, der neben einer sichtlich beeindruckten Senatorin Cruz hinter ihm stand.

Nico drehte sich auf seinem Stuhl herum. »Ja, aber wozu?«

Liam blickte zu Boden. »Für den Fall, dass wir's uns noch

mal anschauen müssen, wenn wir den Plan und das Timing ausklügeln.«

»Dann gibt es jetzt weiter nichts mehr zu tun«, sagte Cole, »als zu üben. Und zu warten.«

Vier Tage Warten.

Vier Tage Grundausbildung in Selbstverteidigung.

Vier Tage, an denen wir die Kids daran erinnerten, den Sicherheitshebel an den Waffen vorgelegt zu lassen, bis sie schussbereit waren, sich richtig hinzustellen, wenn es nötig war zu feuern, und zuerst ihre Kräfte einzusetzen, ehe sie ans Schießen dachten.

Und nun waren wir am dritten Tag der Probeläufe angelangt. Der erste Tag war noch ganz einfach gewesen – die meisten Kids in dieser Gruppe, zumindest die aus East River, hatten Erfahrung damit, auf Landstraßen große Trucks zu kapern. Das hatten sie oft tun müssen, um Gebrauchsgegenstände und Lebensmittel zu stehlen. Nur musste man sie wiederholt daran erinnern, dass sie dabei den Laster nicht zerstören durften.

Ich zog den Riemen meines Einsatzhelms fest, bis er in die weiche Haut unter meinem Kinn schnitt, während ich mich hinhockte und die saubere, kühle Februarluft einatmete. Seit gefühlt etwa einem Monat war ich zum ersten Mal im Freien, aber wir durften uns nur direkt vor dem Tor der Laderampe der Garage positionieren.

Wir hatten fast einen halben Tag gebraucht, um Platz in der Garage zu schaffen, indem wir die Autos, Liams Motorrad und die größeren Möbel und Kisten vorübergehend hinausräumten. Ich sah, wie Liam sich zurücklehnte, als wollte er sich vergewissern, dass auch wirklich alles noch auf der anderen Seite des Gebäudes war, wo wir die Sachen abgestellt hatten. Es fiel mir schwer, seine heutige Stimmung einzuschätzen; sie schien von einer Minute zur anderen zu wechseln.

Die Kids hinter mir waren eine Masse aus zusammengestückelten schwarzen Kampfanzügen. Jede einzelne Montur war von Liam und den anderen, die die Vorräte verwalteten, extra ausgewählt, organisiert und zusammengestellt worden, weil sie den Uniformen ähnelte, die die PSFs trugen. Ergänzt wurde das Outfit durch die Sturmgewehre in ihren Händen. Jeder hatte in den letzten drei Tagen Stunden auf dem provisorischen Schießstand verbracht, den wir aufgebaut hatten. Das rasche Feuern hatte meine Nerven mehr gestählt, als ich erwartet hatte; die schwarzen Kampfstiefel zu schnüren und Schulterhalfter und Waffengurt anzulegen hatte sich angefühlt, als würde ich wieder in eine Hülle schlüpfen, die ich zurückgelassen hatte, als ich mit der League gebrochen hatte. Es fühlte sich gut an – zumindest war es beruhigend. Mit dem zusätzlichen Gewicht der Kampfausrüstung fühlte ich meine Füße fest auf dem Boden stehen.

Liam stützte sich auf meine Schulter, während er den Schulterriemen seines Gewehrs zurechtschob. Zum zehnten Mal an diesem Tag schnürte es mir die Brust zusammen, und ich umklammerte mit beiden Händen mein Gewehr. Was für ein absurder Gedanke, dass ich geglaubt hatte, in der Children's League zu sein werde ihn zerstören, alles Gute in ihm vernichten. Der einzige Mensch, der ihn in dieses Feuergefecht hineinzerrte, war ich.

»Anfangen!«

In einem Schwall überschäumender Energie drängten wir zur Tür und stürmten durch die Öffnung. Ich spürte, wie das Adrenalin an meinem Herzen züngelte, während ich im Kopf herunterzählte. Die beiden Blauen vor mir, Josh und Sarah, hoben die Visiere ihrer Gewehre an die Augen und traten in den provisorischen Korridor, den wir aus Paletten gebaut hatten, um den Grundriss des Korridors im Erdgeschoss nachzubilden, den wir gesehen hatten. Sie streckten die Hände nach Zu und Hina aus, die so taten, als wären sie die PSFs, die an beiden Enden des Korridors Wache hielten, und die Mädchen gaben höchst dramatisch vor, rückwärts geschleudert zu werden. Liam lachte hinter mir tatsächlich auf, was mir durch und durch ging.

»Stopp!«, rief Cole von seinem Platz hoch oben auf einer der Leitern. »Mädels! Ihr müsst das ernst nehmen, sonst tausche ich euch aus. Wir haben keine Zeit rumzualbern, nicht wenn das heißen könnte, dass dieses Team sein Timing nicht hinbekommt. Kapiert?«

Zu und Hina senkten unter seinen barschen Worten die Köpfe, nickten aber.

»Noch mal von vorn«, befahl Cole. »Alle auf Anfang … aber diesmal, Liam, tausch den Platz mit Zach – ja, du bist dann hinter Ruby. Lucy, raus – du auch, Mila. Tut mir leid, Mädels. Ihr seid nicht die Richtigen für diesen Einsatz. Gonzo und Ollie sollen ihre Plätze einnehmen.«

Liam öffnete den Mund, sagte dann aber doch nichts. Ich nickte ihm kurz zu, um ihm zu bedeuten, dass es in Ordnung war. Cole hatte in den letzten zwei Tagen immer wieder solche Umstellungen und Ersetzungen vorgenommen, stets im Bemühen, die beste Chemie innerhalb der Gruppe herzustellen. Wir kamen langsam ans Ziel, doch die Geburtswehen waren schmerzhaft gewesen, und ich empfand jeden verstreichenden Tag wie einen Schlag auf den Hinterkopf.

Ich hätte alles dafür gegeben, Vida an meiner Seite zu haben. Jeden Tag hatte ich bei Nico nachgefragt, ob er ein neues Status-Update von den beiden hatte, doch bei der letzten Kontaktaufnahme hatten sie uns lediglich mitgeteilt, dass sie heil in Kansas eingetroffen waren.

»*Anfangen!*« Und der Tanz begann von Neuem.

Immer zwei auf einmal, schlichen wir in die Garage. Gav ließ sich zu meiner Linken ächzend auf ein Knie niedersinken, während er so tat, als deckte er Josh und Sarah, die wiederum so taten, als fesselten sie Zu und Hina Hände und Füße mit Kabelbindern.

»Denkt daran«, brüllte Cole, die Hände um den Mund gelegt, »das Wichtigste ist, so leise und so schnell wie möglich zu sein. Schießt erst, wenn euer Leben davon abhängt. Schaltet die PSFs lautlos aus, damit sie die Lageraufseher nicht alarmieren!«

Zach und ich stürmten vorwärts, wobei er mir Deckung gab, als ich in eine Lücke zwischen zwei Paletten sprang, die den Kontrollraum darstellen sollten. Dann griff ich mit einer Hand nach Lucy, die jetzt als Lageraufseherin posierte, die für die Camp-Security zuständig war. Sie trat einen großen Schritt zurück und riss dabei in allem Anschein nach echtem Erschrecken die Augen auf. Mir krampfte sich der Magen zusammen.

Zach überwältigte unterdessen zum Schein den Jungen, der den anderen Lageraufseher spielte. Dann waren wir am hinteren Ende der Truppe angelangt und erreichten mit den anderen die gegenüberliegende Seite des Korridors, wo wir so taten, als schlichen wir uns eine Treppe hinauf. Liam sagte ganz leise etwas, woraufhin Mike, Gonzo, Ollie und Sarah vor Lachen losprusteten.

»Stopp!«, rief Cole. »Lee, du bist raus. Du auch, Mike.«

Liam fuhr herum, auf seinem Gesicht malte sich völlige Fassungslosigkeit. »Wie bitte?«

»Du«, wiederholte Cole betont langsam, als wäre Liams Hörvermögen das Problem, »bist *raus*.«

»Warum denn, zum Teufel?« Liam wirbelte wild gestikulierend zu mir herum, verlangte etwas von mir, was ich ihm nicht zu geben beabsichtigte. Sobald die Worte über Coles Lippen gekommen waren, war Erleichterung in mir aufgewallt. Liams Miene verdüsterte sich schlagartig, während er sich kopfschüttelnd wieder seinem Bruder zuwandte.

»*Warum?* Ich habe alles getan, was du verlangt hast – Mike und ich haben beide Erfahrung darin, Lastwagen zu kapern. Also warum?«

Die Kids um uns herum scharrten mit den Füßen und wandten sich nach und nach ab, während die Spannung sich von unangenehm zu quälend steigerte.

»Weil ich«, erwiderte Cole und sprang von der Leiter, »zu dem Schluss gekommen bin, dass zwölf zu viele sind – ihr tretet euch ja gegenseitig auf die Füße. Wir müssen da schneller und leiser rein und wieder raus. Wenn du das persönlich nimmst, bist du ein Idiot.«

»Das ist doch Schwachsinn«, sagte Liam, die Hände in die Hüften gestützt. »Du willst mich nur raushaben.«

»Tja, deine Einstellung spricht nicht gerade für dich, kleiner Bruder«, sagte Cole und streckte die Hand aus. »Deinen Helm und dein Gewehr. Geh dich irgendwo abregen. Mick, ich brauche dich als PSF – dritte Tür rechts, ja, genau …«

Liam riss sich den Gewehrgurt von der Schulter und rammte seinem Bruder die Waffe gegen die Brust, ehe er den Helm abschnallte und ihn zu Boden fallen ließ. Dann wandte er sich um und schritt auf die Tür zum Tunnel zu.

Ich gab Cole mit erhobenem Finger ein Zeichen, wartete gar nicht auf eine negative Reaktion von ihm und folgte Liam hinaus. Er war bereits ein paar Meter im Tunnel, ehe ich ihn sah und *»Hey!«* rief.

Er blieb stehen, drehte sich aber nicht um. Ich nahm ebenfalls den Helm ab und ging langsam auf ihn zu, sah die Röte in seinem Nacken und die zu Fäusten geballten Hände. An seinen Unterarmen standen die Adern hervor.

»Liam«, sagte ich leise. »Sieh mich an.«

»Was denn?«, fauchte er und zerrte an seinem Kampfanzug. »Soll ich den vielleicht auch rausrücken?«

»Ich will nur, dass du dich beruhigst«, sagte ich. »Es tut mir leid – aber du weißt, dass es auf diese Art laufen muss.«

»Und was ist das für eine Art?«, wollte er wissen. »Die, wo du schweigend dastehst und zuschaust, wie ich weggeschickt werde wie ein kleiner Junge, der auf die Strafbank gesetzt wird?«

Ich schnaubte verärgert. »Wir müssen auf ihn hören. Hier muss es Ordnung geben – Struktur. Sonst fällt alles auseinander.«

Liam starrte mich an, und seine Fassungslosigkeit wich einem freudlosen Lächeln. »Hab schon verstanden«, sagte er und schickte sich an weiterzugehen. »Glaub mir, Ruby, ich hab's verstanden.«

Als wir sechs Stunden später wieder in der Ranch eintrudelten, war er längst weg. Zu wartete im Schlafraum auf mich, einen gefalteten Zettel in der Faust. Sie sah zu, wie ich ihn las, und ihr Blick tat mir im Herzen weh.

Gehe Liv suchen. Viel Glück.

Ich war nicht bestürzt. Ich kochte vor Wut.

»Er ist ohne jede Verstärkung losgezogen – *schon wieder*«, fauchte ich, während ich mir das Hemd über den Kopf zog und aus der Kampfhose stieg. Zu hatte bereits das übergroße Shirt und die Boxershorts angezogen, in denen sie schlief. »Stimmt's?«

Sie nickte und hielt mir ihr Notizbuch entgegen: *Was ist los?* Sie blätterte um. *Warum benehmt ihr euch wie Idioten?*

»Hat Chubs dir gesagt, du sollst mich das fragen?«

Zu blätterte zur vorherigen Seite zurück und unterstrich die erste Frage doppelt. *Was ist los?*

»Nur eine Meinungsverschiedenheit«, versicherte ich ihr,

wobei die Notlüge bereits an mir nagte. Ich streifte mir das ausgeleierte Shirt und die Jogginghose über und setzte mich neben sie auf mein Bett. »Anscheinend sind wir zwei heute Nacht allein.«

Ich legte mich auf den Rücken, und Zu tat es mir nach. Ich war dankbar für ihre Wärme neben mir, für ihre Gegenwart, die unangenehme Situationen immer irgendwie besser machte. Den Rest des simulierten Einsatzes hatte ich mit einer Gänsehaut absolviert. Noch immer konnte ich das Gefühl nicht abschütteln.

Sie griff erneut zu Stift und Notizbuch und schrieb: *Alles okay?*

»Ist mir schon besser gegangen«, gab ich zu.

Du gehst immer wieder in dein schwarzes Loch zurück, schrieb sie weiter. *Ich hab auch eins. Wenn ich zu lange da drin bleibe, sitze ich fest.*

Ich rutschte ein wenig zur Seite, sodass ich ihr den Arm um die Schulter legen und sie enger an mich ziehen konnte.

Du brauchst nicht alleine dahin zu gehen. Sie hielt inne, als müsse sie nachdenken. *Weißt du noch, bevor ich aus East River weg bin, hab ich gesagt, ich müsste dir etwas erzählen, wüsste aber nicht, wie?*

»Ja.« Wenn ich an diesen Tag dachte, war es, als kratzte ich mit den Nägeln über mein Herz.

Es war eigentlich nicht so, dass ich nicht gewusst hätte, wie – ich wollte einfach bessere Worte finden. Schönere, schätze ich. Aber Lee hat gesagt, es spielt keine Rolle, manchmal ist das Einfachste das Beste. Sie blätterte um und kritzelte hastig. Das Geräusch des Stifts auf dem Papier war seltsam beruhigend. *Es ist egal, was du tust, es wird nie etwas daran ändern, was wir für dich empfinden. Ich bin stolz, deine Freundin zu sein.*

Ich starrte sie an und schluckte den Kloß in meinem Hals.

»Danke. Mir geht's genauso. Es war der glücklichste Tag meines Lebens, als ich dich kennengelernt habe. Du hast ja gesehen, wie viel Angst ich hatte …«

Es war nicht, weil du Angst hattest, schrieb Zu. Dann fügte sie rasch hinzu: *Vielleicht ein bisschen, aber weißt du, woher ich wusste, dass wir dir vertrauen können?*

Ich schüttelte den Kopf, fasziniert von diesem Einblick in ihr Urteilsvermögen.

Als die, die dich verfolgt und die nach dir gesucht haben, dir wirklich nahe gekommen sind, wolltest du wieder loslaufen und hast dich nicht hinter Betty versteckt. Das war, weil du nicht wolltest, dass sie aus Versehen mich finden, stimmt's?

»Stimmt.«

Sie streckte die Hände vor, als wollte sie sagen: *Siehst du.* Dann griff sie wieder nach ihrem Stift. *Das hieß, dass du uns nie absichtlich in Gefahr bringen würdest. Dass du ein guter Mensch bist.*

»Das ist aber eine gewagte Vermutung«, meinte ich. »Es hätte doch auch einfach sein können, dass ich in Panik war und mir überhaupt nichts dabei gedacht habe.«

Zu zuckte leicht die Achseln. *Besser, man riskiert es, jemandem zu helfen, als zu bereuen, was man nicht getan hat. Hat Lee gesagt.*

»Klingt ganz nach ihm«, sagte ich trocken. Und genau das war der Grund, warum Chubs und ich bei jedem neuen Jugendlichen so wachsam sein mussten, der uns über den Weg lief.

Streitet du und Lee euch wegen dieser Gedächtnissache?

Ah. Also hatte er oder einer von den anderen ihr davon erzählt.

»Nicht direkt.« Aber was genau taten wir eigentlich? Wir gingen nicht gerade freundschaftlich miteinander um. Waren nicht mehr das, was wir früher einmal füreinander gewesen waren. »Das ist kompliziert. Nach dem, was ich ihm angetan habe, ist es nur noch kompliziert. Und ich akzeptiere die volle Verantwortung, aber …«

Wie immer traf Zu den Knackpunkt. *Glaubst du, er verzeiht dir nicht?* Widerwillig griff ich um sie herum und zog die Beach-Boys-CD aus der Schublade. Das Papier war weich und begann in der Mitte allmählich zu reißen, so oft hatte ich den Zettel mittlerweile gelesen und wieder zusammengefaltet. Ich weiß nicht, warum ich das Gefühl hatte, ich müsste ihn Abend für Abend aufs Neue lesen, mich damit selbst bestrafen.

Zu las den Zettel, und die Falte zwischen ihren dunklen Brauen wurde tiefer. Sie erkannte seine Handschrift eindeutig, doch als sie aufblickte, sah ich Unverständnis, kein Begreifen.

»Was denn?«

Was beweist das?, schrieb sie.

»Die Tatsache, dass er gemeint hat, er müsste sich das aufschreiben, ist ein ziemlich eindeutiger Hinweis, dass er glaubt, ich tu's noch mal – ihm seine Erinnerungen wegnehmen, meine ich. Ihn wegschicken.«

Ruhig faltete Zu den Zettel zusammen und gab mir damit einen Klaps auf die Nase, kombiniert mit ihrem unverwechselbaren *Ist-das-dein-Ernst?*-Blick.

Als sie sah, dass ich es noch immer nicht kapierte, griff sie erneut zu Stift und Notizbuch. *ODER er hat es geschrieben, weil er Angst hatte, jemand anderes würde dich dazu zwingen, zum Beispiel sein Bruder. Er sagt, er will bleiben. Das heißt, er will bleiben, bei dir, bei uns, obwohl er weiß, was passiert ist. Hast du ihn danach gefragt? Weiß er, dass du den Zettel genommen hast?* Jetzt sah sie mich auf einmal ganz anders an. *Du darfst doch keine Sachen nehmen, die dir nicht gehören.*

»Ich habe nicht mit ihm darüber gesprochen«, gestand ich.

Hast du das da übersehen? Sie zeigte auf die letzte Zeile.

Ich schüttelte den Kopf und schluckte schwer. »Nein.«

Zu musterte mich einen Moment lang eingehend mit dunklen, verständnisvollen Augen. *Hast du das Gefühl, du hast das nicht verdient?*

»Ich glaube, er … Ich glaube, er verdient etwas Besseres als das Beste, was ich ihm bieten könnte.« Es war das erste Mal, dass ich es offen zugegeben hatte, und es laut auszusprechen machte die Last der Wahrheit irgendwie nur noch schwerer. Mir war schlecht, schwindelig. *Er hat etwas Besseres verdient als mich.*

Zu sah aus, als wüsste sie nicht, ob sie mich treten oder umarmen sollte, schließlich jedoch entschied sie sich für Letzteres. Zu spät hatte ich begriffen, wie das hier auf sie wirken würde – wie ein Mädchen, das bereits so panische Angst hatte, darauf reagieren würde, die Menschen, die sie als ihre Felsen in der Brandung betrachtete, zusammenbrechen zu sehen.

Wenn er zurückkommt, musst du mit ihm reden, okay?

»Okay«, sagte ich und war mir nicht so sicher, ob er überhaupt mit mir reden *wollte.*

Wenn du wieder in dein schwarzes Loch fällst, schrieb sie, *dann sag einem von uns Bescheid, damit wir dir wieder raushelfen können.*

»Ich will euch doch keine solche Last sein«, flüsterte ich. *Das Einzige, was ich immer wollte, war, euch zu beschützen.*

Es ist keine Last, wenn die Leute bereit sind, sie zu tragen, kritzelte sie, und nachdem sie dieses letzte Argument angebracht hatte, schlief sie ein. Ich rollte mich auf die Seite und versuchte, es ihr gleichzutun.

Irgendwann musste das geklappt haben, weil ich träumte, wie ich die feuchten, finsteren Flure des Hauptquartiers entlangging, zu Albans vollgestopftem Büro, und die nackten Glühbirnen an der Decke eine nach der anderen betrachtete.

Im nächsten Moment war ich in einem anderen Flur, kalte Fliesen unter den Füßen und kleine Hände in mein Hemd gekrallt.

Ich zuckte zurück, mein Verstand riss sich aus dem diesigen Nebel des Schlafes, und ich fuhr vor Zus erschrockenem Gesicht zurück. Das Licht im unteren Flur war aus, wie immer nach Mitternacht. Zus Umriss hob sich von der Finsternis ab, und Besorgnis hatte die Verwirrung auf ihren Zügen abgelöst. Sie runzelte die Stirn, während sie zögernd auf mich zutrat und nach der Hand griff, die ich auf mein Herz gepresst hatte, in der Hoffnung, es zu beruhigen.

»Entschuldige«, sagte ich zu ihr, »entschuldige … Schlafwandeln … Stress … Es ist …« Ich kam nicht auf die richtigen Worte, doch sie schien mich zu verstehen. Sie nahm mich fest bei der Hand und führte mich zu unserem Zimmer zurück, ohne mich auch nur einmal stolpern zu lassen. Mein Kopf fühlte sich so leicht an, als könne er davonschweben, und als ich wieder ins Bett stieg, schlug ich mir die steifen Knie an dem metallenen Bettgestell an. Das Letzte, was ich noch mitbekam, war, wie Zu mir übers Haar streichelte, es wieder und wieder glattstrich, bis der Schmerz in meinem Schädel nachließ und ich wieder normal atmen konnte.

Am nächsten Morgen brach ich in aller Frühe mit der Einsatztruppe in die offene Wüste Nevadas auf.

15. Kapitel

Ich drückte mich bäuchlings in das ausgetrocknete Bachbett und ignorierte das schmerzhafte Ziehen der Muskeln in meinem Kreuz. Es kam mir falsch vor, dass es in der Wüste so verflucht kalt war, aber ohne Sonne und ohne dicht belaubte Bäume und Büsche gab es wohl nichts, was die Hitze vom Vortag hätte speichern können. Namenlose Berge ragten hinter uns auf, der hellere von zwei tiefen Schwarztönen. Immer wieder sah ich mich nach ihnen um, während die Stunden verstrichen, und beobachtete, wie ihre schroffen Umrisse sich allmählich zur Farbe einer frischen Quetschung aufhellten. Abgesehen von den gelben Tupfern ausgetrockneter, stachliger Wüstensträucher gab es nicht viel anderes zu sehen.

»Was war das?«, hörte ich Gav fragen. »Ist das eine Klapperschlange? Ich hab was rasseln hören.«

»Das war ich, ich hab aus meiner Feldflasche getrunken, du Blödmann«, erwiderte Gonzo. »Mein Gott, Mann. Hast du deine Eier in Kalifornien gelassen?«

Ich zischte, dass sie den Mund halten sollten, und wiederholte mich, als eines der Mädchen jammere, sie müsse pinkeln.

»Ich hab dir doch gesagt, du sollst auf der Fahrt nicht so viel Wasser trinken«, schalt Sarah. »Nie hörst du auf mich.«

»Tut mir leid, ich hab nun mal keine Blase wie ein blödes Faultier.«

»Du meinst ein *Kamel*«, verbesserte Sarah.

»Ich meine ein *Faultier*«, beharrte das andere Mädchen. »Ich hab irgendwo gelesen, die müssen nur einmal die Woche.«

Ich verdrehte die Augen zum Himmel und betete um Kraft, während ich mich fragte, ob Vida sich ständig so fühlte.

»Status?«, drang Coles Stimme abgehackt in mein Ohr.

»Genau wie vor einer Stunde«, sagte ich und drückte auf meinen Ohrhörer. »Bis jetzt nichts, over.«

Wir waren mit den beiden Geländewagen zu diesem verlassenen Abschnitt der Interstate 80 gefahren und am Straßenrand abgesetzt worden. Lucy und Mike fuhren die Wagen zurück nach Lodi. Cole und ich hatten die optimale Stelle auf dem Highway in Bezug auf die Distanz zum Lager berechnet. Gerade weit genug entfernt, dass es niemandem auffallen würde, wenn zwei Wagen dort kurz anhielten. Doch die einzige Deckung, die wir nutzen konnten, war das Bachbett, das sich an dem rissigen Asphalt entlangzog. Wir schmiegten unsere Leiber dort hinein und warteten.

Es dauerte weitere zehn Minuten, bis meine Ohren das leise Brummen eines fernen Motors wahrnahmen. Ich wusste, dass ich es mir nicht eingebildet hatte, als die anderen sich zu rühren begannen, um besser über den Rand des Bachbetts spähen zu können. Ein paar Sekunden später tauchten die ersten Lichtpunkte auf – Scheinwerfer, die an Größe und Helligkeit zunahmen und sich durch die Dunkelheit bohrten.

Ich blickte das Bachbett entlang – und da war es, das dreimalige Blinken einer Taschenlampe. Ollie war dort postiert worden, um die Markierung auf dem Lastwagen zu checken. Es war der richtige.

Zach schlug mir auf den Rücken; die freudige Erregung zauberte ihm ein Grinsen ins Gesicht. Ich empfand es wie einen Stromschlag, der durch meinen Körper rann, und lächelte kurz zurück, während ich aufstand.

Dann trat ich in die Mitte der Straße, und meine Hände zitterten nur ein kleines bisschen, als der Sattelzug den Highway hinuntergedonnert kam. Ich hielt die Hände in die Höhe, da mich die Scheinwerfer blendeten – ich konnte den Fahrer hinter der Windschutzscheibe nicht erkennen, doch ich sah die hastige Bewegung, als seine Hand zur Hupe zuckte. Rasch ließ ich die unsichtbaren Hände in meinem Kopf blindlings ausgreifen, nach seinem Verstand tasten, sich strecken, strecken, strecken – und zupacken.

Einen Meter vor mir kam der Lastwagen zum Stehen.

Zu meiner Linken entstand hektische Bewegung, als die zusammengewürfelte Einsatztruppe aus dem Bachbett gekrochen kam, zum Heck des Lasters marschierte, die Tür öffnete und hineinsprang. Ich drückte auf den Knopf in meinem Ohr und lief auf die andere Seite, um die Beifahrertür der Fahrerkabine zu öffnen. »Wir haben unsere Mitfahrgelegenheit, over.«

»Fantastisch. Weiter mit Phase zwei.«

Der Fahrer saß wie erstarrt hinter dem Lenkrad und wartete auf Anweisungen von mir. Ich durchsuchte seine Erinnerungen und lockte eine aus der vergangenen Woche hervor, daran, wie er genau dieselbe Fahrt ins Lager unternommen hatte. Die holte ich in seinem Verstand nach vorn und sagte nur ein Wort: »Fahr.«

Dann duckte ich mich in der Fahrerkabine so tief wie möglich und zog mir die schwarze Sturmhaube übers Gesicht. Hin und wieder stemmte ich mich hoch, um übers Armaturenbrett zu spähen und mich zu vergewissern, dass wir nach wie vor in die richtige Richtung fuhren. Der Fahrer hörte zornige, dröhnende Rapmusik, die mich nervös machte, daher griff ich hinüber, schaltete sie aus und verpasste so genau den Moment, in dem der graue, sonnengebleichte zweistöckige Bau hinter dem drei Meter hohen Zaun in Sicht kam.

»Sichtkontakt«, meldete ich. »Alles okay hinten drin?«

»Bestens«, lautete Zachs Antwort. »Geschätzte Ankunftszeit?«

»Zwei Minuten.«

Ich holte noch einmal tief Luft, ehe wir vom Highway abfuhren und auf einen Feldweg einbogen. Die zwei PSFs am Tor zogen es auf, während der Fahrer, ein stämmiger, bärtiger Mann in einem kurzärmligen Hemd mit Button-down-Kragen, den Truck wendete und rückwärts hineinfuhr. Sein Gesicht war eine ausdruckslose Maske. Eine Plane war über die Laderampe direkt neben dem Hauptgebäude gespannt. Dort standen bereits Karren bereit, um die Ladung abzutransportieren. Zwei PSFs saßen rauchend darauf, warfen ihre Zigaretten jedoch weg und erhoben sich, als der Laster rückwärts auf sie zugerollt kam. Die anderen hatten das Tor wieder geschlossen und kamen gerade herübergeeilt, als ich einen letzten tiefen Atemzug holte.

»Wir sind drin – auf Gefechtsstation«, sagte ich. »Zwei PSFs stehen vor eurer Tür, zwei weitere kommen gerade von hinten.«

»Leise und schnell«, ermahnte uns Cole. *»Zehn Minuten, ab jetzt.«*

Ein fünfter PSF näherte sich dem Fenster auf der Fahrerseite und rief: »Morgen, Frank!«

Ich schob Frank das Bild in den Kopf, wie er das Fenster herunterließ, beugte mich über ihn und hielt dem PSF, noch ehe er auch nur die Augen aufreißen konnte, meine Pistole vor die Nase. Er war jung, vielleicht in Cates Alter. Als er mich sah, verschwand das freundliche Lächeln aus seinem Gesicht. Sein ganzer Körper zuckte erschrocken zurück, und er griff nach seinem Gewehr.

»Was zum Teu…«

»Die Hände dahin, wo ich sie sehen kann.« Ich konnte nicht Frank und den PSF gleichzeitig kontrollieren, und Gonzo und Ollie nahmen mir das Problem ab. Einer von ihnen schlug dem PSF seinen eigenen Gewehrkolben gegen den Hinterkopf, und der andere hatte ihn gleich darauf mit dem Gesicht nach unten auf dem Boden, geknebelt und mit Kabelbindern gefesselt. Dann wurde er hinter den Lastwagen geschleppt, wo bereits vier andere schlaffe Gestalten lehnten.

Mir war klar, dass einige der Kids nicht verstanden hatten, warum wir das Ganze so viele Male durchexerziert hatten, aber ich glaube, jetzt, wo wir hier waren, erkannten sie den Sinn dahinter daran, wie reibungslos wir uns formierten. Der eigentliche Sinn von Simulationen war, die Nerven darauf zu trimmen, ruhig zu bleiben und einem das Gefühl zu vermitteln, dass so etwas ebenso normal sei, wie jeden Morgen aufzuwachen und unter die Dusche zu gehen. Es schien funktioniert zu haben – selbst als wir auf die Tür zustrebten, die die PSFs offen gelassen hatten, und leise das Gebäude betraten, wirkte die Gruppe unerschütterlich wie Stein. Auf jeden Fall sahen wir sehr bedrohlich aus, ganz in Schwarz und mit Sturmhauben auf dem Kopf.

Im Flur war es dunkel, doch aus einem der Räume, dem dritten auf der rechten Seite, drang ein Lichtstrahl. Unwillkürlich hielt ich inne. Der Geruch von Chlorbleiche, vermischt mit Zitrone, Schuhcreme und menschlichen Ausdünstungen, packte mich mit einem Würgegriff. In gewisser Weise leuchtete es ein, dass es in diesem Lager fast genauso roch wie in der Krankenstation von Thurmond. Warum sollten sie nicht die gleichen Putzmittel benutzen, die vom Militär bestellt wurden? Vor allem jedoch strapazierte der Geruch meine Nerven.

Gav nahm seinen Platz ein, kniete sich hin und zielte, während die anderen weiterschlichen. Stimmen sickerten aus der offenen Tür, die ich eben erspäht hatte, über die Fliesen. Ich winkte die Kids voran und schob mich zusammen mit ihnen an der Wand entlang, bis Zach mich am Arm packte und auf die Tür mit der Aufschrift CR zeigte. *Control Room*. Das war unser Ziel.

Als wir geduckt ausschwärmten, warf ich einen raschen Blick in den offenen Raum: Vier PSFs saßen um den Tisch, die Uniformjacken auf die Couch daneben geworfen oder über die Stuhllehnen gehängt, während sie lachten und rauchten und auf dem vollgestellten Tisch Karten austeilten. Als Gav und Gonzo die Türöffnung ausfüllten, blickte einer auf, sah noch mal hin und wollte nach einer Waffe greifen, die er nicht mehr erreichte. Die Blauen kippten den Tisch um, schleuderten die PSFs gegen die Wand und brachten sie zum Schweigen, ehe sie über ihre Funkgeräte eine Warnung durchgeben konnten.

Das machte neun. Nico hatte sich das Filmmaterial von Pat und Tommy mehrmals angesehen und die verschiedenen Gesichter in Uniform gezählt. Zwei Lageraufseherinnen, dreizehn PSFs. Insgesamt also fünfzehn Zielpersonen.

Zach und ich pressten uns gegen die Wand; ich streckte die Hand aus und klopfte an die Tür des Kontrollraums.

»Herein«, rief jemand. Zum Glück hatten wir nicht versucht, gewaltsam in den Raum einzudringen, denn die Tür war von innen abgeschlossen. Ich hörte ein Summen und dann ein Klicken, und Zach verlor keine Zeit, ehe er die Tür mit der Schulter aufstieß.

Drinnen saßen zwei junge Frauen, beide in schwarzen Hemden und Hosen. Der Raum bestand hauptsächlich aus einer Wand voller Monitore, flankiert von einer Reihe Computer. Die meisten Bildschirme zeigten reihenweise Stockbetten und die darin schlafenden Kinder, doch bei unserem Eintreten schalteten sie gerade auf den Flur, das Außengelände und den Pausenraum gegenüber um. Die Frau, die die Monitore beobachtete, kippte sich den Kaffeebecher übers Hemd, als sie sah, was sich an der Wand vor ihr abspielte. Die andere stand vor einer Art Schaltbrett mit Knöpfen und Leuchtanzeigen und stieß bei unserem Anblick einen kleinen Schrei aus. Zach presste sie mithilfe seiner Kräfte kurz an die Zimmerdecke, während ich bereits in den Verstand der anderen Lageraufseherin eingedrungen war.

Eine Lawine von Gesichtern, Geräuschen, Farben und Landschaften strömte durch meinen Kopf und prasselte auf mich herab. Ich suchte nach den relevanten darunter, nach Informationen darüber, wie und zu welchen Zeiten sie ihre Statusmeldungen durchgaben. Unterdessen holte Zach die andere kreischende Frau von der Decke, knebelte sie mit einem Stück Stoff und fesselte sie schließlich in sicherer Entfernung von den Kontrollknöpfen an eines der Rohre an der rechten Wand.

»Erledigt!«, rief er. »Wir haben noch acht Minuten. Löschen jetzt Filmmaterial.« Nico hatte ihm gezeigt, wie man die Aufnahmen zurücksetzte und bereits aufgezeichnete Passagen mehrfach durchlaufen ließ, dabei hatte er eine wohl begründete Vermutung angestellt, was für Programme sie benutzten. Diese musste der Realität ziemlich nahe gekommen sein, denn Zach rammte triumphierend die Faust in die Luft, als er fertig war.

»Mach die Räume im oberen Stockwerk auf«, wies ich ihn an und zeigte auf den nächstgelegenen Computer. »Das Passwort ist großes P, großes S, großes F, eins, drei, neun, drei, acht, Ausrufezeichen, Sternchen. Verstanden?«

»Verstanden.« Er gab den Auftrag an den Rest der Truppe weiter, die hoffentlich bereits die Treppe hinaufstiegen. »Türen werden geöffnet.«

Ich suchte die Erinnerung der Frau hervor, die an einem der Computer gesessen hatte, die Nachricht, die sie an das PSF-System geschickt hatte – genauso, wie ich es jetzt wieder von ihr wollte, und dann noch einmal in zwei Stunden. Als ich mich von ihr löste, löschte ich die Erinnerung an Zachs und mein Eindringen. Sie nickte nur und widmete sich weiter ihrer Arbeit, stand mit blicklosen Augen und ausdruckslosem Gesicht vor den Monitoren.

»Kontrollraum ausgeschaltet, over«, meldete ich.

»Roger, verstanden«, kam Coles erleichterte Antwort. *»Macht oben weiter.«*

Zach drückte den Knopf neben der Tür, entriegelte sie und ging hinaus. Ich war direkt hinter ihm, als er zurücksprang, sein Gewehr hob und zielte ...

»Ich bin's«, ertönte eine vertraute Stimme. »Ich bin's, nicht schießen ...«

Fassungslosigkeit, dumpfe, sprachlose Fassungslosigkeit bemächtigte sich meiner, als ich sah, wer am anderen Ende von Zachs Gewehr stand.

Liam.

»Mann, spinnst du?«, rief Zach und schlug wütend mit der Faust nach ihm. »Herrgott, ich hätte dich fast abgeknallt!«

Ich hatte mich nicht von der Stelle gerührt. Es war doch ausgeschlossen ... Das war nicht Liam, er war doch losgezogen, um Olivia zu suchen. Er konnte uns nicht nachgefahren sein, so dumm konnte er nicht gewesen sein, doch nicht Liam, nicht *Liam* ...

Ich war so sehr auf sein Gesicht fixiert, während ich meine Sturmhaube hochriss, dass ich die rothaarige Frau hinter ihm nicht sah. Wilde Locken wallten um ihr langärmeliges schwarzes T-Shirt, zu dem sie schwarze Jeans und Stiefel trug. Ihr Gesicht sah ich erst deutlich, als sie die wie wild klickende Kamera senkte, mit der sie alles um sie herum aufgenommen hatte.

»Wer zum Teufel«, hörte ich mich mit leiser, zorniger Stimme sagen, »ist *das*?«

»Status?«, fragte Cole. *»Zuckerschnecke – Status?«*

Liam erwiderte meinen versteinerten Blick mit einem ebensolchen. »Das ist Alice von Amplify.«

»Mann«, sagte Zach kopfschüttelnd. »Mann, das ist doch Wahnsinn …«

Alice sah jung aus. Ende zwanzig vielleicht; ihr klares, ungeschminktes Gesicht ließ sie nur ein paar Jahre älter wirken als uns. Sie war größer als Liam, schlank, aber stark genug, um einen Rucksack zu tragen, der aussah, als wöge er doppelt so viel wie sie.

»Schön, euch kennenzulernen«, sagte sie. »Wow, das ist ja echt … *irre.*«

Liam war nicht auf meine Zustimmung aus, er wollte nur sehen, wie ich reagierte. Schlagartig setzte der Adrenalinschub wieder ein und katapultierte mich in den Aktionsmodus. Akzeptieren, anpassen, agieren. Ich drückte einen Finger auf meinen Ohrhörer, würgte Coles Statusanfrage ab und wandte mich der Treppe am Ende des Korridors zu.

»Liam ist hier«, meldete ich. »Mit einer Reporterin von Amplify.«

Knistern drang durch die Leitung. Zach warf mir einen beklommenen Blick zu, während wir die Stufen hinaufstiegen, als malte auch er sich gerade Coles Reaktion aus.

»Sag das noch mal«, sagte Cole schließlich.

Ich wiederholte die Information, als wir oben um die Ecke bogen und durch die Tür schritten, die das Team offen gelassen hatte.

Der sonderbare, vertraute Geruch nach Farbe, den ich auf

dem Weg nach oben eingeatmet hatte, wurde endlich erklärt, als wir durch die Tür stürmten: Die gefesselten und geknebelten Soldaten lehnten an derselben Wand, an die sie kurz zuvor mit einer Schablone eine Parole geschrieben hatten: GEHORSAM KORRIGIERT FEHLVERHALTEN.

Die Einsatztruppe war gerade dabei, die Kids aus den fünf dunklen Räumen gegenüber zu holen, versuchte, sie zu überreden herauszukommen. Ich erkannte das Problem augenblicklich.

»Nehmt die Sturmhauben ab«, wies ich die anderen an. »Es ist in Ordnung, die Kameras sind aus.« Die Kids würden nicht herauskommen, bis sie sahen, dass wir auch Jugendliche waren – dass sie nicht überlistet oder von einem anderen Haufen Monster in schwarzen Uniformen abgeholt wurden. Einer der halbwüchsigen Jungen in dem ersten Raum steckte den Kopf durch die Tür, sah das Gewehr in Gavs Hand und verschwand sofort wieder. Er hätte die Tür zugeschlagen, wenn Josh sie nicht abgefangen hätte.

Alices Kamera klickte wie ein Insekt, während sie sich bemühte, die Ereignisse aus jedem Winkel einzufangen. Ich fuhr herum und schlug sie ihr aus der Hand, wobei ich mir inständig wünschte, sie hätte sich den Gurt nicht um den Hals gelegt, damit das Ding auf den Fliesenboden geknallt wäre. »Könntest du das lassen?«, fauchte ich. Mein Gott – es war schon schlimm genug, dass die Kids hier drin saßen, konnte sie ihnen nicht eine Sekunde Ruhe gönnen, damit sie sich sammeln konnten?

»Ruby …«, setzte Liam an, doch Alice winkte ab.

»Ist schon gut, ich hab's kapiert.« Doch ich sah, wie sie die Kamera erneut hob, diesmal, um sie auf Videobetrieb zu stellen. Sie hatte eindeutig nicht kapiert.

»Fünf Minuten«, warnte Cole. *»Seid ihr auf dem Rückweg?«*

Ich sprintete zur nächsten Tür und schaute hinein. Die hölzernen Pritschen knarrten, als sich Körper darauf bewegten und Köpfe mir zuwandten. Ich machte das Licht an, damit sie mein Gesicht sehen konnten. Schweißgestank wallte aus dem Zimmer und prallte gegen mich, ehe das Wimmern und Wispern der Furcht ertönte. Dutzende kleiner Gesichter tauchten aus dem Dunkel auf, die Hände erhoben, um ihre Augen vor dem Licht zu schützen.

Oh mein Gott.

Sie trugen die papierdünnen Uniformen, nach den Farben codiert, mit denen man sie klassifiziert hatte. Mir wurde übel. Ein Mädchen wandte sich um und zeigte die Psi-Identifikationsnummer, die ihr jemand hastig mit Filzstift hinten aufs Shirt gekritzelt hatte. Das hier waren wirklich Kinder – neun, zehn, elf, zwölf Jahre alt, nur ein paar sahen älter aus als vierzehn. Alle waren hohlwangig, vom Hunger gezeichnet. Ausgezehrt von Mangel – wenn nicht an Nahrung, dann an allem anderen.

»Ihr habt es geschafft!« Je länger ich den Jungen anstarrte, der sich zur Tür von Raum drei drängte, desto schwerer fiel es mir zu glauben, dass es Pat war. Sie hatten ihm seine dunkle Mähne geschoren und ihm nichts als ein kratziges blaues Baumwoll-T-Shirt und Shorts gelassen. Er war nicht einmal eine Woche hier gewesen, und schon waren seine Konturen in der Finsternis dieses Ortes verblasst.

Auf einmal schnappten die Jungen in Tommys Raum alle gleichzeitig nach Luft, griffen nach ihm, als er in den Korridor trat, und flehten ihn mit dünnen Stimmchen an zurückzukommen.

Nachts verlässt du die Baracke nicht, hatte eines der älteren Mädchen in Baracke 27 zu mir gesagt. *Du gehst nicht raus, nicht einmal, wenn die Baracke in Flammen steht. Sie werden einfach sa-*

gen, du hast versucht zu fliehen, und das ist der einzige Grund, den sie brauchen, um dich zu erschießen.

Keines der anderen Kids folgte Tommy und Pat.

Ich suchte krampfhaft nach einer Idee, die es uns ersparen würde, sie hinauszutragen.

»Ich heiße Ruby«, erklärte ich hastig, »und ich bin eine von euch. Wir sind alle wie ihr, abgesehen von der Frau mit der Kamera. Wir holen euch hier raus und bringen euch an einen sicheren Ort. Aber wir müssen schnell sein. So schnell, wie ihr könnt, ohne dass euch oder jemandem in eurer Nähe was passiert. Folgt den beiden …« Ich zeigte auf Gonzo und Ollie. »Schnell, schnell, schnell, okay?«

Verdammt – sie rührten sich noch immer nicht. Wir kamen nicht voran, und dabei tickte die Zeit so laut in meinen Ohren, sodass ich die Sekunden nicht von meinem Herzschlag unterscheiden konnte. Ich öffnete den Mund und überlegte, was ich noch zu ihnen sagen könnte. Was für Worte waren es gewesen, die mich überzeugt hatten, die Pillen zu nehmen, die Cate mir hingehalten hatte? Oder hatte ich einfach nur begriffen, dass das meine letzte Chance war, jemals rauszukommen?

Für die Kids hier war es vielleicht der Schock – wir waren so plötzlich hier eingedrungen, dass sie diese neue Realität gar nicht begreifen konnten.

»Rosa?«, rief ich. »Rosa Cruz? Ist hier eine Rosa Cruz?«

Niemand sprach oder hob die Hand, doch aus dem Augenwinkel nahm ich eine kleine Bewegung wahr – eine Verschiebung, fast unmerklich, wie wenn jemand sich aufrichtet. Ich trat einen Schritt um Tommy herum und musterte die zehn Gesichter in Raum sechs. Ganz hinten stand ein Mädchen – fast so groß wie ich und ungefähr dreizehn, vierzehn Jahre alt. Irgendwann einmal musste sie lange, glänzende Locken besessen haben, aber irgendjemand hatte ganze Arbeit geleistet und sie grob abgeschnitten. Ich fand keine Spur von Senatorin Cruz in ihrem Gesicht, abgesehen vom warmen Braunton ihrer Haut und ihren dunklen Augen. Doch als sie den Kopf schief legte und trotz ihrer Angst den Blick auf mich richtete, war sie einen Augenblick lang ganz ihre Mutter.

»Rosa«, sagte ich. »Deine Mom wartet auf dich.«

Sie zuckte unter der plötzlichen Aufmerksamkeit zusammen, doch nach einem tiefen Atemzug trat sie aus dem stockfinsteren Raum, als risse sie sich aus dem letzten Zugriff eines Albtraums los. Sie ballte die Fäuste, ihr Atem ging schwer und schnell, und sie schaute sich hektisch um.

»Sieh mich an«, befahl ich und hielt ihr die Hand hin. »Nur mich. Das hier passiert wirklich. Ich hole dich hier raus. Okay?«

Okay. Ihre zitternden, kalten Finger berührten meine Fingerspitzen, glitten in meine Hand. Die Anspannung in ihren Schultern ließ nicht nach, bis ich fester zufasste. Die anderen Mädchen aus dem Raum strömten hinter ihr heraus, und erst da zögerten die anderen Kinder nicht länger und folgten uns.

»Geschafft«, meldete ich und drückte auf meinen Ohrhörer. »Evakuierung beginnt.«

»Zwei Minuten.« Cole klang wesentlich gestresster, als ich mich fühlte. Es lief gut. Sie kamen mit. Sie vertrauten uns. Die Dankbarkeit, die ich für diese kleine Tatsache empfand, trieb mir die Tränen in die Augen.

Die anderen folgten, reihten sich hintereinander auf und schritten rasch voran. Füße klatschten auf die Fliesen und verschmierten die Pfütze aus nasser Farbe, die aus der vergessenen Dose ausgelaufen war. Manche blieben stehen, um die zwei gefesselten PSFs anzuschauen, doch es gab kein Gelächter, kein Lächeln, keinen Jubel – natürlich nicht. Bestimmt fühlte es sich an, als liefen sie durch einen Traum.

Ich lotste Rosa in die Reihe und warf einen kurzen Blick

auf die Wand, an die die Soldaten die Parole geschrieben hatten. Die Kids stützten sich daran ab, während sie um die Ecke bogen und die Treppe hinuntergingen, sodass sie rote Farbe verschmierten und rote Hand- und Fingerabdrücke hinterließen. Alice stand wie erstarrt davor und hob zum letzten Mal die Kamera.

Es war das letzte klare Standbild, das ich sah, ehe die Nacht sich beschleunigte und in einen verschwommenen Schemen überging, der uns die Treppen hinuntertrug, durch den Hauptkorridor und durch dieselbe Tür hinaus, durch die wir hereingekommen waren. Der kalte Luftschwall blies mir die pochende Hitze aus den Adern. Ich schüttelte die Angst ab und gab mich der Vorstellung hin, was für ein schönes Gefühl es wäre, wenn es Thurmond sein würde, aus dem wir herausmarschierten, wenn ich ein letztes Mal durch jenes Tor schritt.

Cate mochte mich dort herausgeholt haben, doch bis zu diesem Augenblick hatte ich vielleicht noch nicht restlos begriffen, dass ich noch immer eine Gefangene jenes Ortes war. Und es war nicht das Heilmittel, das mir das Gefühl geben würde, endlich von dieser grauenhaften Realität befreit zu sein. Es war das sichere Wissen, dass ich niemals gezwungen sein würde zurückzukehren.

Zach half Liam, sein Motorrad hinten in den Lastwagen zu wuchten, ehe er Alice hinaufhalf. Ich fing seinen fragenden Blick auf, als er ihre Hand ergriff, und nickte. Sie musste mit uns kommen. Sie hatte zu viel gesehen und war ein Sicherheitsrisiko. Gonzo und Ollie stiegen als Letzte hinten ein, nachdem sie die PSFs, die wir draußen liegen gelassen hatten, ins Innere des Lagers geschleppt hatten, zusammen mit dem gefesselten Lastwagenfahrer.

Die Kids mussten auf den in Plastik eingeschweißten Paletten und Kisten sitzen, manche von ihnen umklammerten gelbe und orangefarbene Leuchtstäbe und Taschenlampen, die wir ihnen gegeben hatten, damit sie nicht das Gefühl hatten, in völliger Finsternis eingeschlossen zu sein. Als ich die Hecktüren des Lastwagens schloss, sah ich Liam an der Seitenwand sitzen, die Arme auf den Knien und den Blick fest auf mich gerichtet. Ich drückte die Tür zu und verriegelte sie.

Zach saß bereits auf dem Fahrersitz und riss gerade das GPS aus dem Armaturenbrett. Dann ließ er das Seitenfenster herunter und warf es hinaus. Eine Möglichkeit weniger für sie, uns aufzuspüren, wenn sie erst mitkriegten, was hier vorging. Ich rannte los, um die Tore zu öffnen; der Zaun stand nicht unter Strom, doch die PSFs hatten ihn mit einem Vorhängeschloss gesichert. Ich wandte mich zu Zach um und schüttelte den Kopf. Er winkte mich zurück, und ich stieg zu ihm in die Fahrerkabine.

»Festhalten«, warnte er, sowohl an mich als auch an die Truppe im Laderaum gerichtet. Der Laster machte einen Satz vorwärts und krachte durch das Tor, ließ Trümmer davonfliegen, als wären sie aus Styropor. Ein Teil blieb an einer der vorderen Radkappen hängen und schrammte kreischend über den Asphalt, schlitterte jedoch davon, als wir auf den Highway einbogen und davonrasten, noch ehe die Sonne hinter uns aufgehen konnte.

16. Kapitel

Wir fuhren volle vier Stunden, ehe wir den Lastwagen in Reno stehen ließen. In einer idealen Welt hätten wir ihn nach Lodi mitgenommen und unterwegs nur einmal angehalten, damit die Kids pinkeln gehen und sich die Beine vertreten konnten, doch der Wagen war mit militärischen Kennzeichen versehen. Irgendjemandem wäre das aufgefallen, wenn wir weitergefahren wären.

Senatorin Cruz hatte dafür gesorgt, dass ein alter Greyhound-Bus aus Oregon heruntergebracht und am Stadtrand von Reno abgestellt worden war. Allerdings hatte sie uns gewarnt, dass sie diesen speziellen Kontakt nur das eine Mal würde nützen können. Der ehemalige Gouverneur des Bundesstaats, ein Studienfreund von ihr, hatte sorgsam darauf geachtet, sich niemals allzu tief in die Angelegenheiten der Federal Coalition verstricken zu lassen, wofür ihn Gray damit belohnt hatte, dass er seinen Job behalten durfte.

Zach und ich halfen einem Kind nach dem anderen vom Lastwagen herunter, und ich konnte mir ein kleines Lächeln nicht verkneifen, als ich sah, wie sie anscheinend alle am liebsten im warmen Sonnenschein herumgewirbelt wären. Rosa stieg als eine der Letzten aus; sie wich Zachs Händen aus und griff nach meinen. »Alles okay?«, fragte ich sie. »Wie geht's dir?«

Sie streckte die Arme nach hinten und nach vorn und

schwenkte sie hin und her. Ich achtete darauf weiterzulächeln, damit sie wusste, dass es okay war, an ein gutes Ende zu glauben. Etwas, was ich von Cate gelernt hatte.

Ich fragte mich, was Cate wohl von alldem halten würde, während wir die Kisten mit Nahrungsmitteln und Medikamenten aus dem Lastwagen holten und sie in den Gepäckraum des Greyhound-Busses schoben. Wenn ich sie wiedersah, würde ich dafür sorgen, dass sie erfuhr, was sie alles für mich getan hatte. Ich wollte unbedingt daran glauben, dass sie, wenn ich all das fühlte, mir ihr Gesicht ins Gedächtnis rief und mich darauf konzentrierte, irgendwie spüren würde, dass ich an sie dachte. Dass ich sie nicht vergessen hatte.

Dass ich sie herausholen würde.

Liam ging mit Alice zum Bus und ignorierte die Blicke, die die Mitglieder der Einsatztruppe einander zuwarfen. Nachdem er noch ein paar leise Worte mit ihr gewechselt hatte, stieg er wieder auf sein Motorrad und erklärte Zach, er würde hinter uns herfahren.

Ich hielt Rosa die Hand hin, die sie dankbar ergriff. Zach klemmte sich hinters Steuer und reckte den Hals nach hinten, um zu zählen, ob auch wirklich alle im Bus saßen. Die Kids quetschten sich auf die Sitze und den Fußboden. Nach einem Moment verkrampfter Unsicherheit begannen die älteren, an den Gebläsen und Lämpchen herumzuspielen.

»Zieht die Vorhänge ganz zu«, wies ich sie an. »Es dauert noch drei oder vier Stunden, bis wir da sind.«

»Wo denn?«, fragte einer.

»Kali-for-nien«, sang Gav und drosch mit seinen fleischigen Händen auf den Sitz vor ihm ein. »Also, los geht's!«

»Anschnallen«, befahl Zach und ließ den Bus an. Als er merkte, dass es ein Lautsprechersystem gab, wiederholte er seine Anweisung übers Mikrofon. »Anschnallen. Willkommen beim Psi-Bus-Service. Ich heiße Zach und bin euer Fahrer auf diesem dramatischen Trip in die Freiheit. Wenn ihr aus den Fenstern schaut – aber das lasst ihr natürlich lieber, weil Ruby es euch ja gerade verboten hat –, könnt ihr Nevada bei der Abfahrt noch den Stinkefinger zeigen.«

Das brachte zumindest ein paar von ihnen zum Lächeln. Ich zeigte Zach die erhobenen Daumen, und er erwiderte die Geste. Der Bus machte einen Satz, und wir waren wieder unterwegs, diesmal richtig. Unwillkürlich musste ich lächeln, schwebte auf meiner eigenen Glückswolke dahin. Ich kam erst wieder auf die Erde, als ich einen Blick auf Rosa warf.

Sie saß auf einem Fensterplatz, die Beine bis zur Brust hochgezogen und unter ihr Shirt gesteckt, und presste das Gesicht auf die Knie.

»Rosa«, sagte ich und legte ihr eine Hand auf den Rücken. Die Nummer auf ihrer Brusttasche, 9229, war im Lager ihre Identität gewesen. Ich wollte, dass sie ihren Namen hörte. Sich wie ein Mensch fühlte.

»Ihr hättet nicht kommen sollen, wir sind noch nicht so weit. Wir sind immer noch kaputt.«

»Nein«, widersprach ich rasch. »Nein, das seid ihr nicht. Ihr seid anders, das ist alles.«

»Sie haben gesagt, die Guten waren die, die gestorben sind«, sagte sie, und ich bemerkte eine blasse Narbe entlang ihrer linken Wange, eine schmale rosafarbene Schlangenlinie. Was konnte ein solches Mal verursacht haben, außer dass ihr jemand absichtlich die Haut aufgeritzt hatte? »Dass wir total verkehrt sind und dass wir – dass wir nie wieder rauskommen würden. Aber sie haben nie irgendwas getan, um uns zu helfen. Ich will – ich will wieder heil sein, das wollten wir alle, wir haben *alles* getan, was sie wollten, aber es war nicht genug.«

»Wenn sie euch dieses Gefühl gegeben haben, dann waren *sie* diejenigen, mit denen etwas nicht gestimmt hat«, sagte ich. Ich brauchte einen Moment, um zu begreifen, warum die Worte mir so leichtfielen. *Clancy.* Unterschied sich das hier irgendwie von dem, was er mir ständig einreden wollte? Ich rutschte unbehaglich hin und her und versuchte stattdessen an Cate zu denken, daran, wie sie beruhigend auf mich eingeredet hatte, nachdem ich aus Thurmond entkommen war. »Das Wichtigste, was du je getan hast, war zu lernen, wie man überlebt. Lass dir von niemandem einreden, du hättest das nicht tun sollen oder du hättest es verdient, in diesem Lager zu sein.«

»Du warst auch in einem Lager?«, fragte Rosa. »Du bist rausgekommen, und es ist besser geworden?«

»Es wird allmählich besser«, sagte ich. »Deine Mom hilft uns.«

Da. Ein winziges, zaghaftes Lächeln. »Hatte sie ihr rotes Kostüm an?«

»Rotes Kostüm?«, wiederholte ich.

Rosa nickte und lehnte sich endlich zurück. »Mom hatte so ein dunkelrotes Kostüm, das sie immer angezogen hat, wenn eine wichtige Abstimmung oder Debatte bevorstand. Sie meinte, das macht den alten weißen Kerlen Angst, die immer versucht haben, sie dazu zu bringen, dass sie den Mund hält und sich brav wieder hinsetzt.«

»Nein«, sagte ich. »Aber weißt du, was? Ich glaube, sie braucht das Kostüm gar nicht mehr.«

Das Mädchen spreizte die Finger über ihren blauen Uniform-Shorts. »Und du bist dir absolut … du bist dir ganz sicher, dass sie … Ich meine, ich würde es verstehen, wenn sie mich nicht sehen will. Ich war bei meiner Großmutter, als sie gekommen sind. Mom hat mich nicht mehr gesehen, seit ich kaputtgegangen – äh, ich meine, anders geworden bin.«

»Sie will dich sehen«, antwortete ich, und die Worte sprudelten aus einem Ort hervor, an den ich nicht mehr zu rühren gewagt hatte, seit ich aus Thurmond heraus war. »Mehr als alles andere. Es spielt keine Rolle, was du tun kannst oder was irgendjemand in dem Lager dir eingeredet hat. Sie ist da, und sie wartet auf dich.«

Das waren die richtigen Worte; das erkannte ich an dem Schmerz, mit dem ich sie mühsam dort herauszerrte, wo ich sie begraben hatte.

Ich wusste es, weil es genau die Worte waren, die irgendjemand immer in meinen Träumen zu mir gesagt hatte, kurz bevor Grams kam, um mich zu retten.

Rosa wandte sich zu mir um. »Danke, dass ihr uns rausgeholt habt.«

Ich wusste nicht, ob ich meiner Stimme trauen konnte, doch ich sagte: »Gern geschehen.«

»Ihr holt noch mehr Kids raus, oder?«, fragte sie. »Nicht nur uns?«

»Alle«, versicherte ich ihr, lehnte den Kopf an die Sitzlehne und schloss die Augen. Nur so konnte ich verhindern, dass ich losheulte. Es war mehr als nur eine Möglichkeit. Wir hatten das hier geschafft. In Thurmond konnten wir es wieder schaffen. Wir konnten diesen Augenblick für alle wahr werden lassen. Für alle Kids.

Zach folgte Coles Anweisung und fuhr den Bus in die Garage. Die Kids, die zurückgeblieben waren, standen bereit und öffneten das große Rolltor, das wir die ganze Zeit verschlossen gelassen hatten. Senatorin Cruz und Cole standen hinten in der Garage. Die Senatorin hatte die Hände vor dem Körper gefaltet, und während sie ansonsten selbst von weitem ganz gelassen wirkte, erkannte ich an ihren weißen Knöcheln, wie sehr sie sich beherrschen musste. Ich zog den Vorhang zurück und bog mich zur Seite, damit Rosa sie auch sehen konnte. Die Senatorin musste sie genau in diesem Augenblick erspäht haben, denn sie verlor den Kampf um ihre Selbstbeherrschung und stürzte auf die Bustüren zu, gerade als ich aufgestanden war, um Rosa vorbeizulassen. Das Mädchen warf sich von der obersten Stufe in die Arme ihrer Mutter und hätte sie beinahe beide zu Boden gerissen.

Die anderen Kids schauten weg. Wir hatten ihnen auf der Fahrt nach Kalifornien erklärt, was in Los Angeles passiert war. Und das Wissen, dass viele ihrer Eltern mit der Federal Coalition zusammengearbeitet oder einfach in der Gegend gewohnt hatten, hatte die harte Realität nicht beschönigt.

»Aber wir helfen euch, sie zu finden«, hatte ich ihnen versprochen. »Wenn Senatorin Cruz nicht genau weiß, wo sie sind, suchen wir in den verschiedenen Netzwerken nach Hinweisen.«

Cole hatte sich nicht vom Fleck gerührt, sondern lediglich den Teammitgliedern zugenickt, hatte ihnen auf die Schulter geklopft und ihnen stolz gratuliert, nachdem sie aus dem Bus ausgestiegen waren und sich um ihn geschart hatten. Vor seinen Füßen lag ein Rucksack, doch er griff erst danach, als Liam und Alice aus dem Bus kamen. Ich wusste, was geschehen würde, aber offen gestanden war ich viel zu sauer, um zu versuchen, es zu verhindern.

Er gab Senatorin Cruz ein Zeichen. Rosa noch immer fest an sich gedrückt erklärte sie ruhig: »Okay, Leute, bitte kommt alle mit. Ihr kriegt eine schöne warme Dusche, neue Sachen zum Anziehen und ein gutes Essen. Wie hört sich das an?«

Liam und der Amplify-Reporterin wurde der Weg zu uns von den in einer Reihe an ihnen vorbeiströmenden Oasis-Kids abgeschnitten, die der Senatorin zu dem Tunnel nach unten folgten, vorbei an Zu, Hina, Mike und Kylie, die angelaufen gekommen waren, um uns zu begrüßen. Sie gesellten sich zu den Kids, die hiergeblieben waren und nun auf der auf den Zement gemalten weißen Mondsichel standen.

Sowie er in Reichweite war, bückte sich Cole nach dem Rucksack und warf ihn Liam zu, der unter dem Gewicht in die Knie ging.

»Ich habe mir die Freiheit genommen«, begann Cole mit eisiger Stimme, »deine Sachen zu packen. Du bist hier fertig. Setz dich auf dein kleines Maschinchen, und fahr nach Hause.«

»Ich fahre nirgends hin.« Liams Gesichtsausdruck verhärtete sich, als er den Rucksack wieder zu seinem Bruder hinüberschob. »Und ich fange gerade erst an. Du kannst mich nicht zwingen wegzugehen.«

Cole lachte verächtlich auf, doch ich war diejenige, die darauf antwortete. Die Worte schossen mir in den Kopf und füllten meinen Mund mit Galle. »Nein, aber ich.«

Zu riss den Blick von Liam los und sah mich mit vor Schreck offenem Mund an. Doch das war gar nichts, verglichen mit dem schmerzhaften Anblick, wie Liam den Kiefer anspannte und kalkweiß wurde, während eine schreckliche, stille Enttäuschung in seinen Augen loderte. Wie konnte er es wagen, so zu tun, als wäre dies hier der wahre Verrat? Er hatte das alles hinter meinem Rücken angezettelt. Ich hatte gespürt, dass er irgendetwas verbarg, aber doch nichts von solcher Tragweite. Nichts, was die Sicherheit und das Leben sämtlicher Kids hier gefährdete.

Und warum? Weil er wütend war, dass Cole seine Idee abgelehnt hatte? Er begriff nicht, wie so etwas ablief. Er hatte die League verlassen, war davongelaufen. Er war zu früh aus dem Training ausgestiegen, um zu begreifen, dass man Feuer mit Feuer bekämpfte.

»Du hast hinter meinem Rücken gehandelt«, erklärte Cole, dessen Worte regelrecht Hitze abzustrahlen schienen, »und irgendwie Kontakt zu Amplify aufgenommen, obwohl ich es dir explizit verboten habe. Du warst dumm genug, vertrauliche Unterlagen per E-Mail zu versenden, und hast riskiert, dass Grays Internetschnüffler sie finden und zu uns zurückverfolgen. Du hast mich eindeutig angelogen, als du behauptet hast, du würdest diese anderen Kids suchen, und hast dich stattdessen mit Leuten von Amplify getroffen und dabei unser Benzin und unsere Zeit verschwendet. Du hast eine laufende Operation gestört und jeden Einzelnen gefährdet, der daran beteiligt war, dich selbst und die Kids, die wir gerettet haben, eingeschlossen. Und als Krönung des Ganzen, Liam, hast du noch eine Zivilistin da mit reingezogen. Ich hoffe wirklich, das war es dir wert, denn während du jetzt von hier verschwindest, bleibt *sie* hier, damit wir sie unter Verschluss halten können, bis das alles vorbei ist.«

»*Wie bitte?*« Alice trat vor, ihre braunen Augen blitzten. Liam zischte sie zu: »Du hast ja gesagt, er würde sauer sein, aber das ist …«

»Realität«, schloss Cole und streckte die Hand aus. »Gib mir deine Kamera.«

Sie bog sich weg und presste die Hand auf die Kamera, die jetzt sicher in ihrer Tasche verstaut war. »Hör mir gut zu«, sagte sie, »ich meine das nämlich wörtlich: *nur über meine Leiche.* Du glaubst, ich habe Angst vor dir? Ich habe das Bombardement in Washington überlebt und habe über acht große Aufstände in Großstädten berichtet, auch über den in Atlanta, bei dem mein Kameramann und mein Verlobter umgekommen sind. Na los, versuch's ruhig, Arschloch.«

»Okay, Herzchen«, sagte Cole, »du kannst deine Kamera behalten. Möge das sanft schimmernde Licht des digitalen Displays dir Gesellschaft leisten, wenn wir dich in deinem neuen Zimmer einschließen und den Schlüssel wegwerfen.«

»Das ist doch …«

Liam streckte den Arm aus und hielt sie zurück. Die Frau gab allerdings nicht klein bei, und ihre helle Haut behielt ihre rosige Schattierung.

»Du hast recht«, sagte er. »Ich habe hinter deinem Rücken gehandelt und Kontakt zu Amplify aufgenommen. Ich habe mich mit Alice und ihrem Team getroffen, aber erst nachdem ich Olivia und Brett gefunden hatte. Denen ich geraten habe, nicht herzukommen, bis ich sicher war, dass die Wahrscheinlichkeit, dass sie draufgehen, hier geringer ist, als wenn sie weiter versuchen, allein in der Wildnis zu überleben. Ich habe Dateien auf einen USB-Stick *runtergeladen*, um Amplify meine Geschichte zu beweisen; *verschickt* habe ich sie nicht. Und weißt du, warum ich das alles getan habe? Weil das hier alles andere als eine Demokratie ist, ganz gleich, was du in Los Angeles gesagt hast, geschweige denn ein Neuanfang. Du hast die Ideen aller anderen zugunsten deiner eigenen ignoriert und kein einziges Mal zugehört, was ich dir sagen wollte, obwohl du nichts über unser Leben und darüber weißt, was wir durchgemacht haben. Du stehst aufs Kämpfen, aber manche von uns tun das nicht.«

»Nicht gerade dein bestes Argument«, bemerkte Cole und zeigte auf die Einsatztruppe, »wenn man bedenkt, dass das heute ziemlich gut gelaufen ist.«

»Er sagt die Wahrheit«, bekräftigte Alice. »Wir hätten ihn nie aufgefordert, das Risiko einzugehen, die Dateien online zu versenden. Er hat uns lediglich Ausdrucke gebracht, und auch nur ein paar, um seine Verbindung zur League nachzuweisen. Oder wie auch immer ihr euch inzwischen nennt.«

Liam atmete hörbar aus. »Wir können das Material verwenden, das Alice heute aufgezeichnet hat, ein Medienpaket zusammenstellen, das ihre Kontaktleute senden können – ein Paket mit einer echten Botschaft. Das beweist doch etwas, auch wenn es nur beweist, dass die Menschen von uns nichts zu befürchten haben. Du kapierst es nicht. Es spielt keine Rolle, ob wir sämtliche Kids aus den Lagern befreien und jeden verfluchten Zaun und jede Mauer zwischen ihnen und uns niederreißen. Wenn wir nichts daran ändern, wie die Menschen über uns denken, wo zum Teufel sollen die Kids denn dann hin?«

Cole verschränkte die Arme vor der Brust und sagte nur: »Mach's gut, Liam.«

Ich schickte mich an kehrtzumachen und wollte Cole in den Tunnel folgen, während die Wut meinen Kopf schmerzen ließ und auch noch die letzte Spur von Licht aus meinem Herzen löschte, als eine Stimme ertönte. »Wenn er gehen muss, muss ich auch gehen.«

Es war die Grüne, die ich vor ein paar Abenden gesehen hatte, die, die die Mondsichel auf Liams Helm gemalt hatte. Auf einmal erschloss sich mir der Moment, als ich gefragt hatte, wer »sie« war. Anhand des Symbols hatte Alice ihn bei ihren Treffen identifizieren können.

»Aus irgendeinem speziellen Grund …?«, erkundigte sich Cole.

»Ich habe ihn gedeckt.« Sie warf ihr dunkles Haar zurück. »Ich wusste, dass er sich mit Alice treffen würde, und habe es niemandem gesagt.«

»Ich auch«, sagte Lucy und rang die Hände, bis sie ganz rot waren. »Ich habe gelogen, von wegen Nachschub, den er gar nicht gebracht hat, und ich will eigentlich nicht kämpfen, es tut mir leid.«

»Dito«, sagte Kylie. »Aber mir tut's nicht leid.«

»Und ich auch«, meldete Anna sich zu Wort, eine der Grünen, die es aus Los Angeles herausgeschafft hatten. »Ich habe ihm gezeigt, wie man auf die Dateien zugreift und sie herunterlädt.«

Neben mir kratzte sich Zach am Kopf und schaute zur Decke. »Vielleicht hab ich ihm gezeigt, wie er Kontakt zu jemandem herstellen kann, wenn's nötig ist.«

»Ich habe Senatorin Cruz gefragt, wie sie Kontakt zu Amplify aufgenommen hat«, sagte ein weiterer Grüner. »Damit bin ich wohl auch draußen, oder?«

»Ich auch, ich hab nämlich …«

Cole hob die Hand und fiel Sarah ins Wort. »Okay – Herrgott, ich hab's kapiert, Spartakus. Ihr habt euch alle klar ausgedrückt.«

Er sah zu mir herüber. Ich hob eine Schulter, ließ ihn die Entscheidung allein treffen. In diesem Moment traute ich meinem Urteilsvermögen nicht, und ganz ehrlich, wenn denen allen daran gelegen war, unseren Angriff auf Thurmond zu sabotieren, dann hätte ich es nicht bedauert, sie alle davonziehen zu lassen. Vor allem wenn Harry sein Versprechen wahr machte, uns ausgebildete Soldaten zu besorgen.

»Ihr habt *einen* Versuch«, erklärte Cole ihnen. »Beweist mir, dass es so funktioniert, wie ihr es euch vorstellt, dann ändern wir unseren Plan, aber …« Seine Stimme wurde schneidend, als die Kids hinter uns aufgeregt zu plappern begannen. Ich trat näher an ihn heran, wollte Cole als Schild gegen die mittlerweile nicht mehr zu leugnende Wahrheit benutzen, dass die meisten Kids, wenn nicht gar alle, gewusst hatten, was Liam vorhatte, und keiner von ihnen war bereit gewesen, mich einzuweihen.

Wahrscheinlich finden sie, es geschieht dir recht, flüsterte eine Stimme in meinem Kopf, *weil du ihnen nicht gesagt hast, dass du die Agenten weggeschickt hast.*

Doch der Unterschied war, dass das nur zu ihrem Schutz geschehen war. Cole hatte absolut recht – dass Liam einen sorgfältig ausgeklügelten Einsatz gestört und eine unbekannte Variable eingeführt hatte, hätte für uns alle böse enden können, einschließlich der Kinder, die wir retten wollten. Eine neue Woge des Zorns wallte in mir auf.

»Aber«, fuhr Cole fort, »ihr bleibt alle hier, und ihr dürft unter keinen Umständen ohne Erlaubnis die Ranch verlassen. Das gilt auch für dich, Möhrchen.«

Alice stieg bei dem Spitznamen die Farbe in die Wangen, während sie sich geistesabwesend das rote Haar zurückstrich.

Er trat einen Schritt auf sie zu und senkte die Stimme. Ich kannte diesen Blick, die Art, wie sich ein Schleier über seine blauen Augen legte und das scheinbar so freundliche Lächeln nichts von der Verachtung preisgab, die er empfand. Nur seine leise, raue Stimme. »Wenn du irgendjemandem bei Amplify unseren Aufenthaltsort verrätst, erfahre ich es.«

Alice beugte sich zu Cole vor, die Arme über der Brust verschränkt. Herausfordernd zog sie eine Braue hoch. »Nein, tust du nicht. Aber es ist nicht mein Job, Kids umbringen zu lassen. Im Gegensatz zu dir.«

»Hey«, warnte ich. Liam musste eindeutig etwas über mich gesagt haben, denn sie ließ es endlich gut sein.

»Okay, alle einverstanden? Alles gut, alle zufrieden?« Cole nickte und bedeutete den anderen, ebenfalls zu nicken. »Super. Dann lasst uns die Vorräte aus dem Bus holen und alles organisieren. Und dann muss mir noch jemand die Gesichter der PSFs beschreiben, als sie euch gesehen haben.«

Das brach das Eis. Gav prustete los und erzählte, wie einer der PSFs sich vielleicht sogar in die Hose gemacht hatte, als er begriff, was los war. Zu versuchte, nach meiner Hand zu greifen, als ich an ihr vorüberging, doch ehrlich gesagt wollte ich einfach nur allein sein. Es war mir egal, ob ich ihre Gefühle verletzte, es war mir egal, dass sie sich Sorgen um mich machte, aber ich wollte auch nicht so tun, als wäre ich mit diesem Ausgang zufrieden. Das Ziel aus den Augen zu verlieren war Zeitverschwendung. Das bedeutete noch mehr tote Kinder, die ich nicht würde retten können.

Ich wollte Nico fragen, ob es Neuigkeiten von Cate gab und ob Vida und Chubs sich gemeldet hatten. Und dann wollte ich die letzten Einzelheiten darüber abklären, wie ich nach Thurmond zurückgeschafft werden sollte.

Ich verbrannte, was ich an überschüssiger Energie besaß, indem ich den Tunnel zwischen Garage und Ranch im Laufschritt durchmaß. Mit jedem Aufprallen meiner Stiefel auf dem Zement floss der hilflose Zorn aus mir heraus. Ich hatte die Küche passiert, vorbei an Schüsseln voller Pasta und Salzbrezeln, die die Oasis-Kids wohl mitgebracht hatten, um sie im großen Saal zu essen, als ich ihn schließlich meinen Namen rufen hörte.

Weder verlangsamte ich meine Schritte, noch legte ich den Panzer aus Wut ab, den ich trug. Liam rannte hinter mir her. »Ruby! Ich will mit dir reden!«

»Glaub mir«, erwiderte ich, »das willst du bestimmt nicht.«

Ich marschierte weiter den Flur entlang, bis er mich am Arm packte und zu sich herumdrehte. Ich starrte ihm ins Gesicht, vorbei an der Anspannung, an den Bartstoppeln auf Kinn und Wangen in seine eindringlichen Augen, und einen kurzen Moment lang verwechselte mein Körper das Bedürfnis, ihn umzubringen, mit dem Bedürfnis, ihn zu küssen.

Ich riss mich los und stieß die Tür zum Treppenhaus auf.

»Bist du sauer, weil ich es dir nicht gesagt habe oder weil du weißt, dass ich recht habe?«, wollte er wissen. »Denn so wie ich es sehe, ist es beides.«

»Ich denke, Cole hat dir die vielen Gründe, sauer auf dich zu sein, ziemlich klar erläutert«, sagte ich und bog auf dem ersten Treppenabsatz um die Ecke. Er war mir dicht auf den Fersen, wollte mich in dieselbe dunkle Ecke drängen, in der ich ihm einmal einen Kuss geraubt hatte. Und irgendwie machte mich das nur noch wütender, als täte er das mit Absicht.

»Ich habe recht, Ruby«, sagte er und griff erneut nach meinem Handgelenk.

»Wenn du mich noch einmal anfasst«, warnte ich ihn, »wirst du es bereuen.«

Er ließ mich los und wich zurück. »Bitte, hör mir doch zu …«

»Nein!«, fauchte ich. »Im Moment will ich dich nicht mal *ansehen*!«

Liams Lächeln wurde spöttisch. »Weil ich es gewagt habe, anderer Meinung zu sein als Cole, der sich *niemals* irren kann, in Bezug auf gar nichts.«

Ich fuhr zu ihm herum und stieß ihm beide Hände gegen die Brust. »Weil du nur um Haaresbreite drum herumgekommen bist, von Zachs Gewehr weggepustet zu werden! Weil du hättest *sterben* können, und ich hätte es nicht verhindern können! Weil du nicht *nachgedacht* hast und alles, worauf wir hingearbeitet haben, hätte scheitern …«

Seine Augen blitzten wie blaue Flammen, als er mich an sich zog.

Und dann küsste er mich.

Er küsste mich so, wie ich ihn im Wald am Rand von East River geküsst hatte, in der Dunkelheit, umgeben vom Duft nach feuchter Erde und Leder. Hart – verzweifelt – seine Faust in meinem Haar und meine in seiner Jacke.

Er küsste mich, und ich ließ es geschehen, weil ich wusste, dass es das letzte Mal war.

Dann stieß ich ihn weg und spürte, wie etwas in meiner

Brust weit aufriss, während kalte Luft den Raum zwischen uns füllte. Liam stützte sich an der Wand ab und versuchte, wieder zu Atem zu kommen. Ich kämpfte gegen den idiotischen Drang, mich auf die Treppe zu setzen und zu weinen.

Zittrig holte er Luft. »Anna hat gesagt … Sie hat gesagt, Nico arbeitet heimlich an einer Art Virus. Sie glaubt, das Ding ist für den Angriff auf Thurmond gedacht. Es ist so angelegt, dass jemand reingehen und ihn installieren muss, ehe ein Angriff stattfinden kann.« Seine Stimme klang hohl. »Weißt du zufällig was davon?«

Ich schaute weg.

»Herrgott, Ruby«, sagte er leise.

Er gab mir die Gelegenheit, die Wahrheit über den Angriff auf Thurmond zu sagen, aber nichts, schon gar nicht er, würde mich daran hindern zu tun, was ich mir vorgenommen hatte. Ich brauchte seine Erlaubnis nicht.

»Sie werden dich umbringen.« Zorn tränkte seine Worte. »Das *weißt* du doch. Sie wissen, was du bist und was du kannst. Willst du das ganze Lager beeinflussen? Alle unter deine Kontrolle bringen, so wie es Clancy in East River getan hat? Sie werden nicht zulassen, dass du das Lager lebend verlässt, und das ist dir völlig egal, nicht wahr?«

Er rieb sich das Gesicht und stieß einen Laut purer Verzweiflung aus. »Muss ich eigentlich noch fragen, wer dir diese Idee in den Kopf gesetzt hat? Er ist keiner von uns, Ruby! Er gehört nicht zu uns, und trotzdem machst du gemeinsame Sache mit ihm, du erzählst *ihm* die Dinge, die du früher mir erzählt hast. Sag mir, was passiert ist, sag mir, wie ich das hier zwischen uns wieder in Ordnung bringen kann. Ich verstehe nicht, wie es zwischen uns zu diesem Bruch gekommen ist. Ich verstehe nicht, warum er dich derart in seiner Gewalt hat!«

»Ich muss dir nichts erklären.« Ein Eistropfen rann mir bei

meinen eigenen Worten den Rücken hinab, ganz gleich, wie wahr sie waren.

»Früher wolltest du das mal«, erwiderte er. »Willst du wissen, warum ich dir nichts von Alice und Amplify gesagt habe? Hundertmal war ich ganz kurz davor. An dem Abend in der Garage hätte ich es dir beinahe verraten, aber ich hab's mir verkniffen, weil es in letzter Zeit … weil es in letzter Zeit egal ist, *was* ich sage – ihr beide, du und Cole, findet es falsch, dumm oder naiv. Verdammt noch mal, mir hängen diese Worte dermaßen zum Hals raus. Ich bin nicht dumm, und ich bin auch nicht blind. Ich kann uns mit Lebensmitteln versorgen, ich kann jedes verfluchte Teil reparieren, das kaputtgeht, ich kann dafür sorgen, dass alle Autos laufen, ich kann uns die einzige reale Chance aufzeigen, die wir haben, in einer Welt, in der es schon jetzt zu viel Gewalt gibt, etwas nachhaltig Gutes zu bewirken, aber das reicht nicht. Ich zähle überhaupt nicht, was? Nicht für ihn. Und nicht für dich, jetzt nicht mehr.«

Ich sagte nichts. Fühlte nichts. War nichts.

»Ich versuche immer, mir auszumalen, was danach kommt – wie wir mit unserem Leben weitermachen werden, wenn all das vorbei ist. Darüber haben wir doch früher immer geredet. Ich will nicht, dass irgendeines von diesen Kindern sein Leben mit einem Makel aus Schmerz, Reue und Blut leben muss. Und für dich will ich das auch nicht. Wir können ein gutes Werk tun – wir können der ganzen Welt zeigen, dass wir anständige Kids in einer beschissenen Lage sind. *Bitte* – Ruby, bitte. Cole marschiert in den Abgrund, und er wird dabei die ganze Zeit deine Hand halten.«

Ich hielt seinem Blick noch einen Moment lang stand und ließ die Worte sich ausdehnen, ließ sie die Teile von mir ausfüllen, die langsam zerfielen. *Denk an die Mädchen,* sagte ich mir, *Baracke 27. Sam.* All die Tausende von Kindern und Jugendlichen, die zurückgeblieben waren, als ich entkommen war. Ashleys Gesicht, die toten Augen, die mich anstarrten, der Vorwurf, den ich darin gelesen hatte. *Wo warst du? Warum bist du nicht früher gekommen?*

»Wenn ich dich nur halb so sehr verletzt habe, wie du mir jetzt wehtust«, stieß er gequält hervor, »dann, Herrgott noch mal, bring mich einfach um. Ich halte das nicht aus. Sag doch was. *Sag irgendwas*!«

Ich konnte das hier opfern, das, was ich am meisten wollte, für sie alle, und die Bilanz würde trotzdem nie ausgeglichen sein, nicht ganz. Ich schuldete ihnen mehr als meine Liebe. Ich schuldete jedem dieser Mädchen mein Leben. Sie sollten erleben, was ich heute bei der Abfahrt aus Oasis empfunden hatte. Wir würden das Heilmittel finden, und wenn es das Letzte war, was ich auf dieser Welt tat, und es würde auf sie warten, wenn sie rauskamen. Sie würden echte Freiheit kennenlernen – nicht weil sie dann ihre schrecklichen Fähigkeiten ablegen könnten, die Eigenschaften, die sie als *Freaks* kennzeichneten. Sondern weil sie imstande wären, all die Entscheidungen zu treffen, die ihnen jahrelang verweigert worden waren. Sie könnten gehen, wohin sie wollten, und mit den Menschen zusammen sein, die sie liebten.

Letztlich war es egal, was aus mir wurde – ich verstand jetzt, was Nico gemeint hatte, wenn er davon sprach, Wiedergutmachung zu leisten. Ich konnte die Zeit nicht zurückdrehen und die Dinge ändern, die ihnen zugestoßen waren, aber ich konnte ihnen auf jeden Fall die Bestimmungsgewalt über ihre eigene Zukunft in die Hand geben. Das wäre es wert. Das zu verlieren … Es würde sich anfühlen, als wäre es das wert. Eines Tages.

Im Moment jedoch tat es nur weh. Es fühlte sich an, als risse ich mich selbst in Stücke. Das Ende kam mit Schweigen, und ich wusste, dass Liam es spürte, auch wenn er zu stur war, um es sich selbst einzugestehen. Es gab nichts mehr zu sagen. Ich wandte mich um und schickte mich wieder an, die Treppe hinaufzusteigen.

»Ich bin da«, rief er mir nach, »wenn du irgendwann beschließt, dass du mich finden willst.«

Ich schluckte den schmerzenden Kloß in meiner Kehle hinunter und kehrte ihm weiterhin den Rücken zu. »Du brauchst nicht zu warten.«

Am oberen Ende der Treppe angelangt stieß ich bereits die Tür auf, als er sagte: »Tu ich vielleicht auch nicht.«

Die Tür schloss sich hinter mir und fiel leise ins Schloss. Ich ließ es zu, dass mein Körper sich zusammenkrümmte; Schmerz durchzuckte mich, während ich in den nächsten Schlafraum ging und auf eins der Betten sank. Ich ballte die Fäuste, löste sie und ballte sie wieder, ballte und löste sie, im Bemühen, die unerträgliche Anspannung abzuarbeiten, eine Art Rhythmus für meinen Atem zu finden anstelle dieses schrecklichen rauen Keuchens. Lachende Stimmen wehten aus dem großen Aufenthaltsraum den Flur herunter und passten so gar nicht zu dem Schreien in meinem Kopf.

Ich weiß nicht, wie es geschah, nur, dass ich auf einmal alles ganz verschwommen sah. Als ich endlich wieder klar sehen konnte, stand ich in Albans Büro, ohne mich zu erinnern, wie ich dorthin gekommen war. Als ich mich umwandte, standen zwei Gestalten Schulter an Schulter in der Tür, ihre Gesichter waren zwei fast identische Masken der Besorgnis. Sie schienen mit einem einzigen Blick ein komplettes Gespräch führen zu können.

»Also«, begann Vida. »Was haben wir verpasst?«

17. Kapitel

Wann seid ihr angekommen?« Die Frage hallte von den Tunnelwänden wider, als Vida, Chubs, der gerade eben eingetroffene Cole und ich auf die Kneipe zugingen. »Warum habt ihr uns nicht gesagt, dass ihr in der Nähe seid? Ihr habt Lillian doch, stimmt's?«

»Oh, allerdings haben wir sie«, sagte Chubs und ließ den Blick zu Vida hinüberwandern. »Und eine Erklärung dafür, warum wir nicht angerufen haben.«

Vida schnaubte und verschränkte die Arme. »Das war ein Versehen!«

»Na ja.« Er schob sachte seine Brille hoch. »Das Prepaidhandy, das wir dabeihatten, ist *versehentlich* aus dem Auto gefallen, und jemand ist *aus Versehen* rückwärts drübergefahren. Eine gewisse Person war nämlich in Eile, nachdem sie *aus Versehen* ein paar Skiptracer darauf aufmerksam gemacht hatte, dass wir in der Nähe waren, weil sie *versehentlich* ihre Kräfte benutzt hatte, um einen Lichtmast von der Straße zu schieben, nachdem sie *aus Versehen* rückwärts dagegen gefahren war.«

»Und eine gewisse andere Person sollte lieber den Mund halten, bevor ich ihm *aus Versehen* eine aufs Maul haue.« Sie boxte ihm gegen die Schulter, und es wirkte beinahe … verspielt.

»Bevor ich *ihr* eine aufs Maul haue, der Person nämlich.«

»Echt jetzt? Grammatikunterricht?«

Als wir die Leiter erklommen, ließ ich Cole erklären, wie

der Angriff auf Oasis abgelaufen war. Ich fühlte mich zu frisch verletzt, um das auszudrücken, was ich eigentlich hätte sagen müssen, und schlimmer noch, durch die Schwere in meinem Kopf kam ich mir vor, als säße ich unter Wasser fest. Ich konnte Chubs nicht in die Augen sehen, egal, was er tat, um meine Aufmerksamkeit zu bekommen. Liam würde ihm die ganze Geschichte erzählen, und er würde sich auf die Seite seines Freundes schlagen, und das konnte ich einfach nicht. Ich konnte mich mit nichts befassen, was nicht direkt mit Lillian Gray oder Thurmond zu tun hatte.

Vida führte uns aus dem Hinterzimmer der Kneipe in den Hauptraum. Alles war mit Brettern vernagelt, die nützlichen Dinge wie Teller und Gläser waren längst auf die Ranch gebracht worden. Die Dunkelheit war so allumfassend, dass ich die kleine Gestalt in der hinteren Ecknische fast übersehen hätte.

Sie trug Jeans, die ihr eindeutig zu groß waren, und ein Button-down-Hemd, das einmal einem Mann gehört haben musste. Ihr blondes Haar steckte unter einer Baseballkappe. Sie betrachtete ihre Umgebung mit tödlicher Regungslosigkeit, wachsam und taxierend. Der harte Ausdruck in ihren Augen, ihre Körperhaltung – all das hatte ihr Sohn auch an sich. Der Anblick genügte, um mich wie angewurzelt stehen bleiben und mein Blut gefrieren zu lassen. Ich hatte immer gedacht, Clancy ähnele seinem Vater, doch all die Details, wie sie mit den Fingern auf ihre verschränkten Arme klopfte … Sie sagte kein Wort, aber ich hörte ihre Stimme trotzdem, das Echo dessen, was ich im Gehirn ihres Sohnes aufgeschnappt hatte. *Clancy, mein Liebling …*

Ich schnappte nach Luft.

»Sie haben sie nicht im HQ in Kansas festgehalten«, sagte Vida. »Sie war in einem von den kleineren Gebäuden, etwas weiter weg. Wir haben sie nur gefunden, weil wir die Funksprüche zwischen den Agenten abgefangen haben, in denen es um die Abmachungen ging, sie gegen die Agenten auszutauschen, die von Grays Leuten geschnappt worden sind. Sie haben die Agenten *ausdrücklich* nur deshalb am Leben gelassen, um sie zurückzukriegen. Du hast dich also geirrt, Arschgesicht«, verkündete sie Cole. »Und das hier sollte das Ganze verdammt noch mal wert sein, ich hätte nämlich Cate wiederbekommen können, und nicht diese Irre da.«

Cole nickte. Dann trat er vor und ging mit all dem Bedacht und der Vorsicht auf die Frau zu, die man einem verängstigten Tier entgegenbringt. »Hi, Dr. Gray. Sie sind hier in Sicherheit.«

Entweder verstand sie ihn nicht, oder es war ihr egal – sie schüttelte seine Hand ab, machte kehrt und rannte auf die Tür zu. Beim Anblick, wie sie mit den Fäusten auf das rissige Holz einhämmerte, taten mir selbst die Hände weh. »Bleich … äh … raus … Auto … mehr … jetzt–jetzt–eins, zwei, drei, vier, fünf …«

Die Worte klangen kaum wie Worte – sie waren seltsam betont und undeutlich, als wenn jemand mit vollem Mund spricht oder mit der Zunge zwischen den Zähnen.

Ich wandte mich zu Vida um, die lediglich gelangweilt seufzte. »Für jemanden, der weder sprechen kann noch irgendwas begreift, ist die 'ne krasse Nervensäge.«

»Sie spricht doch …« Ich wurde von ihrem kehligen Schrei unterbrochen, als Cole sie hochhob und versuchte, ihr die Arme an den Körper zu drücken.

»Sie begreift gar nichts – wir haben es mit Schreiben, mit langsamem Sprechen und mit verschiedenen Sprachen probiert«, sagte Chubs und rieb sich das Kinn. »Falls überhaupt noch irgendwas in ihrem Kopf drin ist, dann kriegt sie es jedenfalls nicht raus.«

Es gibt einen Unterschied zwischen kaputt und zerstört: Beim einen kann man noch hoffen, den betroffenen Gegenstand wieder reparieren zu können, aber beim anderen – da ist nichts mehr zu retten.

Ich drückte das Gesicht gegen die Hände und gab es auf, den Blick von Lillian Grays dunklen Augen auffangen zu wollen, während dieser wild durch das Einzelzimmer zuckte, das wir ihr zugewiesen hatten. Ganz verstört von Angst war sie gestern Nachmittag auf die Ranch gekommen, und heute hatte sie den ganzen Vormittag über unablässig gezittert wie Espenlaub, als hätten wir sie im Januar in den Atlantik getaucht. Es war ein Wunder, dass sie noch nicht vor Erschöpfung ohnmächtig geworden war.

In ihrem Kopf … Ich konnte es nicht beschreiben. Es *gab* einfach nichts zu beschreiben. Als ich das erste Mal in ihre Erinnerungen geschlüpft war, hatte ich mich augenblicklich wieder zurückgezogen; mir war so schwindelig, dass ich mich beinahe übergeben hätte. Da drin war es so überfüllt, ständig blitzten ohne erkennbare Reihenfolge irgendwelche Bilder auf, schossen binnen einer Viertelsekunde vorbei – zu schnell, als dass ich irgendetwas hätte erfassen können. All das war so intensiv, als säße man in einem Auto, das schlagartig von null auf hundert beschleunigt. Ich wurde auf meinen Sitz zurückgeschleudert, während ich mich noch fragte, ob sie das mit Absicht machte.

»Dr. Gray«, sagte ich scharf, bemüht, ihre Aufmerksamkeit wieder auf mich zu lenken. »Können Sie mir Ihren Vornamen sagen?«

»Naahhmmeee«, murmelte sie und umfasste mit beiden Händen den Schirm ihrer Kappe. »Nicht … gut … bleich … Schatten …«

»Mein Gott«, sagte Senatorin Cruz und schlug die Hände vors Gesicht. »Wie haltet ihr beide das nur aus? Die arme Frau …«

Cole stieß sich von der Wand gegenüber ab, an der er gelehnt hatte. »Ich glaube, das reicht für heute, Ruby.«

»Aber ich bin überhaupt nicht weitergekommen.«

»Vielleicht kann man gar nicht weiterkommen«, meinte Senatorin Cruz und legte mir eine Hand auf den Rücken. Die frühere First Lady war das Einzige gewesen, was sie aus dem Quartier für ranghohe Agenten, in dem sie untergebracht war, hatte herauslocken können, fort von Rosa. Beinahe wünschte ich, sie wäre nicht gekommen, weil es schon schlimm genug war, von mir selbst enttäuscht zu sein – sie zu enttäuschen, nach allem, was sie für uns getan hatte, war niederschmetternd.

»Ich versuche es noch keine zwei Tage«, beharrte ich. »Gebt mir wenigstens noch einen Nachmittag Zeit.«

Lillian Gray drehte sich herum und lag nun bäuchlings auf dem schmalen Bett, das Gesicht im Kissen vergraben. Ich konnte den hilflosen Zorn spüren, den sie verströmte, und versuchte nicht, ihre Hand zu ergreifen, als sie damit wieder und wieder auf die mit Plastik überzogene Matratze schlug.

Seufzend rieb ich mir die Stirn. »Okay. Wir machen eine Pause.«

»Wie viel sollen wir den anderen über ihren Zustand verraten?«, fragte Senatorin Cruz.

Vida und Chubs hatten versprochen, den Mund zu halten und zu behaupten, die Frau sei erschöpft und brauche Ruhe, falls jemand nach ihr fragen sollte. Das verschaffte mir nur ein kleines bisschen Zeit, um herauszufinden, wie ich ihr helfen konnte.

Den anderen gegenüber aufrichtig zu sein war in meinen Augen keine Option. Wenn sie sahen, dass Lillian Gray, ihre einzige Chance, sämtliche Forschungsergebnisse und Daten, die wir über das Heilmittel besaßen, zu entschlüsseln, in … *dieser* Verfassung war, würde sie das nur noch weiter auf Liams Seite ziehen. Die Seite, die aussah, als *unternehme* sie etwas.

Von dem Moment an, als wir Los Angeles verlassen hatten, hatten Cole und ich darauf gesetzt, dass wir uns durch Informationen über Ursache und Heilung von IAAN gegenüber den Kids beweisen könnten. Doch drei Wochen später hatten wir nichts, womit wir hätten zeigen können, dass wir unsere Versprechen gehalten hatten. Selbst die Kids, die wir aus Oasis geholt hatten, verbrachten mehr Zeit in der Garage als in der eigentlichen Ranch. Ich sah sie nur, wenn sie in die Küche kamen, um ihr Essen zu holen, und selbst dann nahmen sie es mit in die Garage und aßen dort.

»Ich baue den Türgriff um, dann kann man von außen abschließen«, sagte Cole. »Wenn wir den Kids sagen, sie sollen sie in Ruhe lassen, tun sie das auch.«

Wenn sie jemals wieder aus der Garage kommen.

»Ich mache mir Sorgen um die Agenten … um Cate«, sagte ich. »Wie werden die reagieren, wenn sie merken, dass die League sie nicht mehr zum Tausch anbieten kann?«

»Die League wird so lange wie möglich den Schein wahren«, versicherte mir Cole. »Und ich hab dir ja erzählt, was Harry gesagt hat. Er und ein paar andere aus seiner alten Special-Forces-Einheit wollen den Berichten über ein Geheimgefängnis in der Nähe von Tucson auf den Grund gehen. Anscheinend stauben sie schon ihre Uniformen ab.«

Wie Harry es geschafft hatte, ein Geheimgefängnis ausfindig zu machen – etwas, was es laut offiziellen Angaben überhaupt nicht gab –, überstieg meine Vorstellungskraft. Doch ich wollte Cole nicht vor Senatorin Cruz danach fragen.

»Das ist ja vielversprechend«, meinte sie und schenkte mir ein schwaches Lächeln. Ich schüttelte den Kopf. Es war fast gar nichts.

Ich nahm Lillian die Mütze ab, zog ihr die schmutzigen Schuhe aus und versuchte, sie sanft unter die Decke zu bugsieren. Mit abgezehrtem Gesicht blickte sie zu mir auf, doch es waren nach wie vor Spuren der einzigartigen Schönheit zu erkennen, die sie einst gewesen war.

Ihre Augen wurden schmal, und auf einmal sah ich nicht mehr sie, sondern ihren Sohn.

»Alban hätte gewollt, dass Sie hier bei uns sind«, erklärte Cole ihr freundlich. »Sie haben Freunde hier. *Freunde. Sicherheit.*«

»Alban?« Lillian fuhr in die Höhe. Ihre Beine verfingen sich in den Decken, die ich sorgsam für sie bereitgelegt hatte. »John?«

Cole und ich wechselten einen scharfen Blick, doch ebenso schnell verfiel sie wieder in ihren alten Zustand und brabbelte leise Unsinn vor sich hin. »Zuf … der … eng … moh …«

Cole trat an den kleinen Schreibtisch gleich rechts von der Tür und zog die Schublade auf. »Dr. Gray, wir haben hier ein paar Dinge, die Sie sich ansehen sollten, wenn Sie sich ausgeruht haben. Ich lasse sie einfach hier liegen. Das Ganze könnte ein bisschen, äh, kompliziert sein. Da ist ein Diagramm …«

»Diiiaaagraaamme.« Er hielt sie hoch, damit sie sie sehen konnte – und die Frau reagierte prompt. Sie setzte sich auf und griff danach. *»Kleinhirn, Zirbeldrüse, Thalamus, intraventrikuläres Foramen …«*

Ihre Stimme hatte sich völlig verändert, sie klang wach, beinahe hellwach, und mit einem geschliffenen Unterton, als formte sie jedes Wort auf der Zunge, ehe sie es aussprach.

»Okaaay«, sagte Cole gedehnt. »Das war … unerwartet.«

Und dann drehte sich Lillian Gray auf die Seite und fiel schlagartig in tiefen Schlaf.

Cole ging auf die Tür zu, doch ich blieb stehen und starrte auf die reglose Gestalt hinab. Ich weiß nicht, was mich auf die Idee brachte; auf jeden Fall hatte ich bereits hinlänglich Gelegenheit gehabt, das, was ich in ihrem Kopf gesehen hatte, zu verarbeiten, um plötzlich neugierig darauf zu sein.

»Was ist?«, fragte Cole, und ich hörte ihn nur noch wie aus weiter Ferne, während ich in ihren Verstand hineinglitt. Dabei gestaltete ich die Berührung so sanft wie möglich, und statt zu versuchen, durch die leuchtenden Szenen zu navigieren, die hinter meinen Lidern auftauchten, ließ ich mich einfach von ihnen treiben. Ich sah hoch auf einem Schreibtisch gestapelte Lehrbücher, junge Leute in Kleidern, die schon seit Jahrzehnten aus der Mode waren. Filme, die im Dunkeln auf flimmernden Leinwänden liefen. Zeugnisnoten, ein Strauß weißer Rosen, der zu dem Kleid passte, das sie trug – das ich trug –, eine jüngere, attraktivere Version des Präsidenten, der am Ende eines langen, blumengeschmückten Kirchengangs auf sie wartete. Krankenhäuser, Apparaturen; Spielplätze, Babykleider, ein kleiner Junge mit schwarzem Haar an einem Küchentisch, mit dem Rücken zu mir – all diese kleinen Erinnerungsmomente waren logisch miteinander verknüpft und flossen so ruhig dahin, als leite ich sie mit eigener Hand. Dann verschwanden all diese Einblicke in ihr Leben – Kleckse in allen Regenbogenfarben explodierten über den Szenen, und ich fiel hintenüber durch weißen Nebel, nichts über oder unter mir.

Ein Traum. Sie schlief jetzt fest genug, um Geist und Körper gleichermaßen zu entspannen. Als ich mich aus ihrem Verstand herauslöste und von ihrem Bett zurückwich, regte sie sich nicht.

»Was ist?«, wollte Cole wissen. »Was hast du gesehen?«

Ich hatte einen Verstand gesehen, der funktionierte, der über vollständige, zusammenhängende Erinnerungen verfügte. Und ich war verwirrter denn je.

»Ich glaube …«, begann ich, während ich mich von den Knien erhob, »ich muss mal mit Chubs reden.«

Entweder hatte er die Notwendigkeit geahnt, oder es war nur seiner eigenen Neugier geschuldet, jedenfalls saß Chubs im Computerraum an einem der freien Tische ganz vorn. Hohe Stapel dicker, ehrfurchtgebietender Bücher ragten um ihn herum empor wie Festungswälle. Ein paar von den Grünen hatten die Laptops in die Garage mitgenommen, um an Liams und Alices Projekten zu arbeiten, aber Nico war noch da, wie immer. Er bemerkte mich noch vor Chubs, und sein Gesichtsausdruck sagte mir, dass ich zuerst mit ihm sprechen musste.

»Drei Dinge«, sagte er. »Erstens, es ist erledigt.«

»Das, worüber wir geredet haben?«, fragte ich.

Er hielt einen schlichten schwarzen USB-Stick hoch, den er an einem Band um den Hals trug. »Ich muss bloß was Kleineres finden – etwas, das ich umbauen und in das Brillengestell einsetzen kann.«

»Du bist der Beste«, sagte ich aufrichtig. Cole hatte recht gehabt – Nico war unser Mann, und das nicht nur, weil er sich beweisen musste.

Er errötete ein wenig bei meinem Lob und wand sich verlegen, dann senkte er die Stimme. »Das Zweite – die andere Sache, über die wir gesprochen haben …«

»Wir haben über eine Menge Dinge gesprochen«, meinte ich.

Nico klickte herum und rief das mittlerweile vertraute Server-Log auf.

»Hat jemand etwas verschickt? Schon wieder?«

»Eine E-Mail, vor zwei Tagen, an dem Abend, ehe ihr nach Oasis aufgebrochen seid – die IP-Adresse stammt von einem der Laptops, der da noch hier im Raum war«, fuhr er fort. »An eine Adresse, die inzwischen gelöscht worden ist.«

»Vielleicht hat jemand Kontakt zu Amplify aufgenommen?«, fragte ich, ohne mir die Mühe zu machen, die Bitterkeit in meiner Stimme zu verbergen.

Er zuckte die Achseln. »Auch hier ist die einfachste Erklärung meist die richtige.«

Ich kniff ganz leicht die Augen zusammen. »Aber du glaubst das nicht, oder?«

»Es ist einfach … verdächtig. So wie Liam es dargestellt hat, haben sie nur von Angesicht zu Angesicht mit Amplify verhandelt, also weiß ich nicht recht, wer ihnen jetzt Dateien zuspielen sollte oder warum. Das hier ist mir bloß aufgefallen, weil es eine einfache Nachricht war. Glaubst du, es könnte Cole gewesen sein?«

»Ich frage ihn«, sagte ich. »Ich weiß nicht, wie er seinen Stiefvater kontaktiert hat.«

»Das hier ist eine ziemlich sichere Methode«, meinte Nico anerkennend. »Und Liam und die anderen haben nichts von ihren Aktivitäten verborgen, als sie gestern Abend das Medienpaket rausgeschickt haben.«

»Sie haben das so schnell hingekriegt?«, fragte ich staunend. »Hat sich irgendetwas davon bei der Presse verfangen?«

»Tja … das ist das Dritte.« Er klickte auf einen Ordner auf dem Computer und öffnete ein weiteres Fenster. »Jetzt ist das alles offline – Grays Zensoren haben die wichtigsten Nachrichtenseiten geschlossen, bis sie die Story gelöscht haben, aber die Fotos und das Video sind in Hunderten von Internetforen aufgetaucht und auf einigen von den Flash-Websites, die Amplify ins Netz einspeist. Die werfen Hunderte Versionen von derselben Seite mit unterschiedlichen Domainnamen und in der Codierung eingebetteten Suchbegriffen aus, sodass mindestens eine davon erscheint, je nachdem welche Stichworte man eingibt. Ich habe Screenshots von allem gemacht, was ich gefunden habe, für den Fall, dass du es sehen willst.«

Er rief den Screenshot der CNN-Homepage als Beispiel auf. Der Beitrag fand sich nicht nur auf der Hauptseite, sondern füllte diese zur Hälfte: in Einzelbildern präsentierte Fotos von der Außenseite des Lagers, die Kinder mit ihren verpixelten Gesichtern, die aus den Stockbetten stiegen. Unsere Rücken, als wir zum Schluss den Korridor entlang auf die Tür zurannten. Das größte Foto zeigte die Wand, die Dutzende roter Handabdrücke, die man, wenn man nur flüchtig hinsah, für Blut halten könnte. Die Überschrift über dem Ganzen lautete: OASIS IST KEINE OASE: EINBLICK IN EIN »REHA«-LAGER.

»Sie haben auch das Video hier gezeigt«, erklärte Nico. Noch während es lud, vom ersten, noch unbewegten Bild an, wusste ich, was es zeigen würde.

Ich konnte mein Gesicht nicht sehen – Alice hatte alles von einer Stelle hinter mir aus gefilmt, um gutes Material von den Kindern zu bekommen, die aus den Zimmern kamen. *»Ich heiße …«* Die Tonaufzeichnung kaschierte meinen Namen mit einem Piepgeräusch *»… und ich bin eine von euch. Wir sind alle wie ihr, abgesehen von der Frau mit der Kamera. Wir holen euch hier raus und bringen euch an einen sicheren Ort. Aber wir müssen schnell sein. So schnell, wie ihr könnt, ohne dass euch oder jemandem in eurer Nähe was passiert. Folgt den beiden – schnell, schnell, schnell, okay?«*

Ich umklammerte die Tischkante so fest, dass Nico zurückwich. »Ich nehme an, sie haben dich nicht gefragt, bevor sie die Aufnahme verwendet haben?«, fragte er.

»Nein.« Und auch das traf mich persönlich – es fühlte sich an, als schleuderten sie es mir regelrecht ins Gesicht. Der Rest des Videos bestand aus unsystematisch zusammengestückelten Szenen: die gefesselten und geknebelten PSFs, eine Nahaufnahme von ihren Uniformen, Ausrüstungsgegenstände mit Militärabzeichen – klug ausgewählt, um dem Ganzen möglichst große Authentizität zu verleihen.

»Nach den Kommentaren, die ich in den verschiedenen Internetforen gelesen habe, hört es sich an, als hätten mindestens zwei größere Zeitungen die Story aufgegriffen. Als ich versucht habe, die Fernsehnachrichten zu streamen, waren da schon Regierungsleute zugange, haben das Ganze analysiert und einzelne Punkte rausgegriffen, die es angeblich als Fälschung entlarven. Wusstest du, dass sie auch eine Liste der Kids veröffentlicht haben? Mit Fotos und Beiträgen darüber, was ihre Eltern für die Federal Coalition gemacht haben.«

»Nein«, antwortete ich zähneknirschend. »Hat Cole das schon gesehen?«

»Ja, er war vorhin hier und hat sich's zusammen mit mir angeschaut«, sagte Nico. »Hör zu, wahrscheinlich klopfen die sich jetzt dafür alle gegenseitig auf die Schultern. Aber die Wahrheit ist, es war nicht von Dauer. Keine zwanzig Minuten nachdem es aufgetaucht war, hat Gray das Internet geschrubbt. Nicht nur das, sondern es wurde gleich eine ganze Reihe von Webhosting-Anbietern offline genommen. Und die Kommentare in den Foren – schau mal, zum Beispiel den hier.« Er zeigte auf den Zeitstempel. »Von heute früh, als es gerade veröffentlicht worden war.«

Der Post lautete: *Das ist ja widerlich – sind alle Lager so?*

»Und zwei Stunden später«, fuhr Nico fort, »hat sich der Ton gewandelt.«

Das muss ein Hoax sein. Das Ding ist zu perfekt zusammengeschnitten. So was könnte ich mit ein paar Schauspielern bei mir im Garten auch fabrizieren.

Der Post darunter lautete: *Und woher haben sie dann die Bilder von den Kids? Alte Fotos? Aus alten Filmen?*

Noch nie was von Photoshop gehört?

»Viele Leute glauben, das Ganze ist nicht echt«, sagte Nico. »Ein Teil des Problems ist, dass sie – also, *wir,* nehme ich an – keinen Namen haben, keine Identität als Gruppe. Wir konnten die Verantwortung dafür nicht übernehmen und die Story dann durch andere Informationswellen stützen. Amplify ist lediglich dafür bekannt, dass sie Informationen verbreiten, die bereits von Dritten veröffentlicht worden sind; daher kommt ja auch ihr Name. Und nicht einmal Amplify hat genug große Knüller vorzuweisen, um bei der Allgemeinheit als vollkommen glaubwürdig rüberzukommen.«

»Aber wenigstens haben die Leute die Bilder gesehen«, sagte ich. Ganz gleich, wie Nico es auch drehte, das war ein kleiner Sieg. Denn wenn andere Menschen jetzt an die Lager dachten, würden ihnen wahrscheinlich als Erstes diese Bilder in den Sinn kommen.

»Das wird Thurmond nicht den Rest geben«, sagte Nico, und seine dunklen Augen blitzten. »Ich glaube an unseren Plan. Das ist die einzige Option.«

»Danke, Nico«, sagte ich und drückte ihm die Schulter. »Halt mich auf dem Laufenden, okay?«

Er nickte, ehe er sich erneut seinem Computer zuwandte und die Finger über die Tasten fliegen ließ. Ich stand auf und ging zu Chubs hinüber. Er saß so da, dass er teilweise Nicos Computer zugewandt war, und seine Miene war die eines Menschen, der vorgibt, nicht zu lauschen, aber alles gehört hat.

»Wundert mich ja, dass du nicht in der Garage zugange bist«, bemerkte ich und setzte mich auf den freien Platz neben ihn.

»Ich habe keine Ahnung, was du damit meinst«, sagte

Chubs, obwohl klar war, dass er inzwischen voll im Bilde war. Oder zumindest in Bezug auf Liams Anteil an dem, was geschehen war.

»Natürlich nicht«, sagte ich, »aber wenn du lieber dort sein willst … ich kann verstehen, dass du dich für Liams Seite entscheidest. Das haben alle anderen ja auch getan.« Sogar Zu. *Sogar Zu.*

Er klatschte die Hände auf den Tisch. »Es gibt nur *eine* Seite. Das ist die Seite von Freundschaft, Vertrauen und Liebe, und das ist die Seite, auf der alle stehen sollten. Ich *weigere mich* zu glauben, dass es eine andere Seite geben kann. Verstehst du?«

Ich blinzelte. »Ja.«

»Allerdings«, fuhr Chubs fort, »bin ich als Mitbegründer vom Team Realismus auch geneigt zu glauben, dass man in der Garage übertrieben idealistisch ist, wie einfach das alles sein wird, wie deine Diskussion mit Nico ja bewiesen hat.«

»Was meint denn Vida?«, fragte ich.

»Vi ist gerade unten im Trainingsraum«, sagte er, »nicht in der Garage. Und sie neigt von Natur aus eher der Seite zu, die mit Knarren und Sprengstoff zu tun hat.«

Ich nickte und zeigte auf die Bücher; jetzt, bei näherem Hinsehen, schienen alle medizinische Fachbücher zu sein. »Versuchst du rauszufinden, was mit Dr. Gray los ist?«

»Ja«, sagte er. »Hast du an der Front schon irgendwelche Fortschritte gemacht?«

Ich erwiderte sein mattes Lächeln. »Das ist echt sonderbar«, antwortete ich. »Als ich versucht habe, in ihren Kopf zu schauen, solange sie wach war, raste da alles durcheinander – total intensive Farben und Geräusche und ganz schnell wechselnde Bilder. Aber als ich es noch mal probiert habe, als sie geschlafen hat, waren da richtige Erinnerungen. Zusammenhängend und vollständig.«

»Konntest du lange in ihrem Verstand bleiben – beim ersten Mal, meine ich?«

»Nein, mir ist übel geworden.«

Er nahm das mit einem Kopfnicken zur Kenntnis. »Vielleicht war's ja genau das. Das ist die einzige Methode, die sie kennt, um Orangene abzuwehren.«

»Das hab ich mir auch gedacht.«

»Es liegt doch auf der Hand. Wenn du wüsstest, dass du einen Sohn hast, der imstande ist, in deinen Schädel zu kriechen und darin alles zu verwüsten, würdest du dann nicht auch versuchen, dir ein paar Methoden anzueignen, um ihn abzublocken – um dich zu schützen?«

Jemand, der intelligent und entschlossen genug war, um ein Heilmittel für diese Krankheit zu finden, hätte jede nur mögliche Vorkehrung dagegen getroffen.

»Dann sind ihre Erinnerungen also dort drinnen, und sie sind nicht beschädigt …« Chubs fuhr mit dem Finger über eine Seite in einem der Fachbücher.

»Wo hast du die her?«, fragte ich und griff nach dem Wälzer, der mir am nächsten war.

»Aus einer Buchhandlung«, sagte er. »Nach Ladenschluss«, fügte er hinzu. »Vida hat sie für mich geholt, weil ich zu feige war, aus dem Auto zu steigen.«

»Ich bin froh, dass ihr das gemacht habt«, sagte ich und blätterte ein bisschen herum. Die meisten Bücher handelten von Anatomie, doch ein paar, darunter auch das, in das er gerade schaute, handelten von Neuro-diesem und Neuro-jenem, bei allen prangten Bilder des menschlichen Gehirns auf dem Einband.

Er sah auf; seine Miene war nicht zu deuten. »Clancy kann … Er kann in den Verstand anderer Menschen eindringen, nicht wahr? Was kann er tun, wenn er erst einmal drinnen ist?«

Ich überlegte. »Ihre Gefühle beeinflussen, den Betreffenden völlig erstarren lassen, sodass er sich nicht mehr bewegen kann, und … ihm Bilder in den Kopf projizieren, sodass er etwas sieht, das gar nicht da ist.«

Eine weitere Stimme schaltete sich ins Gespräch ein. »Er kann auch …« Chubs und ich fuhren zu Nico herum, der aussah, als wollte er am liebsten wieder hinter dem breiten Computerbildschirm verschwinden. »Es ist nicht nur … Er kann Leute nicht nur erstarren lassen. Er kann sie auch bewegen. Als wären sie Spielfiguren. Ich habe ein paarmal gesehen, wie er das mit den Forschern in Thurmond gemacht hat. Er ist einfach mitten im Gespräch in ihren Verstand eingedrungen, um zu belauschen, was andere sagen. Das war allerdings brutal anstrengend für ihn. Als er's das letzte Mal gemacht hat, hat er danach einen ganzen Tag geschlafen. Er hat immer schreckliche Migräne davon bekommen, deshalb musste er aufhören.«

Chubs warf mir einen Blick zu, den ich unzweifelhaft deuten konnte: *Migräne, nicht etwa menschlicher Anstand.*

»Kann er die Erinnerungen von jemandem verändern?«, wollte Chubs wissen. »Kann er sie löschen? Wobei ich offen gestanden glaube, dass er sie nicht direkt löscht, sondern eher unterdrückt. Aber kann er anderer Leute Erinnerungen manipulieren?«

»Er kann die Erinnerungen von anderen sehen …« Ich hielt inne, halb betäubt von der Erkenntnis, die mich plötzlich traf. »Meine Erinnerungen hat er immer nur gesehen, wenn ich ihn reingelassen habe. Ich glaube nicht, dass er das ganz allein fertigbrächte. In Wirklichkeit hat er mir damals in East River auch nur deshalb beigebracht, wie man sich kontrolliert, weil er rausfinden wollte, wie ich das mache.«

»Dieser andere Orangene, den du gekannt hast – was konnte der?«

Martin. Bei dem Gedanken an ihn bekam ich eine Gänsehaut. »Er hat die Gefühle anderer Leute manipuliert.«

Chubs sah sehr interessiert aus; er blätterte in seinem Buch zurück, bis er zu einer Querschnittzeichnung des Gehirns kam. »Das ist faszinierend ... ihr benutzt alle unterschiedliche Teile im Gehirn eines Menschen gegen den Betreffenden. Äh, sorry, das kam jetzt falsch rüber.«

Ich hob die Hand. »Schon okay.«

»Es ist schwer zu erklären, aber obwohl das Gehirn viele verschiedene Strukturen enthält, arbeiten sie alle auf verschiedene Arten zusammen. Du greifst also eigentlich nicht auf unterschiedliche Abschnitte des Gehirns zu, sondern auf unterschiedliche Systeme darin. Zum Beispiel spielt der Frontallappen eine Rolle dabei, Erinnerungen zu erzeugen und zu speichern, aber das tut der mittlere Teil des Temporallappens auch. Kannst du mir folgen?«

»Einigermaßen. Du glaubst also, ich unterbreche irgendwie verschiedene Teile dieses Prozesses, je nachdem, was ich tue?«

»Genau«, sagte er. »Nach meinem Verständnis steht der Begriff ›Gedächtnis‹ für viele verschiedene Systeme, die alle ganz leicht unterschiedlich arbeiten – Erzeugen zum Beispiel oder Aufrufen und auch Speichern von Erinnerungen.« Er griff erneut nach dem Buch vor ihm. »Die Erinnerung daran, was das hier für ein Gegenstand ist, wie man ihn anfasst, wie man die Seiten liest, was ich dabei fühle ... Das sind alles unterschiedliche Systeme. Ich würde sagen, wenn du bei jemandem die Erinnerungen ›entfernst‹, dann entfernst du sie überhaupt nicht, sondern du unterbrichst nur ein paar von diesen zentralen Schlüsselsystemen und leitest die realen Erinnerungen auf erfundene um ... oder du störst den Encodierungsprozess, bevor die Erinnerung Gestalt annehmen kann und die Neurotransmitter wirken, und dadurch kann der Betreffende nicht mehr …«

»Okay, aber wie springt man zwischen verschiedenen Systemen hin und her? Und kontrolliert andere Funktionen?«

»Weiß ich nicht«, sagte Chubs. »Wie hast du das denn bei Clancy gemacht?«

Das ließ mich stutzen.

»Du hast ihn genauso erstarren lassen wie er Liam und Vi. Was hast du anders gemacht?«

»Es war … der Wille, nehme ich an. Ich habe mich überhaupt nicht bewegt und wollte, dass er es genauso macht …« Meine Stimme erstarb.

Spiegelgehirne.

Das war es, was er zu mir gesagt hatte, als ich nicht wusste, wie ich aus der Finsternis dort wieder herausfinden, das Band zwischen uns kappen sollte. Sowie ich eine Erinnerung zutage gefördert hatte, verlagerte sich mein Zugriff auf seinen Verstand zurück auf seine Erinnerungen. Wenn ich erstarrte und wollte, dass er es mir nachtat, tat er es.

Ich erklärte Chubs meine Theorie, und er nickte. »Das klingt einleuchtend. Wenn du gezielt in die Erinnerungen eines anderen eindringst, benutzt du die *Erinnerung* daran, wie man das macht, statt der Erinnerung an sich. Puh, das hat sich eben in meinem Kopf aber noch nicht so verwirrend angehört. Egal – jedenfalls muss man empfänglich dafür sein, dass die andere Person Zugang zu den eigenen Erinnerungen kriegt, eine Art natürlicher Empathie auf deiner Seite. Ich kann mir nicht vorstellen, dass er freiwillig das Risiko eingeht, einen Teil der Kontrolle über seinen eigenen Verstand aufzugeben, oder dass er auch nur einen Hauch von Empathie besitzt. Willst du damit experimentieren? Vielleicht können wir mal probieren, ob du mich dazu bringen kannst, die Hand zu heben …«

»Nein«, wehrte ich schaudernd ab. »Ich will nur wissen, welches System oder welchen Teil ihres Verstandes er sich vorgenommen hat, damit sie so wird.«

Chubs lehnte sich zurück, noch immer voller Begeisterung, fast schon fröhlich. »Es wird ein bisschen dauern, die Antwort zu finden. Ich muss erst all die Bücher hier durchlesen.«

»Hey, ihr Flaschen«, rief Vida von der Tür her, vom Training noch rot im Gesicht und schweißnass. »Ihr müsst euch unbedingt anschauen, woran sie in der Garage gerade arbeiten.«

18. Kapitel

Ich brauchte einen Moment, um zu begreifen, was ich da vor mir sah. Vor zwei mit Klebeband befestigten weißen Laken, die als Hintergrund dienen sollten, hockte Zu auf einem Klappstuhl. Sie glühte regelrecht unter dem Flutlicht der vier Schreibtischlampen, die alle auf sie gerichtet waren. Sie hatten in einer Ecke des Raums ein behelfsmäßiges Fernsehstudio eingerichtet.

Es gab noch zwei weitere Stühle; der eine, direkt ihr gegenüber, neben der Kamera, war für Alice, die gerade an dem Gerät herumfummelte. Der andere war für Liam; er saß rechts von Zu und redete leise auf sie ein.

Er sah uns als Erster und bedachte uns mit einem finsteren Blick.

»Was geht denn hier ab?«, fragte Chubs, während er die Szenerie betrachtete.

»Suzume hat eingewilligt, sich von uns interviewen zu lassen«, verkündete Alice und verdrehte den Hals, um uns anzusehen. Sie war nach wie vor ganz in Schwarz gekleidet, doch ihr Haar war nun zu einem unordentlichen Knoten hochgesteckt. Neben ihr lagen zwei aufgeschlagene Notizbücher, deren Seiten mit handschriftlichen Aufzeichnungen in blauer Tinte gefüllt waren. Ein drittes Notizbuch lag auf ihrem Schoß.

Cole hat gesagt, du hast nur einen Versuch, um zu beweisen, dass das funktionieren kann. Beinahe hätte ich es laut ausgesprochen, doch das kam mir kleinlich vor. Nach nur wenigen Stunden konnte man die vollständige Wirkung des ersten Medienpakets, das sie bereits veröffentlicht hatten, noch gar nicht abschätzen.

»Gibt's ein Problem?«, wollte Liam wissen.

Vida pfiff leise durch die Zähne, als wolle sie bereits vorhersagen, wie das Ganze ausgehen würde. Doch im Gegensatz dazu, was Liam offenbar dachte, war ich nicht hier, um Streit anzufangen.

»Zu«, sagte ich, »kann ich dich mal sprechen? Nur ganz kurz?«

Sie nickte sofort, und ich spürte, wie die Anspannung aus meinem Inneren wich. Ich führte sie ein Stückchen von den anderen weg.

»Ist das okay für dich, das zu machen?«, fragte ich sie. Sie nickte fröhlich und machte mit den Fingern ein »Okay«-Zeichen.

»Und dir ist klar, dass dein Gesicht überall zu sehen sein wird, wenn du das machst – das haben sie dir erklärt, oder?« Ich wollte nicht, dass sie dachte, ich würde sie behandeln wie ein Kind, das keine eigenen Entscheidungen treffen kann, und ich wollte nicht andeuten, dass Liam sie jemals absichtlich hinters Licht führen würde, aber ich brauchte ihre Bestätigung. Mein erster Instinkt den anderen gegenüber – egal, worum es ging – bestand stets darin, als Schild zu fungieren und mich zwischen sie und die zudringlichen Blicke der Welt zu stellen. Und Zu schien das zu verstehen, weil sie nun einmal Zu war.

Sie zog das kleine, dünne Notizbuch aus der Tasche und schrieb: *Ich kann nicht kämpfen, oder? Nicht in Oasis. Nicht in Thurmond?*

Als ich den Kopf schüttelte, schien sie das nicht zu ärgern, sie wirkte nur resigniert. *Das ist die einzige Möglichkeit, die mir eingefallen ist, auch etwas zu tun. Ich will mithelfen!*

»Ich hoffe, du glaubst nicht, ich hätte alles, was du bisher auf der Ranch getan hast, weder mitbekommen noch gewürdigt«, sagte ich.

Zu schrieb weiter. *Was gestern passiert ist, hat mir klargemacht, dass es wichtig ist, den Mund aufzumachen und zu sagen, was man zu sagen hat – woran man glaubt.*

»Diese Wirkung hat Liam auf andere Menschen«, sagte ich leise.

Sie packte mich am Arm und nahm den Daumen von der Ecke der Seite, damit ich sehen konnte, was sie noch geschrieben hatte. *Ich will stark sein, wie du. Ich will das machen, um dir zu helfen, zu bekommen, was du willst. Ich habe es satt, Angst zu haben. Ich will nicht, dass sie gewinnen.*

Die Worte rissen den Schmerz aus meinem Herzen, zumindest eine Zeitlang. Ich brachte ein Lächeln zustande und umarmte sie so fest, dass sie ein lautloses Lachen ausstieß.

»Okay«, sagte ich. »Liam spricht für dich?«

Sie nickte. *Ich habe ihm gesagt, er darf das tun, aber nur solange er nicht mit im Bild ist. Er meint, das sei kein Problem, aber ich will nicht, dass deswegen jemand nach seiner Familie sucht.*

»Und was ist mit deiner Familie?«

Meine Familie ist hier.

Ich biss mir auf die Lippe. »Du hast recht. Wir sind hier. Und wenn du mich fragst, ich glaube, du wirst sie umhauen.«

Zu kritzelte etwas in ihr Notizbuch und hielt es mir hin. *Mach ich. Ich hab schon geübt. Bleibst du da und schaust zu?*

»Natürlich.«

Chubs und Vida standen immer noch da, wo ich sie zurückgelassen hatte. Sie unterhielten sich leise miteinander und kehrten dabei Liam den Rücken zu. Als ich näher kam, traten sie etwas voneinander weg, und das leise Gespräch zwischen Liam und Alice endete, sobald Zu Platz nahm.

Ich spürte, wie Liams Blick zu mir herüberwanderte, nur einen Moment lang, doch ich hielt die Augen fest auf Zu gerichtet und warf ihr ein ermutigendes kleines Lächeln zu, als sie ein letztes Mal zu mir hersah.

»Fertig?«, fragte Liam.

»Ich habe Papier und Stift für sie«, sagte Alice, ehe sie eines der größeren Notizbücher vom Boden aufhob und es ihr hinhielt. »Sie kann jederzeit Bescheid sagen, wenn sie aufhören will, dann mache ich Schluss. Das haben wir so abgemacht.«

»Ich weiß«, sagte ich. »Fangt ruhig an.«

Liam schob den Unterkiefer vor und zurück, sagte aber nichts. Alice wartete noch einen Moment, ob ich noch weitere Proteste anbringen wollte, ehe sie sich umwandte. Von meinem Standort hinter ihr aus konnte ich sehen, wie sie ihre Kamera vom Foto- in den Videomodus umstellte. Zu konnte nicht lange in die Kamera schauen, ohne ein argwöhnisches Gesicht zu machen. Ich sah zu, wie sie ihr schlichtes weißes Shirt und die Jeans zurechtzog und immer wieder die Hände im Schoß faltete. Ständig die Beine an den Knöcheln übereinanderschlug und wieder voneinander löste.

»Okay, Schätzchen, denk daran, groß und deutlich zu schreiben, damit Liam es gut lesen kann. Wenn du auf etwas keine Antwort geben willst, schüttel einfach den Kopf. Okay? Super – fangen wir mit zwei leichten Fragen an. Kannst du bitte deinen Namen und dein Alter nennen?«

Zu schrieb schnell alles hin und schien erleichtert zu sein, dass sie endlich nicht mehr in die Kamera blicken musste. Vermutlich war das der einzige Grund, warum sie das jetzt niederschrieb, denn die Antworten auf diese beiden Fragen kannte Liam natürlich.

»Ich heiße Suzume«, sagte er, »und ich bin dreizehn Jahre alt.«

»Suzume? Das ist ein schöner Name.«

»Danke«, las Liam vor. »Meine Freunde nennen mich Zu.«

»Kannst du uns ein bisschen was darüber erzählen, warum dein Freund für dich spricht?«

Zu schaute von der Kamera weg, dorthin, wo wir standen. Aus dem Augenwinkel bemerkte ich die kleine Bewegung, sah, wie Vida ihr rasch den hochgereckten Daumen hinhielt.

Ich habe geübt.

»Weil … weil ich lange zu viel Angst hatte, um etwas zu sagen«, antwortete Zu. »Und ich hab auch nicht g-gedacht, dass irgendwer z-zuhört.«

Liam fuhr zusammen, als hätte man ihm in die Brust geschossen, sein Gesicht war kreidebleich vor Schreck. Unter meinen Füßen hörte die Welt eine Sekunde lang auf, sich zu drehen, als Zus weiche, hohe Stimme ertönte. Sie sprach ein wenig stockend, man hörte die Nervosität, die sie in ihrer Miene nicht erkennen ließ. Und es klang auch so anders, ganz anders als damals, als sie im Schlaf gesprochen hatte – nicht rau vom langen Schweigen.

»Ich hab's geschafft«, sagte sie, als könnte sie es selbst kaum glauben.

»Ja, du hast's geschafft. Super, Kleine!«, rief Vida, und ihr lautes Klatschen war das einzige Geräusch, das die entstandene Stille durchbrach. Die Kids, die verstreut auf dem Boden saßen und von dort aus das Interview verfolgten, schienen schlicht und einfach sprachlos zu sein.

Chubs schob sich eilig an mir, Vida *und* Alice vorbei, die aufgestanden war, um die Kamera zu verstellen, und krachte fast in Zu hinein. Sein Gesicht war ein Abbild reiner Freude, als er sie umarmte, und er versuchte gar nicht, die Tränen zu verbergen, die ihm über die Wangen rannen.

»Ich v-versuche hier gerade, ein Interview zu geben«, beschwerte sich Zu, die Stimme von seinem Hemd gedämpft. Nach einem Augenblick ließ sie los und tätschelte ihm den Rücken.

»Okay, Charlie«, sagte Vida. »Lass das Mädchen das hier zu Ende bringen, ehe du sie in Tränen ertränkst. Na komm schon.« Behutsam zog sie ihn von der Studiofläche und führte ihn zurück zu uns, wo der Rest seiner Umarmung auf mich übertragen wurde. Ich war heilfroh über den Vorwand, mich abzuwenden und mich um die Tränen zu kümmern, die nun auch zwischen meinen Wimpern hervorquollen.

»Warum führen sich auf einmal alle auf wie die V-Verrückten?«, fragte sie, und ihre Stimme wurde bereits gleichmäßiger, fester. »Können wir noch mal von vorn anfangen?«

Liam erhob sich und wollte seinen Stuhl schon beiseiteziehen, als sie seine Hand packte und ihm leise etwas zuflüsterte. Zuerst konnte ich sein Gesicht nicht sehen, weil er mit dem Rücken zu uns stand, doch ich erhaschte einen Blick darauf, als er den Stuhl auf die andere Seite der Kamera trug, und der Stolz und die Freude darauf taten mir in der Kehle weh. Er nahm wieder Platz, während Zu sich unverzüglich so hinsetzte, dass sie ihn ansah statt die Reporterin. Ihre gesamte Körperhaltung veränderte sich, wurde locker genug, um mit den Beinen hin und her zu baumeln.

»Okay so?«, fragte Liam, sowohl an Zu als auch an Alice gerichtet.

Die Reporterin nickte und strich lediglich die nächsten zwei Fragen von ihrer Liste.

Ihre nächsten Fragen drehten sich um Zus farbliche Einstufung und um ihre speziellen Fähigkeiten, gefolgt von der obligatorischen Frage: »Wurdest du von deinen Eltern ins Lager geschickt, oder bist du abgeholt worden?«

»Ich hab das Auto meines Vaters – ich hab aus Versehen den

Motor abgewürgt. Es war keine Absicht. Bis dahin hatte ich nur ein paar Lampen kaputtgemacht. Und meinen Wecker. Sie haben von … Terroristen geredet, glaube ich. Sie haben gesagt, sie glauben, IAAN ist von Terroristen verursacht worden, und sie wollten so schnell wie möglich verschwinden und nach Japan zurückgehen. Ich hab mich aufgeregt und – ich hatte mich nicht gut unter Kontrolle. Also hab ich den Motor abgewürgt, und dann haben uns andere Autos gerammt. Meine Mutter hat sich das Becken gebrochen. Nachdem sie aus dem Krankenhaus gekommen war, hat sie darauf bestanden, dass ich am nächsten Montag wieder in die Schule gehe. Da war die erste Sammelaktion.«

Die Sammelaktionen waren eine Reihe koordinierter Abholeinsätze, die vor den Kindern geheim gehalten wurden. Wenn sich Eltern von ihren Kindern bedroht fühlten oder sie für eine Gefahr für sich selbst oder andere hielten, schickten sie sie an bestimmten Tagen zur Schule, und die PSFs holten sie dort ab.

»Du hast gesagt, du kannst deine Kräfte inzwischen kontrollieren. Wie hast du das gelernt?«

Zu zuckte die Achseln. »Üben. Keine Angst davor haben.«

»Was würdest du zu Leuten sagen, die finden, dass es andere gefährdet, wenn man Psi-Kids lernen lässt, ihre Fähigkeiten zu kontrollieren?«

Sie machte ihr berühmtes *Soll-das-ein-Witz-sein?*-Gesicht. »Die meisten Kids wünschen sich, ihre Fähigkeiten zu kontrollieren, damit sie sich normal fühlen können. Warum soll ich jeden Lichtschalter oder jedes Telefon, das ich anfasse, verschmoren wollen? Jeden Computer? Es gibt Kids, die ihre Kräfte missbrauchen, klar, aber die meisten von uns tun das nicht. Wir sind doch gefährlicher, wenn wir das nicht kontrollieren können, und wenn man ihnen genug Zeit gibt, können alle das lernen.«

»Wie hast du dich damals gefühlt, als du begriffen hast, dass du von den Psi Special Forces aus der Schule abgeholt wurdest?«, wollte Alice wissen.

»Ich hab gedacht, das wäre ein Irrtum«, sagte Zu und blickte auf ihre Hände hinab. »Und dann bin ich mir dumm und klein vorgekommen – wie Dreck.«

Die Fragen der Reporterin zielten eindeutig darauf ab, auch noch das letzte schreckliche Detail aus Zus alten Wunden herausbluten zu lassen. Aus einer Frage nach ihrem Tagesablauf in Caledonia wurden Fragen danach, wie die PSFs sie an einem ganz gewöhnlichen Tag behandelt hatten, und dann an Tagen, an denen sie sich etwas zuschulden kommen lassen hatten. Es war quälend, sich auszumalen, was sie durchgemacht hatte – und noch schlimmer, Alices nächste Frage zu hören. »Du hast vorhin erwähnt, dass du nur aus Caledonia rausgekommen bist, weil du geflohen bist. Kannst du uns schildern, wie das abgelaufen ist?«

Zu drehte sich ein wenig zur Seite, sodass sie Liam ansah. Er hatte mit verschränkten Armen zugesehen und sich dabei Mühe gegeben, sich keinerlei Emotionen anmerken zu lassen. Jetzt nickte er ihr zu und schenkte ihr sein herzzerreißendes kleines Lächeln. *Nur zu.*

»Ein Freund von mir hat den Ausbruch monatelang geplant. Damals war er noch kein Freund von mir, aber er war so nett zu allen. Und so klug. Wir wussten, wir hatten nur eine Chance rauszukommen, und diese Chance war er …« Sie schilderte die genaueren Umstände der Flucht und wie sie sich davor gegenseitig die Details übermittelt hatten. »Und dann ging es los … Es hat funktioniert … Am Tag davor hatte es geschneit, und überall lagen Schneehaufen. Deswegen war es schwer zu rennen, aber wir haben gesehen, dass ein paar von den älteren Kids schon vorn in dem Kabuff waren – dem Wachhäuschen am Tor von dem Elektrozaun. Sie haben versucht, ihn abzuschalten – und das Tor aufzumachen. Ich weiß nicht, was schiefgegangen ist. Die Lageraufseher müssen sie irgendwie abgeblockt haben. Und dann wurden wir einfach …«

Alice gönnte ihr ein paar Augenblicke, um ihre Gedanken zu sortieren, ehe sie nachhakte. »Was wurdet ihr? Wie haben die PSFs und die Lageraufseher reagiert?«

Zu brachte es nicht über sich, es auszusprechen. Ich erinnerte mich überdeutlich an die Szene, dabei hatte ich sie nur aus zweiter Hand in ihrer Erinnerung gesehen. Das alles tatsächlich erlebt zu haben … Ich schielte verstohlen zu Liam hinüber. Er hatte seine starre Haltung nicht aufgegeben, doch seine Haut hatte eine aschgraue Färbung angenommen.

Schließlich hob Zu die Hand, formte die Finger zu einer Pistole und feuerte auf die Kamera. Alice zuckte unwillkürlich zusammen.

Was ist denn daran verwunderlich?, fragte ich mich. *Warum sollten sie irgendwelche Hemmungen haben, uns niederzumähen?* Wie kam es, dass die Eltern diese Möglichkeit nie in Betracht gezogen hatten, als sie ihre Kinder an eine Abteilung des *Militärs* übergaben?

»Willst du damit sagen, sie haben das Feuer auf die flüchtenden Kids eröffnet? Bist du sicher, dass sie scharfe Munition verwendet haben?«

»Der Schnee wurde ganz rot«, antwortete Zu tonlos.

Alice starrte das Notizbuch auf ihrem Schoß an, als wüsste sie nicht, wie sie jetzt fortfahren sollte.

»Ich glaube, sie sehen uns nicht als Menschen«, sagte Zu. »Sonst weiß ich nicht, wie sie so was tun können. Man konnte immer sehen, dass die PSFs ein bisschen Angst hatten, aber auch sehr wütend waren. Sie fanden es grässlich, da arbeiten zu müssen. Sie haben uns mit allen möglichen Ausdrücken bezeichnet – ›Tiere‹, ›Freaks‹, ›Albträume‹, schlimme Wörter, die ich nicht sagen soll. So haben sie das gemacht. Wenn wir in ihrer Vorstellung keine Menschen waren, dann konnten sie uns auch so behandeln, ohne ein schlechtes Gewissen zu haben. In dieser Nacht waren wir wie Tiere in einem Pferch. Die meisten von ihnen haben aus den Fenstern des Lagergebäudes auf uns geschossen. Sie haben gewartet, bis eines der Kids ganz nah ans Tor herangekommen ist, und dann …«

Ich hatte gar nicht registriert, dass sie ein großes Publikum um sich geschart hatte, bis ich jemanden leise nach Luft schnappen hörte und sah, dass die anderen Kids und Cole dicht hinter uns standen. Die meisten konzentrierten sich auf Zus blasses Gesicht, während sie das alles schilderte, Cole jedoch beobachtete seinen Bruder.

»Und wie seid ihr diesem Schicksal entkommen?« Alice klang ehrlich interessiert – richtig engagiert.

»Mein Freund – also, der, der das alles geplant hat –, die anderen haben das Tor aufgekriegt. Dann ist er zurückgekommen, hat mich hochgehoben und mich rausgetragen. Ich war hingefallen und konnte einfach nicht mehr aufstehen und weglaufen. Er hat mich stundenlang getragen. Wir haben ein Auto aufgetrieben, so einen alten Minivan, und sind tagelang nur gefahren, um wegzukommen. Seitdem sind wir auf der Suche nach Orten, wo es sicher ist.«

»Wie habt ihr unterwegs überlebt? Wie habt ihr etwas zu essen und ein Dach über dem Kopf gefunden?«

»Wir … Das möchte ich nicht sagen«, antwortete Zu. Als Alice sich erstaunt aufrichtete, fügte sie hinzu: »Weil es so viele Kids gibt, die noch unterwegs sind und all so was brauchen, und ich will den Leuten nicht verraten, wo sie nach ihnen suchen sollen oder wie sie ihnen auflauern können. Es gab viele Möglichkeiten. Man musste einfach nur lernen, unsichtbar zu bleiben – und keine großen, gefährlichen Risiken einzugehen.«

»Meinst du mit ›Leuten, die nach ihnen suchen‹ Skiptracer?«, wollte Alice wissen. »Ich habe deinen Eintrag in ihrem Netzwerk gefunden. Die Belohnung dafür, dich ›aufzuspüren‹ und wieder in die Obhut der PSFs zurückzubringen, beträgt dreißigtausend Dollar – hast du das gewusst?«

Zu nickte.

»Macht es dich wütend zu wissen, dass jemand aus dir einen solchen Profit schlagen will?«

Sie ließ sich lange Zeit für eine eigentlich ganz leichte Antwort: *Ja, ich bin wütend, es macht mich stocksauer.*

»Ich weiß nicht«, sagte sie schließlich. »Manchmal schon, ja, es macht mich sehr wütend. Der Preis spiegelt nicht wider, wie viel mein Leben wert ist – wie sollte man das denn berechnen? Sie nehmen eine Pauschalsumme, zehntausend Dollar, und erhöhen sie auf Grundlage deiner Fähigkeiten und des Abwehrpotenzials, das sie dir zutrauen. Eigentlich bin ich mit dem Preis einverstanden, weil er ihnen zeigt, dass ich nicht klein beigeben und widerstandslos mitgehen werde. Er zeigt, dass ich mich wehren werde.«

Der kleine Monitor hinten an der Kamera zeigte, dass Alice näher an Zu heranzoomte, während diese fortfuhr.

»Es gibt da draußen ein paar Männer und Frauen, die jetzt für so was leben, nicht weil sie das Geld brauchen, sondern weil es ihnen *Spaß* macht oder weil sie glauben, dass sie gut darin sind. Es ist pervers. Die tun so, als wäre Jagdsaison. Aber ich glaube … ein Großteil von denen war dazu gezwungen. Sie brauchen das Geld zum Überleben. Die PSFs müssen es tun, wegen der Wehrpflicht. Ich glaube, wenn sie einmal richtig darüber nachdenken würden, würden sie begreifen, dass sie gar nicht wirklich wegen dem wütend auf uns sind, was passiert ist. Vielleicht haben sie Angst, aber wütend sind sie auf die Leute, die sie nicht beschützt haben – auf die Regierung, den Präsidenten. Sie haben nicht die Macht, um die aus ihrem Leben zu entfernen, also übertragen sie die Schuld auf andere. Sie tun so, als wäre IAAN unsere Schuld und nicht etwas, was uns passiert ist. Die Wirtschaft bricht zusammen? Wir sind schuld. Sie verlieren ihre Häuser? Wir sind schuld.«

Alice wollte ihre nächste Frage stellen, doch Zu war noch nicht fertig.

»Ich kannte so jemanden. Er war ein anständiger Mensch. Ein feiner Kerl. Der Beste. Aber es ist so – wenn man Skiptracer werden will, muss man es beweisen. Man kommt nicht in ihr System rein und kriegt nichts von ihrer Technik, bevor man das erste Kind abliefert«, erklärte Zu in einem Wortschwall, während sie das Notizbuch in den Händen hin und her drehte. »Ich bin mit einer Gruppe Kids nach Kalifornien gefahren, und wir wurden von zwei Skiptracern verfolgt – zwei echten, zwei von den gierigen, von denen ich eben gesprochen habe. Sie haben unser Auto gerammt und es so zum Umkippen gebracht, dass einer meiner Freunde dabei … umgekommen ist. Sie wollten mich mitnehmen, aber dann ist ein anderer Skiptracer gekommen und hat mich aus dem Auto gezogen – ich hab im Sicherheitsgurt festgehangen, das hätte ich vorher erklären müssen. Ich konnte nicht raus und davonlaufen wie die anderen.«

Liam fluchte laut. Ich war von Zus Schilderung zu gebannt, um etwas anderes zu tun, als zuzuhören.

»War das einer von denen, die du erwähnt hast – einer, der ein Kind abliefern musste, um aufgenommen zu werden? Kannst du uns etwas über ihn erzählen?«

Zu nickte. »Er war alt – nicht richtig alt, aber schon über zwanzig. Vielleicht siebenundzwanzig?«

Alice lachte leise auf. »Siebenundzwanzig ist nicht so alt.«

Zu fuhr achselzuckend fort: »Wir waren in Arizona … Ich

glaube, er war aus Flagstaff oder aus Prescott, genau weiß ich es nicht. Er war wirklich wütend. Irgendwas echt Trauriges war ihm passiert, das hab ich ihm angesehen, aber er hat nie davon gesprochen. Er war jemand, der aus seinem Leben rauswollte, aber das konnte er nicht ohne Geld. Ganz egal, wie oft er mir gesagt hat, dass er mich abliefern würde, ich hab gewusst, dass er's nicht tun würde.«

»Woher?«, fragte Alice.

Ja, dachte ich, *wie in aller Welt konntest du diesem Menschen vertrauen?*

»Ich hab's doch schon gesagt, er war ein anständiger Mensch. Er hat … wirklich mit sich gerungen. Es hat ihn innerlich aufgefressen. Ganz egal, wie oft er versucht hat, mich zu behandeln wie ein Monster, er hat jedes Mal wieder einen Rückzieher gemacht. Zweimal hätte er mich den PSFs übergeben können, aber er hat es nicht über sich gebracht. Und er hat nicht nur mich gerettet, sondern auch geholfen, einen anderen Jungen zu retten und zu den Leuten zurückzubringen, die für ihn gesorgt haben. Er war derjenige, der mich nach Kalifornien gebracht hat.«

Allmählich wurde mir klar, wie alles zusammenpasste – die Leute, von denen sie sprach, waren Liams Eltern. Das musste der Moment gewesen sein, als sie Liams Mutter begegnet war.

»Was ist aus ihm geworden?«

»Er … er hieß Gabe, hab ich das schon gesagt? Er hieß Gabe, und er war … er war echt nett.«

»Was ist mit ihm passiert?«, hakte Alice nach.

»Gabe ist gestorben.«

Chubs stieß den Atem aus, den er angehalten hatte, und rieb sich das Gesicht. Ich hatte gewusst, wie die Geschichte endete, aber es war trotzdem niederschmetternd, Zus Gesicht zu sehen, diese drei Worte zu hören …

»Was ist mit ihm passiert?« Diesmal leiser, zögerlicher. Alice warf Liam einen Blick zu, als wollte sie fragen, ob es in Ordnung war, dies weiterzuverfolgen. Er nickte; er verstand es auch. Zu wollte darüber sprechen. Ich hatte das Gefühl, dass sie in das Interview eingewilligt hatte, damit sie über Gabe sprechen konnte und über das, was er für sie getan hatte.

»Die Kids, mit denen ich vorher unterwegs war, sind vor uns in Kalifornien angekommen und haben bei meinem … an dem Treffpunkt gewartet, den wir vereinbart hatten. Aber das wussten wir nicht.«

Oh Gott …

»Gabe hat mich hinter sich gehen lassen, während wir uns auf dem Gelände umgeschaut haben. Es war stockfinster, wir konnten kaum was sehen. Als wir die Tür zu einem … einem von den Gebäuden dort aufgemacht haben, hatten sich die anderen Kids da drinnen versteckt. Sie haben ihn von Arizona her wiedererkannt und gedacht, er sei ihnen gefolgt. Eines von den Mädchen ist in Panik geraten und hat ihn erschossen.«

Ich sah Liam im selben Moment an wie er mich, zutiefst getroffen.

»Er war ein guter Mensch, und er wollte nur helfen – es war ein Versehen, aber wir konnten nichts mehr machen. Sie dachten, er wollte ihnen etwas antun. Sie wussten nicht, was ich wusste. Er musste sterben, weil er mir geholfen hat, statt sich selbst zu helfen.«

»Das ist ja schrecklich«, sagte Alice, während sie nach den richtigen Worten suchte. »Das ist …«

»Alle haben so viel Angst voreinander«, fuhr Zu fort. »Ich will nicht jedes Mal, wenn ich einen Erwachsenen sehe, denken müssen, dass er sich überlegt, wie viel er für mich kriegt. Ich will nicht, dass sie mich anschauen und sich vorstellen, was ich ihnen Schlimmes antun könnte. Zu viele … zu viele von meinen Freunden müssen leiden. Sie wurden durch das, was sie durchgemacht haben, sehr schwer verletzt, aber sie haben sich um mich gekümmert. Das ist die andere Seite von all dem. Es gibt Menschen, die Angst haben, und dann gibt es Menschen, die unheimlich tapfer sind. Wir haben den Hunger und die Angst und die Verletzungen nur überlebt, weil wir einander hatten.«

Alice ließ die Kamera noch ein paar Sekunden laufen, ehe sie sie ausschaltete und sich zurücklehnte. »Ich glaube, das reicht für heute.«

Zu nickte und stand auf. Sie legte das Notizbuch auf ihren Stuhl und kam schnurstracks auf Vida zu. »Hab ich's gut gemacht?«

Vida hielt ihr die Faust zu einem rituellen Gruß entgegen. »Du warst der Bringer, Kleine.«

Liam hörte nur mit halbem Ohr auf das, was Alice ihm auseinandersetzte; er bemühte sich mitzukriegen, was sich zwischen Zu und Vida abspielte. Er ertappte mich dabei, wie ich ihn musterte, doch anstatt wegzusehen, schenkte er mir ein kleines Lächeln. Ich spürte, wie ich es erwiderte, doch der Moment ging ebenso schnell vorüber, wie er gekommen war. Was hier zählte, war Zu; das kurze Aufblinken des Glücks, das ich bei diesem kleinen Waffenstillstand verspürt hatte, war nichts im Vergleich zu der Freude, die in mir sprudelte, während Zu mit Vida redete und ihre Worte mit lebhaften Gesten untermalte. Und als ich hörte, wie süß ihre Stimme höher wurde, wenn sie sich ereiferte, regte sich ein Gedanke in meinem Hinterkopf.

Ich berührte Chubs am Arm, um mich bemerkbar zu machen. »Welcher Teil des Gehirns kontrolliert die Sprache?«

Er tauchte aus seiner Gedankenverlorenheit auf, als hätte ich ihm einen Kübel Eiswasser ins Gesicht gekippt. »Das ist ein komplexes System, schon vergessen?«

»Klar, das hab ich schon verstanden. Ich möchte nur wissen, ob es etwas in unserem Gehirn gibt, das einen verstummen lässt oder einem die Fähigkeit raubt, Worte zu verarbeiten, auch wenn alles andere anscheinend einwandfrei funktioniert.«

Jetzt sah er verwirrt aus. »Zu hat doch aus freiem Willen nicht gesprochen.«

»Ich meinte Lillian«, sagte ich. »Wie wenn alle Lichter im Haus brennen, aber sie kann die Tür nicht aufschließen – sie kann da und dort ein paar Worte aufschnappen, aber sie kann uns nicht verstehen und wir sie nicht. Hast du von so etwas schon mal gehört?«

Er dachte nach. »Der medizinische Begriff fällt mir gerade nicht ein, aber das passiert manchmal bei Schlaganfallpatienten. Bei meinem Vater ist mal jemand in die Notaufnahme eingeliefert worden, der gerade eine Vorlesung über Shakespeare gehalten hatte, und zwei Minuten nach dem Schlaganfall konnte er dann überhaupt nicht mehr kommunizieren. Das nennt man … expressive Aphasie. Oder war's rezeptive Aphasie? Ich weiß es nicht genau, ich muss es nachschauen. Auf jeden Fall weist eins davon auf eine Schädigung des Wernicke-Areals hin.«

»Inglés, por favor«, verlangte Vida, die gerade noch den letzten Satz mitbekommen hatte. »Dummerweise bist du der Einzige hier, der fließend Griechisch spricht.«

Er schnaubte. »Im Grunde ist es so: Wir formulieren das, was wir sagen wollen, im Wernicke-Areal des Gehirns, und diese geplante Äußerung wird ins Broca-Areal übertragen, das den Sprechakt dann ausführt. Ich frage mich nur …«

»Was?«, hakte ich nach.

»Vielleicht ist es Clancy gelungen, diese … diese Teile ihres Gehirns lahmzulegen oder irgendwie zu betäuben. Oder vielleicht hat er sie runtergefahren, sodass sie nicht mit voller Kapazität arbeiten.« Er bedachte mich mit einem scharfsinnigen Blick. »Als du Liams Erinnerungen wiederhergestellt hast, was *genau* hast du da gemacht?«

»Ich habe an etwas gedacht … mich an etwas erinnert, was zwischen uns passiert ist«, sagte ich. »Ich habe …« Ihn geküsst. »… irgendwie nach ihm gegriffen, es war gewissermaßen … instinktiv. Ich habe versucht, mit irgendetwas in ihm Verbindung aufzunehmen.« Ich habe versucht, den alten Liam zu finden, den ich bereits aufgegeben hatte.

Spiegelgehirne.

»Oh«, sagte ich und presste beide Hände auf den Mund. *»Oh.«*

»Lass uns nicht dumm sterben«, maulte Vida, die Hände auf Zus Schultern. »Deine Hälfte ist der einzige Teil des Gesprächs, den ich verstehe.«

»Ich muss ihr Starthilfe geben«, erklärte ich.

»Bitte?«, schaltete sich Cole ins Gespräch ein. »Wem verabreichen wir eine Schockbehandlung?«

»Du glaubst, du kannst das System in ihrem Gehirn zurücksetzen.« Chubs hatte mich verstanden. »Aber … wie genau?«

»Clancy hat etwas zu mir gesagt, als ich neulich in seinem Kopf war«, sagte ich. *»Spiegelgehirne.* Ich glaube, das ist es, was abläuft, wenn ich in den Kopf von jemand anderem eindringe. Ich spiegele das, was der andere in seinem Verstand hat, mit meinem eigenen. Wenn ich Erinnerungen anzapfe und durchsuche, ist das, als hätte ich einen Spiegel zwischen uns aufgestellt, und all die Veränderungen, die ich entstehen lasse, werden unverzüglich im Gehirn des anderen reflektiert.«

»Okay?«, sagte Cole. Es war nahezu unmöglich, das zu erklären – sie konnten sich nicht vorstellen, wie sich das alles anfühlte, und ich wusste nicht genau, wie ich es beschreiben sollte.

Dem Himmel sei Dank für Chubs. »Du glaubst also, wenn du jenen Teil deines Gehirns aktivierst, dann aktiviert es auch den entsprechenden Teil ihres Gehirns und versetzt ihn wieder in seinen vorigen Zustand zurück?«

Ich hob die Hände. »Ist das einen Versuch wert?«

»Mehr als das«, meinte Cole. »Es ist sowieso Zeit, dass wir mal wieder nach ihr schauen …«

Etwas knallte gegen das Tor zur Laderampe; ein lautes Geräusch, das wie ein Schuss die Ruhe durchbrach, die sich über den Raum gelegt hatte. Liam sprang auf, und ein Grinsen legte sich über sein Gesicht, als er zur Tür trabte. Nur deswegen gestattete ich mir, mich zu entspannen, als er und Kylie das Vorhängeschloss abnahmen, das sie dort angebracht hatten, und das Tor mit lautem Donnergrollen hochrollte und das Sonnenlicht hereinließ.

Acht Jugendliche kamen herein, und jeder von ihnen sah irgendwie noch schlimmer aus als der vorherige: völlig verdreckt und in allen möglichen Stricksachen, die überhaupt nicht zueinander passten. Wir konnten sie bis hier riechen, was Cole mit hochgezogenen Brauen und einem Gesichtsausdruck quittierte, den ich an Liam schon zigmal gesehen hatte.

Die neuen Gesichter waren mir durchaus bekannt, aber ich war nicht lange genug in Knox's Camp in Nashville gewesen, um mich an ihre Namen zu erinnern. Die Kids dort hatten so gar keine Hoffnung gehabt und nahezu keine Lebensmittel, weil Knox und ein paar der anderen alles, was sie mitbrachten, für sich behalten hatten. Diese Gruppe schien jetzt in einem nur unwesentlich besseren Zustand zu sein. Sie hatten lediglich ein paar Rucksäcke und provisorische Beutel aus alten Bettlaken dabei. Wenn ich es nicht besser gewusst hätte, hätte ich gedacht, sie seien von Nashville hierher zu Fuß gegangen.

Liam machte bereits Anstalten, das Rolltor wieder herunterzurollen, hielt dann jedoch inne, um die letzten beiden einzulassen. Eine davon, ein großes blondes Mädchen, blieb stehen und legte ihm die Hand auf die Schulter. Der andere, ein noch höher aufgeschossener Junge mit einer rotkarierten Jagdmütze, setzte seinen Rucksack ab und streckte sich.

Olivia, dachte ich. *Brett.*

Und tatsächlich stürmten Kylie und Lucy auf sie zu. »Liv!«

Das Mädchen drehte sich zu ihnen um, und die beiden hielten jäh an, kamen beim Anblick ihres Gesichts auf dem Zement regelrecht ins Schlittern. Es war auf der einen Seite von Mason verbrannt worden, dem Roten, den Knox in seinem Lager gefangen gehalten hatte, und die Wunde war zu einer hässlichen Narbe verheilt.

»Hab mir 'nen neuen Look zugelegt«, sagte sie leichthin, »wie ihr seht. Hi, Ruby.«

Brett war sofort bei ihr, strich ihr über den langen Zopf und ließ dann die Hand auf ihrem Kreuz ruhen.

Ich ging die letzten paar Meter zu ihr hinüber. Obwohl wir beide keine besonders überschwänglichen, kuscheligen Typen waren, umarmte ich sie, als wäre es Jahre her, seit unsere Wege sich getrennt hatten, nicht nur einen Monat. »Schön, dich zu sehen«, sagte ich. Das stimmte auch. »Dich auch, Brett.«

»Gleichfalls«, versicherte er. Ich wich zurück und ließ Kylie, Lucy und Mike Olivia umarmen und sie noch enger in den Kreis ziehen. »Das ist also Lodi, was?«

»Genau«, bestätigte Liam. »Wir waren fleißig. Hast du heute die Nachrichten gehört? Wir haben den Anschlag auf das Lager durchgezogen, von dem ich euch erzählt habe.«

»Das wart ihr?«, sagte Olivia und blinzelte. »Ich erinnere mich, dass du es erwähnt hast, aber …«

Sie wechselte einen verwirrten Blick mit Brett.

»Das kam überall im Radio, als wir hergefahren sind«, sagte

Brett. »Ihr wisst aber schon, dass die Children's League sich die Aktion an die Fahne geheftet hat … oder?«

Damit nahm er Liam jeglichen Wind aus den Segeln – es hatte fast den Anschein, als wäre die Luft komplett aus der Garage herausgesogen worden. Cole ging zum Arbeitstisch hinüber, scheuchte die Kids davon, die dort herumlungerten, und schaltete das Radio an.

Wir erwischten den Nachrichtensprecher mitten im Satz. *»… ist soeben von Vertretern der Children's League die folgende Erklärung bei uns eingegangen …«*

Die Hände in die Hüften gestemmt sah ich auf meine Stiefel hinab. Senatorin Cruz und Rosa kamen durch den Tunnel hereingestürzt, Nico ihnen dicht auf den Fersen. Mit bleichem Gesicht öffnete die Senatorin den Mund und wollte uns etwas zurufen, doch die ernste Stimme aus dem Radio kam ihr zuvor.

»›Gestern am frühen Morgen haben wir einen Anschlag auf eines von Grays Rehabilitationslagern in Oasis, Nevada, verübt. Wir haben die Opfer seiner Grausamkeit, die dort internierten Kinder, mitgenommen und werden sie erst nach dem unverzüglichen Rücktritt des Präsidenten wieder freilassen. Sollten unsere Forderungen nicht erfüllt werden, greifen wir unser nächstes Ziel an.‹ Starke Worte. Wenn Sie gerade erst eingeschaltet haben, wir haben aktuelle Neuigkeiten über die heute Morgen von mehreren renommierten Zeitungen veröffentlichten Film- und Fotoaufnahmen …«

»Das können sie doch nicht machen!«, überbrüllte Zach das aufgeregte Geplapper um uns herum. »Die hatten nichts damit zu tun! Sie lassen uns ja wie Terroristen dastehen …«

»Ist das echt?«, fragte Senatorin Cruz an Cole gewandt. »Würden sie tatsächlich die Verantwortung dafür übernehmen? Oder versucht Gray bloß, ihnen das anzuhängen, um einen weiteren Angriff auf sie zu rechtfertigen?«

»Ich glaube, sie wollen die Lorbeeren einstreichen«, sagte ich; ich hatte das Bedürfnis, eine besonnene Stimme in die allmählich aufkommende Panikstimmung einzubringen. »Gray braucht keinen Vorwand, um auf sie loszugehen, und er hat sich ja fast überschlagen, um die Theorie zu verbreiten, dass das alles getürkt war. Aber es spielt wohl ohnehin keine Rolle. Die League hat jetzt die Zielscheibe auf dem Rücken, nicht wir.«

Cole schaffte es, seine selbstzufriedene Miene im Zaum zu halten – oder sie zumindest etwas zurückzufahren. »Tja, dann ist es euch gelungen, ihnen noch eine unverdiente Medaille um den Hals zu hängen. Aber Ruby hat recht. Das ist gut für uns.«

Der Sprecher fuhr ungerührt fort: »*... fünfzehn Angehörige der Psi Special Forces erlitten leichte Verletzungen und wurden vor Ort medizinisch versorgt. Alle lehnten es ab, sich zur Behandlung der Kinder und dem Rehabilitationslager zu äußern, als sie vor dem Eintreffen hochrangiger Militärs befragt wurden. Bis jetzt ist noch keine Reaktion von Präsident Gray erfolgt, und Washington schweigt zu den Vorfällen.*«

Die unausgesprochenen Worte liefen durch meinen Kopf. *Aber nicht mehr lange.*

Lillian war nicht nur wach, als wir die Tür aufschlossen und eintraten, sie tigerte rastlos in dem dunklen Raum auf und ab. Sie hatte alle Lampen ausgelassen, außer der auf dem Schreibtisch. Verglichen mit vorher sah sie etwas präsentabler aus. Irgendjemand, wahrscheinlich Cole, hatte ihr Feuchttücher gebracht, damit sie sich das Gesicht säubern konnte, außerdem eine Haarbürste und einen sauberen Jogginganzug. Ich hatte sie im Outfit einer First Lady auf Pressefotos gesehen – Kostüm, perfekt frisiertes Haar, Perlenkette – und als Wissenschaftlerin in Clancys Erinnerungen, klinisch rein in ihrem weißen Kittel. Hier und in diesen Klamotten hätte sie sonst wer sein können. Das machte es leichter, sie anzusprechen – leichter zu tun, was ich tun musste.

»Hi, Dr. Gray«, sagte ich. »Erinnern Sie sich an mich und an Chu… Charles?«

Vida und Cole hatten beide zuschauen wollen, aber ich hatte Bedenken gehabt, Dr. Gray mit zu vielen Anwesenden zu überfordern. Sie musste ruhig sein, oder zumindest ruhiger als bei unserer letzten Begegnung.

Die Frau murmelte etwas vor sich hin, wobei sie weiter mit sorgsamen Schritten auf und ab ging, hin und her, ununterbrochen den Blick auf ihr Bett und die darauf verstreuten Papiere gerichtet. Auf einmal blieb sie stehen und zeigte eindringlich darauf, während ihr Mund sich mit jedem Laut abmühte, den sie hervorzubringen suchte. Ihr ganzer Körper bebte vor hilflosem Zorn, als sie sich die Hand gegen die Kehle presste und heftig daran rieb.

Da begriff ich. Clancy hatte sie nicht nur zum Schweigen bringen wollen, damit sie anderen nichts über das Heilmittel verraten konnte. Er wollte sie bestrafen, auf genau die Weise, von der er wusste, dass es ihr am meisten wehtun würde. Er hatte ihren brillanten Verstand genommen und sie darin eingesperrt.

»Genau, wir wollen mit Ihnen über die Forschung sprechen, die Sie betrieben haben.«

»Diagraaaa…« Sie schluckte und probierte es noch einmal, und dabei sah sie unglaublich beschämt aus. Ich musste dem Drang widerstehen, ihre Hand zu ergreifen, als sie sie uns entgegenstreckte. »Diagraaaamm.«

»Genau, die Diagramme.« Sachte fasste ich sie an den Schultern und führte sie zum Bett. Ich weiß nicht, ob sie sich daran erinnerte, was beim letzten Mal vorgefallen war, als ich hier drinnen bei ihr gewesen war, aber sie wehrte sich nicht, bis ich versuchte, sie zum Sitzen zu nötigen.

»Ruby«, sagte Chubs. »Bist du bereit?«

Ihre Schultern zogen sich zusammen, und die Muskeln spannten sich unter meiner Hand. Sie wappnete sich bereits; sie wusste, was ich war.

In ihren Kopf zu schlüpfen war beim zweiten Mal nicht weniger schmerzhaft als beim ersten. Dr. Gray verwandelte ihre Erinnerungen in einen tosenden Fluss, den ich nicht überqueren konnte – einen Strom aus Landschaften, Häusern, Straßen, Spielzeugen, Lehrbüchern, Blumen, Silberbesteck – alles Mögliche und noch mehr, was ihr einfiel, um die wichtigen Erinnerungen zu schützen.

Doch wir waren verbunden. Das war das Einzige, was zählte.

»Ruby.« Chubs stand hinter mir, das wusste ich, doch es klang, als spräche er vom Flur her zu mir. »Ruby, was ist … äh … deine Lieblingsfarbe?«

»Meine Lieblingsfarbe«, wiederholte ich und ließ das Wort in meinem Verstand Form annehmen, »ist Grün.«

Der Wandel kam mitten im Wort. Eben wurde ich noch zwischen Szenen mitgeschleift, die kaum länger als einen Sekundenbruchteil andauerten. Und im nächsten Moment fühlte es sich an, als würde ich gegen eine Wand aus Glassplittern geschleudert. Ich zuckte zurück, geistig und körperlich.

»Wie lautet dein zweiter Vorname?«, fragte Chubs.

»Er lautet …« Die Worte brachten mich näher an den Schmerz heran, an seine Schärfe. Dieser Teil ihres Verstandes war so finster, so unbeschreiblich finster. Es musste jedes Mal schmerzhaft für sie gewesen sein, wenn sie versuchte zu sprechen, diesen Teil ihres Gehirns zu benutzen. Er wollte, dass sie litt. *Wirklich litt.*

»Wie lautet dein zweiter Vorname?«, wiederholte er.

»Elizabeth.« Ich spürte, wie mein Mund das Wort formte, doch ich konnte es durch das Rauschen des Blutes in meinem eigenen Kopf nicht hören. *Ich muss mich hier durchkämpfen. Das ist Glas. Ich muss es zerbrechen. Ich muss hier durchkommen. Spiegelgehirne.*

»Nach wem wurdest du benannt?« Chubs' Fragen hielten mich in diesem Teil ihres Verstandes. Jedes Mal wenn ich innehalten und über seine Fragen nachdenken musste, wurde der Schmerz ein bisschen erträglicher.

»Nach meiner Großmutter«, antwortete ich. »Grams.«

Grams. Grams. Grams. Der Mensch, der sich an mich erinnerte. Den ich finden würde, wenn das alles vorbei war. *Ich brauche dich. Wir brauchen dich.*

Mein Zugriff auf sie wurde fester, bis ich mir sicher war, dass meine Nägel sich in ihr Fleisch krallten. Mit einem letzten tiefen Atemzug rammte ich, so fest ich konnte, gegen die Wand, verwandelte meinen Verstand in einen Schlagstock und drosch dagegen, bis sie mit ohrenbetäubendem Krachen nachgab. Ich glitt voran, zwängte mich hindurch, bis sie zersplitterte und die Verbindung in Fetzen schnitt.

»Ruby, wie hieß unser Van? Wie haben wir ihn genannt?« Chubs musste die Frage gebrüllt haben. Seine Stimme klang heiser.

»Black …«, murmelte ich. Mein Verstand war zerschmettert – überall Schmerz … Qual … »Black Betty.«

Ich glitt weniger durch die Reste der Barriere, als dass ich hindurchstürzte. Die Welt um mich herum explodierte in metallisch-blauem Licht …

Als ich wieder zu mir kam, aus den trüben Gefilden des Schmerzes auftauchte, lag ich rücklings auf dem Boden; Chubs' besorgtes Gesicht war zwei Zentimeter über meinem.

»Okay?«, fragte er, während er meinen Arm nahm, um mir zu helfen, mich aufzusetzen. »Wie fühlst du dich?«

»Als hätte ich mir ein glühendes Messer in den Schädel gerammt«, presste ich mit zusammengebissenen Zähnen hervor.

»Du warst eine ganze Minute bewusstlos. Ich hab mir schon Sorgen gemacht«, sagte er.

»Was ist passiert?«, fragte ich und drehte mich zum Bett um. »Was …«

Lillian Gray saß auf der Bettkante, das Gesicht in den Händen verborgen. Ihre Schultern bebten bei jedem Atemzug.

Sie weint, begriff ich und erhob mich auf die Knie. *Ich habe ihr wehgetan …*

Ihr Gesicht war rot, geschwollen von der Wucht ihrer Tränen. Die Luft im Raum hatte sich verändert, ein Gefühlsgewitter hatte sich zurückgezogen und einen schwerelosen blauen Himmel zurückgelassen. Als sie mich anblickte, sah sie mich. Ihre Lippen verzogen sich zu einem gequälten Lächeln.

»Danke. Schön.« Sie behandelte jedes Wort wie das kleine Wunder, das es war.

Und dann, ohne Vorwarnung, begann auch ich zu weinen. Der Druck, der sich in meinem Brustkorb aufgebaut hatte, gab mit dem nächsten schweren Atemzug nach und drängte vollständig hinaus, als ich wieder ausatmete. Ich hatte das getan. Wenn ich in meinem Leben sonst nichts Sinnvolles mehr tun sollte, so hatte ich zumindest dieser Frau geholfen. Ich hatte ihr ihre Stimme zurückgegeben. Ich hatte jemanden nicht gebrochen; ich hatte ihn wieder zusammengesetzt.

»Ähm …«, begann Chubs verlegen. »Soll ich vielleicht … äh …«

Ich stand auf und wischte mir lachend das Gesicht ab. »Ich hole jetzt Cole«, sagte ich. »Kannst du ihr erklären, was los ist? Dafür sorgen, dass alles okay ist?«

Ich wischte mir mit dem Saum meines Shirts das Gesicht, als ich draußen war, und holte ein paarmal tief Luft, ehe ich in den Fitnessraum, ins Büro und dann in den Aufenthaltsraum schaute, wo die Kids bereits mit ihren Tellern voller Käse-Makkaroni am Tisch saßen.

Genau. Abendessen. Das hieß …

Ich nahm zwei Stufen auf einmal und rannte den Flur entlang zur Küche. Die Kids, die dort das Essen austeilten, erklärten mir lediglich achselzuckend, Cole sei hereingekommen und mit zwei Tellern Essen wieder gegangen. Es hätte zu verdächtig ausgesehen, wenn ich vor dem Lagerraum gewartet hätte. Also zog ich mir die Schnur, an der ich den Schlüssel hängen hatte, über den Kopf und sah mich nach allen Seiten um, um mich zu vergewissern, dass mich niemand beobachtete, ehe ich hineinging und die Tür hinter mir abschloss. Die Glühbirne an der Decke schwang im Luftzug hin und her, und die Tür hinter dem Regal knarrte, weil sie nicht ganz geschlossen war.

Mehr als alles andere war es Neugier, die mich in den engen Flur treten ließ. Zum ersten Mal seit Tagen war ich wieder auf dem Weg zu ihm – Cole hatte jedes Mal abgewehrt, wenn ich mich erboten hatte, und erklärt, es sei besser, wenn ich mich fernhielte und ihn nicht weiter gegen mich aufbrächte, wo er doch ohnehin schon stocksauer auf mich war. Angeblich sei er absolut zugänglich gewesen und habe keinerlei Anstalten gemacht, Coles Verstand zu beeinflussen.

Jetzt, wo sie wieder da war, rechnete ich beinahe damit, Vida dabei vorzufinden, wie sie die beiden durch das kleine Fenster in der Tür am anderen Ende des Flurs beobachtete – aber nein. Es war niemand da, der aufgepasst hätte, dass Clancy nicht in Coles Verstand Amok lief.

Wenn mir jemand gesagt hätte, dass Cole und Clancy einander gegenüber auf dem Boden sitzen und essen würden, lediglich durch eine zweieinhalb Zentimeter dicke Scheibe schusssicheres Glas getrennt … dann hätte ich demjenigen geantwortet, er solle seine Wahnvorstellungen für sich behalten. Doch da saßen sie, alle beide, und plauderten entspannt miteinander wie alte Freunde.

Ich beugte mich vor, presste das Ohr an die Tür und schnappte einzelne Gesprächsfetzen auf.

»… gäbe es gar keine Dateien darüber, weil es so vertraulich ist, und der einzige Grund, warum ich weiß, dass es überhaupt noch existiert, ist ein PSF-Account …«

»… es wert, wenn das heißt, dass mehr Kampftruppen …«

»Unterschätz die Propaganda nicht, die sie verbreiten – versuch, sie zu nutzen, um deine eigene Botschaft unter die Leute zu bringen. Rekrutier Soldaten, die bereit sind …«

Zehn Minuten verstrichen; fünfzehn. Die Euphorie, die ich empfunden hatte, schrumpfte zu etwas, das Ähnlichkeit mit Furcht hatte. Nicht genug damit, dass die beiden überhaupt miteinander sprachen – ich vertraute darauf, dass Cole alles, was Clancy von sich gab, mit äußerster Skepsis aufnahm –, sondern dass ich mit dem einverstanden war, was ich hörte.

»Das Ziel sollte sein, den Kids so viele Optionen wie möglich offenzuhalten und niemanden mit Regeln kommen zu lassen, wie sie sein sollten oder könnten«, fuhr Clancy fort. »Ist die Senatorin überhaupt bereit, für ihr Recht einzutreten, Entscheidungen über ihre Zukunft zu treffen?«

Das Heilmittel ist eine andere Methode, uns zu kontrollieren und uns die Entscheidungen aus der Hand zu nehmen.

Kopfschüttelnd trat ich von der Tür zurück. Nein – Lillian zu helfen hieß ja eben, uns die Wahl offenzuhalten. Wir konnten doch keine echte Entscheidung treffen, ohne zu wissen, was das Heilmittel war.

Warum kamen mir dann auf einmal die letzten paar Stunden wie ein solcher Fehler vor?

»… sonst nichts, was du mir über Sawtooth erzählen kannst?« Cole war mittlerweile aufgestanden und nahm Clancys leeren Teller durch den Schlitz in der Tür entgegen.

Clancy kehrte zu seiner Pritsche zurück. Darauf lag jetzt eine neue, dickere Decke – und ein richtiges Kopfkissen. Der Bücherstapel daneben war beinahe so hoch wie die Pritsche. Offenbar war Clancy ein *sehr* braver Junge gewesen, wenn Cole bereit gewesen war, ihm das alles zu beschaffen.

»Du weißt alles, was ich weiß. Das war nicht das Lager, bei dessen Aufbau ich geholfen habe – es war das ursprüngliche, in Tennessee«, erklärte Clancy. »Willst du nicht endlich reinkommen, Ruby?«

Ich wich von der Tür zurück, doch es war sinnlos. Sein Blick wanderte zum Fenster hinüber und fing meinen in der Scheibe auf. Ich holte tief Luft, entriegelte die Tür und stieß sie mit dem Fuß auf. Coles Hand zuckte neben seinem Körper, als er auf mich zukam. Allmählich fiel es mir immer schwerer, bei ihm Beklommenheit von Zorn zu unterscheiden.

Ich wartete, bis wir wieder draußen im Flur waren, ehe ich den Mund aufmachte.

»Sag's nicht«, bat er und hob abwehrend die Hand. »Ich hab alles unter Kontrolle.«

»Bei dem hat man nie alles wirklich unter Kontrolle«, warnte ich. »Solange du vorsichtig bist …«

»Du machst mich fertig, Zuckerschnecke«, sagte er, während er sich unsanft durchs Haar fuhr. »Was ist denn?«

»Ich glaube, das musst du sehen, um es zu glauben.«

Da die anderen damit beschäftigt waren, Zus Interview zu schneiden und auf Liams Vorschlag hin selbst welche zu geben, blieb es Cole und mir überlassen, den geplanten Anschlag auf Thurmond vorzubereiten. Wir blieben die Nacht über auf und besprachen die Einzelheiten. Ich würde am 27. Februar mit dem USB-Stick ins Lager kommen. Am 1. März würde unser Team aus zwanzig Kids und Harrys gut vierzig Soldaten etwa gegen sieben Uhr abends das Lager stürmen und die PSFs überwältigen und ausschalten. Also müsste ich das Schadprogramm bis Viertel vor sieben auf ihre Server hochgeladen haben. Die Kids würden dann zu einem sicheren Ort in fußläufiger Entfernung vom Lager gebracht werden, wo sie darauf warten konnten, dass ihre Eltern sie abholten. Schritt für Schritt notiert klang es beinahe einfach. Die Realität war hart.

Der Morgen begann offiziell damit, dass Cole mir eine große Decke aus Papier über den Kopf warf und mich aufweckte, nachdem ich an einem der Tische im Computerraum eingeschlafen war.

»Was ist das?«, fragte ich und zog das Ding weg. Mindestens fünfzehn Blätter waren aneinandergeklebt worden und zeigten ein vollständiges, zusammenhängendes Bild von kreisförmig angeordneten Baracken, schäbigen Backsteinbauten, einem silbernen Zaun und der grünen Wildnis ringsherum.

Ich sprang auf. »Das ist ja Thurmond. Wo hast du das her?«

Anstelle einer Antwort reichte er mir lediglich ein silbernes Prepaidhandy. In seiner Miene war etwas Verdrossenes, Widerwilliges. Ich nahm das Handy und hob es langsam ans Ohr. »Hallo?«

»Ist da Ruby?«

»Am Apparat«, sagte ich und sah Coles Gesicht, während er wiederum mich ansah.

»Mein Name ist Harry Stewart …« Es knisterte in der Leitung, woraufhin ich das Handy nur noch fester umklammerte. Harry. Liams Harry. Seine Stimme klang tiefer als erwartet, doch ich konnte das Lächeln darin hören. »Ich wollte euch wissen lassen, dass wir letzte Nacht einen Einsatz durchgeführt haben …«

»Wir?«, wiederholte ich begriffsstutzig. Nico war herübergekommen und stand nun mit verständnislosem Gesicht neben Cole. Ich stellte das Handy auf Lautsprecher, damit er mithören konnte.

»Den ihr nie mit mir abgesprochen habt«, knurrte Cole.

»Eine Gruppe alter Army-Typen im Ruhestand«, fuhr Harry lachend fort. »Und ein paar neue Freunde, die sich das mit dem Dienen beim Präsidenten kürzlich anders überlegt haben. Heute Morgen, etwa gegen zwei Uhr, haben wir uns ein mutmaßliches Geheimgefängnis vorgenommen.«

Mir blieb das Herz stehen. Ich spürte, wie es hämmerte, und dann nichts mehr, während ich den Atem anhielt.

»Der Einsatz war erfolgreich, und wir konnten eine Anzahl mutmaßlicher Verräter und Informanten befreien.« Er sprach diese Worte – Verräter und Informanten – ganz locker aus, mit humorvollem Unterton. »Wir haben euch alle Infos geschickt, die wir sowohl dort als auch bei unseren eigenen Quellen in der Regierung auftreiben konnten. Wir sehen uns ja Ende der Woche, aber ich wollte euch Bescheid sagen, dass wir eure …«

Seine Stimme klang gedämpft, entfernte sich vom Telefon. Ich hörte eine zweite Stimme, eine höhere … eine Frauenstimme.

»Legen Sie sich wieder hin«, hörte ich Harry sagen. »Es freut mich, dass Sie wach sind … Die Gentlemen hier werden Ihnen erklären, was passiert ist … Ja, Sie können sie gleich sprechen …«

Mein Herz hämmerte wie verrückt. Ich hörte es in meinen Ohren und spürte es bis hinab zu den Füßen. Raschelnd wurde das Telefon von Hand zu Hand gereicht.

»Ruby?«

Nico stieß einen Schrei aus und schlug sich die Hände vor den Mund. Ihre Stimme zu hören … Das konnte nicht wahr sein … Sie … Cate war …

»Cate«, stieß ich atemlos hervor, »geht's dir gut? Wo bist du jetzt?«

»Ruby«, fiel sie mir ins Wort, »hör – hör mir zu …« Ihre Stimme klang so heiser, dass ich vor Mitgefühl auch gleich Halsschmerzen bekam. »Uns fehlt nichts, uns geht's allen gut, aber du musst mir zuhören, es ist … es ist etwas mit der League passiert, oder? Sie …«

Ich hörte Harry im Hintergrund sagen: »Alles gut, bitte legen Sie sich wieder hin …«

Cole stemmte die Hände auf den Tisch. »Conner, was ist los?«

»Wir haben ein paar von den … Wachleuten dort belauscht. Sie haben uns verspottet und behauptet, das HQ in Kansas würde angegriffen werden. Keiner von den Agenten … Keiner von uns erreicht dort irgendjemanden. Könnt ihr sie warnen? Könnt ihr ihnen ausrichten …?«

»Wir kümmern uns darum«, versprach Cole. Nico war bereits an seinen Computerarbeitsplatz zurückgekehrt und ließ die Hände über die Tasten fliegen. »Bleibt, wo ihr seid. Harry bringt euch wieder hierher.«

»Die Agenten wollen aber nach Kansas«, sagte sie gepresst.

»Tja, womöglich bleibt ihnen ja keine Wahl«, erwiderte Cole nicht unfreundlich. »Hey, Conner, toll, deine Stimme zu hören.«

»Geht mir genauso. Kümmerst du dich um meine Kids?«

Cole warf mir ein angedeutetes Lächeln zu. »*Die* haben sich um *mich* gekümmert.«

»Ruby?«

»Ich bin da.« Die Worte sprudelten im Schwall hervor. »Geht's dir gut? Sag mir, dass alles okay ist ...«

»Mir fehlt nichts. Wir sehen uns bald, ver-verstehst du? Tut mir leid ... die – Verbind... weg ...«

Freizeichen.

Ich starrte das Telefon an, ehe Cole es mir aus der Hand nahm und es ausschaltete. Ich hatte nicht die Kraft, um gegen die stumpfe Niedergeschlagenheit anzukämpfen, die mich erfüllte. Ich brauchte mehr als das. Sie musste wissen ... Sie musste wissen, wie leid es mir tat.

»Sie fahren irgendwo mitten im Nirgendwo durch die Gegend«, erklärte er mir. »Schlechter Empfang. Harry ruft wieder an, wenn sie näher dran sind.«

Ich nickte. »Glaubst du, das stimmt? Dass sie das HQ in Kansas angreifen wollen?«

»Ihre Server sind offline«, sagte Nico. »Ich habe gerade versucht, sie anzupingen – nichts.«

»Ich versuch mal, ein paar von den Agenten anzurufen, die noch draußen unterwegs sind, ob die etwas davon wissen.« Cole strich mir das Haar hinters Ohr und fuhr mir mit dem Knöchel über die Wange. »Das ist ein echter Gewinn. Cate ist unversehrt. Wir können mit einer richtigen Kampftruppe rechnen. In zwei Wochen haben wir das Ganze hinter uns. Konzentriert euch fürs Erste darauf. Lasst euch nicht von dieser Kansas-Geschichte aus dem Gleichgewicht bringen. In meinen Augen spielt das sowieso keine Rolle.«

»Natürlich spielt es eine Rolle«, sagte ich. »So viele sind schon umgekommen ...«

»Verstehe«, sagte er. »So hab ich's nicht gemeint, nur dass die League so oder so erledigt ist. Den Überfall als ihre Aktion auszugeben war ein letzter verzweifelter Versuch mitzumischen. Konzentriert euch auf die Zukunft. Das Heilmittel, jetzt, wo wir Dr. Gray wieder hingekriegt haben. Thurmond ...« Er tippte mit den Fingern auf den Ausdruck. »Harry hat sich so viel Mühe gegeben, das hier für uns ausfindig zu machen. Wir sollten es gut nutzen.«

Er stand auf und nahm den Ausdruck mit, um ihn an die Wand zu hängen. Ich rührte mich nicht vom Fleck, bis er gegangen war, vermutlich um sein Versprechen einzulösen, Cates Angaben zu überprüfen. Erst dann erhob ich mich und ging wie im Traum auf die Satellitenaufnahmen des Thurmond-Geländes zu. Mein Blick zeichnete die Barackenringe nach – schiefe, unregelmäßige Kreise, wie man nun sah. Das Lager von oben zu betrachten, frei wie ein Vogel, der darüber kreist, linderte die Übelkeit, die sich in meinem Magen zu regen begonnen hatte.

»Es ist ja jetzt viel größer«, sagte Nico. Ich nickte und nahm die Filzstifte, die er mir hinhielt.

Er trat zurück, lehnte sich gegen den Schreibtisch und sah mir zu. Je länger ich arbeitete, desto mehr Aufmerksamkeit schien ich zu erregen, bis ich wusste, dass ich ein ordentliches Publikum hatte, ohne dass ich mich hätte umdrehen müssen. Ich beschriftete jedes der größeren Gebäude entsprechend seiner Funktion – FABRIK und PSF-QUARTIERE auf die beiden rechteckigen Gebäude links von den Barackenringen, GARTEN auf das grüne Viereck in der nördlichsten Ecke des Lagers und KANTINE, KRANKENSTATION und TOR zur Rechten. Dann machte ich mit den Baracken weiter und markierte den runden KONTROLLTURM. Jeder Ring aus kleinen Hütten wurde mit einem grünen oder blauen Filzstift markiert, um seine Bewohner zu kennzeichnen.

Ich spürte jemandes Blick zwischen meinen Schulterblättern wie Sonnenstrahlen, die gebündelt durch eine Linse scheinen. Er brannte, bis ich die kleinen Wellen der Verlegenheit nicht mehr ignorieren konnte, die allmählich in mir aufwallten. Es war irrational, doch es fühlte sich an, als offenbare ich etwas Schändliches, etwas, dessen ich mich schämen müsste. Meine Stimmung war so rapide von begeistertem Eifer zu Grauen und Mitleid abgesackt, dass ich merkte, wie ich allmählich die Abwehrstacheln ausfuhr.

»Sind dort nur Blaue und Grüne?« Auf die Frage von Senatorin Cruz hin drehte ich mich um. Sie stand in der Tür und hatte sich bei Dr. Gray untergehakt, die offenbar näher kommen wollte. Nico warf einen Blick auf sie, erstarrte und floh dann in den hinteren Teil des Raums, wobei er fast über seine eigenen Füße gefallen wäre, ehe er sich setzte.

»Es waren auch Gelbe, Orangene und Rote dort«, antwortete ich und sah die beiden Frauen an, »aber die sind vor etwa fünfeinhalb Jahren aus dem Lager geschafft worden. Die Roten kamen in ein Trainingsprogramm, Projekt Jamboree. Die Gelben wurden in ein anderes Lager in Indiana verlegt, das auf Gewahrsam ohne Elektrozäune spezialisiert ist.«

»Und was war mit den orangenen Kids?«, wollte Dr. Gray wissen.

Meine Hand erstarrte, genau wie die Luft um mich herum.

»Wir haben keine gesicherten Angaben über ihren Verbleib«, antwortete ich.

»Wo ist das?« Dr. Gray sprach noch immer etwas stockend, als rechnete sie halb damit, dass ihr jeden Augenblick erneut die Worte ausgehen könnten. Sie trat einen Schritt näher und musterte die Flecken aus ungepflegtem Gras und Schnee. Wenn man genau genug hinsah, hätte man sogar die kleinen Punkte der blauen Uniformen ausmachen können, die im Garten an der Arbeit waren.

»Das ist nicht Thurmond«, sagte sie. »Thurmond war nur ein einziges Gebäude. Ich habe es selbst gesehen.«

»Nachdem sie die ersten Forschungsprogramme ausgelagert hatten, haben sie das Lager rasch erweitert, um mehr Kinder unterzubringen«, sagte ich. »Ich habe ein R, O oder G neben die Baracken geschrieben, in denen sie gelebt haben. Sie haben die nichtelektrischen Schlösser an den Baracken der Gelben ausgetauscht und nie wieder eingebaut. Soweit ich weiß, gab es in den Baracken der Roten lediglich zusätzliche Wasseranschlüsse und Sprinkler.«

Senatorin Cruz legte mir die Hand auf die Schulter, beugte sich vor und inspizierte mein Werk. »Warum waren die Roten und die Orangenen vom Zentrum aus gesehen im zweiten Ring statt ganz außen? Wenn sie Probleme gemacht hätten, hätte man sie doch so weit entfernt wie möglich vom Kontrollturm unterbringen sollen.«

»Sie haben sie auf jeder Seite mit einem Puffer aus Grünen-Baracken umgeben«, erklärte ich. »Wenn sie also versucht hätten, auf die Lageraufseher loszugehen oder mithilfe ihrer Kräfte zu fliehen, hätten sie ein paar andere Kids niederbrennen müssen.«

»Hat sie das aufgehalten?«

Ich schüttelte den Kopf.

»Ist jemals jemand entkommen?«

Abermals schüttelte ich den Kopf. »Die, die es versucht haben, wurden erschossen, bevor sie den Zaun erreicht hatten. Sie hatten ständig mindestens einen Scharfschützen auf dem Dach des Kontrollturms postiert – und wenn eine Gruppe im Garten gearbeitet hat, zwei.«

»Tja, damit ist auch der letzte Rest an Glauben dahin, den ich noch an die Menschheit hatte«, bemerkte Cole, der gerade wieder hereinkam.

»Was erreicht?«, fragte ich.

»*Nada*«, sagte er. »Wir reden später darüber. Aber könntest du uns jetzt mal einen typischen Tagesablauf schildern? Es gab doch bestimmt Routineabläufe, oder?«

»Um fünf Uhr war Wecken. Fünf Minuten später gingen die Türen auf. Danach hat es jeden Monat abgewechselt. Sie haben uns zwei Mahlzeiten pro Tag gegeben, wenn man also kein Frühstück gekriegt hat, ist man erst in den Waschraum gegangen und hat anschließend bis Mittag sechs Stunden gearbeitet, dann gab es Mittagessen. Danach hatte man etwa zwei Stunden in der Baracke für sich, bevor die Abendschicht angefangen hat, meist so was wie Putzen oder Wäsche oder die ekelhaften Abwasserrohre saubermachen, die ständig verstopft waren. Dann Abendessen. Und um acht ging das Licht aus.«

»Mein Gott«, war Senatorin Cruz' einziger Kommentar.

»Wir waren über dreitausend Kinder und Jugendliche«, sagte ich. »Sie hatten das System perfekt durchgetaktet. Sie haben sogar ausgetüftelt, wie sie die sinkende Anzahl der PSFs wettmachen können, als die alle nach und nach ihre vier Jahre Wehrpflicht hinter sich gebracht haben.«

»Wie, würdest du sagen, war das Zahlenverhältnis zwischen Kids und PSFs?«, fragte Cole. »Nur so über den Daumen gepeilt.«

Ich hatte ihm in meinem Plan diese Information bereits gegeben, doch er fragte für die beiden Frauen vor mir.

»Cate hat gesagt, es wären normalerweise immer zweihundert PSFs im Camp, und dazu noch etwa zwanzig, die im Kontrollturm arbeiten. Vielleicht sind's jetzt weniger, wo sie gerade dabei sind, das Lager zu schließen.« Ich schüttelte den Kopf. »Das klingt nicht nach viel, aber sie sind strategisch geschickt verteilt, und sie haben die Erlaubnis, die Kids zu schikanieren und zu drangsalieren.«

Für jemanden, der sich so sehr darum bemüht hatte, ein

Heilmittel für IAAN zu finden, sah Dr. Gray wirklich angewidert aus, als höre sie das alles zum ersten Mal. Das erschien mir unmöglich. Gewisse Dinge waren natürlich geheim, aber ihr Mann war der Präsident – er hatte bei der Einrichtung der Rehabilitierungslager doch eine zentrale Rolle gespielt.

Sie wandte den Blick ab. »Du … du bist wie mein Sohn, nicht wahr?«

»Ja«, sagte ich, »aber nicht auf die Art, die wichtig ist.«

»Warst du zur selben Zeit in Thurmond wie er?«

»Nach ihm. Unsere Zeit dort hat sich nicht überschnitten. Ich bin erst ins Lager gekommen, als sie schon angefangen hatten, es zu vergrößern. Fragen Sie aus einem bestimmten Grund?«

Sie legte den Kopf schief, und ich unterdrückte ein Schaudern. Diese schlichte Bewegung, das war Clancy, ganz und gar Clancy.

»Ich nehme an, ich bin hier, weil ihr wissen wollt, wie viel Erfolg ich dabei hatte, die Psi-Fähigkeiten der Kinder zu kontrollieren?«, begann sie und setzte sich aufrechter hin. »Und wie die endgültige Einschätzung der Leda Corp hinsichtlich der Ursache ist?«

»Sie haben's erfasst«, sagte Cole. »Also stellt sich uns natürlich die Frage, was Sie als Gegenleistung haben wollen.«

Das war klar und deutlich formuliert, aber ich war trotzdem etwas schockiert. Ich weiß nicht, warum ich erwartet hatte, dass sie – eine Gray – das aus reiner Herzensgüte tun würde. Ich hatte wohl gehofft, dass der Apfel in dieser Hinsicht doch weit vom Stamm gefallen war.

»Können wir uns irgendwo unterhalten, wo wir ein bisschen mehr unter uns sind?«, erkundigte sie sich, wobei sie durch die Glasscheiben auf die Kids schaute, die durch die Flure wanderten.

»Aber sicher«, sagte Cole. »Nico, sag uns Bescheid, wenn du irgendwas über Kansas hörst.«

Wir folgten ihm nach oben, an den vielen Gruppen vorbei, die auf den Fluren von einem Raum zum nächsten unterwegs waren und die es allesamt nicht zu interessieren schien, wer die blonde Frau war. Im Büro oben angelangt bat Cole die beiden Frauen, sich zu setzen, während er auf die andere Seite des Schreibtischs ging und ich die Tür hinter uns absperrte.

Dr. Gray lehnte sich zurück, und ihre dunklen Augen nahmen den Raum mit einem Blick in sich auf. »Das war Johns Büro, nicht wahr?«

Irgendwie hatte ich geschafft zu vergessen, dass die Grays und John Alban einmal enge Freunde gewesen waren. Alban hatte der First Lady geholfen zu verschwinden, hatte ihre Forschungsarbeiten unterstützt und eine Abmachung mit ihr getroffen … *Oh.*

»Sie wollen, dass wir die Vereinbarungen erfüllen, die Alban mit Ihnen getroffen hat«, sagte ich. »Sie geben uns die Informationen, wenn Sie dafür das Verfahren zuerst an Clancy ausprobieren dürfen.«

Cole pfiff leise durch die Zähne. »Ich hatte den Eindruck, dass es sich um eine Art Operation handelt. Die können Sie ja wohl nicht hier durchführen …«

»Natürlich nicht«, erwiderte sie. »Ihr könntet jeden Zentimeter hier mit Chlorbleiche schrubben, und es wäre trotzdem noch nicht sauber genug für eine Operation. Ihr müsstet mir dafür in aller Stille einen Termin in einem Krankenhaus hier in der Gegend besorgen, wo ich ausgebildetes Personal zur Verfügung habe.«

»Das ist ganz schön viel verlangt«, meinte Cole. »Es ist fast unmöglich, so was geheim zu halten.«

»Wenn das Verfahren abgeschlossen ist, war immer geplant,

dass ich mit Clancy abtauche. Ich will wieder ein ansatzweise normales Leben führen, mit dem Sohn, den ich einmal hatte.«

Das Heilmittel ist eine andere Methode, uns zu kontrollieren und uns die Entscheidungen aus der Hand zu nehmen. Clancys Worte fraßen sich wispernd durch meinen Verstand. Ich lauschte.

»Ich glaube nicht …«, begann ich. Aber was hatte ich eigentlich für ein Problem damit? Clancy hatte mir wieder und wieder bewiesen, dass man nicht darauf vertrauen durfte, dass er seine Kräfte einsetzte, ohne andere zu verletzen. East River … Jude … Wie oft musste er mir zeigen, wozu er fähig war? Alles, nur um zu vermeiden, das zu werden, was er in Thurmond gewesen war: machtlos. Ich hatte seine Hilflosigkeit gespürt, als er in Thurmond auf den Tisch geschnallt worden war, seinen Schmerz, als man ihm Stromstöße durchs Gehirn gejagt hatte. Ich hatte die Erniedrigung gefühlt, die Kontrolle über die Körperfunktionen zu verlieren, und die Wut darüber, wie ein Tier behandelt zu werden.

Er würde eher sich selbst retten als Tausende andere. Diesmal mussten wir die Tausende ihm vorziehen.

»Okay«, sagte ich, als ich begriff, dass Cole auf meine Antwort gewartet hatte. Was war das, was da in seinen Augen aufblitzte – Enttäuschung? Verständnis? Es war da und dann gleich wieder weg, kaschiert von seinem gewohnten grimmigen Grinsen, sodass ich nicht mehr sicher wusste, ob ich es überhaupt gesehen hatte.

»Abgemacht«, sagte er. »Wir trommeln heute Abend alle zusammen, damit Sie uns alles erklären können. Morgen früh fangen wir an, uns mögliche Krankenhausoptionen für Sie zu überlegen.«

Dr. Gray neigte in schweigender Zustimmung den Kopf. Ich erhob mich und murmelte eine Ausrede, dass ich mich um Vida und das Training in der oberen Etage kümmern müsse.

In Wirklichkeit bekam ich die schwere Luft in diesem Raum nicht mehr in meine Lunge – weder hinein noch heraus. Ich drohte an den zwischen diesen vier Wänden hängenden Worten zu ersticken, und nicht einmal als ich mir die Hände wie wild an den Beinen abwischte, wurde ich das Gefühl los, dass Blut daran klebte.

Ich war allein mit Vida im Computerraum und berichtete ihr gerade von meinem kurzen Telefongespräch mit Cate, als im Livestream des Nachrichtensenders, den Nico eingerichtet hatte, auf einmal Zus Gesicht auf dem Bildschirm erschien.

Ich hatte mit an die Brust hochgezogenen Knien dagesessen und mich nach Kräften bemüht, all ihre Fragen zu beantworten, anscheinend ausnahmslos Varianten von »Aber es geht ihr doch gut, oder?«. Mein Blick war fest auf den Bildschirm geheftet, weil ich auf aktuelle Neuigkeiten aus Kansas wartete, und als ich Zu sah, ließ ich die Füße so schnell zu Boden sinken, dass der Stuhl mit mir nach vorn kippte.

»Mach mal den Ton an«, sagte ich.

»… heute weiteres Material aus Quellen veröffentlicht, die in Verbindung zu dem Rehabilitationslager-Skandal stehen, der das jüngst zurückgekehrte Washington erschüttert. Heute Abend veröffentlichte Amplify eine Reihe Videos, angeblich von den aus Nevada weggebrachten Kindern. Sehen wir uns das mal an …«

Ich wusste nicht, ob es der Sender war oder Alices geschicktes Händchen beim Schneiden des Filmmaterials, doch die ersten Sekunden der Aufzeichnung zeigten die zehn Kids, die sich zu einem Interview bereit erklärt hatten, und ließ sie sich vorstellen.

»Ich heiße Zach … ich bin siebzehn Jahre alt.«

»Mein Name ist Kylie … ich bin sechzehn.«

Weiter und weiter, bis schließlich wieder Zu im Bild erschien: Zuerst ein Ausschnitt aus dem späteren Beitrag, dann stellte sie sich vor, sofort gefolgt von dem Teil, in dem sie beschrieb, wie ihre Eltern sie in der Schule abgeliefert hatten. Alle Kids durften schildern, wie sie den PSFs, den eigenen Eltern, der ganzen Welt entkommen waren.

Ich drückte mir die Hand auf den Mund und warf einen Blick auf Vida, um zu sehen, wie sie das aufnahm. Sie trank einen Schluck aus ihrer Wasserflasche und schlug mit der Handfläche auf die Kappe, um die Flasche wieder zu schließen.

»Die sind ja schnell mit der Hand am Abzug, das muss man ihnen lassen«, sagte sie. »Aber weißt du, Bubu, ich seh das genauso wie du. Das hier ist ganz toll, um ein bisschen auf die Tränendrüsen zu drücken, aber wie viele Hintern kommen dadurch vom Sofa hoch? Wo ist der Aufruf, etwas zu tun? Sie haben unseren Input gebraucht. Ich sehe hier zu viel Hoffnung und zu wenig Strategie.«

»Aber sie hatten recht«, sagte ich mit einem seltsam hohlen Gefühl in meiner Mitte. »Wir brauchen so was wie das hier – wir müssen die Öffentlichkeit mit der Wahrheit konfrontieren, damit die Kids akzeptiert werden, wenn sie rauskommen. Das ist *gut.*« Liams Instinkt war richtig gewesen.

»Nur weil sie recht haben, hast du nicht gleich unrecht, Bubu«, erwiderte sie, während sie die Lautstärke herunterdrehte. »Charlie hatte recht. Ihr Penner habt nichts auf die Reihe gekriegt, weil wir nicht da waren, um euch zu sagen, was ihr tun sollt.«

Die Nachrichtensprecherin, eine kecke Blondine im tiefroten Kostüm, erschien erneut auf dem Bildschirm, doch fast sofort wurde auf ein Foto geschnitten, das ein Zuschauer geschickt hatte. Wie der Sender erklärte, zeigte es den Times Square in New York City, wo Zus Gesicht von drei Werbetafeln strahlte, ein scharfer Kontrast zu den dunklen Tafeln ringsum, die schon seit Jahren nicht mehr in Betrieb waren. Es war ein rührendes Bild – selbst wenn man das Mädchen nicht kannte und nichts vom Kontext des Interviews wusste, aus dem das Foto stammte, berührte es einen, forderte Aufmerksamkeit. Die Worte STAATSFEINDIN, 13 JAHRE, liefen über das Bild, eine perfekt austarierte emotionale Manipulation.

»Wo ist eigentlich Chubs?«, fragte ich.

Vida pulte am Etikett ihrer Wasserflasche herum. »Ich hab Cole gefragt, ob er eines von den freien Zimmern der leitenden Agenten benutzen darf, um so eine Art … Sanitätsraum oder so einzurichten. Eine Erste-Hilfe-Station. Irgendwas, wo er das ganze Medizingerümpel und die Fachbücher unterbringen kann, die er mit sich herumschleppt wie ein durchgeknallter Nerd. Da ist er jetzt und vermisst seine Behälter mit Wattebällchen und Q-Tips.«

»Du wirst ja richtig nachsichtig, Vi«, meinte ich. »Das ist ja schon fast liebevoll …«

Das Licht des Bildschirms veränderte sich schlagartig, und anstelle des kalten Blau-Weiß des Nachrichtensenders blinkte er nun rot, so rot, dass es sogar die Farbe von Vidas Haaren übertönte. »Ach du *Scheiße*!«

Das Gebäude war fast nicht zu erkennen, doch die Worte darunter ließen keinen Zweifel: HAUPTQUARTIER DER CHILDREN'S LEAGUE ZERSTÖRT.

»… live aus der Nähe von Colby, Kansas. Regierungsbeamte haben bestätigt, dass ein Drohnenangriff auf ein Lagerhaus durchgeführt wurde, von dem vermutet wurde, dass sich die letzten Angehörigen der Children's League darin befanden. Heute Morgen wurden der Presse gefälschte Fotos und Dokumente zugespielt, und die Organisation behauptete …«

Ich hörte mir den Rest nicht mehr an. Wenn sie Drohnen nach Colby geschickt hatten, dann war das, was wir da sahen, wirklich das HQ in Kansas, und sämtliche Agenten dort waren tot, falls sie sich nicht zuvor abgesetzt hatten.

Cole war im Büro; er hatte die Tür zugemacht, aber nicht abgeschlossen. Ich schlüpfte hinein und fand ihn auf seinem Stuhl vor, das Gesicht fast völlig von einer Hand bedeckt. Als er hörte, wie die Tür wieder ins Schloss fiel, sah er auf und stellte das Telefon auf Lautsprecher.

»Sie haben gesagt, es hätte noch gebrannt, als sie hinkamen.« Harry. »Sie haben zwei Überlebende gefunden, etwa anderthalb Kilometer entfernt von dem, was von dem Gebäude noch übrig war, aber sie kommen nicht näher ran. Ich muss ihnen sagen, dass sie abziehen und sich in Utah mit uns treffen sollen.«

»Wie sind sie rausgekommen?«, fragte ich. Wie konnte jemand das schaffen?

»Unklar. Die Verbindung war miserabel, und die Überlebenden waren komplett durch den Wind, als unsere Leute sie gefunden haben. Die Story, die sie uns erzählt haben, war surreal.«

»Wie meinst du das?«, hakte Cole nach.

Knistern erfüllte den Raum, füllte meinen Kopf. Erst als ich Coles mörderischen Blick sah, wie die Hitze unter seiner Haut die letzte Spur von Weichheit in ihm verdunsten ließ, wusste ich, dass ich Harry nicht falsch verstanden hatte.

»Die Überlebenden«, sagte Harry. »Sie behaupten, sie seien von einer Gruppe Kids angegriffen worden. Sie haben gesagt, es waren Rote.«

19. Kapitel

Glaubst du das?«, fragte ich. »Dass das Rote waren?«

Cole blickte auf. »Wenn ich das nur wüsste. Am liebsten würde ich …«

»Würdest du was?«, fragte ich.

Er stand abrupt auf, außerstande, sitzen zu bleiben, und seine Hand ballte sich die ganze Zeit immer wieder krampfhaft zur Faust. »Ich muss dir etwas sagen, bevor wir reingehen und den anderen Kids unseren Plan vorlegen.«

Meine Hände wanden sich in meinem Schoß, während ich um einen gelassenen Tonfall rang. »Was denn?«

»Ich möchte, dass wir die Vorgänge in einem Lager überprüfen und dokumentieren – und zwar Sawtooth in Idaho. Clancy behauptet, dass sie es benutzen, um Rote auszubilden.«

»Und das *glaubst* du ihm?«, fragte ich kopfschüttelnd. »Cole …«

»Ja«, sagte er. »Ich glaube ihm – und zwar nicht, weil er mich mit seinen Kräften bearbeitet hätte. Sondern weil jede einzelne Info, die er mir bisher gegeben hat, sich als zutreffend erwiesen hat … und ich vielleicht versprochen haben könnte, dass ich in Erwägung ziehe, ihn laufen zu lassen, wenn er uns hilft. Das kommt natürlich nicht in Frage, aber trotzdem. Eine gute Motivation.«

»Aber warum?«, fragte ich. »Warum müssen wir das überprüfen?«

»Senatorin Cruz hat gesagt, sie braucht handfeste Beweise für die Armee aus Roten, damit die internationale Gemeinschaft Schiss kriegt und eingreift. Diese Beweise will ich ihr besorgen – oder es wenigstens versuchen. Wenn's eine Sackgasse ist, dann ist es eben so. Aber bitte sag, dass ich dabei auf deine Unterstützung zählen kann. Ich verspreche, das wird keine Auswirkungen auf unseren Angriff auf Thurmond haben.«

Endlich riss mir der Geduldsfaden. »Wenn du das machen willst, musst du den anderen sagen, dass du ein Roter bist. Nur dann helfe ich dir dabei.«

Er zuckte verblüfft zurück. »Was hat das denn damit zu tun?«

»Wir verlieren die Unterstützung der Kids – das spüre ich. Sie müssen ein für alle Mal wissen, dass dir unser Wohlergehen am Herzen liegt, weil du einer von uns bist.« Ich hörte selbst, wie ausgelaugt meine Stimme klang. »Geht das nicht schon lange genug so?«

Er öffnete den Mund, zornig und eindeutig in der Defensive, dann jedoch schloss er ihn wieder und musterte mich. Nach langem Schweigen sagte er: »Ich sage es Liam. Fang heute Abend mit ihm an. Und dann, je nachdem, wie das läuft, sage ich es den anderen. Klingt das vernünftig?«

Ich hätte weinen können, so erleichtert war ich. »Ja. Aber du musst es ihm vor der Besprechung heute Abend sagen.«

Er machte eine zustimmende Geste und setzte sich. »Davor will ich auf jeden Fall noch mit dir durchgehen, wie wir dich meiner Meinung nach in Thurmond einschleusen sollten. Ich hab mir gedacht, du willst das sicher lieber hier bereden als vor den anderen, oder?«

Ich nickte. »Ich sag's ihnen, aber erst wenn wir uns alle auf eine Strategie geeinigt haben. Willst du mich immer noch in Virginia absetzen?«

»Ja«, antwortete er. »Das Ziel ist, dich einem Skiptracer vor die Nase zu setzen, wobei du dich aber auf keinen Fall sofort überwältigen lassen darfst. Wir geben per Telefon einen gefakten Tipp über ein frei rumlaufendes Grünen-Mädchen, und dann musst du in den Kopf des Skiptracers rein, ehe er dein Gesicht durchs Programm laufen lassen kann. Er bringt dich dann in die nächstgelegene PSF-Basis, um die Belohnung zu kassieren, und du bringst ihn dazu, einen PSF rauszuholen, damit der dich ›offiziell‹ testen und bestätigen kann, dass du eine Grüne bist. Du musst zwischen den Köpfen sämtlicher Personen hin und her springen, die dir über den Weg laufen – niemand darf die Wahrheit erfahren, sonst schaffst du es nie bis nach Thurmond rein. Das Wichtigste ist, dass du jederzeit alle unter Kontrolle hast, mit denen du in Kontakt kommst. Ist das überhaupt machbar?«

»Ja«, sagte ich, während ich entschlossen das Rückgrat streckte. »Das ist machbar.«

Zwei Stunden später versammelten wir uns in der Garage, wo wir uns um die weiße Mondsichel herum in einem Kreis auf den Boden setzten. Für Cole, Senatorin Cruz und Dr. Gray hatte ich Stühle hingestellt, doch Cole kam mit einem weiteren Stuhl auf mich zu, stellte ihn neben seinen und drückte mich mit sanfter Gewalt darauf. Ich warf ihm einen Blick zu und versuchte, in seiner Miene zu lesen, wie sein Gespräch verlaufen war, doch sie war undurchdringlich.

Liam dagegen sah aus, als wäre er gerade aus einer Gewitterwolke gestiegen. Ich spürte die ganze Zeit seinen Blick und war nicht mutig genug, ihm in die Augen zu sehen.

»Wie ihr seht, haben wir heute Abend einen neuen Gast bei uns«, begann Cole, der kraftvoll aufgerichtet und mit verschränkten Armen dastand. »Dies ist die Wissenschaftlerin, die nach dem Heilmittel geforscht hat, und sie ist hier, um euch zu erklären, was die Ursache von IAAN ist und worin das Heilmittel genau besteht.«

Das Getuschel erstarb so plötzlich, dass wir garantiert aus hundert Kilometern Entfernung die Fehlzündung eines Autos gehört hätten.

Lillian strich unsichtbare Falten in ihrer Jogginghose glatt und machte Anstalten, sich zu erheben, ehe sie es sich anders überlegte und sich wieder niederließ. Einige der älteren Kids hatten sie bestimmt anhand von Bildern aus früheren Fernsehnachrichten erkannt, aber die meisten starrten sie bloß ehrfürchtig an, ohne dass ihr Nachname ihnen irgendetwas gesagt hätte. Bei Alice dagegen war das etwas anderes. Ihr sah ich es an, als ihr Verstand die Verbindung herstellte.

»Hallo.« Mit einem tiefen Atemzug wandte sich Dr. Gray an Cole. »Wo soll ich anfangen?«

»Fangen Sie mit der Ursache an, und hören Sie mit dem Heilmittel auf«, sagte er.

»Ah. Okay. Ursprünglich … Als die Idiopathische Adoleszente Akute Neurodegeneration – IAAN – zum ersten Mal diagnostiziert wurde, ging man allgemein davon aus, dass es sich um eine Art Virus handelte, das sich bei Kindern wesentlich heftiger und tödlicher manifestiert als bei Erwachsenen. Das wurde von der wissenschaftlichen Gemeinschaft schnell widerlegt, da sich Fälle außerhalb der Vereinigten Staaten als ziemlich selten oder vergleichsweise harmlos erwiesen. Nach mehreren Jahren der Forschung … hat die Leda Corp ihre Experimente abgeschlossen und bestätigt, was manche, ich selbst eingeschlossen, insgeheim für die Ursache gehalten haben.«

Ich lehnte mich vor, während mein Herz in der Brust hämmerte, und biss mir auf die Lippe.

»Vor knapp dreißig Jahren gab es Anschläge ... mehrere sogar ... gegen die Nation. Diese Bioterrorismus-Attacken gingen von Feinden der Vereinigten Staaten aus und zielten allesamt darauf ab, unsere Landwirtschaft und unsere Wasserversorgung zu sabotieren.«

Liam stand am Rand der Gruppe neben Alice. Er hatte Dr. Gray auf dem Digitaldisplay der Kamera beobachtet, bei dieser Aussage jedoch sah er verblüfft auf. Ich rutschte ungeduldig hin und her und wartete gespannt darauf, dass sie fortfuhr. Jahrelang hatten Gerüchte kursiert, dass IAAN die Folge eines Terroranschlags sei, das war nichts Neues ...

»Der damalige Präsident, nicht mein – nicht Präsident Gray –, unterschrieb eine geheime Anweisung, mit der Entwicklung einer Chemikalie zu beginnen, die einer Reihe von Giften, Bakterien und Drogen entgegenwirkt, welche man im Verborgenen in die Wasserversorgung eines Landes einschleusen könnte. Die Leda Corp hat eine Chemikalie namens Agent Ambrosia entwickelt und sie an die Wasserwerke im ganzen Land verteilt.«

Ich rieb mir die Stirn und kämpfte dagegen an, dass ich plötzlich alles ganz verschwommen sah.

»Haben sie dieses Mittel in Verbindung mit den üblichen Mineralien und Stoffen getestet, die unserem Wasser zugesetzt werden?«, wollte Senatorin Cruz weiß vor Wut wissen.

Dr. Gray nickte. »Ja, es gab Routinetests. Die Teilnehmer haben strenge Vertraulichkeitsvereinbarungen unterzeichnet und wurden für ihren Zeitaufwand großzügig entschädigt. Sie haben Untersuchungen an Kindern, Erwachsenen und Tieren vorgenommen. Sogar an Schwangeren, die alle ihre Kinder ohne Komplikationen oder Schäden zur Welt gebracht haben. In Wirklichkeit haben die Forscher so viel Druck von der Regierung bekommen, das Programm schnell umzusetzen, dass sie gar nicht dazu gekommen sind, die langfristigen Auswirkungen des Mittels zu studieren.«

Sie haben uns vergiftet. Ich verzog angewidert den Mund und musste mich an den Stuhlkanten festhalten, um nicht hochzufahren. *Sie haben uns vergiftet und uns dann für ihren Fehler eingesperrt.*

Cole erhob sich abrupt und begann auf und ab zu marschieren, wobei er mit gesenktem Kopf lauschte.

»Ledas jüngste Studie kam zu dem Schluss, dass Agent Ambrosia das ist, was wir ein Teratogen nennen, was heißt … was heißt, dass Frauen, die das behandelte Wasser getrunken haben, die Chemikalie unwissentlich aufgenommen haben und diese dann die Gehirnzellen ihrer Kinder im Mutterleib beeinflusst hat. Soweit ich den Bericht verstanden habe, sind diese Mutationen in den Gehirnen der Kinder … in euren Gehirnen inaktiv geblieben, bis ihr in die Pubertät gekommen seid – also bis zu einem Alter von neun, zehn, elf Jahren. Die Veränderung in eurem Hormonhaushalt und eurer Gehirnchemie hat dann die Mutation ausgelöst.«

»Warum sind so viele daran gestorben?« Coles herabhängende Hand zuckte heftig.

»Entweder haben die Mütter größere Mengen der Chemikalie zu sich genommen, oder es gab noch einen dritten, unbekannten Umweltfaktor.« Sie trug all das derart kalt und sachlich vor, mit solcher professionellen Distanz, dass mich von Neuem der Zorn packte.

Dir ist das doch auch passiert. Warum bist du nicht wütend? Warum bist du nicht außer dir?

Olivia erhob sich. Der Anblick ihres vernarbten Gesichts ließ Dr. Gray unwillkürlich zusammenzucken. »Und wie erklären Sie unsere unterschiedlichen Fähigkeiten? Warum können wir alle bestimmte Dinge?«

»Die allgemeine Lehrmeinung besagt, dass das mit den Genen zusammenhängt – mit der individuellen Gehirnchemie und damit, welche Nervenleitbahnen im Moment des Übergangs betroffen sind.«

»Ist die Chemikalie noch immer in unserem Trinkwasser?«

Dr. Gray zögerte lange genug, dass wir die Antwort kannten, bevor sie auch nur den Mund öffnete. »Ja. Aber nachdem die Leda Corp nun bestätigt hat, dass es an Agent Ambrosia liegt, kann man vermutlich davon ausgehen, dass sie vorhaben, eine neutralisierende Chemikalie in die Wasserversorgung einzuspeisen, zuerst in den größeren Städten. Aber angesichts dessen, wie viele Frauen und Kinder das kontaminierte Wasser getrunken haben, kann es eine ganze Generation oder auch zwei dauern, ehe wir wieder Kinder ohne diese Mutation sehen.«

Generationen. Nicht nur Monate oder Jahre. *Generationen.* Ich presste mir die Hände vors Gesicht und holte tief Luft.

»Wenn das erklärt, was passiert ist«, sagte Cole, »worin besteht dann Ihre Heilmethode?«

Dr. Gray rückte sich auf dem Stuhl zurecht und entspannte sich ein wenig. Dies war ihr Terrain, und sie fühlte sich hier eindeutig wohler. »Die wissenschaftliche Gemeinschaft weiß seit geraumer Zeit, dass bei Psi-Fähigkeiten im Grunde der normale Elektrizitätsfluss im Gehirn verändert wird. Oder vielmehr aufgeputscht. Wenn … wenn ein als orange eingestuftes Kind zum Beispiel auf jemanden einwirkt, dann manipuliert es den Elektrizitätsfluss im Gehirn des anderen, verändert dessen gewohnte Abläufe und Verbindungen – nur unwesentlich anders, als ein als gelb eingestuftes Kind es in einem größeren, äußerlichen Maßstab tut, wenn es den Elektrizitätsfluss in einem Motor oder einer Stromleitung kontrolliert. Und so weiter. Alles, auch wir, besteht aus Teilchen – und diese Teilchen haben elektrische Ladungen.«

Ohne Rücksicht darauf, ob wir das nun alle verstanden hatten oder nicht, fuhr sie fort: »Das Heilmittel ist weniger ein Heilmittel als vielmehr eine lebenslange Behandlung. Es reguliert die Krankheit eher, als dass es sie heilt.«

Mein Herz kam mahlend zum Stillstand. Ich sah Clancys Gesicht vor mir, als er mir genau das gesagt hatte, doch ich hatte es abgetan, weil – weil er doch andauernd log, weil ein echtes Heilmittel die Mutation einfach mit Stumpf und Stiel ausmerzen *musste.*

»Es ist eine Operation, bei der ein sogenannter Tiefengehirnstimulator – im Grunde genommen so etwas wie ein Gehirnschrittmacher – eingepflanzt wird. Wo er implantiert wird, hängt weitgehend von den jeweiligen Fähigkeiten ab, doch der Stimulator setzt in allen Fällen eine eigene elektrische Ladung frei. Er reguliert den abnormalen Stromfluss und leitet ihn in die Bahnen, die bei einem normalen Menschen üblich sind.«

»Er neutralisiert die Kräfte«, stellte Cole klar, »anstatt sie zu beseitigen.«

»Ja, genau.«

»Und dieser Eingriff lässt sich gefahrlos durchführen?«, rief Alice. »Haben Sie das schon einmal gemacht?«

»Ja«, sagte sie. »Ich habe ein Kind erfolgreich behandelt.«

»Eines ist nicht gerade rekordverdächtig, Doc«, bemerkte Cole. »Eines ergibt noch keine Erfolgswahrscheinlichkeit.«

Sie hob lediglich die Hände. »Die Zeit hat nicht für mehr gereicht. Tut mir leid.«

»Und der Plan ist …« Ich bekam die Frage kaum heraus, so niedergeschmettert war ich von alldem, fast sprachlos vor Zorn. »Der Plan ist, dass jedes Kind, das zur Welt kommt, so was eingepflanzt kriegen muss, damit es nicht entweder stirbt oder sich verändert? In welchem Alter?«

»Etwa mit sieben«, antwortete Lillian. »Allerdings muss der Stimulator wahrscheinlich in regelmäßigen Abständen nachjustiert werden.«

Darauf folgte beklommenes Gemurmel unter den Kids, die allmählich aus ihrer Schockstarre zu erwachen schienen.

»Was sind unsere nächsten Schritte?«, fragte Alice, während sie die Kamera neu ausrichtete. »Das ist ja alles unglaublich, aber wir haben keine handfesten Beweise dafür, dass Agent Ambrosia ins Trinkwasser eingespeist wurde. Leda hat das Forschungsprogramm schnellstens unter Verschluss genommen. Keiner von den Grünen hat Informationen gefunden.«

»Was wäre Ihnen denn Beweis genug?«, wollte Dr. Gray wissen.

Alice musste nicht lange nachdenken. »Etwas, das dokumentiert, dass das Zeug Teil der Abwehrstrategie ist.«

»Wir könnten uns Wasserwerke in der Nähe vornehmen«, schlug Liam vor. »Da einbrechen, Fotos machen und versuchen, Unterlagen zu finden, auf Papier oder auf ihren Rechnern.«

»Das könnte klappen«, sagte Alice mit glänzenden Augen. »Ich schätze, wir müssten mindestens fünf oder sechs Wasserwerke knacken, falls sich einige als Blindgänger entpuppen sollten. Und außerdem in verschiedenen Bundesstaaten, damit sie wissen, dass sich das nicht auf Kalifornien beschränkt hat. Haben wir genug Benzin, um das durchzuziehen?«

»Moment – Moment«, sagte Cole. »Unser wichtigstes Anliegen sollte jetzt sein, uns bedeckt zu halten, den Angriff auf Thurmond genau durchzuplanen und auf Verstärkung zu warten. Wenn jemand rausgeht, dann nur, um weitere Kampftruppen aufzutreiben.«

»Verstärkung?« Liam knurrte das Wort beinah.

Cole zog die Brauen hoch.

»Oh, du *Arschloch*«, fauchte Liam. »Harry? Du bittest Harry zu *kämpfen*?«

»Er hat es freiwillig angeboten. Er und seine Einheit, vierzig ehemalige Soldaten und Soldatinnen, die es kaum erwarten können, ihren Teil beizutragen.« Cole wandte sich zu den anderen um. »Im Gegensatz dazu, was er euch erzählt hat, hätte ich niemals jemanden zum Kämpfen aufgefordert, der das nicht will.«

»Wie oft müssen wir es dir eigentlich in den Schädel hämmern, bevor du es begreifst?«, fragte Alice. »Die Kids wollen *überhaupt keinen* Kampf.«

»Oh doch, sie wollen einen Kampf«, entgegnete Cole, während er um den Kreis der Kids herumging und sich schließlich direkt vor ihr aufbaute, »sie wollen ihn nur nicht selbst ausfechten.«

»Nein, wir wollen eine Medienkampagne mit der Wahrheit koordinieren«, erklärte Liam. »Um die Standorte der Lager zu veröffentlichen, die wir kennen, zusammen mit einer Liste der Kids dort. Wir lassen das amerikanische Volk sich erheben und sie sich vornehmen. Das wird zwar ein gewisses Chaos auslösen, aber jetzt, wo wir wissen, dass IAAN nicht ansteckend ist, steigt die Wahrscheinlichkeit, dass ausländische Mächte als Friedenstruppen ins Land kommen. Nicht wahr, Senatorin Cruz?«

»Garantierten kann man es nicht …«, erwiderte sie. »Aber ich könnte versuchen, damit zu arbeiten.«

»Ihr überschätzt, wie wichtig den Menschen das ist«, sagte ich kopfschüttelnd, während ich mit einer gewissen Genugtuung feststellte, dass die anderen tatsächlich zuhörten. »Ich hab zu oft gesehen, dass die einzige Möglichkeit zu kriegen, was wir wollen, – die einzige Möglichkeit, frei von alldem zu sein – darin besteht, selbst dafür zu sorgen. Die Lager haben ausgeklügelte Sicherheitssysteme, und Gray hat immer wieder bewiesen, dass er zu allem fähig ist, um unbeschadet aus allem rauszukommen. Wer sagt uns, dass er es nicht an den Kids auslässt, wenn ihr die Informationen über die Lager veröffentlicht? Dass er sie nicht als Geiseln benutzt, verschleppt oder *umbringt*, um die Beweise zu vernichten?«

Falls sie bei ihren Plänen daran gedacht hatten, so zeigte es sich nicht auf ihren Gesichtern. Und die Tatsache, dass Dr. Gray nicht versuchte, mich zu widerlegen, schien meinen Mutmaßungen eine gewisse Glaubhaftigkeit zu verleihen.

»Ihr dürft die Information über Agent Ambrosia *auf gar keinen Fall* einfach so veröffentlichen. Tut mir leid, aber das geht nicht«, sagte sie. »Ihr unterschätzt ganz gewaltig, was für eine enorme Panik das in der Bevölkerung auslösen würde.«

»Stimmt«, sagte Senatorin Cruz. »Ich würde lieber nicht mit ansehen, wie sich die Leute gegenseitig massakrieren, um an natürliche Wasserquellen ranzukommen. Aber ich bin mit Alice einer Meinung, dass wir Beweise brauchen, nicht für die Öffentlichkeit, sondern für unsere Verbündeten im Ausland.«

Die Erregung, die durch den Raum wallte, war fast mit Händen greifbar – die Kids waren bereits in Bewegung und schlossen sich zu Gruppen zusammen, um zu den Wasserwerken auszuschwärmen. Und da stand Cole und beobachtete das Ganze. Seine Hand zuckte schmerzhaft, als er sie hob, um sich den Nacken zu reiben, und ich fragte mich, ob er das auch spürte – diese allmähliche Auflösung. Der Zug, der so eindeutig unter unserem Kommando gestanden hatte, war komplett entgleist. Als er mich ansah, lag ein stilles Flehen in seinem Blick, eine Verzweiflung, wie ich sie an ihm noch nie gesehen hatte.

Ich fand das unerträglich – es brachte mich zur Weißglut. Cole hatte alles in seiner Macht Stehende getan, um uns zu helfen. Die schweren Entscheidungen zu treffen. Und jetzt wollten sie ihn als Anführer ausbooten? Die Blicke, die Liam und Alice wechselten, verhöhnten ihn. In diesem Moment hätte er den Raum verlassen können, und ich weiß nicht, ob es irgendjemand außer mir gemerkt hätte.

»Tja«, sagte er schließlich. »Ich habe ein paar Infos für euch, falls es euch interessiert.«

Alice verdrehte die Augen. »Kann ich mir vorstellen.«

»Du sagst, du willst der Welt ein Gefühl dafür vermitteln, wer diese Kids sind, aber in Wirklichkeit führst du sie nur als bemitleidenswerte Objekte vor.« Cole schob die Hände in die Gesäßtaschen seiner Jeans, und seine Stimme wurde lauter, während der Lärm um ihn herum nachließ. »Was Menschen noch stärker motiviert als Wut, ist Angst. Veröffentlicht die ganze Info über Ambrosia, dann werdet ihr sehen, wo es mit diesem Land hingeht, wenn die Leute anfangen, sich um das letzte unkontaminierte Wasser zu bekriegen. Oder ihr könnt ihnen Grays Trumpfkarte zeigen – dass er eine Armee aus Roten aufgebaut hat.«

»Wovon redest du eigentlich?«, wollte Alice wissen.

»Ihr habt doch alle gesehen, was heute im Hauptquartier in Kansas passiert ist«, fuhr Cole fort. »Aber was die Nachrichten euch nicht verraten haben, ist, dass es Berichte gibt, dass das *Rote* waren, und keine Militäreinheit.«

»Oh, wie praktisch – Berichte, die durch nichts belegt sind«, winkte Alice ab.

Doch immerhin hielt Cole inzwischen wieder die Zügel des Gesprächs in der Hand. Er lenkte jetzt den Wortwechsel, statt ihn um sich herum stattfinden zu lassen. »Meine zuverlässige Quelle sagt, es gibt nicht allzu weit von hier ein Lager mit Roten, an einem Ort namens Sawtooth. Ich würde gern hinfahren und Beweise beschaffen – über die Ausbildung und die

Existenz des Lagers an sich –, und die würde ich dir dann gern für *Amplify* geben, unter der Bedingung, dass sie in Verbindung mit dem eigentlichen Angriff auf das Lager verwendet werden.«

»Woher stammt diese Information?«, fragte Liam mit misstrauisch zusammengekniffenen Augen.

»Aus einer zuverlässigen Quelle«, wiederholte Cole.

Sein Bruder verdrehte die Augen. Alice dagegen – Cole hatte sie durchschaut. Sie war wie eine Katze, die eine über die Bodendielen huschende Maus erspäht hatte. Sie wollte diese Story, und sie würde nicht riskieren, dass ihr jemand zuvorkam.

»Okay, wie wär's damit«, begann sie. »Wir schicken fünf Teams zu den Wasserwerken, und du kannst eine kleine Gruppe nehmen und die Lage dort sondieren. Ein paar Fotos machen.«

»Ich brauche nur eine zweite Person«, sagte er mit einem Seitenblick auf mich.

»Ich komme mit«, sagte Liam, ehe ich es tun konnte. Er reckte das Kinn und funkelte seinen Bruder kampflustig an. Cole verschränkte die Arme, warf mir einen raschen Blick zu und suchte nach einem Rettungsanker.

Er will nicht, dass Liam mitkommt. Und das hatte nichts damit zu tun, ob Liam sich im Griff hatte oder nicht oder ob Cole ihm vertraute. Das erkannte ich jetzt.

»Ich würde trotzdem gern mitkommen«, sagte ich. »Ich glaube …«

»Er hat gerade gesagt, zwei reichen«, wehrte Liam ab und wandte sich wieder zu seinem Bruder um. »Es sei denn, du glaubst, ich verpfusche dir deine edle kleine Mission?«

Cole schnaubte und verzog die Lippen zu einem bedauernden Lächeln. »Na gut, abgemacht. Aber jetzt … könnte mich bitte jemand über unsere Autosituation informieren? Und wie steht's mit unseren Benzinvorräten?«

Dr. Gray kehrte auf ihren Platz zurück, den Blick auf ihre in ihrem Schoß liegenden Hände fixiert, während Senatorin Cruz ihr eine Frage stellte. Die Besprechung fand ein natürliches Ende, als sich fünf Teams bildeten, um zu den Wasserwerken zu fahren. Alice übernahm die Führung, teilte die Leute nach Bundesstaaten auf und suchte sich aus, welches Team sie selbst begleiten wollte.

Ich verzichtete darauf, die steife Unterhaltung zwischen Cole und Liam zu verfolgen, sondern wandte mich zum Gehen. Mit halbem Ohr registrierte ich, dass Chubs noch etwas zu mir sagte, als ich mich auf den Weg in den Tunnel machte, durch die Ranch und zurück in den leeren Computerraum. Dort setzte ich mich erneut an Nicos Computerarbeitsplatz und klickte den Nachrichten-Livestream an.

»… es ist natürlich furchtbar, wenn das zutrifft, und es wird den Präsidenten gegebenenfalls in erhebliche Erklärungsnot bringen …« Dies war der letzte Sender, der noch lief; die anderen waren nach und nach abgeschaltet worden. Ein Muster hatte sich herausgebildet: Ein Nachrichtensender zeigte die Interviews mit den Kids, der Austausch zwischen den Nachrichtensprechern neigte sich nach und nach gefährlich dem *Es-ist-wahr*-Lager zu, und dann wurde der Feed schwarz. Dieser Sender entging den Zensoren anscheinend, indem er die Gastkommentatoren als eine Art Schwarzmaler darstellte und nicht als sogenannte Experten. *»… aber was ist, wenn diese Kinder nicht gecoacht wurden und das hier kein von den Eltern initiierter Schachzug ist, um Aufmerksamkeit und Aufsehen zu erregen? Wenn sie aus ihrem Rehabilitationsprogramm herausgeholt wurden, ist dann nicht ihr Leben in Gefahr? Wir sollten uns darauf konzentrieren, sie in ihre Lager zurückzubringen, ehe es zu spät ist.«*

Der Moderator der Sendung zog eine graue, buschige Augenbraue hoch und sprach mit tiefer, tragender Stimme. »*Haben Sie sich die Interviews angesehen? Sie behaupten, es gäbe gar kein Rehaprogramm. Wenn man davon ausgeht, dass das jetzt schon fast zehn Jahre so geht und wir wenig oder eigentlich gar nichts über Fortschritte bei der Entdeckung eines Heilmittels gehört haben, bin ich geneigt, das auch so zu sehen. Ich glaube nicht, dass diese Kinder es wagen würden, an die Öffentlichkeit zu gehen, wenn es nicht …*«

Das Bild wurde zu flimmerndem Schneegestöber.

Das war's dann, dachte ich und rieb mir das Gesicht. Im Raum war es warm, und die Geräte summten in perfektem Gleichklang alle zusammen ein leises Lied. Je länger ich mit geschlossenen Augen lauschte, desto leichter war es, die Flutwelle an Informationen zu verarbeiten, die vor ein paar Stunden über unsere Köpfe hereingebrochen war; desto leichter war es, die stille Wut durch mich hindurchpulsieren zu lassen.

Was hatte es für einen Sinn, sich zu bemühen, das unter Verschluss zu halten – die Wut über Entscheidungen, die vor fast zwanzig Jahren getroffen worden waren?

Und dieses »Heilmittel« – was für ein Witz. Sich freiwillig einem operativen Eingriff zu unterziehen, der helfen konnte oder auch nicht, übertünchte das Problem doch nur, behob es aber nicht. Ich fühlte mich von meiner eigenen Hoffnung seltsam betrogen; ich hatte gedacht, ich hätte mich darauf trainiert, nicht auf Dinge zu setzen, die sich meiner Kontrolle entzogen. Aber … trotzdem. Trotzdem tat es weh.

Was soll es bringen, jemanden rauszuholen, wenn es für die Kids ohnehin keine Zukunft gibt? Bei dem Gedanken schmerzte meine Kehle. In den Lagern waren sie wenigstens vor den Dingen geschützt, mit denen sie hier draußen zu kämpfen hätten. Wie viele Menschen würden frei herumlaufende »Freaks« willkommen heißen? Ich kämpfte gegen den spontanen Drang an, zu dem Satellitenbild von Thurmond hinüberzugehen, es von der Wand zu reißen und es zu zerreißen, es in tausend Stückchen zu zerfetzen, damit es dazu passte, wie ich innerlich in Stücke ging. Warum nicht einfach die Kids aus dem Lager schaffen und die PSFs und das Militär die Baracken dem Erdboden gleichmachen lassen, ohne auch nur die geringste Spur zu hinterlassen?

Weil man die Kids zwingen kann, sich dem Eingriff zu unterziehen, solange sie in den Lagern sind, ob sie wollen oder nicht.

Weil sie es verdient haben, selbst zu entscheiden, wie sie ihr Leben leben wollen.

Weil sie ihre Familien seit Jahren nicht gesehen haben.

Weil es richtig ist.

Ich stand auf, reckte die steifen Glieder und trat auf das Satellitenbild des Lagers zu, strich eine Ecke glatt, die sich von der Wand gelöst hatte. Die Anmerkungen, die ich vorgenommen hatte, waren alle noch da, ich sah aber auch neue – Pfeile, die Cole eingefügt hatte und die den Weg der Attacke nachzeichnen sollten. Er wollte, dass wir mit Militärfahrzeugen durchs Haupttor eindrangen. Wir sollten uns, so vermutete ich, entweder als Militäreinheiten ausgeben, die bei der Verlegung der Kinder halfen, oder als Verstärkung. Der erste Zug sollte sich zwischen Krankenstation und Kontrollturm aufspalten, während kleinere Grüppchen aus zwei oder drei Kämpfern sich durch die Barackenringe bewegten.

Ich trat zurück, um einen Überblick über alles zu bekommen, und setzte mich auf einen der freien Tische.

Es ist das Richtige. Es ginge nur noch darum, alle anderen zu überzeugen.

Die Tür zum Computerraum schwang auf, und ich wandte mich um. »Wie ist es …?«

Doch es war nicht Cole. Es war Liam. Hochgerecktes Kinn,

zornige blaue Augen. Selbst wenn ich die Wut nicht gespürt hätte, die er ausstrahlte, er zitterte eindeutig vor Anstrengung, einigermaßen ruhig einzutreten und die Tür zu schließen.

Meine ganze Welt kippte auf ihn zu. Es gab mittlerweile so viele Leerstellen in mir, und ich weiß nicht einmal, ob ich sie erkannt hätte, ehe er da war, um sie zu füllen. Die Sehnsucht wurde zu einem dumpfen Schmerz; sie spielte Spielchen mit meinem Verstand. Sie ließ mich denken, dass ich sie auch in seinen Augen las, als er mich ansah. Seine Wut traf auf meine Verzweiflung, und die Funken aus der Kollision kristallisierten und hielten uns für immer in diesem Moment aufgeladenen Schweigens gefangen.

»Es tut mir leid«, sagte ich schließlich. »Ich weiß, jetzt ist es zu spät, aber es tut mir leid.«

Liam räusperte sich. Seine Stimme war leise. »Wie lange weißt du es schon?«

Es hatte keinen Sinn, zu lügen oder zu versuchen, die Wahrheit zu beschönigen. Ich konnte einfach nicht mehr. Ich konnte diese Schuld nicht unter meiner Haut haben, wo sie mich jedes Mal bis auf die Knochen schmerzte, wenn ich erneut etwas verschwieg, mit jeder kleinen Lüge. Cole hatte mich gebeten, sein Geheimnis zu wahren, und ich hatte es getan, weil ich dachte, dass es sein Recht wäre, sich nach seinen eigenen Bedingungen und in seinem eigenen Tempo mit seinen Kräften auseinanderzusetzen. Doch ich hätte diese Scharade niemals so lange weitertreiben dürfen, nicht wenn es mehr dazu beitrug, alles auseinanderzureißen, statt alle zueinander zu führen.

In diesem Augenblick war ich nicht sicher, ob Liam mich noch mehr hassen könnte, als er es bereits tat.

»Im HQ«, antwortete ich, »als er mit den anderen Agenten gekommen ist, um es zurückzuerobern, hat er mir das Leben gerettet. Da habe ich es gesehen.«

Liam sog scharf den Atem ein und knallte die Faust mit einer heftigen Bewegung gegen die Wand, so fest, dass der Putz einen Riss bekam.

»*Au* – Scheiße!« Er sprang zurück und umklammerte seine Hand mit der anderen. »Herrgott – warum hat sie behauptet, dass ich mich dann besser fühle?«

Ich war auf den Beinen und griff nach ihm, ehe ich mich eines Besseren besann.

»Wer – Alice?«, fragte ich. Es widerte mich an, die Bitterkeit in meiner Stimme zu hören.

»Ja, klar, weil eine Reporterin natürlich der erste Mensch ist, dem ich es erzähle, wenn ich herausgefunden habe, dass mein Bruder ein Roter ist«, gab er zurück, »*Vida.* Als ich sie gefragt habe, wo du bist.«

»Oh. Entschuldige«, sagte ich. Erst als dieses Wort aus meinem Mund gekommen war, begriff ich, welche Mühe es mich gekostet hatte, auf einer Nadelspitze zu balancieren. Doch es war, als wäre auch noch das letzte Quäntchen Kraft, das mir geblieben war, einfach … verschwunden. Ich tat noch einen Schritt, dann klappten die Knie unter mir weg, und ich sackte zu Boden. Ich fand die Worte nicht, die ich brauchte, konnte sie nicht zusammenfügen; ich presste mir die Hände aufs Gesicht und weinte hemmungslos. »Entschuldige, entschuldige, entschuldige …«

Ich hörte, wie er auf mich zukam, und sah durch die Finger, wie er sich nicht weit entfernt auf den Boden setzte und sich gegen den Tisch lehnte. Er legte die Arme auf die Knie und ließ die geschwollene Rechte in der Luft hängen. Dabei sagte er kein Wort, wartete darauf, dass ich aufhörte. Vielleicht wartete er auch auf etwas in ihm selbst; ich wusste es nicht.

»Er hat gesagt, er hat dich bei deinem Leben schwören lassen, dass du es mir nicht sagst«, erklärte er mit heiserer Stimme. »Und ich soll ihn dafür verantwortlich machen, nicht dich.«

»Ja, aber ich hätte es dir trotzdem sagen können«, erwiderte ich leise.

»Hast du aber nicht.«

»Nein.«

Er stieß einen hilflosen, zornigen Laut aus und fuhr sich mit beiden Händen durchs Haar. »Ruby … kannst du mir wenigstens helfen zu begreifen, warum? Ich bin … Ich will es verstehen. Das bringt mich um. Ich kapiere nicht, warum keiner … warum keiner von euch beiden es auch nur versucht hat.«

»Weil … ich weiß, was für ein Gefühl es ist, wenn …« Ich rang um die richtigen Worte, doch jedes Mal wenn ich glaubte, sie zu haben, entglitten sie mir. »Für uns ist es anders – für ihn und mich. Für die Gefährlichen. Ich weiß, du willst das nicht hören, tut mir leid, aber es ist wahr. Ich hab's daran gesehen, wie die PSFs die Orangenen und die Roten in Thurmond behandelt haben, ich hab's daran gesehen, wie sehr Zu darum gekämpft hat, ihre Kräfte kontrollieren zu lernen, und ich sehe es im Gesicht von jedem Jugendlichen, mit dem ich spreche. Deshalb weiß ich genau, warum er es weder dir noch euren Eltern gesagt hat. Ich habe mit der Angst gelebt aufzufliegen, und er auch. Erst in eurer Familie und dann bei der League.«

»Und niemand in der League hat etwas gewusst?«, fragte Liam ungläubig.

»Drei Leute wussten es«, antwortete ich. »Alban, Cate, ich. Sonst niemand.«

Er stieß heftig den Atem aus und schüttelte den Kopf.

»Ich wünschte, ich könnte es dir besser erklären. Ich musste immer daran denken, wie ich mein eigenes Geheimnis so lange bewahren musste. Sechs Jahre. Und dann, auf einmal, musste ich dir binnen Sekunden alles offenbaren, was ich war, damit wir von dieser Frau wegkommen konnten. Irgendwie war das die schwerste und die einfachste Entscheidung, die ich je getroffen habe, weil sie bedeutet hat, dass euch allen nichts passiert, aber ich war so fest davon überzeugt, dass es vorbei wäre und ich euch drei verlieren würde, weil ihr jetzt Bescheid wusstet.«

»Du … in dem Wald, nachdem diese Skiptracerin versucht hat, uns zu schnappen«, sagte er, setzte die richtigen Erinnerungen zusammen, »als du geglaubt hast, wir würden dich zurücklassen.«

»Ja.« Ein schneidender Schmerz fuhr mir durch die Brust, als ich fortfuhr: »Aber ihr habt mit mir gesprochen, mir versichert, dass ihr mich haben wollt. Du kannst dir nicht vorstellen, wie sich das anfühlt, nachdem … nachdem ich so lange allein in meinem Kopf eingesperrt war. Es hat mein Leben verändert. Und ich weiß, das klingt blöd, aber ich glaube, ein bisschen hatte ich das Gefühl, ich könnte das für ihn sein. Ich könnte ihm helfen, an den Punkt zu kommen, wo er sich nicht mehr so verdammt dafür geschämt hat, was er war – dass er sich gut dabei fühlt, einer von uns zu sein, damit er nicht mehr so allein wäre. Es kam mir nicht richtig vor, weißt du? Er steckt immer noch in diesem Dazwischen fest. Er ist keiner von uns, aber auch keiner von den Erwachsenen.«

»Es war seine Entscheidung«, sagte Liam. »Er hätte es uns ja sagen können.«

»Hast du gesehen, wie die Hälfte der Kids reagiert hat, als er das Lager mit den Roten angesprochen hat? Olivia? Brett? Er hat nicht gedacht: *Oh, aber ich habe doch die Geschichten widerlegt;* sondern: *Sie werden mich hassen, sie werden sich vor mir fürchten, sie werden mir nie mehr in die Augen sehen können.*«

Liam schaute erneut auf seine Hände herab. »Glaubst du das alles immer noch?«

»Mal ja, mal nein«, sagte ich ruhig. »Manchmal. Wenn ich bei dir bin, habe ich das Gefühl, als wäre ich … Du bist wie ein Sonnenstrahl, weißt du? Du verjagst das Schlimme. Cole, der hat die Finsternis begriffen, die ich nie abschütteln konnte. Ich habe immer gedacht, er sei die Sorte Mensch, die vor überhaupt nichts Angst hat, aber er hat Angst vor seinem eigenen Schatten, Liam. Ich glaube, ich habe bis heute Abend nicht begriffen, wie viel Angst er davor hatte, dass du ihn wirklich erkennst.«

»Aber das ist so unfair«, sagte Liam, in dessen Stimme eine zweite Welle der Wut mitschwang. »Ich weiß, es ist nicht richtig, aber ich hasse ihn dafür, dass er gedacht hat, ich und Mom und Harry – und irgendeines von diesen Kids, die praktisch den Boden anbeten, über den er geht – ihn dann weniger lieben würden. Ich wünschte, er hätte sich uns anvertraut. Er hätte doch Hilfe bekommen. Für mich hat sich nichts geändert.«

»Wirklich nicht?«

»Nichts«, wiederholte er vehement. »Außer dass ich jetzt weiß, dass er meine Spielsachen nicht zum Spaß in Brand gesteckt hat, und auch nicht mit Streichhölzern. Das ist doch schon mal was.«

»Er konnte es nicht kontrollieren«, sagte ich. »Er tut sich noch immer schwer damit.«

Liam schien nicht überzeugt. »Aus der kleinen Demonstration eben hätte ich das nie geschlossen.«

»Es *stimmt* aber«, beharrte ich. »Es hängt von der Situation ab.« *Wie zum Beispiel wenn er Angst hat, dass dir etwas zugestoßen ist oder du tot bist.*

»Aber wenn du Kontrolle lernen konntest, kann er das doch auch, nicht wahr?«

»Kontrolle zu lernen heißt nicht, dass einem die anderen zutrauen, kluge Entscheidungen zu treffen, oder?« In der Mitte meiner Frage brach meine Stimme, und ich bereute sofort, das Thema angeschnitten zu haben.

»Wie meinst du … oh … Du …« Liam zog scharf die Brauen zusammen. Ich sah, wie sein Ärger verflog und ein dumpfer Schock an seine Stelle trat. »Du hast … meinen Merkzettel gefunden? Ruby, warum hast du nichts gesagt?«

»Was hätte ich denn sagen sollen? Du hattest ja recht damit, mir nicht zu vertrauen. Schau nur, wo du schon einmal gelandet bist, weil du mir vertraut hast.«

»Nein! Verdammt noch mal, ich hätte das dumme Ding nie schreiben sollen, aber ich war mir so sicher, dass er mich wegschicken würde. Dass er dich überzeugen würde, dass ich gehen muss.« Ich wich zurück, ich wollte die Erklärung nicht hören, nicht solange der Schmerz sich noch genauso frisch anfühlte wie an jenem Abend. Er ließ mich nicht weg. Liam wandte sich ganz zu mir um, und zum ersten Mal in einer gefühlten halben Ewigkeit berührte er mich, fasste mich an der Schulter – oder versuchte es zumindest. Sowie er seine Finger bog, zuckte er vor Schmerz zusammen. »Au, verdammt …«

»Lass mal sehen.« Vorsichtig nahm ich seine Hand und begutachtete sie. Die Berührung genügte, um meinen Puls hochzutreiben und eine elektrische Ladung unter meiner Haut freizusetzen. Sein Blick wanderte über mich hinweg; ich spürte ihn wie eine zweite zarte Berührung und fragte mich, ob es ihm auch gefehlt hatte, mich anzusehen und zu fühlen, wie sich die Hitze in seiner Mitte sammelte. Das Verlangen.

Er hatte sich die Haut an den Knöcheln aufgeschürft, als er gegen die Wand geschlagen hatte, doch es hatte schon aufgehört zu bluten, und die Stelle schwoll allmählich an und verfärbte sich blau. Vorsichtig betastete ich die zarten Knochen und ließ meinen losen Zopf über die Schulter fallen. Mit der anderen Hand griff er danach und fuhr an ihm entlang. Ich hielt den Atem an, als er mein Schlüsselbein berührte. Schloss die Augen. Ich spürte, wie sich die Wärme um uns herum bewegte, als er sich zu mir beugte und mit dem Finger über dieses Stückchen bloße Haut fuhr. Diese Zärtlichkeit hatte ich nicht verdient, doch es war so lange her, und ich begehrte ihn zu sehr, um mich darum zu scheren.

Ich hob seine Hand an und drückte mir die aufgeschürften Knöchel an die Lippen. Er schloss die Augen und erschauerte.

»Ist nicht gebrochen«, flüsterte ich dicht an seiner Haut. »Nur geprellt.«

»Und was ist mit uns?«

Die Frage erfüllte mich gleichermaßen mit Hoffnung und Furcht. »Ich kann nicht vergessen, du etwa?«

»Spielt das denn eine Rolle?«, fragte er. »Ich will nicht vergessen. Es liegt so viel hinter uns, das stimmt, aber ist das wichtig, wenn wir auf demselben Weg weitergehen? Die letzten Tage waren die Hölle. Ich sehe dein Gesicht, und es ist, als ob … Ich wünschte … ich wünschte, ich hätte diesen blöden Zettel nie geschrieben. Ich wünschte, ich hätte dir von Alice erzählt. Ich wollte mich nur einfach nicht mehr so nutzlos fühlen. Ich wollte, dass du etwas Gutes in mir siehst.«

»Liam …« Mir stockte der Atem. »Ich habe nie etwas anderes gesehen. Ich wünsche mir so sehr ein richtiges Leben. Jemand zu sein, der nach Hause gehen und wieder mit seiner Familie zusammen sein kann. Ich dachte, ich könnte mich wieder hinkriegen und ein Mensch werden, der jemanden wie dich verdient hat. Jemand, der Zu, Chubs, Vida, Jude, Nico und Cate verdient hat. Ich dachte, mit dem Heilmittel könnte ich mich wieder in Ordnung bringen. Das ist das Einzige, was ich immer wollte, das loswerden. Aber jetzt will ich einfach nur netter zu mir selbst sein. Ich will nicht, dass mir irgendjemand irgendetwas in den Kopf einbaut oder an meiner Persönlichkeit herumpfuscht. Wenn das alles vorbei ist, egal wie lang es dauert, muss ich meine Kräfte nie mehr einsetzen. Aber jetzt muss ich es tun, und ich muss mich darauf verlassen, dass ich allen gerecht werde. Sag mir, was ich tun muss, um mir das Recht zu verdienen, dich in meinem Leben zu haben, und ich tue es … Ich tue alles …«

Liams Hand glitt in mein Haar, streifte meine Wange. Erleichterung, rein und schön, blühte in mir auf, als sein Mund den meinen bedeckte. Als er sich von mir löste, sah er mich unverwandt an, wartete auf meine Reaktion. Als ich ihm ein kleines Lächeln schenkte, küsste er mich abermals, und meine letzten Vorbehalte schwanden dahin und zerstoben. Ich küsste ihn inniger, wollte, dass es ihm ebenso den Atem verschlug wie mir.

Mit geröteten Wangen und leuchtenden Augen bog er sich zurück, und ich wusste, dass sein Gesichtsausdruck meinen widerspiegelte. Ich zitterte am ganzen Körper, sehnte mich danach weiterzumachen, der brennenden Liebe nachzugeben, die ich für ihn empfand. Ohne seine verletzte Hand zu belasten, hob sich Liam auf die Knie und schickte sich an aufzustehen. Dann streckte er die Hand aus, um mir hochzuhelfen. Auf einmal zuckte er zusammen, als ihm etwas auffiel.

»Was ist das?«, fragte er und trat einen Schritt näher an den Ausdruck an der Wand heran.

»Das ist Thurmond«, sagte ich. »Harry hat irgendeinen Regierungskontakt nutzen können, um das Bild zu besorgen.«

Liam wandte sich langsam zu mir um. »Das ist … alles Thurmond?«

Ich trat neben ihn und lehnte mich an seine Schulter. »Kontrollturm, Krankenstation, Kantine, Fabrik … Ich habe alles beschriftet, siehst du?«

Er nickte schweigend. »Wo hast du gewohnt?«

Ich fasste an ihm vorbei und zeigte auf etwa ein Dutzend winziger brauner Gebäude, die den imposanten Backsteinturm umstanden. »Baracke 27, genau hier.«

»Ruby, das ist … Du hast mir so oft von dem Lager erzählt, und ich wusste, dass es groß ist, aber nicht … *so.*« Er schüttelte den Kopf und murmelte etwas, das ich nicht verstand. Als er sich mir erneut zuwandte, sah er erschüttert aus.

»Begreifst du es jetzt?«, fragte ich. »Wenn wir uns Thurmond vornehmen, dann muss es ein Sturmangriff sein. Wir würden Hunderte von Zivilisten brauchen, um die PSFs zu überwältigen, und das nur, wenn sie es durch das Tor schaffen. Aber was ihr versuchen wollt, finde ich gut; ich glaube, wir müssen die Pläne miteinander verknüpfen. Den Medienrummel auf Thurmond konzentrieren und die Information in Verbindung mit dem Angriff veröffentlichen. Wir können das als Gelegenheit nutzen, einen Treffpunkt für die Eltern einzurichten, wo sie ihre Kinder abholen können, wenn wir sie rausgeholt haben.«

»Aber erst muss sich jemand einschleichen und ein Programm installieren, um das Sicherheitssystem auszuschalten«, sagte er. »Genau, wie ich es befürchtet habe. Du willst da rein.«

»Ich muss«, sagte ich.

»Nein, musst du *nicht*«, erwiderte er scharf. »Unter keinen Umständen lasse ich das zu! Versprich mir, dass wir uns zusammensetzen, wenn ich wieder da bin, und auch diesen Teil des Plans durchsprechen. Ruby, bitte.« Schon bei dem Gedanken an das Ganze sah er so verzweifelt aus, dass ich unwillkürlich einwilligte. Wir konnten reden, doch das würde nichts ändern. Es musste so laufen.

Er drückte meine Hand. »Ich bin ein solcher Idiot … Ich hab allen Ernstes gedacht, er hätte Harry nur deshalb ins Boot geholt, um mir eins auszuwischen. Aber Harry wäre tatsächlich in der Lage, so einen Einsatz zu organisieren.«

»Er will unbedingt dabei sein«, erklärte ich.

»Wer – Harry? Du hast mit Harry gesprochen?«

»Nur ganz kurz«, sagte ich. »Er hat mir erzählt, dass sie Cate und die anderen gefunden und sie rausgeholt haben.«

Liam lachte leise auf. »Natürlich. Actionheld Harry. Du solltest mal Sportfan Harry, Meisterkoch Harry und Automechaniker Harry sehen. Der Mann macht keine halben Sachen.«

Wieder lehnte ich mich gegen seine Schulter und versuchte, die Erinnerung, die ich in Coles Kopf gesehen hatte, mit etwas Erträglicherem abzublocken. »Wie haben sich deine Mom und er eigentlich kennengelernt? Irgendwie hab ich das nie gefragt ...«

»Oh Gott, das ist schon fast ekelhaft romantisch«, sagte Liam. »Als Mom endlich weggegangen ist ... als sie ihr altes Leben hinter sich gelassen und uns mitgenommen hat, ist sie die ganze Nacht gefahren, um weit genug von dort wegzukommen. In North Carolina hat dann das Auto den Geist aufgegeben. Harry war gerade von seinem letzten Auslandseinsatz zurückgekommen und hat gesehen, wie sie den alten Toyota angebrüllt und mit der Faust auf die Kühlerhaube eingedroschen hat und so weiter. Er hat angehalten und angeboten, sich das mal anzuschauen. Als klar war, dass sie Ersatzteile braucht, hat er uns alle zu seiner Mutter gebracht. Die hat einen Blick auf Mom geworfen und sie auf der Stelle adoptiert, in jeder Hinsicht, außer im juristischen Sinn. Und dann sind wir eine Woche bei ihnen geblieben. Das war bestimmt die langsamste Reparatur in Harrys Leben. Er war zurückgekommen, um eine Autowerkstatt aufzumachen, das hab ich noch nicht erzählt, oder? Jedenfalls war er wild entschlossen, dass Mom seine erste Kundin sein und ihn das Auto gratis reparieren lassen sollte, quasi als Glücksbringer für seine Firma. Er hat ein Märchen nach dem anderen erzählt, dass er das Ersatzteil nicht kriegen könnte, das Schlitzohr, nur damit wir länger bleiben. Dadurch hatte Mom Zeit, einen Job und ein hübsches kleines Häuschen für uns zu finden. Ein Paar geworden sind sie erst drei Jahre später. Am Anfang war sie … noch nicht bereit, in diesem Teil ihres Lebens einen Neuanfang zu wagen. Aber danach waren sie einfach lächerlich.«

»Wow«, sagte ich. »Was für ein Glücksfall. Wenn sie eine andere Straße genommen hätte oder er eine Stunde später oder früher vorbeigekommen wäre …«

»Na ja …« Liam neigte den Kopf ein wenig. »Bei uns ist es doch das Gleiche, oder? Vielleicht hab ich dir das nie gesagt, aber es war totaler Zufall, dass wir an dem Tag überhaupt in West Virginia waren, als wir auf dich gestoßen sind. Ich habe alles in meiner Macht Stehende getan, um da nicht durchfahren zu müssen.«

»Wegen deinem Vater?«, fragte ich vorsichtig.

»Ah. Dann hat Cole dir also das Wichtigste erzählt?« Er wartete, bis ich nickte, ehe er fortfuhr: »Es ist, als läge über ganz West Virginia diese dunkle Wolke. Ich kann echt von verdammtem Glück reden, dass ich mich an das Leben vor Harry nicht erinnere; nach dem, was meine Mom und Cole mir erzählt haben, war es wirklich die Hölle. Als Kind – als kleines Kind – wusste ich genug, um Angst vor West Virginia zu haben und vor dem Mann, der dort gewohnt hat. So spricht Mom heute noch von dem Teil unseres Lebens. *In West Virginia* dies oder *das Haus in West Virginia* jenes, so in der Art. Als ich ihn mal tierisch genervt habe, hat Cole gesagt, wenn ich ihn nicht in Ruhe lasse, kommt der Mann und holt mich.« Er verzog das Gesicht. »Ich weiß, dass dieser Mann noch da ist und dass er noch lebt. Ich hatte Angst, und ich weiß, dass es irrational ist, das hat Chubs mir eine Million Mal erklärt. Bis ich achtzehn war, hatte ich Angst, dass er mich, wenn ich jemals dorthin zurückkehre, findet und zwingt, bei ihm zu bleiben.«

»Warum warst du dann dort?«, fragte ich. Liam war gut darin, Routen auszuklügeln, und hätte West Virginia locker umfahren können.

»Wegen dieser Skiptracerin, Lady Jane – sie war uns dicht auf den Fersen. Ich wollte sie abschütteln. Und dann kam dieser Moment, als ich da so entlanggefahren bin, da hab ich den Namen unserer alten Heimatstadt gesehen, es war, als … als hätte sich ein Kreis geschlossen, von dem ich gar nicht begriffen hatte, dass wir ihn offen gelassen hatten. Jetzt war ich nämlich in der Lage abzuhauen, ich wusste, ich könnte mich gegen ihn wehren und gewinnen, wenn es sein musste, und Mom und Cole waren in Sicherheit. Zum letzten Mal da vorbeizufahren, das war, als hätte ich mir den letzten Rest Kontrolle zurückgeholt, den er noch über mein Leben hatte. Aber ich musste dahin zurück, um das zu erfahren. Ich weiß nicht, ob ich es je hätte glauben können, wenn ich nicht mit euch allen da in dem Auto gesessen hätte.«

Er spürte, wie meine Hand zitterte, und legte sie sich flach auf die Brust, wo ich sein Herz gegen die Rippen hämmern fühlte. »Worauf ich hinauswill, ist, so schlimm das alles auch aussieht, ich glaube, dass das Leben im Kern gut ist. Es konfrontiert uns nicht mit Dingen, von denen es weiß, dass wir ihnen nicht gewachsen sind. Und selbst wenn es eine Zeit dauert, stellt es am Schluss alles wieder richtig herum hin. Ich wünsche mir so, so sehr, dass das alles bald ein Ende für dich hat. Ich will nach Thurmond und die armen Kids da rausholen, damit sich auch für dich der Kreis schließt. Wenn das Ganze nach hinten losgeht, dann will ich, dass du weißt, dass ich dich liebe, und nichts wird das jemals ändern.«

»Ich liebe dich auch.« Unter seinem Grinsen lief ich rot an und staunte, wie schön es sich anfühlte, diese Worte auszusprechen. *Ich liebe dich. Ich liebe dich. Ich liebe dich.*

»Ja?«, sagte er. »Hat dich der gute alte Stewart-Charme endlich weichgekriegt?«

»Du hast dich ja auch ganz schön reingekniet.«

»Kann man wohl sagen.«

Wieder ging die Tür auf. Ich bog mich aus seiner Umarmung heraus, reckte den Hals und sah Nico hereinkommen. Er zuckte bei unserem Anblick zusammen. »Oh … Ich bin … Ihr seid …«

»Hey«, sagte ich.

»Ich hab … vergessen, dass ich noch etwas … hatte. Zu erledigen, meine ich«, sagte Nico und verlagerte sein Gewicht auf die Fersen. »Aber wenn ihr hierbleiben wollt, dann … krieg ich's schon irgendwie hin.«

»Nö«, sagte Liam und sah mich an. »Ich glaube, wir sind hier fertig.«

»Lass dich nicht stören«, bestätigte ich. »Aber versuch, noch ein bisschen zu schlafen, okay?«

Nico nickte geistesabwesend. Ich blieb noch einen Moment in der Tür stehen und sah zu, wie er an seinen Arbeitsplatz tappte und ihn das Licht des Bildschirms in einen blau-weißen Schein hüllte.

Liam zog mich an der Hand auf den anderen Korridor zu, auf die Treppe, die Schlafräume. Ich drehte mich um und zerrte ihn in die entgegengesetzte Richtung, zu den Unterkünften für die Erwachsenen und Cates leerem Zimmer. Bei dem angedeuteten Lächeln auf seinem Gesicht wurde mir ein bisschen schwindlig, aber gut schwindlig. Seine eine Hand begann, mir sachte über den Rücken zu streichen, und löste ein ganz anderes Gefühl in meinem Bauch aus.

Ich stellte mich auf die Zehenspitzen und nahm sein Gesicht zwischen meine Hände. Aus dem Augenwinkel sah ich eine dunkle Gestalt aus einem der Räume ganz in der Nähe kommen – aus dem neu eingerichteten kleinen Sanitätsraum. Liam wandte sich um, als die Tür quietschend zufiel, und der Betreffende – es war Chubs – blickte erst auf, schaute dann wieder zu Boden und blickte dann abermals auf, als sein Gehirn die Situation verarbeitete.

»Ach, da bist du«, sagte Liam und übersah geflissentlich, wie Chubs' Nasenflügel sich blähten und seine Augen hinter den Brillengläsern groß wurden. »Wir hatten uns schon gefragt, wo du abgeblieben bist.«

»Ich hab gerade … ein paar Regale für … äh, für das Verbandsmaterial und Bücher im, äh, Sanitätsraum aufgestellt«, erklärte Chubs, und sein Blick huschte hastig zwischen uns, der Tür und dem Flur hinter ihm hin und her, suchte im wahrsten Sinne des Wortes nach einem Fluchtweg.

»Und, hast du sie alle aufgebaut?«, fragte ich und bemerkte zum ersten Mal, dass sein Hemd falsch zugeknöpft war. Ich machte einen Schritt auf die Tür zu und versuchte, mir das Lachen zu verkneifen, als sich ein tödlich verlegener Ausdruck auf Chubs' Gesicht breitmachte. »Wir können dir gern helfen …«

Liam kapierte endlich auch; er zog eine Augenbraue hoch und immer höher …

»Nö, nein – ich meine, ich hab eine Schraube verloren und musste aufhören – wo wolltet ihr eigentlich hin? Ich komme mit …«

»Alles okay?«, erkundigte sich Liam. »Du bist ja ganz von der Rolle.«

»Alles bestens.« Chubs schob die Brille hoch, die Vida für ihn gebastelt hatte, und blickte dann auf sein Hemd hinunter.

Ohne Warnung packte er mich plötzlich am Arm und zerrte mich den Flur entlang. »Wie geht's euch? Ist jetzt alles okay? Erzählt mir alles. Dann können wir …«

Hinter uns ging die Tür erneut quietschend auf. Chubs drückte sich gegen die Wand, als Vida herausstolziert kam, die Schultern gestrafft, den Kopf mit dem zerzausten violetten Haar hocherhoben. Die leicht geschwollenen Lippen verliehen ihr eine Aura selbstzufriedener Genugtuung. Liam trat zurück und ließ sie vorbei.

Vida sagte kein Wort; sie warf Chubs lediglich im Vorbeigehen seine Jacke über den Kopf und ließ sie dort hängen. Er wartete, bis das Geräusch ihrer Stiefel auf den Fliesen verklungen war, ehe er sich zu Boden sinken ließ. Dabei hielt er die Jacke vors Gesicht gepresst, als wollte er sich selbst ersticken.

»Oh Gott«, stöhnte er. »Sie bringt mich um. Sie *bringt mich um.*«

»Moment mal …«, begann Liam, ohne sein Grinsen zu verbergen. Ich legte ihm die Hand auf die Schulter, da ich fürchtete, er werde vor Vergnügen anfangen, auf und ab zu hüpfen wie ein Gummiball. »Habt ihr etwa …?«

Schließlich ließ Chubs die Jacke sinken. Und nach einem tiefen Atemzug nickte er.

Tja, dachte ich, erstaunt über mein mangelndes Erstaunen. *Tja, tja, tja …*

»Wow … also, ich meine, *wow*! Ich glaube, mir läuft gleich das Gehirn aus den Ohren«, sagte Liam und presste sich die Handballen gegen die Stirn. »Ich bin ja so stolz auf dich, Chubsie, und ich bin total verwirrt, aber ich bin so stolz, ich glaube, ich muss mich hinlegen.«

»Wie lange geht das schon?«, fragte ich. »Ihr habt doch nicht … Ihr seid nicht etwa …?«

Ein tödlich verlegener Blick verriet mir alles, was ich wissen musste. Sie hatten. Und sie waren. Liam erstickte fast daran.

»Was denn?«, fragte Chubs herausfordernd. »Das ist … das ist doch eine völlig normale menschliche Reaktion auf … auf Stressfaktoren. Und es ist Winter, wisst ihr, und wenn man im Auto oder im Zelt schläft, kann's echt kalt sein … Ehrlich gesagt, wisst ihr was? Das geht euch überhaupt nichts an.«

»Wenn du dich blöd dabei anstellst, schon«, erwiderte Liam.

»Entschuldige bitte, aber ich kenne mich mit Verhütung aus, seit ich …«

»Das hab ich nicht gemeint«, wehrte Liam rasch ab und hob die Hände. »Das hab ich ganz und gar nicht gemeint, aber es ist gut zu wissen.«

Ich hockte mich vor Chubs hin und legte ihm die Hand auf den Arm. »Ich glaube, was er sagen wollte, war, wenn daraus nichts wird oder wenn einer von euch verletzt wird, wäre das schwer zu ertragen.«

»Ach, du meinst, wenn sie zum Beispiel mein Gedächtnis löscht und mich zwingt, so einen kleinen Merkzettel bei mir zu tragen, auf dem steht, wer ich bin, für den Fall, dass sie's noch mal macht?« Sowie die Worte aus seinem Mund heraus waren, sah ich ihm an, dass er sie sich am liebsten in seinen Kopf zurückgestopft hätte, wo dieser Gedanke hingehörte. Das allein linderte schon den Stich.

»Hey …«, warnte Liam.

»Nein, schon gut«, sagte ich. »Ich weiß, dass du damit umgehen kannst, aber Vi hat … Na ja, die Menschen in ihrem Leben haben sie wirklich ganz schön durch den Wolf gedreht. Du gibst doch Acht auf ihr Herz, ja?«

»Bei diesem Arrangement sind keine Herzen beteiligt«, versuchte er mich zu beruhigen, was nicht half und auch nicht glaubhaft war. »Das ist eine … Bewältigungsstrategie.«

»Okay«, sagte ich.

»Und sie braucht niemanden, der sie beschützt oder der ihre Kämpfe für sie ausficht, kapiert?«, fügte er hinzu, während er uns abwechselnd ansah. Seine Heftigkeit flaute etwas ab. »Mann, sie bringt mich um, dafür, dass ich das vermasselt habe. Wir sind noch nicht mal eine Woche wieder da … Ihr sagt doch niemandem was, oder?«

»Vida ist es scheißegal, was andere von ihr denken«, meinte Liam. »Eine Eigenschaft, die ich sehr an ihr bewundere.«

»Willst du damit sagen, sie hat dich gebeten, es geheim zu halten, weil's ihr peinlich ist?«, sagte ich. »Es ist ihr peinlich, dass sie mit dir zusammen ist?«

»So hat sie es nicht direkt gesagt, aber das ist doch offensichtlich, oder?«

»Vielleicht möchte sie's erst mal einfach zwischen euch beiden belassen, weil das alles noch so neu ist«, fügte ich hinzu. »Oder weil es wirklich niemand anderen etwas angeht, nicht mal uns.«

»Du bist doch eine tolle Partie, Kumpel«, sagte Liam. »Es liegt nicht an dir. Und so sauer kann sie gar nicht sein, schließlich wissen ja nur wir zwei Bescheid, und wir würden es uns höchstens gegenseitig erzählen. Und vielleicht Zu, in einer jugendfreien Version. Aber, Mann, jetzt stell mal dein Licht nicht unter den Scheffel. Offenbar hast du ja irgendwas an dir, was ihr gefällt, wenn sie mit dir in die Kiste steigt.«

»Liam Michael Stewart, Wortakrobat und Poet«, bemerkte Chubs kopfschüttelnd und stand auf. Ich sah zu, wie er stumm die Hände rang und versuchte, sich mit unserer Logik anzufreunden. Ein Schatten huschte über sein Gesicht, und ich fragte mich, was er wohl dachte – oder woran er sich erinnerte. Schließlich schüttelte er nur von Neuem den Kopf. »Ich bin nicht … Ich meine, ich mache mir in dieser Hinsicht nichts vor.

Ich weiß, wer ich bin, und ich weiß, wer sie ist, und ich weiß, das ist, als wenn man einen Apfel neben eine Zwiebel legt. Egal. Wir haben eine Vereinbarung.«

Liam drückte ihm bestätigend die Schulter.

»Na ja, dann gute Nacht«, sagte Chubs. »Bleibt nicht zu lange auf. Ihr müsst morgen früh los, vergesst das nicht.«

Liam wartete, bis Chubs um die Ecke am anderen Ende des Flurs verschwunden war, ehe er sich zu mir umdrehte. »Hast du Lust, mit mir ein paar Regale aufzubauen?«, fragte er, ohne sein Grinsen zu verbergen.

Ich streckte ihm die Hand hin und führte ihn zurück zu der richtigen Tür. Es tat beinahe weh, dachte ich bei mir, ein Herz zu haben, das so voll war von Dankbarkeit und etwas, das reines, ungetrübtes Glück sein musste. Ich wollte für immer in diesem Gefühl leben.

Auf jeden Fall wurde diese Wahl, diese Entscheidung nicht unter Druck getroffen und auch nicht aus Angst oder Verzweiflung. Es war etwas, das ich wollte. Ihm so nahe sein wie möglich, ohne dass irgendetwas zwischen uns stand. Ich wollte ihm das zeigen, was meine allzu unbeholfenen, allzu verlegenen Worte nicht richtig vermitteln konnten.

Jetzt lachten wir nicht mehr. Der Augenblick drängte mich dichter an ihn, spannte irgendetwas in mir wie eine Feder, sodass mein Herz sich vor Vorfreude schwerelos anfühlte. Seine Augen waren dunkel, die wahre Frage darin hatte sie schlagartig ernst werden lassen. Ich streckte die Hand aus und strich ihm eine widerspenstige Locke aus der Stirn, ehe ich den Kopf zurücklegte und mit den Lippen sanft die seinen streifte, meine eigene Frage. Liam stieß einen leisen, süßen Seufzer aus und nickte. Ich zog ihn ins Zimmer und schaffte es, mich lange genug von ihm loszureißen, um die Tür hinter uns abzuschließen und Luft zu holen.

Liam setzte sich auf die Bettkante, seine Silhouette hell vor der Dunkelheit. Er streckte die Hand aus und flüsterte: »Komm her.«

Ich schwankte ein bisschen, als ich in seine wartenden Arme trat und sein gemächliches Lächeln in mich aufsog. Wieder strich ich ihm das Haar aus dem Gesicht und wusste, dass er auf mich wartete. Die ganze Zeit, seit wir uns zum ersten Mal begegnet waren, hatte er darauf gewartet, dass ich begriff, dass er mich die ganze Zeit gekannt und nie gewollt hatte, dass ich mich änderte.

»So wie du damals warst, so wie du jetzt bist und so wie du einmal sein wirst«, begann er leise, als könnte er meine Gedanken erspüren, »genau so liebe ich dich. Von ganzem Herzen. Mein ganzes Leben lang, wie lange mir auch vergönnt sein wird, wird sich nichts für mich ändern.«

Seine Stimme klang rau, erfüllt von dem gleichen brennenden Gefühl, das mich durchströmte. Die Erleichterung, die Gewissheit, die überwältigende Dankbarkeit, die ich dafür empfand, dass das Schicksal ihn mir geschenkt hatte, brannte mir in den Augen und raubte mir abermals die Worte. Also küsste ich ihn und sagte es ihm auf diese Art, wieder und wieder zwischen meinen Atemzügen, während er sich über mir bewegte, in mir, bis es nichts mehr auf der Welt gab außer uns und dem Versprechen für immer.

20. Kapitel

Am nächsten Morgen weckte er mich mit einem und dann noch einem Kuss, bis sich der warme, träge Nebel lichtete und ich in die Realität zurückkehren musste. Liam löste sich widerwillig von mir und sammelte seine Kleider vom Boden auf. Ich sah ihm eine Weile zu und staunte, wie ruhig und friedlich mir zumute war, als setze das Wissen, dass er mich ganz und gar wollte und bedingungslos liebte, die Einzelteile meines Ichs wieder zusammen. Er brachte mich so vollständig ins Gleichgewicht, und meine Gefühle für ihn waren von wunderbarer Einfachheit und Klarheit. Selbst etwas wie das hier, etwas so Wichtiges, war leicht für mich gewesen.

Angesichts seines belustigten Blicks, als er sich umdrehte, zwang ich mich dazu, ebenfalls aufzustehen. Ich konnte die Tatsache nicht mehr verdrängen, dass er fortmusste, doch das hieß nicht, dass ich es nicht versuchte, als ich ihn für einen letzten, langen Kuss an der Tür einfing.

Liam und ich waren an diesem Morgen die Ersten am Tunneleingang, selbst nachdem er sich noch eine Dusche und einen Umweg durch die Küche geleistet hatte, um einen Happen zu essen. Er war gerade wieder nach unten gekommen, um sich von Chubs und den anderen zu verabschieden, als Cole aus Albans früherem Büro kam. Kurz bevor die Tür zufiel, fing er sie mit dem Fuß ab, hielt sie offen und blickte zurück in den Raum. Sein ganzer Körper schien von Erschöpfung gezeichnet, und außerdem hatte er eine frische Schnittwunde auf der linken Wange.

Ich zeigte auf sein Gesicht. »Was ist denn da passiert?«

»Puh.« Cole verdrehte die Augen und lachte kurz auf. »Wie ein Stunt aus Lees Lehrbuch; ich hab mich heute Morgen im Bett ein bisschen zu heftig umgedreht und bin gegen die Kommode geknallt. Gleich mal ein mörderischer Anfang in aller Frühe.«

»Du hast tatsächlich geschlafen?«, fragte ich. Er wandte sich mir zu, und die Antwort stand ihm ins Gesicht geschrieben. Ich wusste, dass es irgendwann einmal passieren musste, dass er es nicht ewig hinauszögern konnte, seinem Bruder die Wahrheit zu sagen, aber da ich selbst Geheimnisse gehütet hatte, hatte ich ein schlechtes Gewissen, weil ich ihn gestern Abend in diese Lage gebracht hatte. »Alles … okay?«

»Alles okay«, versicherte er. »Hat sich offen gestanden besser angefühlt, als ich gedacht hätte. Liam ist allerdings nicht das beste Versuchskaninchen – der Junge würde einen einäugigen, dreibeinigen, haarlosen Hund abgöttisch lieben, wenn er mit dem Schwanz in seine Richtung wedelt. Ich musste ihm mein kleines Kunststück fünfmal vorführen, bevor er geglaubt hat, dass ich kein Feuerzeug in der Hand habe.«

Cole hängte sich eine schwarze Reisetasche über die Schulter, deren Inhalt verdächtig klapperte.

»Hast du genug Knarren da drin?«

»Reine Vorsichtsmaßnahme«, erklärte er mit einem Zwinkern.

»Hoffentlich. Das ist eine Erkundungsmission, kein Sturmangriff, weißt du?«

»Ach, Zuckerschnecke, mach dir keinen Kopf.« Cole legte mir die freie Hand auf den Scheitel und strich das Haar glatt. »Ich bring ihn dir heute Abend zurück.«

Ich schob ihn weg und verdrehte die Augen. »Ich mein's ernst. Bitte … seid vorsichtig.«

»Du auch«, sagte er. »Tut mir leid, dass ich dich schon wieder mit dem kleinen Prinzen allein lassen muss. Wenn er Sperenzchen macht, schick ihn ruhig ohne Abendessen ins Bett. Und überprüf noch mal, ob die Teams, die zu den Wasserwerken gehen, alles haben, was sie brauchen.«

»Geht klar.«

»Harry will sich heute Abend gegen acht Uhr melden. Falls wir bis dahin nicht zurück sind, kannst du ihn dann bitten, noch fünf Pfund C4 mehr klarzumachen? Sag ihm, ich hab versucht, Busse zu mieten, um alle wieder nach Osten zu schaffen, aber das haut nicht hin.«

»Verstanden«, sagte ich und freute mich bereits darauf, dass Harry am Wochenende kam, weil ich dann endlich Cate wiedersehen würde. »Hast du das Telefon von Nico bekommen?«

Alice konnte sich nicht einmal für diesen Einsatz von ihrer schicken Kamera trennen, und die Zeit hatte nicht gereicht, um eine andere zu besorgen. Also hatte Nico ein Handy so programmiert, dass es die Fotos, die sie von dem Gebäude machten, automatisch hochlud und an uns schickte.

Cole sah auf die Uhr und schaute dann über meinen Kopf hinweg den Korridor entlang, dorthin, wo die anderen gerade aufgetaucht waren. »Er lässt sich ganz schön Zeit heute Morgen, was?«

»Oder jemand hat es ein bisschen zu eilig loszukommen«, bemerkte ich.

»Allzeit bereit«, erwiderte er. »Können wir das Tempo ein bisschen hochfahren, Herzchen? Du siehst aus, als hätte dich eine Katze ausgekotzt.«

»Besser als du – du siehst aus, als wärst du am anderen Ende rausgekommen.«

Cole lachte. »Touché.«

Ich packte Liam am Arm, als er auf dem Weg zur Tunneltür an mir vorbeiging, und drückte ihm einen Kuss auf die Wange. »Bis heute Abend.«

Er stieg in den Tunnel hinunter und schulterte den Rucksack, den Cole für ihn bereitgestellt hatte. Als ich mich umwandte, um mich von dem anderen Stewart-Bruder zu verabschieden, bückte dieser sich, hielt mir die Wange hin und wartete. Ich schnippte mit dem Finger dagegen und brachte ihn erneut zum Lachen.

»Du bist unmöglich«, meinte ich.

»Ist alles Teil meines Charmes«, erklärte er und hängte sich die schwere Tasche über die andere Schulter. »Pass gut auf alles auf, Boss.«

»Pass du gut auf *ihn* auf«, erwiderte ich eindringlich.

Er salutierte scherzhaft, ehe er die Tür zum Tunnel schloss. Ich wartete, bis der Klang ihrer Schritte verklungen war, ehe ich die Tür wieder abschloss.

Einen Augenblick lang war ich versucht, wieder schlafen zu gehen – einfach duschen und ein paar Stunden schlafen hörte sich besser an, als es erlaubt war. Es kam mir jetzt schon wie ein langer Tag vor, dabei hatte er gerade erst begonnen.

Gegen zwei Uhr nachmittags merkte ich, dass mir jemand folgte.

Sie sprach mich nicht an und hielt sich stets in einigem Abstand, doch Lillian Gray war da und beobachtete mich aus sicherer Distanz. Die Art und Weise, wie ihre Augen mich unablässig prüfend musterten, ließ mich frösteln.

Dr. Gray war da und beobachtete das Training durch die Fenster des Fitnessraums; sie drückte sich vor dem Computerraum herum, und sie verließ die Küche just in dem Moment, als ich hereinkam. Es kostete mich weitere zwei Stunden, bis ich begriff, dass sie wahrscheinlich erst den Mut aufbringen musste, mich etwas zu fragen. Und selbst dann geschah das nur, weil Alice mich beiseitenahm, nachdem sie die Frau zu einem kurzen Interview genötigt hatte, und mir ohne Umschweife erklärte: »Sie will ihren Sohn sehen.«

Als sie meinen Gesichtsausdruck sah, fügte Alice hinzu: »Weißt du, ich habe ja selbst keine Kinder, deshalb kann ich dir nicht erklären, wie sich das Gehirn einer Frau umstrukturiert, um die miese kleine Ratte bedingungslos zu lieben, die ihr das Gehirn verhackstückt hat, aber ich habe das Gefühl, dass sie uns wesentlich freundlicher gesinnt sein wird, wenn sie ihren Willen bekommt.«

»Hat sie dir irgendetwas Brauchbares anvertraut?«, fragte ich, während wir zum Aufenthaltsraum zurückschlenderten.

»Sie ist eine echte Politikerfrau«, antwortete Alice bedauernd. »Sie hat zwei Stunden lang geredet und es geschafft, nichts von Belang zu sagen. Hättest du übrigens Lust, dich auf ein Schwätzchen mit mir zusammenzusetzen?«

»Und kein Wort über den Präsidenten?«, lenkte ich das Gespräch wieder auf das aktuelle Thema zurück. Das war es, was mich an diesem Arrangement am meisten beunruhigte: Dr. Gray hatte sich mit Alban abgesprochen, um Clancy zu helfen, und sie hatte es hinter dem Rücken ihres Mannes getan. Soweit wir wussten, hatten sie schon seit Jahren keinen Kontakt mehr miteinander, doch wir hatten keine Ahnung, was sie wirklich für den Mann empfand. Wenn sein Name ins Spiel kam, machte sie dicht.

»Ich glaube, sie wird reden – sie wird mir den entscheidenden Beweis dafür liefern, wie lange der Präsident schon von Agent Ambrosia weiß. Aber nicht ohne Gegenleistung. Wäre es irgendwie machbar …«

»Nein«, erklärte ich fest. »Das ist keine gute Idee.« Clancy hatte sich bis jetzt einigermaßen gut benommen. Ich wollte das Schicksal nicht herausfordern, indem ich auch nur *andeutete,* dass seine Mutter in der Nähe war.

»Liam würde Ja sagen.«

»Na, gut, dass er nicht da ist.«

Alices verdrossene Miene wich einem belustigten Blick. »Du bist der Boss, Lady. Mir fällt schon was ein, wie ich sie zum Reden bringe, ehe ich heute Abend verschwinde.«

»Habt ihr alles für die Tour vorbereitet?«

»Müsste klargehen. Unser Wasserwerk ist nicht allzu weit weg, sonst hätten wir heute Morgen genauso früh aufbrechen müssen wie die anderen.«

Ich hatte keine Ahnung, ob Alice Dr. Gray gesagt hatte, dass ich das Hindernis war, doch kaum eine Stunde später fing sie mich in der Küche ab, wo ich langsam und widerwillig eine Mahlzeit für Clancy zusammenstellte. Ein Blick auf die rapide schwindenden Vorräte in der Speisekammer hatte mich abgelenkt, bis sie wie ein unerwünschter kalter Luftzug hereinkam und die Tür hinter sich schloss.

»Falls Sie mir in der Hoffnung gefolgt sind, dass ich nicht aufpasse und Ihnen verrate, wo er ist, muss ich Sie enttäuschen. Und«, fügte ich hinzu, »Sie verzögern sein Mittagessen.«

Ihr Mund verkniff sich zu einem geraden, blutleeren Strich. Alles an dieser Familie war kalt und distanziert, nicht wahr? Sowohl bei dieser Frau als auch bei ihrem Sohn hatte ich ständig das Gefühl, als ginge ich auf Zehenspitzen und bemühe mich, die Balance zu halten.

»Er hat eine leichte Allergie gegen Nüsse«, sagte sie und deutete mit dem Kopf auf das leere Glas Erdnussbutter, das ich ausgekratzt hatte. »Und er mag keine Granny-Smith-Äpfel.«

Statt von dieser Demonstration mütterlicher Fürsorge gerührt zu sein, spürte ich, wie sich mein Gesicht zu einer Grimasse echter, absoluter Entrüstung verzog.

Ich biss mir tatsächlich auf die Zunge, um nicht zu entgegnen: *Er kann froh sein, dass er überhaupt etwas zu essen kriegt.*

»Ich nehme an, Miss Wells hat dir von meinem Anliegen erzählt?«

Miss Wells … oh. Alice. Ich schnitt das Sandwich in zwei Hälften und drehte mich um, um das Messer zur Spüle zu bringen. Sie stand immer noch da und sah mich erwartungsvoll an, als ich zurückkehrte. »Ja. Es wundert mich, dass Sie überhaupt fragen.«

»Warum?«

»Muss ich Sie wirklich daran erinnern, was passiert ist, als er Sie das letzte Mal gesehen hat?«, fragte ich. »Sie können von Glück sagen, dass Sie mit dem Leben davongekommen sind.«

Endlich erschien ein Riss in ihrer Fassade. »Clancy würde mich nicht umbringen. Dazu ist er nicht imstande. Ich weiß, wie schwer gestört er ist, aber das liegt daran, dass er nie den emotionalen Beistand bekommen hat, den er gebraucht hätte, nachdem er aus dem Lager gekommen ist.«

»Viele von uns waren in diesen Lagern«, sagte ich. »Nicht alle sind so geworden wie er.«

Dr. Gray hielt meinen Blick eine Sekunde länger fest, als es angenehm gewesen wäre. »Tatsächlich?«

Ich reckte mich zu voller Größe und ignorierte den vertrauten Stich des schlechten Gewissens.

»Ja«, sagte ich kalt. *Sie glaubt mir nicht. Kein Wort.*

»Du solltest wissen, dass ich schon immer gegen das Rehabilitationslager-Programm war, schon bevor es zu dem wurde, was es heute ist«, erklärte Dr. Gray. »Ich war nie mit der Außenpolitik meines Mannes einverstanden, und ich habe auch kein Verständnis für die extremen Maßnahmen, die er in Kalifornien ergriffen hat. Aber wenn er mir eine Klinik und das Material zur Verfügung stellen würde, das ich brauche, um den Eingriff an meinem Sohn vorzunehmen, bräuchte ich gar nicht weiter zu überlegen. Ich würde sofort zu ihm zurückkehren. Für Clancy.«

Sie tat mir fast leid. Die schlichte Wahrheit war, dass die Lager uns nicht alle auf dieselbe Weise beschädigt hatten. Wenn man in der Zeit dort klein und verängstigt war, war man nicht auf einmal groß und stark, nachdem man den Elektrozaun hinter sich gelassen hatte, nahm sein altes Leben wieder auf und vergaß den verzweifelten Wunsch, sich unsichtbar zu machen. Wenn man in seiner Zeit dort in seiner Wut und Hilflosigkeit geschmort hatte, dann hielt dieser Zorn an; man nahm ihn mit in sein neues Leben.

Es beunruhigte mich, wie klar ich Clancys Standpunkt jetzt erkannte. Seine Mutter hatte wirklich keine Ahnung, was man ihm in Thurmond angetan hatte. Wie konnte jemand, der sich an den Forschungen über die Psi-Kids beteiligt oder sie zumindest vor Augen hatte, keine Vorstellung davon haben, was für Schmerzen und Demütigung er erlitten hatte?

»Sie wissen schon, dass es ihn nicht heilen wird, wenn Sie den Eingriff an ihm vornehmen, oder?«, fragte ich. »Nicht so, wie es Ihnen wirklich wichtig ist.«

»Dann kann er niemanden mehr beeinflussen«, beharrte sie. »Dann kommt er wieder zu sich.«

Die Vorstellung war zu albern, um darüber zu lachen.

»Ihm seine Fähigkeit zu nehmen würde ihm aber nicht das Verlangen nehmen, andere zu kontrollieren«, wandte ich ein. Und es würde ihn auch garantiert nicht davon heilen, ein Arschloch zu sein. »Es würde ihn nur noch wütender machen, als er schon ist.« *Und er würde dich noch mehr hassen.*

»Ich weiß, was das Beste für ihn ist«, behauptete sie. »Er

braucht diese Behandlung, Ruby – und außerdem braucht er seine Familie. Ich will mich doch nur vergewissern, dass es ihm gut geht. Es reicht mir nicht, zu hören, dass es so ist – ich muss es *sehen.* Bitte. Nur einen Moment. Ich habe dir gestern Abend doch alles gegeben, was du wolltest, nicht wahr? Gilt das nicht als Beweis für meinen guten Willen?«

Das musste ich ihr lassen – sie hatte Wort gehalten und uns weit mehr gegeben, als ich erwartet hatte. Alban, der Einzige in der Children's League, den sie kannte und dem sie vertraute, war nicht mehr da, um ihr zu sagen, dass es in Ordnung war, auf uns zu bauen.

Nicos Stimme tauchte in meinem Hinterkopf auf. *Sie haben etwas in ihm gebrochen.* Etwas Grundlegendes. Vielleicht musste sie es sehen, um es zu verstehen.

»Wenn ich Sie zu ihm bringe«, begann ich, »dürfen Sie ihn auf keinen Fall merken lassen, dass Sie da sind. Kein Wort. Sie müssen sich genau an meine Anweisungen halten. Wenn er weiß, dass Sie da sind, wird er nicht mehr kooperieren und fängt wahrscheinlich an, Fluchtpläne zu schmieden. Und Sie müssen Alices sämtliche Fragen beantworten – und zwar diesmal aufrichtig.«

»Das kann ich machen«, sagte sie. »Ich will ihn nur sehen; ich will sehen, dass er gut behandelt wird und dass er stark genug ist, um sich dem Eingriff zu unterziehen. Ich brauche ihn auch nicht anzufassen, nur …«

Ist es die Mutter oder die Wissenschaftlerin in dir, die ihn sehen will?, fragte ich mich, ohne zu wissen, was mir lieber war.

»Na gut«, sagte ich, während ich sein Essen und eine Flasche Wasser nahm. »Aber kein Wort. Und Sie bleiben genau da stehen, wo ich es Ihnen sage.«

Sie begriff es erst, als wir den inneren Korridor erreicht hatten, der zu dem Raum mit den kleinen Zellen führte. Mit einem Kopfschütteln würgte ich alle Fragen ab, die sie zu stellen versuchte, und zeigte ihr, wo sie stehen musste, um durch die Tür zu spähen, ohne dass Clancy sie durch das kleine Fenster sehen konnte.

Zum ersten Mal seit fast einer Woche schaute Clancy Gray auf und erwiderte meinen Blick, als ich hereinkam. Das Buch, in dem er gelesen hatte, lag schlaff auf seinem Schoß, bis ich das Essen zu der verschlossenen Metallklappe in der Tür brachte und wartete, dass er es entgegennahm. Er stand auf und dehnte sorgsam die Schultern, bevor er die enge Zelle durchschritt. Sein dunkles Haar war beinahe lang genug, um es im Nacken zusammenzubinden, doch er hatte es ordentlich gekämmt und gescheitelt.

Clancy besaß drei Jogginganzüge, die er abwechselnd trug, und heute war eindeutig Waschtag, denn er bückte sich schweigend nach den beiden anderen und reichte sie mir durch die offene Klappe.

»Ich hab gar nicht mit dir gerechnet«, sagte er ganz beiläufig. »Dann ist er also nach Sawtooth gefahren?«

Erwartete er wirklich, dass ich darauf antwortete?

Nein. Offenkundig nicht. »Wie fühlt sich das an?«, fragte er und legte die eine Hand flach gegen die Fensterscheibe. »Auf dieser Seite zu stehen? Den Informationsfluss zu kontrollieren?«

»Ungefähr genauso gut, wie zu wissen, dass du das nie wieder erleben wirst.«

»Unglaublich, wie sich alles entwickelt hat«, meinte er. »Vor einem Jahr warst du noch im Lager, hinter dem Zaun. Und jetzt schau dich an. Schau mich an.«

»Ich schaue dich an«, erklärte ich ihm. »Und alles, was ich sehe, ist jemand, der jede Chance vertan hat, die er hatte, wirklich etwas für uns zu verändern.«

»Aber jetzt verstehst du es, oder?«, fragte er verwundert.

»Du verstehst, warum ich mich so entschieden habe. Jeder überlebt auf seine Weise. Hättest du letzten Endes irgendeine der Entscheidungen geändert, die du getroffen hast, gute oder schlechte? Wärst du in Thurmond geblieben, obwohl die Gelegenheit zur Flucht greifbar nah war? Wärst du direkt nach Virginia Beach gefahren und hättest dich nicht von den anderen überreden lassen, nach East River zu suchen? Hättest du die Erinnerungen des jüngeren Stewart-Bruders blockiert? Du hast es so weit gebracht. Es wäre jammerschade, wenn unsere Freundschaft hier enden würde.«

»Da war doch irgendwo ein Kompliment versteckt …?«

Er schnaubte. »Nur eine Beobachtung. Ich war mir nicht sicher, ob du das schaffst. Aber ich habe es gehofft.«

»Ach, wirklich?«

»Hast du dich nie gefragt, warum ich wollte, dass du nach dem Angriff auf East River mit mir kommst? Nicht unbedingt, weil ich dich so gerne mochte.«

»Natürlich nicht. Du wolltest, dass ich dir zeige, wie ich mit den Erinnerungen anderer Leute rummache.«

»Tja, einerseits. Aber auch weil ich Menschen um mich sammeln wollte, die sich Herausforderungen stellen und mir helfen können, diese Zukunft aufzubauen. Sicher, ich hätte keine Zeit mit dieser Lagerstrategie verschwendet. Ich hätte uns geradewegs bis ganz nach oben geführt. Und das tue ich auch noch.«

»Wenn du nur nicht in diesem kleinen Glaskäfig festsitzen würdest«, bemerkte ich ausdruckslos.

»Tja.« Clancy lächelte. »Es wird jetzt so leicht sein, alle loszuwerden; wenn das, was Stewart – der ältere Stewart – mir gesagt hat, wahr ist, habt ihr die Glaubwürdigkeit der Regierung schwer beschädigt. Ich werde das Ganze noch eine Stufe weitertreiben. Mein Vater. Seine schwachsinnigen Berater. Die

Lageraufseher. Einen nach dem anderen, ich werde ihr Leben in Stücke reißen. Die Sache ist die, Ruby, du kannst dich an die Spitze dieser Kids stellen, und sie werden auf dich hören, ja, das werden sie, wenn auch aus keinem anderen Grund, als weil du eine Orangene bist und die Hierarchie eben so funktioniert. Aber du kannst die Welt nicht so in die Knie zwingen, wie ich es tun werde.«

»So wie du es tun wirst, ja?«, fragte ich und klopfte gegen die Scheibe. »Wann denn?«

Clancy zog einen Mundwinkel nach oben, und ich spürte, wie mir etwas Kaltes den Rücken hinablief.

»Ruby, das ist deine letzte Chance, dich auf die richtige Seite der Geschichte zu stellen«, sagte er. »Ich biete dir das nicht noch einmal an. Wir können jetzt gehen, und niemand kommt zu Schaden.«

Sein Blick war so schwarz und bodenlos wie immer, er saugte mich ein und versuchte, mich in den glatten, einfachen Möglichkeiten, mit denen er lockte, zu ertränken.

»Viel Spaß im Glaskasten«, sagte ich und wandte mich zum Gehen, trug angewidert seine Wäsche vor mir her.

»Eins noch«, rief Clancy. Ich drehte mich nicht um, doch das kümmerte ihn nicht. »Hallo, *Mutter.*«

Ich riss die Tür zum Flur auf, doch die Frau war bereits geflüchtet, gehetzt vom Gelächter ihres Sohnes.

In dieser Nacht fiel ich in tiefen Schlaf, einen Schlaf, der einen um die Brust packt und sich nicht so ohne weiteres abschütteln lässt. Die Stimme in meinem Traum, dieselbe, die irgendwo hinter mir gehallt hatte, als ich den vertrauten Weg zu Baracke 27 in Thurmond entlangging, wandelte sich vom tiefen Bariton eines Mannes zu lautem, fast schrillem Rufen, diesmal von einer Frau.

»… auf! Ruby, *Ruby,* komm schon, wach auf …«

Das Licht im Zimmer brannte wieder und beleuchtete Vidas aschfahles Gesicht, das über meinem schwebte. Sie schüttelte mich erneut heftig, bis ich mich aus dem letzten Rest des verwirrenden Schlafs befreit hatte.

»Was ist passiert?« Es hätten fünf Minuten verstrichen sein können oder fünf Stunden, ich vermochte es nicht zu sagen. Zu stand hinter Vida, die Wangen bereits tränennass. Angst durchbohrte mich, als ich Vida am Arm packte und spürte, wie sie zitterte.

»Ich war im Computerraum«, begann sie, und die Worte strömten aus ihr heraus. Zitterte sie? Vida – *zitterte*? »Ich hab mit Nico geredet und die Fotos angeschaut, die reinkamen, sobald Cole sie gemacht hatte, und dann war ungefähr eine Stunde Pause. Ich war gerade rausgegangen, um ins Bett zu gehen, aber dann ist noch ein Foto reingekommen, und Nico ist losgerannt, um mich zu holen, und … und … Ruby …«

»Was? Sag mir, was los ist!« Ich versuchte, mich aus dem Laken zu befreien, während mir das Herz in der Brust hämmerte, als wäre ich gerade zehn Kilometer gesprintet.

»Das Einzige, was er die ganze Zeit gesagt hat, war …« Vida schluckte. »Er hat andauernd dasselbe gesagt – *Stewart ist tot.*«

21. Kapitel

Liam oder Cole?«

Die Frage, die ich ihr bereits hundert Mal gestellt hatte, wurde immer verzweifelter, während wir durch den Flur zum Computerraum hasteten. Die Wanduhr zeigte zwei Uhr morgens.

»Vida«, flehte ich, *»Liam oder Cole?«*

»Sie wissen es nicht«, sagte sie, dieselbe Antwort, die sie mir schon die ersten neunundneunzig Mal gegeben hatte. »Auf dem Foto können sie es nicht erkennen.«

»Ich kann …« Die Worte waren heraus, noch ehe ich darüber nachdenken konnte, warum das eine entsetzliche Idee war. »Lass es mich sehen. Ich kann sie auseinanderhalten.«

»Das glaube ich nicht.« Sie packte mich am Arm, ehe ich in den Raum stürmen konnte, doch ich spürte die Berührung kaum. Mein ganzer Körper war eiskalt geworden. Die Panik zerfetzte meine Gedanken, und Fluten grauenhafter Bilder vermengten sich mit den Worten: *Nicht er, nicht die beiden, nicht jetzt* … Ich konnte das Muster nicht durchbrechen, konnte nicht ruhig atmen.

»Nein!« Das Wort, ein scharfer Befehl von Chubs, ließ Vida wie angewurzelt stehen bleiben. »Auf keinen Fall! Bring sie zurück in ihr Zimmer, und bleib bei ihr!«

Eine Schar Grüne drängte sich draußen vor dem Fenster.

»Haut ab!«, fuhr Vida sie an. Und allein die Wucht ihrer

Stimme ließ sie gehorchen; sie hasteten davon, als sie die Tür zum Computerraum öffnete und mich hineinstieß.

»Was ist denn los? Ist was passiert?« Senatorin Cruz erschien im Flur, Alice dicht hinter ihr, das flammend rote Haar zum Pferdeschwanz zusammengerafft, rote Kerben von ihrem Kopfkissen im Gesicht. Bestimmt versuchte Vida, es ihnen zu erklären, doch ich bekam nichts davon mit. Nico sah aus, als hätte er sich mehrmals übergeben, und der Geruch im Computerraum schien diese Theorie zu bestätigen. Er war schweißgebadet, als ich auf ihn zukam.

»Willst du … willst du das wirklich sehen?«

»Das ist keine gute Idee! Ruby, hör zu, du willst doch nicht …« Chubs' Stimme wurde immer höher, bis sie sich schließlich überschlug. Er lehnte sich gegen die Wand, das Gesicht in den Händen vergraben.

Nico rührte sich nicht. Seine Hände lagen schlaff in seinem Schoß, sodass ich hinübergreifen und nacheinander eine Serie Fotos anklicken musste, die von Coles Handy stammten. Ein Testbild am helllichten Tag – ein ferner Berg und Liams Rücken, während er dorthin blickte. Drei Dutzend Aufnahmen von einem niedrigen, gedrungenen Gebäude, alle nach Sonnenuntergang gemacht. Er hatte die PSFs fotografiert, die davor postiert waren, eine Leiter, die zum Dach hinaufführte, einen Scharfschützen in Position. Wenn das Lager eingezäunt war, hatten Cole und Liam sich bereits innerhalb der Umzäunung befunden, als sie angefangen hatten, Fotos zu machen.

»Sie gehen da rein?«, stieß Senatorin Cruz hervor. »Ich dachte, sie sollen draußen bleiben?«

Sie waren hineingegangen. Die Bilder waren unscharf; das helle Licht des Mondes fehlte. Sie waren irgendwo hoch oben, blickten auf einen Tisch unter ihnen hinab, auf die Köpfe, die sich beim Essen darüber beugten. Die Kids trugen dunkelrote Uniformen – wie wir sie alle in den Lagern tragen mussten, aber die Farbe … die hatte ich schon seit Jahren nicht mehr gesehen.

Auf dem nächsten Bild schaute einer dieser Jugendlichen in Uniform hoch, direkt in die Handykamera. Mein Finger zauderte über der Maus, ehe ich abermals klickte. Nico machte ein kleines Geräusch ganz hinten im Hals, und seine Hand schloss sich über meiner. »Ruby, das willst du bestimmt nicht …«

Ich drückte mit dem Finger zu.

Einen Moment lang konnte mein Verstand nicht erfassen, was er sah. Die Bilder waren in einem dunklen Raum aufgenommen worden; die Wände waren schwarz gestrichen, die Lampen waren am Boden angebracht, nicht an der Decke. Die Gestalt in der Mitte des Raumes war auf einem Stuhl vornübergesackt, das Gewicht ihres Körpers zerrte an den Riemen um ihre Brust. Blondes Haar fiel ihm übers Gesicht und verdeckte es. Meine Hand umklammerte die Tischkante, als ich abermals weiterklickte. Ein metallischer Geschmack flutete in meinen Mund, als ich die Spritzer an Hals und Ohren sah. Aus diesem Blickwinkel war es unmöglich zu erkennen, ich brauchte ein anderes Foto …

Klick.

»Wer hat diese Bilder gemacht?«, wollte Senatorin Cruz wissen, obwohl anscheinend niemand die Frage beantworten konnte.

»Ich würde sagen, die, die …« Alice war sich nicht sicher, ob sie *ihn* oder *die beiden* sagen sollte. Ich stemmte mich gegen die Frage, konzentrierte mich auf den Bildschirm. Jemand hatte ihm ein Blatt Papier über den Hals gelegt. Drei Worte waren mit dicken, unstetigen Buchstaben darauf gekritzelt: VERSUCHT'S NOCH MAL.

In der Ecke des Bildes war ein kleiner Streifen tiefroter Stoff zu sehen, und obgleich mein Gehirn wusste, was jetzt kam, sich sicher genug war, dass die Schreie in meinem Kopf begannen, klickte ich das nächste Foto an.

Feuer.

Das Bild, das ganze Bild, war von weiß lodernden Flammen erfüllt.

Feuer.

Feuer.

Eine Wand aus grauem Rauch und …

Senatorin Cruz riss sich vom Computer los, ging in die andere Ecke des Raums und versuchte, dem Anblick der verkohlten Überreste zu entkommen. »Warum? Warum machen die das? *Warum?*«

Das leidenschaftslose, kalte Wesen, das die Children's League sorgfältig in mir herangezüchtet hatte, kämpfte sich wieder in mir empor. Und eine Sekunde lang, eine einzige Sekunde lang, konnte ich den verbrannten, verstümmelten Leichnam so aufmerksam und distanziert betrachten, wie ein Wissenschaftler ein Forschungsobjekt betrachtet hätte. In dem kleinen Ausschnitt seines Gesichts, den ich sehen konnte, war das, was an Haut noch geblieben war, verbrannt, war dunkel und rau wie eine Narbe.

Ich ging die Aufnahmen von dem Feuer rückwärts durch. Diese abartigen Arschlöcher – diese gottverdammten abartigen Schweine, die diese Bilder gemacht hatten. Ich würde sie umbringen. Ich wusste, wo sie waren. Ich würde sie finden und jeden Einzelnen von ihnen umbringen. Mit aller Macht hielt ich an dieser kalten Wut fest, weil sie den Schmerz einfror; sie verhinderte, dass ich völlig zumachte, so wie ich es gewollt hätte. Die Tränen brannten mir in den Augen, im Hals und in der Brust.

»Ich kann's nicht erkennen«, stieß Chubs hervor, der sich immer mehr der völligen Hysterie näherte. »Verdammt …«

Ich ging die früheren Bilder durch; mein Magen war verkrampft wie eine Faust. Wenn ich anfing zu weinen, würden die anderen nicht mehr aufhören können. Ich musste mich konzentrieren … ich musste … Ich hielt bei dem zweiten Foto von der Gestalt auf dem Stuhl inne, auf dem sie das Schild auf seinen Hals gelegt hatten. Sein Kopf war schlaff nach links gekippt, doch ich sah es. Ich hatte mir das nicht eingebildet. Ich wusste, wer es war.

»Es ist …« Erneut beugte Vida sich vor und bohrte mir die Fingernägel in die Schulter. »Ich kann's nicht …«

Alice hatte sich hastig von dem grausigen Bild abgewandt und würgte heftig. Doch Nico … Nico sah mich an. Ich spürte, wie die Worte aus meiner Kehle kamen, doch ich hörte sie nicht.

»Es ist Cole.«

»Was?« Vidas Blick huschte zwischen mir und dem Bildschirm hin und her. »Was hast du gesagt?«

»Es ist Cole.«

Tausend Nadeln fluteten meine Adern und rasten auf meine Mitte zu. Ich krümmte mich über dem Tisch zusammen, konnte nicht sprechen oder denken; ich sah nur noch den Leichnam vor mir – Coles Leichnam und was sie mit ihm gemacht hatten. Flach sog ich den Atem ein und versuchte, den Schmerz zu unterdrücken. Ich wollte diese beherrschte Gefühllosigkeit wiederhaben. Mein Kopf drehte sich immer schneller, noch heftiger als mein Magen. Weil ich wusste, was Cole wichtig wäre, weil ich wusste, was er fragen würde. *Wo ist Liam?* Wenn Cole … Wenn Cole tatsächlich …

»Bist du sicher?«, fragte Chubs, als anscheinend niemand anderes es über sich brachte.

Aus dem Augenwinkel sah ich Lillian hereinkommen, und eine Schrecksekunde lang dachte ich, das blonde Haar gehöre Cate und sie und Harry wären bereits hier. Ich hörte Senatorin Cruz' halblaute Erklärung.

»Harry … Wir müssen es ihm sagen … Und Cate, mein Gott, *Cate* …«

»Das mach ich«, sagte Vida, deren Stimme ebenso fest in ihrer Kehle steckte, wie Chubs' Arm um ihre Schultern lag. »Ich mach's.«

»Ist Liam …«, begann Chubs. »Gibt es … Können wir checken, ob sie ihn in Gewahrsam genommen haben? Gibt's ein Update in den Netzwerken?«

Falls er getötet worden war und sie ihn zweifelsfrei hatten identifizieren können, würden sie sein Profil im PSF-Netzwerk updaten und ihn von den Skiptracer-Listen streichen.

»Ich versuche gerade, ins PSF-Netzwerk reinzukommen«, sagte Nico. »Ich versuche … Es geht schneller, wenn ich über die Skiptracer reingehe. Kannst du mir dein Login geben?«

»Hier, ich geb's ein«, sagte Chubs.

»Ist das Telefon noch an?«, hörte ich mich fragen, während ich vom Computer weggezogen wurde, noch immer auf meinem Stuhl. Ich traute meinen Beinen nicht genug, um aufzustehen. *Bekommen wir noch mehr Bilder?* Und wir würden einfach *dasitzen* müssen, dasitzen und nichts tun, außer darauf zu warten. Ich erstickte fast an meiner Wut.

»Rote?«, wiederholte Dr. Gray. »Seid ihr sicher? Kann ich bitte die Fotos sehen?«

Nico öffnete das Fenster von Neuem und ging zum Arbeiten an den Computer nebenan. Dr. Gray sah die Fotos durch und klickte herum, bis sie fand, was sie gesucht hatte. Die Gewalt und das Grauen des Ganzen zeichneten sich deutlich auf ihrer Miene ab.

»Er war schon tot, als das passiert ist«, sagte sie. »Er muss binnen kürzester Zeit an dem Genickschuss verblutet sein.«

Das hätte ich ihr auch sagen können. Cole hätte sich bis zu seinem Tod gewehrt. Er hätte sich nicht von ihnen in ihr Programm aufnehmen lassen, er hätte gekämpft, bis er völlig ausgebrannt war.

Sie schüttelte den Kopf und drehte sich zu mir um. »Genau das ist der Grund. Genau deswegen brauchen wir den Eingriff. Diese Kinder sollten so etwas nicht können und sich selbst und anderen Schaden zufügen.«

Meine Wut flammte auf und verschlang mich in einer Wolke lodernder Fassungslosigkeit. »Nein, deswegen sollte verflucht noch mal von vornherein niemand an unseren Köpfen rumpfuschen!«

»Im Netzwerk steht nichts«, erklärte Chubs. »Noch nicht … Veränderungen bei den PSFs tauchen erst nach ein bis zwei Stunden im Skiptracer-Netzwerk auf.«

»Wir … wir müssen ihm ein bisschen Zeit geben, vielleicht versucht er ja immer noch abzuhauen.« Vida schüttelte den Kopf und strich sich mit beiden Händen das Haar zurück. »Das letzte Foto kam vor einer Stunde. Sie hätten doch noch etwas geschickt, wenn sie Liam hätten … oder?«

Senatorin Cruz sah zu mir herüber. »Wo ist das Telefon, mit dem er seinen Vater angerufen hat? Ich übernehme den Anruf.«

»Oben. Im Büro.« Nico stand so abrupt auf, dass sein Stuhl umkippte. »Ich hole es. Ich muss …«

Hier raus, beendete ich seinen Satz in Gedanken, *weg von den Bildern.*

Keine Minute später kam er zurück. Sein Brustkorb hob und senkte sich, während er versuchte, wieder zu Atem zu kommen. Er hielt der Senatorin das kleine silberne Aufklapphandy hin – nur um es erschrocken fallen zu lassen, als das Display aufleuchtete und es zu vibrieren begann.

Einen Moment lang regte sich niemand. Das Telefon klingelte. Es klingelte und klingelte und klingelte.

Chubs griff hastig danach und schnappte es sich vom Fußboden, ehe es zu klingeln aufhörte. »Hallo?«

Sein ganzer Körper erschlaffte vor Erleichterung. »Lee … Hey … hey, Liam wo bist du? Du musst unbedingt …«

Senatorin Cruz war als Erste an seiner Seite. Sie riss ihm das Telefon aus der Hand, brachte ihn mit einer Handbewegung zum Schweigen und stellte das Handy auf Lautsprecher.

»… ihn mitgenommen, ich konnte nichts machen, ich konnte nicht …«

Die Stimme, die mir so vertraut war wie meine eigene, die ich lachen, vor Angst ganz hoch emporklimmen, wütend werden und flirten gehört hatte, war nicht die, die jetzt aus dem kleinen Telefon kam. Ich erkannte sie fast nicht. Die Handyverbindung ließ ihn weit entfernt klingen, wie am anderen Ende einer Landstraße, weit außerhalb unserer Reichweite. Die Worte drangen so abgehackt aus seiner Brust, so gequält, dass es nahezu unerträglich war, ihm zuzuhören.

»Liam, hier ist Senatorin Cruz. Du musst jetzt tief durchatmen und mir als Allererstes sagen, dass du in Sicherheit bist.«

»Ich habe nicht … ich weiß nicht, ob das okay ist … Das war die einzige Nummer, die mir eingefallen ist, ich weiß, dass es nicht sicher ist, nicht wirklich …«

»Du hast genau das Richtige getan«, versicherte ihm die Senatorin besänftigend. »Von wo aus rufst du an?«

»Von einem Münztelefon.«

Vida trat neben mich und schielte zu mir herüber. Ich konnte nicht sprechen. Eine unnatürliche Taubheit legte sich auf meinen Brustkorb; ich brachte kein einziges Wort heraus.

»Ich konnte ihn nicht rausholen … Wir waren drinnen und haben Bilder gemacht, dann hat uns einer von ihnen gesehen, und wir haben es nicht mehr rausgeschafft … Sie haben auf ihn geschossen. Er ist hingefallen, aber ich konnte ihn nicht rausschleppen, ich hab versucht, ihn zu tragen, aber sie haben uns gesehen und das Feuer eröffnet … Ich wollte nicht weggehen, aber ich musste … Habt ihr irgendwas darüber in den Nachrichten gehört? Könnte Harry vielleicht rausfinden, wo sie ihn festhalten? Da war so viel Blut …«

Er wusste es nicht.

Ich sah Chubs an. Er sah aus, als hätte er gerade aufgeblickt und ein Auto direkt auf sich zurasen sehen. Ich nahm Senatorin Cruz das Telefon ab und schaltete den Lautsprecher aus.

»Er … Liam«, stieß ich erstickt hervor. »Er hat es nicht geschafft. Sie haben uns Beweise geschickt.«

Bis zu diesem Augenblick hatten, glaube ich, Schock und das panische Verlangen nach Neuigkeiten über Liam den Teil von mir stillgelegt, der mir erlaubt hätte, die Ereignisse im Einzelnen zu durchdenken. Ob Cole noch gelebt hatte, als sie den Roten hereingeholt hatten. Ob er wusste, was geschah, ob er Angst gehabt hatte, ob er den Schmerz gespürt hatte. Doch als ich die Nachricht weitergab, zerbrach etwas in mir. Die dürftige Tür, die den Schmerz draußen hielt, bog sich und zerbarst schließlich in einem Schwall von Splittern, die meinen ganzen Körper durchbohrten. Ich konnte nicht mehr atmen und musste mir die Hand auf den Mund pressen, um das Schluchzen zu unterdrücken. Mein Freund – Cole – wie konnte das … Warum musste es so kommen? Nach allem, was wir durchgemacht hatten, warum musste es so enden? Wir hatten etwas tun wollen … Zum ersten Mal hatte er eine reale Zukunft …

Chubs trat vor und griff nach dem Handy, doch ich drehte mich weg. In mir tobten Wut und Schmerz, als hätte mir jemand Säure auf die Haut geschüttet. Ich musste diese Verbindung mit Liam halten. Ich musste bei ihm bleiben. Das hier würde ihn vernichten – die Qual, das zu wissen, tat so weh wie der Verlust selbst. Ich durfte Liam nicht auch noch verlieren.

»Was meinst du mit Beweise? Was haben sie mit ihm gemacht?« Jegliches klare Denkvermögen war dahin. Liam brach mit jedem Wort mehr zusammen, bis er offen schluchzte. *»Ich konnte ihn nicht rausholen …«*

»Nein«, sagte ich heiser, »natürlich nicht. Es gab keine Möglichkeit, und er hätte auch gar nicht gewollt, dass du es versuchst, wenn das bedeutet hätte, dass sie dich auch noch gekriegt hätten. Liam, es kommt – es kommt dir momentan nicht so vor, aber du hast das Richtige getan.«

Ihn weinen zu hören gab auch mir den Rest. Mein Griff um das Handy löste sich allmählich, weil meine Hand gefühllos wurde, was es Chubs schließlich erlaubte, es mir abzunehmen.

»Liam. Liam, ich weiß, es tut mir so leid. Schaffst du es hierher zurück? Sollen wir dich abholen?« Er strich sich über die Haare und presste die Augen zu. »Okay. Du musst mir alles erzählen, aber von Angesicht zu Angesicht. Du musst zulassen, dass wir uns um dich kümmern. Ganz ruhig, es ist okay …«

Er warf mir einen hilflosen Blick zu. Ich streckte die Hand nach dem Telefon aus.

»Ich komme nicht zurück. Ich kann nicht … Es ist …«

Ich fiel ihm ins Wort. »Liam, hör mir zu, ich komme dich holen, aber du musst mir sagen, wo du bist. Bist du verletzt?«

»Ruby …« Er sog hörbar den Atem ein. Ich sah ihn vor mir, genauso wie er aussehen musste. Noch immer in seiner schwarzen Kampfmontur, den rechten Unterarm gegen das Blechgehäuse des Münztelefons gestützt, das Gesicht gerötet und aufgewühlt. Es brach mir von Neuem das Herz.

Ich packte das Handy so fest, dass sein billiges Plastikgehäuse knarrte. Dann drehte ich mich um, sodass ich in die Zimmerecke blickte und nicht auf die Reihe der Gesichter, die mich anstarrten, und ging in der Ecke gegenüber in die Hocke. »Es wird alles gut …«

»Nichts ist gut!«, brüllte er. *»Hör auf, das zu sagen! Nichts ist gut! Ich komme nicht zurück. Ich muss es Harry sagen und … und Mom, oh Gott, Mom …«*

»Bitte lass mich dich abholen«, flehte ich.

»Ich kann nicht dorthin zurück, zu euch …« Die Übelkeit, die stetig zugenommen hatte und mir den Magen umzudrehen drohte, wallte auf wie eine sich brechende Welle. Seine Stimme schien sich immer wieder ein- und auszuschalten. *»Die Verbindung bricht gleich ab, ich hab kein Geld mehr …«*

»Liam? Hörst du mich?« Die Panik prallte gegen meinen Kopf wie ein Wespenschwarm.

»… ich hab gewusst, dass das passieren würde … Verdammt noch mal … Du … Es tut mir leid … Ruby … es tut mir leid …«

Ich weiß nicht, wann oder wie sie es geschafft hatte, an so vielen Leuten vorbeizuhuschen, oder ob sie sich so klein und still gemacht hatte, dass sie die ganze Zeit unbemerkt da gewesen war – Zu. Sie nahm mir das Handy ab, und ich versuchte, es zurückzubekommen, doch sie hielt es sich ans Ohr, und dann sagte sie wieder und wieder mit einer Stimme so süß wie kleine Glöckchen: »Geh nicht weg, bitte geh nicht weg, bitte komm zurück, bitte …«

Ich hörte das Freizeichen. Ich hörte das Geräusch, sah das Telefon aus ihren Fingern gleiten und wusste, dass es vorbei war. Chubs griff nach ihr, und sie klammerte sich an ihm fest und vergrub das Gesicht an seiner Schulter. »Komm mit, wir trinken einen Schluck Wasser. Schnappen ein bisschen frische Luft. Irgend … was.«

»Ich will ihn suchen gehen«, sagte ich.

»Ich gehe mit«, erklärte Vida rasch. »Nico kann den Anruf zurückverfolgen.«

»Das geht nicht«, wehrte Chubs sanft ab. »Du hast hier eine Verantwortung.«

Na und?, hätte ich gern geschrien. Ich hätte mir am liebsten die Haare ausgerissen und das Hemd zerfetzt, aber das durfte ich nicht, ich durfte verflucht noch mal nichts von diesen Dingen tun, weil Cole mir dieses dämliche Versprechen abgenommen hatte. *Pass gut auf alles auf, Boss. Pass gut auf alles auf.* Cate und Harry würden erst in zwei Tagen kommen. Ich musste … ich musste es allen sagen.

Er hat dir das anvertraut. Er dachte, du kannst es. Du musst es schaffen.

Ich musste. Wenn Cole nicht hier war, wenn Liam nicht zurückkam, dann hatte ich hier die Verantwortung, und ich musste es den anderen sagen. Ich musste hierbleiben und alles zusammenhalten.

»Gebt mir eine Minute«, bat ich. Ich brauchte nur eine. Rasch marschierte ich zu Cates früherem Zimmer und schloss die Tür hinter mir. In der Dunkelheit ertastete ich die Kante des schmalen Bettes, desselben Bettes, in dem Liam und ich gestern Nacht geschlafen hatten, und ließ mich schwer darauf hinabsinken. Meine Hände strichen über die rauen Decken, ehe sie den weichen Stoff des Kapuzenpullis fanden, den er liegen gelassen hatte. Ich vergrub das Gesicht in seinem Duft, bis ich schließlich alles in einem lautlosen, die Kehle versengenden Schrei herausließ.

Warum musstest du da reingehen? Wie soll ich das schaffen? Warum hatte ich nicht mehr Widerstand dagegen geleistet, obwohl ich doch wusste, woher die Information gekommen war?

Doch es kam keine Antwort, nur die entsetzliche Stille, nur die drückende Dunkelheit.

Clancy.

Er hatte gewusst, dass es so kommen würde – er hatte darauf gesetzt. Er hatte Cole das Lager gezeigt, ihm die Bilder davon ins Gehirn gepflanzt, da er Cole als einen Menschen kannte, der es nicht einfach ignorieren konnte, wenn er sah, wie andere, die ihm glichen, so miserabel behandelt wurden. Er würde sich damit beschäftigen und über die reellen Chancen einer Rettungsaktion nachdenken. Wie oft hatte er schließlich schon entgegen aller Wahrscheinlichkeit gesiegt?

Er hatte nie eine Chance.

Die Worte schlugen Blasen in meinem Kopf. Ich wankte unter der Wucht der sengenden Hitze, die mir von den Schläfen bis in den Nacken lief. Blitze zuckten durch mein Blickfeld und spalteten die Tür vor mir erst in zwei, dann in vier Teile. Ich sah mehr, als dass ich es spürte, wie meine Hand sich hob und nach dem Türknauf griff. Je näher ich kam, desto entfernter schien ich zu sein; jemand zog mich zurück und zurück und zurück …

Das war das Letzte, woran ich mich erinnerte, ehe das verwaschene Schwarz in graues Schneegestöber überging und mich überschwemmte, während Haken und Nadeln durch meine Adern rannen.

Als ich wieder auftauchte, hielt ich eine kalte Pistole in der Hand und zielte damit auf Lillian Grays Kopf.

22. Kapitel

»… machst du denn? Hör auf, hör …«

»… Ruby, wach auf!«

»Das kannst du nicht machen – hör auf … Ruby … HÖR AUF!«

Ich trieb unter Wasser, so tief, dass es nichts mehr gab als süße, kühle Dunkelheit. Ich brauchte mich nicht zu bewegen, ich konnte nicht sprechen – es gab eine sanfte Strömung, die mich dorthin trug, wo ich hinmusste. Sie trieb mich voran, und ich folgte ihr gern, überließ mich dem Gefühl. Das war besser als der Schmerz.

»… schau mich an! Schau mich an! Ruby!«

Die Stimmen wurden von den Wellen verzerrt und zu einem anhaltenden Dröhnen in die Länge gezogen. Die Wörter füllten die Lücken zwischen den Herzschlägen, ein stetes *Ba-dum, Ba-dum, Ba-dum* in meinen Ohren. Ich wollte nicht, dass sie mich hier fanden.

Zuckerschnecke. Hey, Zuckerschnecke.

Ich wandte mich um und hielt Ausschau nach dem Ursprung dieser Worte, während ich meine steifen Muskeln zwang, sich zu bewegen.

Pass gut auf alles auf, Boss.

Es war niemand da. Die schwarzen Wassermassen um mich herum wirbelten jetzt härter gegen meine fröstelnde Haut. Hier gab es nichts.

Zuckerschnecke. Ruby.

Die Luft brannte dort, wo sie in meiner Lunge feststeckte.

Wo bist du?

Roo, alles okay?

Ich kämpfte gegen das Wasser an, streckte immer wieder die Arme, um mich an die Oberfläche zu ziehen. Oben – da war ein Licht, ein stecknadelkopfgroßes Licht, das größer wurde, wartete …

Komm schon, Liebling, komm schon …

Ich zog, zerrte, krallte mich nach oben …

»Sie wird gleich …«

»… tu doch was! Halt sie auf!«

»Ruby!«

Unsanft prallte ich wieder zurück in meinen eigenen Verstand. Das dicke, trübe Wasser floss um mich herum ab, während die Wirklichkeit Form annahm. Der statische, trockene Geruch des Computerlabors. Das Leuchten der Bildschirme, das von der weißen Wand zurückgeworfen wurde. Nicos blutleeres Gesicht. Mein Blick wanderte von der schweren, kalten Pistole in meiner Hand zu der hellhaarigen Frau auf dem Boden, die sich schützend die Arme über den Kopf hielt.

Ich zuckte zusammen und sah erneut Nico an, während die Waffe den Bruchteil eines Zentimeters herabsank. Mein Arm brannte und schmerzte, als hätte er das Gewicht schon stundenlang gehalten. Erkenntnis dämmerte in seinen Augen, und ich sah, wie sich seine Haltung entspannte, nur um wieder zu erstarren, als er »Vi, nicht!« rief.

Eben stand ich noch aufrecht da, im nächsten Moment lag ich auf dem Boden, und Schmerz fraß jeden wirren, desorientierten Gedanken auf. Ich war durch einen Rammstoß zwischen die Schulterblätter flachgelegt worden, wobei mir noch der letzte Rest Luft aus der Lunge gepresst wurde, als Vida mich auf den Boden drückte.

»Warte!«, rief Zu. »Ruby …?«

»Was …« Mein Mund fühlte sich an, als wäre er voller Sand.

»Ruby?« Chubs' Gesicht schwebte über mir. »Vi, geh runter von ihr …«

»Sie wollte sie erschießen … Ich dachte, sie … sie wollte schießen …«

»Was ist hier los?«, schrie Senatorin Cruz irgendwo über uns.

»Ich wollte nicht …«, begann ich, und der Schmerz drohte mir den Schädel zu spalten. Ich hatte das Gefühl, als würde ich umgedreht, auf den Kopf gestellt und nach außen gestülpt. »Wie bin ich hierhergekommen?«

»Du erinnerst dich nicht?«, fragte Dr. Gray, die von allen Anwesenden am gefasstesten klang. »Du bist rausgegangen und wieder reingekommen, und dann hast du mich ohne ein Wort zu Boden gestoßen.«

»Was?« Meine Nägel kratzten auf den Fliesen. »Nein! Das würde ich nicht … Ich hab nicht …«

»Du warst nicht bei Sinnen«, sagte Chubs und packte mich an den Schultern. »Du hast auf nichts reagiert, was wir gesagt haben …«

»Tut mir leid, Scheiße, entschuldige bitte«, sagte Vida. »Ich wusste nicht, was ich tun sollte – jedes Mal wenn wir näher gekommen sind, hast du ausgesehen, als würdest du gleich schießen!«

»Nico?«, sagte ich und presste mir eine Hand auf die Augen, um die Tränen aufzuhalten. Doch es war unmöglich, sie zu stoppen; der Schmerz vernebelte mir das Gehirn und bestimmte die Reaktionen meines Körpers. »Nico?«

»Er ist gerade rausgelaufen«, antwortete Senatorin Cruz. »Er hat auf den Monitor geschaut und ist davongerannt – was ist denn eigentlich *los*?«

Er. Er war das. Und durch den Schmerz, durch die anhaltende Verwirrung hindurch, die meinen Verstand umklammerte, begriff ich endlich, was ablief.

Ich packte Chubs am Arm. »Du musst – auf mich hören, okay?«

»Okay, Ruby, okay«, sagte er, »jetzt atme erst mal tief durch.«

»Nein, *hör zu*. Geht weg … du und Vida, ihr müsst die anderen holen. Die Kids. Holt sie und geht mit ihnen, Senatorin Cruz und … und Dr. Gray durch die Garage raus. Geht in eines von den anderen Gebäuden in der Nähe. Lasst niemanden abhauen. Verstanden?«

»Ja, aber was …«

»Nehmt so viel Essen und Wasser mit, wie ihr tragen könnt, aber wartet in dem anderen Gebäude, bis die Entwarnung kommt.«

Meine Gedächtnislücken begannen sich von selbst zu füllen. Wenn ich die Augen schloss, sah ich mich selbst inmitten eines Gesprächs, an das ich mich nicht erinnern konnte. Sah mich in völliger Dunkelheit im Computerraum sitzen. Meine Fingerspitzen erinnerten sich an jeden Tastendruck und prickelten bei dem Gedanken. Schlafwandeln. Die Nachrichten, die verschickt worden waren. Die Mitteilungen, die versandt wurden. *Er kann Menschen bewegen. Als wären sie Spielzeugfiguren.* Clancys letzte Warnung.

Meine Gedanken wirbelten wild umher und drehten sich umeinander, bis sie eine vollständige, erschütternde Erkenntnis bildeten.

Er hat einen Ausbruch geplant.

Sie kommen.

Jemand kommt, um ihn zu holen – und er hat mich dazu benutzt, das zu arrangieren.

»Es gab ein Sicherheitsleck«, erklärte ich den anderen. »Und zwar mich.«

»Was zur Hölle soll das heißen?«, wollte Vida wissen, während sie mir vom Boden aufhalf.

»Nico … Ihm ist aufgefallen, dass jemand Nachrichten von der Ranch verschickt hat und das vertuschen wollte, indem er sie aus dem Activity-Log des Servers gelöscht hat. Wir haben gedacht, es wäre …« Ich drehte mich zu Alice um. »Wir haben gedacht, du wärst es oder eines der Kids, die mit dir zusammenarbeiten. Aber du warst es nicht, oder?«

»Nein, verdammt noch mal, das hab ich dir doch gesagt!«, erwiderte Alice.

»Ich weiß, tut mir leid. Jetzt weiß ich es auch. Er hat mich herummanövriert und mich benutzt, um auszuspionieren, was hier läuft. Er hat mich Botschaften versenden lassen. *Verdammter Scheiße*!«

Flucht. Ich ließ meinen Verstand den Gedanken so durcharbeiten, wie er es getan hätte. Die Einzigen, die ihn herausholen konnten, waren das Militär seines Vaters oder eine Art Söldnertrupp. Er hatte wahrscheinlich nicht genau gewusst, wo die Ranch lag, bis ich nach Oasis gefahren war und er durch meine Augen sehen konnte, wie man hierher zurückkam.

Die Soldaten brauchte er nur, damit sie ihm die Zelle aufsperrten; danach wäre es ein Kinderspiel für ihn, sie dazu zu bringen, ihn nicht weiter zu beachten und sich daranzumachen, die anderen Kids in der Ranch zusammenzutreiben. Dann brauchte er sich nur noch aus dem Staub zu machen.

Aber warum hatte er nicht einfach mich dazu veranlasst, ihm die Zellentür aufzumachen? Warum warten, warum einen solchen Umweg gehen?

»Du hattest nicht die Kontrolle über dich?«, fragte Dr. Gray. »Wer dann?«

Ich starrte sie an und hatte meine Antwort. Clancy hatte gewollt, dass wir sie fanden. Dass wir sie hierherbrachten, damit er zu Ende führen konnte, was er begonnen hatte. Doch sie hatte recht gehabt – er würde sie niemals töten.

Das würde er mich erledigen lassen.

Ich wandte mich ab. Sie würde noch früh genug erfahren, dass ich unsere Abmachung nicht einhalten konnte.

»Lillian, gehen wir«, sagte Senatorin Cruz. »Ich muss Rosa holen – und die anderen. Ruby kommt nach, nicht wahr, Ruby?«

»Das ist …« Ich sah das Bedürfnis zu protestieren in ihren Augen, doch die Senatorin nahm sie am Arm und führte sie zur Tür.

Ich eilte zu der Tafel an der Frontseite des Raums und wischte sie sauber, bevor ich das Satellitenbild von Thurmond abriss, es zusammenfaltete und Vida zuwarf. »Bitte«, sagte ich zu ihr und Chubs, »geht die anderen holen, und bringt sie raus – ich muss mich um Clancy kümmern, aber ich komme bald nach. Leute – *bitte*! Schaltet den Server ab, und nehmt alles aus dem Waffenschrank mit, was ihr tragen könnt.«

Die Anzahl an Waffen war gering, denn die Kids, die zu den Wasserwerken ausgeschwärmt waren, hatten die meisten Pistolen mitgenommen. Es waren nur noch so wenige von uns auf der Ranch – in erster Linie Oasis-Kids, die für Außeneinsätze noch zu unerfahren waren. Wir hatten nicht genug Zeit gehabt, sie für so etwas wie das hier zu trainieren.

»Wenn du glaubst, ich lasse dich allein, hast du den Verstand verloren«, erklärte Chubs.

Ich packte mit doppelter Kraft zu und krallte ihm meine abgebrochenen Nägel in die Haut. »*Geht!* Ihr müsst sofort verschwinden – *auf der Stelle.* Der Standort der Ranch ist verraten worden. Du musst die Kids rausbringen. Nimm Senatorin Cruz und Dr. Gray mit. *Charles!* Hör zu! Ich komme gleich nach, aber wenn – wenn ihr bleibt, kommt hier niemand mehr raus. *Geht!*«

Vidas dunkle Augen blitzten, als sie ihn am Arm nahm und gewaltsam wegzerrte. »Du kommst gleich nach?«

»Ich komme gleich nach.«

Ich rannte aus dem Computerraum, stieß mit der Schulter die Doppeltür auf und blieb wie angewurzelt stehen. Ein Schauer durchlief mich, als die unnatürliche Stille im Korridor von einer hysterischen Stimme durchbohrt wurde. Ich erkannte sie mit einem schrecklichen, beklommenen Gefühl.

Ich rannte zur Vorratskammer. Die Tür war bereits aufgesperrt worden und stand einen Spalt weit offen. Meine Angst wuchs, und ich vermochte nicht zu sagen, ob das leise Brummen in der Ferne tatsächlich Hubschrauber waren oder das Produkt meiner blühenden Fantasie.

»… du hast es versprochen! Du hast versprochen, du würdest das nicht wieder tun!«

Ich stürmte den engen Flur entlang, durch die offene Tür und platzte mitten in die Szene hinein.

Nico hatte die Hände in seinem schwarzen Haar vergraben und zerwühlte die glatt zurückgegelten Strähnen, sodass sie zu Berge stand. Mit hochrotem Gesicht, als hätte er geweint, ging er erregt vor Clancys Zelle auf und ab. »Und ausgerechnet ihr! Wie konntest du Ruby wehtun? *Wie konntest du?*«

Clancy saß im Schneidersitz auf dem Bett und machte ein verdrossenes Gesicht, schien aber ansonsten unberührt von Nicos Nervenzusammenbruch. Sein Blick wanderte zu mir herüber, und er hob die Arme, um sie fest vor der Brust zu verschränken. Nico war Gott sei Dank nicht in die Zelle hineingegangen, doch ich sah einen Satz der gleichen Schlüssel, die ich in der Hand hielt, in seiner.

Coles Schlüsselbund, begriff ich schlagartig. Wir hatten diesen Bereich vor fast allen hier auf der Ranch geheim gehalten, aber Nico hätte vielleicht mitkriegen können, wie einer von uns hier hineinging, oder er hatte eine Art Lageplan des Gebäudes auf einem der Server gefunden. Verdammt, er hätte es auch einfach erraten haben können.

»Ruby – er darf nicht immer wieder damit durchkommen! Das geht einfach nicht!« Nico hatte Tränen in den Augen. »Du musst ihn wegjagen, lass ihn einfach gehen, bevor …«

»Endlich«, sagte Clancy zu mir. »Könntest du ihn bitte hier rausschaffen? Meine Migräne ist schon schlimm genug.«

»Wenn du jetzt schon Kopfweh hast, dann überleg dir mal, wie es sich anfühlen wird, wenn ich dir den Schädel vom Leib reiße«, fauchte ich.

Clancy grinste und musterte mich von oben bis unten. »Sieht aus, als hättest du einen interessanten Abend gehabt.«

»Halt's Maul! *Halt's Maul!* Ruby, er …« Nico sog hörbar den Atem ein. »Es ist, wie ich dir gesagt habe – er kann die Körper anderer Leute kontrollieren. Er kann sie wie Marionetten bewegen, ohne dass sie es merken. Das hat er andauernd gemacht, mit allen Forschern. Ich weiß, dass er das kann, und er hat dich … er hat dich dazu benutzt, die Nachrichten über den Server zu versenden!«

Einen Moment lang glaubte ich, er würde versuchen, alles zu leugnen, und Nico als Verrückten abtun. Doch Clancy bemühte sich nicht einmal, das abschätzige kleine Lächeln in seinem Mundwinkel zu verbergen.

»Hab ich dich echt drangekriegt, was?«

»Du …« Der Gedanke war einfach zu viel. In meinen Kopf einzudringen, während ich schlief, verhinderte, dass ich das Prickeln im Hinterkopf spürte, das immer auftrat, wenn jemand eine Verbindung zwischen unseren Gehirnen herzustellen versuchte. Clancy hatte mich herumlaufen lassen wie eine Marionette – er hatte Gespräche belauscht und ganze

Momente meines Lebens gestohlen. Ich hatte als seine Augen und Ohren fungiert, und ich hatte nicht einmal geahnt, dass das machbar war, dass überhaupt die Möglichkeit bestand.

»Wie lange schon?«, wollte ich wissen.

»Wie lange hast du schon diese ›stressbedingten Kopfschmerzen‹?« Clancy faltete die Hände im Schoß. »Die sind *ätzend*, nicht wahr? Ich bin froh, dass ich nicht allein darunter leiden musste. Aber du musst wissen, dass das ganz allein deine Schuld ist. Jedes Mal wenn du in den Verstand von jemand anders eindringst, stellst du eine Verbindung zu dem anderen her – die Erinnerungen und Gedanken des anderen werden zu deinen. Jedes Mal wenn du in meinen Kopf gekrochen bist, jedes Mal wenn ich dich erwischt habe, während deine Abwehr heruntergefahren war, hast du zugelassen, dass ich unsere Bindung verstärke. Du bist der Grund, warum ich überhaupt dazu imstande war.«

»Was stand in den Nachrichten?«, fragte ich, während ich dichter an die Glasscheibe herantrat. Nico sackte hinter mir an der Wand zu Boden und verbarg das Gesicht in den Händen. »An wen sind sie gegangen?«

»Ich habe keine Ahnung, wovon du redest«, sagte Clancy. »Ihr seid offensichtlich beide zu emotional, um das zu begreifen. Du warst so gestresst, Ruby. Es ist schwerer, seine Fähigkeiten zu kontrollieren, wenn man so … angeschlagen ist …«

… *Nicht wahr?*

Ich hörte die Worte, als wären sie innerhalb meines Schädels gesprochen worden. Augenblicklich rammte ich eine schwarze Wand zwischen uns und kappte die Verbindung, ehe sie vollständig zustande kommen konnte.

So hatte er mich also erneut ausgetrickst – er kannte die Symptome von Angst und Konzentrationsmangel, und selbst die Kopfschmerzen ließen sich durch den Stress unserer Lage wegerklären.

Wieder und wieder und wieder, dachte ich. Jedes Mal tappe ich in die Falle. Wir befanden uns auf unterschiedlichen Ebenen, und ich musste aufhören, so zu tun, als wäre es nicht so. Mein Verstand war nicht verschroben genug, um sich auch nur vorzustellen, dass er dazu imstande sein könnte.

»Schon besser.« Clancy nickte mir anerkennend zu. »Jetzt verstehst du. Deine Rolle in dem Ganzen ist beendet. Der Rote ist weg. Du hast das hier so gut aufgebaut, dass es ein Leichtes sein wird, es zu übernehmen und zu Ende zu bringen. Jetzt kannst du dich ausruhen. Wolltest du das nicht?«

»Du hast gewusst, dass er verletzt … dass er getötet werden könnte«, sagte ich mit erstickter Stimme.

»Nur weil du es garantiert hast«, entgegnete Clancy, und der Triumph ließ seine dunklen Augen leuchten. »Was glaubst du denn, wer eine Nachricht an die Ausbilder dort geschickt und ihnen geraten hat, auf der Hut zu sein?«

Zuerst kam ein Moment voll schädelzerschmetternden Schmerzes, und dann begann ich zu schreien. Ich schrie und schrie und hämmerte mit beiden Händen gegen das Glas, bis ich nichts mehr von mir geben konnte als einen jämmerlichen, leisen Seufzer. *Meine Schuld. Meine Schuld. Meine Schuld.*

»Ein bisschen tragisch, nicht wahr? Jemandem zu geben, was er unbedingt haben will, wohl wissend, dass es letztlich die Macht haben wird, ihn zu zerstören. Er wollte so unbedingt wissen, dass er nicht der Einzige seiner Art war – wollte zu uns gehören. Es war erbärmlich.«

Ich fuhr auf ihn los; in meinem Blickfeld blitzte es rot, schwarz und weiß, und die unsichtbaren Hände in meinem Kopf schossen bereits auf ihn zu.

Das hier durfte er nicht bekommen.

East River, Los Angeles, Jude, die Forschungsergebnisse, Cole – er hatte uns so viel genommen, hatte jede Spur von Hoffnung vernichtet, gerade als sie sich in meinen Händen verfestigte. *Er darf das nicht bekommen.* Wir waren zu nahe dran. Ich war zu nahe dran, das hier zu Ende zu bringen.

Nico stoppte mich, indem er vor mich trat und die Schlüssel schwenkte. Mit ruhigen Händen und konzentrierter Miene schloss er jeden der drei Riegel an der Tür auf.

»Geh!«, rief er und riss die Tür auf. »Verschwinde wieder, so wie du's immer machst! Verpiss dich, bevor du uns alles ruinierst – pfeif die Leute zurück, die du engagiert hast, um dich rauszuholen, und … hau einfach ab!«

Mit sonderbarer Miene erhob sich Clancy von seiner Pritsche.

»Kapierst du es nicht?«, fragte Nico. »Du hast damit nicht die Leute verletzt, die dir was getan haben – das wirst du nie schaffen, auch wenn du es dir nicht eingestehst! Du kommst nicht einmal an sie ran. Das Einzige, was du je getan hast, war, den Kids zu schaden, die dir helfen wollten. Wir alle wollten dir helfen!«

»Dann hättet ihr mir aus dem Weg gehen sollen.«

»Warum hast du der League geholfen, mich aus dem Leda-Programm rauszuholen?«, wollte Nico wissen und blieb stehen, während Clancy auf ihn zuschlenderte. »Du hast ihnen den Plan gegeben, mich in Philadelphia rauszuholen, stimmt's? Aber du warst auch derjenige, der mich in Thurmond zurückgelassen hat – du hast uns alle sitzen lassen, nachdem du uns erzählt hattest, wir würden gemeinsam ausbrechen und dann könnten wir ohne Angst und Scham und Schmerz leben. Clancy … erinnerst du dich nicht an den Schmerz?« Seine Stimme senkte sich zu einem Flüstern. »Warum konntest du mich nicht sterben lassen wie die anderen? Du hast gesagt, ich müsse leben, aber ich wünschte, ich wäre einfach … Ich wünschte, ich wäre gestorben, damit du mich nicht hättest benutzen können.«

Clancy musterte ihn, auf seinem Gesicht lag ein Ausdruck, den ich noch nie an ihm gesehen hatte.

»Warum musst du alles Gute, was wir dir zu geben versuchen, kaputtmachen?«, fragte Nico. »Du hast dich von denen zu etwas machen lassen …«

»Das bin *ich*«, fauchte Clancy. »Ich lasse mich von denen nicht verändern. Ich lasse mich von ihnen nicht einmal anfassen. Nie wieder.«

»Niemand zwingt dich, den Eingriff vornehmen zu lassen.« Nico hob besänftigend die Hände. »Du kannst gehen. Du kannst verschwinden. Aber bitte … bitte … pfeif die Leute zurück, die hierher unterwegs sind. Bitte, Clancy. *Bitte.*«

»Ich hab dir gesagt, du sollst dich da raushalten«, sagte Clancy mit zitternder Stimme, während er gleichzeitig den Ausgang im Auge behielt, und ich sah, dass er darüber nachdachte. »Warum kannst du nie auf mich hören?«

»Bitte«, bettelte Nico.

»Es ist zu spät«, sagte er, die Hände in den Taschen seiner Jogginghose zu Fäusten geballt. »Wenn du nicht so *dumm* wärst, hättest du das begriffen. Hörst du's nicht? Sie sind auf dem Dach. Sie sind *hier.*«

»Aber du könntest sie dazu bringen, wieder abzuziehen. Du könntest dafür sorgen, dass sie weggehen.«

Er bearbeitet ihn, registrierte ich, nur teilweise verwundert. Clancy dachte allen Ernstes darüber nach, erwog Nicos Worte. Ich regte mich nicht, ich hatte viel zu große Angst, den seltsamen Bann zu brechen, der sich über den Raum gelegt hatte. Mein Blick zuckte zwischen den beiden Jungen hin und her, die vor der Zelle standen. Die Spannung im Raum ließ nach, löste sich allmählich.

»Wer ist hier?«, ertönte eine leise Stimme von der Tür her. »Wen hast du gerufen, um dich zu holen?«

Sofort erstarrte Clancy wieder und drängte sich an Nico vorbei. »Hallo, Mutter. Hast du gehofft, ich würde gehen, ohne Auf Wiedersehen zu sagen?«

»Wen hast du gerufen?«, wiederholte sie, und ihre steife Haltung spiegelte exakt die ihres Sohnes wider.

»Was glaubst du wohl?«, fragte er liebenswürdig. »Ich habe Dad gerufen.«

»Ich habe Ihnen doch gesagt, Sie sollen verschwinden!«, blaffte ich sie an.

»Nein, bleib nur«, sagte Clancy. »Das letzte Mal hat offenbar nicht gewirkt. Wir müssen es noch mal versuchen, aber diesmal wird Ruby nicht da sein, um dir zu helfen.«

Ein kurzer Moment der Stille, und dann erbebte das ganze Gebäude, wurde von der Wucht einer Explosion erschüttert. Clancy schaute an seiner Mutter vorbei zur Tür, und in diesem Moment wusste ich, dass ich ihn noch nie so abgrundtief gehasst hatte.

Das Licht fiel auf die Pistole – meine Pistole, die, die mir im Computerraum aus den Händen geschlagen worden war –, als Lillian Gray sie hob und damit auf Clancy zielte.

»Ich liebe dich«, sagte sie und drückte ab.

23. Kapitel

Blut spritzte aus seiner Schulter und schleuderte ihn rücklings gegen die Glaswand. Doch Lillian war noch nicht fertig. Sie trat erneut einen Schritt vor, ignorierte den Schmerzensschrei ihres Sohnes und zielte tiefer. Diesmal schoss sie ihm ins Bein. Dabei blieb ihr Gesicht die ganze Zeit eine eisige Maske, als müsste sie einen zentralen Teil von sich selbst ausschalten, um das durchzustehen.

Nico und ich zuckten bei jedem Schuss zusammen. Er hielt sich die Hände vors Gesicht und wandte sich ab. Ich sah zu. Ich musste mich vergewissern, dass Clancy diesmal nicht davonkam.

Die Decke bebte, und das Geräusch schwerer Schritte dröhnte über unseren Köpfen. Uns blieben bestenfalls noch ein paar Minuten, ehe sie uns fanden. Es musste schnell gehen. Und, na klar. Das Einzige, woran ich denken konnte, als die altbekannte Ruhe über mich kam, war ein simpler Satz: *Akzeptieren, anpassen, agieren.*

Die Gewissheit daran war eher tröstlich als beängstigend. Auch das wirkte so sonderbar – nachdem ich die Möglichkeit in die finsterste Ecke meines Verstands abgeschoben hatte, hatte sie irgendwann dort Wurzeln geschlagen und war aufgeblüht. Der alte Plan war dahin. An seiner Stelle blühte der neue.

Die Schnur mit dem USB-Stick daran war aus Nicos Hemd

gerutscht, als er von Clancy wegstolperte und rückwärts gegen die Glaswand der Zelle fiel. Ich war bei ihm, noch ehe er Luft holen konnte, griff nach dem schwarzen Stück Plastik und zog so fest daran, dass die Schnur riss. Und ehe er reagieren konnte, schubste ich einen völlig schockierten Nico in die leere Zelle und schlug die Tür zu.

»Nein!«

Ich hatte die Schlüssel. Das Schloss hörte ich kaum, als es klirrend einschnappte.

»Nein, nein, nein«, stöhnte er. »Ruby, du weißt doch, was sie machen werden. Die bringen dich wieder dahin zurück, und sie bringen dich um. *Sie bringen dich um.*«

Dr. Gray war mittlerweile neben ihrem Sohn niedergekniet, um Druck auf seine Wunden auszuüben. Sie sah mich verblüfft an.

»Ich lasse nicht zu, dass sie mir etwas antun«, sagte ich, im vollen Bewusstsein, was für ein hohles Versprechen das war. Doch in diesem Moment war ich mir dieses Plans so sicher, wollte so unbedingt garantieren, dass er nach alldem nicht fehlschlug, dass ich darauf vertraute, vielleicht genug PSFs beeinflussen zu können, um am Leben zu bleiben.

Ich will leben.

»Ich hätte das machen müssen. *Ich* müsste das tun!«

»Sag den anderen, am 1. März«, sagte ich, während ich die Handfläche gegen das Glas presste und die Schlüssel zu Boden fallen ließ. »Am 1. März. Harry kennt den Plan.«

»Ruby«, schluchzte er, »tu das nicht.«

Ich lehnte die Stirn gegen die kühle Scheibe und sagte leise: »Jetzt sehe ich sie vor mir – die Straße, von der Jude gesprochen hat. Sie ist so schön. Der Regen hat aufgehört, und die Wolken verziehen sich allmählich.«

Ich will leben.

Ich drängte Dr. Gray mit der Schulter beiseite und griff nach Clancy, packte ihn unter den Armen. Es war eine Herausforderung, unter seinem schlaffen Körper nicht zusammenzubrechen. Ich zerrte ihn durch die Tür und in den kurzen Flur hinaus.

»Was machst du denn?«, rief die Frau mir nach, Hände, Hemd und Gesicht mit dem Blut ihres Sohnes verschmiert. »Wo bringst du ihn hin?«

»Machen Sie die Tür zu!«, wies ich sie barsch an.

Nico presste sich immer noch gegen die Scheibe und drosch mit den Händen dagegen, als Dr. Gray die Tür vor diesem letzten Bild schloss. Im Gehen blickte ich auf Clancys dunklen Schopf hinab und lauschte seinem halb bewusstlosen Gebrabbel. Der Kupfergeruch von Blut stieg mir in die Nase. Ich blickte auf meine Hände herab und dachte: *Selbst jetzt beschmutzt er mich noch.*

Sie schalteten den Strom genau in dem Moment ab, als ich Clancy durch die letzte Tür zog. Er rutschte mir aus den Händen und sackte schlaff auf den Fliesen zusammen. Ich blickte mich um, um mich zu vergewissern, dass Dr. Gray die letzte Tür geschlossen und Nico sicher dort drinnen eingesperrt hatte. Dann steckte ich mir den USB-Stick in den Stiefel und streckte mich bäuchlings auf den kalten Fliesen aus. Stolz stellte ich fest, dass meine Hände nicht zitterten, als ich sie hinter den Kopf legte.

Atmen.

Ich suchte jenen Ort ganz tief in meinem Innern auf, nach dem Zu mich gefragt hatte. Ich zog mich so weit wie möglich zurück, als der erste Lichtstrahl die Finsternis des Korridors durchdrang. Dort konnte die Angst mich nicht berühren, nicht einmal, als ich an den Haaren und an der Schulter hochgezerrt wurde und man mir mit irgendetwas ins Gesicht leuchtete. Die dunklen Flecken in meinem Blickfeld löschten das Gesicht des Soldaten aus, und ich konnte durch meinen eigenen gleichmäßigen Herzschlag hindurch nichts hören. Als der Griff fester wurde und sich etwas Kaltes, Metallisches gegen meinen Nacken presste, wusste ich, dass sie mich identifiziert hatten.

Clancy wurde von einem Kreis aus Männern in dunklen Kampfanzügen umringt, während jemand Dr. Gray zur Seite zerrte, die sich mit Händen und Füßen gegen den Soldaten wehrte, der sie von ihrem Sohn trennte. Einer von ihnen, ein Sanitäter, trat einen Moment beiseite, sodass ich sehen konnte, wie sie ihm eine Knebelmaske aus weißem Plastik übers Gesicht zogen.

Funkgeräte brummten, Stimmenschwärme flogen über meinen Kopf, doch ich nahm nichts davon richtig wahr. Meine Hände waren gefesselt, die Kabelbinder unerträglich, als der Soldat, der mich gepackt hielt, sie noch fester zog und mich auf den Rücken drehte. Etwas stach mir in den Hals, und ich spürte den Druck der Injektion, die in mein Blut gepresst wurde.

Sie werden mich umbringen. Ich würde nicht einmal lebend aus dem Haus herauskommen, geschweige denn aus dem Staat, wenn das hier nicht klappte. Ich hätte üben sollen. Ich hätte eine Möglichkeit finden sollen, das an einer Gruppe auszuprobieren, als mein Leben noch nicht von einem Finger an einem Abzug abhing.

Das Medikament, das sie mir gespritzt hatten, ließ meine Gliedmaßen zu Staub zerfallen. Ich fühlte mich leicht genug, um weggeblasen zu werden, doch es konnte meinen Verstand nicht antasten, noch nicht. Ich kämpfte gegen meine zufallenden Lider und das Gewicht an, das sich auf sie legte. Ich musste noch etwas … Ich musste noch etwas erledigen …

Monatelang hatte ich meine Gabe zu einer fest gewickelten

Spule aufgerollt, von der ich stets nur ein paar kurze Stücke herausgelassen hatte – und auch nur, wenn es nötig war. Die Anstrengung, sie unter Verschluss zu halten, war eine stetige, unentwegte Erinnerung daran, dass ich arbeiten musste, um das Leben zu bewahren, das ich mir selbst hier draußen aufgebaut hatte. Es war wie ein Muskel, den ich sorgfältig trainiert hatte, damit er fast jedem Druck widerstand.

Alles auf einmal herauszulassen war ein Gefühl, als schüttelte man eine Flasche Limo und risse dann den Deckel ab. Es schäumte und sprudelte und schoss aus mir heraus, auf der Suche nach den Verbindungen. Ich steuerte es nicht, und ich bremste es nicht – ich weiß nicht, ob ich das überhaupt gekonnt hätte. Ich war der brennende Kern einer Galaxie aus Gesichtern, Erinnerungen, Liebe, Leiden, Enttäuschungen und Träumen. Es war, als lebte ich Dutzende von Leben. Ich war entzückt und niedergeschmettert davon, wie seltsam schön es war, ihre Gedanken mit den meinen verbunden zu fühlen.

Das Drehen in meinem Kopf verlangsamte sich zusammen mit dem Treiben um mich herum. Ich spürte, wie die Zeit in der Nähe lauerte und darauf wartete, ihr gewohntes Tempo wieder aufzunehmen. Die Dunkelheit glitt in die Ränder meines Blickfelds und sickerte in meinen Verstand hinein wie ein Tropfen Tinte in Wasser. Doch ich hatte den Moment unter Kontrolle, und es gab nur noch eins, was ich ihnen sagen musste, eine letzte Idee, die ich ihren Gehirnen einprägen musste.

»Ich bin Grün.«

Als ich erwachte, spürte ich kaltes Wasser und hörte die leise Stimme einer Frau.

Der Geruch von Bleiche.

Der Nachgeschmack von Erbrochenem.

Trockene Kehle.

Aufgerissene, gespannte Lippen.

Das metallische Klappern und Scheppern eines alten Heizkörpers in dem Moment, bevor er einen warmen Lufthauch ausstößt.

»… müssen den Test durchführen, während die Versuchsperson bei Bewusstsein ist …«

Wach auf, befahl ich mir, *wach auf, Ruby, wach auf …*

»Gut. Da darf es keine Missverständnisse geben, klar?«

Ich riss mich aus einem Nebel aus Schmerz und Erschöpfung heraus. Meine Augen waren von Schlaf verkrustet. Ich versuchte, eine Hand zu heben, um darüberzuwischen und das Prickeln an meinen Fingerspitzen zu lindern. Die Klettfessel spannte sich und schnitt mir heftig in die bloßen Handgelenke, als ich mich vergebens abmühte, von dem eiskalten Untersuchungstisch aufzustehen.

Das kalte Wasser war überhaupt kein Wasser gewesen, sondern Schweiß. Er tropfte in die weiße Knebelmaske aus Plastik, die jeden mühsamen, erhitzten Atemzug unter Verschluss hielt. Die schwarzen Flecken vor meinen Augen verschwanden, und ich gewöhnte mich an das grelle Kunstlicht im Raum. Allmählich fügten sich die Einzelteile zusammen. Das Poster an der Wand zeigte die Farbtabelle, die die jeweiligen Fähigkeiten auflistete, von Rot bis Grün – das *Psi-Einstufungssystem*. Meine Lippen formten die Worte, die darüber standen.

Hoch oben in der Ecke blinkte ein lidloses Kameraauge wie ein pochendes Herz.

Beruhige dich, Ruby. Der rationale Teil meines Gehirns funktionierte zumindest noch. *Ganz ruhig. Du lebst noch. Ganz ruhig …*

Es war reine Willenskraft und sonst nichts, die meinen Puls letztlich wieder verlangsamte. Ich atmete durch die Nase ein und durch die Zähne wieder aus. Das hier war Thurmond – die Krankenstation. Ich erkannte das von Zitronenduft geschwängerte Grauen und das Weinen der Kids in der Nähe, das Rumpeln von Wagen mit Medikamenten und Krankenakten, die schweren Stiefelschritte, und dennoch kam es einem Teil von mir unwirklich vor, selbst als die letzten Augenblicke auf der Ranch mich überfielen. Der USB-Stick – ich hatte die Stiefel noch an, sie hatten sie mir nicht abgenommen, Gott sei Dank. Ich versuchte den Fuß trotz der Fesseln zu biegen, doch ich spürte den Stick nicht an meinem Knöchel. Ich streckte die Zehen und beugte sie dann wieder, wobei ich vor Erleichterung fast geweint hätte, als ich die scharfen Plastikkanten unter meiner Ferse spürte. Er musste heruntergerutscht sein.

Du bist aus einem bestimmten Grund hier, rief ich mir in Erinnerung. *Die anderen verlassen sich darauf, dass du das hier zu Ende bringst. Du musst es zu Ende bringen.*

Ich kniff die Augen zu, bestrebt, die Bilder auszublenden, die aus den finstersten Ecken meiner Fantasie auf mich einströmten. Sie hätten dich nicht hierhergebracht, wenn sie dich einfach nur umbringen wollten. Ich sah Ashleys bleiches graues Gesicht. Wie ihr steifer Arm auf die Erde gefallen war und die Hand in den Graben baumelte, in den sie sie legen würden. Vielleicht ging es hier ja darum, offiziell registrieren zu lassen, wo mein Leichnam begraben lag.

Und auf einmal spielte es gar keine Rolle mehr, was ich war und was ich durchgemacht hatte. Ich war wieder zehn Jahre alt und wartete in schrecklicher Stille auf jemanden, der mich aus dem Albtraum weckte, in den ich geraten war. *Hilf mir,* dachte ich, *helft mir doch …*

Zuckerschnecke.

Ich kniff die Augen zu, um die vertraute Stimme abzuwehren, die mir ins Ohr flüsterte, und fühlte, wie es mir die Kehle zuschnürte, diesmal aus Kummer. *Lass mich das nicht vermasseln, hilf mir,* dachte ich. Ich war allein hier, das hatte ich gewusst, doch irgendwie hatte ich unterschätzt, wie beängstigend das sein würde. Ich griff nach dem Bild von Coles Gesicht und stellte es in meinem Verstand an vorderste Stelle. Er hätte keine Angst. Er würde mich nicht alleinlassen.

Du musst zu Fuß hier rausmarschieren. Die Worte setzten sich in meinem Verstand fest. *Nicht nur für die anderen, sondern für dich selbst. Du musst auf deinen eigenen zwei Beinen hier rausmarschieren.*

Die Tür ging einen Spalt weit auf, und die Geräusche aus dem Rest des Gebäudes wallten herein. Dann erschien das Gesicht eines alten Mannes, dessen graues Haar seinen Kopf wie eine Ansammlung von Staubflocken umgab. Er kniff hinter der Brille die Augen zusammen, und ich erkannte ihn erst, als er ganz hereinkam und ich eine Lunge voll von seinem entsetzlichen Geruch einatmete – Alkohol und Zitronenseife. Dr. Freemont trieb also noch immer sein Unwesen hier.

Er stieß einen Laut des Erstaunens aus. »Sie ist ja wach.«

Ein zweites Gesicht erschien hinter seinem, das einer Frau in grauer OP-Kluft, die rasch beiseitegeschoben wurde, um zwei PSFs einzulassen. Ihre schwarzen Uniformen waren makellos, von den gewienerten Stiefeln bis hin zu dem auf der Brust aufgestickten roten Ø. Als ich ihre Gesichter sah, war es, als lebte ich in einer Erinnerung, und der Moment wurde surreal.

Konzentrier dich.

Eine letzte Person betrat den Raum. Es war ein Mann mittleren Alters mit sandfarbenem Haar, das unter den Lampen silbern glitzerte. Seine Uniform unterschied sich von der der Soldaten; sie bestand aus einem schwarzen Button-down-Hemd und dazu passenden Hosen. Ich kannte diese Uniform, obwohl ich sie erst einmal aus der Nähe gesehen hatte. *Ein Lagerauf-*

seher. Einer von denen, die im Kontrollturm arbeiteten, die Kameras überwachten und den Tagesablauf verfolgten.

»Ah, da sind Sie ja«, begann Dr. Freemont. »Ich wollte gerade mit dem Test beginnen.«

Der andere – auf seinem Hemd war der Name *O'Ryan* eingestickt – trat vor und machte eine ausladende Handbewegung, ein eindeutiges Startsignal.

Unwillkürlich biss ich die Zähne zusammen und ballte die Fäuste. Ich war schlau genug, mir die Frage zu verkneifen, was hier ablief, doch ich durchschaute die Situation schnell genug, um eine Vermutung anzustellen. Der alte Mann zog ein kleines Weißrauschen-Gerät aus der Tasche und drehte an einem Regler.

Als ich diesen Plan ausgeklügelt hatte, hatte ich mir die ganze Zeit vorgestellt, wie ich die Lageraufseher und die PSFs alle auf einmal beeinflusste und vorgab, dass ich in Wirklichkeit eine Grüne sei, wie ich jeden von ihnen bearbeitete, sobald er mir über den Weg lief. Doch jetzt, als der Arzt auf den größten Knopf an dem Gerät drückte, wurde mir klar, dass ich gar nicht Dutzende beeinflussen musste, sondern nur vier.

»Das ist Grün«, erklärte Dr. Freemont.

Das Geräusch aus dem Gerät war sanfter, als ich erwartet hatte, so als hörte ich es aus mehreren Etagen über mir. Das schrille Jaulen und die wirre Mixtur aus Piepen und Brummen ließen mir die Haare zu Berge stehen, und mein Magen verkrampfte sich, doch es war nichts im Vergleich zu dem Weißrauschen, das sie über die Lagerlautsprecher verbreitet hatten.

Sie wollen wissen, welche Frequenz ich hören kann, dachte ich. *Scheiße …*

Unsere Gehirne verarbeiteten Geräusche anders als ein normaler menschlicher Verstand. Wenn die Erwachsenen das Geräusch hörten, war es wenig mehr als eine summende Fliege, die um ihre Ohren herumschwirrte. Es gab ein Spektrum von Tonhöhen, die uns zusetzten und von denen jede speziell auf eine bestimmte Farbe abgestimmt war. Das hatte ich erfahren, als Cate und die League es geschafft hatten, Töne in das normale Weißrauschen einzubinden, die für Orangene und Rote gedacht waren, in der Hoffnung, diejenigen unter uns aus der Reserve zu locken, die sich versteckt hatten oder vorgaben, eine andere Farbe zu sein. Das Geräusch, die Abfolge von schädelsprengenden Knall- und Krachlauten, war mir durch und durch gegangen und hatte mich das Bewusstsein verlieren lassen.

Ich kämpfte gegen die Klettverschlüsse der Manschetten an, ließ meine Augen hervorquellen, bäumte mich auf und warf meinen ganzen Körper hin und her, als wäre das Geräusch ein Messer, das man mir wiederholt in die Brust stach. Die Töne, die aus der Knebelmaske drangen, waren dumpfe Tierlaute.

O'Ryan hob die Hand, und das leise Geräusch wurde abgestellt. Er trat näher an die Liege heran und starrte auf mein Gesicht herab. Ich musste meinen Hass mit Gewalt in Furcht verwandeln.

»Erfolgreiche Reaktion«, sagte Dr. Freemont. »Soll ich …«

Die Miene des Lageraufsehers war ausdruckslos, doch ich sah, wie er nachdenklich die Lippen schürzte. Jetzt konnte ich ihn genau sehen; seine breiten Schultern füllten sein Hemd aus, und wie er da so über mir stand, schien er drei Meter groß zu sein. Seine Haltung hatte etwas an sich, was mich an eine Messerklinge erinnerte. Er stand steif und stolz da, während sein Blick jede Kontrollebene durchschnitt, die ich mir aufgebaut hatte, und ich begriff eine Sekunde zu spät, dass das kein normaler Lageraufseher war. Das war *der* Lageraufseher.

Und ich sah ihm direkt in die Augen.

Ich wandte den Blick ab, doch der Schaden war bereits geschehen. Ich hatte zu viel Willen gezeigt. Er hatte das als Herausforderung aufgefasst. »Stellen Sie Orange ein.«

Mittlerweile konnte ich vieles aushalten, doch ich wusste, dass eine Dosis dieses Weißrauschens so wäre, als würde ich mich einem heranrasenden Zug in den Weg stellen. O'Ryan stand über mir und starrte mir ins Gesicht. Er glaubte, er hätte hier die Kontrolle, nicht wahr? Dass er mich, wenn er mich nur eingehend genug musterte, dabei ertappen würde, wie ich meine Kräfte einsetzte – dass ich, solange mich der Knebel am Sprechen hinderte, keine Befehle erteilen könne.

Ich brauchte ihn nicht anzusehen. Ich musste nicht mit ihm sprechen. Und letztlich musste ich auch nur eine Person beeinflussen.

Dr. Freemonts Verstand war ein Sumpf aus gesichtslosen Kindern und Computerbildschirmen. Ich pflanzte die Bilder mitten hinein, ein schönes, ordentliches Paket, basierend auf dem, was ich von meiner ersten Registrierung im Lager noch in Erinnerung hatte, und zog mich auf der Stelle wieder zurück.

Ich gab ihm das Bild ein, wie er an dem Regler fummelte, wie er das Gerät an seine Brust zog und den Knopf auf die ursprüngliche Einstellung zurückdrehte. Jetzt kehrte er den PSFs an der Tür den Rücken zu. O'Ryan sah mich an, so selbstgefällig und von sich überzeugt, dass er sich ein wissendes Lächeln gestattete. Ich senkte die Wimpern und war zum ersten Mal froh, dass ich einen Knebel trug, der mich daran hinderte, es zu erwidern.

»Fangen Sie an«, sagte er.

Es war ein Kinderspiel, Dr. Freemont den Befehl zu übermitteln, den Knopf zu drücken – vor wenigen Augenblicken hatte ich ihn genau das tun sehen und konnte so die kleine Bewegung genau in der Weise choreografieren, wie der Mann sie eben ausgeführt hatte. Das Weißrauschen kam erneut herausgetröpfelt und lief an meiner Haut entlang wie ein elektrischer Strom. Ich rollte wild mit den Augen, doch es war jetzt schwerer, Angst zu mimen. Eine Woge kühler, zielgerichteter Kontrolle legte sich über meinen Verstand.

O'Ryan blickte sich um. »Stellen Sie das Ding schon an.«

Es ist an, dachte ich.

»Es ist an«, sagte Dr. Freemont. Ich erstarrte beim stumpfen Ton seiner Stimme und riskierte einen Blick auf O'Ryan.

Der Lageraufseher verzog die Lippen. »Ich lasse eines von den Testgeräten aus New York zurückbringen.«

New York? Hatten sie bereits sämtliche großen Testgeräte und Scanner abgezogen?

Ich zwang die Worte in den Mund des Arztes. *Das könnte Wochen dauern.*

»Das könnte Wochen dauern«, sagte Dr. Freemont.

Dieses hier ist absolut idiotensicher.

»Dieses hier ist absolut idiotensicher.«

O'Ryans Blick war durchdringend, als er zwischen dem Alten und mir hin und her wanderte. Ich dehnte meine Kontrolle aus und schnappte mir den Verstand des Lageraufsehers. Rasch durchforstete ich die oberflächlichen Erinnerungen, die feuchten Morgen, den Nebel, die Reihen von Kindern in Uniformen, doch es bedurfte eines heftigen Stoßes, um durch sie hindurchzubrechen und die Idee einzupflanzen. *Dieses Mädchen ist Grün. Sie wurde irrtümlich als Orangene eingestuft.*

Ich zog mich zurück, schlüpfte aus ihren beiden Köpfen heraus und richtete den Blick auf den Fliesenboden.

»Gut. Die Einstufung als Orangene war ein Irrtum.« O'Ryan wandte sich an einen der PSFs. »Holen Sie eine Grünen-Uniform und passende Schuhe aus den Kisten. Ihre PID-Nummer ist drei-zwei-acht-fünf.«

»Welche Größe, Sir?«

»Spielt das eine Rolle?«, blaffte O'Ryan. »Los.«

Der Arzt blinzelte. »Dann bleibt sie also nicht hier? Ich glaube, es könnte … verstörend für die anderen Kinder sein, wenn sie sie sehen.«

»Eine Nacht reicht.« Er wandte sich zu mir um und fügte hinzu: »Sie sollen alle begreifen, dass sie immer gefasst werden, auch wenn sie noch so weit weglaufen. Dass sie immer zurückgebracht werden.«

Eine ganze Nacht. Großer Gott – die Medikamente, die sie mir verpasst hatten, hatten mich dermaßen ausgeknockt, dass ich einen ganzen Tag verloren hatte. Bestimmt hatte uns das Militär nach West Virginia zurückgeflogen – einen Straßentransport hätten sie wohl nicht riskiert. Das hieß … damit hätten wir … den 25. Februar. Scheiße. Drei Tage, um alles klarzumachen.

Der Arzt schnallte mich weder los, noch entfernte er den Knebel, bis der PSF zurückkam und die dünne baumwollene Uniform mitsamt den schnürsenkellosen weißen Turnschuhen auf die Untersuchungsliege warf.

»Umziehen«, befahl O'Ryan und warf mir die Sachen auf die Brust. *»Beweg dich.«*

Flizstiftgeruch drang mir in die Nase, als ich die Kleider aufhob und meinen schmerzenden Kiefer vor und zurück bewegte. Alles, was ein Muskel oder ein Gelenk war, tat weh, aber ich wollte ihnen nicht die Genugtuung gönnen, mich humpeln zu sehen, als ich aufstand und in die Ecke des Raums trat, um mich auszuziehen, wobei ich mir die ganze Zeit ihrer Blicke auf meinem Rücken bewusst war. Ich begann mit den Stiefeln, schnürte sie hastig auf und kippte den rechten, um den schwarzen USB-Stick herauszufischen. Meine Hände fühlten sich geschwollen und ungeschickt an, als ich ihn in meinen neuen Schuh schob und so tat, als zöge ich die Stoffzunge zurecht. Sie waren mindestens zwei Nummern zu groß, doch das kümmerte meine beiden Zuschauer nicht. In meinem Gesicht brannte der Hass, während ich mich zur Wand drehte und mich meiner Kleider entledigte. Die Uniform glitt über meine fröstelnde Haut wie die stumpfe Seite einer Klinge. Als ich fertig war, drehte ich mich mit gesenktem Kopf um.

Laybrook, der PSF, der die Uniform geholt hatte, trat vor und packte mich am Arm.

»Baracke 27«, befahl O'Ryan und zog einen Mundwinkel zu einem spöttischen Grinsen hoch. »Wir haben dein Bett für dich freigehalten, wir wussten ja, dass wir dich wiedersehen. Du kennst den Weg ja sicher noch.«

O'Ryan gab ein kleines Handsignal, und ich wurde zur Tür hinaus und auf den Flur gezogen oder vielmehr gezerrt. Laybrook drehte mir erneut den Arm um, als wir uns der nächstgelegenen Treppe zuwandten. Gott, ich sah es praktisch vor mir – all die kleinen Kinder, die in die andere Richtung trotteten, ohne zu wissen, was sie erwartete. Ich sah mich selbst in meinem Schlafanzug, Sam in ihrem Mantel.

Da es mir unmöglich war, mit seinem Tempo mitzuhalten, rutschte ich aus und wäre beinahe auf die Knie gefallen, als wir am ersten Treppenabsatz anlangten. Laybrooks Miene verfinsterte sich zornig, ehe er mich hinten am Hemd und im Nacken packte und mich wieder auf die Füße stellte.

So wird es sein, dachte ich, *bei allen. Ich bin rausgekommen, ich bin rausgekommen und habe ihr System überlistet.* Und was nun? Mussten sie mir beweisen, dass das nie wieder geschehen würde? Dass ich mit siebzehn noch genauso klein und machtlos war wie mit zehn? Sie wollten, dass ich in dieser finsteren Ecke blieb, in die ich mich hatte drängen lassen, mich dort zusammenkauerte und von den anderen abschottete. Sie wollten mir abermals alles wegnehmen und mich auf nichts reduzieren.

Es reichte.

Ich sah mich nach der Treppe um, die wir gerade heruntergekommen waren, und sah mich sogleich nach der nächsten um, ehe mein Blick schließlich auf der schwarzen Kamera landete, die das Ganze von oben beobachtete. Sobald wir uns außerhalb ihrer Reichweite befanden und um die Ecke gebogen waren, um die nächste Treppe nach unten zu nehmen, rammte ich Laybrook den Ellbogen in die Kehle und behielt ihn dort. Finster blickte ich die paar Zentimeter nach oben, die sein verblüfftes Gesicht von meinem trennten, und drängte mich in seinen Verstand. Sein Gewehr fiel klappernd gegen die Wand, und der Gurt rutschte ihm von der Schulter. Der Mann war mehrere Jahrzehnte älter als ich und wog mindestens fünfzig Kilo mehr, doch letztlich spielte das keine Rolle. Von jetzt an würden wir in meinem Tempo weitergehen.

O'Ryan hatte zumindest in einem Punkt recht gehabt – ich erinnerte mich an den Weg zu Baracke 27. Meine Furcht erinnerte sich auch, und ich musste mich anstrengen, aufrecht weiterzugehen, als sich das Lager vor mir erstreckte.

Einiges hatte sich in den Monaten meiner Abwesenheit aber doch verändert.

Die untere Etage der Krankenstation war wenig mehr gewesen als ein Korridor voller Betten und Vorhänge, doch die waren jetzt alle weg und von gestapelten, unbeschrifteten Kisten abgelöst worden. Während wir über den Fliesenboden marschierten und das Plastikteil in meinem Schuh bei jedem Schritt klickte, sah ich PSFs, die aus anderen Räumen und Büros weitere Kisten herbeischleppten. Ihre neugierigen Blicke folgten uns hinaus in den strömenden Regen.

Ein stahlgrauer Himmel saugte das lebhafte Grün aus Gras und Bäumen hinter dem Zaun. Der dichte Wasservorhang um uns herum milderte diesen Effekt nicht im Geringsten, und er konnte auch den erdigen Geruch nicht vertreiben, der meine sämtlichen Sinne augenblicklich mit Erinnerungen überschwemmte, die aus dem tiefsten Inneren kamen. Ich biss mir auf die Lippe und schüttelte den Kopf. *Jetzt ist es anders,* ermahnte ich mich. *Du hast die Kontrolle. Du kommst hier raus*. Ich suchte nach dem vertrauten stumpfen Nichts, in dem ich damals hier im Lager gelebt hatte, doch ich fand es nicht.

Der durchweichte Boden veränderte sich unter meinen Schritten, als ich den matschigen Weg betrat. Ich blickte nach unten und betrachtete die weißen Schuhe an meinen Füßen. Die Zahl 3285 starrte zurück, mit schmutzigem Wasser bespritzt und von abgerissenen Grashalmen übersät.

Wieder holte ich tief Luft, um mich zu sammeln, und zwang mich weiterzugehen. *Du bist zu einem bestimmten Zweck hier. Du kommst hier raus.* Das hier war ein Einsatz. Ich konnte auch hier hart und selbstsicher sein und kämpfen. Jetzt gab es kein Versagen. Kein Nachgeben gegenüber der Angst. Nicht wenn ich die anderen retten wollte.

Ringförmig angeordnete Baracken erstreckten sich vor mir; sie wirkten kleiner und dunkler, als ich sie in Erinnerung hatte. Ich sah Löcher in den Dächern, die mit verzogenen Plastikplatten abgedeckt worden waren. Die Holzverkleidung an den Seiten wellte sich, und die Farbe blätterte ab, während die Reste des letzten Schneesturms von den Dächern tropften. Die Kälte lief mir wie Nadeln über die Haut, pikte und stach, bis ich schließlich nachgab und erschauerte.

Der Kontrollturm aus rotem Backstein inmitten der Baracken war dunkel vom Regen, doch es standen noch immer zahlreiche PSFs oben auf dem Ausguck, ihre Gewehre folgten den Reihen durchnässter Kids, die aus dem Garten herbeigetrottet kamen. Die blauen Uniformen klebten den Jugendlichen an den Schultern und den hohlen Bäuchen.

Die meisten Kids hielten die Köpfe gesenkt, während sie einen Bogen um uns machten, doch ich fing ein paar neugierige Blicke auf, alle blitzschnell, unter den wachsamen Augen ihrer PSF-Eskorten. Nein – das waren keine PSFs …

Ich fuhr herum und sah, wie die Soldaten am Ende der Reihe weitermarschierten, mit durchgedrücktem Rücken und exakt aufeinander abgestimmten steifen Bewegungen. Über ihren schwarzen Monturen trugen sie rote Westen.

Mit einem leichten Druck gegen seinen Arm lenkte ich Laybrook vom Weg herunter und ließ die nächste Gruppe auf dem Weg zu ihren Baracken vorbei. Auch diese beiden Reihen wurden vorn und hinten von Soldaten in roten Westen flankiert. Ohne Schusswaffen. Ohne überhaupt irgendwelche Waffen. Ein Warnsignal ertönte in meinem Kopf, als die letzte Gruppe auf uns zukam und sich ein entsetzlicher Verdacht zum Schock wandelte.

Völlig emotionslos folgten die roten Westen den Kids. Sie waren jung, ihre Gesichter noch rund und weich. Vielleicht in meinem Alter oder ein paar Jahre älter. Sie nahmen die Position der schrumpfenden PSF-Streitkräfte ein.

Es waren Rote.

24. Kapitel

Zwischen der letzten Arbeitsschicht – sei es im Garten oder in der Fabrik, beim Putzen der Kantine oder der Waschräume – und dem Abendessen lag eine Stunde. Die Kinder und Jugendlichen wurden dann in ihre Baracken zurückgeschickt, und jede Gruppe bekam ein bestimmtes Zeitfenster eingeräumt, um den Weg zwischen den Gebäuden zurückzulegen. Es war ein Lied, das nur dann im Gleichklang ertönte, wenn das ganze Lager jede Note richtig traf. Die Kids waren Ströme aus Blau und Grün, so tief in ihren Rollen verwurzelt, dass sie nie aus der Reihe tanzten, keinen Fehltritt wagten.

Rote. Mein Gott, die anderen hatten keine Ahnung. Ich hatte keine Möglichkeit, sie zu warnen, und je näher ich Baracke 27 kam, desto mehr bekam ich das Gefühl, als sei bereits alles gelaufen. Laybrook folgte mir bis zur Baracke, schloss die Tür auf und hielt sie mir mit gezwungener Höflichkeit offen. Ich trat ein und sah ein letztes Mal in seine blassen Augen. Dann pflanzte ich Erinnerungen über die Wahrheit, streute Szenen ein, in denen er mich grob herumschubste und -zerrte, und ließ ihn glauben, dass er wirklich so hart war, wie er sein wollte. Die Tür fiel automatisch zu, als er sich umwandte und in den Regen hinausging.

Die Stille, die mich empfangen hatte, als die Tür aufging, sagte mir, dass die anderen Mädchen noch nicht zurück waren. Sie würden erst vor kurzem vom Fabrikdienst zum Gartendienst gewechselt haben und trotteten wahrscheinlich noch durch den Matsch oder warteten an dem niedrigen Zaun auf die Erlaubnis, sich auf den Weg zu machen.

Die Baracke – meine Baracke – war klein genug, um sie mit einem einzigen Rundblick zu erfassen. Braun auf braun, durchbrochen nur durch die vergilbten weißen Laken auf den Stockbetten. Modergeruch, vermengt mit menschlichen Ausdünstungen, überdeckte das zarte Sägemehlaroma des Holzes. Flecken silbrigen Lichts drangen durch die Risse in der Holzverkleidung. Der Wind wisperte durch die Baracke und zog mich um die erste Reihe Stockbetten herum auf die hintere Wand zu.

Ich starrte mein Bett an, und eine vertraute, hoffnungslose Verzweiflung überspülte mich. Wieder musste ich mir auf die Lippe beißen, um nicht zu weinen.

Der Regen war durch die Wand daneben gedrungen und fiel schief auf die bereits feuchte Matratze. Ich ging auf das Bett zu, als wäre ich unter Wasser, und spürte es kaum, als ich mich setzte. Mir blieb der Atem in der Kehle stecken, als ich zu der Unterseite von Sams Matratze hinaufblickte. Mit den Fingern zeichnete ich die Stellen nach, an denen ich nachts das Plastik abgepult hatte, wenn ich nicht schlafen konnte.

Du hast sie hier zurückgelassen. Eine Hand hob sich, presste sich auf meine Brust, um sich zu vergewissern, dass mein Herz noch schlug. *Du hast sie zurückgelassen, in dieser Hölle.*

»Hör auf«, flüsterte ich. *»Hör auf.«*

Ich konnte das nicht wiedergutmachen. Ich konnte die Zeit nicht zurückdrehen und die Entscheidung ändern, die ich in jener Nacht getroffen hatte, als ich Cates Pillen schluckte. Der einzige Ausweg war die Flucht nach vorn.

Ich komme hier raus. Und ich nehme jeden Einzelnen von ihnen mit.

Plötzlich ging die Tür auf. Schweigend kamen sie herein und füllten den engen Raum zwischen den Stockbetten.

Die PSF folgte und zählte durch. Dann drehte sie sich mit einem kleinen, spöttischen Grinsen um und nahm mich in ihre Zählung mit auf. Die anderen achteten darauf, sich nicht zu rühren, ehe die Frau gegangen war und die Tür hinter sich abgesperrt hatte. Doch nichts hätte mich mehr überraschen können, als Sam herumfahren zu sehen; etwas wie Hoffnung lag auf ihrem Gesicht.

Ihr honigblondes Haar war nachlässig im Nacken zu einem Zopf geflochten worden, und im Gesicht hatte sie schwarze Schmutzstriemen. Sie sah müde aus, bis zum Äußersten erschöpft, doch ihre Haltung, die Hände in den Hüften und der erwartungsvoll schiefgelegte Kopf – das war Sam. Das war ganz und gar Sam.

»Oh mein Gott.« Ellie, eines der älteren Mädchen. Sie und Ashley hatten sich immer besonders um die jüngeren gekümmert. Ohne ihre beste Freundin an ihrer Seite erkannte ich sie kaum. Einen Moment lang herrschte Schweigen, dann stürzte sie auf mich zu, kletterte über die Betten, die uns trennten. Zum Glück. Ich bin mir nicht sicher, ob ich mich hätte von der Stelle rühren können. Wie war es möglich, beim Anblick der anderen vor Glück fast zu bersten und trotzdem Angst davor zu haben, was sie denken mochten?

»Oh mein Gott.« Immer wieder diese drei Worte. Ellie kauerte sich vor mich hin, ihr grünes Hemd voller nasser Regenflecke. Sie umfasste mein Gesicht mit ihren eisigen Händen, eine leichte Berührung, die zu einem festen Griff wurde, als sie schließlich zu akzeptieren schien, dass ich echt war. »Ruby?«

»Ich bin wieder da«, stieß ich mit erstickter Stimme hervor.

Die anderen Mädchen drängten sich in dem engen Durchgang zwischen den Stockbetten, und manche, darunter auch Sam, krabbelten einfach über die Matratzen und Bettgestelle hinweg, die ihnen im Weg standen. Vanessa, Macey, Rachel, alle streckten die Arme nach mir aus, berührten mein Gesicht, meine Hände, die schlaff in meinem Schoß lagen. Nicht wütend. Nicht vorwurfsvoll. Nicht ängstlich.

Nicht weinen, schärfte ich mir ein, obwohl meine Augen hinter den Wimpern brannten.

»Sie haben gesagt, du seist gestorben«, erklärte Ellie, die noch immer vor mir kniete. »An IAAN. Was ist denn passiert? Sie haben dich damals abends mitgenommen, und du bist nie wieder aufgetaucht …«

»Ich hab's rausgeschafft«, erklärte ich ihnen. »Eine von den Krankenschwestern hat das Ganze geplant. Ich hab andere Kids wie uns kennengelernt, und … wir haben uns versteckt.« Die verkürzte Wahrheit würde genügen müssen – fürs Erste. Ich hatte nie daran gedacht, Cate zu fragen, ob die Kameras auch Geräusche aufzeichneten, doch der Anblick, wie sie sich um mich scharten, wäre bereits gefährlich genug. Wir durften einander eigentlich nicht berühren.

»Aber sie haben dich gefunden?« Das kam von Vanessa, deren dunkle Augen noch immer ungläubig aufgerissen waren. »Weißt du, ob sie Ashley auch geschnappt haben? Hast du irgendwas von ihr gehört?«

»Was ist denn passiert?«, fragte ich, bemüht, einen gemessenen Ton zu wahren.

»Sie haben sie zur Küchenarbeit abkommandiert … vielleicht vor zwei Monaten?«, sagte Ellie. Das war nichts Besonderes. Wenn spezielle kleinere Aufgaben anfielen oder sie Hilfe in der Küche oder der Wäscherei brauchten, nahmen sie eine von den älteren Grünen, die hielten sie für vertrauenswürdig. »An dem Abend durften wir nicht in der Kantine essen. Und dann ist sie einfach nicht wiedergekommen. Weißt du, ob jemand sie rausgeholt hat?«

Sie starrten mich alle an, und die Hoffnung in ihren Augen war unerträglich. Was würde die Wahrheit mit ihnen machen? Ich weiß nicht, ob es Freundlichkeit oder Feigheit war, die mich sagen ließ: »Ich habe keine Ahnung.«

»Wie war es?«, wollte eine von ihnen wissen. »Draußen?«

Ein schwaches Lachen entrang sich meinen Lippen, und ich sah auf. »Seltsam und total … *laut*. Beängstigend, brutal … aber offen, weit offen und schön.« Nacheinander blickte ich in ihre Gesichter, die sich verzweifelt nach etwas auf der anderen Seite des Zauns sehnten. »Und fast bereit.«

»Wofür?«, fragte Ellie.

»Für uns.«

Nachdem wir das Brot und die fade Suppe verzehrt hatten, die sie uns in der Kantine zum Abendessen vorsetzten, marschierten wir zur Baracke zurück; ein Roter begleitete uns mit schwingenden Armen auf Schritt und Tritt. Sie hatten ihm die Haare unter der Uniformmütze zu dunklen Stoppeln geschoren, seine eigentlich braune Haut war fahl und seine Augen leer; sein Gesicht war völlig emotionslos. Beim Abendessen hatte ich wegsehen müssen, damit mein Herz nicht zu rasen begann, und hatte Sam dabei ertappt, wie sie das Gleiche tat. Einmal war er hinter ihr stehen geblieben. Sie hatte den Löffel in ihren Teller fallen lassen und nicht einmal mehr so getan, als wollte sie essen. Doch hinterher bemerkte ich, wie sie ihm nachsah und seine Gestalt förmlich mit Blicken auffraß … und ich wunderte mich.

Bis zu diesem Augenblick hatte ich es geschafft, das, was mit den anderen geschah, aus meinen Gedanken herauszuhalten. Was sie wohl machten. Ob sie in Sicherheit waren. Ob sie wirklich kommen würden. Ich durfte mich nicht von dem ablenken lassen, was hier passieren musste. Schon der Gedanke an Liam, der allein irgendwo unterwegs war und versuchte, seine Eltern zu finden, um ihnen zu sagen, was geschehen war …

Beim Gehen dachte ich stattdessen an hübsche kleine Erinnerungen. An Gelächter beim Abendessen. Feuerschein auf Zus lächelnder Miene. Jude, wie er über seine eigenen Füße stolperte, und Nico, wenn eines ihrer selbst fabrizierten Spielzeugautos funktionierte. Wie Pat und Tommy den Boden unter Vidas Füßen angebetet hatten. Chubs nach langen Monaten in North Carolina wiederzusehen und zu wissen, dass er noch lebte. Coles lässiges Lächeln, wenn er mir über die Haare strich. Liam. Liam, der auf dem Fahrersitz zur Musik aus dem Radio sang. Liam, wie er mich im Dunkeln küsste.

Ich werde auf meinen eigenen Beinen hier rausmarschieren.

Ich werde überleben.

Sam beobachtete mich nun aus dem Augenwinkel. Die Haut um ihre Lippen spannte sich, zog die Mundwinkel nach unten. Sie hatte immer noch diese zackige Narbe, eine blassrosa Linie, die ihre aufgesprungene Oberlippe mit der Nase verband. Doch sie war farblos geworden, wie eigentlich alles an ihr. Und als ich mich zu ihr umdrehte, wandte sie den Blick ab.

Doch ich kannte Sam. Ein Jahr waren wir nun getrennt, und drei Jahre war es her, seit ich jede Erinnerung, die sie an mich hatte, gelöscht hatte, und ich konnte trotzdem in ihrem Gesicht lesen, als wäre es mein altes Lieblingsbuch. Mit der Zeit wurde sie mutiger, war in meiner Gegenwart weniger unsicher. Die Gedanken arbeiteten hinter ihren hellen Augen, und sie beobachtete mich, von dem Moment an, wenn um fünf Uhr der Morgenalarm ertönte, während der zehn Minuten, die uns zugestanden wurden, um in der Kantine Haferbrei zu essen, und wenn sie neben mir durch die feuchtkalte Morgenluft zur Arbeit stapfte.

Ich hatte ihr leichtes Hinken bereits am Vorabend bemerkt, als wir zur Kantine und wieder zurück gegangen waren, doch heute Morgen war ihr rechtes Bein eindeutig noch steifer und das Hinken ausgeprägter.

»Was ist passiert?«, flüsterte ich, als sie sich am Rand ihres Betts festhielt. Sobald sie sich über die Bettkante und zu Boden schwang, versagte ihr Knöchel ihr den Dienst. Ich beugte mich hinüber, um ihr beim Bettenmachen zu helfen, nachdem sich niemand die Mühe gemacht hatte, mir Bettwäsche für meines zu geben, und versuchte, die Ursache zu erkennen.

Mit der typischen beiläufigen Grausamkeit hatte mir der PSF in der Krankenstation eine Sommeruniform gegeben, Shorts und ein Shirt, doch die anderen trugen ihre Wintersachen – langärmelige Hemden und lange Hosen. Unter dem lockeren Stoff konnte man nicht erkennen, was ihr fehlte.

»Schlangenbiss«, antwortete Vanessa, als Sam sich an mir vorbei zum Aufstellen drängte. »Frag nicht. Sie redet nicht darüber.«

Der Garten war ganz am anderen Ende des Lagers, gegenüber dem Eingangstor. Der Elektrozaun sang einem etwas vor, wenn man ihm so nahe kam. Als ich jünger war, hatte ich mir immer vorgestellt, das Summen käme von Insektensippen, die in den umstehenden Bäumen lebten. Ich weiß nicht, warum mir das erträglicher erschienen war.

Unser roter Begleiter war derselbe Jugendliche wie gestern: geschorenes Haar, dunkle, mandelförmige Augen. Neben mir krümmte Sam sich, ballte die Hände neben dem Körper zu Fäusten und humpelte weiter.

Sie haben ihnen allen Lebenswillen geraubt, dachte ich, während ich durch den niedrigen weißen Zaun trat und die kleine Plastikschaufel entgegennahm, die man mir reichte. Ich wusste so wenig darüber, wie es ihnen ergangen war – wie hatte Clancy das genannt? Umprogrammiert? Umkonditioniert? Mason war durch das, was sie mit seinem Verstand angerichtet hatten, zerstört worden. Vielleicht hatten sie bei ihm einen Fehler gemacht, oder er war nicht stark genug gewesen, um die Behandlung zu verkraften.

Wie viele Rote waren an Projekt Jamboree beteiligt? War es denkbar, dass – nein. *Hör auf,* befahl ich mir, *denk an alles andere, aber nicht daran.*

Ein PSF verteilte schwere Arbeitskittel, die wir hier draußen anziehen durften. Er schaute auf die Nummer auf meiner Brust und überging mich. Als Zehnjährige hätte ich die Bestrafung akzeptiert, den Verstand auf das gemeine Lächeln fixiert, das der Soldat mir stattdessen bot. Doch jetzt brauchte ich gar nichts zu akzeptieren. Sein Verstand war wie Glas, und ich musste lediglich hindurchfahren wie ein Lichtstrahl. Ich schlurfte zurück und nahm ihm den Kittel ab.

Dann folgte ich meiner Reihe bis zu den Erdhaufen, die sie am Vortag ausgehoben hatten, und kniete mich hin. Die Erde gab unter der leisesten Berührung nach und sammelte sich unter meinen Fingernägeln, als ich mit der Schaufel die Kartoffeln ausgrub und den dunklen Lehm abwischte.

Der Farbton verbrannter Haut.

Ich presste den Handrücken gegen den Mund und blickte instinktiv zu den drei roten Westen neben dem Eingang hinüber. Sie sahen ungerührt zu, wie die Kids aus den einzelnen Baracken antraten und ihre Aufgaben übernahmen.

Sind das dieselben Roten?

Ich krümmte die Finger und umfasste die Schaufel fester, ehe ich nach rechts hinüberschielte. Sam tat nur so, als arbeitete sie, als striche sie die Erde glatt. Nach all der Zeit teilten sie uns noch immer streng alphabetisch ein.

»Wie lange sind die schon da?«, frage ich leise. »Die Roten?«

Zuerst wusste ich nicht, ob sie mich gehört hatte. Ich zog die nächste Kartoffel heraus und warf sie in die Plastikwanne zwischen uns.

»Drei Monate vielleicht«, war die ebenso leise Antwort. »Ich weiß es nicht genau.«

Ich sackte ein wenig zusammen und seufzte leise. Das waren keine Roten aus Sawtooth. Doch das bedeutete, dass es noch mehr Lager gab, noch mehr Einrichtungen zur Umkonditionierung.

»Kennst du … Erkennst du manche von denen nicht wieder?«, flüsterte Sam und beugte sich herüber, als wolle sie mir helfen. »Ein paar waren früher mal hier.«

Ich konnte keinen zweiten Blick riskieren, um das zu bestätigen; außerdem weiß ich nicht, ob ich dazu imstande gewesen wäre. Die Gesichter der Roten in Thurmond waren in meiner Erinnerung immer von Schatten verhüllt gewesen. Bei allen Gefährlichen war das so gewesen. Allerdings wusste ich sicher, dass ich den Roten nicht kannte, den Sam immer wieder anstarrte. Jedes Mal wenn sie ihn sah, erschauerte sie und wandte sich von seinem Blick ab. Doch wie ein Uhrwerk schaute sie irgendwann erneut zu ihm hinüber.

»Kennst du den?«, flüsterte ich.

Sie ließ sich so viel Zeit, dass ich schon fürchtete, sie werde nicht antworten. Doch schließlich nickte sie.

»Von früher? *Vorher*-früher?«

Sam schluckte schwer und nickte erneut.

Mitgefühl durchflutete mich und ließ mich vergeblich nach geeigneten Worten suchen. Ich konnte mir nicht einmal ansatzweise vorstellen, was für ein Gefühl das war.

Ein PSF ging hinter uns vorbei und pfiff unmelodisch vor sich hin. Der Garten war riesig, mindestens achthundert Meter lang, und hier war am meisten Aufsicht notwendig. Das tragbare Weißrauschen-Gerät klapperte gegen seinen Werkzeuggürtel, schaukelte im Takt seiner langsamen Schritte.

Ich riskierte einen weiteren Blick und erkannte, warum ich eine Gänsehaut bekommen hatte, sobald er in Sicht kam. Das war einer der PSFs, die die Arbeit in der Fabrik beaufsichtigten – der, der sich gern gegen die Mädchen drückte, sie betatschte, damit sie die Fassung verloren, und sie dann dafür bestrafte, dass sie sich gewehrt hatten. Uns war seinerzeit nicht klar gewesen, was er mit mir oder Sam oder den anderen Mädchen machte, und wir hatten einfach nur dagestanden und es schweigend hingenommen. Aber jetzt – jetzt hatte ich eine ziemlich klare Vorstellung davon, was er wirklich getan hatte, und das machte mich rasend. Sam erstarrte, als er an uns vorbeischlenderte. Ich fragte mich, ob sie ihn auch riechen konnte – ein salziger, scharfer Essiggeruch, vermischt mit Zigarettenrauch und Rasierwasser.

Ich entspannte mich erst, als er zehn Mädchen weiter war.

»Ruby«, flüsterte Sam, was ihr mahnende Blicke von den Mädchen in der Reihe gegenüber eintrug. »Irgendwas ist passiert … Als du weg warst, habe ich gemerkt, dass irgendetwas nicht gestimmt hat. Mit mir. Mit meinem Kopf.«

Mein Blick verengte sich auf das Erdloch vor mir. »Mit dir ist doch alles in Ordnung.«

»Du hast mir gefehlt«, sagte sie. »So sehr. Dabei kenne ich dich doch kaum … Aber dann habe ich immer so Gefühle, diese Bilder. Sie kommen wie Träume.«

Ich schüttelte den Kopf und bemühte mich, meinen Puls ruhig zu halten. *Untersteh dich. Das darfst du nicht tun. Wenn es irgendjemand mitkriegt … Wenn sie sich etwas anmerken lässt …*

»Du hast dich verändert«, sagte Sam schließlich. »Oder? Früher warst du immer …«

Sam wurde hochgerissen und nach hinten gezerrt, weg von mir. Ich fuhr herum. Der PSF von vorhin war wieder da, eine Hand in Sams langen Pferdeschwanz gekrallt.

»Du kennst die Regeln«, zischte er. »Wir halten den Mund beim Arbeiten, oder wir arbeiten gar nicht.«

Zum ersten Mal erkannte ich, was das vergangene Jahr bei meiner Freundin angerichtet hatte. Die alte Sam, die sich unzählige Male für mich eingesetzt hatte, hätte ihn beschimpft oder versucht, sich seinem Griff zu entwinden. Sie hätte sich irgendwie gewehrt.

Jetzt fuhren ihre erdverkrusteten Hände ohne Zögern schützend empor. Eine ganz automatische Bewegung. Ihr ganzer Körper sackte zusammen, als der Kerl ihr einen Stoß versetzte und sie in den Matsch fiel. Die Wut durchzuckte mich. Und dann genügte es mir nicht mehr, dass ich diesen Mann irgendwann töten würde. Ich wollte ihn demütigen.

Ich schob ihm ein einziges Bild in den Kopf, einen Drang, der kinderleicht einzupflanzen war.

Der Schritt seiner schwarzen Camouflagehose färbte sich dunkel, und der Fleck breitete sich an seinem Bein abwärts aus. In übertriebenem Ekel sprang ich zurück und erregte dadurch die Aufmerksamkeit eines anderen PSF auf der anderen Seite der Furche. Schaudernd kam der Mann vor mir wieder zu sich und schaute mit heraufdämmerndem Entsetzen an sich hinab.

»Scheiße … *Scheiße* …«

»Tildon«, rief der PSF, der uns zugesehen hatte. »Status?«

»Scheiße …« Mit tiefrotem Gesicht hielt sich der Mann die Hände vor den Schritt, anscheinend unentschlossen, ob er so bleiben sollte, wie er war, oder ob er sich entschuldigen sollte, um sich zu säubern. Die Kids schielten zu ihm hinüber, war-

fen einander verstohlene Blicke zu. Anscheinend bekam er das mit und richtete sich unbeholfen auf. Ich hatte gerade noch genug Zugriff auf seinen Verstand, um mein rechtes Bein seitlich abzuspreizen und zu registrieren, wie sein Bein die Bewegung spiegelte und er auf die Knie fiel, noch ehe er am Tor angelangt war. Der PSF – Tildon – würde glauben, er sei über jemanden gestolpert. Dies war das letzte Bild, das ich hinterließ, ehe ich mich sachte aus seinem Kopf zurückzog, ohne zuzusehen, wie er eilig in Richtung Kontrollturm davonmarschierte.

Zu viel, schalt ich mich – das nächste Mal würde ich mir etwas Subtileres einfallen lassen müssen. Doch das hier, das würde ich nicht bereuen, egal, was kam. Ich erhob mich mit wackeligen Beinen, um Sam beim Aufstehen zu helfen, und lotste sie zu unserem Platz zurück. Zitternd starrte sie mich an, als wüsste sie, was tatsächlich passiert war.

»Bring das in Ordnung«, flüsterte sie, »was du mit mir gemacht hast. Bitte. Ich muss es wissen.«

Ich brachte es nicht über mich, sie anzusehen; ich wusste, was für einen Gesichtsausdruck ich dort vorfinden würde. Genauso war es bei Liam gewesen, nicht wahr? All die Gefühle, aber keine Erinnerungen – so hatte ich sie zurückgelassen. Kein Wunder, dass sie so verwirrt und feindselig gewirkt hatte, nachdem ich ihr Gedächtnis gelöscht hatte. Es musste niederschmetternd gewesen sein. Wenn sie sich mir auch nur halb so nahe gefühlt hatte wie ich ihr, dann musste das seltsame Gefühl, dass etwas nicht stimmte, sie jeden Tag gequält haben.

Ich begegnete ihrem flehenden Blick mit einer eigenen inständigen Bitte. Und wie immer verstand sie. Ein Funke der alten Sam kam zum Vorschein. Sie zog die Augenbrauen zusammen und schürzte die Lippen. Das war die wortlose Sprache, die wir im Lauf der Jahre entwickelt hatten.

Der PSF, der in unsere Richtung geblickt hatte, die Hand

über den Augen, um Tildons Gestalt, die in der Ferne kleiner und kleiner wurde, zu erkennen, trat über die Erdhügel in unsere Reihe. Angespannt wartete ich darauf, dass sein Schatten über mich fiel. *Versuch's nur,* dachte ich, *versuch's bei irgendeinem von diesen Kids, und schau, wie weit du damit kommst.*

Stattdessen ging er davon und übernahm die Wache, die Tildon hatte aufgeben müssen. Ich hielt den Atem an und fasste unter der lockeren Erde nach Sams Hand.

Wir arbeiteten den ganzen Vormittag bis in den Nachmittag hinein, mit nur einer kurzen Pause, um die Äpfel und Sandwiches zu essen, die sie uns als Mittagsimbiss gaben. Ich verschlang sie mit erdverkrusteten Händen und betrachtete dabei die wechselnden Farben des Himmels.

Als ich in dieser Nacht in dem Stockbett unter ihr lag, schlüpfte ich so zart wie ein Windhauch in Sams Kopf.

Ich dachte an jenen Morgen, als ich in der Krankenstation neben sie getreten war und das Etikett ihrer Jacke hinten an ihrem Hals emporgeragt hatte. An den genauen Moment, in dem ich ihr versehentlich alle Erinnerungen an mich genommen hatte, und die Schwere in meiner Brust war nach wie vor unerträglich, als die Ereignisse vor meinem geistigen Auge abliefen.

Diese Bilder befanden sich nun in ihrem Verstand, perfekt mit meinen synchronisiert. Ich wurde von ihnen mitgerissen und stürzte durch die weißen, flatternden Bilder um mich herum. Sams Erinnerungen waren beinahe zu hell, um sie anzusehen, die Fasern zu dünn, um danach zu greifen. Doch ich erkannte, was ich suchte, als ich es erblickte. Den tief unter den anderen Erinnerungen vergrabenen schwarzen Knoten. Ich griff danach, berührte ihn und erhöhte den Druck, bis er sich löste.

Wäre jede Erinnerung, die emporschwebte, ein Stern gewesen, hätte ich im Zentrum einer Galaxie gestanden. Unter riesigen Konstellationen aus verlorenen Lächeln und stillem Lachen. Endlose Tage aus Grau und Braun und Schwarz, an denen wir uns nur aneinander hatten festhalten können.

Ich hatte angenommen, dass sie die ganze Zeit geschlafen hatte, so ruhig und still war ihr Verstand unter meinem Zugriff geblieben. Doch ein blasser Arm kam über den Rand des Stockbetts gekrochen und reckte sich zu mir herab. Die vertraute Geste verschlug mir den Atem, und ich musste die Lippen zusammenpressen, um die Tränen zurückzuhalten, die gefährlich nahe an die Oberfläche wallten. Ich griff nach oben, kam ihr auf halbem Weg entgegen und verschränkte meine Finger mit ihren. Ein Geheimnis. Ein Versprechen.

25. Kapitel

Mein Plan nahm im Lauf der nächsten zwei Tage Stück für Stück Gestalt an. Ich setzte ihn eilig zusammen, während ich im Garten arbeitete und die Blasen auf meinen Handtellern ignorierte und in den Minuten, bevor ich allabendlich restlos erschöpft einschlief. Das Wissen, dass es bald vorbei sein würde, in wenigen Stunden, ließ ein unerwartetes Gefühl der Verwegenheit in mir aufsteigen. Irgendwie war es zu viel Zeit und doch nicht genug. Ich konnte die Angst nicht abschütteln, dass die anderen ihr Timing geändert hatten, von dem von Cole, Nico und mir entworfenen ursprünglichen Plan abgewichen waren. Ich hatte ihnen den 1. März genannt, doch was, wenn es unmöglich war, rechtzeitig hier einzutreffen?

Was ist, wenn sie überhaupt nicht kommen?

Ich schob den Gedanken beiseite, ehe er sich allzu tief in mein Herz bohren konnte.

Um sechs Uhr an diesem Abend lag ich auf meinem Bett, die Hände auf dem Bauch gefaltet. Sams Matratze wackelte, als sie sich über mir auf die Seite drehte, und verzerrte die Umrisse, die ich in das Plastik gezupft hatte. Ich griff nach oben und nahm ein kleines Stück des abblätternden Plastikbezugs zwischen meine abgebrochenen Fingernägel. Sachte zog ich den Streifen ab und drehte ihn so lange, bis er einen gleichmäßigen Kreis bildete.

»… und dann hat das Mädchen, nachdem die Räuber sie

kurzerhand entführt hatten, es geschafft, einem von ihnen den Dolch zu stehlen und sich die Fesseln von den Händen zu schneiden …« Rachel war heute mit der Geschichte dran, mit der wir die Stunde füllten, bevor wir zum Essen gerufen wurden. Heute Abend erzählte sie die Geschichte eines weiteren namenlosen Mädchens in einer weiteren gefährlichen Situation. Mit einem leisen Lächeln auf den Lippen schloss ich die Augen. Die Geschichten waren weder besser noch origineller geworden – sie folgten alle demselben Motiv: Mädchen gerät in schlimme Lage, Mädchen kämpft, Mädchen entkommt. Die ultimative Fantasie in Thurmond.

Die körperliche Erschöpfung ließ mich ganz still daliegen. Sosehr ich auch auf der Ranch trainiert hatte, diese Stunden endloser Arbeit, ohne Pause, mit nur wenig Essen und Wasser, waren dazu gedacht, uns die Energie zu rauben, die wir gebraucht hätten, um zu fliehen oder aufzubegehren. Mein Körper war ein Haufen bebender Muskeln, doch ich war seltsam gelassen, obwohl ich wusste, was geschehen würde, wenn ich einen Fehltritt beging oder sie herausfanden, was ich war, bevor ich zu Ende bringen konnte, wozu ich hergekommen war.

Ich muss auf meinen eigenen Beinen hier rausmarschieren.

»Ruby?«, rief Ellie aus ihrem Bett in der Mitte des Raums. »Du bist dran.«

Ich stützte mich auf die Ellbogen und rutschte zurück, um die Beine aus der engen Koje zu schwingen. Während ich meinen schmerzsteifen Rücken lockerte, überlegte ich, wie ich die Geschichte enden lassen würde. »Das Mädchen …« Als ich jünger war, hatte ich das Erzählen immer rasch an Sam weitergereicht, nachdem ich ein paar Worte hinzugefügt hatte, doch jetzt konnte ich es nutzen. Ich wusste nicht, ob sie begreifen würden, hoffte aber, dass einige von ihnen die Warnung erkennen würden, wenn es so weit war.

»Das Mädchen löste die Fesseln und warf den Banditen vor ihr vom Pferd. Dann nahm sie die Zügel, wendete das Pferd und ritt zurück in die Richtung, aus der sie gekommen waren – zurück zur Burg.«

Das löste allgemeines Gemurmel aus. Rachel hatte fast eine Viertelstunde damit zugebracht, die Schlacht zu beschreiben, die sich außerhalb der Burgmauern zutrug. Das Gemetzel hatte den Banditen die nötige Ablenkung geliefert, um das Mädchen zu entführen.

»Sie machte sich die Dunkelheit zunutze«, erklärte ich. »Sie ließ das Pferd in der Nähe im Wald stehen und schlich sich zu einem Durchgang, der in der Mauer auf der anderen Seite verborgen war. Die Kämpfe hatten aufgehört, sobald die schwarzen Ritter die Burg eingenommen hatten. Sie hatten die weißen Ritter ausgesperrt, und so konnten die weißen den Familien nicht beistehen, die drinnen gefangen waren. Aber niemand bemerkte ein kleines, unauffälliges Mädchen, das durch die Hintertür kam. Sie sah aus wie eine harmlose Dienstmagd, die einen Korb mit Lebensmitteln in die Küche brachte. Tagelang blieb sie im Schloss und hielt die Augen offen. Wartete auf den richtigen Augenblick. Und dann kam er. Wieder schlich sie sich hinaus, suchte sich einen Weg durch die finstere Nacht und öffnete das Tor, damit die weißen Ritter wieder hineinstürmen konnten.«

»Warum ist sie zurückgekommen? Warum ist sie nicht einfach weggelaufen und hat sich versteckt?«, fragte Sam zögerlich. Ich stieß sachte den Atem aus, froh, dass zumindest sie mich verstanden hatte.

»Weil sie«, antwortete ich, »ihre Familie nicht im Stich lassen konnte.«

Die Mädchen rutschten schweigend auf ihren Betten herum und sahen einander an, als fragten sie sich alle das Gleiche.

Niemand stellte die Frage – ich weiß nicht, wie viele von ihnen es tatsächlich wagten, sich Hoffnungen zu machen. Doch drei kurze Minuten später öffnete sich das elektronische Türschloss. Die Tür schwang auf, und eine PSF kam herein.

»Aufstellen«, blaffte sie.

Hastig reihten wir uns in alphabetischer Reihenfolge auf, den Blick starr geradeaus gerichtet, während sie uns abzählte. Dann bedeutete sie den Mädchen vorne in der Reihe loszugehen.

Ich konnte es mir nicht verkneifen. Einen Schritt bevor wir an der Tür anlangten, sah ich mich um. Was auch geschah, ich würde Baracke 27 nie wiedersehen.

Als wir an diesem Abend durch die Tür der Kantine traten, musste ich allerdings bereits einen zentralen Bestandteil meines Plans ändern. An der Wand gegenüber, links von dem Fenster, vor dem wir uns aufstellten, um unser Essen entgegenzunehmen, hing eine große weiße Leinwand. Davor stand O'Ryan, die Arme vor der Brust verschränkt und vom blauen Licht eines Beamers beschienen. Sam warf mir einen nervösen Blick zu, als unsere PSF sie auf unseren Tisch zuschubste.

Die Leinwand war zuletzt in unserer ersten Woche hier benutzt worden. Die Lageraufseher hatten den Beamer aufgestellt, um die Liste mit den Lagerregeln zu präsentieren. *Während der Arbeit ist Reden verboten. Nach Beginn der Nachtruhe ist Reden verboten. Es ist verboten, mit einem PSF-Officer zu sprechen, wenn er dich nicht zuerst angesprochen hat.* Und so weiter und so weiter.

Statt uns nach Essen anstehen zu lassen, bedeutete uns die PSF, dass wir Platz nehmen und sitzen bleiben sollten. Die Energie im Raum war verwirrend, ich konnte weder in Lageraufseher noch in PSFs hineinsehen.

»Es gibt ein paar neuere Entwicklungen«, erklärte O'Ryan, dessen Stimme auch ohne Mikrofon laut genug war, um durch das ganze Gebäude zu tragen, »in Bezug auf eure Situation. Passt gut auf. Ihr bekommt das hier nur einmal zu sehen.«

Der Umzug, dachte ich. Jetzt würden sie ihnen endlich sagen, dass das Lager geschlossen wird.

O'Ryan trat zurück, während das Licht langsam ausging. Ein Computer wurde mit dem Beamer verbunden, sodass wir kurz den Desktop sahen, ehe das Videofenster aufging und die PSF auf »Play« drückte.

Das Video handelte nicht von dem Umzug.

Sam zuckte tatsächlich zurück und griff nach meiner Hand. Ich blinzelte in entsetzter Fassungslosigkeit.

Das da hatte ich seit acht Jahren nicht mehr gesehen: Präsident Gray stand vor der Führungsriege des Weißen Hauses auf einem Podium und lächelte so jovial, dass er Grübchen in den Wangen bekam. Er winkte jemandem außerhalb des Kamerabilds zu, und der Raum voller Reporter und Kameras vor ihm brach in Getöse aus, als eine hellhaarige Frau in einem schicken Kostüm neben ihm aufs Podium trat. Dr. Lillian Gray.

»Es war ja noch nie meine Art, das Wichtigste auf den Schluss zu verschieben, oder?« Präsident Gray lachte. Die First Lady verschwand hinter dem grellen Blitzlichtgewitter, und das fieberhafte Klicken unzähliger Kameras hätte eine Maschinengewehrsalve übertönt.

»Es ist schön, wieder zu Hause in Washington zu sein, wieder mit Ihnen allen in diesem Raum zu sein und wieder mit meiner wunderschönen Frau vereint zu sein. Entgegen allen wilden Spekulationen ist sie kerngesund und putzmunter.«

Das Publikum reagierte mit nervösem Gelächter.

»Ihr Erscheinen hier bedeutet, dass ich Ihnen endlich sagen kann,

dass unsere Gebete erhört worden sind und wir jetzt über eine sichere Behandlungsmethode verfügen, um amerikanische Kinder ein für alle Mal von der Psi-Störung zu heilen«, erklärte er.

Noch mehr Gemurmel von der Presse, noch mehr Kamerablitze. Die Kids um mich herum waren zu gut dressiert, um heftiger zu reagieren als mit verblüfftem Japsen oder hastigen, verstohlenen Seitenblicken auf die anderen. Die meisten saßen einfach nur fassungslos da.

»*Lillian hat sich jahrelang von der Öffentlichkeit ferngehalten, um zu diesem Thema zu forschen. Ihre Arbeit wurde vertraulich behandelt, um Sabotageversuche der ehemaligen Terrorgruppe Children's League und anderer Feinde im Inland zu verhindern. Während wir weiterhin nach der Ursache für dieses tragische Leiden forschen, darf ich Ihnen versichern, dass sich alle Kinder dieser lebensrettenden Operation unterziehen können. Sie erhalten direkt im Anschluss detaillierte Informationen über den Eingriff.*«

Ein paar Reporter versuchten, sofort Fragen anzubringen; sie riefen Lillians Namen und wollten sie wohl ans Mikrofon locken. Stattdessen zog sie es vor, einen Fleck auf dem Teppich anzustarren. Wer auch immer sie herausgeputzt hatte, hatte es geschafft, jegliches Leben aus ihr herauszusaugen.

»Wie Sie den Aufnahmen und den beigefügten Berichten entnehmen können, war unser Sohn Clancy der Erste, der sich dem Eingriff unterzogen hat.«

Eine Woge des Schwindels schwappte über mich, als ein Mann in einem dunklen Anzug eine dritte Gestalt auf die Bühne neben die Grays führte. Sein Schädel war rasiert und mit einer Baseballkappe bedeckt, auf der das Präsidentensiegel prangte. Er hielt den Blick gesenkt, sodass man sein Gesicht nicht sehen konnte, und verweigerte den vor ihm stehenden Kameras ein Bild, ehe sich der Präsident vom Mikrofon wegbeugte und etwas zu ihm sagte. Mit hochgezogenen

Schultern hob Clancy schließlich den Kopf. Er erinnerte mich an ein Pferd, das mit gebrochenen Beinen auf der Erde liegt; unfähig, je wieder aufzustehen, geschweige denn zu rennen.

Trotz all der schrecklichen Dinge, die er getan hatte, und all der schrecklichen Dinge, die ich ihm in meiner Fantasie hatte antun wollen, hätte ich mir niemals das ausgemalt. Ich war schockiert von den heftigen Emotionen, die in mir aufwallten, alle zu nah und zu wild, um sie voneinander zu unterscheiden. Mir war schlecht.

Er zitterte und sah von Minute zu Minute kleiner aus, während seine Eltern weiter starr lächelten und den Reportern gaben, was sie wollten: ein Familienporträt. Wie perfekt haben diese Leute Clancy in seinen eigenen schlimmsten Albtraum gestürzt, dachte ich.

»Sie werden sich daran erinnern, dass er vor einigen Jahren aus dem Lager-Rehabilitationsprogramm gekommen ist. Wie bei jeder Krankheit gibt es leider auch bei dieser Rückfälle; und das ist einer der Gründe, warum uns nicht wohl dabei war, Kinder aus diesen Lagern zu entlassen. Wir brauchten eine nachhaltigere Lösung, und wir glauben, wir haben sie gefunden. Es folgen noch weitere Informationen über einen Zeitplan, ab wann die Eingriffe vorgenommen werden können, sowie ein voraussichtliches Datum für das Ende des Rehabilitationsprogramms in den Lagern. Obwohl ich weiß, wie viel Sie in den vergangenen Jahren geopfert und wie sehr Sie gelitten haben, bitte ich Sie noch um etwas Geduld. Um Verständnis. Um Ihren Glauben an die Zukunft, die uns winkt – eine Zukunft, die das Wiederaufblühen unseres Wohlstands und unseres Lebensstils mit sich bringen wird. Ich danke Ihnen, und Gott segne die Vereinigten Staaten von Amerika.«

Bevor die erste Fragenwelle aufbranden und ihn umwerfen konnte, legte Präsident Gray den Arm um Lillians Schultern, winkte freundlich in die Kameras und führte sie vom Podium und aus dem Raum, bevor sie auch nur ein einziges Wort sagen konnte.

Das Video endete mit dem erstarrten letzten Bild. Und auch ich fühlte mich in diesem Moment wie gefangen.

Nein, dachte ich. *Vergiss nicht, warum du hergekommen bist. Jetzt. Tu es jetzt.*

Unsere PSF bedeutete uns mit ungeduldiger Miene, aufzustehen und uns wieder in Reih und Glied aufzustellen, um unser Essen zu holen. Das überraschende Video hatte mich zwar von meinem ursprünglichen Plan abgebracht, doch es war leicht, die einzelnen Teile wieder zu einer funktionsfähigen Form zusammenzusetzen. Wir waren bereits in der Nähe der Küche und schlurften langsam vorwärts, als ich den Blick der PSF auf mir spürte.

Ich schubste Sam so heftig, dass sie hinfiel. Und als ob das noch nicht genügt hätte, um jedes auch noch so kleine Geräusch um uns herum ersterben zu lassen, schrie ich sie an: »Halt's Maul! Halt einfach das Maul!« Meine Stimme gellte durch die Stille und landete wie eine Ohrfeige auf ihrem verdutzten Gesicht.

Spiel mit, flehte ich und warf ihr einen entsprechenden Blick zu. *Bitte.*

Ein winziges Nicken. Sie verstand. Ich hob den Arm, als wollte ich sie schlagen, und achtete nicht darauf, dass Vanessa bereits Anstalten machte, mich am Handgelenk zu packen. Das Schwierigste war, nicht auf unsere PSF zu reagieren, die mit wütenden Schritten auf uns zukam. Das hier war mehr als genug, um mir eine Strafe einzubringen.

Mehr als genug, um mich vom Abendessen auszuschließen.

Die Mädchen um uns herum hielten die Köpfe gesenkt, doch ihre Angst und ihre Verwirrung vergifteten die Luft um mich herum, als die PSF mich am Kragen packte und davonzerrte. O'Ryan und die anderen Lageraufseher bauten gerade Beamer und Leinwand ab und achteten gar nicht auf die Unruhe.

Ich brauchte der PSF gar nichts einzugeben, um sie dazu zu bringen, mich in die Küche zu schleppen. Die Blauen, die dort unter kochend heißem Wasser Töpfe und Pfannen schrubbten, erschraken. Einige, die gerade die Zutaten für die Mahlzeiten des nächsten Tages zusammenstellten, wandten sich um, vorübergehend von ihrer Arbeit abgelenkt. Ich suchte die Decke nach den schwarzen Kameras ab und zählte sie – zwei, drei. Eine über dem Ausgabefenster; eine neben der großen Vorratskammer; eine weitere über dem großen Arbeitstisch aus Edelstahl, an dem mehrere Kids die Kartoffeln schälten, die wir gerade erst im Garten geerntet hatten.

Die Kantine ging nach hinten auf den Wald hinaus, wobei vielleicht noch drei Meter Raum zwischen dem Gebäude und dem Zaun blieben. Die Kameras zeichneten nie auf, was dort geschah, sie waren direkt in den Wald hinaus gerichtet. Dies war einer der »blinden Flecken«, vor denen wir uns rasch zu fürchten gelernt hatten.

Die PSF drückte die Tür mit der Schulter auf, und mir blieb eine Sekunde, um zu handeln.

Ich riss die Frau herum und drehte ihr den Arm nach hinten, bis der Knochen fast brach. Sie stieß einen erstickten Laut der Überraschung aus, der abrupt abriss, als ich in ihren Verstand schlüpfte.

Rasch knöpfte sie ihre Uniform auf, zerrte sich die Stiefel von den Füßen, legte das schwarze Camouflagehemd und die Hose, den Gürtel und die dunkle Mütze ab und ließ alles zu Boden fallen. Ich schlüpfte eilig aus meinen Turnschuhen, bemüht, das Eiltempo zu halten, das ich ihrem Verstand vorgegeben hatte. Sie nahm meine Kluft entgegen, sobald ich sie ihr reichte, und zog sie mit einer Miene blinden Gehorsams an. Zu gelassen. Ich ließ das Bild von sich selbst als kleinem Mädchen in ihrem Kopf auftauchen, wie sie mitten im Lager stand und Soldaten auf sie zumarschierten und immer näher kamen. Damit hörte ich erst auf, als sie zu weinen begann.

Der USB-Stick fiel aus meinem Schuh in das erfrorene Gras, und ich hob ihn rasch auf und umschloss ihn fest mit der Hand, um mich zu vergewissern, dass er wirklich da war.

Der Kleiderwechsel hatte kaum mehr als zwei Minuten gedauert. Zwei Minuten zu lang vielleicht. Ich wusste es nicht – die PSFs durften uns in finstere, unüberwachte Ecken drängen und uns ein bisschen drangsalieren, ehe die eigentliche Strafe vollzogen wurde. Falls die Lageraufseher, die vom Kontrollturm aus zusahen, sich die zeitlichen Lücken damit erklärten, war ich aus dem Schneider.

Ich lotste die PSF in Richtung Garten; mein Atem färbte die Luft mit jedem scharfen Ausatmen weiß. Dabei hielt ich den Blick fest auf die dünnen Ketten gerichtet, die um einen der Zaunpfosten geschlungen waren.

Eigentlich hätte ich mich gern als so guter Mensch erwiesen, dass ich keine Genugtuung dabei empfand, als ich die PSF in den kalten Matsch setzte und sie dort festkettete, das Gesicht dem Zaun zugewandt, mit dem Rücken zu den auf die Baracken in der Nähe gerichteten Kameras und den auf der Plattform am Wachtturm patrouillierenden Soldaten. Doch ich war es nicht. Nachdem ich so viele Kinder und Jugendliche stundenlang hatte draußen stehen sehen, nur weil sie widersprochen oder einen der PSFs an einem schlechten Tag schief angeschaut hatten, wollte ich, dass wenigstens eine von ihnen erfuhr, wie das war. Ich wollte, dass eine von ihnen merkte, was sie jedes Mal mit Sam gemacht hatten, wenn sie sie hierhergebracht hatten.

Erst als ich zurückging und an den Rotwesten vorbeikam, die auf dem Weg zwischen Kontrollturm und Kantine postiert waren, gerieten meine Nerven ein bisschen ins Flattern. Beim Näherkommen war der Backsteinturm irgendwie aufs Doppelte seiner ursprünglichen Größe angewachsen, und seine schiefen Mauern wirkten aus der Nähe noch schiefer.

Das hier ist ein Einsatz, ermahnte ich mich. *Das hier ist auch nicht anders als jeder andere Einsatz.* Ich würde ihn zu Ende bringen und nach Hause gehen.

Der PSF an der Tür des Kontrollturms beäugte mich in der Dunkelheit. Suchscheinwerfer von der Beobachtungsplattform kreuzten sich vor mir, wischten durch das Lager, leuchteten in die dunklen Ecken, wo andere Lichter nicht hinkamen.

»Houghton – bist du das?«

Ich nickte und zog mir die Kappe tiefer über die Augen, während ich mit der einen Hand nach dem Gewehr griff, das ich mir über die Schulter gehängt hatte.

»Was ist …« Sein Verstand spulte sich in grün-weiß-roten Spiralen vor mir ab. Ich wollte, dass er seine Sicherheitsplakette an das schwarze Feld hinter sich hielt, also tat er es. Er tat alles, was ich wollte, und hielt mir sogar die Tür auf, als ich hineinging.

Ich überquerte die Schwelle in das warme Herz des Lagers. Die Wärme aus den Heizkörpern drang durch die Schichten geliehener Kleider bis auf Haut und Knochen. Als ich den Korridor entlangblickte, zu der Treppe, die zu der Plattform zwei Etagen über mir führte, fühlte ich mich so mächtig wie wohl noch nie in meinem Leben.

Die Tür zu meiner Rechten öffnete sich, und ein Lageraufseher kam heraus, in der Hand einen Becher Kaffee. Der Raum hinter ihm verschwand allmählich, während die Tür langsam zufiel, jedoch nicht bevor ich den Fernseher, die Sofas und die Stühle erspäht hatte. Sein schwarzes Button-down-Hemd schlug Falten, als er gähnte und sich die Hand vor den Mund hielt. Der Blick, den er mir zuwarf, war ein freundliches *Was will man machen.* Halb verlegen, halb frech. Als wäre das Ganze ein Riesenwitz.

Ich lächelte und ließ ihn vorbeigehen, zu der einen Spalt weit offen stehenden Tür weiter hinten im Flur. Nach einem Moment folgte ich ihm. Die linke Hälfte des Untergeschosses war im Grunde nichts als eine riesige Überwachungsstation. Die Wände waren von großen und kleinen Bildschirmen gesäumt, von denen jeder eine andere Ecke des Lagers zeigte. Einer war auf eine Satellitenkarte mit dem Wetter eingestellt, auf einem anderen lief ohne Ton ein Nachrichtensender.

Es gab insgesamt drei Reihen Computer, doch nur die Hälfte der Plätze war besetzt. Es sah aus, als würden sie diesen Raum auch nach und nach ausräumen, als ob sie von links nach rechts allmählich die verzichtbaren Stationen abbauten.

Deshalb brauchten sie die Roten, dachte ich. So viele PSFs sind zum Wehrdienst eingezogen worden, und die, die noch übrig blieben, wurden zusammen mit den jüngeren Rekruten beauftragt, vor der Schließung des Lagers Akten und Geräte abzutransportieren.

Konzentrier dich.

Ich steuerte die zweite Reihe an und ließ mich auf den Stuhl gleiten. Der Bildschirm erwachte flackernd zum Leben und zeigte eine simple Benutzeroberfläche. Das Blut rauschte in meinen Ohren, doch meine Hände waren erstaunlich ruhig, als ich den USB-Stick einsteckte.

Der Ordner öffnete sich, und ich übertrug die Programmdatei auf den Desktop. Zuerst dachte ich, ich hätte sie falsch gelesen, da mein Verstand vor Angst nur halb funktionierte, doch JUDE.EXE übertrug sich reibungslos und erschien auf dem schwarzen Bildschirmhintergrund, neben dem Papierkorb-Icon, direkt unter einem dreieckigen schwarzen Symbol mit der Bezeichnung »Security«.

Sowie der Download abgeschlossen war, löschte ich die Originaldatei von dem USB-Stick, ließ ihn zu Boden fallen und zertrat die Plastikhülle unter dem Absatz meines linken Stiefels. Die Uhr in der rechten unteren Ecke des Bildschirms zeigte 19:20 Uhr.

Ich öffnete das Befehlseingabefenster und gab START JUDE.EXE ein, woraufhin das Icon vom Desktop verschwand.

Sonst passierte nichts.

Scheiße, dachte ich und sah erneut auf die Zeitanzeige. *War das richtig? Warum …*

Der Schlag krachte so heftig gegen meinen Hinterkopf, dass ich halb vom Stuhl fiel – in letzter Sekunde noch von einer Hand abgefangen, die mich zurückriss und mich gegen den Tisch rammte. Die Hand an meiner Kehle, die Pistole direkt vor meiner Nase.

»Hier!« Das Gesicht des PSF zerfiel in zwei Hälften. Ich blinzelte und bemühte mich, wieder klar sehen zu können, während weitere Gestalten zur Tür hereindrängten. »Hier!«

Ich wurde vom Tisch weggezerrt und zu Boden geworfen, die Pistole nur wenige Zentimeter von meiner Stirn entfernt. Ein Lageraufseher nahm meinen Platz am Rechner ein und begann zu tippen. Also hatte doch jemand etwas bemerkt. Es war vorbei, aber ich hatte getan, was ich tun musste.

So weit war ich gekommen.

Das zumindest hatte ich geschafft.

Die anderen im Raum erhoben sich erschrocken, wichen jedoch zurück, als O'Ryans vertraute Stimme bellte: »Abstand halten!«

Er tippte noch etwas und öffnete das Befehlseingabefenster.

»Was hast du gemacht?«, fauchte er.

Ich konzentrierte mich auf sein Gesicht und achtete nicht auf das warme Rieseln in meinem Nacken. Mein Blick wurde wieder klar, und ich zuckte die Achseln, während sich ein höhnisches Grinsen auf meinen Lippen breitmachte.

O'Ryan stieß den anderen Soldaten in den Kreis der PSFs und Lageraufseher zurück, die mit gezogenen Pistolen dastanden. Meine Zähne schlugen aufeinander, als er mich gegen die Wand stieß. »Was hast du hier vor?«, herrschte er mich an.

Ich wischte mir das Blut vom Mundwinkel und schwieg. Es gab nichts, was er mir jetzt hätte antun können, womit er mir hätte Angst machen oder wodurch ich mich klein oder hilflos hätte fühlen können.

Der Lageraufseher wandte sich zu einer Frau um, die in der Nähe saß. »Fahren Sie die Calm Control hoch.«

»Gruppe C ist noch in der Kantine«, erwiderte sie. »Sollen sie zuerst zu ihren Baracken zurückbeordert werden?«

»Fahren. Sie. Sie. Hoch.«

Sie wandte sich zu ihrem Monitor um und tippte hastig etwas ein, schloss mit einem Druck ihres kleinen Fingers auf die Entertaste ab. »Moment mal …«

Einer nach dem anderen gingen die Monitore an der Wand aus, gefolgt von den Computerbildschirmen, die mit einem bedrohlichen elektronischen Surren schwarz wurden.

»Starten Sie das Sicherheitsprogramm«, verlangte er.

»Sir?«, sagte sie verblüfft, doch sie versuchte es – sie versuchte es. »Ich komme nicht mehr rein …«

»In was?«

»In gar nichts.«

»Ich auch nicht …«

»Hier ist es genauso …«

Ich wusste, dass es sinnlos war, noch als ich mühsam auf die

Beine kam, doch ich wollte es nicht zugeben – ich war nicht erledigt, ich war noch nicht bereit dafür, dass es vorbei sein sollte. Die Schusswaffen um mich herum waren ein Dutzend verschiedene Arten zu sterben. Ich war auf allen Seiten von schwarzen Uniformen umringt. Es dröhnte mir in den Ohren, und der Boden schlug unter meinen Füßen Wellen, doch ich ließ die unsichtbaren Hände in meinem Verstand nach den Köpfen um mich herum greifen und sandte ihre Gedanken in alle Richtungen davon wie Pfeile auf der Suche nach einem Ziel.

O'Ryan holte aus und drosch mir die Faust ins Gesicht.

Ich bekam die Hände nicht schnell genug hoch, um ihn abzuwehren. Bekam sie nicht schnell genug runter, um mich abzufangen. Hart krachte ich zu Boden, und vor meinen Augen erschienen Schneeflocken, als mein Schädel auf die Fliesen knallte. O'Ryan beugte sich über mich, löste ein kleines Gerät von seinem Gürtel und hielt es neben mein rechtes Ohr. Ich spuckte ihm ins Gesicht, doch er lachte nur und schaltete das Weißrauschen ein.

Die Welt zerfiel um mich herum. Hände griffen nach meinen Armen und hoben mich vom Boden auf, zerrten mich durch das Gewirr aus Stuhl- und Tischbeinen. Ich konnte nicht deutlich sehen, konnte mein Gehirn nicht von den Geräuschen befreien, die es vergifteten. Jeder Muskel meines Körpers verkrampfte sich, sodass ich zu zucken begann und mit den Beinen ausschlug, während ich innerlich laut schrie. Ich schrie: *Ich bin noch nicht erledigt,* doch ich konnte mich selbst nicht denken hören. Das Weißrauschen packte mich an den Schultern, drückte mich tief hinab in die Finsternis und hielt mich dort fest, bis ich ertrank.

26. Kapitel

Der Schlag peitschte über mein Gesicht und riss den Schleier der Bewusstlosigkeit weg. Vor meinen Augen verschwamm alles, als ich sie aufriss und in das Licht blinzelte. Mein Verstand fühlte sich geschwollen und wund an, ebenso zerschlagen wie der Rest meines Körpers. Halb registrierte ich, dass meine Arme und Beine nach wie vor zuckten und die Muskeln krampften. Der Restschmerz machte mich dumpf und träge, und ich konnte mich nicht erinnern, wie und warum es dazu gekommen war.

Der Lärm, der meinen Verstand traktierte, hörte abrupt auf. Langsam, ganz langsam nahm der Raum um mich herum feste Formen an. Fliesenboden. Vier dunkle Wände. Eine Lampe. Zwei Gestalten in Schwarz, die ins Dunkel hinein- und wieder heraustraten und mit gedämpften Stimmen sprachen. Mit leisem metallischen Klicken kam einer von ihnen näher. Ich roch das Pfefferminz, als er mit seinem Kaugummi schnalzte.

»Kleines Miststück …«

Und schlagartig traf mich die Erinnerung.

Turm.

Raus.

Fliehen.

Ich wand mich hin und her und versuchte, von dem Stuhl loszukommen, auf den sie mich gesetzt hatten, doch meine Hand- und Fußgelenke waren mit Kabelbindern an das Metallgestell gefesselt. Der Adrenalinstoß klärte meinen Verstand gerade noch rechtzeitig für O'Ryans Ohrfeige.

»Nachdem wir jetzt deine Aufmerksamkeit haben …«, fauchte er und richtete sich auf. Kalte Luft schnitt mir ins Schienbein, und beim Blick nach unten erkannte ich, dass er mir beide Hosenbeine bis zum Knie hochgerollt hatte. Sie hatten mir die PSF-Uniformjacke ausgezogen und mir das Messer und sämtliche anderen Waffen abgenommen, mit denen ich mich hätte wehren können. Auch die Stiefel, was ich nicht verstand – oder vielmehr erst, als sich O'Ryan den Schlagstock des PSF hinter ihm geben ließ.

Der andere Mann fasste dies als Signal auf, um das tragbare Weißrauschen-Gerät hochzuhalten. Ich bäumte mich auf wie ein Wildpferd und versuchte, dem Geräusch zu entkommen, der Art und Weise, wie es meinen Verstand ausschaltete. *Ich kann … ich kann es …* Was konnte ich tun? Was?

»Wer hat dich geschickt?«, fragte O'Ryan. »Was hattest du hier vor?«

»Ihnen … Ihnen zu sagen …« Die Worte kamen nicht annähernd so zornig aus meinem Mund, wie sie in meinem Kopf klangen. Der Lageraufseher beugte sich vor, die Augen zu Schlitzen zusammengekniffen. »Sie … sollen … zur Hölle fahren.«

Das Weißrauschen ging an, lauter, schriller, ein Geschoss, das meine Schläfen durchbohrte. Ich konnte den Schrei nicht zurückhalten. Schweiß lief mir über Rücken und Brust. Es wurde zu einem Muster – *an* Qual, *aus* Schmerz, *an* Qual, *aus* Schmerz. Ich bekam keine Luft mehr und musste mir alle Mühe geben, das süße Nichts der Bewusstlosigkeit fernzuhalten. Ich durfte nicht schlafen. Ich durfte aus diesem Augenblick nicht aussteigen. Sie würden mich umbringen. Dann konnte ich nicht … Ich konnte nicht …

»Wer hat dich geschickt?«

»Leck mich!«, schrie ich ihm ins Gesicht.

Ich wappnete mich, als er mit dem Arm ausholte, doch das half nichts – gar nichts –, um mich auf die Explosion weißglühender Pein gefasst zu machen, die mich durchzuckte, als sein Stock auf mein nacktes Schienbein traf. Ich schrie auf und riss an den Fesseln; ich hörte das Knacken, spürte es in meinem Kopf, als würde mein Schädel zerspringen. Der PSF hinter dem Lageraufseher sah nur unbeteiligt zu, als O'Ryan ein weiteres Mal auf den gebrochenen Knochen eindrosch und lächelte, als ich mich auf den Boden übergab.

Er holte erneut aus und hielt dicht vor meinem Bein inne, ein spöttisches Grinsen im Gesicht. Dann winkte er wortlos dem PSF, der erneut nach dem Weißrauschen-Gerät griff.

»Nicht die Children's League«, sagte O'Ryan über den Lärmhurrikan, der meine überlasteten Nerven marterte. »Die können es nicht gewesen sein. Also wer dann?«

Ich hörte das Echo auch noch, als das Gerät abgeschaltet wurde, und weiße Flecken explodierten hinter meinen Lidern.

»Antworte mir, drei-zwei-acht-fünf.« Er beugte sich über mein Gesicht und hielt mir den zermalmten USB-Stick vor die Nase. »Was war da drauf? Sag's mir, und ich verspreche dir, dass du am Leben bleibst.«

Ich will leben.

O'Ryan umfasste mit einer Hand mein Kinn. »Drei-zwei-acht-fünf, du musst wissen, dass ich keinerlei Skrupel habe, deinesgleichen abzumurksen.«

Meinesgleichen.

Orange. Ich sog scharf den Atem ein und leckte das Blut ab, das mir aus der Nase über die aufgeplatzte Lippe gelaufen war. *Orange.*

Er wandte sich erneut zu dem PSF um und winkte ihn herbei. Mein Bein forderte meine Aufmerksamkeit, verbrannte meine Konzentration, doch mein Blick wanderte zu dem jüngeren Mann hinüber, und ich griff zu … ich griff …

O'Ryan hielt das Weißrauschen-Gerät in der einen Hand und seine Dienstpistole in der anderen.

»Was ist dir lieber?«

Ich muss auf meinen eigenen Beinen hier rausmarschieren.

Er hob die Hand mit der Pistole und ließ sie an meinem Hals hinauf unter mein Kinn gleiten. Das Weißrauschen-Gerät streifte den Rand meines Ohres.

»Nichts würde mir mehr Vergnügen machen, als zu sehen, wie dir das Gehirn zermatscht aus den Ohren läuft und hier auf den Boden klatscht. Sag mir, warum du hier bist, drei-zwei-acht-fünf, und ich höre auf. Dann hört das alles auf.«

Ich will leben.

Das Gebäude erzitterte, er taumelte einen Schritt zurück, und sowohl der Tisch als auch die primitive Beleuchtung, die direkt über uns hing, schwankte. Das Knallen und Grollen von Schüssen in der Ferne. Eine seltsame, süße Symphonie der Hoffnung.

Schritte donnerten den Korridor entlang in Richtung Ausgang. O'Ryan schnellte von mir weg, trat an das nur in eine Richtung durchsichtige Fenster und legte die Hände seitlich ums Gesicht, um hindurchzuspähen. Er klopfte gegen die verspiegelte Fläche und wartete. Mein Sichtfeld schrumpfte erneut zusammen und wurde an den Rändern schwarz. Die Tür in der Ecke, durch die wir hereingekommen waren, hatte keinen Knauf. Sie ließ sich nur von außen öffnen.

Ich schloss die Augen und ballte die Fäuste gegen die nächste Übelkeitswelle.

Ich will leben.

Ich will leben.

Ich muss leben.

»Ruby«, krächzte ich.

O'Ryan drehte sich langsam um. »Wie war das, drei-zwei-acht-fünf? Bist du jetzt bereit zu reden?«

»Mein Name«, stieß ich zwischen zusammengebissenen Zähnen hervor, »ist *Ruby.*«

Damit kippte ich meinen Stuhl, sodass ich zu Boden stürzte, wobei mir ein Schmerzschock das Bein hinaufjagte. Ich spielte die Szene in Gedanken durch und hörte die Realität erst eine halbe Sekunde später. Der PSF in der Ecke hob seine Waffe und feuerte dreimal, wobei er O'Ryan beim ersten Schuss verfehlte und einen Teil Scheibe hinter ihm zerschmetterte, doch beim zweiten und dritten Versuch traf er. Brust. Kopf.

O'Ryan schaffte es, einen Schuss abzugeben, und traf den PSF in den Hals, ehe er an der Wand unter dem Spiegelfenster zusammensackte.

Ich muss das Bewusstsein verloren haben – ein paar Sekunden lang, vielleicht auch Minuten. Im Kontrollturm herrschte unheilvolle Stille, und das einzige Geräusch, das ich hörte, als ich in die Wirklichkeit zurückkehrte, war der langsame, gleichmäßige Schlag meines eigenen Herzens.

Beweg dich, befahl ich mir selbst. *Beweg dich, Ruby, los.*

Nur langsam und unter Höllenschmerzen schaffte ich es, zu O'Ryan hinzukriechen. Ich brauchte das Messer an seinem Gürtel, um die Fesseln an meinen Händen und Füßen aufzuschneiden, doch das hieß, dass ich mit dem Stuhl durch die Lache gerinnenden Bluts unter ihm robben musste. Dann sägte ich wie wild und ritzte mir die Handflächen auf, als ich blind mit dem Messer hinter mir herumfuhrwerkte.

Scharf sog ich den Atem ein und schaute nach unten. Beim Anblick der seltsam spitzwinklig vorgewölbten Haut an meinem Schienbein würgte ich; er erinnerte meinen Körper wieder daran, dass er Schmerzen hatte. Unbeholfen hüpfte und humpelte ich zur Tür hinüber, doch ich hatte recht gehabt – es gab keinen Türgriff, und die Scharniere befanden sich auf der anderen Seite.

Ich hob O'Ryans Pistole auf und stellte mich an die Wand gegenüber, um einen Halt für den Rückstoß der Waffe zu haben. Das Krachen zuckte durch meine Arme und Schultern, während die Glasscherben in Wellen herabfielen. Ich sicherte die Waffe wieder und schlug damit die letzten Glasreste aus dem Fensterrahmen. Dann stemmte ich mich auf das Sims und zog mich hoch und darüber. Die gezackten Splitter rissen mir Arme und Beine auf, ehe ich im Korridor zusammenbrach.

Die Pistole flog mir aus den Händen. Durch den Heiligenschein aus Scherben um mich herum streckte ich die Hand danach aus. Meine Finger schlossen sich in dem Moment um den Griff, als das Quietschen von Gummi auf Fliesen an meine Ohren drang.

Ich drehte mich auf den Rücken und hob den Oberkörper gerade weit genug an, um auf die dunkle Gestalt zu zielen, die auf mich zugerannt kam. Hastig fummelte ich an der Sicherung herum und entsicherte die Waffe. Das Hämmern der Schüsse draußen brachte mein Blut in Wallung und fokussierte mich auf den Augenblick. Ich sah die schwarze Uniform, und mein Finger krümmte sich um den Abzug. Ich würde hier rauskommen … Ich komme hier raus …

»Nicht schießen!«

Der Strom fiel aus, und es wurde finster im Gebäude, doch ich hatte sein Gesicht gesehen, als er den Helm hochgeschoben hatte. Zuerst glaubte ich, einen Geist zu sehen – und irgendwie war die Realität fast noch unfassbarer.

Liam.

»Lass das!«, schrie ich und warf erschrocken meine Waffe beiseite. »Ich hätte dich beinahe abgeknallt!«

Sein Gesicht war so ausgezehrt, praktisch bis auf die Knochen abgemagert. Er stürzte auf mich zu, fiel auf die Knie und rutschte das letzte Stück zwischen uns über den Boden. Seine Hände waren überall auf einmal, und dann küsste er mich – Lippen, Wangen, Stirn, was auch immer er erwischte –, und ich atmete ihn ein und klammerte mich an sein tropfnasses Hemd, außerstande, die simple Tatsache zu verarbeiten, dass er hier war, dass er unversehrt war.

Als er sich bewegte, stieß er gegen mein Bein, und ich konnte den Aufschrei nicht unterdrücken, der aus meiner Kehle drang.

»Scheiße – Scheiße, tut mir leid, oh Gott …« Liam tastete nach dem Funkgerät an seiner Jacke. »Ich hab sie gefunden … Dad, ich brauche deine Hilfe!«

Es ging beinahe zu schnell. Schritte dröhnten hinter mir über den Boden, und als Liam aufsah, war es, als ob seine hilflose Wut feste Form annahm, Zähne bekam. Er griff nach der Pistole in dem Holster an seinem Bein, und ich schauderte. Ich erkannte die Finsternis in seiner Miene; das hatte ich nur allzu oft bei seinem Bruder gesehen. Meine Hand schoss vor, packte seine und hielt die Waffe an Ort und Stelle.

Nicht Liam. Nicht jetzt. Er war kein Killer. Sich in einem einzigen kurzen Moment selbst zu verlieren würde ihn innerlich zerbrechen lassen. Das wäre ein Knochen, der schief in ihm zusammenwuchs, bis er seine Gestalt veränderte.

Ich erkannte den Moment, als er wieder zu sich kam, wie sich seine Nasenlöcher blähten und seine Augen klar wurden. Als er abermals zu dem PSF aufsah, der auf uns zugerannt kam, streckte er diesmal die Hand aus und schleuderte den Soldaten krachend gegen die Wand, wo er bewusstlos zusammensackte.

Dann stieß er zittrig den Atem aus und schaute von Neuem auf mich herab. Sachte, mit einer Fürsorge, die seltsam im Widerspruch zu seinen Handlungen von gerade eben stand, inspizierte er die Wunden an meinen Armen und fluchte. Ich zitterte, doch offenbar deutete er meine Schmerzen als Frösteln, denn er zog seine Jacke aus, legte sie mir um und zog den Reißverschluss bis zum Hals hoch. Ich unterdrückte das Aufschluchzen, das in meiner Brust emporstieg.

»Warum ausgerechnet du?«, wollte er wissen. »Warum ausgerechnet *du*?«

»Entschuldige«, flüsterte ich. Für Cole, dafür, dass ich meinetwegen hergekommen war, für alles, falls die Dunkelheit zurückkam und ich es dann nicht mehr sagen konnte. »Entschuldige, ich liebe dich, ich liebe dich so sehr …«

Liam küsste mich erneut. »Können wir jetzt verdammt noch mal von hier verschwinden?«

Eine zweite schwarzgekleidete Gestalt erschien oben an der Treppe und rang nach Luft. Ich tastete nach meiner Pistole, doch Liam packte meine Hand. »Hier drüben!«

Ich sah einen Streifen dunkler Haut und ein markantes Gesicht mit grauen Stoppeln, als Harry auf uns zugerannt kam. »Ist sie okay?«

»Nicht … wirklich«, sagte Liam und lehnte sich zurück, damit sein Stiefvater mein Bein sehen konnte. »Aber du wirst wieder, klar?«, versicherte er mir.

»Autsch, Herzchen«, sagte Harry, während er sich hinkniete, um das Bein zu untersuchen. »Wir schaffen dich hier raus, okay?«

»Ich muss zu Fuß hier rausmarschieren … Ich muss auf meinen eigenen Beinen hier rausgehen«, erklärte ich ihm, während mir der Schmerz das Hirn vernebelte. »Ich muss zu Fuß hier raus. Auf meinen eigenen zwei Beinen.«

Er wechselte einen ernsten Blick mit Liam.

»Wir brauchen etwas, womit wir das Bein schienen können«, meinte Liam und sah sich um.

»Dafür ist keine Zeit«, sagte Harry. »Am Treffpunkt haben sie Sanitäter.«

»Ich muss zu Fuß hier raus.« Mir war egal, wie verrückt ich mich anhörte, sie mussten es einfach begreifen. Cole würde es begreifen – hätte es begriffen. Cole war jetzt Vergangenheit. Ich kniff die Augen zu.

Als ich sie wieder aufschlug, griff Harry gerade nach einem Funkgerät, das an seiner linken Schulter befestigt war. »Hier Stewart. Wir haben sie. Gehen jetzt zum Ausgang. Ankunft etwa in drei Minuten.«

Als Antwort ertönte ein Gewirr knisternder Geräusche.

»Okay, Liebes, ich heb dich hoch«, sagte Liam und stand auf. »Leg mir die Arme um die Schultern, genau, so ist es gut.« Sobald sie mich in der Senkrechten hatten, stellten sie mich wie versprochen so hin, dass ich auf meinem unversehrten Bein stehen konnte.

Ich kann mich nicht an den Korridor erinnern, nur daran, wie es sich anfühlte, wenn ich mein rechtes Bein vorschwang. Die kalte Luft auf meiner Haut, als wir in die Nacht hinaustraten, die ersten Regentropfen. Ich roch Rauch, der schwer in der Luft hing.

Vor mir strömte ein grünblauer Fluss aus dem Tor des Lagers. Die Kids schritten schnell aus, vorangewinkt von Gestalten in Schwarz, deren weiße Armbinden sich scharf von ihren Uniformen abzeichneten. Ich war stolz darauf, wie ruhig sie waren, wie sie auf die Anweisungen hörten, die ihnen erteilt wurden, obwohl sie ziemlich verängstigt waren oder unter Schock standen. Immerhin hatte Thurmond sie gelehrt, Befehle zu befolgen.

»Die Roten …«, setzte ich an. Am anderen Ende des Lagers sah ich das warme Schimmern eines Feuers, wo die Fabrik in Flammen stand.

»Die sind schachmatt«, erklärte Harry und drückte sanft meine Hand, die ich ihm um den Hals gehakt hatte. »Haben sich ganz schön gewehrt.«

»Verletzte?«

»Alle unversehrt«, versprach er. Dann stieß er einen schrillen Pfiff aus, worauf die nächste schwarzgekleidete Gestalt sich erwartungsvoll umwandte und auf uns zurannte. Sie bewegte sich mit einer Art tierartigen Anmut; ihre Arme hoben und senkten sich, und unter ihren Stiefeln spritzte der Matsch nach allen Seiten, als sie durch Pfützen und dicken schwarzen Schlamm trampelte.

Ihr Gesicht konnte ich durch den Regenvorhang nicht erkennen, doch ich wusste es. *Vida.*

Sie wäre geradewegs in uns hineingekracht, wenn Harry nicht eine starke Hand ausgestreckt und sie abgefangen hätte.

»Vorsicht!«, warnte Liam und zog mich enger an sich, während Harry beiseitetrat und sich von mir löste. Vida nahm seinen Platz ein und schlang beide Arme um mich.

»Heilige Scheiße!«, sagte sie. »Ich bring dich um, ich drehe dir allen Ernstes deinen kleinen Hals um! Ich mach dich … ich mach dich …«

»Ich gehe noch mal durch die Kantine und schaue nach Nachzüglern«, erklärte Harry. »Mac, John und ich bilden die Nachhut.«

»Wir sehen uns am Treffpunkt«, sagte Liam. »Ruby, lass mich dich doch tragen, bitte …«

»Ich muss zu Fuß gehen.« Meine Kehle schmerzte, und meine Worte klangen wie ein Krächzen. »Kannst du mir helfen?«

Er hatte bereits Anstalten gemacht, mich anders zu fassen, als Vida die andere Hälfte meines Gewichts übernahm. »Was immer du willst, solange das heißt, dass wir dich aus dieser gottverdammten Albtraumfabrik rauskriegen. Also echt, Bubu, heilige *Scheiße*.«

Durch den Matsch kamen wir nur langsam voran, doch wir stolperten unbeirrt weiter, schwammen mit der Masse der aus dem Lager strömenden Kindern und Jugendlichen auf das Tor zu, das weit aufgesprengt worden war.

Es regnete an dem Tag, als sie uns nach Thurmond brachten.

Und es regnete an dem Tag, als ich hinausmarschierte.

Ich wusste, dass ich ernste Probleme hatte, als ich die Kälte nicht mehr abschütteln konnte. Nicht mehr aufhören konnte zu zittern. Als wir hinter den Kids vor uns durch den Wald stapften, die schwarz Uniformierten mit den weißen Armbinden an der Spitze, ließ das Zittern meine Muskeln verhärten und meine Glieder krampfen.

Vida warf Liam einen Blick zu, und wir beschleunigten unsere Schritte.

»Tut weh«, flüsterte ich.

»Sollen wir anhalten? Pause machen?«, fragte Vida. »Dein Bein?«

Ich schüttelte den Kopf. »Alles.«

Um das Schweigen zu füllen oder um mich abzulenken, versuchte Liam zu erklären, was geschehen war. »Mom hat mir die Nummer gegeben, um Harry zu erreichen und ihm … das mit … das mit Cole zu erzählen. Sie hat mir erklärt, wie ich ihn finden kann. Sie haben auf mich gewartet, und inzwischen hab ich gewusst, ich hätte sofort zurückkommen sollen, dass ich das wollte. Aber als wir es endlich zurück zur Ranch geschafft hatten, wart ihr längst weg. Chubs war völlig außer sich, Zu auch – alle. Nico hat alle bei der Stange gehalten, bis wir da waren.«

»Dieser Scheiß-Clancy«, sagte Vida. »Diese scheißdurchgeknallten Grays. Sie haben diese Sendung gemacht, er und seine Mutter …«

»Ich hab sie gesehen«, sagte ich, weder bereit noch wirklich imstande, in diesem Augenblick ins Detail zu gehen.

»Wie hast du … ach, egal, spielt keine Rolle«, sagte Liam. »Das erzählst du mir später, wenn das hier alles vorbei ist.«

»Cole …«, begann ich und fasste ihn fester.

Sein Gesicht verzerrte sich in frischem Schmerz. »Später, okay? Es ist nicht mehr weit. Wir mussten den Treffpunkt ganz in die Nähe legen – es sind einfach zu viele Kids, um sie alle mit Autos wegzufahren. Ich wünschte, du hättest das sehen können – Amplify hat die Informationen, die wir ihnen gegeben haben, überall verbreitet. Fernsehen, Internet, Straßenschilder – sie haben die ganze Welt mit der Wahrheit bombardiert.«

»Mal sehen, ob es wirklich funktioniert hat«, murmelte Vida. »Wenn da keine Eltern warten …«

»Es warten garantiert welche«, versicherte Liam.

Ganz egal, wie viele Schritte ich machte, es fühlte sich trotzdem an, als blieben wir immer weiter hinter den durch die Bäume fallenden Lichtstrahlen zurück. Doch ich wusste, dass er recht hatte, als der erste Hubschrauber über uns auftauchte, seinen Scheinwerfer nach unten richtete und Wind und Regen aufwirbelte. Das Licht blendete mich, und ich konnte nicht erkennen, ob der Hubschrauber zum Militär oder zu einem Fernsehsender gehörte.

Die ganze Zeit war so ein Geräusch zu vernehmen gewesen, so ein leises Summen von Energie und Tönen, das ich durch das schrille Klingeln in meinen Ohren kaum bemerkt hatte. Nun war es, als hörte ich den Puls der Welt um mich herum, spürte sein Pochen unter meinen Füßen. Vor uns waren noch mehr Scheinwerfer, die alle auf uns gerichtet waren.

Die Einsatztruppe, Jugendliche und Erwachsene, ließen die riesige Gruppe gleich hinter den ersten Bäumen anhalten. Gebäude standen in der Nähe, vermutlich die verlassene Stadt Thurmond. Liam und Vida lotsten uns durch das Meer aus Leibern und drängten sich mit den Schultern nach vorn.

Dreitausend Kinder und Jugendliche wimmelten zwischen den Bäumen umher wie ein Bienenschwarm und verstopften jede Lücke. Ich wusste Bescheid, als wir angekommen waren, weil sich jemand ein Megafon schnappte und brüllte: *»Stehen bleiben! Jegliches weitere Vorrücken wird als feindlicher Akt betrachtet!«*

Doch wenn die Streitkräfte uns sahen, sahen uns auch die Familien, die sich hinter ihnen versammelt hatten.

Wir gingen weiter, langsamer jetzt, aber unaufhaltsam. Allmählich wurden die Konturen hinter dem grellen Lichtfeld vor uns deutlicher.

Irgendjemand hatte zwei große weiße Zelte aufgebaut. Das Funkellicht von Kranken- und Polizeiwagen blinkte blau und rot, blau und rot, ergoss sich über uns und über die doppelte Linie von Soldaten, die sich zwischen uns und Hunderten, wenn nicht gar Tausenden von Menschen formiert hatte.

Ich blinzelte und versuchte, klar zu denken. Das hier war richtig – so sollte es sein. Alice musste das letzte Informationspaket während des Angriffs veröffentlicht haben, einschließlich der Namen der Kinder aus Thurmond sowie den Ort, wo man sie abholen konnte. Ich hatte vermutet, dass dies auch dem Militär genug Zeit geben würde, um zu reagieren, und ich hatte recht gehabt. Die Soldaten, die Nationalgarde, die Polizei und die PSFs hatten allesamt Verteidigungsstellung eingenommen, in voller Kampfausrüstung.

»Lasst die Waffen fallen, legt euch auf den Boden, und hebt die Hände über den Kopf«, befahl derselbe Mann wie eben. *»Jegliches weitere Vorrücken wird als feindlicher Akt betrachtet, und wir werden das Feuer eröffnen.«*

Wir schritten weiter voran, auf die Männer und Frauen in Tarnanzügen und die wenigen in schwarzen PSF-Uniformen zu, bis wir keine hundert Meter entfernt waren.

Die hohen, durchsichtigen Schutzschilde bildeten eine Wand zwischen uns und ihnen, doch sie verbargen nicht, wie die Soldaten uns beklommen musterten. Die Reihe hinter der ersten war bewaffnet und bereit, genau das zu tun, was der Sprecher angedroht hatte. Die Läufe ihrer Gewehre ragten aus den Lücken zwischen den Schilden hervor. Die Soldaten standen Rücken an Rücken mit einer Reihe von FBI-Agenten und Polizisten, die sich vor der Menge aus Reportern und Zivilisten aufgebaut hatten. Kameras – überall waren Kameras, die blitzten und klickten, obwohl die Uniformierten sich nach Kräften bemühten, die Medienleute abzudrängen oder ihre Ausrüstung einfach zu zerstören.

Der Motor des Hubschraubers kündigte dessen Ankunft an, lange bevor er am Himmel erschien. Sein Suchscheinwerfer wanderte mehrmals über uns hinweg, als hielte er nach einer speziellen Person Ausschau. Ein Soldat saß in der geöffneten Tür, ein automatisches Gewehr in der Hand, und peilte die Lage.

Der Einsatzleiter stand etwas links von der Mitte hinter den beiden Soldatenreihen und hielt sich ein Satellitentelefon ans Ohr. Immer wieder tauchte er ab und verschwand, als könnte er irgendwie den Lärm der Menge hinter sich ersticken, der über uns alle hinwegschwappte, indem er sich hinkauerte.

Namen, dachte ich, während ich mich zwang, über die Waffen und Schutzschilde hinwegzublicken, auf die Gesichter voller Trauer und Hoffnung dahinter. Ein Mädchen hinter mir erkannte offenbar eines davon, denn sie stürzte zwischen uns hindurch und schrie: »Mom … *Mom!*«

»Runter auf den Boden und die Hände hinter den Kopf«, bellte der Officer in das Megafon. *»Und zwar sofort – sofort!«*

»Hier!«, schrie eine Frau. »Ich bin hier! Emily, ich bin hier!«

Das Gesicht des Soldaten direkt vor mir zu beobachten war, als sähe man einen plätschernden Bach zu einem reißenden Strom werden. Emotionen rasten über seine Augen, und nicht einmal der grelle Suchscheinwerfer des Helikopters konnte den Blick ausblenden, den er der Frau zuwarf, die sich gegen die drei FBI-Agenten wehrte, die sie zu Boden drückten. Die Zivilisten um sie herum hielten dagegen und versuchten, die Agenten von ihr wegzudrängen. Der Soldat war nicht mehr jung; die Stoppeln auf seinen wettergegerbten Wangen glitzerten silbergrau, genau wie die dicken Brauen über seinen blassblauen Augen. Er schaute wieder nach vorn und ignorierte die unsicheren Bewegungen der Jüngeren rechts und links von ihm, während sie auf den nächsten Befehl warteten. Sein Blick fiel auf das Mädchen ein paar Meter neben mir. Sie weinte immer noch und rief: »Mom! Mom!« Ihre dunklen Locken klebten an ihren feuchten Wangen.

Der Soldat schüttelte den Kopf. So eine langsame, schlichte Bewegung. Er schüttelte den Kopf und ließ seinen Schild in den Matsch fallen. Das Geräusch brachte irgendwie alle anderen zum Verstummen. Der Mann ließ sein automatisches Gewehr auf dem Boden liegen, richtete sich zu voller Größe auf, wölbte die Brust und wehrte die Hand des verblüfften Soldaten neben ihm ab, der halbherzig den Arm ausgestreckt hatte, um ihn aufzuhalten.

Dann stieg er über seinen Schild, ließ die Schnallen seiner schusssicheren Weste aufschnappen und streifte sie ab. Das

Licht des Helikopters fand seinen Weg und folgte ihm, als er langsam auf uns zukam und zeigte, dass er unbewaffnet war. Er hielt dem Mädchen die Hand hin, und nach kurzem Zögern nahm sie sie und erlaubte ihm, ihr die Weste über den Kopf zu streifen. Als Nächstes nahm er den Helm ab, und obwohl er zu groß für sie war, setzte er ihn ihr trotzdem auf und zog den Riemen unter ihrem Kinn fest.

Der Soldat hob das Mädchen hoch, und sie schlang ihm vertrauensvoll die Arme um den Hals. Als er sie zu der Reihe von Soldaten zurücktrug, schüttelte der Einsatzleiter schließlich seine Verblüffung weit genug ab, um zu begreifen, dass er jetzt Befehle brüllen musste. Er versuchte es. Niemand, kein Einziger von uns, hörte auf ihn. Ich hörte mein Herz in meinen Ohren schlagen, lauter und lauter, und hielt den Atem an.

Einen Arm vor sich ausgestreckt, drängte der Soldat sich zwischen denen hindurch, die hastig die Lücke zu schließen suchten, die er in der Reihe hinterlassen hatte, bis die FBI-Agenten, die noch immer über die Frau gebeugt dastanden, sie schließlich losließen. Sie kam ihm auf halbem Weg entgegen, riss ihm das Mädchen aus den Armen und schloss es in die ihren. Erst als Liam mir leicht den Arm drückte, den ich ihm um den Hals gelegt hatte, begriff ich, dass die Kids um mich herum sich erneut in Bewegung gesetzt hatten. Die Bresche in der Soldatenreihe wurde breiter, als zwei Kids dem Weg folgten, den die beiden sich dort hindurchgebahnt hatten, dann drei, dann vier …

Der Einsatzleiter brüllte in das Megafon, doch abgesehen von einigen wenigen hoben die Soldaten ihre Schutzschilde aus der Formation heraus und drehten sich zur Seite. Die Kids strömten zwischen ihnen hindurch, genau so, wie sie zwischen den Bäumen hindurchgeströmt waren. Sie suchten sich Lücken, nahmen all ihren Mut zusammen und liefen zwischen ihnen hindurch.

Vida sagte irgendetwas, das ich nicht verstehen konnte. Mein Kopf war mittlerweile zu schwer für meinen Hals, und die beiden kamen ins Stolpern, als das linke Bein unter mir nachgab. Liams Hände waren auf meinem Gesicht, hoben meine Augenlider hoch. Es war so kalt – wie konnte ich da schwitzen?

Ich wurde hochgehoben und durch das Gedränge der Familien getragen. Etliche Leute hatten daran gedacht, Schilder mit dem Namen ihres Kindes zu basteln, mit diesen seltsamen, undenkbaren Phrasen wie »Willkommen zu Hause« oder »Wir lieben dich«.

Als ich die Augen wieder aufschlug, sah ich als Nächstes Chubs' Gesicht; das Wort auf seinen Lippen war *Schock*. Und Cate – da war *Cate,* mit einem Bluterguss auf der Wange und Tränen in den Augen. Sie hielt mein Gesicht zwischen ihren Händen und redete auf mich ein, während ich vom Boden hochgehoben wurde.

Die blinkenden Lichter in Rot, Blau, Rot, Blau, Weiß flackerten über die Haut der anderen. Ich wusste, dass wir rannten, konnte aber nichts spüren, nicht einmal, als ich höher gehoben wurde, immer noch höher. Auf eine weiche Unterlage gelegt wurde. Fremde Gesichter. Flackernde Lichter, knackende Geräusche, Stimmen, Liam …

Krankenwagen. Liam machte Anstalten, hinten mit einzusteigen, wurde aber hinausgedrängt, als zwei Mitglieder der Einsatztruppe eingeladen wurden – zwei Männer, von denen einer einen unnatürlich schlaff herunterhängenden Arm umklammert hielt und der andere heftig an der Stirn blutete.

»Ich finde dich!«, brüllte Liam beim Aussteigen. »Wir finden dich!«

Die Sanitäter schnallten mich fest und drückten mich auf die Trage. Liam stand ein paar Meter entfernt; Chubs hatte die Arme um ihn gelegt, redete ihm gut zu und hielt ihn fest. Genau wie ich sah er die Panik in ihm aufwallen.

Die Türen schlugen zu, und die Sirene jaulte los.

»… mir sagen, wie du heißt? Kannst du mir sagen, wie du heißt?« Die Sanitäterin war eine junge Frau, die mich mit ernster Miene betrachtete. »Wir haben hier wahrscheinlich eine Querfraktur des rechten Schienbeins. Vier … fünf … sechs Fleischwunden zwischen vier und sechs Zentimetern Länge am Ober- und Unterleib … Sieh mich an. Kannst du mir sagen, wie du heißt? Kannst du sprechen?«

Ich schüttelte den Kopf. Meine Zunge war wie ein Stein.

»Hast du Schmerzen?«

Ich nickte.

»Blutdruck niedrig, schneller Puls – hypovolämischer Schock … Können Sie mal …?« Einer der Männer auf dem Boden blockierte die Schublade, an die sie heranwollte, hebelte sie dann aber mit seinem gesunden Arm auf und reichte ihr etwas, was aussah wie ein großer Bogen Alufolie. Die Sanitäterin breitete sie über mich, während mir ihr Kollege eine Infusion legte und sich daranmachte, mich zu verbinden.

Die seltsame Decke speicherte ein kleines Wärmepolster. Ich begann zu zittern, als der Schmerz erneut aufflammte.

»Was ist mit deinem Bein passiert?« Ich stöhnte, als sie es auf eine Art Schiene bettete. »Kannst du mir sagen, was mit deinem Bein passiert ist?«

»Tut weh …«, stieß ich mühsam hervor.

Sie hielt mein Gesicht zwischen ihren Händen, und ich sah ihr verwirrt, beinahe orientierungslos in die Augen. »Es ist alles gut, du bist in Sicherheit. Wir kümmern uns um dich. Du bist in Sicherheit.«

Einer der Soldaten auf dem Boden reckte den Arm, und seine blutverschmierte Hand legte sich sachte um mein Handgelenk. »Du bist ein tapferes Mädchen«, sagte er. »Du bist ein braves, tapferes Mädchen. Du hast ganze Arbeit geleistet.«

»Jetzt bist du in Sicherheit«, wiederholte die Sanitäterin. »Wir kümmern uns um dich.«

Die Mauer, die ich gegen den Ansturm von Schmerz und Angst und Wut aufgebaut hatte, war endlich eingestürzt, und ich begann zu weinen. Ich schluchzte, so wie ich am letzten Morgen in der Garage meiner Eltern geschluchzt hatte, bevor sie mich abholten. Ich heulte hemmungslos, einfach weil es so eine Erleichterung war, nicht mehr alles in sich hineinfressen, den Schein wahren zu müssen.

Ich brauchte nicht mehr wach zu bleiben, als die erste Woge des friedlichen Nichts mich überspülte.

27. Kapitel

Tagelang hatte ich das Gefühl, eine Gefangene in meinem eigenen Körper zu sein.

Es gab Momente, nur wenige und in großen Abständen, in denen ich spürte, dass ich allmählich aufwachte, der Realität nahe kam. Unbekannte Geräusche, Klicken, Fauchen, Piepen. Gesichter hinter blauen Schutzmasken. Zimmerdecken, die über mir hinwegzogen. Ich hatte extrem lebhafte Träume von meinem Leben, bevölkert von Menschen, die ich seit Jahren nicht gesehen hatte. Ich saß auf dem Vordersitz eines schwarzen Vans, die Stirn gegen die Scheibe gelehnt. Ich sah das Meer. Die Bäume. Den Himmel.

Genau wie die Erde nach einem Regenguss immer wieder hart wird, spürte ich, wie auch ich wieder fest wurde, ein aus Einzelteilen zusammengesetztes Ganzes wurde. Und eines Morgens wachte ich einfach auf.

In einem Zimmer voller Sonnenschein.

Ich blinzelte, Kopf und Körper noch schwer und träge, und wandte mich langsam der Lichtquelle zu. Ein Fenster, dessen Vorhänge den blühenden Ast eines davor wachsenden Hartriegelbaums einrahmten. Die Wände waren in einem beruhigenden Hellblau gestrichen, ein sonderbarer Kontrast zu den dunkelgrauen Geräten, die um mich herum piepten und blinkten.

Krankenhaus.

Ich hievte mich hoch, stieß auf den Widerstand der Schläuche, die an meinem Handrücken befestigt waren. Jemand hatte ein dünnes weißes Laken über mich gebreitet, und ich musste es mit dem linken Bein wegstrampeln, um das neue, unerwartete Gewicht am rechten zu inspizieren. Ein Gipsverband. Ein langes Flanellnachthemd. Darunter waren meine Arme dick bandagiert, und ich fühlte das Zerren von Pflasterstreifen am Schlüsselbein. Ich griff nach oben, um das Gazepolster zu betasten.

Dann entspannte ich mich und lauschte einen Moment lang auf die Geräusche der Straße unten, auf den Strom von Stimmen auf der anderen Seite der Wand. Ein Teil von mir wusste, dass ich Angst haben sollte, doch ich war zu erschöpft dafür. Als ich den sauren, trockenen Geschmack in meinem Mund und meiner Kehle nicht mehr ertrug, griff ich nach dem Wasserglas auf dem Tischchen neben mir und leerte es auf einen Zug, wobei ich beinahe eine kleine Blumenvase umgeworfen hätte.

Krücken lehnten an der Wand gegenüber unter einem an der Decke montierten Fernseher. Doch kaum hatte ich die Beine über die Bettkante geschwungen, ging die Tür auf.

Ich weiß nicht, wer verblüffter war – ich oder die zierliche, grauhaarige Frau, die mit einem kleinen Tablett mit Essen hereinkam. Ihre grünen Augen wurden groß.

»Du bist ja wach!« Leise schloss sie die Tür hinter sich, ehe sie sich wieder zu mir umdrehte und mich anstrahlte.

Ich starrte sie an, fraß sie mit Blicken förmlich auf. Sie schrieb mein Schweigen vermutlich den Schmerzen oder der Verwirrung zu, denn sie stellte das Tablett hastig ab und zog sich einen Stuhl heran. »Weißt du, wer ich bin?«

Das Wort platzte aus mir heraus. »Grams.«

Sie grinste, nahm meine Hand und hielt sie zwischen ihren glatten Handflächen; ihre Haut war papierdünn. Lange taten wir nichts anderes, als einander anzusehen. Ihr Gesicht war weicher geworden, und sie hatte ihr dunkles Haar vollständig grau werden lassen. Doch sie hatte noch immer diesen spitzbübischen Blick, der so charakteristisch für sie war, dass es mir die Kehle zuschnürte.

»Du hast einiges mitgemacht, was?«

Ich nickte, und sie beugte sich vor und küsste mich auf die Stirn.

»Du bist hier«, wiederholte ich; irgendwie konnte ich es nicht fassen. »Du hast mich gefunden.«

»Kleine, nachdem sie dich mitgenommen hatten, haben wir die ganze Zeit nach dir gesucht. Sowie sie die Liste der Kinder und den Standort des Lagers veröffentlicht hatten, haben wir uns ins Auto gesetzt und sind hierher gerast. Es hat Stunden gedauert herauszufinden, in welchem Krankenhaus du liegst. Du hattest eine ganz schöne Wachmannschaft, die wollten mich und deine Eltern erst gar nicht zu dir lassen.«

Ich schüttelte den Kopf, unfähig, das alles zu verarbeiten. »Sie erinnern sich doch nicht an mich.«

»Nein, sie erinnern sich nicht. Es ist sehr sonderbar, aber sie … Wie soll ich es ausdrücken? Sie wissen keine Einzelheiten, aber du bist immer da gewesen. Tief drinnen. Nicht hier«, sagte sie und tippte sich an die Stirn, ehe sie die Hand auf die Brust legte, »sondern hier.«

Ich bekam die Worte beinahe nicht über die Lippen. »Weißt du, was ich bin?«

»Also, zunächst einmal bist du meine geliebte Enkelin, die etwas recht Außergewöhnliches mit ihrem Verstand anstellen kann«, antwortete sie, und ihr weicher Südstaatenakzent war stärker denn je. »Und du scheinst auch eine Art Medienliebling zu sein.«

Das erschreckte mich ein bisschen; ein Verdacht bahnte sich langsam den Weg durch meinen Kopf.

Grams hielt einen Finger hoch und ging durchs Zimmer, um eine Zeitung aus einer Handtasche zu holen, die neben der Tür stand und die ich bisher gar nicht bemerkt hatte. »Seit Tagen herrscht vor dem Krankenhaus ein Medienspektakel. Vor deiner Zimmertür stehen rund um die Uhr zwei bewaffnete Wachleute, du hast den ganzen Flügel für dich allein, und trotzdem hat sich so ein Geier eingeschlichen und versucht, ein Foto von dir zu machen.«

Die *New York Times* hatte über die Attacke auf das Lager und die Folgen berichtet. Ich breitete mir die Zeitung über den Schoß, wobei allmählich böse Vorahnungen meine hart erarbeitete Gelassenheit durchdrangen. In der Zeit, die ich weg gewesen war, hatte sich Alices ursprüngliche Idee eines Informationspakets in eine komplette Story darüber verwandelt, was in Los Angeles und auf der Ranch geschehen war. Es gab Seiten mit ihren Fotos von uns, von uns allen – beim Planen, in der Freizeit und beim Arbeiten. Vom Straßencode. Sie hatte darüber geschrieben, warum die Täuschungen nötig gewesen waren und welche Verleger und Medienbosse mit uns zusammengearbeitet hatten, um die Wahrheit zu vertuschen, bis der Anschlag auf Thurmond in vollem Gange war. Es gab ein langes Feature über Cole, dessen Gesicht mich in Schwarz-Weiß angrinste.

Und es gab einen Artikel über mich. Obwohl sie nicht ins Detail gegangen war, was meine Fähigkeiten betraf, hatte Alice die Leser über fast nichts im Unklaren gelassen. Ich war am Rand vieler ihrer Fotos zu sehen, knapp außerhalb des Bildes, das Gesicht von Schatten oder meinem Haar verborgen. Die anderen – vor allem Cate – mussten sie darüber aufgeklärt haben, wie ich das erste Mal aus Thurmond geflohen war, wie mein Leben auf der Flucht und bei der League ausgesehen hatte, und dann, wie ich freiwillig ins Lager zurückgekehrt war, um den anderen zu helfen. Die Zeitung hatte auch Bilder davon gebracht, wie ich in den Krankenwagen gehievt wurde, wobei Liams Gesicht nicht auf den Fotos war. Die Verletzte hätte ebenso gut jemand völlig anderes sein können, denn das kleine, blasse Mädchen erkannte ich überhaupt nicht.

Ich ließ mich auf das Kissen zurückfallen und fühlte mich nackt unter Grams' wachsamem Blick.

»Es gibt noch mehr, falls du es lesen möchtest«, sagte sie und nahm mir die Zeitung ab.

»Jetzt nicht«, erwiderte ich. »Ist sonst noch jemand ...«

»Hmm?« Grams brachte die Zeitung zurück, holte das Tablett mit dem Krankenhausessen und stellte es vor mich hin. »Ist sonst noch jemand was?«

»Da gewesen«, murmelte ich. »Zu Besuch.«

Grams warf mir ein wissendes Lächeln zu. »Eine ganz reizende junge Frau mit einer Ausdrucksweise, von der ein Matrose einen Herzinfarkt kriegen könnte? So eine süße Kleine, die dir Blumen mitgebracht hat? Der, der den halben Tag darauf verwendet hat, hinter Ärzten und Schwestern her zu sein und Auskunft über deinen Zustand verlangt hat? *Oder* meinst du vielleicht einen äußerst wohlerzogenen Jungen aus dem Süden?«

»Alle«, flüsterte ich. »Sind sie hier?«

»Im Augenblick nicht«, sagte Grams. »Sie mussten zurück ins Hotel – alle Welt ist in Charleston wegen dieser sagenhaften Pressekonferenz. Aber sie waren hier und haben mich gebeten, dir das hier zu geben, wenn du aufwachst, damit du weißt, wo du sie findest.«

Grams reichte mir ein zusammengefaltetes Blatt Papier. Es handelte sich um Hotelbriefpapier mit einer darauf gekritzelten Telefonnummer. *Ruf sobald wie möglich an.* Liams Schrift.

»Du hast mir sehr gefehlt, mein Liebes«, sagte Grams mit

sanfter Stimme. »Ich hoffe, eines Tages erzählst du mir, was dir alles zugestoßen ist. Ich will nicht darüber lesen, ich möchte es viel lieber von dir hören.«

»Du hast mir auch gefehlt«, flüsterte ich. »So, so sehr. Ich wollte dich unbedingt wiederfinden.«

Sie strich mir das Haar aus dem Gesicht. »Willst du sie jetzt sehen?«

Ich brauchte keine Erklärung, wen sie mit »sie« meinte.

»Wollen …« Ich schluckte. »Wollen sie mich denn sehen?«

»Oh ja«, sagte Grams. »Falls es dir recht ist.«

Nach einem Moment des Zögerns nickte ich. Als sie das Zimmer verließ, schob ich das Tablett mühsam auf den kleinen Tisch hinüber. Mein Herz hämmerte in der Brust, als ich ihre Schritte hörte.

Das letzte Mal, dachte ich, *das ist das letzte Mal, dass ich das tun werde …*

Grams kam als Erste herein; sie trat beiseite und ließ eine dünne, zerbrechliche Frau ein, gefolgt von einem Mann mit grau melierten Haaren.

Es war erstaunlich, wie wenig ich mich daran erinnerte, wie sie wirklich aussahen. Vielleicht hatten die Jahre ihnen ebenso zugesetzt wie mir, hatten sie ausgezehrt und sie über die scharfen Kanten des Lebens hin und her gehetzt. Es war so seltsam, die Form meiner eigenen Nase im Gesicht eines anderen Menschen zu sehen. Meine Augen. Meinen Mund. Das Grübchen an meinem Kinn. Er trug ein in die Hose gestecktes Polohemd und sie ein Kleid, und ich hatte das seltsame Gefühl, dass sie sich fein gemacht hatten, um mich zu besuchen.

Ich wünschte, das Ganze hätte sich nicht so schmerzlich unbehaglich angefühlt, aber ich sah es ihnen an. Sie betrachteten mich, und das Einzige, woran sie sich erinnerten, war der Morgen, an dem ich abgeholt worden war, als sie mich in ihrer Verwirrung aus dem Haus gejagt hatten. Die Jahre standen zwischen uns, leer und schmerzhaft.

Also fing ich mit den schönen Dingen an. Einem Campingtrip, den wir vor sehr, sehr langer Zeit in den Blue Ridge Mountains unternommen hatten; die Wanderung durch die herbstlichen Bäume, die gerade begannen, ihre Farben zu wechseln. Die Luft war frisch und klar gewesen, und ferne Berge waren nur wenige Schattierungen dunkler als der endlose blaue Himmel darüber. Wir hatten alle zusammen in der kleinen warmen Höhle unseres Zeltes geschlafen und unser Essen selbst geangelt. Staunend hatte ich zugesehen, wie Dad das Lagerfeuer anzündete.

Die verknoteten Erinnerungen lösten sich bei der leisesten Berührung, als hätten sie bereits begonnen, sich von selbst abzuspulen. Ich zog mich nacheinander aus ihren Köpfen zurück, kaum imstande, meine eigenen Gefühle zu kontrollieren ohne die Springflut der ihren.

»Kann bitte mal jemand etwas sagen?«, verlangte Grams genervt.

Doch ich brauchte nichts zu sagen. Ich brauchte mich nur von ihnen festhalten zu lassen, während sie weinten.

Ich habe gehört, dass sich das Leben an einem Tag ändern kann und alles auf dem Kopf steht. Doch das stimmt nicht. Das Leben braucht nicht nur einen Tag, um sich zu ändern.

Es braucht drei.

Drei Tage, damit Fallschirme vom Himmel zu fallen beginnen und den Städten, die sie am dringendsten brauchen, Pakete und Soldaten mit blauen UN-Helmen bringen.

Damit eine kleine Koalition ausländischer Regierungschefs zum ersten Mal seit sieben Jahren den Fuß auf amerikanischen Boden setzt.

Damit die Geschichte von Senatorin Cruz veröffentlicht und sie dazu bestimmt werden kann, den Genesungsprozess des gesamten Landes zu überwachen.

Damit der Vorsitzende der Joint Chiefs of Staff zurücktreten, die Schande mit einem Achselzucken abtun und seine Pension kassieren kann.

Damit die Streitkräfte neue Befehle ausgeben können, um dann zu begreifen, dass die Männer und Frauen, die ihre Posten verlassen haben, niemals zurückkommen werden.

Damit der Präsident der Vereinigten Staaten von Amerika spurlos verschwinden kann.

Damit die Vereinten Nationen das Land in vier Friedenssicherungszonen einteilen können, von denen jede von einem früheren Senator dieser Region und einer ausländischen Macht überwacht wird, und Truppen entsenden können, die die Polizei kontrollieren.

Damit der erste von nahezu einhundert Wasser-Aufständen stattfinden kann.

Damit die Leda Corp eine Erklärung herausgeben kann, in der sie jegliche Beteiligung an Agent Ambrosia abstreitet, aber ach so großzügig anbietet, eine Chemikalie zu liefern, von der sie behauptet, dass sie Agent Ambrosia unschädlich machen kann.

Ich las das alles in den Zeitungen, die mir meine Eltern mitgebracht hatten. Sah es in den Nachrichten. Sog diese neue Wirklichkeit in mich auf. Und abends, als die Besuchszeit vorüber war und zwei freundliche, aber resolute Schwestern meine Verwandten hinausführten, griff ich nach dem Telefon an der Wand. Die Schmerzmittel, die sie mir gegeben hatten, machten mich müde, doch ich wollte nicht schlafen, ohne seine Stimme zu hören. Ohne mich zu vergewissern, dass sie alle unversehrt waren.

Ich wählte die Nummer und legte mich wieder hin, das Telefon zwischen Ohr und Schulter eingeklemmt. Wickelte mir die Telefonschnur um die Finger und wartete, während es klingelte … und klingelte … und klingelte. Und klingelte.

Wahrscheinlich sind sie unterwegs. Machen … irgendwas. Ich versuchte, nicht niedergeschlagen zu sein, als ich den Arm ausstreckte, um den Hörer wieder aufzulegen. Ich konnte es ja morgen früh noch mal versuchen.

»Hallo?« Atemlos drang die Stimme durch die Leitung. *»Hallo?«*

Ich nahm den Hörer wieder an mich und flüsterte lächelnd: »Hi.«

Liam stieß leise den Atem aus. »Es ist so schön, deine Stimme zu hören. Wie fühlst du dich?«

»Schon besser.«

»Es tut mir so leid, dass wir nicht bleiben konnten. Senatorin Cruz hat uns gebeten, ins Hotel zurückzukommen. Da waren … Das ist keine Entschuldigung, aber es war ganz schön viel los. Chubs und Vi haben beide gemeint, du würdest sauer auf uns sein, wenn wir nicht hingehen.«

»Da hatten sie recht.« Ich legte mich wieder auf die Seite. »Was war denn los? Grams hat was von einer Pressekonferenz gesagt.«

»Ja, wegen dem Plan. Dem großen Plan. Es war eine einzige Parade von Gesichtern, die ständig kommen und gehen. Ach, und Mann, hör dir das an. Wir haben einen Vertreter bei den Beratungen.«

»Wen denn?«, fragte ich. Wenn nicht Liam, wer dann?

»Rate mal, wer neulich beim Abendessen seine große Chubsie-Klappe aufgerissen und angefangen hat, bis in alle Einzelheiten aufzulisten, was Senatorin Cruz seiner Meinung nach tun sollte? Es war eine großartige Wutrede.«

Ich musste lachen und schloss die Augen. »Nein. Ehrlich?«

»Ehrlich. Sie hat ihm gesagt, dass er sich am nächsten Morgen im Konferenzraum zu melden hat«, fuhr Liam fort. »Er war entweder hocherfreut über die Ehre, oder er hat sich wahnsinnig darüber geärgert. Manchmal kann man es bei ihm schwer sagen.«

Ich lauschte dem Geräusch, wie er in das folgende Schweigen hineinatmete. »Geht's dir gut?«

»Ja. Ja, Darlin', allen geht's gut«, sagte er, doch seine Stimme klang hörbar angespannt. »Mom kommt morgen her. Sie sagt das auch immer: *gut*. Mir geht's … Ich wünschte nur, du wärst hier, weiter nichts. Ich komme gleich morgen früh vorbei.«

»Nein«, widersprach ich, »morgen früh komm ich zu dir.«

»Dann muss ich dir vielleicht auf halbem Weg entgegenkommen«, sagte er, und ein Lachen versteckte sich in seiner Stimme.

Ich hörte zu, als er mir von den über hundert Kids berichtete, die noch immer darauf warteten, von ihren Eltern abgeholt zu werden. Sie hatten kostenlose Zimmer im Hotel bekommen und konnten dort kostenlos essen, und ein ganzes Heer von Ehrenamtlichen war mit Kleidung und anderen Sachen angerückt. Er erzählte mir, wie er Vida und Chubs beim Knutschen im Aufzug erwischt hatte. Von Zus angedeutetem Achselzucken, als man ihr sagte, dass ihre Eltern es geschafft hatten, das Land zu verlassen; bis man ihre Eltern kontaktiert hatte, könnte sie sich aussuchen, was sie wollte: nach Hause fahren und bei ihrer Tante, ihrem Onkel und Hina einziehen oder mit Vida, Nico und Cate in der Nähe von Washington, D. C., wohnen, damit Letztere sich mit Senatorin Cruz beraten konnte. Und dass sie nicht mal eine Sekunde gebraucht hatte, um sich für Washington zu entscheiden.

Ich erzählte ihm von meinen Eltern. Davon, wie die Soldaten vor meiner Tür jedes Mal hereinlugten, wenn sie aufging. Wie die Hand des Arztes zitterte, zumindest ein bisschen, wenn er meine Wunden begutachtete. Und irgendwann merkte ich, wie ich schläfrig wurde.

»Leg auf und schlaf«, sagte Liam, der genauso müde klang.

»Leg du doch auf.«

Am Ende legten wir beide nicht auf.

Am nächsten Morgen saß ich, eingequetscht zwischen meinen Eltern, am anderen Ende der Stadt auf einem Sofa in der Halle eines Marriott-Hotels in Charleston, West Virginia. Es war bezeichnend dafür, wie voll es dort war, dass mich anscheinend niemand bemerkte, kein einziger Pressevertreter. Eine Viertelstunde vor Beginn sammelten sich die Massen allmählich und strebten den Aufzügen zu, um zum großen Konferenzsaal hinaufzufahren.

Während wir warteten, beharrte Mom unablässig darauf, dass ich doch bestimmt etwas bräuchte – Wasser, einen Snack, eine Kopfschmerztablette –, bis Dad schließlich herübergriff und ihr beruhigend die Hand auf den Arm legte. Allerdings ertappte ich ihn dabei, wie er mich aus dem Augenwinkel beobachtete, als müsste er sich vergewissern, dass ich noch da war. So fanden wir allmählich zueinander: langsam, unbeholfen, ernsthaft.

Grams tigerte vor uns auf und ab, und erst als sie abrupt stehen blieb, wusste ich, dass jemand im Anmarsch war.

Doch es war weder Liam noch Vida – sondern Cate. Sie hatte sich das hellblonde Haar zu einem ordentlichen Pferdeschwanz zurückgebunden, war geschminkt und trug ein Kleid. Irgendwie wirkte sie bedrückt, und ihr Gesicht war in einer Weise gezeichnet, dass es mir das Herz zusammenzog. Hastig erhob ich mich vom Sofa; Dad griff nach mir, um mich zu stützen, als ich auf meinem Gehgips loshumpelte. Cate verlangsamte ihre Schritte, sobald sie mich sah, und ich war froh, als sich ein Lächeln auf ihrem Gesicht ausbreitete. Wenn sie losgeheult hätte, weiß ich nicht, ob ich nicht auch hätte weinen müssen.

»Ich bin so stolz auf dich«, flüsterte sie. »Ich hab gewaltigen Respekt vor dir. Danke.«

Ich umarmte sie ebenso fest wie sie mich, bis zum Anschlag erfüllt von der Wärme ihrer Liebe. Als ich sie schließlich losließ und sie meiner Familie vorstellte, war offensichtlich, dass sie längst wussten, wer sie war.

Sie umfasste meine Hand. »Können wir später reden? Ich muss hochsausen, aber ich wollte keinen Schritt weitergehen, ohne mich zuerst mit eigenen Augen davon zu überzeugen, dass dir nichts fehlt.«

Ich nickte und ließ mich von ihr in eine weitere Umarmung ziehen. Gerade als ich mich von ihr lösen wollte, sagte sie leise: »Es ist jemand hier, den du bestimmt nicht sehen willst.«

Ich hatte das Gefühl, dass ich genau wusste, wen sie meinte, und war dankbar, dass sie mich gewarnt hatte, damit ich mich wappnen konnte.

Liam, Vida, Nico und Zu kamen aus dem Aufzug, ehe Cate einstieg. Ich konnte mir ein breites Grinsen nicht verkneifen. Zu war als Erste bei mir, ein pinkfarbenes Kleid, das wie ein Pfeil durch die Hotelhalle sauste, um mir die Arme um die Taille zu schlingen. Nico hielt sich noch etwas im Hintergrund und trat beklommen von einem Bein aufs andere, ehe ich ihn herüberwinkte. Vida hatte keine solchen Hemmungen. Sie knuffte mich unsanft gegen die Schulter; das sollte ich vermutlich als »scherzhaft« auffassen. Und Liam, der sich der scharfen Blicke meiner Eltern wohl bewusst war, stellte sich ihnen noch einmal vor und schüttelte ihnen die Hände. Dann kam er langsam auf mich zu und ließ mir Zeit, ihn ausgiebig zu studieren. Sein Haar war frisch geschnitten und gebändigt, und er war glatt rasiert. Falls er müde war, so ließ er es sich nicht anmerken – doch ich sah einen Schatten von Traurigkeit in seinen Augen. Als er mir ein schüchternes kleines Lächeln schenkte, erwiderte ich es, dabei hatte ich das Gefühl, mir würde gleich das Herz aus der Brust springen.

»Guten Tag, Ma'am«, sagte er mit vollendeter Höflichkeit und gab Grams die Hand. Sie drückte ihm einen dicken Schmatz auf die Wange und zwinkerte mir verschmitzt zu.

Als er bei mir anlangte, nahm Liam einfach meinen Arm und fragte: »Sind alle bereit raufzugehen?«

Es war albern, enttäuscht zu sein, weil ich keine richtige Begrüßung bekommen hatte, doch meine Hände brannten regelrecht vor Verlangen, ihm mit beiden Händen durchs Haar zu fahren und ihm die Sorgenfalten aus dem Gesicht zu streichen.

Als die Aufzugtür aufging, wollte ich losgehen, doch er hielt mich fest und ließ zuerst meine Eltern, Zu, Vida, Nico und fünf oder sechs andere Leute einsteigen. »Weißt du, was?«, sagte Liam, während er meinem Vater abwinkte, der Anstalten machte, uns die Aufzugtür offen zu halten. »Wir nehmen den nächsten.«

Sowie sich die Türen geschlossen hatten, legte er mir den Arm um die Taille, strich mir mit der anderen durchs Haar und küsste mich, als gäbe es kein Morgen.

»Hi«, sagte er, als er schließlich von mir abließ, um Luft zu holen.

»Hi«, erwiderte ich, nunmehr schwindelig und atemlos, während er den Kopf neigte, um seine Stirn an meine zu lehnen. »Müssen wir da rauf?«

Er nickte, doch es dauerte noch ein paar Minuten, ehe er tatsächlich den »Aufwärts«-Knopf drückte.

Die Pressekonferenz sollte im Ballsaal des Hotels stattfinden – einem Raum, in dem weit über hundert Stühle standen, von denen bei unserem Eintreffen schon drei Viertel besetzt waren. Als ich sah, dass uns die anderen Plätze ganz hinten freigehalten hatten, hätte ich vor Dankbarkeit fast geweint. Schon jetzt spürte ich, wie sich Blicke auf mich richteten, und meine Beklommenheit hätte noch zugenommen, wenn wir so gesessen hätten, dass der ganze Saal mir auf den Hinterkopf starren konnte, und ich keine Gelegenheit gehabt hätte, im Notfall einen schnellen Abgang hinzulegen. Liam schien das zu spüren und führte mich zu einem Platz ganz am Rand, eine Hand in meinem Kreuz.

Kaum hatten wir unsere Plätze eingenommen, als zwei Männer, beide in Paradeuniform, aufstanden und auf die andere Seite des Raums gingen. Vida bedachte sie mit einem breiten falschen Lächeln und winkte ihnen zu, als sie rasch wieder zu uns herüberschielten.

Allmählich erstarb das Getuschel, als die ersten Leute aufs Podium kamen. Es waren ausnahmslos Männer, manche Militärs, andere eindeutig Politiker – das waren die, die daran dachten, sich zu den Kameras umzudrehen und zu lächeln, ehe sie Platz nahmen. Ich atmete tief aus, als Senatorin Cruz erschien, gefolgt von Dr. Gray, und, zu meiner Überraschung, Cate. Liams Hand griff nach meiner, als Chubs aufs Podium trat, die Schultern gestrafft und den Blick nach vorn gerichtet. Er trug einen eleganten dunkelblauen Anzug und eine gestreifte Krawatte, ergänzt durch eine neue Nickelbrille mit schmalem Rand.

»Nerd«, murmelte Vida, allerdings mit einem vergnügten kleinen Lächeln.

Ich warf Liam einen kurzen Blick zu und sah eine Miene, die ebenso grimmig war wie meine. Chubs hatte sich schön herausgeputzt, fast schön genug, um mich von dem Ausdruck auf seinem Gesicht abzulenken. Den hatte ich schon zigmal gesehen – vorgerecktes Kinn, mürrischer Blick. Es war die Miene eines Menschen, der gerade eine Wahl verloren hat.

»Verdammt«, murmelte Liam. »Das wird übel.«

Und so war es auch.

»Danke, dass Sie sich heute hierherbemüht haben«, begann Senatorin Cruz. Sie sprach frei, ohne die Blätter zu konsultieren, die ihr jemand eilig hinlegte. »Die letzten fünf Tage waren ein Härtetest für die Stärke Amerikas, und ich glaube, ich spreche nicht nur für meine früheren Kollegen aus dem Kongress, sondern auch für unsere Verbündeten aus dem Ausland, wenn ich Ihnen für die gute Zusammenarbeit danke, während wir in die Erholungsphase eintreten. Die gute Nachricht ist, dass wir bereits acht Tage davon hinter uns haben.«

Kameras klickten und klickten und klickten.

»Ich würde mir gern die Zeit nehmen, die Vereinbarung mit Ihnen durchzusprechen, die wir heute Morgen unterzeichnet haben. Bitte sparen Sie sich Ihre Fragen bis ganz zum Schluss auf, dann werden wir ein bisschen Zeit haben, um sie zu beantworten.« Sie holte Luft und blätterte in ihren Unterlagen. »Die vier Friedenssicherungszonen, die wir eingerichtet haben, bleiben die nächsten vier Jahre bestehen. Der Wiederaufbau in den Städten, die durch diesen Kampf oder durch Naturkatastrophen, für die die Regierung keine angemessenen Hilfen bereitgestellt hat, in Mitleidenschaft gezogen wurden, wird von der Friedenssicherungskoalition der Länder in jeder Zone organisiert, wobei die Einzelheiten in nachfolgenden, separaten Pressekonferenzen behandelt werden.«

Sie wartete, bis das Publikum das verarbeitet hatte, ehe sie fortfuhr: »Jede Zone ist außerdem verantwortlich für die Neutralisierung von Agent Ambrosia im Grundwasser und in den

Brunnen innerhalb ihrer Grenzen, ebenso wie für die Zerstörung sämtlicher Vorräte der Chemikalie. Kraft dieser Vereinbarung ist jegliche Weiterverwendung von Agent Ambrosia weltweit verboten, ebenso wie jeglicher Einsatz von Psi-Jugendlichen als Soldaten, Geheimagenten oder Regierungsbeamte in diesem oder irgendeinem anderen Land weltweit verboten ist und strafrechtlich verfolgt und geahndet wird.«

Lillian sah sich im Raum um und hätte beinahe meinen Blick aufgefangen. Sie setzte sich ein bisschen aufrechter hin und machte ein gequältes Gesicht; sie wusste zweifellos, was als Nächstes kam.

»Kinder, die sich noch in Rehabilitationslagern befinden, werden im Lauf des nächsten Monats an ihre Eltern überstellt. Wir stellen eine Datenbank mit Suchfunktion bereit, aus der ersichtlich ist, wo sich jedes Kind aktuell aufhält, aber die Eltern erhalten keinen Zugang zu den Lagern. Als Teil unseres Abkommens werden die Lager anschließend aufgelöst.«

Der Schock traf mich wie eine Ohrfeige. Stimmengewirr erhob sich im Raum – leise Gespräche, gerufene Fragen und alles dazwischen. Aus dem Augenwinkel sah ich, dass Grams mich prüfend ansah, doch ich konnte mich nicht dazu durchringen, den Blick von der Bühne abzuwenden.

»Die von Dr. Lillian Gray entwickelte lebensrettende Operation wird kostenlos angeboten, solange diese entsetzliche Mutation in unserer Gesellschaft existiert. Jede von Psi betroffene Person über achtzehn darf selbst entscheiden, ob sie den Eingriff vornehmen lassen will, muss aber auf jeden Fall einen entsprechenden Ausweis bei sich tragen. Ob ein Jugendlicher unter achtzehn die Operation machen lässt, bleibt der Entscheidungsgewalt von Eltern oder Vormündern überlassen.«

Lillian senkte den Blick wieder auf den Tisch.

»Wir haben etliche Hektar Land bereitgestellt, auf dem eine

Gemeinschaft für alle nicht abgeholten Kinder beziehungsweise solche, die meinen, nicht gefahrlos nach Hause zurückkehren zu können, entstehen soll. Alle von Psi betroffenen Personen, die beschließen, sich dem Eingriff nicht zu unterziehen, müssen den Rest ihres Lebens in einer dieser Gemeinschaften zubringen.«

Ich muss einen angewiderten Laut ausgestoßen haben, denn Grams und meine Eltern drehten sich zu mir um und sahen mich an.

Im selben Augenblick fauchte jemand auf dem Podium leise und wütend: »Das ist *Schwachsinn.*«

Und dieser Jemand war Chubs.

»Halt den Mund ...« Einer der Uniformträger war der Empfänger eines bösen Blicks, der einen weniger robusten Mann in eine schwabbelnde Masse verwandelt hätte. Cate schaute auf die Tischplatte hinab und biss sich auf die Lippe, um ihr Grinsen zu verbergen.

Senatorin Cruz hüstelte und blätterte in ihren Papieren herum. Ehe sie erneut beginnen konnte, war Chubs bereits mitten in seinem nächsten Satz.

»Dann legen wir die Pläne doch mal ganz offen, oder?«, schlug er vor.

»Ach du lieber Gott«, sagte Liam und blickte hilfeheischend gen Himmel.

»Als Achtzehnjähriger«, erklärte Chubs, »habe ich endlich das Recht, meine eigenen Entscheidungen zu treffen, aber wenn ich die falsche Entscheidung treffe, werde ich trotzdem dafür bestraft?«

»Bitte heben Sie sich Ihre Fragen für den Schluss auf.« Doch noch während sie das sagte, machte Senatorin Cruz eine kleine, kaum wahrnehmbare Handbewegung, als wollte sie ihn anspornen.

»Ich bin noch nicht fertig«, fuhr Chubs fort. »Wenn ich also definitiv nicht will, dass jemand, womöglich noch dazu jemand Inkompetentes, in meinem Gehirn – dem wichtigsten Organ meines Körpers – herumschnippelt, um es zu ›reparieren‹, dann sitze ich in einem anderen Lager, diesmal bis ans Ende meiner Tage?«

»Oh, der gefällt mir«, sagte Grams hingerissen.

»Das ist kein Lager«, widersprach einer der Uniformierten genervt. »Es ist eine Gemeinschaft. Können wir dann wieder zum …«

»Eine Gemeinschaft mit Stacheldrahtzäunen? Bewaffneten Wachposten? Ist Ihnen klar, dass Sie damit lediglich erreichen, dass in Amerika und in der ganzen Welt das Wort ›anders‹ noch mehr die Bedeutungen ›schlecht, hässlich, gefährlich‹ annehmen wird? Mit Rehabilitation hat das rein gar nichts zu tun; Sie wollen uns nur unter den Teppich kehren, in der Hoffnung, dass die Zeit es schon regelt. Tut mir leid, aber das ist verflucht schrecklich, und Sie *wissen* genau, dass es ziemlich schrecklich ist, weil Sie ganze zwei Sekunden darauf verwendet haben, einen Plan darzulegen, der Tausende von Menschen betrifft, deren Leben bereits von anderen Menschen ruiniert worden ist – von denen sich einige vermutlich hier im Raum befinden.«

»Von Psi betroffene Menschen haben Fähigkeiten, die gefährlich sind und sich nicht kontrollieren lassen«, wandte der Mann ein. »Sie können von Einzelnen dazu benutzt werden, Straftaten zu begehen, sich unfaire Vorteile zu verschaffen und anderen Schaden zuzufügen.«

»Ja? Das alles kann ein Haufen Geld auch. Was zählt, ist doch nur, was ein Mensch mit seinen Fähigkeiten anfängt. Wenn man jemanden einsperrt, weil er eine Entscheidung über seinen Körper trifft, zu der er absolut berechtigt ist, sagen Sie im Grunde, nein, Sie vertrauen uns nicht. Trauen uns nicht zu, vernünftige Entscheidungen zu treffen und andere Menschen gut zu behandeln. Ich finde das unglaublich kränkend. Und übrigens, ich scheine meine Fähigkeiten doch momentan ziemlich gut unter Kontrolle zu haben, oder nicht?«

»Sie finden also, Kinder im Alter von acht, neun oder zehn Jahren sollen lebensverändernde Entscheidungen treffen dürfen?« Senatorin Cruz lieferte ihm ein Gegenargument, damit er seine Einwände ausführen konnte. Ich lehnte mich zurück, erleichtert, dass ich mit meiner Meinung über sie nicht so falschgelegen hatte. Sie mochte vielleicht von der Runde überstimmt worden sein, aber sie hatte eine kreative Möglichkeit gefunden, ihre Meinung zu äußern.

»Ich sage, dass die Kids, denen Jahre ihres Lebens gestohlen wurden, lange genug darüber nachdenken konnten, was sie wählen würden, wenn es irgendwann einmal möglich wäre, sich von alldem heilen zu lassen«, sagte Chubs. »Sie hatten Zeit genug, sich zu überlegen, was sie wählen würden, und können eine kluge Wahl treffen. Glauben Sie mir, das war das Einzige, woran wir alle ununterbrochen gedacht haben, als wir jede Stunde jedes Tages bis auf die Minute unter Kontrolle gestanden haben oder wenn wir jeden Tag um Essen und Wasser und Unterkunft kämpfen mussten, während wir von einigen Menschen buchstäblich gejagt wurden. Sie wollen die Grenze bei achtzehn ziehen, obwohl Sie wissen, dass achtzig Prozent aller bisher internierten Kids jünger sind? Ich war mit achtzehn schon ein Jahr im Lager. Eine meiner besten Freundinnen war sechs Jahre im Lager und ist heute erst siebzehn. Sie soll sich einer Entscheidung derselben Leute unterwerfen, die sie damals dorthin geschickt haben?«

Ich zog eine Grimasse und zwang mich, nicht zu meinen Eltern hinüberzuschauen. Ich wollte nicht, dass sie ein noch schlechteres Gewissen bekamen.

»Wir müssen dieses Thema abschließen und weitermachen«, sagte ein anderer Mann, »sonst schaffen wir es nicht mehr, Fragen zu beantworten …«

»Ich bin derselben Meinung«, sagte Dr. Gray plötzlich, ehe sie erläuterte, »wie der junge Mann. Solange sie keine Straftat begangen haben und die psychische Belastung durch ihre Erfahrungen ihre Entscheidungsfähigkeit nicht beeinträchtigt hat und sie niemandem Schaden zugefügt haben, glaube ich, dass die Kinder, die wir aus den Lagern holen, selbst entscheiden sollen. Allerdings sollte Eltern von Kindern, die die kritische Schwelle zwischen Ausbruch oder Überstehen der Krankheit noch nicht erreicht haben, diese Entscheidung überlassen bleiben, die sie allerdings vor dem siebten Geburtstag ihres Kindes treffen müssen.«

Ihre Stimme klang angespannt, als würde sie gleich versagen, ein Ausdruck völliger Erschöpfung. Die Reporter verschlangen jedes Wort, das aus ihrem Mund kam, und sprangen auf, um sie mit Fragen zu bombardieren, die alle nur auf eines hinausliefen: *Wo ist Präsident Gray?*

Senatorin Cruz blickte auf ihre Notizen und fragte dann beiläufig: »Glauben Sie, ihr könntet euch ein besseres System ausdenken, angesichts dessen, womit wir es zu tun haben?«

»Ja«, versicherte Chubs ohne den geringsten Anflug von Arroganz. »Und ich glaube auch, wenn Sie dieses Vorhaben weiterführen, ignorieren Sie nicht nur die mentalen und emotionalen Bedürfnisse der Kinder, die aus den Lagern kommen, sondern Sie verurteilen sie auch zu einem Leben voller Angst und Scham. Und wenn es darauf hinauslaufen soll, dann hätten Sie die Kids genauso gut im Lager lassen können.«

»Gut«, sagte Senatorin Cruz. »Dann vertagen wir an diesem Punkt unsere Diskussion nach dem Schlusswort des heutigen Treffens. Wenn noch ein anderer von Psi betroffener Jugendlicher zu uns kommen möchte, dann soll er oder sie sich jetzt bitte melden.«

Mitten in alldem war jemand aus der ersten Sitzreihe verschwunden – ein junger Mann mit einer Baseballkappe. Er war zum äußersten Rand des Raums gehuscht und strebte nun zügig auf den Ausgang zu. Mit dem gesenkten Kopf und den verschränkten Armen hätte er Gott weiß wer sein können.

Doch ich wusste genau, wer er war.

Ich schlich mich davon, wehrte Liams und Vidas fragende Blicke mit einer Geste ab und hob einen Finger. Eigentlich hatte ich zwar das Gefühl, dies hier werde deutlich länger dauern als nur eine Minute, doch jetzt, wo Senatorin Cruz wieder sprach, diesmal über zukünftige Kongress- und Präsidentschaftswahlen, gehörte die allgemeine Aufmerksamkeit wieder ihr.

Im Flur draußen war es schätzungsweise zehn Grad kälter als in der stickigen Sauna, in die sich der Ballsaal allmählich verwandelte. Ich hatte das Gefühl, dass er mehr der Stille wegen hinausgegangen war als wegen der kühlen Luft. Er war bis fast zum Ende des langen Korridors gegangen und hatte sich gegenüber einem Fenster niedergelassen, das auf den Hotelparkplatz hinausging.

»Bist wohl gekommen, um ordentlich zu lachen, was?«, fragte Clancy mit heiserer Stimme. Dabei drehte er den Kopf nicht einen Millimeter, sondern fixierte starr das Fenster. »Viel Spaß.«

»Ich bin nicht hier, um zu lachen«, sagte ich.

Er schnaubte, sagte aber nichts. Schließlich ballte er die Fäuste im Schoß, wieder und wieder. »Ich hab immer wieder plötzlich kein Gefühl mehr in den Fingern der rechten Hand. Sie haben gesagt, diese Komplikation hätten sie noch nie gesehen.«

Ich verbiss mir das reflexhafte *Tut mir leid*. Es tat mir nicht leid.

»Ich hab dir doch gesagt, dass es so kommen würde, oder?«, sagte Clancy. »Dass die Lösung, hinter der ihr alle wie die Blöden her wart, jetzt in den Händen der Leute liegt, die euch seinerzeit weggesperrt haben. Es hätte nicht so enden müssen.«

»Nein«, sagte ich spitz. »Hätte es nicht.«

Zum ersten Mal wandte er sich um und sah mich an. Die Nachwirkungen der Operation hatten Fleisch von seinen Knochen und die Farbe aus seinem Gesicht schwinden lassen. Ich argwöhnte, dass ich bei einem Blick unter seine Baseballkappe einen frisch geschorenen Schädel und frische Narben vorfinden würde. »Was ist aus Nico geworden?«

Tja. Das hatte ich nicht erwartet. »Er ist hier. Hast du ihn nicht gesehen?«

Seine Schultern hoben und senkten sich mit dem nächsten tiefen Atemzug.

»Wolltest du etwas Bestimmtes mit ihm besprechen?«, hakte ich nach. »Vielleicht etwas, was du *bereust*?«

»Ich bereue nur, dass ich die Kontrolle über die Situation verloren habe. Aber … das spielt keine Rolle. Ich kann mir was einfallen lassen, eine Methode, das Teil auszuschalten, das sie mir eingepflanzt hat. Alles zurückzukriegen. Ich schaffe das. Ich bin näher denn je an den richtigen Leuten dran. Und ich kann meinen Vater finden, egal, wo er sich versteckt. *Ich* kann das.«

Irgendwie hatte ich geahnt, dass seine Antwort so lauten würde. Denn so war Clancy im tiefsten Inneren: jemand, der immer alles gehabt hatte und trotzdem immer noch mehr brauchte. Der immer noch das eine wollte, das er niemals bekommen würde.

Doch als er mich ansah, seine dunklen Augen tief in die

Höhlen gesunken, sagte mir das etwas anderes – dass vielleicht das, was er wirklich wollte, was er nicht offen zugeben konnte, genau dasselbe war, was sich seine Mutter all die Jahre gewünscht hatte. Stolz spielte ein gefährliches Spiel in seinem Herzen und rang mit Erschöpfung. Ich spürte, wie ich zögerte und sich meine Hände zu Fäusten ballten, als ich an all die Leben dachte, mit denen er so herzlos gespielt hatte, an die Guten, die wir verloren hatten, nur damit er überleben konnte.

Und dort, in meinem Hinterkopf, war auch der Junge auf der Untersuchungsliege, verängstigt und allein und kochend vor hilflosem Hass.

Der Junge mit dem süßen Lächeln, der jetzt nur noch in der Erinnerung seiner Mutter lebte.

Ich wusste, was er getan hätte, wenn unsere Plätze vertauscht gewesen wären, und ich konnte das leise Stimmchen nicht leugnen, das mir riet, genau das zu tun – davonzugehen und Schmerz und Erniedrigung in ihm anwachsen zu lassen wie ein Krebsgeschwür, bis sie ihn aufgefressen hatten. Das allein war bereits ein Grund, es noch einmal zu überdenken. Denn egal, wie oft er es versucht hatte, er hatte mich nie erfolgreich nach seinem Bilde geformt. Und jetzt würde ihm das erst recht nicht mehr gelingen.

Es ging nicht darum, ihn von seiner Schuld zu befreien.

Es ging nicht darum, ihn zu bestrafen.

Es ging lediglich um einen Akt der Gnade.

Es gab keine Barrieren zwischen uns, keine Blockaden. Sein Leben sprudelte durch meinen Kopf, wirbelte in Farben und Geräuschen vorüber, die ich nie hatte sehen dürfen, die aufzuspüren ich nie stark genug gewesen war. Ich nahm, was ich konnte, und ersetzte es durch etwas Besseres. Er war nie Experimenten unterzogen worden, war nie ein Orangener gewesen, nie in East River oder in Kalifornien gewesen. Manche

Dinge, die ich sah, waren so schlimm, es waren so entsetzliche Geheimnisse, dass ich nie einen anderen Menschen damit belasten würde. Ich konzentrierte mich auf die heitere Seite und hinterließ ihm ausschließlich das – die simple Geschichte, dass er die ganze Zeit an der Seite seiner Mutter gewesen war, dass er ihr die ganzen Jahre über geholfen hatte und dass die Liebe, die er nach wie vor für sie empfand, etwas Reines war, das sich festzuhalten lohnte.

Als ich mich zum Gehen wandte und seinen Verstand zum letzten Mal freigab, blickte er erneut aus dem Fenster, auf die Amseln, die von oben herabstießen, einander umkreisten und über den blauen Himmel flatterten, und er lächelte.

Ich ging durch den Flur zurück, den Blick gesenkt und die Gedanken in Aufruhr. Und so sah ich die Frau nicht aus der Damentoilette kommen, bis ich mit ihr zusammenstieß und einen Wust ihrer leuchtend roten Locken in den Mund bekam.

»Entschuldigung«, sagte ich und machte mich los. »Entschuldigung – ich habe nicht aufgepasst.«

»Hab ich ein Glück«, sagte die Frau mit tiefer, samtiger Stimme. »Ich versuche schon seit Tagen, dich aufzustöbern. Wie geht's deinem Bein?«

Ich sah auf und begriff endlich, wen ich vor mir hatte. Alice. Sie hatte sich heute zurechtgemacht und die abgewetzte Jeans und die alte Jacke, in der ich sie am Treffpunkt gesehen hatte, gegen ein Kostüm eingetauscht, das nicht richtig saß. Die Haare hingen ihr als wilde, offene Mähne um die Schultern, nur von einer breitrandigen Brille und einem Stift gehalten, den sie hineingesteckt und vermutlich vergessen hatte.

»War schon mal besser«, antwortete ich und musterte sie argwöhnisch.

Als sie merkte, dass ich ihr Lächeln nicht erwiderte, seufzte sie. »Hör mal, falls du sauer bist, weil ich deine Story gebracht habe, ich entschuldige mich nicht. Ich habe die Pflicht, die Fakten zu berichten, die Wahrheit … Und die Wahrheit in diesem Fall ist, dass das eine Wahnsinnsstory ist. Es fehlen noch ein paar Daten, mit denen du mir aushelfen könntest, wenn du einen Moment Zeit hast …«

»Hab ich aber nicht.«

Alice trat angespannt von einem Bein aufs andere, als wäre ihr gerade wieder eingefallen, was ich war und was ich tun konnte. Sie senkte die Stimme und schaute sich um, um sich zu vergewissern, dass niemand lauschte. »Ich habe einen Hinweis bekommen, wonach Senatorin Cruz mit dir und ein paar anderen über eine Art Programm gesprochen hat – alles streng geheim. Mutig von ihr, wenn man bedenkt, dass sie gerade dem ganzen Saal erzählt hat, dass es weltweit verboten sei, euch für irgendwelche militärischen oder geheimdienstlichen Zwecke zu verwenden.«

Ich verzog keine Miene. Noch nicht. Doch ich bezweifelte nicht, dass das Thema noch kommen würde.

Ruhig trat ich zur Seite, doch sie folgte mir und verstellte mir erneut den Weg. War ich zuvor schon nicht in der Stimmung für solche Spielchen gewesen, so war ich es jetzt umso weniger. »Ich muss dich warnen. Ich reagiere *wirklich* nicht besonders gut darauf, in die Ecke gedrängt zu werden.«

Alice hob die Hände. »Okay, okay.« Ihre Hand verschwand in der Tasche, die sie am Arm hängen hatte, und sie kramte nach etwas darin – einer Visitenkarte.

»Wenn du irgendwann mal Lust hast zu reden«, sagte sie und reichte mir die Karte, »kannst du mich jederzeit anrufen. Ich bin ganz Ohr.«

Ich wartete, bis sie in den Ballsaal zurückgekehrt war, ehe ich die Karte in der Mitte entzweiriss und die beiden Hälften zu Boden segeln ließ. Gerade rechtzeitig wandte ich mich wieder zum Ballsaal um, um zu sehen, wie Zu und Vida herausgeschossen kamen und Hand in Hand auf die Aufzüge zuhielten. Kurz darauf erschienen Liam und ein gequält wirkender Chubs.

»Ah!« Chubs machte Anstalten, auf mich zuzukommen; seine Miene war verkniffen. »Du solltest deinem Bein Ruhe gönnen …«

Liam ließ Chubs' Schulter los und packte meine Hand. »Gehen wir, hauen wir ab …«

»Was ist denn los?«, fragte ich mit einem Blick in den Ballsaal, als wir an der Tür vorbeikamen. Jemand stand auf dem Podium und hielt eine Rede, sonst jedoch war der Raum noch genau so, wie ich ihn verlassen hatte.

»Ein Ausbruch«, erklärte Liam mit leuchtenden Augen, als die Aufzugtüren aufgingen, und zog uns in die Kabine. »Vertraut mir.«

Die Angst lockerte ihren Griff um meine Kehle, als wir mit dem Aufzug bis ganz nach unten fuhren, in die Tiefgarage. Liam wippte die ganze Zeit auf Zehen und Fersen. Chubs musterte ihn argwöhnisch, als wir wieder ausgespuckt wurden.

Liam zog einen Schlüsselbund aus der Tasche, hielt den schwarzen Plastikanhänger in die Höhe und lauschte auf das Klicken der Türschlösser. Vida und Zu tauchten hinter einer Reihe geparkter Autos auf und eilten auf einen blinkenden, staubbedeckten Geländewagen mit Arizona-Kennzeichen zu.

»Du bist echt albern«, erklärte ihm Chubs, während er auf den Wagen zuging und seine Krawatte lockerte. Doch er kam trotzdem mit und trug sogar den Anflug eines Lächelns zur Schau.

Ich packte Liam am Arm und stellte betroffen fest, dass seine Miene sich verdunkelte, als er mein Gesicht sah. »Was soll das?«

Ich wusste, wie Verdrängung aussah, und das hier hatte etwas davon – die sture Weigerung einzusehen, dass etwas nicht stimmte. In ihm war etwas umgekippt, das nie wieder ganz ins Lot kommen würde.

»Es geht um …« Er fuhr sich mit einer Hand durchs Haar. »Es geht darum, dass von jetzt an alles anders sein wird. Du gehst mit deiner Familie nach Virginia zurück, und ich mit meiner nach North Carolina. Und wenn wir uns sehen wollen, muss ich fragen, ob ich das Auto nehmen darf. Und du musst deine Eltern fragen, ob sie einverstanden sind. Wir werden mit Regeln leben müssen, die wir seit Jahren nicht mehr kennen, und auch wenn das in gewisser Weise ein kleines Wunder ist, ich will einfach nur … Ich will einfach nur eine Zeitlang vergessen. Dem Schmerz davonlaufen. Ein letztes Mal will ich einfach nur irgendwo hinfahren, wo uns niemand findet.«

Lächelnd nahm ich den Arm, den er mir hinhielt. Langsam und vorsichtig führte er mich um das Heck des Wagens herum. Er öffnete die Tür, half mir auf den Beifahrersitz und schob behutsam meinen sperrigen Gehgips zurecht. Als er sich vorbeugte, um mir den Sicherheitsgurt umzulegen, nutzte er das als Vorwand, mich erneut zu küssen.

»Wohin fahren wir?«, rief Chubs, während Liam zur Fahrertür lief.

»Ganz ruhig, Schatz«, sagte Vida lammfromm und legte ihm die Hand aufs Bein.

»Ja, Liebes«, knurrte Chubs zurück.

Neben ihnen saß Zu und strahlte.

Ich schmunzelte noch immer, als Liam sich anschnallte und sich zu uns allen umwandte. »Okay, Team. Wohin? Ich schätze, uns bleibt eine Stunde, bis die Konferenz zu Ende ist, und ausnahmsweise haben wir mal Benzin ohne Ende.«

»So seid ihr früher rumgekurvt?«, staunte Vida laut. »Es ist echt ein Wunder, dass ihr Dumpfbacken überlebt habt.«

»Wusste ich's doch«, murmelte Chubs. Ich fasste nach hinten und gab ihm einen Klaps auf den Arm. »Gut. Schön. Wo wollt ihr hin?«

»Strand, Strand, Strand, Strand«, skandierte Zu.

»Äh, ich glaub, hier ist gerade keiner in der Nähe, also müssen wir das verschieben. Andere Vorschläge?«, fragte Liam. »Abstimmung?«

»Mir ist es egal«, sagte ich und lehnte den Kopf an den Sitz. »Können wir einfach nur die Kurve kratzen und sehen, wo wir landen?«

»Darlin', das ist die verflucht beste Idee, die ich seit langem gehört habe. Du bist der Steuermann. Sag mir, wann und wo ich abbiegen soll.« Er steckte den Schlüssel ins Zündschloss und jubelte: »Ja!«, als ein Allman-Brothers-Song aus den Lautsprechern drang. Als wir die Rampe hinaufrollten und aus der Tiefgarage fuhren, war selbst Chubs' Stöhnen zu einem Lachen geworden.

Wir fuhren durch die Straßen der Stadt, bis wir auf von Bäumen gesäumte Straßen im Grünen gelangten und den trägen Kurven des Flusses folgten, der sich das gebogene Rückgrat der Stadt entlangzog. Liam blickte zu mir herüber und unterbrach sein schräges Mitsingen. Von der warmen Nachmittagssonne gewärmt verschlang er die Finger über der Mittelkonsole mit meinen. Zu wiegte sich im Takt der Musik und plapperte aufgeregt über jedes Schild, an dem wir vorbeifuhren. Chubs zog ein Buch aus der Tasche hinten am Fahrersitz und betrachtete einen Moment lang das Cover, ehe er es aufschlug. Geistesabwesend klopfte er im Rhythmus der Musik auf den

Buchrücken, während Vida den Kopf an seine Schulter lehnte und die Augen schloss.

Ich drehte mein Fenster herunter und streckte die rechte Hand hinaus, um den Wind zu spüren.

Und vor uns erstreckte sich die offene Landstraße.

Danksagungen

Es ist ein wunderbarer, bittersüßer Moment, auf der letzten Seite angelangt zu sein und zu wissen, dass ich damit das Ende einer Serie erreicht habe, die so viele schöne Erinnerungen mit sich brachte – und einige wirklich unglaublich tolle Menschen in mein Leben geführt hat.

Auch diesmal möchte ich damit beginnen, den Verlagsgenies zu danken, die ich glücklicherweise an meiner Seite hatte: meiner Lektorin Emily Meehan dafür, dass sie das Potenzial einer Geschichte erkannt hat, die von Teenagern mit übersinnlichen Kräften handelt, die in einem ramponierten Minivan durch Virginia kurven. Für ihr unglaubliches Gespür dafür, aus jedem Buch das Herz herauszukitzeln, und dafür, dass sie mich nicht jedes Mal mit einem Tritt aus dem Fenster befördert hat, wenn ich ein Manuskript mit 600 Seiten abgeliefert habe (im Ernst). Laura Schreiber dafür, dass sie die Geschichte als Erste gelesen und die Figuren genau auf die richtige Art ins Herz geschlossen und von Anfang an so hart an jedem Manuskript gearbeitet hat, und Jess Harriton für ihre meisterhafte Arbeit hinter den Kulissen, die uns stets alle auf dem Laufenden gehalten hat.

Ich danke all den wackeren Helden, guten Feen, weisen Sehern und Zauberern, die bei Hyperion tagaus, tagein Wunder wirken; die Zusammenarbeit mit euch hat diese Reise zu einem wirklich glücklichen Ende geführt. Vielen Dank an Suzanne Murphy, Stephanie Lurie, Dina Sherman, Simon Tasker, Joann Hill, Marci Senders, Elke Villa, Seale Ballenger, Jamie Baker, Andrew Sansone – an alle!

Diese Buchreihe wäre ohne die Beratung, Ermutigung und Fürsorge meiner großartigen Agentin Merrilee Heifetz noch immer nicht mehr als eine Datei auf meinem Computer. Unendlich dankbar bin ich außerdem Sarah Nagel und Chelsey Heller für ihre Unterstützung und ihren klugen Beistand während all der Jahre. Danke, Team Writers House!

Alles, alles Liebe meinen Kritikpartnerinnen und ihrem klugen, klaren Verstand: Anna Jarzab, die meine Geschichte und deren Figuren irgendwie immer besser zu kennen schien als ich selbst und die eine unschätzbare Feedback-Quelle und Unterstützerin war, und Sarah Maas, die mich antreibt, mit jedem neuen Manuskript mutiger zu werden und tiefer zu bohren, und dafür, dass sie es durchschaut – und zwar alles!

Ich verdanke alles meiner Familie – meiner Mom, der Königin der Ausdauer und der unerschütterlichen Liebe, dafür, dass sie mich dazu inspiriert hat, Risiken einzugehen. Daniel dafür, dass er sämtliche früheren Entwürfe gelesen und mir phänomenales Feedback gegeben hat, und Steph dafür, dass sie mich mit ihren Ratschlägen in Sachen PR nie in die Irre geführt hat.

Und dir, liebe Leserin, lieber Leser, dafür, dass du Ruby und ihren Freunden bis zum Schluss gefolgt bist. Ich hoffe, wenn du die Gelegenheit bekommst, deine Welt um neue Möglichkeiten zu erweitern, neue Menschen kennenzulernen und einen unerwarteten, neuen Weg einzuschlagen, wirst du genau das tun: die Chance mit aller Kraft beim Schopf packen.

Alexandra Bracken

wuchs im US-Staat Arizona auf. Nach ihrem Studium am »College of William & Mary« in Virginia zog es sie nach New York City, wo sie derzeit lebt und arbeitet. Ihren ersten Roman schrieb sie schon während des Studiums als Geschenk für eine Freundin. Die Liebe zu Büchern hat sie aber nicht nur dazu gebracht, selbst zu schreiben. Sie arbeitet außerdem bei einem großen amerikanischen Buchverlag und hat jederzeit eine Buchempfehlung parat. Weitere Informationen auf www.alexandrabracken.com und www.thedarkestminds.com.

GOLDMANN
Lesen erleben